Oliver F. Miller

TAA-NOON

Roman

Oliver Franko Miller, geboren im Oktober 1979, begann schon als Kind mit dem Schreiben von Kurzgeschichten, beeinflusst von Stephen King, Wolfgang Hohlbein oder Terry Pratchett.
Die Grundidee zu dem Roman TAA-NOON packte ihn bereits als Vierzehnjährigen und ließ ihn nicht mehr los. Bis er die Geschichte 2014 zu Ende brachte.
Miller ist leidenschaftlicher Musiker, war Sänger in verschiedenen Rockbands und spielt mehrere Instrumente. Er lebt mit seiner Frau und seiner Tochter in Landsberg am Lech und schreibt derzeit an seinem zweiten Roman.

1.Auflage als Print-Buch / August 2015

Besucht Oliver F. Miller auf facebook.com:
TAA-NOON

Herstellung und Druck:
Siehe Eindruck auf der letzten Seite

Coverfoto: © Steffen Springstein / Bildknipser.de
Covergestaltung: Oliver F. Miller
Autorenfoto: © Thorsten Jordan

ISBN-13: 978-1508678809
ISBN-10: 1508678804

Für Regina, die immer in meinen Gedanken ist.

Und für John Landis, dessen Kneipenszene in *East Proctor* wohl genauso wenig jemals aus meinem Kopf verschwinden wird...

Ich denke noch sehr oft an diese Nacht unter dem Blutmond zurück. Manchmal erscheint mir das alles wie ein ferner Traum, eine Geschichte, die unheimlich genug ist, um spätabends flüsternd am Lagerfeuer erzählt zu werden.
Nur war es kein Traum – und so viele Jahre auch noch vergehen werden, ich werde immer wissen, dass es diese Menschen tatsächlich gab, dass ich ein Teil von ihnen war.
Zumindest für eine Weile...

Es heißt, dass Liebe ein menschliches Gefühl ist.
Ich weiß jetzt, dass das der Wahrheit entspricht. Liebe ist den Menschen vorbehalten. Genauso wie es der Schmerz, die Furcht und das Mitleid sind.
Und doch...

Manchmal, wenn ich keine Ruhe finde, erschallt wie ein fernes Echo ein Name in meinem Kopf und ich sehe verschwommen und weit draußen im Nebel ein Gesicht. Das Gesicht eines besonderen Menschen, der mir einmal so nahe stand wie noch niemand sonst.
Aber das war vorher.
Bevor der Mond mich rief.
Und ich ihm folgte...

1

DIE GESCHICHTE VON LIZ UND DORIAN

Der Anwalt würde diese erste und einzige Begegnung mit dem Jungen niemals vergessen.
Was er über den Fall wusste, war derart abstoßend, dass er einfach nicht fassen konnte, wie ein vierzehnjähriger Knabe, keine einssiebzig groß und eher drahtig als kräftig gebaut, zu so etwas fähig sein sollte.
Kurzzeitig sonnte er sich schon im warmen Licht des kommenden Sieges, denn ein Sieg auf seiner Seite, ein weiterer gewonnener Prozess, schien außer Frage zu stehen.
Nachdem der Anwalt zehn Minuten lang versucht hatte, ein vernünftiges Gespräch mit dem Jungen zu führen, war er sich dessen auf einmal nicht mehr so sicher.
Er sah zwar schmalbrüstig und unscheinbar aus, doch unter seiner Haut pulsierten harte Muskelstränge, die nur durch intensivstes Aufbautraining zustande kommen konnten. Und nach dem Wissen des Anwalts hatte der Junge weder vor den schrecklichen Vorfällen noch danach, in der Untersuchungshaft des Jugendgefängnisses, Gelegenheit dazu gehabt, sich einen solchen Körper anzutrainieren.
Er war für sein Alter unglaublich wortgewandt, er sprach nicht viel, aber wenn er auf eine der ihm gestellten Fragen antwortete, dann meinte der Anwalt, einem beinahe schon erwachsenen Mann gegenüberzusitzen.
Einem Mann mit jeder Menge Lebenserfahrung.
Seine wässrigen Augen hatten die Farbe von kalter Asche und starrten den Anwalt bei jeder seiner ruhig gestellten Fragen mit einer abgrundtiefen Bosheit an. Und auch mit einer so schrecklichen Gleichgültigkeit, dass dem erfahrenen Advokaten Angst und Bange wurde.
Der Blick des Anwalts fiel auf das erste Blatt der Akte vor ihm auf dem Schreibtisch, wo die persönlichen Daten vermerkt waren. Vor einer Stunde hatte er den Jungen zuallererst mit seinem vollen Namen angesprochen. Der hatte nur schmal gelächelt. Und nach einer Sekunde des Zögerns: „Nennen Sie mich Dorian."
Schon vorhin war dieser Bursche ihm seltsam vorgekommen, wie der Anwalt zugeben musste. Nun, nachdem die Stunden verstrichen waren, ohne dass er ein Ergebnis hätte vorweisen können, das ihm und dem Jungen zum Erfolg verhelfen konnte, wurde die Sache noch komplizierter.
Das Vertrackteste an der ganzen Sache war, dass Dorian nichts

von dem bestritt, was er getan hatte. Er leugnete keinen der Anklagepunkte, keinen einzigen, bis hin zum letzten, grausamen Detail.
Nach den niederschmetternden Antworten des Jungen lehnte der Anwalt sich erst einmal in seinem Bürostuhl zurück und ließ die langen Finger auf seinem Schreibtisch trommeln. Dorian blickte ihm über den Rand des polierten Tisches in die Augen und der Anwalt glaubte, ihn dabei kein einziges Mal blinzeln zu sehen – doch das musste eine Täuschung sein.
Das trübe Licht eines wolkenverhangenen Spätsommermorgens erfüllte das geräumige Büro mit der Panoramascheibe, die einen großzügigen Blick auf das Geschäfts- und Bankenviertel der großen Stadt gewährte. Ein paar langweilige Topfpflanzen waren die einzigen Farbkleckse im tristen Anwaltsgrau des Raumes. In einer Ecke blubberte ein Trinkwasserspender vor sich hin.
Hinter dem Jungen, halb gegen die Wand gelehnt, stand mit verschränkten Armen der bullige Beamte des Jugendgefängnisses und beobachtete Dorian misstrauisch. Sein verkniffener Mund war trotz des mächtigen Vollbarts noch zu erkennen und seine Augen ließen die schmale Gestalt Dorians niemals los.
Der Anwalt war froh, dass er es durchsetzen hatte können, seinen Mandanten hier, in seinem eigenen Büro, zu verhören. Er musste nicht auf die kalten, trostlosen Räume des Jugendgefängnisses zurückgreifen, da es keine Beschwerden über den Jungen gegeben hatte. Natürlich hielten alle ihn für komplett wahnsinnig, zweifellos. Doch er hatte sich in der Untersuchungshaft nichts zu Schulden kommen lassen, war nie aggressiv oder gewalttätig geworden. Weder laut noch aufsässig – ein stiller, in sich gekehrter Knabe.
Das Problem an der Sache war nur, dass dieser stille und in sich gekehrte Knabe Dinge getan haben sollte, die alles in den Schatten stellten, was der Anwalt während seiner langjährigen Karriere erlebt hatte. Dinge, die weit über den Horizont eines Vierzehnjährigen hinausgingen.
Dorian war mit Sicherheit krank, aber er schien auch ganz genau zu wissen, was er tat. Das machte ihn weiterhin gefährlich. Der bärtige Hüne des Jugendgefängnisses mit dem wachsamen Blick verdeutlichte das umso mehr.
Nach einer Weile beugte sich der Anwalt wieder nach vorne, räusperte sich und fragte sein Gegenüber, ob er ihm denn nicht noch einmal die ganze Geschichte von vorne erzählen wolle, dann würden sie weitersehen, dann würden sie eine Lösung finden... Advokaten-Blabla.
Ohne zu zögern nickte der Junge. Kurz und unbeteiligt.
Der Anwalt schickte den Beamten ungeduldig aus dem Raum, aber nicht, bevor der ihm noch einmal einbläute, er solle um Gottes Willen vorsichtig sein, der Bursche sei nicht zu unterschätzen,

Fluchtgefahr...
Vollzugsbeamten-Blabla.
Der Anwalt schloss die Tür und blickte eine Weile zu Boden. Bis er glaubte, Dorians bohrenden Blick in seinem Rücken zu spüren. Als er aufsah, war genau dies der Fall. Der Junge sah über die Schulter zu ihm und seine grauen Augen blieben ruhig, verrieten nichts. Gar nichts. In weiter Entfernung konnte man ein paar Autos hupen hören.
Der Anwalt seufzte und ging zurück zu seinem Schreibtisch. Nachdem er sich gesetzt hatte, musterte er Dorian eine Zeit lang schweigend. Er blieb freundlich, bot ihm ein Glas Wasser an, doch Dorian schüttelte stumm den Kopf.
Mit einem, wie er hoffte, aufmunternden Lächeln bat der Anwalt den Jungen, mit seiner Geschichte zu beginnen. Der Anwalt kannte sie natürlich auswendig, von vorne bis hinten, und Dorians Version unterschied sich letztendlich kein bisschen von der, die mittlerweile bereits die ganze Stadt kannte.
Nur kamen diesmal ein paar interessante Kleinigkeiten dazu, die das Bild um den verrückten Jungen noch mehr abrundeten. Er erzählte fast eine Stunde, und nachdem er geendet hatte, hatte der Anwalt dringend ein Glas Wasser nötig.
Dorian lehnte immer ab.

...Ich bin in ärmlichen Verhältnissen aufgewachsen.
Mein Vater trank und meine Mutter starb, als ich zehn Jahre alt war. Krebs. Kurz darauf brachte mein Vater meine neue *Mutter nach Hause. Sie war zu dieser Zeit gerade mal elf Jahre älter als ich.*
Mein Vater hatte ein altes, baufälliges Haus am Stadtrand geerbt. Mein Großvater meinte wohl, dem faulen Nichtsnutz stehe wenigstens ein Dach über dem Kopf zu. Das Haus blieb baufällig, meinem Vater ging es tatsächlich nur um die Symbolik des Daches darauf. Es stand etwas abseits von den anderen Gebäuden der Siedlung und die weitesten Ausläufer des Grundstückes reichten fast bis zum Waldrand.
Die Nachbarn mieden uns – aus den verschiedensten Gründen und eigentlich war ich sogar froh darüber. Mein Vater war niemand, mit dem man sich gerne abgab.
Aber im Grunde konnte ich mich nicht beschweren – ich hatte ein eigenes Zimmer, ein ziemlich großes, und der dazugehörige Balkon war zwar ebenso marode wie der Rest des Gebäudes, aber ich hatte einen weiten Ausblick auf die angrenzenden Wälder und die Berge dahinter. Und auch, wenn ich mich so gut wie den ganzen Tag alleine beschäftigen musste, denn mein Vater war Gelegenheitsarbeiter auf mehreren Baustellen in der Stadt,

so wurde mir doch nie langweilig. Ich hatte immer schon eine blühende Fantasie.
Als meine Mutter starb, die schweigsame, gebückt gehende, arme Frau, war ich mit meinem Vater allein. Und nun bekam ich die Schläge zu spüren, die bisher meine Mutter so bereitwillig hingenommen hatte. Nicht, dass er mich vorher nicht geschlagen hätte, aber nun geschah es mehrmals pro Woche. Und es wurde von Mal zu Mal heftiger. Je mehr er trank, desto aggressiver wurde er. Ebenso schnell war sein Zorn dann auch wieder verraucht. Er war wie ein Sommergewitter, das jederzeit unerwartet über einen hereinbrechen kann – und genauso rasch wieder abzieht.
Über meine schulische Laufbahn kann ich nicht viel berichten. Ich war einer der Besten meiner Klasse, doch weder meine Eltern noch meine Lehrer schien das sonderlich zu interessieren. Meine restlichen Klassenkameraden und mich selbst im Übrigen auch nicht. Ich verhielt mich stets ruhig und unauffällig und schrieb eine gute Arbeit nach der anderen. Jeder guten Note, die vor mir auf dem Tisch landete, folgte das obligatorische „gut gemacht“ *der Lehrkräfte – teilnahmslos, ohne Wertung. Sie waren alle froh, sich nicht übermäßig mit mir befassen zu müssen, solange ich gute Leistungen vorweisen konnte und nicht negativ auffiel. Ich blieb mehr oder weniger ein Neutrum, für alle.*
Dennoch konnte ich immerzu die Blicke spüren, die sich in meinen Rücken bohrten, wenn ich still vornüber gebeugt dasaß, das Klassenzimmer verließ oder gerade hereinkam – irgendwie schienen sie mich alle zu meiden und einige von ihnen schienen mich sogar zu fürchten. Ich war wie ein Geist.
Freunde gab es keine.
Mädchen? Natürlich auch nicht. Wobei, an eine Szene erinnere ich mich doch, sehr deutlich sogar. Es muss kurz vor dem Tod meiner Mutter – meiner leiblichen Mutter – gewesen sein, in dem kleinen Waldstück, das an den Pausenhof unserer Schule angrenzte.
Sie hieß Lucy. Lucy Bowmond.
Doch davon vielleicht später.
Wie Sie also sehen, war mein bisheriges Leben nicht sonderlich ereignisreich, wenn man von der regelmäßigen Tracht Prügel und dem Dahinsiechen meiner Mutter absieht. Mein Vater hat sie ganze drei Mal im Krankenhaus besucht, bevor sie einsam starb – er hatte schon damals einen intensiven Kontakt zu Liz. Andere Verwandte gab es nicht.
Die Behandlungskosten und die darauf folgende Beerdigung fraßen die letzten Geldreserven auf, die mein Vater noch vorzuweisen hatte, und so musste er wohl oder übel seinen Hintern wieder in Bewegung setzen und mehr arbeiten als vorher. Was seine Stimmung nicht gerade hob.

Das Begräbnis an sich war eine traurige Veranstaltung. Und Sie wissen, wie ich das meine. Nur ich, mein Vater mit seinem besten, abgetragenen Anzug und ein paar alte Weibsbilder, die man getrost als Todestouristen *bezeichnen könnte.*
Der graue, verwelkte Priester am Grab sagte etwas von Erlösung und einem besseren Ort, an dem sie jetzt zweifelsohne wäre. Ich weiß, dass es sich nur um abgedroschene Belanglosigkeiten handelt, die den Hinterbliebenen helfen sollen und die die Männer der Kirche schon seit ewigen Zeiten vor sich hin plappern, doch im Fall meiner Mutter hatte der alte Kerl den Nagel auf den Kopf getroffen. Wenn es ihr jetzt nicht besser ginge, dann blieb nur noch die ewige Leere. Als ich dem Priester das sagte, weiteten sich seine Augen und nach ein paar verwirrten Sekunden murmelte er etwas vor sich hin und tätschelte mir leicht den Kopf.
Ich war froh, als es endlich vorbei war. Mein Vater setzte mich zuhause ab, seine kalten, blassblauen Augen verrieten keine Regung. Dann fuhr er los, um meine neue Mutter zu holen.
Ich war wie gesagt zehn Jahre alt, als sie in mein Leben trat. Sie hieß zum damaligen Zeitpunkt noch Liesbeth Kröner, sie hatte deutsche Wurzeln, und stellte sich mit ihrem Vornamen vor. Die Kurzform lautete im Deutschen Lies, doch die ungewohnte Aussprache mit den lang gezogenen Vokalen klang für mich mehr als seltsam, also blieb sie für mich immer Liz. Für meinen Vater schlichtweg Nazi-Schlampe.
Es dauerte keine vier Wochen, bis ich ihn dieses Wort das erste Mal schreien hörte. Wieder eine Maus in der Falle...
Liz war von zu Hause fortgelaufen und hatte mit ihren Eltern gebrochen. Sie warf alles hin und floh ins Ausland, da war sie sechzehn gewesen. Dann geriet sie in die falschen Kreise und rutschte ab. Nach ein paar Jahren rettete mein Vater sie praktisch buchstäblich von der Straße – er war schon seit Längerem Kunde bei ihr gewesen. Und im festen Glauben an das Gute im Menschen stolperte sie nichtsahnend vom Regen in die Traufe.
Als sie unser Haus das erste Mal betrat, war sie gerade mal einundzwanzig. Und natürlich – was haben Sie anderes erwartet – verliebte ich mich Hals über Kopf in sie. Denn trotz aller Prüfungen, die das Leben ihr bereits abverlangt hatte, war sie noch immer wunderschön. Sie hatte eine göttliche Figur, schulterlanges, nussbraunes Haar, das sie meist zu einem Pferdeschwanz zusammen band (bis auf die Tage, an denen sie versuchte, ihr Gesicht zu verstecken, da mein Vater auch sie natürlich nicht verschonte) und tiefe, braune Augen, die nahe zusammen und leicht schräg gestellt waren. Ihr schmales, kindliches Gesicht war von solcher Schönheit, dass es mir bei unserer ersten Begegnung beinahe den Atem nahm.
Es war die erste echte Gefühlsregung, an die ich mich bewusst

erinnern kann.
Was immer mich damals veranlasst hatte, Lucy Bowmonds Kuss erwidern zu wollen – diesmal war es mehr. Viel mehr.
Am Anfang hatte Liz immer ein kleines, spitzbübisches Lächeln auf den Lippen, am Anfang war sie noch glücklich. Doch innerhalb kurzer Zeit lernte sie meinen Vater richtig kennen – den echten Mann!
Aber mich schien sie sehr gern zu haben und mit zunehmendem Alter musste ich immer öfter für eine ihrer heftigen Kuschelattacken herhalten...

Dorian sprach es abfällig aus, als spräche er von sich paarenden Hunden. Ein kleines, böses Lächeln stahl sich auf sein Gesicht. Es war unheimlich anzusehen.
Der Anwalt warf einen Blick in seine Unterlagen. Lucy Bowmond. Nichts zu finden. Das musste er nachprüfen. Er glaubte nicht, dass es dem Jungen behilflich sein konnte, höchstwahrscheinlich war sogar das Gegenteil der Fall, aber es interessierte ihn. Sehr sogar.
Dorian erzählte weiter, ohne auf ihn zu achten.

...Im Laufe der Zeit wurde ich auch an anderen Stellen meines Körpers erwachsener – Sie verstehen schon – und nach und nach konnte ich meine Begierde für sie nicht mehr verbergen. Sie ließ es geschehen und hat mich niemals darauf angesprochen, ich dachte sie würde es ohnehin nur als kindliche Schwärmerei abtun, als Spiel.
Schließlich war sie viel älter als ich und rein rechtlich gesehen, war sie zwar nicht meine Mutter, aber immerhin für mich verantwortlich. Alles verlief in vergleichsweise normalen Bahnen – wenn man einen Vater, wie ich ihn hatte, normal nennen kann. Bis zu dem Tag, an dem sie mich das erste Mal küsste.
Ich war zwölf und meinem Leben standen in diesem Jahr eine Menge gewaltiger Veränderungen bevor. Natürlich konnte ich davon noch nichts wissen. Es gab in diesen Zeiten nur sie und mich, wir versuchten, eine starke Bastion gegen das schreckliche Monster zu bilden, mit dem wir unter einem Dach lebten. Ich war alt genug, dass wir über bestimmte Dinge miteinander reden konnten – über ihre Probleme in einem anderen Leben, über das Trinken und anschließende Prügeln meines Vaters – und über uns. Bei diesem Thema wurde mir jedes Mal heiß und kalt.
Mein Vater hatte zu dieser Zeit eine zeitweilige Nachtschicht-anstellung bekommen, um ein paar Fundamente für ein neues Einkaufszentrum zu legen, dessen Zeitplan für die Fertigstellung

bereits gewaltig im Verzug war – und so waren wir seit Langem das erste Mal eine Nacht lang allein, eine Nacht lang sicher.
Wir verbrachten weniger Zeit vor dem Fernseher, als Sie vielleicht denken. Liz war stets darauf bedacht, dass ich aus meinem Leben das machte, was ihr nicht gelungen war – etwas, das Zukunft hat.
So brachte sie mir regelmäßig zerlesene und zum Teil unvollständige Romane aus ihrem Halbtagsjob in der Bibliothek mit. Twain, Poe, Dickens, Remarque und natürlich Oscar Wilde... ein buntes Sammelsurium der Weltliteratur. Und ich begann mich für all die Geschichten zu interessieren, da sie meine Fantasie noch weiter beflügelten.
Sie erklärte mir auch häufig etwas aus ihrem schier allumfassenden Wissensvorrat. Dinge über die Natur, das Wetter, die momentane politische Lage – einfach alles, was mir mein Vater konsequent verwehrte. Aber daraus kann ich ihm eigentlich keinen Vorwurf machen. Er hatte selbst keinen Vater, der sich dazu herabließ, Zeit mit ihm zu verbringen, außer, wenn es um die tägliche Züchtigung ging – denn auch mein Großvater war darin ein Meister gewesen.
Liz war Mutterfigur, Traumfrau und gleichzeitig der einzige Halt in meinem Leben.
An diesem speziellen Freitagabend saßen wir tatsächlich einmal zusammen vor dem Fernseher. Es gab irgendeine Dokumentation über Naturgewalten. Vulkane, Erdbeben, Tsunamis... dieses ganze Zeug eben. Das Monster hatte das Haus vor einer Stunde verlassen und wir erwarteten es vor dem nächsten Morgen nicht zurück. Wenn es mit seinen Kumpanen noch in den frühen Morgenstunden ein paar letzte Biere kippen würde, vielleicht erst gegen Mittag.
Wir saßen eng zusammengekuschelt auf der viel zu weichen Couch, die vom jahrelangen, übermäßigen Gebrauch meines Vaters bereits komplett durchgesessen war. Es stapelten sich Kissen und Decken und ich lag gegen ihre Schulter gelehnt neben ihr und fühlte mich wohl. Sie hatte ihren Arm leicht auf meinem Bein liegen. Wenn ich mich je in meinem Leben wohl gefühlt habe, dann dort, an ihrer Seite, während der Rest dieser Welt ausgeschlossen und weit, weit fort war.
Liz bewegte sich leicht neben mir, rutschte in eine bequemere Lage und dabei drückte sie ihre wunderbaren, weichen Brüste gegen meinen Arm. Mein Körper reagierte sofort und mir wurde warm bis in die Zehenspitzen. Nervös begann ich in ihrer Umarmung hin und her zu zappeln. Als sie meine Unruhe bemerkte, erkannte sie nicht gleich den Grund dafür, doch spätestens, nachdem ihre Hand wie zufällig den Schritt meiner Hose streifte, wurde ihr klar, dass sie auf mich unvorstellbar aufregend wirkte. Meine Mutter.

Mit einem gütigen Lächeln hielt sie meinen Kopf und sagte mir schöne, verwirrend schöne Dinge. Dinge wie, dass ich ihr Leben war, ihr einziger Daseinszweck, ihr einziger Halt... und ihre einzige Liebe! Gott, ich war erst zwölf. Sie meinte es ehrlich, das ist mir klar, und sie sehnte sich nach Liebe und Zärtlichkeit, die sie von meinem Vater niemals erfahren würde, aber nur, weil ich bereits einen Ständer hatte, war ich doch noch immer ein halbes Kind. Mit ihrem engelsgleichen Gesicht und ihren süßen Worten brachte sie meinen kleinen Gefühlshaushalt zum Durchdrehen.

Meine Hand tastete wie selbstverständlich nach ihrer Brust und drückte sanft zu. Es fühlte sich gut an. So unglaublich gut. Und richtig. Liz schloss verzückt die Augen und schnurrte leise. Ich machte unbeholfen weiter, betrat völliges Neuland und hätte wahrscheinlich erst aufgehört, wenn das kahlköpfige, schmerbäuchige Monster wieder in der Türe gestanden wäre. Doch dazu kam es nicht. Liz kam geschmeidig nach vorne und küsste mich auf den Mund.

Es war überwältigend. Im nächsten Moment war ihre Zunge in mir und sie griff nach mir, drückte, zog, massierte. Ihr Körper strahlte eine solche Hitze aus, dass ich glaubte, verbrennen zu müssen, Düfte erfüllten die Luft, süß, schwer und betörend wie Nektar. Ich weiß nicht, ob Sie dieses Gefühl kennen, wenn man glaubt, die ganze Welt, die Wirklichkeit, würde ein Stück zur Seite rutschen, sich verschieben und plötzlich alles in einem neuen Licht erstrahlen lassen. So fühlte es sich an, als Liesbeth Kröner begann, ihre Hände in meine Hose zu schieben. Und ich wollte es, ich wollte es so sehr, mehr als alles andere.

Doch in diesem Moment passierte es. Irgendetwas schien mich von ihr wegzuziehen, mich geradezu aus ihren Armen zu reißen, und bevor es zum Äußersten kommen konnte, riss ich mich selbst von ihr los, stürmte aus dem Zimmer und aus dem Haus und lief weiter und weiter, immer in Richtung des alten, verlassenen Armeegeländes, das unweit unseres Hauses lag, entlang des Waldrandes. Liz rief mir hinterher, doch ich war taub für weitere Verführungsversuche, so sehr ich mich ihnen auch hingeben wollte. Ich lief weiter, bis ich inmitten von verfallenen Bunkern und Kasernen zum Stehen kam.

Der Wald hatte bereits begonnen, dieses Gelände zurückzuerobern. Und entstanden war, was am ehesten meiner Vorstellung einer Geisterstadt entspricht. Kies und trockene Tannennadeln knirschten unter meinen Füßen und zwischen den Bäumen begann eine Eule zu rufen. Ich atmete tief durch – wieder und wieder. Bis ich glaubte, ihren süßen Geschmack nicht mehr in meinem Mund zu haben.

Und dort, in unwirklicher Stille und Finsternis, setzte ich mich auf eine alte Steinmauer. Ich dachte nach und sah zum Mond hinauf. Zum bleichen Vollmond...

Dorian machte eine Pause und starrte ins Leere.
„Dorian“, fragte der Anwalt leise. „Hast du deiner Mutter wirklich all diese Dinge angetan? Ich meine natürlich Liz.“
„Ja.“ Ohne ein Zögern. Die Ascheaugen ließen keine Gefühlsregung erkennen. „Natürlich.“
Dem Anwalt lief ein kalter Schauer den Rücken hinunter.
„Und dann?“, hakte er rasch nach. „Was passierte dort, Dorian?“
Schweigen.
„Junge, du musst mir schon ein bisschen helfen, sonst kann ich Dir auch keine Hilfe sein, versteh doch.“
„Ich will ihre Hilfe nicht“, Dorians Stimme war kalt. „Sie sind mein Pflichtverteidiger. Ich will nicht hier sein, Sie wollen nicht hier sein – aber da müssen wir wohl beide durch, nicht wahr?“
Der Anwalt atmete tief ein. Müde schüttelte er den Kopf. „Was ist in der alten Kaserne geschehen? Ich weiß, dass dort etwas vorgefallen sein muss. Irgendetwas. Du stöhnst im Schlaf deinen eigenen Namen und erzählst immer wieder vom *Haus der Schreie...*“
„Seien Sie still!“ zischte Dorian. „Ich habe dort nachgedacht. Anschließend kehrte ich nach Hause zurück. Und das ist alles.“
Der Anwalt würdigte das keiner Antwort. Er ließ sich resigniert wieder in die Tiefen seines Bürostuhls fallen. „Na dann erzähl mir bitte, wie es weiterging.“
Dorian fixierte ihn bösartig, dann blickte er zum Fenster hinaus und begann wieder mit seiner teilnahmslosen Stimme zu sprechen. „Ich werde ihnen zuerst von Lucy Bowmond erzählen, das interessiert Sie doch brennend, hab ich Recht? Ich kann es in ihrem Gesicht sehen. Außerdem haben Sie ihren Namen vorhin auf diesen kleinen Zettel dort geschmiert. Und wenn wir schon einmal beim Thema Frauen sind...“
Vierzehn, dachte der Anwalt. *Dieser Bursche ist Vierzehn! Großer Gott...*
Er ließ schnell seinen Notizblock verschwinden und verschränkte die Hände, schien zu überlegen. „Alles, was dir helfen kann, ist wichtig, Dorian. Und deswegen interessiert es mich, ja.“
Dorian lächelte sein winziges Halblächeln, dann erzählte er seinem Gegenüber von Lucy Bowmond und der Anwalt trat wieder ein paar Schritte tiefer in das dunkle Schattenland des Jungen hinein. Nach dieser nächsten, relativ kurzen Erzählung glaubte er schon, die Wurzel des Übels nun endlich gefunden zu haben, doch auf jede seiner anschließenden Fragen antwortete Dorian nur mit brütendem Schweigen.
Er würde mit dieser Lucy sprechen müssen. Vielleicht war sie das fehlende Puzzleteil in diesem ganzen Irrsinn.
Der Anwalt rieb sich schließlich die Augen und seufzte laut auf. „Nun gut, Dorian, vielleicht kommen wir später noch einmal auf diese Sache zurück. Auf Lucy.“ Und wie Recht er hatte – nur

anders, als er im Moment vielleicht dachte. „Sprechen wir nun wieder über den Abend, als... na ja, als Liz und du..." Er zögerte. „Du weißt, was ich meine."
Dorian begann zu grinsen. Es sah diabolisch aus. „Sprechen Sie es ruhig aus", flüsterte er. „Sie wissen genau, was passiert ist, nicht wahr? Lucy und ich waren Kinder. Liz dagegen..."
„Ich möchte es von *dir* hören, Junge. Ich *muss* es von dir hören, verstehst du?"
Dorians Grinsen verblasste. Er sah durch das Fenster nach draußen, schien nach dem richtigen Ansatz zu suchen. Dann fixierte er wieder den Anwalt vor sich.
„Wie schon gesagt, machte ich mich bald wieder auf den Nachhauseweg..."

...In dieser Nacht schliefen Liz und ich das erste Mal miteinander. Es war keine große Sache. Ich kam zurück, fand sie dösend auf der Couch vor, nahm sie wortlos bei der Hand und führte sie in ihr Schlafzimmer. Und in das meines Vaters.
Es war schön. Natürlich war es schön. Zur damaligen Zeit mit Sicherheit das Schönste, das ich je erlebt hatte. Ich war schüchtern und vorsichtig, doch nach einiger Zeit wurde ich mutiger und sie schien sich endlich, nach so vielen Jahren, fallen lassen zu können. Jede Bewegung, jedes Wort, jede Berührung war heilig. Ihr Körper wurde mein Tempel, den ich ehrfürchtig aufsuchte, so oft es uns möglich war, und die traumhaften Wochen, in denen mein Vater uns nachts nicht mit seinem Hass heimsuchte, waren für uns beide die Erfüllung. Ich gehe soweit, dass ich, trotz meiner damals nur zwölf Lebensjahre, zweifellos von Liebe sprechen kann. Ich liebte meine Stiefmutter. Und sie liebte mich.
Wenn wir zusammen waren, nannte Liz mich trotzdem ihr Baby, was mir aber in diesen Momenten nicht unnatürlich oder seltsam vorkam. Einen kleinen Stich versetzte es mir nur von Zeit zu Zeit, wenn sie richtig in Fahrt kam, sich an mir festkrallte und lautstark einen Männernamen schrie, der nicht der Meine war. Und auch nicht der meines Vaters. Er hallte in unserem kleinen, einsamen Dasein wider, ein Name aus einer anderen Welt, einem anderen Leben, das ich nie kennen gelernt hatte. Aber auch das schluckte ich und wir waren glücklich. So gut es eben ging.
Natürlich konnte es nicht ewig so bleiben, das wussten wir.
Und als mein Vater wieder tagsüber zu arbeiten begann, bekamen wir das aufs Schmerzhafteste zu spüren.
Am Tag seiner letzten Nachtschicht, einem Freitag, beschlossen wir, unsere vergangene, gemeinsame Zeit zu feiern. Sie kochte mir einen Braten mit frischem Gemüse, was uns zu dieser Zeit

eine Menge Geld kostete – wenn mein Vater es herausbekommen sollte, wären wir tot, wir beide.

Aber das würden wir irgendwann so oder so sein, also beschlossen wir, furchtlos und aufrecht, ein kleines Wagnis einzugehen, ein wahrhaft fürstliches Mahl einzunehmen und schließlich auf unserer Couch, auf der alles angefangen hatte, eine traumhafte, vorerst letzte Nacht zu verbringen.

Es war Vollmond in dieser Nacht, ich kann mich noch sehr genau daran erinnern, und wir liebten uns innig und beinahe verzweifelt im kalten, bleichen Licht, das durch die großen Wohnzimmerfenster fiel, als uns urplötzlich das Geräusch der zuschlagenden Tür in den Ohren klang.

Liz Augen weiteten sich vor Entsetzen und sie sprang auf und griff fieberhaft nach ihren Sachen, die kreuz und quer im ganzen Raum verstreut lagen.

Aus dem Flur tönte bereits die gereizte Stimme des Monsters, sie plärrte irgendetwas von einem Arbeitsunfall, von vorzeitiger Entlassung, dass es nicht seine Schuld sei – natürlich nicht, Gott bewahre – und dass es jetzt sauer war. So richtig sauer. Es war kurz vor Mitternacht und mein Vater war viele Stunden zu früh dran. Pech.

Er betrat den Wohnraum, als Liz gerade versuchte, sich in ihr Oberteil zu zwängen, unterhalb der Taille war sie noch nackt. Sie hüpfte grotesk auf einem Bein und als sie ihn schließlich im Türrahmen stehen sah, fiepte sie erschrocken auf und begann gleich darauf zu wimmern wie ein verängstigtes Tier. Ihr sonst schon bleiches Gesicht wurde schlagartig weiß wie Schnee.

Mein Vater sagte nichts. Er stand nur da und starrte meine Geliebte mit ausdruckslosem Blick an. Dann stellte er seinen speckigen Arbeitsbeutel ab, schlüpfte umständlich aus seiner gefütterten Jacke und begann, sich die Hände an der schmutzigen Jeans abzuwischen.

Liz Jammern wurde immer lauter und demütiger, und als er langsam auf sie zuzugehen begann, stolperte sie rückwärts und schrie ihm immer wieder: Nein! *entgegen. Er war im Nu heran und gab ihr eine kräftige, unglaublich brutale Ohrfeige, die sie sofort in die Knie zwang. Das Monster starrte auf sie hinab, jetzt brannten seine Augen, doch sein Atem ging weiterhin ruhig und gleichmäßig. Er nannte sie Schlampe, eine dreckige, wertlose Schlampe, für die er so viel getan hatte, der er buchstäblich das Leben gerettet hatte und die ihn nun so hinterhältig in den Arsch fickte! Ihn! Und das mit seinem eigenen Sohn! Beim letzten Wort hob er das Bein und trat ihr vor die Brust, sodass Liz auf den Rücken fiel. Sie schrie auf und begann, röchelnd zu husten.*

Mein Vater sah mich kein einziges Mal an. Auch nicht, als er mich seinen Sohn nannte.

Dann sprang ich von meinem bisher sicheren Schlupfwinkel auf

der Couch nach vorne und stellte mich ohne zu überlegen zwischen ihn und sie. Zwischen meine Angebetete und das Monster.
Mein Vater blickte mir auch jetzt nicht ins Gesicht, er starrte weiterhin auf Liz, die auf dem Boden hinter mir lag, und so schien er durch meinen Bauch hindurch zu starren.
Er nannte mich Junge.
Er sagte mir, mit ruhiger, vollkommen beherrschter Stimme, dass ich gefälligst zur Seite gehen solle, wenn meine Mutter ihre Abreibung bekäme, dass ich mich nicht vordrängeln solle, denn ich würde noch früh genug an die Reihe kommen – oh ja, das würde ich! Ich setzte ihm ein einfaches Nein! entgegen. Und mutig wie ich war, schob ich noch ein melodramatisches Lass sie in Ruhe! hinterher.
Jetzt hob mein Vater den Kopf und sah mich an. Hinter mir konnte ich Liz leise weinen hören, ihre Schluchzer waren Dolchstöße in mein Herz, meine heile, kleine Welt war am Sterben.
Das Monster vor mir, mit dem kahlen Kopf, dem Hängebauch und dem verquollenen, roten Gesicht sagte mir beiläufig, dass es mich umbringen würde, wenn ich nicht sofort zur Seite gehen würde. Und ich glaubte ihm das, es war sein voller Ernst.
Als ich nicht reagierte, sondern ihm trotzig, dumm und verliebt wie ich war, weiterhin die Stirn bot, versetzte er mir blitzschnell einen Fausthieb ins Gesicht, der mich augenblicklich zu Boden schickte. Ich war zwar mittlerweile einigermaßen abgehärtet, doch in diesem Schlag hatte so viel Wut gesessen, dass es mir die Tränen in die Augen trieb. Glühendes Eisen bohrte sich in meinen Kopf und mir wurde so schwindlig, dass ich kurz davor war, ohnmächtig zu werden. Doch ich musste mich zusammenreißen – vielleicht würde ich nie mehr aufwachen.
Hinter mir kreischte Liz meinen Namen. Sie sollte die Schnauze halten, brüllte der Dämon über mir. Sie sollte endlich ihre verfluchte Schnauze halten, sonst würde er sie totschlagen. Mit einer seiner Schnapsflaschen.
Er packte mich am Hals und riss mich zu sich nach oben. Blut tropfte aus meiner angebrochenen Nase. Sein widerwärtiges Gesicht war direkt vor mir, und kurz, ganz kurz war ich davor, ihm einfach beide Daumen in die blutunterlaufenen Glubschaugen zu drücken, ihn zu blenden, jetzt und für alle Zeit.
Er flüsterte mir zu, wenn ich nicht in zehn Sekunden verschwunden wäre oder es wagen würde, vor dem nächsten Sonnenaufgang wiederzukommen, dann würde sie nicht so glimpflich davonkommen.
Sie wimmerte noch immer vor sich hin, als ich, mit nichts als einer kurzen Short bekleidet, zur Tür trottete. Als ich das Haus durch die Vordertür verließ, begannen die Schreie, und da rannte

ich los. Je mehr Raum zwischen mir und dem Monster lag, das sich mein Vater schimpfte, umso schneller wurde ich. Ich ließ das Haus der Schreie hinter mir. Und bei diesem Gedanken klingelte etwas in meinem Kopf und ich begann, noch schneller zu werden...

Dorian verstummte.
Der Anwalt ließ ihn eine Zeitlang gewähren, dann erhob er sich und begann, langsam um den Stuhl des Jungen herumzuwandern. Dorian verfolgte ihn mit misstrauischen Blicken, bis der Anwalt neben ihm in die Hocke ging und leise fragte: „Warum das Militärgelände, Dorian? Warum die Geisterstadt? Was hast du dort gefunden, sag es mir bitte!"
„Dieser Ort war meine Zuflucht", platzte der Junge heraus. „Meine ganz persönliche Zuflucht, die nur mir gehörte! Deswegen war ich immer wieder dort."
„Wie oft?"
„Regelmäßig", murmelte Dorian, nun wieder etwas ruhiger. „Nur dort konnte ich in Ruhe... nachdenken."
Dem Anwalt entging das kurze Zögern in Dorians Antwort nicht. „Hör zu, mein Sohn. Du hast eine Menge durchgemacht, das verstehe ich. Und kein Mensch wäre so unfehlbar, dass er glauben könnte, gegen so viel Böses anzukommen, ohne selbst einen Fehltritt zu begehen. Es gibt bestimmte Ärzte..." Er griff nach der Hand des Jungen. „Lass dir doch helfen..."
„Fassen Sie mich nicht an!" zischte Dorian, giftig wie eine Schlange. „Ich erzähle ihnen meine Geschichte, Sie hören mir zu, dann werden Sie mich vor Gericht erfolglos verteidigen und zusehen, wie ich abgeführt werde. Das war´s. Also bitte ersparen Sie uns beiden diese jämmerlichen Anbiederungsversuche und lassen Sie mich zu Ende erzählen!"
Der Anwalt hatte sich erhoben und blickte ratlos auf seinen jungen Mandanten hinab. So viel Hass, dachte er traurig. So viel Trauer, Hass und Leid – kein Wunder, dass diese Welt den Bach runter ging.
Er trat wieder hinter seinen Schreibtisch und hockte sich mit einem Seufzer auf dessen Kante. Er machte eine einladende Handbewegung. „Also gut, Dorian, wie du willst. Erzähl deine Geschichte zu Ende, damit ich endlich nach Hause kann." Er versuchte, es möglichst teilnahmslos zu sagen, doch Dorian ließ sich nicht ködern.
Mit einem humorlosen Grinsen zeigte er dem Anwalt seine Zähne, dann begann er mit dem Ende seiner Geschichte...

...In dieser Vollmondnacht fasste ich den Entschluss, ihn zu töten. Ihn mit den eigenen Händen zu töten und weder Strafe noch Tod zu fürchten, bevor dieses Ungeheuer nicht unter der Erde lag. Ich saß wieder einmal dort auf meiner Mauer, starrte in den Nachthimmel. Und der Entschluss war da. Es brauchte noch Zeit, ein bisschen Training und den richtigen Moment, aber es würde geschehen – dafür würde ich fortan leben.

Als der Morgen anbrach, machte ich mich schweren Herzens auf den Rückweg. Mir graute vor dem, was mich erwarten mochte, mir graute vor dem, was er wohl Liz angetan hatte, was er mir antun würde, wie er mich verspotten würde, weil ich davongelaufen war wie ein feiger Köter. Als ich leise durch die Haustür schlich, saß mein Vater alleine mitten auf der Couch. Auf dem Beistelltisch neben ihm lag sein altes, abgewetztes Armeemesser.

Das Morgenlicht schien durch das Fenster hinter ihm und tauchte alles in einen fahlen, unwirklichen Nebel. Ich blieb in der Mitte des Raumes stehen, und als er sich schwerfällig erhob, konnte ich sehen, dass er einen schweren, steinharten Ledergürtel in der geballten Faust hielt. Er trug nur ein Unterhemd und eine dreckige Short, überall waren kleine Blutspritzer. Die Faust, die den Gürtel hielt, war voll davon. Ich konnte die dicke Ausbeulung an der Vorderseite seiner Unterhose sehen und begann zu zittern.

Er sagte an diesem Morgen nur drei Worte zu mir: Auf die Knie! *Und das tat ich.*

Die Sonne stand höher, als es dann vorbei war.

Die Zeit verging und heilte keine einzige meiner Wunden, denn mein Vater riss sie tagtäglich von neuem auf.

Er hatte Liz die Nase, einen Arm und mehrere Rippen gebrochen. Ihr Gesicht war ausgebeult und beide Augen waren unter blühenden Veilchen verborgen. Wenn das Monster hoffte, sie so für mich hässlich und uninteressant zu machen, dann hatte es sich getäuscht. Ich liebte sie mehr als je zuvor. Erst zwei ganze Tage später bekam ich sie wieder zu Gesicht, sie hatte sich im Schlafzimmer verkrochen und ging nicht aus dem Haus. Wenigstens diese Schonzeit gönnte ihr mein Vater.

Auch ich hatte die eine oder andere gebrochene Rippe davongetragen und mein ganzer Körper war mit blauen Flecken und Prellungen übersäht. Mein Gesicht war auch nicht gerade gut weggekommen – neben der angebrochenen Nase hatte er mir noch einen tiefen Schnitt mit seinem verdammten Armeemesser versetzt. Dennoch hatte sich der Dämon hauptsächlich auf den Unterleib, auf die Weichteile konzentriert.

Am Montag nach unserer Züchtigung verließ mein Vater frühmorgens das Haus, um seinem normalen Job wieder nachzugehen. Zehn Minuten lang blieb es totenstill, dann hinkten wir unabhängig voneinander, jeder für sich, in die Küche, wie

Überlebende einer atomaren Katastrophe, wie Zombies. Leer. Seelenlos.
Dort sah ich sie zum ersten Mal seit der schrecklichen Nacht wieder und sie weinte und versuchte, ihr Gesicht zu verstecken. Sie entzog sich mir, als ich versuchte, sie zu umarmen, und weinte nur noch mehr. Sie trug einen abgewetzten, weißen Morgenmantel und ich konnte unzählige Flecken und Schnitte auf ihrer nackten Haut sehen. Ihr rechter Arm hing in einem unnatürlichen Winkel an ihr herunter und irgendwann packte ich sie einfach, drückte sie an mich und nach einer vollen Minute Gegenwehr, in der sie zitternd und schreiend um sich schlug, ließ sie es dann geschehen. Sie sackte in meinen Armen zusammen. Ihre Schluchzer klangen so müde. Müde und ohne Hoffnung.
Die Morgensonne wärmte unsere Gesichter und enthüllte erbarmungslos die Wunden unseres Krieges, die Strafe, die wir für unseren Verrat bezahlt hatten. Ich küsste sie. Sie schlang die Arme um mich, so fest, dass es wehtat.
Und allen Monstern dieser Welt zum Trotz nahm ich sie mit in mein Zimmer und wir liebten uns vorsichtig und unter Schmerzen. Und bei jedem neuen Auflodern in meinem Körper, bei jedem unterdrückten Schmerzensschrei aus Liz Mund, schwor ich Rache.
Fast hätte ich mir an diesem Morgen gewünscht, er würde wieder überraschend in der Tür stehen, denn dann hätte ich ihn sofort getötet. Ihm für immer das Licht aus seinen verhassten, blassblauen Augen gelöscht. Doch es war noch nicht an der Zeit, das spürte ich – ich war noch nicht bereit.
Ich erzählte Liz von meinem Vorhaben und natürlich – ganz die Mutter – versuchte sie zuerst, es mir auszureden. Ich hätte sie beinahe ausgelacht, zerschlagen und misshandelt wie sie war, mit zwei zugeschwollenen Augen. Es war immer dieselbe, alte Geschichte: Natürlich wünschte sie sich nichts sehnlicher, als dass der alte Mann sie nicht mehr heimsuchen und wir beide unser Leben zusammen würden leben können, einen neuen Anfang machen, weit weg von dieser ganzen Scheiße! Diesen Schritt zu weit wollte sie natürlich zuerst nicht gehen. Doch mein härtestes Argument überzeugte sie letztendlich – wir mussten es tun, bevor er sie tötete. Oder mich. Uns beide.
Die nächsten fünfzehn Monate verhielten wir uns still, unauffällig, sagten Ja und Amen zu allem, was der Alte uns auftrug oder abverlangte. Natürlich schlug er uns auch weiterhin, doch unsere demütige Haltung schien ihm bereits einen Teil seiner zwanghaften Befriedigung zu geben. Es geschah immer seltener und seine Wut verrauchte meist nach nur wenigen Minuten. Wir leckten unsere Wunden.
Nach der großen Züchtigung ging ich mit Liz zu einem ehemaligen Kunden von ihr, einem jungen Hausarzt, der uns

zwar zuerst unfreiwillig, aber dann doch kompetent untersuchte und uns schließlich wieder einigermaßen instand setzte. Liz drohte ihm damit, seiner Familie von seinen Ausrutschern zu erzählen, was sie niemals getan hätte, denn, so erzählte sie mir auf dem Heimweg, sie hatte diesen jungen Arzt damals recht gern gehabt, er war nie grob gewesen und hatte sich wohl ein wenig in sie verliebt. Sofort erwachte die Eifersucht wieder in mir, doch ich zwang mich zur Ruhe. Ihr altes Leben hatte nichts mit unserem jetzigen zu tun.

Liz versicherte dem jungen Mann noch einmal, dass sie ihn zukünftig keineswegs erpressen wolle, sie würde nur diese eine Gefälligkeit für ihr Schweigen verlangen, und als wir weg waren, machte er sicherlich drei Kreuzzeichen. Aber natürlich hatte ich auch bemerkt, wie seine Blicke begehrlich über ihren Körper gewandert waren, wie er sie vorsichtig und mit zärtlichen Berührungen untersucht hatte. Und die vielen, unruhigen Blicke, die er mir zugeworfen hatte, waren mir ebenfalls nicht entgangen.

Ich arbeitete sehr viel an meiner Kondition, machte tagtäglich, bevor ich mein Zimmer verließ, fünfzig Liegestützen und ging laufen, laufen, laufen – so oft es mir möglich war. Nach der Schule suchte ich direkt das alte Militärgelände auf und rannte dort zwischen halb eingefallenen Gebäuden und lichten Wäldern, bis ich vor Erschöpfung fast kotzen musste. Der Winter war am Schlimmsten. Es war zu kalt und zu rutschig zum Laufen, und so musste ich mich komplett auf Liegestützen, Kniebeugen und Klimmzüge verlassen, während nebenan im Schlafzimmer das widerwärtige Grunzen des Monsters zu mir herüber drang, wenn es Liz bestieg. Von ihr hörte ich keinen Laut.

Sobald es draußen taute, flog ich beinahe aus dem Haus, und wieder rannte ich, als wäre der Teufel hinter mir her. Die Kaserne wurde nun auch für mich zum Trainingslager.

Ich lief querfeldein, mitten durch den Wald, legte mir regelrechte Selbstmordparcours mit verschiedenen Schwierigkeitsstufen an und kletterte auf Bäume – ich wurde ein richtiger Naturbursche. Während dieser endlos scheinenden Zeit hatte ich zwar Kontakt zu Liz, doch wir wurden immer vorsichtiger und wollten keinesfalls mitten auf der Zielgeraden doch noch stolpern. An eine Nacht, kurz bevor alles zu Ende ging, erinnere ich mich noch im Besonderen. Mein Vater war auf großer Sauftour und ging schon leicht angetrunken aus dem Haus. Zum Abschied gab er Liz eine schallende Ohrfeige und mich riss er am Ohr zu sich heran und flüsterte mir zu, wenn ich sie anrühren würde, dann wäre ich tot! Aber nicht, bevor ich noch sehen konnte, wie er meiner Mutter die Scheiße aus dem Leib prügelte. Ein netter Mann.

In dieser Nacht schliefen wir mehrmals miteinander, klammerten uns mit einer Verzweiflung an das bisschen Leben, das wir noch hatten, dass es beinahe schon masochistisch war. Denn wir wussten, wir spürten, dass das Ende nahte. Und was hinter dem großen Feuer auf uns wartete, verbarg sich noch hinter dichten, schwarzen Rauchwolken. Ich sagte ihr immer wieder, wie sehr ich sie liebte, wie sehr ich sie brauchte und dass alles gut werden würde. Sie weinte sehr viel und flüsterte mir mit zitternder Stimme nach: Alles wird gut! Alles wird gut!

Ich hätte es da schon riechen müssen.

Am Vorabend meines vierzehnten Geburtstags, fast eineinhalb Jahre nach der großen Züchtigung, suchte ich zum letzten Mal die Kaserne auf. Ich wusste, dass Liz versuchen würde, meinen Vater möglichst scharf zu machen, um ihn dann ins Schlafzimmer zu locken, wo ich ihn problemlos von hinten überraschen konnte, während er auf ihr herumrammelte. Ich dachte zuerst an ein Messer, doch Liz meinte leichthin, ein Knüppel würde weniger Dreck machen. Schon komisch, so selbstverständlich, als würde man beim Frühstück über die Konsistenz seines Müslis sprechen.

Ich erreichte, fiebrig vor Aufregung, meine Kaserne. Wieder einmal schien der Vollmond auf das verfallende Militärgelände herab, als wäre er für meinen Besuch dort angemietet worden. Nur glühte er diesmal in einem düsteren Rot, wie in Blut getaucht. Ich schöpfte Kraft aus der Nacht und versuchte, mich in einen Zustand völliger Gleichgültigkeit zu versetzen. Tat ich das Richtige? Auf diese Frage gab es nur eine Antwort und ich kannte sie. Freiheit.

Dieses eine Wort: Freiheit.

Kurz nach Mitternacht machte ich mich zum letzten Mal auf den Weg zu dem Haus, in dem ich das verbracht hatte, was man normalerweise Kindheit nannte...

„Ich muss auf die Toilette."

Der Anwalt konnte dem plötzlichen Themenwechsel zuerst nicht folgen, so gebannt war er von der Erzählung. Zumal, da es nun auf das Finale zuging.

„Oh, verstehe. Natürlich..." Der Anwalt erhob sich hastig und begleitete Dorian zur Tür. Er öffnete und blickte hinaus in sein Vorzimmer, wo Carolyn, die Sekretärin, gerade in ein lockeres Gespräch mit dem bärtigen Vollzugsbeamten vertieft war.

Der Anwalt übergab Dorian an den grimmig dreinblickenden Mann und sofort schloss sich dessen kräftige Hand hart um den dünnen Arm des Jungen. Es musste Dorian schmerzen, doch er blickte nur mit seinem winzig kleinen Lächeln zu dem Riesen hinauf, der böse zurückstarrte.

Bevor sie in den Gang hinaus verschwanden, drehte Dorian sich noch ein letztes Mal um.

„Sie werden das Ende lieben, glauben Sie mir."
Der Anwalt wusste nicht so recht, ob er ihm zustimmen konnte. Er hatte selten ein schwereres, härteres Schicksal gesehen, als das dieses Knaben und wusste wohl, wie das Ganze enden würde – aber, dass es ihm gefallen würde, glaubte er nicht.
Dorian und sein Wächter verschwanden durch die Tür nach draußen und der Anwalt konnte noch den unbehaglichen Blick sehen, den Carolyn durch ihre Halbbrille hindurch den beiden hinterher warf, dann kehrte er in sein Büro zurück und schloss die Tür. Er hatte plötzlich schrecklichen Durst und genehmigte sich ein eiskaltes Glas Wasser aus dem blubbernden Spender in der Ecke. Nachdem er es gierig auf einen Zug geleert hatte, fühlte er sich etwas besser.
Verwirrt ließ er sich hinter seinem Schreibtisch nieder und durchblätterte seine Notizen.
Dorian war an diesem besagten Abend nach Hause zurückgekehrt und hatte seinen Vater auf brutalste Weise getötet. Laut der Obduktion hatte er dessen Kopf so lange gegen die Wand geschlagen, bis so gut wie nichts mehr davon übrig gewesen war. Anschließend tötete er auch seine Stiefmutter. Die Frau, die ihm alles bedeutet hatte, die sein Leben bestimmt hatte, so wie sein Vater versucht hatte, es zu zerstören. Warum?
Der Anwalt konnte noch entfernt nachvollziehen, welche Wut sich nach so vielen Jahren Schmerz, Misshandlung und Erniedrigung in einem Jungen ansammeln konnte. Der Mord an seinem Vater war also mehr oder weniger klar. Unzurechnungsfähigkeit, wahrscheinlich würde sogar Notwehr durchgehen.
Doch der Mord an seiner über alles geliebten Liz war schlichtweg unlogisch. Vielleicht hatte sie ihn belogen, ihn nur benutzen wollen, um den Alten loszuwerden und er hatte das in diesem Moment herausgefunden, geblendet und gefangen im Blutrausch.
Jedenfalls hatten Nachbarn die Polizei alarmiert, die zwar leichthin zugaben, des Öfteren schon Schreie aus dem altem Haus am Waldrand gehört zu haben, doch diesmal waren sie schlimmer gewesen. Deutlich schlimmer. Und so kamen die Cops und zogen den blutverschmierten Jungen von den Leichen herunter, während er gerade die Eingeweide seines Vaters in sich hineinstopfte.
Er hatte bereits angefangen, beide Leichen aufzufressen...
Der Anwalt bekam eine Gänsehaut. Dorian hatte auf ihn einen hochintelligenten Eindruck gemacht. Dieser traurige, unheimliche Knabe war von Anfang an systematisch zerstört worden, Stück für Stück. Und er hatte nie eine wirkliche Chance gehabt.
Als sie ihn abführten, hatte er keinerlei Gegenwehr geleistet. Kein Wort war aus seinem Mund gekommen, keine Gefühlsregung in seinem Gesicht abzulesen. Warum hatte er auch Liesbeth Kröner getötet? *Seine* Liz. Warum?

Der Anwalt zerbrach sich noch den Kopf, als plötzlich Carolyn die Tür zu seinem Büro aufriss, hysterisch seinen Namen schreiend. Er stürzte zu ihr und versuchte, sie zu beruhigen, doch sie war außer sich und deutete immer wieder auf die Tür, die zum Gang hinaus führte.
Das Wenige, das der Anwalt aus ihren gestammelten Worten heraushören konnte, gefiel ihm gar nicht. Er durchquerte den Vorraum und öffnete die gegenüberliegende Tür, vorsichtig und langsam. Hinter ihm begann Carolyn hinter vorgehaltener Hand zu schluchzen.
Er sorgte sich umsonst – zumindest um sein eigenes Wohl. Der lange Gang mit den unzähligen Querfluren und Türen zu beiden Seiten führte schnurgerade aus und endete mit den Türen zum Aufzug, die sich gerade rumpelnd schlossen.
Zehn Stockwerke, dachte der Anwalt noch. *Das heißt, in weniger als einer Minute spaziert er durch den Haupteingang und ist frei. Frei!*
Aus manchen der identisch aussehenden Türen streckten sich bereits neugierige Köpfe nach draußen. Jetzt konnte er Carolyns stammelnde Worte hinter sich verstehen. *Wilbur*, jammerte sie immer wieder. *Wilbur*, das stand auf dem Namensschild am hellblauen Hemd des Vollzugsbeamten.
Sie hatten sich wohl bereits schon seit Längerem gekannt.
Der Bärtige lag vor der Tür, die zur Herrentoilette führte.
Seine Kehle war brutal zerschmettert worden und bestand nur noch aus einem blutigen Brei. Die fassungslosen Augen blickten nach oben, in das kalte Licht der Neonröhren. So wie es aussah, konnte er nicht mehr viel gespürt haben.
Und Dorian war weg.
„Rufen Sie die Polizei, Carolyn. Sagen Sie ihnen, der Gefangene ist geflohen.“ Er wandte sich zu ihr um. Sie starrte immer noch mit großen, verheulten Augen die Leiche an.
„Schnell! Bewegen Sie sich!“, fuhr er sie an und seine ruppige Art wirkte. Sie straffte sich und war wieder Herrin der Lage. Während sie hektisch eine Nummer in ihr Festnetztelefon eingab, hastete der Anwalt in sein Büro zurück und presste sich eng gegen die Panoramafensterscheibe, sodass er den Haupteingang tief unter sich sehen konnte.
Der Verkehr war jetzt zur Vormittagszeit mörderisch und es herrschte ein scheinbar zielloses Gewimmel dort unten. Fußgänger, Radfahrer, Taxen, Busse...
Und dann sah er ihn. Dorian sprach durch das Seitenfenster mit einem Taxifahrer, es musste der Junge sein, der Anwalt war sich ganz sicher. Dann stieg er in das Auto, doch zuvor bildete der Anwalt sich ein, noch einen letzten Blick auf Dorians Gesicht zu erhaschen. Und der lächelte, als er einstieg.
Dann verschwand das Taxi hupend im Verkehr.

Der Anwalt ließ kraftlos die Arme sinken und dachte an eine junge, hilflose Frau, die es nie leicht gehabt hatte in ihrem kurzen Leben und die von dem einzigen Menschen getötet worden war, der sie wirklich geliebt hatte.
Als Carolyn hinter ihm leise sagte, dass die Beamten in zehn Minuten eintreffen würden, hörte er es kaum. Er dachte an den Ärger und die Konsequenzen seines Tuns. Seine Sturheit, den Jungen hier, auf ungesichertem Terrain, verhören zu wollen.
Er hatte Dorian nie wieder gesehen. Nur nachts, selbst viele Jahre später, schreckte der Anwalt manchmal aus schrecklichen Alpträumen hoch und glaubte dann noch immer, einen bleichen Jungen mit blutigen Lippen neben seinem Bett stehen zu sehen.

II

DESPIN

1

Lynn Davis stand auf der Schwelle ihres kleinen Gemischtwarenladens und winkte dem schwarzen Minivan hinterher.
Das warme Licht der Abendsonne zauberte einen goldenen Glanz auf ihre faltigen Züge. Sie war glücklich und strahlte übers ganze Gesicht, was die alte Frau um Jahre jünger erscheinen ließ.
Ein weißer Seidenschal flatterte um ihren Hals, der Wind war kalt und die scheinbare Wärme des goldenen Lichts trügerisch. Der Winter war nicht mehr fern und Schnee lag in der Luft. Die mächtigen Gipfel ringsum fingen märchenhaft leuchtend die letzten Sonnenstrahlen ein und ein wolkenloser Himmel wölbte sich über ihnen.
Ein unerwarteter Besuch war es gewesen, doch zweifelsohne auch ein freudiger. Insgeheim hatte Lynn natürlich lange schon mit der Ankunft des Jungen gerechnet. Es war nur eine Frage der Zeit gewesen.
Menschen kamen und gingen. Das zeigte sich jetzt, nach Joe Connors Tod wieder einmal nur allzu deutlich.
Und sobald alle Formalitäten erledigt waren, würde auch der etwas schweigsame, aber immer freundliche und liebenswerte Junge, den sie hatte aufwachsen sehen, aus ihrem Leben verschwinden. Als hätte es ihn und die Zeit, die er hier oben bei seinem Großvater verbracht hatte, nie gegeben.
Mit einem Mal erfasste Lynn eine tiefe Traurigkeit. Sie ließ die Hand sinken und zog ihre Strickweste und den Schal noch enger um die breiten Schultern. Es war das letzte Mal gewesen, dass sie Phil Connor von Angesicht zu Angesicht gesehen hatte.
Das klobige Gefährt mit dem röhrenden Auspuff tauchte gerade wieder hinter einer Reihe von alten, windschiefen Getreidespeichern auf, immer in Richtung der Bergauffahrt, und war gleich darauf schon wieder zwischen den Tannen verschwunden.
Lynn wandte sich ab. Sie beschloss, heute früher Schluss zu machen, es war ohnehin schon spät und ihre Kunden wagten sich um diese Zeit kaum noch vor die Tür.
Ihr Laden war nicht sehr groß. Auf etwa fünfzig Quadratmetern drängten und stapelten sich Dutzende von Regalen, Kisten, Vitrinen, Lebensmitteln und Gebrauchsgegenständen jeglicher Art. Vom Füllfederhalter bis zum Lenkdrachen, von Gaskartuschen über Frühstücksflocken bis zum eingelegten Thunfisch

konnte man bei Lynn Davis alles bekommen – vorausgesetzt, man gab sich mit dem Angebot aus längst vergangenen Zeiten zufrieden.
Die paar hundert Einwohner von Despin waren für so gut wie nichts Neues offen und lebten dennoch glücklich und zufrieden, fernab von Glamour, Vierundzwanzig-Stunden-Discountern und dem restlichen Großstadtleben – gerade *wegen* der mehr als vorsintflutlichen Waren, die Lynn Davis Laden zu bieten hatte.
Manchmal hatte sie es wirklich satt.
Sie kannte jeden hier, so wie jeder den anderen kannte. Fremde, Überraschungen, unerwartete Ereignisse waren äußerst selten. Es kamen in diesen Monaten ja auch kaum Touristen hierher. Die Saison begann erst in ein paar Wochen und solange wurde Despin weiterhin von der Langeweile beherrscht.
Sie wollte schon in ihr kleines Reich zurückkehren, um die Kasse zu machen und sich auf den Feierabend vorzubereiten, als sie ein neues Motorengeräusch hinter sich hörte. Fast schon übertrieben langsam fuhr ein Streifenwagen der County Police auf ihrem Parkplatz ein.
Ein junger Schwarzer in Uniform stieg aus.
Er nahm seine Schildmütze ab, kratzte sich an seinem kurzen Haarschopf und blickte dem davonfahrenden Wagen neugierig hinterher. Seine Augen waren hinter einer übergroßen Pilotenbrille verborgen.
„Sie waren bei *dir*?“ fragte er.
„Erinnerst du dich noch an Phillip Connor, Russell?“
Russell Cody war seit vielen Jahren in Despin eingeteilt, so dass er den Namen Connor kannte, wie jeder andere im Tal. Er hatte oft von dem alten Joseph einen Kaffee angeboten bekommen.
„Muss wohl Joes Enkel sein, was? Ich habe ihn zuletzt als kleinen Jungen gesehen, ist sicher schon eine Ewigkeit her. Seit wann lässt er sich denn die Haare wachsen? Und der Rest der Truppe sieht auch nicht gerade besonders vertrauenerweckend aus.“
„Du hast sie gesehen?“ fragte Lynn.
„Sie fuhren an mir vorbei, direkt am Ortsrand. Ich sah die getönten Scheiben und die aufgesprühten Flammen an den Seiten und wurde natürlich gleich aufmerksam. Ich konnte im Wageninneren nicht viel erkennen, aber genug, um ihnen bis hierher folgen zu müssen.“
Lynn blickte empört. „Russ, was erwartest du denn? Das sind alles sehr nette junge Leute. Phillip und seine neue Freundin mit zwei seiner besten Freunde. Ja, sie waren bei mir und sie sind alle freundlich und gut erzogen. Warum musst du sie beschatten, als wären sie ... Verbrecher?“
„Vorsicht ist nie verkehrt, Lynn.“ Russell schüttelte eine Pall Mall aus seiner Brusttasche und entzündete sie gekonnt mit einem Streichholz. „Will er mit seinen Freunden das Dahinscheiden

seines Großvaters so richtig feiern, hm?“ Er blies lautstark den Rauch aus.
„Du tust ihm wirklich Unrecht, Russell! Er ist ein junger Mann geworden, kein Kind mehr. Außerdem hat er Josephs Tod sehr schwer genommen. Er meinte nur, er wolle noch ein letztes Mal die Hütte besuchen, bevor sein Vater sie endgültig verkauft. Ein paar persönliche Sachen holen, Abschied nehmen.“ Ihr Blick wurde tadelnd. „Du *weißt* doch, wie gern er seinen Großvater hatte.“
„Ja, früher. Du hast es selbst gesagt: Er ist kein Kind mehr, Lynn.“ Er blickte dem Van noch immer sehr skeptisch hinterher. „Wenn die dort oben nur keinen Unsinn machen.“
„Sie bleiben ohnehin nur zwei Nächte“, sagte Lynn schnell. „Die vier haben sich bei mir mit Verpflegung eingedeckt, so wie Phillip es mit seinen Eltern schon immer getan hat. Brian und Ellen waren ja letzten Monat bereits hier.“ Lynn Davis brachte es fertig, jede ihrer Erklärungen wie einen Vorwurf klingen zu lassen, doch der junge Polizist sprang nicht darauf an. „Soweit ich weiß, sollen morgen Abend noch Phillips alter Freund, der junge Carter und seine Freundin dazu stoßen.“
Russell machte große Augen und stieß einen leisen Pfiff aus. „Forrest *Woody* Carter? Der Sohn des großen, allmächtigen Skihotelmoguls? Schande, dann werde ich wohl um einen Besuch dort oben nicht herumkommen.“
„Nur weil du seinen Vater nicht leiden kannst...“
„Du kennst Woody Carter nicht“, unterbrach er sie ruhig.
„Natürlich. Noch von früher. Wieso?“
„Auch er ist kein Kind mehr.“
„So schlimm?“ fragte Lynn kleinlaut.
„Ein Spaßvogel und Partyhengst wie er im Buche steht. Er sorgt immer wieder für Aufruhr. Ich glaube immer noch, dass *er* es war, der im letzten Jahr den großen Weihnachtsbaum an der Hauptstraße in Aspen gefällt hat. Du kannst dich an den entstandenen Schaden wohl noch erinnern, oder?“
„Aber Russ, der Junge kommt aus einem wohlhabenden Haus. Ich glaube nicht, dass...“
„Gerade deswegen“, fiel Russell ihr ins Wort, „glaube ich, dass er es war. Ein typisches, reiches Einzelkind, dessen Eltern zu beschäftigt sind, um sich um eine vernünftige Erziehung zu kümmern. Gelangweilt und verwöhnt.“
„So, mein Lieber, jetzt reicht´s aber!“ Lynn stieß mit dem Zeigefinger energisch gegen die Brust des Polizisten.
„Erstens hörst du jetzt sofort auf, mich ständig zu unterbrechen und zweitens will ich kein schlechtes Wort mehr über Phil Connor oder seine Freunde hören. Diese Leute sind noch jung und dürfen feiern, soviel sie wollen. Du warst auch schon einmal nachtaktiver, als du es jetzt bist, mein Junge.“

Nun konnte Russell Cody sich ein Schmunzeln nicht mehr verkneifen.
Winzig, aber es war da. „Verschon mich mit dieser Masche, Lynn. Du weißt, dass ich nie der große Partyhengst war. Damals in Aspen nicht und heute schon gar nicht mehr."
„Du weißt anscheinend nicht, was deine Mutter mir schon alles über dich erzählt hat..."
„Okay, okay", rief Russell lachend und verschluckte sich fast am inhalierten Rauch. „Ich lasse ihnen den Spaß! Ich werde an diesem Wochenende nicht mal in die Nähe der Hütte kommen, einverstanden?"
„Einverstanden", sagte Lynn lächelnd. Sie legte dem jungen Mann ihre Hand auf den Oberarm. Lynns Haut war ebenso schwarz wie Russells, nur hatte sie einen helleren Ton. Lynn selbst nannte es ihre *Allround-Schokoladenseite*. „Möchtest du Kaffee? Ich habe noch welchen da. Außerdem schließe ich sowieso in fünf Minuten den Laden. Deine letzte Chance, mein Junge."
„Nein danke, Lynn." Er seufzte tief und nahm seine Sonnenbrille ab. „Ich war gerade oben bei Delberts Hütte. Ich kann dir sagen, seit ich *seinen* Kaffee kosten durfte, ist mir die Lust auf mehr gründlich vergangen."
„Was wolltest du denn bei ihm? Geht's ihm gut?"
Delbert Winston war der bekannteste Einsiedler der Gegend. Meistens ein wenig mürrisch und verschlossen. Er lebte schon lange in Scheidung und nur sein scheinbar unsterblicher Beagle Todd teilte die Hütte am Ostplateau mit ihm. Delbert und Joseph Connor waren beinahe Freunde gewesen... aber eben nur beinahe.
„Ihm geht's gut, er hatte nur Probleme mit seinen Schafen. Eines ist ihm wohl abhanden gekommen, deshalb hat er mich gerufen. Spurlos verschwunden, meinte er. Leider konnte ich nur die Hälfte von seinem Gebrummel verstehen. Warst du schon einmal in seiner Hütte?"
„Ist lange her", überlegte Lynn. „Wieso fragst du?"
„Der Laden verfällt immer mehr. Ich glaube, Delbert ist dem Ganzen dort oben nicht mehr gewachsen. Und bei einem seiner Bilder hab ich eine richtige Gänsehaut bekommen. Ein Gemälde mit einer Frau..."
„Ich weiß, welches du meinst, Russell! Das gibt es schon immer. Ich glaube, der Vorbesitzer hatte es bereits dort hängen."
„Und warum hängt Delbert es dann nicht ab?", brummte Russell. „Na, jedenfalls hat er zum Schluss getobt wie ein Wilder. Schrie nur noch zusammenhangloses Zeug über den Teufel persönlich, so dass ich irgendwann einfach nicht mehr zugehört habe. *Danke für den Kaffee und Tschüss*!" Russell zog energisch an seiner Zigarette und stieß mit einem erschöpften Seufzer den Rauch aus. Seine müden Augen blickten noch immer dem schwarzen Wagen hinterher, auch wenn er ihn schon längst nicht mehr sehen

konnte. „Ich befürchte, er wird langsam leicht paranoid."
„Ist ja auch kein Wunder, so ganz allein dort oben. Vor allem jetzt, da Joe tot ist. Aber du kennst ihn, Russ. Delbert ist und bleibt ein komischer Kauz", meinte Lynn kopfschüttelnd.
„Ja, das ist er." Russell und Lynn sahen beide zum Berg hinauf. Ihre langen Schatten streckten sich über den Asphalt. Irgendwo sang ein Vogel.
Russell wechselte das Thema und seine Stimme nahm einen beinahe beiläufigen Ton an. „Hast du von dem Doppelmord in den Wäldern von Sloane Peak gehört?"
„Ja, wie schrecklich. Ich hab heute Mittag im Radio davon gehört. Urlauber aus Phoenix, nicht wahr? Die armen Leute. Weißt du denn was Neues?"
Es versetzte Russell einen kleinen Stich, als ihm klar wurde, dass Lynn Davis mittlerweile eine alte Frau war und der beinahe gierige Ton ihrer Stimme lechzte nach Klatsch und Tratsch. Er konnte ihr nicht böse sein. Hier in Despin passierte für gewöhnlich nichts von Bedeutung.
„Ich fürchte nein", seufzte er. „Die dortige Polizei ist der Ansicht, das Paar sei von irgendwelchen wilden Tieren angefallen und verschleppt worden. Sie konnten nur noch vereinzelte Körperteile und eine Menge Blut am Tatort sicherstellen. Die Suchaktion läuft bereits." Er zog nervös an seiner Zigarette, blickte sie kurz an und warf sie dann in hohem Bogen Richtung Straße. „Von den Leichen fehlt jede Spur."
„Entsetzlich", murmelte Lynn. „Wilde Tiere so weit unten im Tal? So was ist schon ewig nicht mehr passiert. Meinst du denn, Phillip und die anderen könnten dort oben in Gefahr geraten?"
„Ich weiß es nicht." Russell blickte wieder den Berg hinauf. „Sloane Peak ist fast dreißig Meilen entfernt von hier. Selbst *wenn* es wilde Tiere waren, kann ich mir nicht vorstellen, dass sie so weite Strecken zurücklegen. In nur einer Nacht."
„Du glaubst nicht, dass es Tiere waren, oder?"
„Nein Lynn, ich bin mir nicht sicher. Es hat in dieser Gegend schon sehr lange keine Angriffe durch Wölfe oder Bären gegeben, vor allem nicht in diesem Ausmaß. Keine, die tödlich ausgegangen wären."
Lynn senkte ihre Stimme zu einem heiseren Flüstern. „Du erinnerst dich an die Geschichte mit dem Puma und dem Waldarbeiter?", fragte sie. „Du warst noch sehr klein und dein Vater war damals hier der Leiter der Ermittlungen."
Russell nickte. „Ich weiß, das ist bestimmt schon fünfundzwanzig Jahre her. Aber so etwas vergisst man wohl niemals. Ich habe damals den Schreibtisch meines Vaters abgesucht, um Fotos der Leiche zu finden, stell dir das mal vor." Er zog eine Grimasse. „Nun, ich habe tatsächlich welche gefunden – Leider. Ich hatte wochenlang Alpträume. Der Mann hatte Einzelschicht und war

noch sehr spät unterwegs, um Bäume zu markieren. Dann traf er auf den Puma. Das Tier war völlig ausgehungert und hatte irgendeine unbekannte Art von Tollwut – So hieß es damals zumindest. Der Mann war Gastarbeiter gewesen. Bei irgendeiner der großen Holzfirmen aus der Gegend ...“
„*Ben-Wood*“, sagte Lynn leise. „Es war schrecklich, als sie ihn dort oben aus den Wäldern rausholten. Dein Vater erzählte mir, von seinem Gesicht wäre praktisch nichts mehr übrig gewesen.“ Lynn erschauerte bei der Erinnerung.
„Sie fanden das Tier und erlegten es. Und seitdem ist nie wieder etwas Ähnliches passiert.“ Russell kratzte sich erneut am Kopf. „Wahrscheinlich spukt der Geist des armen Teufels noch immer dort oben in den Wäldern herum.“
„Russ, über so etwas macht man keine Scherze“, sagte Lynn scharf. „Ich kenne durchaus einige Leute, die solche Dinge nicht so leichthin abtun würden.“
„Und du gehörst dazu?“, fragte Russell mit hochgezogenen Brauen.
„Das habe ich nicht gesagt. Ich mache mir jetzt nur doch ein bisschen Sorgen um den Jungen und seine Freunde.“
Russell legte ihr eine Hand auf die Schulter. „Lynn, ich glaube kaum, dass das junge Paar aus Phoenix aus ihrem Wagen gestiegen wäre, wenn Wölfe oder irgendein anderes Raubtier in der Nähe gewesen wären. Der Motor des Wagens war vollkommen in Ordnung und am Wagen selbst fanden sich keinerlei Beschädigungen oder verwertbare Spuren.“ Er machte eine Pause. „Wieso sind sie ausgestiegen, mitten in der Nacht im dunklen Wald?“
Lynns Augen blickten ängstlich.
„Meinst du ...?“
„Ja“, sagte Russell und sein Blick wurde traurig. „Man braucht keine wilden Tiere mehr, um ein solches Schlachtfest anzurichten. Ich glaube, dass Menschen heutzutage zu allem fähig sind. Diese Welt wird immer verrückter.“
„Sie ist schon immer so gewesen, Russ.“
„Ja, mag sein.“
„Vielleicht könntest du morgen dort oben doch mal nach dem Rechten sehen. Ich würde es mir niemals verzeihen, wenn dem Jungen etwas zustoßen würde.“
„Und du meinst ernsthaft, dass ich noch weiterhelfen kann, wenn ein paar ausgewachsene junge Männer nicht zurecht kommen? Weißt du, was für ein Tier Woody Carter ist? Er ist der Traum jeder Footballmannschaft“, meinte Russell mit seinem winzigen Lächeln.
„Bitte Russ, tu es für mich!“
„Einverstanden. Ich muss ohnehin mit unserem Neuen, Harold Langdorn, noch einmal die ganze Tour durchgehen. Dafür geht der

nächste Kaffee auch auf deine Rechnung, klar?“ Der junge Polizist wandte sich zum Gehen.
„Aber ja, Russell. Ich wünsch dir einen schönen Feierabend.“
„Schön wär´s! Ich hab noch drei Stunden vor mir“, rief er über die Schulter. Er stieg wieder in den Streifenwagen und fuhr fort.
Lynn blickte dort hinauf, wo sich Joseph Connors Hütte befand, sie konnte sie allerdings wegen der Bäume nicht sehen.
Die Sonne schickte ihre letzten, verblassenden Strahlen in das Tal und es wurde schlagartig empfindlich kalt. Lynn Davis schlang die Arme um den Oberkörper, denn plötzlich fröstelte es sie.

2

Die Straße verlief in engen, serpentinenartigen Windungen steil den Berg hinauf. Das letzte Licht schwand dahin und bald waren die dichten Wälder und die blanken Felsen hinter den Fensterscheiben des Vans nur noch vage Schemen im Dämmerlicht.
Phil Connor hielt den Wagen tapfer auf der praktisch unbefestigten Straße. Fahrbahnmarkierungen oder Schilder gab es keine, Straßenlaternen schon gar nicht und es wimmelte von Schlaglöchern. Der verschlungene Weg schmiegte sich unentwegt eine steil aufragende Felswand entlang, die so glatt und ebenmäßig aussah, als wäre der Stein poliert worden.
Auf der anderen Seite des Wagens gähnte stets ein drohender Abgrund. Die Sicht verlor sich bereits nach wenigen Metern, obwohl Phil ohnehin nie Probleme mit großen Höhen gehabt hatte.
Er kannte diese Straße noch immer wie seine Westentasche, konnte seine Konzentration also etwas schleifen lassen.
Vincent Drake, der eigentliche Besitzer des Minivans, unterhielt sich hinter ihm mit Mag. Der hörte ihm mit halb geschlossenen Augen zu und saß mit dem Rücken zur Seitenwand gelehnt. Auf dem Beifahrerplatz neben Phil murmelte Laurie etwas Unverständliches im Halbschlaf, dann schmiegte sie sich noch enger in ihren Sitz und döste weiter. Die Fahrt hierher hatte sich länger hingezogen als erwartet und sie waren alle erledigt. Nicht zu vergessen die Party am Vorabend. Sie alle, ganz besonders Mag, hatten nicht allzu viel Schlaf bekommen.
Phil genoss das sanfte Vibrieren des Motors unter seinen Füßen und versuchte, seinen Geist um fast ein Jahrzehnt zurück zu versetzen. Zurück in eine Zeit, als die dreistündige Autofahrt hierher ihm noch wie eine Weltreise vorgekommen war – als die mächtigen Dreitausender in diesem Tal noch voller Mysterien und Geheimnisse steckten und die Wochenenden, an denen er mit

seinen Eltern hierhergekommen war, um seinen Großvater zu besuchen, seine absoluten Lieblingsurlaube gewesen waren.
Erstaunlicherweise lagen sie weit höher im Kurs als Palmen und weiße Sandstrände. Seine Eltern hatten das nach einer Weile zerknirscht einsehen müssen.
Als Phil einmal an einem palmengesäumten Traumstrand inmitten der Florida Keys angefangen hatte, sich zu beschweren, wann sie denn nun endlich nach Despin aufbrechen würden – sein Großvater würde schließlich schon auf sie warten – hatten seine Eltern resigniert und sich wohl oder übel damit abfinden müssen, dass der nächste Strandurlaub erst stattfinden konnte, wenn ihr Sohn auf dem College und damit raus aus der Familienplanung war.
Je näher sie der Hütte kamen, desto schneller wurden seine Erinnerungen lebendig. Als Kind hatte er hier die schönste Zeit seines Lebens verbracht. Und je älter er wurde, umso uninteressanter war das idyllische Hüttenleben seines Großvaters geworden.
Im Gegensatz zu Partys und Mädchen.
Dass er nun, als angehender Jungarchitekt, fast zehn Jahre später das erste Mal wieder nach Despin zurückkehrte, sollte ihn eigentlich glücklich stimmen. Doch seit sein Großvater vor einigen Monaten endgültig diese Welt verlassen hatte, war es eine traurige Rückkehr für Phil. Joseph Connors Tod lastete wie ein zentnerschwerer Block auf ihm, der sein Herz zu zerquetschen drohte. *Als Kind hat er mir hier oben das Paradies gezeigt. Und ich hab es die letzten Jahre nicht ein einziges Mal für nötig gehalten, ihn besuchen zu kommen.* Phil kam sich schäbig vor.
Wie gern hätte er Joseph Connor Laurie vorgestellt. Phil war sich sicher, der Alte hätte seine neue Freundin sofort ins Herz geschlossen und sie behandelt wie seine eigene Enkelin.
Auch Mag und Vincent hätten seinem Großvater mit Sicherheit gefallen. Klar waren sie etwas sonderlich und wie Pfadfinder sahen sie erst recht nicht aus. Doch sie waren freundlich, sensibel und absolut fair. Seine besten Freunde.
Ob Joseph Connor über den Besuch von Woody Carter begeistert gewesen wäre, dessen war Phil sich nicht sicher und er musste schmunzeln. Woody kam aus der Gegend und war schon seit seiner Kindheit bekannt wie ein bunter Hund. Schon früher, als Kind, war Woody etwas gewöhnungsbedürftig gewesen. Ein niemals zur Ruhe kommendes Plappermaul, hyperaktiv und frech wie ein Rabe.
Joseph Connor hatte den *jungen Carter* immer als verwöhnten Luxusbengel bezeichnet. Nicht, dass Woody nicht höflich gewesen wäre, aber hinter jedem seiner Worte steckte ein dickes Paket Ironie. Es war eine zeitlang her, dass Phil ihn gesehen hatte, doch er war sicher, dass sich sein Wesen im Lauf der Jahre nicht

sonderlich verändert hatte.
Phil sah in den Rückspiegel und beobachtet Mag und Vincent. Sie unterhielten sich mit leiser Stimme und Phil wusste genau, worum es in dem Gespräch ging. Mags Miene sprach Bände. Seine mandelförmigen Augen huschten nervös hin und her und sein Gesichtsausdruck glich dem eines geprügelten Hundes, der nur auf den nächsten Hieb wartete.
Phil hatte letzte Nacht ein ziemlich übles Wortgefecht mitbekommen, im Vorgarten von Danny Brightons Haus. Phil nahm sich vor, Mag später darauf anzusprechen, wenn sich ein günstiger Moment ergeben sollte. Dessen Beziehung zu der schönen Irin begann immer noch verwirrender zu werden.
Mags richtiger Name war Jaimenacho Porfirio Hardigan, doch da sich alle darin einig waren, dass man es kaum schlimmer erwischen konnte und seine mexikanische Mutter, die ihm ihr südländisches Aussehen vererbt hatte, Magarita-Dominga hieß, nannten ihn alle nur Mag. Er war auch nicht begeistert davon, doch irgendwann musste jeder seinen Spitznamen akzeptieren.
Was er allerdings definitiv von seiner *Madre* vererbt bekommen hatte, war das Fluchen.
Wenn Mag Hardigan fluchte, dann generell auf Spanisch. Neben Woody Carter wirkte er allerdings wie ein kleines Kind. Was Größe und Mundwerk betraf.
Phil war einen Moment unachtsam und der Wagen rumpelte durch ein besonders hinterhältiges Schlagloch. Vincent hinter ihm rief einen halblauten Fluch. Lauries Kopf verrutschte und prallte gegen die Sitzlehne, verwirrt schreckte sie hoch und erwachte.
Selbst so kurz nach dem Aufwachen sieht sie einfach reizend aus, dachte Phil. Er konnte nicht zählen, wie oft er dieses Mädchen schon im Stillen bewundert hatte. Wie lange schon war er jetzt verliebt in sie wie an dem Tag, als er sie zum ersten Mal gesehen hatte. *Die schöne Unbekannte*, dachte er. *Wie in einem Märchen.*
„Sind wir schon da?“ nuschelte sie verschlafen.
„Hey Phil, du hast doch gesagt, dass du einen Führerschein besitzt, oder?“, rief Vincent mit krächzender Stimme. „Du willst mir doch jetzt nicht sagen, dass du mich nur auf den Arm genommen hast?!“
„Verzeihung, Mister Drake“, sagte Phil mit seiner unterwürfigsten Stimme. „Ich schwöre hoch und heilig, beim nächsten Schlagloch schick ich eine schriftliche Warnung voraus.“
Vincent lachte auf. Sein Kopf erschien zwischen den beiden Vordersitzen. Seine schulterlangen, blonden Rasta-Locken hatte er zu einem Pferdeschwanz zusammengebunden, nur eine einzelne Locke baumelte vor seinem Gesicht hin und her. Sein blonder Kinnbart war so hell, dass er fast nicht zu sehen war.
„Ups“, machte Vincent und deutete anklagend auf die Skalen und Anzeigen des Minivans.

Phil warf einen Blick auf die Temperaturanzeige.
„Das Kühlwasser?“ fragte er mit einem Seitenblick.
„Yeah!“
Vincents Stimme hatte immer einen leicht leiernden Klang, so als hätte sie niemals den Stimmbruch richtig verarbeiten können. Heute klang sie noch krächzender als sonst. „Der alte Kessel ist schon fast am Kochen. Ich wusste nicht, dass es hier *so* steil nach oben geht. Mein *Dandy* ist zwar hart im Nehmen, aber wenn wir ihn noch weiter so quälen, macht er schlapp! Wir sollten ihm eine kurze Pause gönnen.“
„Kein Problem“, sagte Phil. „Nach der übernächsten Kurve kommt eine Art Rastplatz, dort kann er etwas verschnaufen. Zwanzig Minuten reichen ja wohl, oder?“
„Yeah, gib ihm Zwanzig und er läuft wieder wie eine Eins!“
Laurie gähnte ungeniert und streckte sich ausgiebig. „Wie weit ist es denn noch, Phil?“ Sie blickte durch das Seitenfenster in die Dunkelheit hinaus.
„Nicht mehr weit“, sagte er. „Nach dem Rastplatz ist es nur noch ein kurzes Stück.“ Er blickte zu ihr hinüber, doch sie starrte weiterhin aus dem Fenster. „Gut geschlafen?“, fragte er heiter.
„Geht so“, murmelte sie leise.
Phil wusste, irgendetwas stimmte nicht mit Laurie. Sie wirkte abwesend und er befürchtete, dass es etwas mit ihm zu tun hatte. Er würde sie darauf ansprechen müssen.
„Du kennst dich wirklich noch ziemlich gut aus hier, Phil“, sagte Mag aus dem Hintergrund. Seine Stimme klang unsicher. „Ist es nicht schon sehr lange her, dass du hier oben warst? Bist du sicher, dass wir noch richtig sind?“
„Ich war noch fast ein Kind, als ich das letzte Mal auf dieser Straße war“, gestand Phil. „Damals habe ich auf der Rückbank geschlafen oder war in Comics vertieft. Ich muss zugeben, ich fahre diese Straße heute zum ersten Mal selbst.“
„*Madre de dios*“, stöhnte Mag. „Ich mache drei Kreuzzeichen, wenn wir angekommen sind.“
„Keine Angst“, versicherte Phil ihm. „Ich erkenne jeden Meter hier ganz genau, als wäre es gestern gewesen.“
Er konzentrierte sich wieder auf die Straße und sie schwiegen eine Zeit lang. Nach einer Weile beschrieb der Weg eine extrem enge Linkskurve und Phil drosselte das Tempo. Unmittelbar dahinter erschien auf der rechten Seite eine große, runde Fläche.
„Da geht’s raus“, rief Vincent und deutete auf die Ausfahrt. „Da sind Bänke und eine Kiesfläche.“
„Ich weiß, Vince“, sagte Phil.
Vincent gestikulierte aufgeregt. Seine Nickelbrille, ähnlich der, die John Lennon immer getragen hatte, würde ihm gleich von der Nasenspitze rutschen. „Dann fahr raus, Mann, sonst läuft uns der alte Karren doch noch heiß.“

„Bin doch schon dabei“, maulte Phil. Warum wollte ihm hier keiner glauben, dass er genau wusste, was er tat?
Er lenkte den Van von der Straße und parkte inmitten eines Ovals von weißem Kies, das von groben, kantigen Felsbrocken umringt wurde. Am Fuß der Brocken waren spartanische Holzbänke angebracht worden. Dahinter erstreckte sich wie eine Mauer der dunkle Wald.

3

Laurie stieg als erste aus und streckte sich ausgiebig. Ihre Turnschuhe knirschten überlaut auf dem Kies. Im nahen Wald ertönte der traurige Ruf einer Eule.
Ansonsten war es still.
Laurie blickte sich neugierig um.
Phil hatte ihr schon so viel vom Browdin-Tal erzählt und sie war froh, all seine Kindheitserinnerungen und Erzählungen nun mit eigenen Augen sehen zu können. Stück für Stück wurden seine Geschichten für sie lebendig.
Der Mond war bereits halb aufgegangen und sein fahler Schein vermischte sich mit dem letzten Sonnenlicht, das es noch über die Bergspitzen schaffte. In der Dämmerung sah der Kies unter ihr blendend weiß und der dunkle Wald ringsum pechschwarz aus. Zwischen den massigen Tannen krochen Nebelschwaden hin und her, in einem zarten Indigo schimmernd, so als würden sie von einer unsichtbaren Lichtquelle beleuchtet werden.
Auf einmal wurde Laurie seltsam zumute.
Die samtene Finsternis, die der Wald dort vor ihr ausstrahlte, schien von einem Augenblick auf den anderen noch eine Spur düsterer zu werden, zu wachsen, sich auszudehnen. Die Lücken zwischen den knorrigen Bäumen wurden zu röhrenförmigen Tunneln, die Laurie mit immer stärker werdendem Sog anzogen. Gnadenlos, aber auch faszinierend, wie schwarze Löcher.
Und an deren Ende, eigentlich noch weit entfernt, schien etwas heranzukommen, etwas Großes, sich Windendes... immer schneller...
Laurie schüttelte den Kopf und schloss die Augen. Was waren das für Gedanken? Irgendetwas an dieser Gegend machte sie nervös, was war los mit ihr? War die lange Fahrt hierher ihr nicht bekommen? Das dort vorne war ein ganz normaler Wald bei Nacht – mehr nicht. Sie zählte in Gedanken langsam bis zehn.
Als sie die Augen wieder aufschlug, waren die gähnenden Abgründe zwischen den gewaltigen Tannen verschwunden. *Ein ganz normaler Wald, was hab ich dir gesagt?* schalt sie sich innerlich. Und dennoch blieb da ein kalter, beklemmender

Schauer, der noch immer über ihren Rücken lief...
Rasch wandte sie sich von der dunklen Szenerie ab, um wieder zum Van und den anderen zurückzugehen.
Vincent hatte die Motorhaube hochgeklappt und sah nach der Temperatur des Kühlers.
„Wie siehts aus?“, fragte Phil und trat neben ihn.
„Okay, denke ich. Wie ich gesagt habe – zwanzig Minuten zum Durchschnaufen, dann können wir weiter. Wie weit geht's denn noch nach oben?“
Phil kratzte sich am Hinterkopf und blickte den Berg hinauf, obwohl er in der Dunkelheit natürlich nichts mehr erkennen konnte. „Die Hälfte sollten wir eigentlich hinter uns haben. Zum Ende der Strecke hin verläuft die Straße nicht mehr ganz so steil und die letzten Kilometer geht's über ein weites, ebenes Feld bis vor die Tür der Hütte.“
„Direkt auf dem Plateau?“, fragte Mag aus der geöffneten Schiebetüre heraus. Sein Gesicht war fast vollständig im Schatten verborgen.
„Genau.“ Phil nickte. „Das gesamte Hochplateau erstreckt sich über viele Quadratkilometer. An zwei Stellen fällt es in sehr tiefe Schluchten ab. Ost- und Westplateau. Die Hütte meines Großvaters steht ganz in der Nähe des Westplateaus, Delbert Winstons Hütte steht im Osten.“
„Winston?“, fragte Vincent ließ die Motorhaube zufallen.
„Ein... guter Bekannter meines Großvaters“, sagte Phil vorsichtig.
Vincent kramte aus der Tasche seines Kapuzenpullis den Tabakbeutel hervor und begann, sich mit schmutzigen Händen eine Zigarette zu drehen. Er war das gewohnt – Vincent war Mechaniker. Er blickte Phil fragend an, seine Nickelbrille reflektierte die Scheinwerfer des Van. „Guter Bekannter? Klingt kompliziert.“
Phil zuckte mit den Schultern. „Mein Großvater und er waren fast so etwas wie Freunde, aber da ist was zwischen den beiden vorgefallen, ein unschöner Streit. Eigentlich kann keiner hier im ganzen Tal den alten Delbert besonders gut leiden. Er ist ein typischer Einzelgänger.“
„Na prima“, murmelte Vincent und entzündete seine Zigarette. Im Licht der Flamme leuchteten seine zahllosen vernarbten Pickel auf wie Krater. Vincents Akne war beinahe schon legendär. „Mit so einem Sonnenschein kann es ja noch ein richtig interessantes Wochenende hier oben werden.“ Er grinste säuerlich und hob die Arme. „Ich sehe es praktisch schon vor mir: Ein Mistgabel schwingender Eremit, der atemlos hinter einem lachenden Woody Carter her hetzt, um seinen kahl rasierten Schäferhund zu rächen oder etwas in der Art.“
„Ermutige ihn nicht, wenn er hier ist“, murmelte Mag leise.
Es war nicht zu überhören – Vincent und Mag kannten Woody

bereits.
Er war Phil vor Jahren einmal in Denver besuchen gekommen. Zuerst wollte er auch nur ein Wochenende bleiben. Im Endeffekt wurde eine ganze Woche daraus und Phil schleppte Woody auf jede Party, die geboten war, um den Riesen so gut wie möglich zu beschäftigen.
Woody hatte sich mit Vincent und Mag auf Anhieb gut verstanden und als er hörte, dass die beiden mit Phil auf die Hütte fuhren, war er hellauf begeistert. Er freute sich vor allem darauf, Mag wieder nach Strich und Faden auf den Arm zu nehmen.
Das konnte er gut.
„Je mehr ich von diesem Woody Carter höre, desto sympathischer wird er mir", grummelte Laurie.
Phil lächelte ihr aufmunternd zu und lehnte sich gegen den Wagen. Mit einer Hand fischte er eine Zigarette aus seiner Hemdtasche. Papier und Filter waren schwarz.
„Mach dir keine Sorgen, Laurie", sagte er. „Woody ist zwar ein kompletter Chaot und wirklich Ruhe hast du nie vor ihm, aber sein Herz sitzt am rechten Fleck. Außerdem bringt er seine Freundin mit – Karen. Bestimmt versteht ihr euch prima."
„Mal sehen", sagte Laurie nur und drehte sich weg von ihm, in Richtung Wald.
„Notfalls", warf Vincent ein, „könnt ihr Mädels ja den Hausputz übernehmen, so sparen Phils Eltern sich den Reinigungstrupp und wir Männer können uns den Alkoholvorräten widmen. Könnte doch witzig werden, oder nicht?"
Phil und Mag lachten auf.
„Ich lach mich tot", zischte Laurie.
Vincent zuckte zusammen. „War nur ein Scherz, Laurie", murmelte er kleinlaut.
„Hey, was ist denn los mit dir?", fragte Phil. „Verstehst du auf einmal keinen Spaß mehr, Laurie?"
Sie drehte sich von ihm weg und verschränkte abweisend die Arme.
Vincent und Mag sahen sich wissend an und schlenderten schnell davon, in Richtung Waldrand.
„Laurie?" Phil kam näher und legte ihr vorsichtig die Hände auf die Schultern. „Hab ich was falsch gemacht?"
„Das war nicht nötig", flüsterte Laurie. Sie sah ihn nicht an.
„Was?", machte Phil verwirrt. „Was meinst du denn damit, Laurie?"
Sie drehte sich zu ihm um, ihre Arme noch immer verschränkt, ihre Brust hob sich hektisch bei jedem Atemzug. Ihre feuchten Augen blickten nicht zornig. Sie blickten traurig. „Wieso musstest du dich über mich lustig machen?"
Phil wollte etwas erwidern, doch Laurie fuhr schnell fort. „Siehst du denn nicht, dass es mir nicht gut geht? Ich fühle mich...

komisch, hier allein vor diesem dunklen Wald. Ich hatte vorhin schon eine kleine Panikattacke. Ich weiß nicht, was mit mir los ist.“
„Laurie, komm schon, das wusste ich nicht. Woher...?“
„Und du“, sie stieß mit dem Finger nach ihm, „bist heute andauernd schon abweisend zu mir. Als wärst du im Halbschlaf und würdest nur ab und zu aufwachen, um vielleicht einmal meine Hand zu nehmen.“
Phil war vollkommen perplex. „Laurie, es tut mir leid, aber ich habe nicht die geringste Ahnung, wovon du redest.“
Laurie verzog ihr Gesicht zu einer Grimasse.
„Gut, ich gebe zu“, fuhr Phil fort, „dass ich heute ein bisschen daneben bin, ja. Und zwar aus mehreren Gründen!“ Er zog noch einmal tief an seiner Zigarette, dann warf er sie in hohem Bogen fort. Er steckte die Hände in die Hosentaschen und sah auf seine Füße hinab. „Mag ist mein Freund und es tut mir leid, dass er so beschissen behandelt wurde. Monatelang!“
Laurie schwieg. *Ihm geht's auch nicht anders als dir, siehst du?* flüsterten ihre Gedanken. *Auch ihm macht so einiges zu schaffen...*
„Außerdem bin ich wahrscheinlich ziemlich durch den Wind, weil ich nach vielen, vielen Jahren das erste Mal wieder dort sein darf, wo mein Großvater gelebt hat.“ Nun blickte er sie an. „Und wo er gestorben ist.“
„Phil ...“, begann Laurie, doch er wehrte ab.
„Nein, hör zu. Diese ganze Geschichte nimmt mich mit, okay? Ich habe ihn sehr gern gehabt, er war mein bester Freund, als ich noch ein Kind war. Und ich habe mir die letzten Jahre nicht ein einziges Mal die Mühe gemacht, meinen faulen Hintern hierher zu bewegen. Nicht ein *einziges Mal*!“ Phils Stimme wurde lauter. Laurie kam langsam auf ihn zu. „Er hat mir so viel gegeben, so viel beigebracht und es verdammt noch mal einfach geschafft, dass ich glücklich war... dass ich zu dem wurde, der ich heute bin!“ Laurie nahm Phils Gesicht in ihre beiden Hände.
„Schon gut, Phil“, flüsterte sie. „Schon gut, schon gut...“
Und sie umarmte ihn, mit aller Liebe, die sie hatte und flüsterte ihm beruhigend ins Ohr.
„Ich fühl mich so mies!“, fluchte Phil. „Mir kommt es vor, als hätte ich ihm jeglichen Lebenswillen geraubt, als hätte er meinetwegen sterben müssen...“
„Phil! Schluss damit. Du hast nichts mit dem Tod deines Großvaters zu tun, verstanden?“ Sie blickte ihm fest in die Augen. „Dein Großvater war alt. Er hatte ein schönes Leben und dann ist er einfach gestorben.“
„Du sagst das so einfach, Laurie.“
„Hey!“ Sie fing wieder seinen Blick ein. „Das ist die Wahrheit, Phil. Nicht das, was du dir in deinem hübschen Dickschädel zusammenreimst. Mach dir keine Vorwürfe, du warst jung und hattest andere

Dinge im Kopf." Sie lächelte ihn schüchtern an. „Gott sei Dank."
„Oh Laurie..." Er vergrub das Gesicht in ihrem wunderbar duftenden Haar, sie küssten sich.
„Ich weiß wirklich nicht, was in mich gefahren war. Es tut mir leid, Phil." Laurie schüttelte benommen den Kopf. „Irgendetwas stimmt heute nicht mit mir. Dieser Wald dort drüben...", sie wies nach hinten, ohne den Blick von Phil abzuwenden, „macht mich nervös, ich komme mir irgendwie beobachtet vor, keine Ahnung, warum! Lass uns weiterfahren."
„Es gibt dort nichts, das uns gefährlich werden könnte, okay Laurie?" Phil streichelte sanft ihre Wange. „Der Motor hat bald genug abgekühlt, dann brechen wir auf, einverstanden?"
„Ich weiß nicht, ich werde dieses komische Gefühl nicht los", murmelte sie.
„Komm, lass uns zu den anderen zurückgehen. Wenn wir erst in der Hütte angekommen sind, geht's dir bestimmt viel besser." Er blickte ihr lächelnd ins Gesicht. Und ohne lange zu überlegen, obgleich es das erste Mal für ihn war: „Ich liebe Dich."
Und Phil konnte es nicht beschwören, aber für den Bruchteil einer Sekunde glaubte er, einen dunklen Schatten über Lauries Gesicht huschen zu sehen, einen Ausdruck von solcher Intensität und Traurigkeit, der sein Herz zusammenkrampfen ließ wie im Griff einer Stahlklammer. Nur einen winzigen Augenblick lang.
Doch bevor er den Mund aufmachen konnte, war der Moment vorüber und Laurie lächelte über das ganze Gesicht, strahlte ihn an, mit all ihrer Schönheit. Ein sanfter Wind fuhr durch ihr goldfarbenes Haar. Sie beugte sich zu ihm hinauf und drückte einen sanften Kuss auf seine Lippen. „Ich liebe Dich auch, Phil. Und wie!"
Er zog sie fest an sich und sie schlenderten in Richtung Waldrand, wo Vincent stand und rauchte.
Mag kam ihnen auf halbem Weg entgegen. „Ich gehe zum Van und hol mir noch ne Zigarette. Braucht sonst jemand was?", fragte er sie.
„Ich komme mit dir, Mag", sagte Laurie und tauschte einen vielsagenden Blick mit Phil. „Dieser Wald ist mir ohnehin nicht ganz geheuer und mir wird langsam kalt."
Phil blickte den beiden nach. Mag mit hängendem Kopf und schlurfendem Gang, beide Hände tief in den Hosentaschen vergraben. Laurie hüpfte grazil neben ihm her und begann bereits wieder, ihn in irgendein Gespräch zu verwickeln.
Gutes Mädchen.
Phil ging zu Vincent hinüber, der gegen einen Baum lehnte und weiterhin mit zusammengekniffenen Augen in den Wald starrte.
Als er registrierte, dass die Gewitterwolken über Phil und Laurie sich verzogen hatten, hellte sein Gesicht sich auf.
„Wie geht's ihm?", fragte Phil leise.

Vincents Züge verrutschten ein wenig.
„Nicht besonders gut“, brummte er leise. „Er spricht andauernd von ihr. Ich kann nur versuchen, ihn ein bisschen aufzumuntern.“
„Das sollten wir alle“, flüsterte Phil. „Jeder von uns muss in den nächsten beiden Tagen versuchen, ihn aufzumuntern. So gut es eben geht.“ Er lächelte gequält. „Laurie kümmert sich bereits um ihn.“
„Sehr gut“, sagte Vincent. „Ich glaube, sie ist wirklich okay, Phil.“
Das war aus Vincents Mund ein großes, wirklich großes Kompliment. Er und Mag kannten Laurie bisher nur flüchtig.
„Danke, Vince. Ich mag sie wirklich sehr.“
„Merkt man“, murmelte Vincent, ohne ihn anzusehen. „Wir werden schon unser Bestes tun, um Mag abzulenken. Vor allem, wenn Woody erst mal im Anmarsch ist. Er ist Experte in solchen Dingen, wie du weißt.“ Sein Lächeln schien nicht ganz echt zu sein. „Versteh mich nicht falsch, Phil – Woody ist ein lustiger Kerl, jemand, der auf keiner Party fehlen darf. Aber diesmal... das hier ist doch eher so eine Art Wallfahrt für dich, oder?“
„Er ist ein alter Freund. Ich *musste* ihn anrufen – auch wenn mir selber nicht ganz wohl bei der Sache ist.“
„Er wird Mag auf andere Gedanken bringen. Und Karen erst.“ Vincent grinste wissend.
„Übertreibt es nicht, ja?“
„Spielverderber“, maulte Vincent und sie lachten leise.
„Ich denke mal, ihr werdet schon noch euren Spaß haben, Vince“, sagte Phil und zog an seiner Zigarette. „Kommt nur nicht in die Nähe der Klippen – da geht’s bis zu tausend Meter in die Tiefe und das Plateau endet wie mit dem Messer abgeschnitten. Ich hab als Kind früher oft dort gespielt. Versprecht mir eins – seid vorsichtig dort oben, das ist mein Ernst! Die Berge verstehen keinen Spaß! Und verzeihen keine Fehler!“
„Du weißt, dass du diese Warnung eher Woody zukommen lassen solltest.“
„Ich weiß“, seufzte Phil. „Mir graut schon davor, sie auszusprechen.“
Sie schwiegen eine Weile. Dann fing Vincent übergangslos zu erzählen an.
„Sie hat mit ihm Schluss gemacht“, sagte er leise.
Phil presste die Lippen aufeinander, sagte aber nichts.
„Sie meinte, dass Mag ihren Ansprüchen wohl nicht mehr genügen würde, dass sie einfach nicht zusammenpassen würden“, Vincent lachte trocken. „Als ob das nicht schon von Anfang an klar gewesen wäre!“
Phil dachte kurz an den Abend vor etwas über einem halben Jahr zurück, als Mag das erste Mal auf Isabell O’ Simmons getroffen war. Sie waren mit einer großen Meute im *Vinyl*, dem angesagtesten Club in Denver, unterwegs gewesen und als es spät

wurde und sie sich auf den Heimweg machen wollten, war auf einmal eine Schönheit mit knallroten Haaren und strahlend grünen Augen Mag in den Weg getreten.
Sie wollte ihn nicht gehen lassen, verzauberte ihn mit ihren Blicken und ihrem Lächeln und das Ende vom Lied war, dass Mag mit zu ihr ging. Er war verliebt bis über beide Ohren und Phil hatte es nie übers Herz gebracht, seinem Freund zu sagen, dass er schon viel zu viel über Bell gehört hatte. Und zwar nichts Gutes. Sie hatte schon auf dem College einen etwas zweifelhaften Ruf genossen wegen ihrer sprunghaften Beziehungen und One Night Stands. Woody hätte sie mit seiner tiefen Stimme schlicht und einfach als billige Schlampe bezeichnet.
„Und dann die Sache mit Charlie Racoon."
„Charlie Racoon?", fragte Phil verwirrt. Soweit er wusste ein ziemlich unangenehmer Geselle. Trank zuviel, neigte zu Schlägereien und spielte Bass in irgendeiner Punkband. Einer grottenschlechten Punkband.
Vincent zog eine Grimasse. „Bell hat´s mit ihm getrieben! Auf dem Rücksitz seiner schimmeligen Karre, direkt hinter dem Cape-Club, wo seine miese Band wohl eines ihrer schlechtesten Konzerte überhaupt gegeben hat! "
Phil brauchte einen Moment, bis er begriff. „Ihr wart dort?", stieß er verblüfft hervor.
Vincent schüttelte den Kopf. „Nur Mag. Er ist ihr gefolgt."
„Gott, er hätte sie abservieren sollen, und zwar sofort", knurrte Phil wütend. „Nun hat *sie* mit *ihm* Schluss gemacht. Diese Genugtuung hätte er ihr wirklich nicht geben dürfen.
Sie *ist* wunderschön, aber das gibt ihr nicht das Recht, sich durch die halbe Stadt zu vögeln und ihm damit das Herz zu brechen!"
„Wie recht du hast", sagte Vincent leise und zog an seiner Zigarette.
Phil beruhigte sich wieder ein wenig. „Also ist es aus?!", fragte er leise. „Bist du sicher?"
„Klar bin ich das. Ich glaube, diesmal hat er´s wirklich kapiert. Für kein Geld der Welt würde er sie zurücknehmen, das kannst du mir glauben!"
Phils Blick blieb weiterhin skeptisch. Er wusste ganz genau, was für ein labiler Typ der junge Halbmexikaner war. Er verfiel oft in tiefe, unbegründete Depressionen und reagierte unglaublich sensibel, auch wenn sein Äußeres nicht gleich darauf hindeutete. Der einzige, der hin und wieder an Mag herankam, war Vincent – sein bester Freund. Seit Vinces Eltern sich vor einigen Jahren getrennt hatten, war zwischen ihm und Mag eine noch engere Bindung als zuvor entstanden und *wenn* Mag dann mal etwas herausließ, bekam Vincent es als erster zu hören.
Und seit Mag Vincent gegenüber einmal erwähnt hatte, dass er tatsächlich schon mehrmals über Selbstmord nachgedacht hatte,

schrillten bei Phil in diesem Punkt die Alarmglocken. Vincent hatte Phil die verrückten Gedanken von Mag Hardigan natürlich nicht vorenthalten.
Mag verliebte sich oft Hals über Kopf und merkte erst viel zu spät, dass seine Gefühle nicht erwidert wurden.
„Sprich selbst mit ihm, Phil. Er braucht das." Vincent blickte in den Wald und das Thema war für ihn abgeschlossen. „Was zur Hölle ist das hier eigentlich für ein komischer Nebel, Phil? Ich hab so was noch nie zuvor gesehen. Sieht fast außerirdisch aus oder so."
Er versuchte fieberhaft, den blauen Dunst und das dichte Unterholz vor ihnen mit Blicken zu durchbohren. Doch der Wald war wie eine kompakte Wand.
„Das liegt vermutlich am Mondsee", murmelte Phil und starrte in den Nebel.
Vincent blickte ihn verständnislos an. „Der *Mond*see? Hier mitten im Wald?"
Phil lächelte. „Gut, kein richtiger See. Eine Art großer Weiher, eingerahmt von dichten Weiden, die bis aufs Wasser hinab hängen. Klein, aber verdammt tief. Als Kind hat mein Großvater mir immer Geschichten über Feen und Elfen erzählt, die nachts diesen Ort aufsuchen. Und so wurde er für mich der *Mondsee*."
„Soso...", murmelte Vincent, ohne die Zigarette aus dem Mund zu nehmen. „Ein See."
„Eine Art großer Weiher", berichtigte Phil.
„Mir doch egal!" Vincent hustete. „Ich hoffe nur, dass wir morgen nicht Woody oder seine Freundin da rausfischen müssen."
„Karen."
„Yeah."
„Ich kann mir nicht vorstellen, dass bei diesen Temperaturen jemand in einen Bergsee steigt", sagte Phil. „Nicht einmal Woody Carter."
„Und wenn wir doch Lebensretter spielen müssen?"
„Dann doch lieber Karen als Woody würde ich sagen."
„Aber nur, weil Woody so ein schwerer, riesiger Kerl ist!"
„Selbstverständlich. Nur deswegen!"
Die beiden lächelten sich wissend an.
„Weißt du noch", begann Vincent flüsternd „das Foto, das du uns von ihr gezeigt hast. Woody hat Geschmack, das muss man ihm lassen. Mag sind bei ihrem Anblick fast die Augen aus dem Kopf gefallen. Karen auf dieser Poolparty, in diesem ultraknappen Bikini..."
„Mein Gott, versuche mich nicht", keuchte Phil lachend. „Ich bin bereits vergeben, Kumpel!"
Vincent nahm noch einen tiefen Zug, dann trat er seine Kippe aus. „Yeah, ich glaube, wir können weiter. Genug ausgeruht. Den Rest des Weges übernehme ich das Steuer."

„Bist du sicher?“ Sie gingen zurück zum Wagen, wo Laurie und Mag zusammen in der offenen Tür saßen. „Dieser Berg ist kein Zuckerschlecken, glaub mir.“
„Keine Angst!“ Vincent grinste ihn an, die Innenbeleuchtung des Vans ließ seine ebenmäßigen Zähne hell erstrahlen. „Ich weiß schon, was ich tue.“
Sie fuhren ab und während der röhrende Motor des Vans verklang, rief die Eule tief im Wald noch einmal.
Dann legte sich wieder die Stille über den Rastplatz.

4

Nach einer Weile wurde die steile Bergstraße tatsächlich etwas flacher und die hoch aufragenden Felswände um sie herum gingen in eine weite Hügellandschaft über. Zugleich nahm der Baumbestand ab, bis sie schließlich nur noch über eine sanft an- und absteigende Wiese zu fahren schienen. Vereinzelt lagen riesige Findlinge herum, die wie Kieselsteine aussahen, von Riesen zurückgelassen.
Phil räusperte sich. „Es ist jetzt nicht mehr weit“, sagte er zu den anderen.
Vincent hinter dem Steuer atmete auf. „Mann, bin ich froh. Hat doch ganz schön geschlaucht, dieser verdammte Berg.“ Er drehte sich kurz nach hinten um. „Endspurt, Mädels!“
„Ich will nur noch ins Bett“, maulte Laurie mit gespieltem Ärger von der Rückbank aus. Sie war wieder guter Dinge. „Aber vorher brauch ich auf jeden Fall noch was Starkes!“
„Mag, dein Typ wird verlangt“, sagte Vincent zu ihm, doch der Halbmexikaner reagierte nicht auf Vincents Aufmunterungsversuch und blickte ihn nur kurz im Rückspiegel an, irgendetwas vor sich hin brummend.
„Er scheint nicht verfügbar zu sein, Laurie. Was würdest du stattdessen von einem schönen Schluck kalifornischem Roten halten?“ Vincent hatte schnell mitbekommen, dass er und Laurie dieselbe Schwäche für Rotwein hatten.
Laurie lächelte und formte mit Daumen und Zeigefinger einen Kreis. „Hört sich fantastisch an, Vince. Danke.“
Phil freute sich, dass Laurie bei den beiden so problemlos Anschluss fand. Dieses Mädchen erstaunte ihn immer wieder. Gerade einmal drei Monate war es her, dass er mit ihr zusammen gekommen war und er wusste praktisch noch nichts über sie. Sie war neu in der Stadt und hatte Phil auf einer Party kennengelernt. Sie waren von Anfang an auf derselben Wellenlänge, Phil spürte das ganz genau. Laurie war das Beste, was ihm je passiert war, und er konnte sein Glück noch immer nicht fassen.

Nach einer Weile stieß er Vincent in die Seite und zeigte durch die Windschutzscheibe nach draußen. „Atmet mal tief ein und seht her", sagte er laut. „Wir sind da."
Sie fuhren auf den höchsten Punkt der Hügelkuppe vor ihnen zu, über ihren Köpfen spannte sich ein gewaltiger Sternenhimmel, übersät mit unzähligen strahlenden Punkten. Für ein paar Meter ging die Straße noch einmal richtig steil bergauf, dann hatten sie die Kuppe überquert und waren auf dem Plateau. Und obwohl es Nacht war und man seine Größe nur erahnen konnte, waren überall im Auto überraschte Laute zu hören.
Mag fand als Erster seine Sprache wieder und schien plötzlich wieder ganz der Alte zu sein. „*Dios*, Phillip Connor! Wie groß ist das denn hier?"
„Keine Ahnung", flüsterte Vincent an Phils Stelle. Es klang ehrfurchtsvoll. „Bestimmt drei Meilen im Durchmesser – vielleicht sogar mehr."
„Mehr", bestätigte Phil.
Sie fuhren auf gerader Strecke über eine groß erscheinende Ebene. Direkt vor ihnen bestimmte der Gipfel des mächtigen Browdin-Gletschers das gesamte Panorama. Der samtig dunkle Nachthimmel und der absurd große Vollmond überspannten die Szenerie wie ein gewaltiges Gewölbe. Etwa zwei Meilen voraus ging der Kreis des Westplateaus an seinen Rändern in dichten Mischwald über. Wie mit einem Zirkel gezogen endete das Grasland, dahinter begann das Dunkel der Wälder.
Phil war auf diesen Anblick gefasst gewesen. Ellen, seine Mutter, hatte ihm jedes Mal die Augen zugehalten, bevor sie über die letzte Hügelkuppe gefahren waren, damit er den beeindruckenden Anblick über die Ebene vollständig auskosten konnte. In dem Moment, als der Wagen holpernd auf das Plateau einfuhr, fühlte Phil sich zuhause.
Nur am Rande registrierte er den verwahrlosten Feldweg, der auf halber Strecke nach links in die Wälder führte. Nach Osten, zu Delbert Winstons Hütte. Er hatte nur Augen für den Weg, der vor ihnen lag und die unscheinbare Abzweigung blieb hinter ihnen zurück.
Phil versuchte, die Dunkelheit vor ihnen mit Blicken zu durchdringen, doch er konnte nur die schnurgerade Kontrastlinie von Wiese und Wald am Ende des gigantischen Kreises erkennen. Und dort am Waldrand, noch etwa zwei Meilen entfernt, lag das Haus seines Großvaters.
Phil hörte seine Freunde schnattern und begeisterte Rufe ausstoßen und bekam eine leichte Gänsehaut, während sie sich der Hütte näherten.
Er kam nach Hause. Das Gefühl wurde in diesem Moment so übermächtig, dass er schmunzeln musste, weil es ihm beinahe so vorkam, als hätte etwas ihn hierher zurückgerufen.

EIN STÜCK GESCHICHTE

1

Vincent parkte den Van im Schatten der Frontwand von Joseph Connors Hütte.
Dahinter ragten die dunklen Tannen und der weiße Gletscher in die Höhe. Die Sterne funkelten vom Himmel und das monotone Zirpen der Grillen erfüllte die Nacht.
Phil sprang behände aus dem Wagen, unter seinen Stiefeln knirschte trockenes Laub. Mit in die Hüften gestemmten Armen sah er sich um und atmete tief die frische Luft ein, während die anderen plappernd aus dem Van strömten.
Die beeindruckende Frontwand der Hütte hatte sich seit den Tagen seiner Kindheit kein bisschen verändert. Zehn Meter bis zum Giebel und bis auf die vier gleichmäßig angelegten Fenster im Erdgeschoss war das schwarze Holz blank und schmucklos. In der Mitte, knapp oberhalb der Eingangstüre, thronte ein mächtiger Hirschschädel. Das Geweih war riesig wie das eines Elches.
Während er langsam um den Wagen herumschlenderte, kramten die anderen ihr spartanisches Gepäck aus der Heckklappe des Vans. Mit einem abgegriffenen Army-Rucksack über der Schulter blickte Mag fasziniert zum Giebel des dunklen Hauses hinauf.
Als Phil an ihm vorbeikam, blickte Mag ihn mit großen Augen an. „Na, beeindruckt?"
Mag sah wieder zum Dach hinauf. „Mann, Phil, wie groß ist dieses Haus? Das ist ein gottverdammter Palast. Hat dein Großvater hier denn wirklich ganz alleine gelebt?"
Phil sah ebenfalls nach oben. „Es war sein Rückzugsort, nachdem meine Großmutter starb, ja. Auch ihm war es von Zeit zu Zeit eine Nummer zu groß. Aber mehr dazu später – Ihr bekommt schon noch die *Connor-Spezial-Tour*!"
„Ich kanns kaum erwarten", grinste Mag und gesellte sich zu den anderen.
Phil wandte sich ab und ging um die rechte Ecke der Frontseite herum, das Geschnatter der anderen blieb hinter ihm zurück und Dunkelheit legte sich über ihn.
Geradeaus türmte sich nun der Heuspeicher in die Höhe, der das ganze Anwesen zu einer L-Form machte. Anders als das Haupthaus wirkte die windschiefe Scheune mehr als renovierungsbedürftig. Das gut fünf Meter breite Flügeltor war mit einer rostigen Eisenkette versiegelt und soweit Phil wusste, war das Schloss nicht mal eingerastet.

Joseph Connor hatte den Speicher seinerzeit nicht mehr genutzt, doch der Vorbesitzer hatte dort einen gewaltigen Heuberg zurückgelassen, in dem Phil immer nur zu gern herumgetollt war. Nach und nach ließ sein Großvater das Heu dann schließlich abtragen, um es an Futterlieferanten für Nutzvieh zu verkaufen – trotz Phils heftiger Proteste. Nun stand die alte Scheune leer und hatte Joseph nur noch als zusätzlicher Abstellplatz gedient.
Phil ging zielstrebig auf die Ecke zu, wo das Wohnhaus nahtlos an den Heuspeicher anschloss. Ein marodes Rohr lief vom Dach hinab und mündete in eine hölzerne Regentonne. Der Rand war längst mit Moos und kleinen Farnen überwuchert, im Inneren moderte ein dunkler Schlamm vor sich hin. Die Tonne hatte ohnehin nur noch einem bestimmten Zweck gedient.
Phil bückte sich und griff geschwind hinter das Fass. Einen Augenblick lang tastete er ins Leere und befürchtete schon das Schlimmste, doch dann schlossen seine Finger sich um den großen, gusseisernen Schlüssel, eingewickelt in wasserdichte Folie. Den einzigen Hauptschlüssel, den es für das Haus gab.
Mit einem zufriedenen Lächeln ging er zurück zu den anderen und ließ dabei seinen Blick schweifen.
Rechts von ihm strebte die mächtige Westwand der Hütte in die Höhe. Schwarz und leer ragte sie neben Phil auf, denn auf dieser Seite gab es keine Fenster, wie auch auf der Ostseite. Phils Großvater schien im Lauf der Jahre eine Abneigung gegen Fenster entwickelt zu haben, denn er hatte sie an beiden Längsseiten mit Brettern vernagelt und immer noch mehr auf künstliches Licht gesetzt. Phil konnte den hohen, gemütlichen Wohnraum, der sich hinter der fast vierzig Meter langen Holzwand verbarg und der über die Hälfte des ganzen Hauses ausmachte, schon kaum mehr erwarten.
Er blickte nach links über die Ebene hinweg. Am dunklen Horizont konnte er schwach die andere Seite des Browdin-Tales erkennen, mächtige, schneebedeckte Gipfel und dichte Wälder. Phil hatte mit seiner Familie auch den Rest des kleinen Tals erforscht, doch nirgends war es so schön wie hier, unterhalb des Gletschers.
Als er um die Ecke kam, musste er belustigt feststellen, dass seine Freunde sich bereits wie eine Reisegruppe vor der Tür aufgereiht hatten und erwartungsvoll zu ihm aufsahen. Im fahlen Licht des Mondes wirkten ihre gespannten Gesichter wie die von Kindern.
Phil stolzierte auf sie zu und präsentierte ihnen den Schlüssel wie eine Trophäe. Ein andächtiges Raunen ging durch die Runde. Grinsend trat er vor die Haustür und drehte den Schlüssel im Schloss herum. Die Tür schwang nach innen und offenbarte nur Finsternis, wie der Eingang zu einer tiefen Höhle.
„Et voilà“, sagte Phil.
„Klasse“, spottete Vincent sofort. „Vor allem der goldene Kronleuchter ist der Hammer, Connor! Welche Epoche ist das?

Spätes sechzehntes Jahrhundert?“
Phil drehte sich entschuldigend zu ihnen herum. „Wartet hier eine Minute, ich muss in den Gang hinauf und Licht machen. Der Sicherungskasten ist im Badezimmer. Bleibt bloß hier, dort drinnen könnt ihr die Hand vor Augen nicht sehen.“ Und damit verschwand er in der Dunkelheit.
„Mensch, so viel Platz möchte ich später auch mal haben“, schwärmte Laurie leise. Irgendwie senkten sie nun alle die Stimmen, man konnte Phil im Haus hantieren hören, es klang sehr weit weg. „War Phils Großvater reich?“
„Nein, nicht wirklich“, flüsterte Mag in ihre Richtung, ohne den Blick von der dunklen Eingangstür zu nehmen. „Er hat es von dem Vorbesitzer praktisch geschenkt bekommen. Scheinbar wollte der es loswerden. Unbedingt. Warum, weiß ich auch nicht genau. Klang alles ein bisschen seltsam. Wenn ihr Phil lange genug nervt, wird er euch die Geschichte ja vielleicht einmal erzählen.“
„Schluss jetzt“, flüsterte Vincent heiser. „Hört ihr...?“
Sie vernahmen ein leises Knistern. Und ein kurzes Aufflackern in der Dunkelheit vor ihnen, weit, weit oben machte deutlich, dass dort ein Stromkreis am Anspringen war.
„Phil Connor mit seinen Showeinlagen“, murmelte Vincent. „Spielt sich als Herr über das Feuer auf und macht hier ein Riesentheater nur wegen ein bisschen...“
Und dann ging das Licht an.

2

Den Wohnraum von Joseph Connors Hütte einfach nur groß zu nennen wäre die Untertreibung des Jahres gewesen.
Als die kleine Truppe mit langsamen Schritten das Haus betrat, so vorsichtig, als wäre der Boden mit rohen Eiern gepflastert, offenbarte sich ihnen das größte *Wohn*zimmer, das sie je gesehen hatten.
Der Eingang lag auf einer leicht erhöhten Plattform, die nach wenigen Metern über zwei Stufen in den eigentlichen Wohnbereich hinab führte. Rechts und links von ihnen ragten die Seitenwände empor, hinauf bis zur holzverkleideten Decke, deren mächtige Stützbalken zehn Meter über ihren Köpfen hingen.
Im Eingangsbereich gab es außer einem offenen Schrank, der als Garderobe diente, einer uralten Standuhr in der linken Ecke und ein paar überdimensionalen Bildern keinerlei Möbel oder andere Dekoration. Die jungen Leute standen verloren auf der riesigen, leeren Fläche und sahen sich staunend um.
Laurie war die Erste, die über einen weichen Teppich die beiden Stufen hinab ging. Das alte Holz knarrte und flüsterte unter ihren

Stiefeln in seiner eigenen, uralten Sprache.
„Seht euch das an", murmelte Laurie, während sie die unzähligen kleinen Lichtquellen bestaunte, die überall im Raum verteilt waren. Lampenschirme, geschickt versteckte Spotstrahler, und über ihr, in schwindelerregender Höhe, hing eine lange Leiste, die einen gedämpften, aber vollkommen ausreichenden Schein verbreitete.
Linkerhand eine wuchtige Couch, die problemlos Platz für sie alle bieten würde. Rechts ein massiver Esstisch, auf dem kleine Teelichter, aber auch unterschiedlich große Stumpenkerzen angeordnet waren. Auch dort würde es sicher keine Streitereien um einen Sitzplatz geben.
Laurie hörte Vincent und Mag hinter sich tuscheln, als auch sie langsam von der Eingangsplattform heruntertraten.
Mag ließ seinen Rucksack neben der Couch auf den Boden plumpsen. Etwas klirrte darin. *„Madre de dios"*, flüsterte er. „Wie geil ist das denn? Ein ganzes Heer könnte hier drin Unterschlupf finden. Habt ihr jemals ein so großes Haus gesehen?"
„Vor allem für einen einzelnen Mann", antwortete Laurie, ohne sich umzudrehen. Ihr Blick glitt über die schweren, dunklen Vorhänge, welche die insgesamt vier großen Fenster des Erdgeschosses einrahmten, die alten Holzschränke, die praktisch jeden freien Platz an den Wänden einnahmen, und zu guter Letzt, als eigentlicher Blickfang des Hauses: Die Treppe.
Zentriert in der Mitte des Raumes führte sie in steilem Winkel nach oben in den ersten Stock. Das antik wirkende Geländer war verziert mit unzähligen Schnitzereien und die Stufen waren breit und fest. Die Treppe endete in mindestens vier Metern Höhe in einem türlosen Rahmen, hinter dem schwaches Licht schimmerte. In diesem Rahmen stand Phil Connor lässig gegen die Holzwand gelehnt und grinste zu ihnen hinunter.
„Hast du heute noch was Größeres vor, Phil?", feixte Vincent, nicht ohne einen gewissen Respekt in der Stimme, „oder sind wir tatsächlich die Einzigen, die in diesem Palast ruhen werden?"
„Kommt nach oben", lachte Phil und machte eine einladende Geste in den schummerigen Gang hinter sich. „Ich zeig euch den Rest."

3

Im ersten Stock befanden sich zwei Schlafzimmer und ein Gemeinschaftsbad. Phil führte sie zuerst zum linken Ende des Ganges, der fensterlos und an allen Seiten komplett abgeschlossen war. Ganz im Gegensatz zu dem verschwenderisch großen Wohnraum war dieser Gang stickig und eng. Eine einzelne Glühbirne baumelte am anderen Ende von der grob gehauenen

Decke herab, direkt vor der Tür, die zum Heuboden hinaus führte. Die Schaltkreise für die Lampe am linken Ende waren längst durchgeschmort.
Phil öffnete die letzte Tür zu ihrer Rechten, schaltete das Licht ein und ließ Mag und Vincent einen Blick auf ihr neues Reich werfen. Der Raum hatte ausnahmsweise einmal ganz normale Dimensionen und wirkte gemütlich und warm. Ein trauriger kleiner Strauß Plastikblumen fing Staub auf dem breiten Fensterbrett.
„Das war das Schlafzimmer meines Großvaters, also baut keinen Mist, verstanden?“ Phils Tonfall schien etwas unsicher zu werden und Mag antwortete ihm mit einem ernsthaften Nicken. *Ja, sie würden sich benehmen und es war ihnen eine Ehre, hier schlafen zu dürfen.*
„Wir werden uns die größte Mühe geben, hier kein Schlachtfeld zu hinterlassen, Phil“, sagte Vincent mit einem hämischen Grinsen. Doch Phil wusste, dass seine Sticheleien nur Show waren. Vincent war viel sensibler, als sein lockerer Ton vermuten ließ. Seine Eltern lebten seit vielen Jahren in Scheidung und sein Vater, ähnlich wortkarg und lethargisch wie Vincent selbst, scherte sich nicht allzu viel um das Leben seines einzigen Sohnes. Es gab auch keine Frau in Vincents Leben. Der stille Mechaniker hatte seine Freunde.
Und die waren ihm wichtiger als alles andere auf der Welt.
Phil führte sie weiter den Gang entlang zu dem Zimmer, das er als Schlafstätte für Woody und Karen ausgewählt hatte. Es ähnelte in Struktur und Größe dem Schlafzimmer von Phils Großvater.
Zwischen den beiden Schlafzimmern öffnete sich eine weitere schmale Tür zum Dachboden hinauf. Phil ließ die anderen den düsteren Treppenaufgang hinaufblicken. Das Licht verlor sich bereits nach wenigen Schritten und Laurie erschauerte. „Dort geh ich ganz sicher nicht rauf, Phil.“
„Vielleicht auch besser so“, sagte er mit hochgezogenen Brauen und schloss die Tür. „Dort oben gibt es kein Licht, und bei all dem Gerümpel, das dort kreuz und quer herumsteht, ist die Gefahr eines langsamen, qualvollen Todes sehr groß!“ Er lächelte nicht.
„Was ist denn dort oben?“, fragte Laurie unbehaglich, während sie zum anderen Ende des Ganges schlenderten.
„Haufenweise Werkzeug, Bretter und unfertige Projekte meines Großvaters. Es herrscht ein ziemliches Chaos. Aber letztendlich war ihm das egal. Dort oben brauchte er nicht ordentlich zu sein.“
„Also tabu“, meinte Mag nur. Sie waren vor der letzten Tür am rechten Ende des Ganges angekommen.
Phil drehte sich zu ihnen um. „Lasst es lieber sein, okay? Ich habe keine Lust, dass jemand sich den Fuß verstaucht oder gar mit einem gebrochenen Knochen angehumpelt kommt, alles klar?“ Er öffnete die Tür zum Badezimmer.

Linkerhand hing ein beinahe trüb gewordener Spiegel über einem alten, verkalkten Waschbecken. Die hellgrauen Fliesen und die spartanische, offene Dusche rechts neben der Tür wirkten mehr als alt. Daneben war das letzte große Fenster des ersten Stocks angebracht.
Während Phil den anderen noch erklärte, wie lange es möglich war, warm zu duschen, bis das Wasser schlagartig eiskalt wurde (viel Zeit blieb nicht), ging Vincent auf das Fenster gegenüber dem Spiegel zu. Er blickte hinaus und sah im Licht der Badezimmerlampe den steilen Hang, der hier bis fast an die Hütte herankam.
„*Vamos Compadres*!“, rief Phil. „Die Tour geht weiter!“
„*Muy bien*!“, rief Mag grinsend und verschwand mit Laurie im Gang. Nur Vincent starrte noch immer durch das Fenster in die finstere Nacht hinaus.
„Vince?“, fragte Phil zögernd. „Alles okay?“
Langsam drehte Vincent sich um. Seine ohnehin schon helle Gesichtsfarbe schien noch um einigen Nuancen bleicher geworden zu sein und seine müden Augen blickten Phil irritiert an. „Ich... ich dachte, ich hätte was gesehen. Da draußen.“
Phil runzelte die Stirn. „Direkt hinter dem Fenster ist nur der Hang, an den die Hütte gebaut ist. Die Kuppe ist bestimmt drei Meter entfernt, dahinter kommt nur der Wald. Was hast du denn gesehen?“
Vincent zögerte. „Nichts. Glaube ich.“
Plötzlich huschte ein schiefes Lächeln über sein vernarbtes Gesicht und er kam kopfschüttelnd auf Phil zu. „Ich glaube, ich sehe schon Gespenster. Für einen Moment dachte ich, dort draußen würde jemand vor dem Fenster stehen.“ Er klopfte Phil auf die Schultern. „Ein geniales Haus, Mann! Danke für die Einladung.“ Damit verschwand er durch die Tür auf den Gang hinaus.
Alarmiert ging Phil zum Fenster und versuchte mit vorgehaltenen Händen die Dunkelheit dahinter zu durchdringen. Lauries Worte am Rastplatz klangen in seinem Kopf – *ich komme mir beobachtet vor...*
Doch Phil sah nur die dunkle Mauer des Waldes, die fast bis an die Rückwand der Hütte heranrückte. Überall waren Schatten und gaukelten ihm Bewegung vor, wo keine war. Phil war plötzlich davon überzeugt, den starren Blick wachsamer Augen zu spüren, die ihn aus der Finsternis heraus beobachteten. Dort zwischen den dornigen Büschen – kauerte dort nicht etwas...?
„Hey, träumst du?“ Lauries Stimme riss ihn aus seinen Gedanken und er fuhr erschrocken herum.
„Gott, hast du mich erschreckt, Süße!“, keuchte er. „Schleich dich nicht noch mal so an mich ran!“
Laurie kam zu ihm und legte ihm die Arme um den Hals. „Tut mir das aber leid“, flüsterte sie und küsste ihn sanft und lange auf den Mund.

Als sie sich voneinander lösten, machte Phil große Augen. „Wow! Wofür war der denn?“
Laurie blickte mit unsicheren Blick zu Phil hinauf. „Ich habe mich vorhin wirklich dumm verhalten. Verzeihst du mir?“
„Jederzeit“, lachte Phil. „Keine Ahnung, was heute los ist. Ich bin wohl auch noch nicht wirklich hier oben angekommen. Aber jetzt ist Schluss mit Trübsal blasen, okay? Wir haben schließlich Urlaub!“ Phil musste über sich selbst lächeln.
Dort draußen war nichts. Was denn auch, hier mitten im Nirgendwo?
„Na dann: komm schon“, Laurie grinste und zog ihn ungeduldig zur Tür. „Die anderen werden schon ungeduldig. Es ist deine Show, also gib ihnen, was sie haben wollen.“

4

Phil zeigte ihnen noch den Heuboden, den man durch eine Tür am rechten Ende des Ganges erreichen konnte. Er war riesig und beinahe leer – kurz: langweilig.
Sie gelangten über die steile Treppe wieder hinunter in den Wohnraum und Phil führte sie in den zweiten Gang, der direkt unterhalb des ersten Stocks verlief.
Auch er war fensterlos und ebenfalls mit drei Räumen ausgestattet. Links außen die kleine, fensterlose Toilette, die Mag einen größeren Schauer über den Rücken jagte, als die düstere Treppe den Dachboden hinauf.
Gleich rechts daneben die altmodisch eingerichtete Küche mit Gasherd und Vorratskammer. Der Raum war wie der ganze Komplex L-förmig angelegt und in der linken, hinteren Ecke führte eine kleine Luke mit Sichtfenster nach draußen. Auf einer Kiesfläche war dort eine Holztränke angebracht, die noch von der Schafzucht des Vormieters stammte. Dort könne man Fleisch und Käse zum Kühlen auslegen, meinte Phil, denn das Wasser sei wirklich eisig kalt.
Laurie, Mag und Vincent wechselten amüsierte Blicke. Sie waren alle nicht schockiert über das spartanische Angebot hier oben. Phil hatte ihnen oft genug davon erzählt und sie hatten sich all das genauso vorgestellt.
Der letzte Raum auf ihrer Besichtigungstour lag am anderen Ende des Ganges. Phil führte sie in Joseph Connors alten Hobbyraum, in dem Dutzende handgeschnitzte Tiere auf unterschiedlich großen Regalen standen.
Gegenüber der Tür war ein kleines Fenster und direkt darunter stand eine knorrige Rattancouch, von der Phil bereits Mag und Vincent vorgeschwärmt hatte. Sie hatte die Ausmaße eines großen

Bettes und sah wirklich verdammt gemütlich aus. Ein schummeriges, warmes Licht ließ den Raum unglaublich behaglich wirken.
Laurie trat ein, ließ ihren Rucksack vorsichtig auf die Couch sinken und sah sich staunend um. Der Raum glich einem kleinen Museum. Überall um sie herum waren kleine Kunstwerke: Rehe, Füchse, Vögel, Wölfe – alle unglaublich fein und mit viel Liebe und Sorgfalt geschnitzt. „Oh Phil, das ist ja zauberhaft“, strahlte sie. „Sie sind wunderschön. Jedes einzelne von ihnen. Dein Großvater war wirklich ein Künstler.“
„Ja Phil“, rief Mag in den Raum hinein. „Warum hast du das nicht von ihm geerbt? Ein kleines bisschen Talent hätte dir weiß Gott nicht schaden können.“
„Ich hab´s versucht, glaubt mir“, gestand Phil. „Aber ich habe einfach zwei linke Hände.“
„Der geborene Architekt“, spottete Vincent. „Erinnere mich daran, dass ich nie ein von dir entworfenes Gebäude betrete, Mann!“
Phil scheuchte alle bis auf Laurie mit wedelnden Handbewegungen hinaus. „Haltet die Klappe und holt schon mal die Getränke rein! Ich glaube, ein kühles Bier tut uns jetzt allen verdammt gut.“
„Das erste vernünftige Wort, das ich heute höre“, jubelte Mag und zerrte Vincent rasch nach draußen.
Phil und Laurie standen sich auf beiden Seiten der Rattancouch gegenüber. Für einen Moment waren sie tatsächlich allein. Als Laurie etwas sagen wollte, hielt Phil schnell einen Finger vor den Mund und sie biss sich mit gesenktem Blick und einem verführerischen Blick auf die Unterlippe.
„Nicht“, flüsterte Phil. „Pass mal auf.“
Er griff nach einer Nylonschnur, die auf seiner Seite der Wand herunterbaumelte und zog daran.
Plötzlich war der Raum erfüllt von schwebenden Lichtgestalten. Ein wunderschön geschnitztes Mobile, ein Windspiel, drehte sich gleichmäßig über ihren Köpfen und eine Vielzahl verschiedenster Tiere huschte als Reflektion über die Wände und Phil und Lauries Gesichter.
Laurie wusste nicht, ob sie amüsiert oder einfach nur verzaubert sein sollte. Sie fühlte sich an ihre Kindheit zurückerinnert. Lächelnd blickte sie Phil in die Augen. „Manchmal kannst du wirklich verdammt kitschig sein, Phil Connor.“
„Man tut, was man kann, Milady“, Phil verbeugte sich tief vor ihr. „Ich dachte, ein wenig Zauberei würde euch ja vielleicht betören können.“
Laurie kam zu ihm und schloss ihn fest in die Arme.
„Du brauchst mich nicht mehr zu betören, das weißt du doch“, flüsterte sie. „Schon lange nicht mehr. Ich bin so froh, hier zu sein. Endlich weiß ich, wovon du die ganze Zeit gesprochen hast und ich

fange auch schon an, mich hier zuhause zu fühlen."
„So soll es sein." Er küsste sie auf die Nasenspitze. „Und nun wollen wir meine Rückkehr hierher feiern. Ich glaube, auspacken können wir später, was meinst du?" Er zog sie zur Tür.
„Ihr Männer denkt nur ans Saufen", sagte Laurie kopfschüttelnd. „Na dann hol du mal mit den Jungs das Bier rein, ich werde mich derweil ums Essen kümmern, wenn sich schon sonst keiner Gedanken darüber macht. Ich habe nämlich Hunger! Wenigstens ist ab morgen eine zweite Frau im Haus. Wann wollten Woody und Karen denn ankommen?"
„Im Lauf des Nachmittags. Zwischen Drei und Vier, meinte Woody. Aber ich würde mich an deiner Stelle nicht allzu sehr auf Karens Kochkünste verlassen."
Sie traten lachend in den Gang hinaus. Hinter ihnen drehte sich das Windspiel noch einige Augenblicke unbeeindruckt weiter und blieb dann plötzlich stehen, zauberte jedoch weiterhin seine Schattenkreaturen an die Wände.
Dann, nach einer Weile, begann es, sich langsam in die entgegengesetzte Richtung zu drehen.

5

Laurie zauberte eine deftige Hüttenmahlzeit aus gebratenem Speck, Hamburgern, gerösteten Kartoffeln und gemischtem Salat. Dazu gab es reichlich Bier, Wein und Coke.
Nach dem Essen waren sie alle faul und träge und machten es sich auf der großen Couch bequem.
Das alte Stück hatte einen speckigen Lederbezug und war zwar schon recht verschlissen, aber dennoch saß man ausgesprochen bequem. Ein Meer von verschiedenfarbigen Kissen breitete sich darauf aus. Davor waren ein niedriger Tisch und mehrere, unterschiedliche Sitzgelegenheiten angeordnet.
Getränke wurden herumgereicht und eine behagliche Stimmung stellte sich ein. Der Wohnraum war trotz seiner Ausmaße unglaublich gemütlich.
„Sag mal Phil", fragte Vincent mit seiner heiseren Stimme, „Laurie erwähnte vorhin, dass dein Großvater damals ein bisschen Schwierigkeiten mit dieser Hütte hatte, stimmt das? Ich meine, sieh dir alleine mal diesen Raum hier an! Hat er denn viel für den Schuppen bezahlt, wenn man fragen darf?"
Phil lehnte sich zurück und steckte sich mit seinem silbernen Zippo eine der schwarzen Zigaretten an. „Du darfst", sagte er, während er die Rauchschwaden ausstieß. „Ist zwar nur eine Geschichte, aber irgendwie bin ich auch der Meinung, dass da ein paar Sachen nicht mit rechten Dingen zugingen. Ich meine, ich

war noch ein Kind damals, aber...“
Mag war sofort Feuer und Flamme. „Nun los, erzähl schon!“
Phil zeigte sein schmales Lächeln und schüttete bedächtig zwei Fingerbreit Whisky in eine grässlich aussehende, grüne Snoopy-Tasse, auf der Charlie Browns Hund in mehreren verschiedenen Posen die verrücktesten Luftsprünge vollführte.
Phil erklärte, dass er diese Tasse bereits als kleiner Junge benutzt hatte, worauf Mag wissen wollte, ob er schon damals dem Scotch so zugesprochen hatte.
„Ich bin zur Hälfte ein waschechter Schotte. Würde es dich wundern?“, fragte Phil lächelnd.
Laurie blinzelte ihn ungläubig an. „Ohne Witz?“, stieß sie hervor.
„Weißt du das nicht?“, fragte Vincent, ohne sie anzusehen. „Unser Phil hier hat seine Wurzeln irgendwo in den Highlands, meine Liebe.“ Auch Mag nickte bekräftigend.
„Ich hatte keine Ahnung“, flüsterte Laurie mit großen Augen.
„Mein Großvater wurde in Aberdeen geboren. Er studierte dort Medizin und kam schließlich Ende der Vierziger mit meiner Großmutter und meinem Vater nach Amerika. Er war noch jung, aber der Krieg hatte Europa ausgelaugt. Es lag fast im Sterben“, sagte Phil mit einem bitteren Lächeln.
Mag grunzte. „Mal ehrlich, Phil. Du bist doch ebenso wenig Schotte wie *Jack Daniels.* Nur weil dein Großvater dir ein paar Gene zugesteckt hat, hast du noch lange kein Recht auf deinen eigenen Kilt!“
„Wenn du im Kleiderschrank meines Großvaters auf die Suche gehst, wirst du sicher fündig“, grinste Phil. „Auch eines der Dinge, die ich unbedingt mit nach Hause nehmen will.“
„Das gibt's doch nicht“, hauchte Laurie. „Ich meine, wer hat schon einen echten Highlander zum Freund?“
„Nun ja, das nur am Rande“, sagte Phil, ohne auf das faszinierte Funkeln in Lauries Augen einzugehen. „Im Grunde genommen war die ganze Sache damals gar nicht mal so interessant. Zumindest, was die Hütte meines Großvaters angeht. Er hat sich nach dem Tod meiner Großmutter hier oben zur Ruhe gesetzt, ich habe sie nie kennengelernt, sie starb lange vor meiner Geburt. Anfangs hat er hier im Tal noch den Job eines Landarztes übernommen, die Leute waren froh über einen kompetenten Doktor, der stets in ihrer Nähe war. Doch irgendwann hat er sich aus diesem Beruf komplett zurückgezogen und beschlossen, hier oben seinen Lebensabend zu verbringen. Schnitzen, Schreinern und den lieben Gott einen guten Mann sein lassen. Soweit ich weiß, hat er die Hütte für einen Spottpreis bekommen. Aber das lag wohl eher an der Nachbarschaft. Denn viel seltsamer sind die Geschichten von der anderen Hütte, drüben am Ostplateau.“
„Die von Delbert Winston, richtig?“, fragte Vincent.
„Yeah. Als mein Großvater dieses Haus hier gekauft hat, wohnte

dort allerdings noch jemand anders. Und über den wurde im ganzen Tal gesprochen. Aber nur hinter vorgehaltener Hand. Der Vorbesitzer von Delbert Winstons Anwesen soll ein sehr zurückgezogener Einsiedler gewesen sein. Man sah ihn tagsüber praktisch nie, er tauchte bei keiner Veranstaltung, bei keinem lokalen Fest auf, sodass die Leute im Tal nach einer Weile natürlich anfingen, leise über ihn zu tuscheln."

„Immer dieselbe Geschichte", murmelte Vincent krächzend, während er sein Glas inspizierte. „Sei anders und schon bist du ein Ausgestoßener."

Phil nickte nur. „In diesem Fall aber berechtigt. Er war tatsächlich anders. Ich fragte meinen Großvater einmal als Kind, ob der alte Delbert denn schon immer dort gewohnt hatte. Ihr müsst wissen, auch Winston ist ein komischer Kauz. Auch er lebt äußerst zurückgezogen und ist geschieden – aber bei Delbert ist es anders. Ihn *kennen* die Leute wenigstens. Sie kennen sein Gesicht. Beim Vorbesitzer konnte keiner mit Sicherheit sagen, wie er denn aussah, keiner konnte beschwören, ihn jemals von Angesicht zu Angesicht gesehen zu haben. So auch mein Großvater."

Phil griff nach seinem Whisky und nippte kurz daran, bevor er fortfuhr. Die anderen hingen gebannt an seinen Lippen, nur Vincent blickte weiterhin verträumt in sein Weinglas.

„Grandpa erzählte mir, er habe ihn einmal gesehen. Ein einziges Mal! Und nur von Weitem. Er hatte einen längeren Spaziergang durch die Wälder gemacht und war bis zum Ostplateau gekommen, in dessen Nähe Delberts Hütte steht. Vielleicht hatte er auch im Hinterkopf, die Gerüchte zu ignorieren und dem seltsamen Kerl einfach mal Hallo zu sagen. Wie auch immer, als er aus dem Wald herauskam und das weite Plateau überblicken konnte, sah er eine Gestalt am Rand der Klippe stehen. Alleine und mit hinter dem Rücken verschränkten Händen, den Blick in den Abgrund gerichtet."

Phil blickte langsam in die Runde und senkte die Stimme. „Mein Großvater beobachtete den Fremden eine zeitlang, ohne sich ihm zu nähern, er wusste selbst nicht so genau, warum er es nicht wagte, endgültig aus dem Schatten der Bäume hervorzutreten. Und irgendwann drehte der Mann sich um und sah meinen Großvater an. Direkt, obwohl er mindestens zweihundert Meter entfernt war. Er schien ihn mit seinen Blicken richtig zu durchbohren. Mein Großvater erschrak, und da ihm nichts Besseres einfiel, hob er dem Fremden grüßend die Hand entgegen, schließlich waren sie praktisch Nachbarn. Doch der andere reagierte nicht, sondern starrte meinem Großvater nur weiter entgegen, ohne sich vom Fleck zu rühren. Grandpa bekam es schon mit der Angst zu tun, als der Fremde sich irgendwann einfach wieder abwandte und weiter in den Abgrund hinabblickte, als wäre nichts geschehen. Mein Großvater zog beleidigt ab und

beschloss, seinen nächsten Nachbarn in Zukunft zu meiden, es gab ohnehin zu viele seltsame Geschichten über ihn. In Wahrheit war er aber, denke ich, ganz froh, das Ostplateau wieder verlassen zu können. Er hat ihn nie wieder gesehen. Nach einigen Jahren, ich war gerade geboren, verschwand der unheimliche Fremde spurlos, das Haus wurde zwangsversteigert und geräumt und ein neuer Besitzer tauchte auf, der das Haus ebenfalls für einen Spottpreis erstand."
„Winston", stellte Laurie fest.
„Richtig."
„Und verstand sich der wenigstens mit deinem Großvater?"
Phil zog eine Grimasse. „Anfangs ja. Grandpa hat mich früher oft zum alten Delbert mit auf Besuch genommen. Sie waren nicht direkt Freunde, aber gute Bekannte. Schließlich waren die beiden auch komplett alleine hier oben."
„Und was ist passiert?", wollte Mag wissen.
„Ja, Phil", sagte Vincent. „Du hast vorhin bereits darüber gesprochen."
„Grandpa hat meine Großmutter über alles geliebt. Und obwohl sie viel zu früh sterben musste, hatten sie eine wunderbare Ehe geführt. Irgendwann ging es um eine äußerst heikle Diskussion, in der mein Großvater Delbert seine Meinung über Gewalt in der Ehe gesagt hat. Der Alte kam wegen genauso einem Fall vor Gericht."
„Ups!", machte Vincent.
„Tja und damit war es vorbei mit der guten Nachbarschaft", schloss Phil und nahm einen Schluck Whisky.
„Dass dein Großvater dir als Kind eine so gruselige Geschichte erzählt hat..." Das imponierte Mag, der in Gedanken immer noch bei dem seltsamen Fremden und seiner Begegnung mit Joseph Connor war.
„Gut, ich gebe zu, vielleicht habe ich das eine oder andere Detail ein bisschen ausgeschmückt", gab Phil mit einem kleinen Grinsen zu.
Eine angenehme Stille folgte, in der jeder seinen eigenen Gedanken nachhing.
„Vielleicht", überlegte Vincent auf einmal mit todernstem Gesicht, „ist dieser seltsame Kerl noch hier irgendwo in der Nähe." Er sah Laurie mit weit aufgerissenen Augen an. „Geistert immer noch durch die Wälder und belästigt kleine Mädchen, die auf einen nächtlichen Spaziergang zum Mondsee hinunterwollen..."
„Du bist unmöglich!", schrie Laurie ihn an und boxte ihm spielerisch in die Seite. „Das ist *nicht witzig*! Ich hab mir da unten vor Angst fast in die Hosen gemacht!"
Die anderen lachten, während Vincent beschwichtigende Gesten in Lauries Richtung vollführte. Phil sagte: „Selbst wenn es so wäre, Laurie – der See ist weit weg von hier. Was auch immer dort war,

hier oben sind wir ungestört."
„Blöder Kerl", zischte Laurie und verschränkte trotzig die Arme. Doch auch sie konnte das kleine Schmunzeln in ihren Mundwinkeln nicht verbergen.
„Und was machen wir jetzt?", fragte sie in die Runde.
„Na was wohl?", rief Mag. „Amerika. Mexiko. Schottland. Wir feiern die Zusammenkunft der internationalen Elite! *Cheers! Salute*!" Ein unsicherer Seitenblick zu Phil.
Der zeigte sein schmales Lächeln und hob das Glas. *„Sláinte*!"

6

Es war schon reichlich spät, als Phil und Laurie sich in Joseph Connors Hobbyraum zurückzogen.
Über ihnen konnten sie Mag und Vincent die Treppe hinaufpoltern hören – deutlich lauter und deutlich betrunkener als sie.
Phil zog grinsend die Tür zu und drehte sicherheitshalber den Schlüssel im Schloss.
Laurie stand mitten im Zimmer, mit dem Rücken zu ihm vor der großen Rattancouch, auf der sie bereits alles für die Nacht vorbereitet hatten. Sie streifte langsam ihr weißes Top ab und warf es lässig in Richtung ihres Koffers. Dann schlüpfte sie aus ihrem langen Rock und strampelte ihn zu Boden, alles noch immer, ohne sich zu Phil umzusehen.
Der stand gegen die Tür gelehnt da und betrachtete seine Freundin verzückt im warmen Schein der Lampen. Lauries Haut war selbst im Winter leicht gebräunt, als würde nur sie ganzjährig die warmen Strahlen der Sonne genießen dürfen. Auf ihrer linken Schulter prangte ein schwarzer Drache, ein kleines Tattoo von einem ihrer Urlaube in Asien.
Sie begann, sich verträumt durch das lange, blonde Haar zu fahren und summte zufrieden vor sich hin.
„Gott, bist du schön", flüsterte Phil.
Laurie behielt die Hände in ihren Haaren verwühlt und blickte frech über die Schulter zu ihm zurück. Ihre herrlichen blauen Augen strahlten Phil entgegen. Ihre ohnehin schon perfekten Rundungen unter der weißen Unterwäsche schienen Phil in diesem Moment noch märchenhafter als sonst. Schattenhafte Tiergestalten glitten langsam im Rhythmus des sich drehenden Mobiles über ihren Körper.
Laurie war die schönste Frau, die er jemals in seinem Leben gesehen hatte. Und die klügste.
Sie drehte sich unendlich langsam zu ihm um und lächelte ihm mit verführerischem Blick entgegen. „Na dann komm her", flüsterte sie.

In dieser Nacht war es schön, wie niemals zuvor. Sie liebten sich, als ob es kein Morgen gäbe. Sie versuchten anfangs noch, sich so leise wie möglich zu verhalten, Phil flüsterte irgendetwas von dünnen Wänden, doch irgendwann verfielen sie in einen solchen Rausch, dass nichts sonst mehr wichtig war. Phil erlebte das Ganze wie in einem Traum. Sie waren noch nicht sehr lange zusammen und hatten erst wenige Male miteinander geschlafen, aber diese Nacht kam über ihn, als wären sie bereits seit Ewigkeiten ein Team, als würde jeder den Körper des anderen bis ins kleinste Detail kennen und verstehen. Irgendwann, glaubte Phil sich zu erinnern, hatte Laurie geweint und er hatte sie getröstet, aber aus welchem Grund auch immer – er wusste es nicht mehr. Alles was zählte waren sie beide. Und *nur* sie beide, der Rest der Welt war unwichtig. Laurie klammerte sich an ihm fest, als wäre nur er allein ihr Halt auf diesem Planeten, als wäre es das letzte Mal. Wieder und wieder...

Irgendwann erwachte Phil in dem stillen Haus. Der Morgen graute noch nicht und eine angenehme Ruhe lag in der Luft. Nur das stetige Knacken und Knarren der alten Wände und Böden erfüllte den Raum.

Er stützte sich auf die Ellbogen und blickte nach rechts.

Laurie lag auf der Seite, nahe bei ihm und schlief mit ruhigen, langsamen Atemzügen. Ihr Haar verdeckte den größten Teil ihres Gesichts und ein Teil des Mondlichts schien auf ihre nackte Schulter. Phil war fasziniert von ihrer Schönheit. Laurie schien von innen heraus zu glänzen, zu strahlen, wann immer er sie ansah.

Das Windspiel an der Decke über ihm drehte sich noch immer, zwar sehr langsam, aber es war noch in Bewegung.

Phil dachte kurz an den morgigen Tag, an die vergangene Nacht, an all die Tage und Nächte, die noch vor ihnen lagen und mit einem zufriedenen Lächeln im Gesicht lehnte er sich zurück und schlief wieder ein.

Nach ein paar Minuten, als seine Atemzüge wieder gleichmäßig wurden, öffnete Laurie ein einzelnes Auge und beobachtete Phil, ohne sich zu rühren.

Eine Zeit lang.

Dann schloss sie es wieder.

DER BOTE

1

Folgen wir nun dem unscheinbaren Pfad, der von der Hauptstraße abzweigte und dem Phil bei ihrer Ankunft nur mäßige Aufmerksamkeit geschenkt hatte.
Folgen wir den zwei Rinnen aus festgestampfter Erde, die sich stellenweise unter hohem Gras verbargen und langsam aber sicher endgültig von der Natur zurückerobert wurden.
Nach etwa einem Kilometer verschwand der Pfad zwischen den großen Bäumen, um sich dort, schlüpfrig wie eine Schlange, durch den Wald zu winden. Gegen die Schlaglöcher auf diesem Teil des Pfades wirkte die Bergauffahrt wie ein frisch betonierter Highway. Das Befahren dieser Schotterpiste war ohnehin nur im Schritttempo möglich.
Und Delbert Winston hatte alle Zeit der Welt.
Dreimal im Monat fuhr er in den Ort, um sich bei Lynn Davis mit dem Nötigsten einzudecken und alle vier Wochen fuhr er den weiten Weg in die nächste Stadt, um sich mit dem einzudecken, was Lynn nicht in großer Menge vorrätig hatte...
Delbert lebte schon lange allein und er trank zuviel. Nur die eigenartige Hassliebe zu Todd, seinem Beagle, hielt ihn wohl noch davon ab, komplett überzuschnappen. Doch er kannte den Wald wie seine Westentasche und er hätte den verschlungenen Pfad unter den Tannen selbst in stockfinsterer Nacht fahren können. Mit verbundenen Augen und sturzbetrunken.
In unregelmäßigen Abständen führten noch kleinere Pfade und Wege tiefer in den Wald. Wanderwege, von denen jedoch kein einziger ausgeschildert oder irgendwo vermerkt war. Hier waren nur Einheimische unterwegs. Und manchmal solche, die sich dafür hielten.
Würde man einem der Pfade folgen, einem ganz Bestimmten, der unter den tiefhängenden Ästen gewaltiger Eichen im Wald verschwand, der Grund bereits komplett überwuchert von Disteln und Klee, so als wollten sie ihn vor den Augen Neugieriger verbergen...
Würde man ihm folgen, so brächte er einen ein ganzes Stück näher an das Geheimnis dieser Wälder heran.
Aber noch war es nicht an der Zeit. Noch nicht...
Erst wollen wir Delbert Winston einen Besuch abstatten, und so folgen wir weiter der einzigen Verbindung, die sein Grundstück zur Außenwelt hatte.

Nach einer Weile fiel die marode Straße steil ab und führte durch eine weite Kurve in eine schmale Schlucht hinab. Vermutlich hatte es hier irgendwann einen Bachlauf gegeben, der den Boden ausgehöhlt hatte. Zwischen raschelnden Laubbäumen hindurch gelangte der Pfad schließlich zum Ende der Schlucht und geradewegs auf die Hütte von Delbert zu. Sie erhob sich am Rand einer kleinen Lichtung, die der volle Mond großzügig erhellte und sie hatte bei Weitem nicht den Glanz und die Erhabenheit von Joseph Connors Anwesen.
Seit Delbert die Auflage hatte, sich seiner Frau nur noch auf einhundert Meter nähern zu dürfen, war es mit ihm bergab gegangen. Kein Job, keine Freunde und keine Ehefrau mehr. All das spiegelte sich in seinem Haus wieder.
Ein neuer Anstrich war schon seit Längerem fällig, überall ragten lose Bretter aus der Wand hervor, das Gatter an der Nordseite, in dem er seine Schafe hielt, war am Zusammenbrechen. Und das, was einmal der Garten seiner Frau gewesen war, glich einem Acker.
Innerhalb des Hauses sah es nicht besser aus.
Dunkle, hohe Räume voller überflüssigen Krempels und unerledigter Arbeiten verwandelten das Innere in eine Schattenlandschaft. Vor der geschlossenen Schlafzimmertür lag Todd, der alte Beagle, unruhig auf der Seite und träumte seine eigenen kleinen Träume. Hin und wieder zuckte er leicht zusammen und winselte nervös vor sich hin.
Hinter der Tür konnte man Delbert hören.

2

Delbert Winston wälzte sich schwitzend und stöhnend durch einen seiner schlimmsten Alpträume hindurch. In den letzten Nächten plagten sie ihn immer häufiger.
Und sie wurden immer nur noch schlimmer.
Der alte Einsiedler lag allein in seinem baufälligen Haus auf der Seite des Ostplateaus, in seinem massiven, alten Holzbett und kämpfte mit seinem eigenen Unterbewusstsein. Der Mond beleuchtete sein verkrampftes Gesicht durch das schmale Fenster, sein Nachthemd war nass bis auf die Haut.
Delbert durchlebte noch einmal die vergangenen Stunden, in denen er durch den stockfinsteren Wald Richtung Westen geirrt war, um sein verloren gegangenes Schaf zu finden. Der Verlust eines seiner Tiere war zwar nicht sein finanzieller Ruin, aber verdammt noch mal, er mochte seine kleine Herde. Und er war für die Tiere verantwortlich.
Die Einkünfte aus dem Verkauf der Wolle spielten natürlich schon

auch eine Rolle...
Delbert sah sich selbst, aus leicht erhöhter Position, wie er denselben Weg ging, den er wenige Stunden zuvor schon einmal gegangen war. Seltsamerweise war im Traum sein Hund Todd an seiner Seite, der sich tapfer und ohne zu winseln mit ihm durch das Dickicht kämpfte. Und irgendwann begannen Traum und Wirklichkeit zu verschmelzen, und wer auch immer ihm diesen Alptraum geschickt hatte – er machte nicht Halt an der Stelle, an der Delbert sein in Fetzen gerissenes Schaf schließlich fand und es fluchend an den Beinen zurück zu seiner Hütte schleppte, um es diesem verdammten Cop unter die Nase zu halten.
Er ließ Delbert weit über diesen Punkt hinausgehen...

3

...die Nacht ist stockfinster unter den Bäumen, auch wenn der Vollmond hoch am Himmel steht, nach hier unten dringt kein Lichtstrahl; Delbert bewegt sich rein nach Gefühl; immer tiefer und tiefer dringt er in das Unterholz vor, immer auf der Hut, immer wachsam; er spürt, dass er beobachtet wird, er kann die brennenden Augen beinahe körperlich auf seiner Haut fühlen, die ihn mit ihrem Blick durchbohren; wenn die Cops ihm nicht helfen wollen, so denkt er sich, dann muss er sich wohl oder übel selbst helfen; und nun war er hier, allein und auf sich gestellt und aus dem Wald, aus dem Dickicht heraus beobachten ihn Augen; hunderte Augen, tausende graben sich in seinen Rücken, seinen Hinterkopf; er weiß, wenn er sein verlorenes Tier nicht bald findet, dann ist es zu spät, dann ist er die Beute und die Jagd wird eröffnet sein; lass gut sein, denkt er kurz; lass es, geh nach Hause und verlasse diesen schrecklichen Ort, dies ist kein Ort für Menschen; die fast lebendig wirkende Dunkelheit; die vollkommene Stille, nur gestört durch das Knacken der Zweige unter seinen langsamen Schritten; der Geruch; der Geruch ist widerlich, intensiv, organisch, und die Luft ist plötzlich furchtbar feucht, als bewege er sich im Leib eines gigantischen Lebewesens;
Delbert hat selten in seinem Leben solche Angst gehabt, er ist hier zuhause, das hier ist sein Land und er will sich das nicht bieten lassen, hier ist er der Herr, hier kann er tun und lassen, was er will, aber er fürchtet sich; Gott, er fürchtet sich vor der aufgetürmten Dunkelheit und dem unsichtbaren Feind, der sich in ihr verbirgt; Todd neben ihm bleibt erstaunlich ruhig, kein Ton ist von dem alten Beagle zu hören, obwohl er sonst so feige ist wie ein ganzes Rudel Angsthasen; Todd muss scheinbar auch nicht auf den Weg vor ihm achten, er blickt Delbert unentwegt mit

starren, leeren Augen an, die im Dunkeln leuchten wie blanke Münzen; Delbert sieht weg; jetzt wird ihm sogar sein fauler, alter Köter unheimlich;
Als sie urplötzlich eine Lichtung erreichen, ist Delbert sich auf einmal sicher, sein Ziel erreicht zu haben; eine große, weite Lichtung, der schwarze Himmel spannt sich über ihm ins Endlose, die mächtigen Tannen ringsum wie eine Leibgarde; wie Wachposten, die – was? – bewachen? In der Mitte der Lichtung, eine gefühlte Meile entfernt, liegt vor einem mannshohen Hügel, bewachsen mit dichten Sträuchern und voller Felsbrocken, ein zerfetztes Bündel; so groß wie ein Schaf, mindestens; und der Boden ist im Umkreis von mehreren Metern zerwühlt und getränkt mit Blut; Delbert bleibt unschlüssig stehen und wagt zunächst nicht, aus dem schützenden Zwielicht der Bäume hervorzutreten; er weiß nicht, was passieren wird, wenn er diese Lichtung betritt; verdammt, er hat eine Scheißangst, zufrieden? Todd glotzt ihn weiterhin vom Boden aus an; ausdruckslos, leer, wie ein verdammter Zombie; Delbert schnaubt kurz, dann packt er sich einen armlangen Knüppel, der zu seinen Füßen liegt, wiegt ihn prüfend in der Hand und tritt festen Schrittes in die Lichtung hinein;
Je näher er dem unförmigen Bündel in der Mitte kommt, desto schlimmer sieht die ganze Bescherung aus; überall Fetzen von gerissenem Fleisch; Knochensplitter; literweise Blut; Kleidungsfetzen... Kleidungsfetzen? Delbert bleibt mit einem Ruck stehen; und als könnte der erbärmliche, kleine Feigling von Beagle ihm irgendwie zu Hilfe kommen, sieht er sich panisch nach Todd um; der steht wie in Stein gehauen vor der düsteren Mauer des nächtlichen Waldes und blickt hinter ihm her; nur ein Schatten, formlos; seine blanken Augen wie zwei kleine Monde in der Finsternis;
Delbert stößt einen leisen Fluch aus und blickt wieder nach vorne; das Bündel bewegt sich und richtet sich auf; in eine verdammte sitzende Haltung; und es ist kein dummes Schaf, das dort vollkommen zerstückelt am Boden liegt; es ist ein Mensch, ein junger Mann, über und über voller Blut und mit unzähligen kleinen und großen Wunden am ganzen Körper; er blickt Delbert mit weißen Augen an, sein unförmiger Mund öffnet sich und ein Schwall schwarzen Blutes strömt hervor wie ein Wasserfall; viel Blut; viel zu viel für einen einzelnen Menschenkörper; der Rest des zerstörten Gesichts bleibt starr auf Delbert gerichtet, der gelähmt und hilflos zusehen muss, wie aus diesem zweifelsohne toten, zerfetzten Körper noch mehr Blut strömt und den Waldboden schwarz färbt; Die verdrehten Augen starren Delbert unentwegt an, und als der Blutschwall endlich verebbt, bewegen sich die Lippen des schrecklichen Geschöpfs und krächzen ihm entgegen: Ich kann nicht aufhören zu bluten, Sergeant, sie können

mich nicht mehr verbinden, ich kann nicht aufhören zu bluten, Sergeant, sie können mich nicht mehr verbinden, ich kann nicht aufhören zu bluten...

Delbert flieht; er nimmt die Beine in die Hand und jagt auf den Waldrand zu, als wären alle Höllenhunde der Unterwelt ihm auf den Fersen; vorbei an Todd, der ihm nur mit den gleichen leeren Augen wie dieser verdammte Untote hinter ihm nachblickt; die hohe Stimme in seinem Rücken hallt durch die Nacht, immer lauter und lauter; immer krächzender und kreischend wie ein trocken laufendes Sägeblatt; durch den Wald hindurch; nur nach Hause; zurück ins Licht; fort aus diesem Vorhof der Hölle, in dem die Toten lebendig wandeln und jeder Baum, jeder Ast, jeder Schatten im Unterholz sein Feind ist; und als er zwischen zwei mächtigen Tannen hindurchhetzen will, ist da auf einmal etwas Großes, Monströses, das sich ihm in den Weg stellt, mit wild rollenden Augen und Kiefern, so groß wie eine Bärenfalle, und es lacht und lacht und lacht; und Delbert stürzt und kreischt wie ein kleines Kind und rutscht dem Ding entgegen; und dann ist es über ihm und...

4

...Delbert erwachte mit einem lauten Keuchen und fuhr in seinem Bett in die Höhe. Todd neben ihm erschrak ebenfalls durch den Schrei seines Herrchens und pinkelte vor Angst auf die schmutzigen Dielen.

Delbert ächzte und starrte mit weit aufgerissenen Augen die gegenüberliegende Wand an, sein Herz war am Rasen.

Die Tür stand einen Spalt weit offen.

Er versuchte, sich zu erinnern, versuchte, Ordnung in das Chaos hinter seiner Stirn zu bringen. Gott, was hatte er nur geträumt, was war nur mit ihm los?

Doch schon begann die Erinnerung daran zu verschwinden, schon wurden die schrecklichen Bilder wieder ein Teil der Nacht und verblassten. Delbert begann sich bereits zu fragen, warum zum Teufel er eigentlich aufgewacht war.

Er roch Urin und blinzelte grimmig zu seinem Beagle hinab. „Hast du schon wieder den Boden vollgepisst, du kleines Mistvieh? Und was hast du hier drin überhaupt zu suchen?“

Todd winselte nur erbärmlich.

Delbert stieg fluchend aus dem Bett und trat im Vorbeigehen nach dem kleinen Hund, der sich mit einem erschrockenen Hüpfer unter das Bett in Sicherheit brachte.

Todd blickte seinem Herrchen winselnd hinterher, wie er in der Küche verschwand, um einen Lappen zu holen, mit dem er die

Schweinerei aufwischen konnte.
Während Delbert murrend vor sich hin hantierte, wanderten Todds Augen langsam von der alten Holztür zum Fenster, hinaus in die dunkle Nacht, und er begann zu zittern.

DAS ATEMHOLEN

1

Der nächste Tag verging für die kleine Gruppe wie im Flug.
Die einen waren schlicht und einfach zu faul für alles. Die anderen schier nicht zu bremsen in ihrem Unternehmungswahn.
Mag und Vincent hatten beschlossen, sich nicht weiter als zehn Gehminuten von der Hütte zu entfernen. Sie hatten wohl ein bisschen Gras mitgenommen und wollten sich nicht überanstrengen, einfach die Ruhe und die gute Luft des Waldes genießen. Phil empfahl ihnen mit fachmännischem Rat eine kleine Anhöhe, geteilt von einem schmalen Bach, von der aus man einen phänomenalen Blick auf den Browdin-Gletscher hatte.
Damit war die Sache auch schon erledigt.
Nach einem knapp bemessenen Frühstück, das hauptsächlich aus viel Kaffee und belegtem Weißbrot bestand, brachen die beiden um die Mittagszeit auf. Es versprach, ein wunderschöner Tag zu werden. Die Sonne brannte bereits jetzt vom Himmel herab, der für diese Jahreszeit ungewöhnlich klar und wolkenlos war.
Phil hatte damit begonnen, einige persönliche Dinge seines Großvaters zusammenzusuchen, die er auf keinen Fall zurücklassen wollte. Währenddessen hatte Laurie es sich vor dem Haus in einer der Hängematten bequem gemacht, die Phil mit einfachen, aber wirkungsvollen Mitteln errichtet hatte.
Laurie entspannte sich und war vertieft in einen ihrer heißgeliebten Mittelalterromane. Sie war fasziniert von den Schauplätzen, Geschehnissen und dem Flair des alten Europa. Phil, der eher spannende Thriller bevorzugte, nannte sie schlicht: *Alte Schinken.*
Irgendwann wurde Laurie schläfrig und sie schloss die Augen. Atmete tief die frische Bergluft ein und spürte die warmen Strahlen der Sonne auf ihrer Haut. Wie eine Katze streckte sie sich ausgiebig. Sie konnte Phil irgendwo im hinteren Teil der Hütte hantieren hören.
Laurie war zufrieden. Alles fühlte sich *richtig* an.
Ja, sie hatte in Phil genau den Richtigen gefunden, das spürte sie einfach. Und obwohl sie erst seit knapp drei Monaten zusammen waren, kam es ihr bereits so vor, als würden sie sich schon seit Ewigkeiten kennen.
Phil war lieb, unglaublich lieb, er brachte sie zum Lachen, er fand die richtigen Worte, wenn er sie tröstete oder wieder aufbaute, er war klug, er war bei sehr vielen Leuten gern gesehen und beliebt

und – er sah verdammt gut aus.
Laurie lächelte vor sich hin. Sie dachte voller Wärme an den Abend vor einem Vierteljahr im frühen Sommer zurück, in dessen Verlauf sie und Phil ein Paar wurden.
Sie waren beide zu der Gartenparty eines gemeinsamen Bekannten eingeladen worden. Überall waren Tische und Sitzgruppen mit Leuten. Es wurde lautstark gelacht, gegessen und getrunken. Ein lauer Sommerabend, wie geschaffen dafür.
Als Laurie dann plötzlich am BBQ-Grill direkt neben Phil stand, überlief sie ein wohltuender Schauer. Er bot ihr ritterlich das letzte Stück Fleisch an, freundlich und mit diesem ganz speziellen, winzigen Lächeln, dass sie ihm in diesem Moment mit einem besonders langen, besonders tiefen Blick ihrer blauen Augen dankte – sie konnte einfach nicht anders.
Als sie zu ihrem Tisch zurückging, konnte sie seinen Blick noch immer auf ihrer Haut spüren.
Gut, ehrlich gesagt war er ihr vor diesem Abend auch schon aufgefallen. Ihre ehemalige Kollegin Chloe und deren Freund Dan Bouwer, bei dem die Party stattfand, kannten Phil schon lange, und auch Mag und Vincent, mit denen Phil regelmäßig unterwegs war.
Nur war Laurie mit Phil noch nie ins Gespräch gekommen, irgendwie hatte bisher immer der richtige Anlass dazu gefehlt, obwohl ihr das gefallen hätte – sehr sogar.
Als sie dann teilnahmslos auf ihrem Fleisch herumkaute und ihr Blick immer wieder in Phils Richtung schwebte, stieß Chloe neben ihr sie irgendwann mit dem Ellbogen an.
„Willst du nun endlich zu ihm rüber gehen und mit ihm reden oder soll ich dich persönlich hinschleifen?“, hatte sie hämisch gefragt.
Laurie gab die Unwissende und stritt errötend alles ab, was ihre Freundin ihr da in den Mund zu legen versuchte, doch letztendlich ließ sie sich von ihr überreden, mit Phil Connor ein Gespräch zu beginnen – was war schon dabei?
Als Phil sich von den Leuten zurückzog, um im Schatten einer Baumgruppe eine Zigarette zu rauchen, ging Laurie zu ihm. Sie plapperte einfach drauf los, über Belanglosigkeiten, die Party und das Wetter und Phil hörte ihr geduldig zu, während er genüsslich an einem Glas Scotch nippte.
Eigentlich hätte Laurie es damals schon merken müssen. Welcher junge Amerikaner trank schon gerne schottischen Whisky?
Es war viel leichter als gedacht, mit Phil Connor ein Gespräch zu führen. Laurie fühlte sich auf Anhieb wohl in seiner Nähe und im Lauf des Abends vergaßen sie beide den Rest der Party und saßen zusammen und redeten, redeten, redeten...
Laurie erfuhr vom Tod Joseph Connors und dem Vorhaben von Phils Vater, die Hütte im Browdin-Tal zu verkaufen. Sie tröstete

ihn so gut sie konnte, denn sein Großvater musste ihm viel bedeutet haben. Dann lachten sie wieder über gemeinsame Bekannte, gemeinsame Vorlieben und Abneigungen.
Irgendwann, Laurie war Phil komplett und vollkommen ausgeliefert, tippte ihr Chloe auf die Schulter.
„Wie stehts, ihr Turteltäubchen?“, hatte sie unschuldig gefragt. „Die nächste Party wartet auf uns!“
Laurie blickte sich um, und tatsächlich – fast alle Bänke waren leer, ein paar Leute räumten Geschirr und Gläser zusammen und der Grill war aus. Es war dunkel geworden und sie saßen allein im warmen Schein brennender Fackeln. Phil hatte sie angesehen und nur mit den Schultern gezuckt – warum nicht?
Sie tanzten, sie feierten, sie lachte viel mit Mag und Vincent, mit Chloe und Dan, aber am meisten natürlich mit Phil. Sie wurde zwar betrunken, aber ihr Verstand blieb dennoch klar. Sie wiegte sich, irgendwann sehr spät in der Nacht, in Phils Armen zu einem unglaublich romantischen Liebeslied, das der DJ ihnen wie auf den Leib geschrieben hatte und sie küssten sich auf der fast menschenleeren Tanzfläche, die Lichter über ihnen strahlten hell, es fühlte sich gut an, so gut, so verdammt gut, und Laurie ließ sich fallen...
Sie hatte ihn mit zu sich nach Hause genommen, noch nie zuvor hatte sie das getan, aber sie fürchtete sich nicht, sie hatte auch keine Angst, enttäuscht zu werden – *Nicht bei ihm*, flüsterte eine Stimme hinter ihrer Stirn.
Sie lagen nur weiterhin eng beisammen, küssten und liebkosten sich auf der durchgelegenen Couch in ihrer kleinen Wohnung und redeten und lachten, während draußen bereits der Morgen graute. Laurie war glücklich.
Als sie sich schweren Herzens trennen mussten, war es bereits heller Tag. Die Stadt war noch nicht vollständig erwacht, nur die Vögel sangen in den umliegenden Bäumen ihr endloses Lied. Phil küsste sie sanft zum Abschied und mit den Worten, dass sie sich möglichst bald wiedersehen würden.
Dann ging er und sie stand an der Tür und sah ihm hinterher. Und als er bereits zwischen den Schatten der Bäume verschwand, die ihre Straße säumten, drehte er sich noch einmal um und hob die Hand und sie konnte selbst auf diese Entfernung sehen, dass er lächelte. Der sanfte Morgenwind fuhr ihm durch das halblange Haar und die Sonne strahlte in seinen Augen. Dann war er weg.
Und natürlich hatte es nicht lange gedauert, bis sie sich wiedergesehen hatten.
Es wurde mit jedem Tag schöner zwischen ihnen und Phil gestand, dass er schon lange für sie schwärmte, wie lange er schon darauf gewartet hatte, dass sie den ersten Schritt machte – er selber hatte sich nie getraut. Er wollte mehr über sie erfahren. Woher sie kam, was sie tat und was sie hierher verschlagen hatte.

Und letzte Woche, es war mittlerweile Herbst geworden, meinte Phil mit einem Augenzwinkern zu ihr, dass sie die Hütte seines Großvaters ja vielleicht doch noch sehen würde. Er plante einen letzten Ausflug mit den anderen, und natürlich wollte er sie mit dabei haben. Und sie war ihm um den Hals gefallen und hatte sich gefreut über seine Einladung, und nun...
Nun waren sie hier.
Und alles war gut.
Laurie seufzte zufrieden und hätte Phil beinahe nicht kommen hören, so vertieft war sie in ihre Tagträume.
„Laurie?“, flüsterte er leise.
Sie stellte sich schlafend und musste sich anstrengen, nicht zu grinsen. Sollte er doch selbst rausfinden, ob sie schlief oder nicht.
„Laurie?“ Noch einmal, drängender diesmal, und irgendetwas am Klang seiner Stimme...
Laurie öffnete die Augen.
Mag sah spiegelverkehrt von oben auf sie herab. Seine dunklen Augen blickten unsicher. Und das Licht der Sonne hinter ihm war – nun, seltsam. „Entschuldige, ich wollte dich nicht wecken, aber...“
Laurie setzte sich auf. „Mag? Ich ... ich habe nicht ... ich meine, wie lange hab ich denn...“
„Es ist fast sechs“, sagte Mag.
Deshalb. Die Sonne war schon beinahe wieder am Untergehen. Und mit einem Mal fiel ihr auch die merklich kühlere Luft auf. Und die Stille. „Gott, ich habe den ganzen Tag verpennt“, fluchte sie. „Wo sind denn die anderen?“
Mag druckste herum. „Phil sagte mir, ich solle dich um sechs wecken, wenn du bis dahin noch schlafen würdest. Und sie sind jetzt auch schon eine Weile unterwegs, ich denke, sie kommen ohnehin bald zurück... vielleicht willst du dich ja im Haus noch etwas hinlegen...“ Mag kam ins Stottern.
„Unterwegs?“, fragte Laurie und rieb sich den Schlaf aus den Augen. „Wo sind sie denn hingefahren? Und warum?“
Mag wich einen Schritt zurück. Er witterte Ärger. „Vince und Phil wollten nach Woody und Karen sehen. Sie sollten schon seit Stunden hier sein.“
Laurie horchte auf. „Wollte Woody nicht noch mal anrufen?“
Mag verneinte. „Spätestens um vier wollten sie hier sein, hieß es. Phil kann sich nur vorstellen, dass Woody auf einen kurzen Besuch bei seiner Tante hängen geblieben ist, sie wohnt unten in Despin.“ Eine kurze Pause. „Oder natürlich in irgendeiner Bar.“
Lauries Blick verdüsterte sich. „Na toll.“
Mag lächelte sie unsicher an. „Phil und Vince waren auch nicht gerade begeistert.“ Als würde das irgendetwas besser machen.
Laurie erhob sich langsam aus den Tiefen der Hängematte und klopfte sich imaginären Staub von der Hose. „So wie ich das bisher

verstanden habe, kann dieser Woody Carter glaube ich sehr gut auf sich selbst aufpassen", murrte sie.
„Phil wollte nur sichergehen, dass sie keine Panne oder sonst was haben. So wie ich Woody kenne, wird er irgendeinen tiefergelegten Sportwagen fahren. Und den ganzen Weg den Berg hinauf hat kein Handy Netz." Er machte eine Pause. „Hier oben übrigens auch nicht."
„Hab ich gemerkt", seufzte Laurie. „Na dann sollten sie mal sehen, dass sie ihr Riesenbaby einfangen, bevor es Nacht wird."
Sie packte mit Mag ihre Sachen zusammen, wobei sie den großen, allmächtigen Woody Carter und seine Sonderbehandlung leise verfluchte.
Mag fühlte sich sichtlich unwohl und beeilte sich, Laurie immer wieder zu versichern, dass Woody gar nicht so schlimm war, dass Woody ein richtig lustiger Kerl sein konnte.
Laurie fand das nicht im Geringsten komisch.
Als sie langsam zum Haus zurückschlenderten, hörten sie in der Ferne einen Motor aufröhren.
Sie drehten sich beide zur Ebene hin um. Die letzten Strahlen der Sonne spiegelten sich auf Glas und Chrom.
„Sind sie das?", fragte Laurie mit zusammengekniffenen Augen.
Mag sah etwas genauer hin. „Nein", murmelte er leise. „Vincents *Dandy* ist größer. Und breiter. Das ist..." Er stutzte. „Laurie, ich glaube, das ist ein Streifenwagen!"
„Bist du sicher?"
„Sieht zumindest so aus."
Laurie packte ihn am Arm und zog ihn nach drinnen. „Lass uns reingehen, Mag. Wenn das nicht Phil und Vincent sind, dann wäre ich gern hinter diesen dicken Wänden hier. Ganz egal, wer das ist!"

2

Russel Cody näherte sich langsam der „*Hütte*" des alten Joseph Connor. Das gewaltige Anwesen am Waldrand sah verlassen aus, doch die frischen Reifenspuren und das gedämpfte Licht hinter den Fenstern bewiesen das Gegenteil. Die tief stehende Sonne, die schon am Rande des Gletschers kratzte, blendete ihn.
Und wieder ging ein Tag zur Neige.
Auf der anderen Seite des Tales zogen dunkle Wolken auf und die Luft begann, empfindlich kalt zu werden, doch noch war es ein schöner Abend.
Das angeknackste Getriebe des altersschwachen Streifenwagens rasselte leise vor sich hin. Schon viel zu lange war ein neuer Dienstwagen für diesen Bezirk überfällig, doch hier, am Ende der Welt, waren Russell und seine Kollegen die Letzten, die mit einer

solch teuren Neuausstattung rechnen durften.
Russell warf einen besorgten Blick auf seinen Beifahrer.
Deputy Harold Langdorn war relativ frisch hierher nach Despin versetzt worden und er kannte die Eigenarten der Bewohner des Browdin-Tales noch nicht so gut wie er selbst.
Harold kaute nervös auf seinen Fingernägeln herum und blickte abwesend aus dem Beifahrerfenster hinaus auf die monotone Ebene. Sein kurzes, trotz seines jugendlichen Alters bereits angegraute Haar und der schmale Schnauzer waren feucht vor Schweiß. Harold hatte den Auftritt des alten Delbert wohl nicht so gut verkraftet.
Aber natürlich war das auch kein Wunder, überlegte Russell. Delbert Winston hatte sich wieder einmal aufgeführt, als ob er von allen guten Geistern verlassen wäre.
Als sie vor einer guten Stunde zu einem weiteren Besuch vor seinem Anwesen am Ostplateau vorgefahren waren, war er ihnen bereits mit rudernden Armen und wilden Augen entgegengelaufen. Russell hatte sich mit einem hörbaren Seufzen aus dem Wagen gestemmt. Er bildete sich ein, die Fahne des alten Mannes bereits aus weiter Entfernung riechen zu können.
Harold Langdorn war um einiges vorsichtiger aus seinem Sitz geklettert. Seine jungen, unschuldigen Augen – schon längst ohne den hoffnungsvollen Schimmer, als er noch die Polizeiakademie besucht hatte und schließlich erfahren musste, dass die glamouröse Vorstellung, ein Cop zu sein, und die harte Wirklichkeit nichts miteinander zu tun hatten – blickten dem Alten besorgt entgegen.
Russell hatte versucht, beruhigend auf Delbert einzuwirken. Dessen wirres Gefasel über einen Rachedämon, seine persönliche Nemesis, die gekommen war, um zuerst seine Schafe und dann ihn selbst zu holen, hatte kein Ende nehmen wollen.
Harold Langdorn hatte sich stumm genähert, seine Hand in bedrohlicher Nähe des Schlagstockes, wie Russell aus den Augenwinkeln bemerkte.
Als Delbert dann erzählte, eines seiner Schafe sei letzte Nacht gerissen worden, eben das Tier, das er erst gestern als vermisst gemeldet hatte, verlangte Russell sofort zu wissen, wo das tote Tier denn sei.
Delbert wies mit fahrigen Bewegungen auf die Rückseite seines Anwesens und Russell zögerte keine Sekunde, Harold dort hinten nach dem Rechten sehen zu lassen. Er wollte ihn und seine nervösen Hände außer Reichweite des alten Eremiten haben.
„Wie?“, hatte Harold gestammelt. „Ich soll ... da hinten? Kommst du nicht mit, Russ?“
„Nun geh schon“, hatte Russell ihn ungeduldig angeschnauzt. „Das Vieh wird dir wohl sicher nichts mehr zuleide tun.“
Harold hatte eine beleidigte Grimasse gezogen, dann war er mit

übertrieben vorsichtigen Bewegungen hinter der Hütte verschwunden. Russell hatte sich, genervt den Kopf schüttelnd, wieder Delbert Winston gewidmet.
Als er nun im Schritttempo die letzten Meter bis zur Hütte zurücklegte, ließ er Delberts Worte noch einmal Revue passieren. Harold war zwei Minuten später mit kreidebleichem Gesicht wieder zu ihnen getreten und hatte ausgesehen, als ob er sich gerade von seinem Mittagessen verabschiedet hätte.
Russ konnte sich eines gewissen Schauers nicht erwehren, wenn er an den starren Blick des Alten und seine geflüsterten Worte dachte, auch wenn er ein nüchterner Mann mit klar definierten Weltvorstellungen war.
„Er ist irgendwo da draußen, ich weiß es, ich spüre es! Ich kann ihn knurren hören, nachts unter meinem Fenster! Und jetzt will er mich*! Jetzt kommt er... Jetzt kommt er...“*
Russ hatte ihm klar gemacht, dass es keine übernatürlichen Gründe, keinen Rachedämon dafür geben musste, dass eines seiner Schafe getötet worden war. Hin und wieder verirrten sich Wölfe oder Berglöwen in diese Gegend. Zu schwach und ausgehungert, um Menschen anzugreifen, doch bei einem hilflosen Schaf würden sie sich nicht lange bitten lassen. Der junge Polizist versuchte, den Gedanken an die alte Geschichte von dem Holzarbeiter und dem tollwütigen Puma nicht mit ins Spiel zu bringen.
Delbert hatte weitergeflucht, er würde notfalls auf eigene Faust in den Wald gehen und diesen Mistkerl schnappen. „Delbert, Sie wissen doch, wie Sie sich korrekterweise in derartigen Fällen zu verhalten haben“, hatte Russell ihn belehrt. „Für solche Fälle ist Scott Dorbrick, der zuständige Ranger, verantwortlich, Sie können nicht einfach...“
Der Alte hatte ihn ignoriert und wieder losgewütet und letztendlich war Russ nichts anderes übrig geblieben, als sich seinen blassen Partner zu schnappen und so schnell wie möglich das Weite zu suchen.
Delbert war ohnehin nicht zu helfen. Er würde Scotty bitten müssen, das umliegende Gebiet einmal mit den Hunden abzusuchen. Morgen, heute nicht mehr.
Russell parkte den Streifenwagen direkt vor der Haustür und stellte den Motor ab. Sein Blick wanderte langsam über die hohe Frontwand des alten Gebäudes und er versuchte, Delbert Winston aus seinem Kopf zu bekommen.
Mit einem Seufzen wandte er sich an Harold.
„Ist mit dir wieder alles soweit in Ordnung? Da drin warten ein paar junge Leute auf uns und vor denen sollten wir uns keine solche Blöße geben wie vor dem alten Delbert. Ich habe hier einen Ruf zu verlieren, Harold.“
Der Deputy sah ihn mit undeutbarem Blick an. „Hast du dieses

Schaf gesehen?“, murmelte er.
Russell nickte. „Das Foto, das du geschossen hast, ja. Ein totes Schaf.“
„Russ, irgendwas hat das Tier in Fetzen gerissen. Sah aus wie ein großes Bündel dreckiger Lumpen. Hätte ich nicht gewusst, dass das ein Schaf sein soll, ich...“ Er verstummte.
Russell seufzte wieder und legte seinem Kollegen eine Hand auf die Schulter. Mit festem Druck, keine Spur von Schwäche. Harold war homosexuell, das wusste jeder. Nur er selbst vielleicht noch nicht.
„Hör zu, wir werden diesen Fall an Scott Dorbrick weitergeben, der kennt sich mit solchen Situationen besser aus als wir. Das ist Sache eines Rangers, nicht unsere. Ich mag Scotty, aber so wie es aussieht, muss *er* sich ab jetzt mit dem alten Kauz rumschlagen – Pech für ihn.“ Hinter einem der Fenster konnte Russell einen Schatten vorbeihuschen sehen. Ihre Ankunft war also kein Geheimnis mehr. Sie mussten sich beeilen.
„Hast du nicht auch an die Sache in Sloane Peak gedacht?“, fragte Harold mit nervösem Blick, während er sich durch die Haare fuhr. „Was, wenn das derselbe Täter ist? Hier, in unserem Revier.“
„Wir reden hier von Schafen, Harold“, knurrte Russell, ohne sich einzugestehen, dass er natürlich in dieselbe Richtung gedacht hatte. „Hier wird niemand wegen Mordes verurteilt werden und ich glaube nicht, dass wir von einem Motiv oder etwas in der Art sprechen können.“ Er lachte trocken auf, löste seinen Gurt und stemmte sich aus dem Wagen.
Harold fingerte an seinem Gurt herum und trat neben ihn, Russell hatte die Tür fast erreicht.
Ein eisiger Wind kam auf und Russells besorgter Blick ging kurz nach Norden, hin zu der schwarzen Wolkenwand.
„Wer ist das da drin?“, fragte Harold.
„Der Enkel des ehemaligen Besitzers“, murmelte Russell. Er hatte seine Sonnenbrille noch immer nicht abgesetzt. „Joe Connor starb vor etwa fünf Monaten. Jetzt hoffe ich, dass die Brut seines Sohnes nicht hierhergekommen ist, um den Laden zu zerlegen. Du weißt, wie junge Leute sind.“
Harold wollte gerade zu einer Antwort ansetzen, zum Beispiel, dass er weder sich selbst noch Russell für besonders alte Leute hielt, da wurde die Haustür geöffnet.

3

Im warmen Schein der Innenbeleuchtung stand dort eine junge Frau, Mitte zwanzig vielleicht, mit langen blonden Haaren, einem luftigen Top und verdammt langen Beinen unter ihrem Rock.

Außerdem war sie auffallend hübsch.
„Officers? Gibt's ein Problem?"
Diese Frage war so klischeehaft, dass Russell unwillkürlich lachen musste. „Keineswegs, *Miss.* Wir sind hier nur für die öffentliche Sicherheit verantwortlich und wollten mal eben nach dem Rechten sehen."
Auch die Blonde lächelte jetzt. „Verzeihen Sie, aber im ersten Moment rechnet man hier oben wirklich nicht mit Besuch. Am allerwenigsten damit, auf einmal zwei Cops vor der Tür stehen zu haben." Sie hielt sich erschrocken die Hand vor den Mund. „Verzeihung. Polizisten wollte ich natürlich sagen." Sie errötete leicht. Es sah bezaubernd aus.
„Kein Problem", winkte Russell ab. „Wir nennen uns untereinander doch auch nicht anders. Ich bin Officer Cody und das ist mein Kollege Deputy Langdorn." Harold nickte knapp.
„Nun gut", sagte sie und lehnte sich gegen den Türrahmen. Sie wirkte nicht abweisend, hatte aber offensichtlich trotzdem nicht vor, sie hereinzubitten. „Was kann ich also für Sie tun?"
„Wir wollten nur fragen, ob hier oben alles in Ordnung ist. Das Anwesen von Joseph Connor gehört seit Langem zu unserer Standardtour und von ihm haben wir auch immer einen kräftigen Schluck Kaffee zur Stärkung bekommen." Russell nahm seine Brille ab, um das Eis zu brechen, doch die Blonde machte weiterhin keinerlei Anstalten, den Weg freizumachen, geschweige denn, ihnen eine Tasse Kaffee zu bringen.
„Phil, mein Freund, ist der Enkel von Joseph Connor", sagte sie knapp. Und nach einem kurzen Zögern: „Er zieht sich gerade um."
„Ist mir bekannt", nickte Russell. „Dass er Joes Enkel ist – nicht, dass er sich gerade umzieht, meine ich." Er lächelte dümmlich, erntete aber nur einen spöttischen Blick der jungen Frau. Was war los mit ihm? Er kam sich in ihrer Gegenwart zunehmend unsicherer vor. Irgendetwas hatte sie an sich...
Harold begann, herumzudrucksen. „Nun ja, wenn hier dann soweit alles in Ordnung ist, dann wollen wir nicht länger..."
„Schönen guten Abend." Ein drahtiger, junger Mann trat neben die Blonde, während er sich mit einer Hand durch die kurzen, tiefschwarzen Locken strich. Er war definitiv südländischer Abstammung. Seine mandelförmigen Augen huschten aufmerksam zwischen den Polizisten hin und her. „Was können wir tun für die Männer des Gesetzes?"
Russell war felsenfest davon überzeugt, dass hier nicht der junge Connor vor ihm stand. Solange es auch schon her sein mochte.
„Phillip Connor, nicht wahr?" Er streckte ihm ohne mit der Wimper zu zucken die Hand entgegen. „Russell Cody. Ich glaube, wir haben uns vor vielen Jahren einmal kennengelernt. Ich bin der Sohn von Lynn Davis Freundin."
Der andere zögerte, in seinem Gesicht arbeitete es.

Dann lächelte er breit und ergriff die Hand des Schwarzen. „Sorry, aber da liegen Sie falsch. Ich bin Mag. Mag Hardigan, ein guter Freund von Phil."
„Dachte ich's mir doch", sagte Russell mit gespielter Überraschung. „Ich hatte den jungen Connor doch etwas anders in Erinnerung gehabt."
Lauries Augen blitzten auf und sie zog sich einen halben Schritt weiter ins Innere zurück. Ihr konnte er nichts vormachen.
„Tja, wie wir der jungen Dame eben bereits sagten...", begann Harold und zog fragend die Augenbrauen hoch.
Die Blonde verzog ihre Mundwinkel um eine Winzigkeit nach oben. Eine Winzigkeit. „Laurie", sagte sie. „Laurie Mitchell."
„Ja, wie wir Miss Mitchell bereits sagten, wollten wir hier oben nur mal nach dem Rechten sehen. Routine sozusagen."
Mag nickte, als würde er genau verstehen. „Natürlich. Ist ja ihr Job, nicht wahr?"
Ein peinliches Schweigen entstand, währenddessen Mag und Laurie höflich abwarteten, aber weiterhin keinerlei Aussichten auf eine Tasse Kaffee stellten. Oder ein paar Donuts.
„Nun denn", begann Russell umständlich. „Freut mich, dass es ihnen gut geht. Sie haben hier oben ja vermutlich nichts Ungewöhnliches gesehen, irgendetwas, worüber es sich zu berichten lohnt?"
„Keine Spur", sagte Laurie.
„Niente." Mag.
„Dann machen wir uns mal wieder auf den Weg. Die Pflicht ruft!" Russell setzte seine Sonnebrille wieder auf, obwohl es schon fast dunkel war. „Danke, dass Sie Zeit für uns hatten. Und grüßen Sie Phillip von mir."
Harold hatte sich bereits abgewandt.
„Keine Ursache", meinte Laurie. „Beehren Sie uns jederzeit wieder, Gentlemen."
Russell floh direkt zum Streifenwagen. Er musste sich zwingen, einen lockeren Eindruck zu hinterlassen. Harold saß bereits angeschnallt auf dem Beifahrersitz, als er einstieg.
„Was war *das* denn?", zischte er Harold zu, den Blick weiterhin auf die beiden Schatten im beleuchteten Türrahmen gerichtet. „Wir haben uns benommen wie Idioten!"
„Was hast du erwartet?", zischte Harold zurück. „Sie haben doch nichts verbrochen, oder? War ja nur ein Routinebesuch."
„Ja, Routine", murmelte Russell resigniert und ließ den Motor an. Während er wendete, schlossen Mag Hardigan und Laurie Mitchell die Tür. Das Mädchen sah dem Südländer ins Gesicht und Russell glaubte, dass die beiden ganz kurz vor einem Lachanfall standen. Er und Harold hatten sich hier wirklich nicht mit Ruhm bekleckert.
Übellaunig grummelte er vor sich hin. Er fühlte sich benommen

wie ein Teenager. Dieses Mädchen! Er hatte noch keine Frau mit einer solchen Ausstrahlung gesehen.
Du wirst alt, Russ, dachte er sich. *Bei der hast du eh keine Chancen mehr.*
Sie ließen das Haus hinter sich und machten sich auf den Weg zurück ins Tal.
Harold hatte wieder begonnen, irgendetwas über das Wetter zu erzählen. Anscheinend war gerade eine Eilmeldung über einen Sturm reingekommen, der auf dem Weg in das Tal sei, vielleicht zog er aber auch wieder ab. Das würde natürlich die dunklen Wolken am Horizont erklären. Aber ein Sturm? Um diese Jahreszeit?
Doch Russell hörte ohnehin nur mit einem Ohr zu und nickte an den richtigen Stellen. Nervös fingerte er eine Pall Mall aus der Schachtel und entzündete sie hastig.
Als sie den Rastplatz mit dem Mondsee passierten, sahen beide in eine andere Richtung, und so fuhren sie vorbei. Hätten sie hingesehen, wäre alles vielleicht anders gekommen. Aber das taten sie nicht.
Russell Cody dachte nicht mehr an den aufziehenden Sturm, den Doppelmord an dem Paar aus Phoenix oder an Delbert Winston und seine zu lebhafte Fantasie.
Seine Gedanken waren bei Laurie Mitchell. Und dort würden sie bleiben – bis er sie schließlich wiedersehen sollte.

AM MONDSEE

1

Phil und Vincent passierten den unscheinbaren Feldweg, der zu Delbert Winstons Hütte führte, lange bevor Russell und Harold in ihrem Streifenwagen zwischen den Bäumen auftauchten. So hatten sie keine Ahnung von dem unerwarteten Besuch, den Mag und Laurie erhielten.
Der Van rumpelte über die Kuppe und von dort an ging es steil bergab. Eine zeitlang fuhren sie schweigend dahin. Es wurde rasch dunkel und Vincent schaltete die Scheinwerfer an.
Und Mag hatte Recht gehabt: Woody Carter war tatsächlich mit einem Sportwagen gekommen. Einem schnittigen, weinroten Monster, das keineswegs geeignet schien, die steile Bergauffahrt zu überleben. Doch der Wagen hatte es geschafft – zumindest bis zum Rastplatz.
Dort fanden Phil und Vincent ihn mit offenen Türen und brennenden Scheinwerfen, die die Dunkelheit durchschnitten.
Nur von Woody und Karen fehlte jede Spur.
„Phil!“, zischte Vincent. Er trat bereits auf die Bremse.
„Ich sehe es“, sagte Phil. „Wo zum Teufel stecken die beiden?“
Sie stiegen aus und näherten sich langsam dem roten Sportwagen. Beide Türen standen offen, die Innenbeleuchtung brannte und aus dem Radio kam leise das Solo irgendeines Punkrocksongs. Zwei große Reisetaschen waren auf die schmale Rückbank gequetscht worden. Auf dem Boden waren leere Getränkedosen und Zeitschriften über Sport und Musik verteilt. Vom Rückspiegel baumelte eine überdimensional große Sonnenbrille herab.
Das war definitiv Woodys Wagen. Nur – wo war er?
„Sind sie dort drinnen?“ Vincent wies auf den Wald. „Viel mehr Möglichkeiten gibt's hier ja nicht.“
„Möglich“, murmelte Phil.
„Vielleicht hätten wir die Rettungsringe doch noch einpacken sollen“, sagte Vincent nachdenklich.
Phil war einen Moment verwirrt, dann lachte er heiser auf, obwohl ihm eigentlich nicht nach Lachen zumute war. Das einsame Auto, hier, vor der dunklen Kulisse des Waldes verschaffte ihm ein mulmiges Gefühl.
„Glaub mir, Woody und Karen sind definitiv *nicht* schwimmen gegangen“, sagte er. „So wie ich Karen einschätze, ist ihr das Wasser um mindestens zwanzig Grad zu kalt.“ Phil sah sich um. Der aufgehende Mond spitzelte bereits zwischen den Bäumen

hervor und tauchte den Rastplatz in fahles Licht. Der Nebel zwischen den Bäumen erschien ihm heute viel unheimlicher als noch am Abend zuvor. „Wir müssen sie suchen gehen“, sagte er. „Vielleicht sind sie nur kurz pinkeln, aber vielleicht ist ihnen auch etwas passiert.“

Vincent sah ihn an. Seine Stimme war ruhig. „Dann lass uns gehen.“

Sie bewegten sich auf den Waldrand zu und hielten währenddessen immer weiter Ausschau nach irgendeinem Lebenszeichen von Woody oder Karen. Sie schritten zwischen den gewaltigen Findlingen am Rand der Kiesfläche hindurch und wie auf ein unhörbares Kommando blieben sie fünf Schritte vor der Baumgrenze stehen. Tannennadeln knirschten unter ihren Stiefeln. Ein leichter Wind kam auf und fuhr ihnen unter die Haut.

„Woody?“, rief Phil in den Wald hinein. „Großer Mann, wo steckst du? Karen?“ Das Echo seiner Stimme verlor sich irgendwo zwischen den Bäumen. Ein paar Sekunden lang geschah nichts, dann hörte man von irgendwo, scheinbar weit, weit entfernt, eine Stimme rufen.

„Sie sind tatsächlich da drin“, murmelte Phil. Er atmete erleichtert auf und zündete sich in aller Ruhe eine seiner schwarzen Zigarette an. „Warum zum Teufel auch immer. Nichts als Blödsinn im Kopf, die beiden!“

„Gibst du mir auch eine, bitte? Mein Tabak liegt im Wagen.“

„Faule Ausrede“, grummelte Phil, hielt Vincent aber die geöffnete Schachtel hin.

Nach einer Weile konnte man auch stetig lauter werdende Schrittgeräusche hören, die vom Knacken und Brechen der Äste untermalt wurden. Woodys dröhnender Bass und Karens zartes Stimmchen waren zu hören. Sie schienen sich tatsächlich zu nähern.

„Außer Gefahr“, sagte Vincent trocken. „Ich glaube, wir können die Rettungsringe im Wagen lassen.“

Dann begannen sich zwei Gestalten aus dem blauen Nebel zu schälen. Eine absurd große und eine viel kleinere an ihrer Seite.

2

Als Karen und Woody aus dem Wald heraustraten, merkten die anderen sofort, dass etwas nicht stimmte.

Woodys sonst so heiteres Gesicht war ernst und verkniffen. Er kam aus der Dunkelheit und stützte Karen, die so erschöpft wirkte, als wäre sie soeben mehrere Meilen gespurtet.

Es ist lange her, dachte Phil. *Aber Woody Carter ist noch immer eine beeindruckende Erscheinung.*

Sein Waschbrettbauch und die festen Muskelpakete an Brust und Oberarmen wirkten manchmal schon fast *zu* perfekt, um noch echt zu sein, und seine überdurchschnittliche Größe und das freche, sonnengebräunte Gesicht taten ein Übriges, um den gebürtigen Kalifornier zu einem überall gern gesehenen Gast zu machen. Sein Luxusleben als Sohn eines Skihotelmoguls war ein ständiges Tauziehen zwischen Sport und Feiern.
Woody trainierte unglaublich viel und stellte seinen Luxuskörper nur allzu gern zur Schau, ohne tatsächlich überheblich zu wirken. Jetzt trug er weite, knielange Hosen und ein hautenges, weißes Shirt. Dass hier draußen nur knapp zehn Grad Celsius herrschten, schien ihm ziemlich egal zu sein. Das war es immer.
„Hey Leute", rief Woody ihnen zu. „Ihr habt euch wahrlich den besten Moment ausgesucht, um Karen kennenzulernen. Sie kommt gerade aus der Maske und duftet wie ein Strauß Frühlingsblumen. Hab ich nicht Recht, Kleine?"
„Halt den Mund, du großer Trottel", murmelte das Mädchen benommen. „Mir ist kalt." Sie trug einen weiten Pullover und ihre Haare waren unter einer Strickmütze verborgen. Karen war schrecklich bleich im Gesicht und als sie auf Phil zustolperte, konnte er Erbrochenes in ihrem Atem riechen.
„Ach ja", fügte der Riese noch hinzu. „Jede Hilfe wäre hier echt nett."
Phil und Vincent erwachten aus ihrer Lethargie.
„Mein Gott, Woody", keuchte Phil. „Tut mir leid, aber wir sind gerade noch etwas schockiert." Er warf seine Zigarette fort, eilte auf die beiden zu und stützte Karen sofort von der anderen Seite her. „Wo zur Hölle habt ihr euch denn bloß rumgetrieben?"
Karen blickte dankbar zu ihm auf. Ihr Blick war unglaublich müde, doch ihre riesigen, braunen Augen fesselten Phil sofort. „Hi, ich bin Phil. Und der dort drüben, der herumsteht, als würde ihn das alles nichts angehen, ist Vincent Drake."
Karen lachte krächzend auf. „Freut mich, euch kennenzulernen, Jungs."
Vincent, der den Seitenhieb ohne einen Kommentar hinnahm, wandte sich bereits zum Gehen. „Ich hab eine Decke in meinem Van. Ich geh sie holen." Phil und Woody kamen nur langsamer voran, sie mussten Karen weiterhin stützen. Das Mädchen schien keinerlei Kraft mehr in seinen Beinen zu haben.
„Ein Van?", rief Woody dem davoneilenden Vincent hinterher. „Hast du´s also doch noch zu was gebracht, Vince? Ich dachte, du wärst Mechaniker?!"
Vincent zeigte ihm den Mittelfinger, ohne sich auch nur umzudrehen.
„Lass ihn bitte, Kleiner", sagte Karen leise. „Er holt mir doch schließlich eine Decke. Sei lieb zu ihm."
Ihre Stimme war hoch, mit einem leichten Hang in das kindliche

Piepsen eines Schulmädchens überzugehen. Auf Dauer vermutlich ziemlich nervend, aber irgendwie auch anziehend, fand Phil. Ihm wurde langsam sowieso klar, warum Woody mit ihr zusammen war. Ihre geringe Körpergröße, die kindliche Stimme und vor allem ihre Bombenfigur, die sich unter dem weiten Wollpullover verbarg. Phil brauchte sich nur an das Foto von Karen im Bikini zu erinnern, das Woody ihm geschickt hatte. Phil spürte ihre großen, festen Brüste, die sich bei jedem Schritt gegen seinen Arm pressten.
Karen war sexy – jede einzelne Pore schien das zu verströmen.
„Sei lieb zu ihm", wiederholte Karen mit Nachdruck.
„Vincent versteht das schon", feixte Woody weiter. „Keine Angst, Kleine. Oder wie sieht die Reiseleitung das? Du kannst übrigens schon mal mit einer hundertseitigen Beschwerde rechnen, Connor! Das hier stand nicht im Programm."
Phil grinste Woody über Karens Kopf hinweg an. „Gott, wie hast du mir gefehlt, Woody", keuchte er. „Aber jetzt mal ernsthaft – was habt ihr denn getrieben dort hinten? Bist du verletzt, Karen?"
„Nein", sagte sie knapp. „Mir ist nur kotzübel."
Woody quittierte Phils fragenden Blick mit einer düsteren Grimasse. „Warte, bis wir am Wagen sind. Das ist echt zu horrormäßig, Mann!"
Sie kamen zum Van. Die Schiebetüre war bereits geöffnet. Vincent hatte eine dicke Wolldecke aus einer der zahllosen Kisten des *Dandys* ausgegraben. Er breitete sie langsam über Karen und erntete dafür einen liebevollen Blick von ihr.
Gemeinsam hievten sie das Mädchen auf die Rückbank, wo es sich ächzend gegen die Lehne fallen ließ und sich sofort tiefer in die Decke hineinkuschelte.
Phil und Vincent standen außerhalb des Wagens und blickten gespannt ins Innere. Woody drapierte die Decke um Karen herum, war darauf bedacht, keinen Millimeter ihrer Haut der Kälte auszusetzen. Dann trat er mit einem zufriedenem Nicken zu den anderen nach draußen.
Phil war nicht sicher, aber es sah aus, als wäre Karen bereits eingeschlafen.
Woody stand zwischen ihnen und betrachtete seine Freundin mit besorgtem Blick. Phil und Vincent warteten ab.
Endlich brach der Riese das Schweigen. „Es ist okay", meinte er. „Ihr fehlt nichts, sie ist nur durcheinander. Kein Wunder..."
Phils Kopf fuhr herum. „Dann hab doch bitte endlich die Güte, uns zu erzählen, was passiert ist, Woody! Raus damit!"
„Schon gut", verteidigte sich Woody. „Ich bin selber noch nicht ganz bei der Sache. Gebt mir mal bitte ne Zigarette."
Phil und Vincent blickten sich erstaunt an. Beide hatten Woody noch niemals rauchen sehen. Zumindest keinen normalen *Tabak*.
„Nun gebt schon her, ich hör auch wieder auf, versprochen!"

Phil gab ihm eine seiner *Black Death* und Woody musste beim Anblick der pechschwarzen Zigarette bitter grinsen. Dann steckte er sie in den Mund, ließ sich von Vincent Feuer geben und inhalierte tief.
Phil fragte einfach ins Blaue hinein. „Ihr wart am See, nicht wahr?“
Woody nickte nachdrücklich. „Karen wollte nur kurz pinkeln. Ich dachte schon, sie hätte sich verirrt, doch durch ihr Rufen führte sie mich schließlich zu dem kleinen Tümpel, den du *See* nennst, Connor.“
„Eher eine Art großer Weiher“, warf Vincent ein. Phil dachte, er würde auf ihren Witz zurückkommen wollen, doch sein Gesicht blieb todernst. Die Glut von Woodys Zigarette spiegelte sich in seiner Brille.
Der Riese stimmte Vincent zu. „Na, jedenfalls stand sie dort und schien zuerst zu Tode erschrocken zu sein, bis sie mich schließlich erkannte. So, als hätte sie etwas anderes erwartet. *Jemand* anderen.“ Er zog wieder tief an seiner Zigarette.
Phil und Vincent wechselten einen kurzen Blick. Für Phils Geschmack passierten in den letzten Tagen zu viele seltsame Dinge auf einmal. Er bekam ein mulmiges Gefühl in der Magengegend.
„Lasst uns fahren“, sagte Woody barsch und warf die nur halb gerauchte Zigarette in hohem Bogen fort. „Karen kann euch unterwegs erzählen, was passiert ist.“
Woody ging rasch zurück zu seinem Sportwagen und wuchtete sich beide Reisetaschen auf die Schultern.
„Darf ich fragen, was du da machst?“ Vincent war verwirrt.
„Ich lade meine dreckigen Unterhosen in deinen Van, Baby. Was dachtest du denn?“
„Und dein Wagen?“, fragte Phil. Woody warf ihm blitzschnell eine der Taschen zu und Phil fing sie mehr schlecht als recht. Sie war so schwer, als wären Hanteln darin. Ausschließlich.
„Ach ja“, sagte Woody, als wäre das nicht weiter von Belang. „Die Karre scheint den Geist aufgegeben zu haben. Ich hab gerade noch die letzten Meter hierher geschafft, dann ging der Motor aus! Ende. Ich hab schon mehrmals versucht, ihn wieder in Gang zu bringen, aber ich befürchte, irgendetwas Elementares hat das Zeitliche gesegnet. Ich ruf morgen einen Abschleppdienst.“
Phil und Vincent blickten sich wieder an. „Willst du mal einen Blick darauf werfen, Vince? Du bist gut in solchen Dingen.“
„Nicht in der Dunkelheit, Phil. Das bringt nichts. Wenn Woody ihn hier unten stehenlassen will, kann ich morgen, tagsüber mal einen Blick unter die Motorhaube werfen.“
„Wäre klasse“, rief Woody und verstaute seine und Karens Sachen im Van. Dann sah er die beiden der Reihe nach an und klatschte einmal in die Hände. „So, jetzt aber!“
Und damit packte er Phil und Vincent an den Schultern und

drückte sie als verspätete Begrüßung so heftig, dass beiden augenblicklich die Luft wegblieb. Noch dazu umgab eine beißende Wolke Aftershave den Riesen, irgendetwas, das streng und erdig roch. Sehr maskulin.
Während er nach Atem rang, musste Phil zugeben, dass Woody Carter zwar nur in kleinen Dosierungen zu ertragen war, dass er ihm aber tatsächlich gefehlt hatte. Sehr sogar.
Hinter ihnen fuhr ein Streifenwagen durch die Kurve an dem kleinen Rastplatz vorbei, ohne anzuhalten.
Es bemerkte ihn ohnehin niemand.

3

Die erste Zeit, nachdem sie den Rastplatz und den Waldsee hinter sich gelassen hatten, sprach niemand.
Der Minivan quälte sich wieder die Serpentinen hinauf und mittlerweile war es vollkommen dunkel geworden. Nur die Scheinwerfer des schwarzen Gefährts durchschnitten die noch schwärzere Nacht.
Vincent kannte die Straße nicht so gut wie Phil und hätte eigentlich langsamer fahren sollen, doch Karen wollte weiter. Ihr wurde schlecht, sobald sie nur an ihr unheimliches und außerdem ziemlich peinliches Erlebnis dachte. Schließlich hatte sie sich mehrmals übergeben müssen.
Alle verstanden das.
Woody hatte sich zu Vincent nach vorne gesetzt und starrte mit grimmigem Blick durch das Seitenfenster nach draußen. All seine blöden Sprüche schienen auf einmal wieder wie weggeblasen zu sein. Karen saß auf der Rückbank in ihre Decke gehüllt und Phil saß neben ihr. Er wirkte gelassen, doch unter den zusammengezogenen Brauen konnte man seine unruhigen Augen glitzern sehen.
„Wollt ihr nicht mal loslegen?“, fragte Vincent in die Stille hinein. „Phil und ich sterben vor Neugier.“
Woody räusperte sich und blickte über den Sitz nach hinten zu Karen. „Kleines, wie siehts aus?“, brummte er. „Alles okay mit dir?“
„Mir geht’s gut, Woody“, sagte sie und richtete sich in ihrer dicken Decke etwas auf. Phil konnte für einen Moment ihr Parfum riechen, ein frischer Zitronenduft. „Ich hoffe, ihr habt Wein dort oben?“, fragte sie Phil hoffnungsvoll.
Phil lächelte ihr zu. „Literweise.“
Auch Karen lächelte, sie wirkte noch immer sehr erschöpft. Dann atmete sie einmal tief durch und begann zu erzählen.

4

Karen betrat den Wald genau an der Stelle, an der sich eine große Lücke zwischen zwei gigantischen Felsbrocken öffnete. Ein kaum wahrnehmbarer Trampelpfad schlängelte sich zwischen den großen Steinen hindurch und verschwand im hohen Gras. Karen folgte diesem Pfad.
Innerhalb weniger Sekunden war sie vom leuchtenden Nebel umhüllt. Bis auf eine Eule war nichts zu hören und Karens Atem schien überlaut im Wald widerzuhallen.
Sie suchte nach einem Ort, an dem sie sich erleichtern konnte. Alles andere war ihr egal und Furcht vor der Dunkelheit oder bösen Geistern war ihr fremd. Dafür hatte sie nicht genug Fantasie. Was werden sollte, wenn Phil Connor nicht kommen würde, um sie zu suchen, darüber machten weder sie noch Woody sich Gedanken. Sie lebten beide stets in den Tag hinein und würden eine Lösung finden – ganz sicher.
Karen kauerte sich in den Schatten einer gewaltigen Eiche und beobachtete mit großen Augen den düsteren Wald um sich herum, während sie pinkelte.
Sie war nicht besonders tief in den Wald vorgedrungen, denn natürlich wollte sie sich nicht zu weit vom Wagen entfernen – Fantasie hin oder her. Wenn sie zurückblickte, konnte sie noch immer den schemenhaften Schein der Wagenscheinwerfer durch den watteartigen Nebel hindurch sehen. Sie seufzte erleichtert, stand auf und zog ihre Hose hoch – da glitzerte etwas neben ihr zwischen den hohen Baumstämmen.
Karen hielt inne.
Sie drehte den Kopf hin und her, um herauszufinden, was sie da gerade gesehen hatte, und nach mehreren Verrenkungen sah sie es wieder.
Zwischen zwei großen, schwarzen Stämmen ein paar Meter links von ihr, war eine schmale Lücke im groben Dickicht des Waldes entstanden. Dazwischen schimmerte ein kleiner Streifen Mondlicht. Mondlicht, das sich auf Wasser spiegelte.
Karen schloss langsam den Gürtel ihrer Jeans und ging los. Neugierig bewegte sie sich immer weiter auf die Lücke zu. Mehr als einmal verfing sich ihr dicker Pullover in unsichtbaren Dornen, ihr Haar in tief hängenden Zweigen, doch sie hatte nur Augen für diesen schlanken, wunderschönen Streifen Mondlicht, der schimmernde Nebel verstärkte die Surrealität des Bildes noch.
Karen ging schneller.
Sie bog einige kräftige Zweige beiseite, um sich zwischen den groben Büschen hindurchzwängen zu können, dann stand sie am Ufer des Weihers.
Mit großen, strahlenden Augen betrachtete Karen ihre

Entdeckung.
Der kreisrunde, kleine See hatte einen maximalen Durchmesser von vielleicht dreißig Metern und lag in einer flachen Senke. Seine Ufer waren umrahmt von bauchigen, überhängenden Weiden, deren Äste sich wie dürre Finger der Wasseroberfläche entgegenstreckten. An Karens Seite war das Ufer nur einen knappen Meter breit, bevor es steil zum Wasser hin abfiel.
Der volle Mond spiegelte sich in der reglosen Oberfläche des Weihers und erzeugte ein bezauberndes, ständig wechselndes Spiel aus funkelnden Sternen.
Karen blickte nach rechts und sah eine uralte Holzbank, halb eingewachsen in wildem Efeu und kniehohem Gras.
Eine leere Weinflasche, Überbleibsel eines längst vergessenen Rendezvous oder Trinkgelages, lag dort nahe des Schilfs am Ufer.
Das Mädchen trat näher heran und ging neben der Bank in die Hocke. Darunter konnte sie noch die Scherben eines zerbrochenen Glases entdecken, außerdem mehrere Kronkorken und einen gebrauchten Pariser. Karen grinste spöttisch. Von wegen Rendezvous, hier waren weniger romantische Dinge abgelaufen.
Sie erhob sich wieder und kehrte der alten Bank und den liegen gelassenen Requisiten ihrer neu entdeckten Zauberbühne den Rücken.
Sie sah nach links.
Und kurzzeitig blieb ihr der Atem stehen und ihr glückliches Lächeln gefror in ihrem Gesicht.
Ihr gegenüber, am anderen Ufer des Sees, nur getrennt durch den grünen Schleier einer uralten Weide, stand eine dunkle Gestalt am Wasser.
Karen erstarrte. Plötzlich war sie sich des hellen Mondscheins bewusst, der wie ein Suchscheinwerfer auf sie herab brennen musste.
Die Gestalt rührte sich nicht, doch Karen konnte spüren, dass sie gemustert wurde. Von oben bis unten, am ganzen Körper.
Die Eule rief wieder. Karen brach der Schweiß aus.
„Scheiße“, murmelte sie leise. Sie bewegte sich unsicher einen Schritt zurück. Die Gestalt verharrte am Wasser. „Scheiße“, murmelte Karen wieder, dann lauter: „Woody?!“
Im selben Moment schien die Gestalt herumzufahren, vor Karens Augen zu verschwimmen und sich im Schwarz des Waldes aufzulösen. Alles ging rasend schnell und Karen versuchte, noch einen Blick auf den Unheimlichen zu werfen, doch urplötzlich war er im Dickicht verschwunden. Sie hörte Holz und Blattwerk splittern.
Karen presste die Augen zusammen und drückte ihre Fäuste in die Augenhöhlen. Nach ein, zwei endlosen Sekunden riss sie die Augen wieder auf und blickte nochmals zu der Stelle hinüber.
Nichts.

Dort war nichts. Keine dunkle Gestalt am Wasser, kein Rascheln der Zweige. Nichts.
Der kleine See lag friedlich und verträumt vor ihr, als wäre nichts geschehen. Das glitzernde Spiel der Sterne auf seiner Oberfläche glich dem Lachen kleiner Kinder, die sich über sie lustig machten. Karen schüttelte verwirrt den Kopf.
Was war geschehen? Hatte sie sich so sehr getäuscht? Sie war absolut sicher, die Gestalt gesehen zu haben, riesengroß und hoch aufgerichtet.
Hinter ihr wurden Geräusche laut und sie vernahm Woodys Rufe durch den Nebel.
„Hierher, Kleiner!“, rief sie laut. „Ich hab was entdeckt.“
Ihr Blick glitt wieder über das jenseitige Ufer. Verträumt und wunderschön wie in einem Zauberwald lag der Weiher vor ihr.
Hinter ihr krachte es im Unterholz.
„Karen, ich hab dich doch eben noch gehört! Wo bist du denn, verdammt noch mal?!“ Er klang nicht wütend, nur ungeduldig. Sie hatte Woody nur ein einziges Mal *wütend* erlebt und das reichte ihr für den Rest ihres Lebens.
Sie war zwar inzwischen sicher, dass ihre Sinne ihr einen Streich gespielt hatten, dass der unheimliche Schatten am anderen Ufer nur ein Hirngespinst gewesen war – trotzdem war sie schrecklich froh, Woodys Stimme zu hören.
„Hier!“, schrie sie laut. „Hierher, Woody. Hier ist ein See!“
„Ein *Was*?“ Er klang schon näher. Einen Moment später schälte er sich aus dem Gestrüpp hervor und stand neben ihr. Der Weiher schien ihn nicht sonderlich zu interessieren.
„Kleine, wo bist du gewesen?“, schimpfte er. „Ich hab mir Sorgen gemacht. Vielleicht verstauchst du dir hier den Knöchel, oder schlägst dir deinen Kopf irgendwo in der Dunkelheit an und liegst in irgendeiner Grube, ohne dass...“
Karen legte ihm einen Finger auf die Lippen. „Jetzt sei mal still, du Plappermaul und sieh dir das hier an.“ Sie trat zur Seite, breitete präsentierend die Arme aus und Woodys Blick fiel auf den Mondsee.
„Toll. Eine Pfütze.“
Karen stemmte wütend ihre Hände in die Hüften. „Eine *Pfütze*? Ist das alles, was du dazu zu sagen hast? Dieser Ort ist wunderschön, Woody! Siehst du das denn nicht?“
Woody grübelte einen Moment darüber nach. Dann blickte er sie entschuldigend an. „Tut mir leid, ich verstehs nicht.“
Sie trommelte ihm lachend auf die Brust. „Mann, du alter Miesmacher! Sag doch einmal etwas Romantisches, so wie damals, als wir...“
„Pssst“, zischte er. „Nicht so laut, das ist nichts für fremde Ohren.“ Er blickte sich verschwörerisch um. „Wer weiß, ob Phil und die anderen nicht bereits in der Nähe sind.“

Bei diesen Worten kam in Karen etwas von der Furcht zurück.
„Woody, da war etwas“, sagte sie leise. „Am anderen Ufer, dort drüben. Kurz bevor du aufgetaucht bist, war da etwas. Ich glaube, es war ein Mann, vielleicht auch ein Tier. Jedenfalls verdammt groß!“
„Ach Quatsch, red doch keinen Unsinn. Was zur Hölle sollte hier im gemütlichen, beschaulichen Despin so groß sein, dass es dir oder mir gefährlich werden könnte?“
„Ich hab nicht gesagt, dass ich Angst hatte“, sagte Karen empört.
„Und wieso zitterst du dann?“, fragte Woody. Seine Augen blieben ernst.
Karen antwortete nicht. Sie blickte sich unsicher um, plötzlich schien das gesamte Ufer des Weihers von huschenden Schatten erfüllt zu sein.
„Lass uns zurückgehen, Kleine.“ Woody nahm sie bei der Hand. „Das hier ist echt *Grusel*, Mann!“
Wie auf ein Stichwort drangen geisterhafte Schreie durch den Nebel. Woody glaubte, Phils Stimme zu erkennen. „Hörst du?“, fragte er Karen. „Sie sind gekommen, um uns zu suchen. Lass uns gehen.“
„Woher willst du wissen, dass es Phil ist?“
„Wir sind schließlich schon längst überfällig und Phil kennt mich lange genug. Außerdem ist mir gerade jede Hilfe recht und – Hier oben? Wer sollte es sonst sein?“ Woody zuckte mit den breiten Schultern. Das Thema schien für ihn nicht vertiefenswert zu sein.
„Einen Moment noch.“ Karen riss sich von ihm los und begann, am Ufer entlang zu wandern. Sie winkte Woody, ihm zu folgen. „Ich muss nur etwas nachsehen“, rief sie ihm zu.
Woody setzte sich seufzend in Bewegung und behielt Karen im Auge. Am Ende würde er sie noch aus dem See ziehen müssen. „Ja!“, brüllte er über die Schulter. „Wir sind hier drüben! Wir kommen gleich!“
Karen beachtete ihn nicht. Sie wand sich durch die tiefhängenden Äste der Weide hindurch und erreichte schließlich die Stelle, an der sie den Unbekannten zu sehen geglaubt hatte.
Allerdings war dort nicht die geringste Spur zu entdecken.
„Hier war es?“, fragte Woody eher aus Höflichkeit denn aus echtem Interesse.
Karen blickte ihn giftig über die Schulter hinweg an. „Ja“, fauchte sie. „Ich *glaube*, hier etwas gesehen zu haben. Und ich will wissen, ob ich recht hatte, auch wenn *du* mir nicht glaubst.“
„Du kiffst zuviel, Kleines.“
Karen würdigte das keiner Antwort und suchte stattdessen das Ufer nach Spuren ab. Ohne Erfolg. Keine Fährte, keine abgeknickten Äste oder zertrampeltes Gras... Vielleicht hatte sie sich doch getäuscht. Woody schlenderte pfeifend am Ufer entlang, als sie sich dem Gebüsch zuwandte, in dem das unheimliche

Wesen verschwunden war.
Sie bog vorsichtig die Zweige auseinander, ihre Augen weiteten sich und sie taumelte mit einem spitzen Aufschrei zurück, schlug die Hände vors Gesicht.
Woody war Spaßvogel mit Leib und Seele, doch in diesem Moment dauerte es keine Sekunde, bis er an Karens Seite war und sich schützend vor sie stellte.
„Was ist los?“, fragte er schnell. „Was ist da?“
Karen antwortete nicht, sie blickte nur aus großen Augen zu dem Gebüsch hinüber, ihre Lippen zitterten. Dann wandte sie sich ab, beugte sich zum Wasser hinunter und gab würgende Laute von sich, kniend am Ufer ihres verzauberten Weihers.
Woody überließ sie, ganz Gentleman, sich selbst und blickte misstrauisch zum Rand der Lichtung.
Langsam und vorsichtig näherte er sich den schwarzen Büschen, bog Millimeter für Millimeter die dornigen Zweige auseinander und blickte auf das, was dahinter lag.
„Heilige Scheiße“, hauchte er.

5

Karen verstummte, und eine zeitlang sagte niemand etwas.
Dann fragte Phil: „Du sagst, dass du jemanden auf der anderen Seite des Weihers gesehen hast? Bei der großen Weide? Die direkt über dem Wasser?“
Karen nickte und Phil schnitt eine Grimasse. „Ging mir auch schon mal so, als ich zehn oder elf war, haben wir hier gehalten und da drinnen, im hellen Sonnenlicht, hab ich einmal tatsächlich gedacht...“
„Entschuldige Phil, aber Karen hat sich nicht getäuscht“, sagte Woody leise, aber mit seltsamer Stimme. Er blickte in die Runde. „Irgendetwas *war* auch da.“
Phil lief ein kalter Schauer über den Rücken. Was wäre passiert, wenn Woody sie nicht rufen gehört hätte, wenn...
„Ich glaube, ich brauch doch noch etwas Stärkeres als Wein“, murmelte Karen.
„Raus damit, Woody“, drängte Vincent. „Was ist dann passiert?“
Woody antwortete nicht sofort. Er musterte die dunkle Nacht hinter den Wagenfenstern mit einem merkwürdigen Blick.
„Als Karen es gesehen hat, wurde ihr gleich schlecht“, sagte er. Im trüben Licht der Armaturen hatte sein Lächeln keine Spur von Humor. „Da war kein dunkler Fremder, kein wildes Tier oder irgendetwas, was Karens Verdacht bestätigt hätte. Aber in einem Gebüsch, ganz nahe der Stelle, an der sie die Gestalt gesehen hat, fanden wir ein totes Reh.“

Kurzes Schweigen, bis Phil sich räusperte. „Woody, entschuldige bitte, aber ich hatte jetzt eigentlich ein bisschen mehr erwartet."
Woody wandte sich ihm zu. „Das Tier war nicht einfach tot, Connor. Es war in Fetzen gerissen! Abgetrennte Körperteile lagen herum, überall war Blut und die Gedärme, die ihm aus dem Körper hingen, dampften noch. Waren noch heiß. Das bedeutet, es lag noch nicht sehr lange dort. Kapiert?"
Darauf wusste Phil und auch keiner sonst eine Antwort.
Sie fuhren schweigend weiter, dann passierten sie die Hügelkuppe und die Ebene breitete sich vor ihnen aus. Eine gewaltige Wand dunkler Wolken hatte sich in Richtung Gletscher geschoben und beherrschte das Firmament. Phil beobachtete das mit einiger Sorge. Woody würdigte den Anblick keines Blickes.
„Jetzt kommt schon, versucht Euch zu entspannen." Vincent. „Karen hat einen Riesenschreck abbekommen und wir anderen auch nicht weniger, aber im Endeffekt ist doch eigentlich gar nichts passiert, oder?"
Keiner sagte etwas, nur aus Woodys Richtung kam ein dumpfes Knurren.
Vincent sah zu ihm und Woody sah ziemlich wütend aus. „Irgendjemand war dort. Irgendjemand hat meiner Kleinen eine Heidenangst eingejagt. Und wenn ich denjenigen finde, dann Gnade ihm Gott!" Er drehte sich rüde wieder zum Fenster hin. „Oder sonst wer."
Vincent schien zufrieden zu sein. „Woody denkt bereits wieder an blutige Rache! Vielleicht gibt es dort oben den ein oder anderen Schäferhund, an dem du deine Wut auslassen kannst."
Phil musste über ihren Insider kurz auflachen, von Woody kam nur ein nicht druckreifes Schimpfwort. Doch er zeigte bereits wieder sein schiefes Grinsen und die Situation schien einigermaßen entschärft zu sein.
Woody begann sich bei Vincent darüber auszulassen, dass es manchen Typen verboten sein sollte, überhaupt frei rumlaufen zu dürfen, dass Bewährungsauflagen verschärft werden sollten und so weiter. Phil war sich im Gegensatz zu Woody ganz und gar nicht sicher, dass Karen dort unten im Wald einen Mann gesehen hatte, der sie belästigen wollte. Wer oder was hatte dann das Reh so zugerichtet?
Doch Phil verscheuchte diese Gedanken und versuchte, tote Tiere und verwunschene Waldseen weit hinter sich zurückzulassen.

6

Die Ankunft der beiden Neuankömmlinge war natürlich nicht so abgelaufen, wie Phil es sich erhofft hatte.

Insgeheim hatte er schon befürchtet, dass Laurie Woody hassen würde und dass seine Freundin ein naives, kleines Dummchen war, die außer gutem Aussehen und gut im Bett zu sein nicht viel mehr zu bieten hatte.
Nun ja, vielleicht war dem auch so, aber als Laurie Karen zum ersten Mal erblickte – bleich, erledigt und in ihre dicke Wolldecke gehüllt, erwachte in Phils Freundin sofort eine Art Beschützerinstinkt.
Sie führte Karen nach drinnen, zeigte ihr alles, bot ihr sofort einen heißen Tee an und einigte sich letztendlich doch mit ihr auf einen guten Rotwein. Die beiden würden vermutlich nie beste Freundinnen werden, aber sie verstanden sich, und das war gut. Das war genug.
Außerdem musste Laurie sich so weniger mit Woody beschäftigen. Denn sie gab augenscheinlich ihm die Schuld an dem ganzen Fiasko, auch wenn sie das nicht aussprach.
Woody drückte Mag zur Begrüßung ebenso fest wie Phil und Vincent, und als Mags Kopf rot anzulaufen begann, mussten die beiden auseinandergezerrt werden.
„Hardigan, du hast dich kein bisschen verändert", gröhlte Woody und klopfte dem viel kleineren Mag auf die Schulter.
„Du dich auch nicht, Woody", maulte Mag nach Atem ringend. „Leider!"
„Ich bin enttäuscht, Kleiner. Freust du dich denn kein bisschen, mich zu sehen?"
„Wenn du versprichst, mich am Leben zu lassen, ja."
Woody grinste ihn übertrieben unschuldig an. Er hatte trotz der Dunkelheit seine Sonnenbrille auf der Nase und kaute auf einem Grashalm herum. „Das ist doch ein Wort!"
Sie entluden den Van und gingen ins Haus.
Phil erzählte Mag und Laurie von Karens Erlebnissen am Mondsee und Laurie erwähnte ihre im Nachhinein doch recht lustige Episode vom Besuch der Polizisten nur kurz. Die alarmierende Nachricht, dass dort unten beim Rastplatz nun doch etwas passiert war, machte ihr Angst.
Und natürlich war Woody dafür verantwortlich.
„Ich wusste doch, dass es Ärger geben wird", zischte sie Phil zu. Woody und Karen waren oben und bezogen ihr Zimmer, Vincent war bei ihnen.
„Es ist nichts passiert, Laurie", zischte Phil zurück. „Karen hat sich das mit Sicherheit nur eingebildet, es war stockdunkel dort draußen. Ich sehe nicht ein, warum wir jetzt über Gespenster diskutieren müssen."
Mag stand mit unglücklichem Gesicht zwischen den beiden.
„Das ist doch nicht das Thema", sagte Laurie. „Hätte Woody sich an die Abmachung gehalten und wäre rechtzeitig, das heißt, am helllichten Tag hier aufgetaucht, dann..."

„Dann hätte sein Wagen trotzdem schlapp gemacht“, fiel Phil ihr ins Wort. „Und wir hätten sie so oder so dort unten abholen müssen. Woody trifft keine Schuld, Laurie.“
„Wieso habe ich dann das Gefühl, dass es doch so ist?“, flüsterte sie.
Woodys Stimme dröhnte aus dem ersten Stock herunter. „Sag mal, sind die Wände hier schallisoliert, Connor? Ich will ja wirklich nicht prahlen, aber wenn Karen hier im Bett zu jodeln anfängt, wackelt der ganze Gletscher!“
Karen stauchte ihn lautstark zusammen und man konnte Vincent leise lachen hören.
Laurie sah Phil nur mit hochgezogenen Brauen an. *Genau das meine ich*, sagte ihr Blick.
„Du magst ihn nicht“, sagte Phil mit erschöpfter Stimme.
„Nein“, sagte Laurie sofort. „Ich glaube nicht. Warum musstest du ihn nur einladen? Es war so schön hier oben, auch ohne dieses Chaosteam. Was dort unten am See auch geschehen ist, wir hätten es uns wirklich sparen können.“
„Du machst es dir zu einfach, Laurie“, flüsterte Phil. „Woody ist ein alter Freund und wenn ich schon noch ein letztes Mal in der Nähe bin, dann...“
„Okay“, sagte Laurie und hob abwehrend die Hände. „Er ist dein Freund, gut. Dann sollte er sich auch so benehmen und nicht wie ein mit Testosteron vollgepumpter Orang-Utan, der nicht aufhören kann, sich wie ein kleines Kind zu benehmen.“
Phil und Mag schwiegen betreten. Sie tauschten einen Blick. Von oben war wieder schallendes Gelächter zu hören.
Laurie sah zwischen den beiden hin und her. „Oder bin ich jetzt hier die Spaßbremse? Ist das so?“
„Laurie“, begann Mag vorsichtig. „Du musst verstehen, dass es sehr schwer ist, zu Woody Carter *Nein* zu sagen. Das war auch schon immer so, aber das ist in Ordnung. Wirklich. *Er* ist in Ordnung. Diese ganze Situation ist einfach nur etwas eskaliert, wir kriegen das alles wieder hin, ja?“
Laurie senkte den Kopf. „Also gut“, presste sie hervor. „Ich will versuchen, gute Miene zum bösen Spiel zu machen. Aber verlangt nicht von mir, dass ich mich morgen von ihm als neue beste Freundin verabschiede, okay?“
„Verlangt auch niemand von dir, Laurie“, flüsterte Phil.
Eine peinliche Stille entstand.
Unterbrochen wurde sie selbstverständlich von Woody Carter, der mit einem Höllenlärm die steile Treppe zu ihnen ins Erdgeschoss herunterpolterte.
„Hey Leute, alles klar?“, rief er fröhlich. „Das Zimmer ist echt klasse, Connor. Ergebensten Dank für die Herberge.“ Er fuhr sich mit beiden Händen über den kahl rasierten Schädel, während er auf sie zukam. Er wirkte riesig, immer wieder. „Ich glaube, hier

oben können wir es aushalten, oder was meinst du, Kleine?"
Karen trat aus seinem Schatten hervor. Sie hatte sich umgezogen. Mag war deutlich anzusehen, dass er kein Wort herausbekommen würde, sollte man den Fehler begehen und ihn in diesem Moment ansprechen.
Karen trug verblichene, hautenge Jeans und dazu eine luftige, weit ausgeschnittene Bluse. Und ihr Dekolleté war atemberaubend. Die langen, dunklen Locken fielen lässig über ihre Schultern und ihre tiefbraunen Augen strahlten.
„Wie im Paradies", piepste sie. „Auf einen lustigen Abend, ich hab euch alle jetzt schon ins Herz geschlossen!"
Mag war paralysiert von ihrem Anblick. Phil suchte Lauries Blick und das Flehen darin war kaum zu übersehen.
Laurie seufzte demonstrativ auf. *„Party on"*, sagte sie trocken.
Woody und Karen jubelten auf. „Das ist die richtige Einstellung, Süße", jauchzte der Riese, klopfte Vincent derb auf die Schultern und fragte Phil sofort, wo sich die Biervorräte befanden.
Laurie schnappte sich Karen. „Kannst du kochen?", fragte sie hoffnungsvoll.
Karen lächelte sie freundlich an. „Du wirst staunen."
Auch Laurie lächelte jetzt. „Gut, dann komm mit und hilf mir, solange die Jungs sich austoben."
Mag starrte Karen noch immer hinterher. Vincent kam grinsend zu ihm, während die anderen den Wohnraum verließen.
„Ein absoluter Traum, diese Frau."
„Komm schon, Mag. Ich spendier dir nen Drink", Vincent packte ihn am Arm und zog ihn Richtung Couch.
Mag zog eine Grimasse und ließ sich treiben. „Einer wird nicht reichen."
Draußen begann die Nacht hereinzubrechen.
Und die Wolken sammelten sich.

7

Harold Langdorn, der junge Deputy, sollte Recht behalten. Ein Sturm zog auf, und es sollte der schwerste Schneesturm in der Geschichte Colorados werden.
Der örtliche Wetterdienst war rat- und machtlos. Die finstere Wolkenwand schien aus dem Nichts zu kommen und sowie sie das Browdin-Tal erreichte, entlud der Sturm seine ganze zerstörerische Kraft über dem Land.
Straßen mussten vollständig gesperrt werden. Nahezu sämtliche Kommunikationsmöglichkeiten wurden zeitweise gestört oder komplett lahmgelegt.
Trotz der frühen Jahreszeit schneite es ununterbrochen weiter und

sämtliche Verbindungen im Tal waren bereits nach Minuten praktisch unbefahrbar.
Es wurde bitterkalt und der Wind nahm Orkanstärken an, die es in diesem Teil des Landes schon seit Jahrzehnten nicht mehr gegeben hatte. Besitz ergreifend hatte sich das Unwetter über das kleine Tal gelegt und es fast völlig von der Außenwelt abgeschnitten.
Und unheimlicherweise schien es dort auch bleiben zu wollen, festgenagelt, pulsierend und abwartend wie eine dunkle Glocke.
Evelyn Clayton, ein sechsjähriges Mädchen aus Despin, starrte durch das Fenster ihres kleinen Kinderzimmers zu der düsteren Wolkenfront hinauf. Als ihre Mutter hereinkam und verkündete, dass es Zeit war, ins Bett zu gehen, rannte die Kleine mit verzerrtem Gesicht heulend in ihre Arme. Sie jammerte vor sich hin und ihre besorgte Mutter konnte nur wenig von ihrem panischen Gestammel verstehen.
Schließlich ging sie mit ihr zum Fenster. Sie zeigte nach oben und begann, beruhigend auf sie einzureden. Nein, dort oben seien keine Gesichter in den Wolken; keine Augen, die sie anstarren würden; das seien nur Wolken, nur ein heftiges Gewitter, das bestimmt bald wieder abziehen würde.
Die Mutter brachte ihr Kind zu Bett und schloss mit verwirrtem Blick die Tür. Nach kurzem Überlegen blieb die Tür dann doch einen Spalt weit offen. Evelyn fiel kurz darauf in einen unruhigen Halbschlaf. Sie klammerte sich an Rufus, ihr unverwüstliches Stoffkänguru, und blickte immer wieder zitternd zum Fenster hinaus.
Die ganze Nacht über hatte sie das Gefühl, der Donner sei dröhnendes, bösartiges Lachen, das sie verhöhnte. Und die ganze Nacht über hatte sie Angst, das immer präsente Etwas unter ihrem Bett könne mit gierigen Klauen nach ihr greifen, um sie ins Verderben hinab zu ziehen. Angst wie nie zuvor.

8

Es war Nacht geworden und der Sturm tobte bereits seit über einer Stunde. Die sechs jungen Leute in dem riesigen Anwesen Joseph Connors hatten ein fürstliches Mahl hinter sich und viel geredet. Phil hatte sogar das Gefühl, als wäre Laurie bereits ein winziges Bisschen dem Charme von Woody Carter verfallen.
Ein *winziges* Bisschen.
Trotzdem mussten sie alle mit immer größerem Unbehagen zusehen, wie die Schneedecke höher und höher, der Wind immer heftiger und lauter wurde.
Der Einzige, der die Ruhe behielt, war Woody.

„Ihr müsst es mal so sehen“, begann er, eine eiskalte Dose Bier in der Hand. „Falls wir hier festsitzen sollten, gibt es ein verlängertes Wochenende für uns alle!“
„Das ist nicht komisch, Kleiner“, fauchte Karen ihn an. „Was passiert denn, wenn wir hier wirklich festsitzen? Irgendwann gehen uns doch die Vorräte aus! Ich bin dafür, sofort von hier zu verschwinden, solange wir noch können!“ Wie um ihnen zu demonstrieren, wie rasch die Vorräte zur Neige gehen konnten, stopfte sie sich gleich mehrere ihrer heißgeliebten Karamellbonbons in den Mund. Sie war sehr nervös.
„Dafür ist es doch längst zu spät“, murmelte Vincent – ernst, aber gelassen. Auf diesen Straßen hat mein *Dandy* ohnehin keine Chance mehr. Oder, Phil?“
Phil seufzte. „Ich befürchte, Vince hat Recht, Karen. Wir können nicht mehr weg. Diesem Sturm ist der Van nicht mehr gewachsen, wir würden höchstens irgendwo im Graben landen und erfrieren.“
Karen schauderte. „Aber was ist, wenn uns tatsächlich die Vorräte ausgehen? Ich hab da mal so eine Geschichte gehört von den Passagieren eines Flugzeugabsturzes...“
„Der Film heißt: *Überleben*!“, warf Woody frech dazwischen. „Und ich muss sagen, *Du* würdest mir schon schmecken, Kleine!“
Karen boxte ihm zur Antwort nur in den Bauch.
Laurie blickte Phil unsicher an. „Wenn wir wirklich eingeschneit werden“, fragte sie ihn leise, „wie lange könnte das Ganze denn andauern?“
Phil seufzte. „Mir ist ohnehin unerklärlich, woher dieses verdammte Unwetter überhaupt kommt. Um diese Jahreszeit habe ich hier oben noch niemals einen Schneesturm erlebt. Und wenn“, wandte er sich an die ganze Runde, „dann war alles spätestens einen Tag danach vorbei. Ich glaube kaum, dass wir uns Sorgen um unsere Heimkehr machen müssen.“
„Da sieht man mal wieder, dass auf den verdammten Wetterdienst kein Verlass ist“, maulte Mag auf seinem Klavierhocker. „Sonnenschein, spätsommerliche 20 Grad, hieß es.“
„Hier in den Bergen kann das unheimlich schnell gehen“, sagte Phil. „Aber für gewöhnlich lässt ein so starker Sturm auch ebenso schnell wieder nach. Wir sind schließlich nicht in Alaska.“
„Aber mitten in den *Rockies*, vergiss das nicht“, sagte Laurie leise.
„Keine Angst. Wir kommen sicher wieder hier weg. Sobald morgen früh das Tauwetter einsetzt, sind die Straßen soweit frei, dass wir ins Tal hinunter kommen. Ihr habt doch gemerkt, wie warm es heute Nachmittag war, oder? Also vergeuden wir die Zeit nicht mit Trübsal blasen. Sollten wir wirklich einen Tag länger bleiben müssen, ist das ja schließlich so etwas wie höhere Gewalt. Zu Essen und zu Trinken haben wir jedenfalls genug. “
Phil blickte in die Runde. Woody, der zurückgelehnt beinahe die komplette Couch in Anspruch nahm, trank in aller Seelenruhe sein

Bier, er war Optimist. Karen schmiegte sich eng an ihn und musterte Phil aus zusammengekniffenen Augen. Sie wirkte nicht hundertprozentig überzeugt von seinen Ausführungen.
Vincent am rechten Ende der riesigen Couch rauchte genüsslich einen Joint und blickte teilnahmslos an Phil vorbei. Aber da man von ihm eine Reaktion zu erwarten schien, zuckte er nur vage mit den Schultern und grummelte vor sich hin. „Auf mich wartet ohnehin keiner..."
Mag auf seinem Hocker, links neben Phil, blickte ihn mit hochgezogenen Augenbrauen an. Seine dunkle Haut war um ein paar Nuancen blasser geworden. Aber auch er zuckte mit den Schultern. „Was können wir auch sonst schon tun? Lassen wir den Schnee einfach Schnee sein und feiern lieber hier drin den Sommer!" Er hob sein Bier und prostete in die Runde.
„Ja, was soll´s?", murmelte Laurie. Sie zauberte sich ein Lächeln ins Gesicht und ging zum großen Esstisch, um das Besteck und die Teller der letzten Mahlzeit abzuräumen. „Karen, hilfst du mir bitte?"
Karen schüttelte benommen den Kopf, als wäre sie eben aus einem tiefen Traum erwacht und begann dann, Töpfe und Pfannen einzusammeln.
Auch Phil, Mag und Vincent halfen mit, die Unordnung auf dem Holztisch wieder einigermaßen zu beseitigen, nur Woody lümmelte weiterhin faul auf der Couch herum.
Laurie hielt demonstrativ in ihrer Arbeit inne und blickte ihn mit gefährlich hochgezogenen Augenbrauen an.
„Wie siehts aus, großer Massa? Willst du uns nicht helfen?"
„Das überlasse ich den Damen", grinste Woody mit halbgeschlossenen Augen.
Bevor Phil, Mag und Vincent sich auf ihn stürzen konnten, beruhigte Karen sie. „Ach lasst ihn nur. Wenn wir zusammen kochen, macht er das alles. Immer! Da kann ich ihm doch auch mal unter die Arme greifen, oder?"
Es folgte ein quälend langer Augenblick Stille, in dem Woodys Gesichtszüge entgleisten und seine ungläubigen Augen so groß wurden, dass sie ihm beinahe aus dem Kopf fielen.
Dann brachen sie alle in schallendes Gelächter aus. Alle, bis auf Woody und Karen, die sich verständnislos umblickte. „Nein, wirklich!", protestierte sie.
Vincent hielt sich den Bauch, Tränen rannen ihm über die Wangen. Phil und Mag stützten sich gegenseitig und konnten einfach nicht aufhören zu lachen. Selbst Laurie schüttelte mit breitem Lächeln den Kopf.
Woody saß mit verschränkten Oberarmen auf der Couch und zog das grimmigste Gesicht, das er auf Lager hatte.
„Gott, Karen", keuchte Phil. „Warne uns bitte das nächste Mal vor, wenn du so etwas tust, okay?"

„Woody, der Hausmann!“, kicherte Mag mit geschlossenen Augen. „Wer hätte das gedacht? Es geschehen noch Zeichen und Wunder.“
„Gib Acht auf deine Worte, junger *pendejo*!“, knurrte Woody.
„Das verändert mein komplettes Weltbild“, ächzte Vincent und löste sich von Phil, um wieder Teller zu stapeln. „Ich dachte immer, mein alter Vater wäre die perfekte Hausfrau, aber bei Ihnen lernt man eben nie aus, Mr. Carter.“
„Ich weiß eben, was sich gehört“, brummte Woody mit finsterem Blick.
„Hey hey, komm runter jetzt“, rief Laurie munter und streichelte Woody wild über die Glatze. „Ist doch alles gut so. Verzeih uns nur, wenn wir *Das* am allerwenigsten von dir erwartet hätten, ja?“
Woody grummelte etwas und schubste Laurie spielerisch von sich weg.
Phil tauschte einen kurzen Blick mit ihr und sie zwinkerte ihm zu. Er begann, neue Hoffnung für Laurie und Woody zu schöpfen.
Karen schien die Situation noch immer nicht zu verstehen. Sie stand wie angewurzelt mitten im Raum und blickte verständnislos in die Runde.
„Gib mal her, Süße.“ Mag nahm ihr den Stapel Teller ab und machte sich vollbeladen zusammen mit Phil auf dem Weg in die Küche.
„Wir übernehmen die erste Schicht“, rief Phil über die Schulter. „Mädels, ihr die zweite!“
„Geht klar“, rief Laurie lächelnd und hob den Daumen. Sie begann mit Karen über die Einrichtung ihrer Wohnungen zu schnattern.
Vincent ließ sich neben Woody auf die Couch plumpsen und begann bereits wieder, ihn aufzuziehen. Woody musste sich nun ausnahmsweise mal selbst als Zielscheibe von Hohn und Spott fühlen.
Phil und Mag verschwanden unter der Treppe und betraten die Küche.

9

Mit einem hörbaren Ächzen ließ Mag den gewaltigen Stapel Geschirr auf der Anrichte nieder.
„Stellst du Wasser auf den Herd, Mag?“, fragte Phil hinter ihm.
„Klar.“
Phil begann, das Geschirr in zwei unterschiedliche Stapel aufzuteilen und beobachtete dabei Mag aus den Augenwinkeln. Mag füllte den gusseisernen Kessel mit Wasser und entzündete das Gas. Er starrte abwesend ins Leere und wartete schließlich darauf, dass das Wasser im Kessel endlich kochte, damit sie abspülen

konnten. Phil ließ ihn eine zeitlang gewähren, dann lehnte er sich mit verschränkten Armen an einen der Schränke und stieß einen kurzen Pfiff aus.
Mag fuhr erschrocken herum und rettete sich in ein verlegenes Lächeln. „Sorry, Phil, ich bin gerade nicht wirklich anwesend, ich weiß."
„Schon okay", meinte Phil nur. „Wie geht's dir?"
Mag seufzte. „Beschissen, ehrlich gesagt. Ich sehe Woody und Karen und ich sehe Laurie und dich und – ach, verdammt, ich krieg sie einfach nicht aus meinem Kopf, weißt du!"
Einen furchtbaren Augenblick lang dachte Phil, sein Freund spräche von Karen, doch natürlich meinte er Bell.
Isabell O' Simmons, die schöne Irin.
„Vincent hat mir erzählt, was Donnerstagabend passiert ist, auf Dannys Party, draußen im Garten."
Mag senkte den Kopf. „Schöne Scheiße, was?"
„Ganz ehrlich, Mag. Ich glaube, es ist besser so. Du nicht?"
Mag reagierte nicht.
„Mag?", fragte Phil leise.
Der hob den Kopf und blickte Phil traurig an.
„Du bist doch okay, oder? Ich meine...", Phil stockte und hob hilflos die Arme. Phil musste wieder daran denken, wie Vincent ihm von Mags Selbstmordgedanken erzählt hatte. „Ich meine, wenn du reden willst, dann weißt du doch, dass ich und die anderen immer für dich da sind? Dass es keinen Grund gibt..." Phil gab auf. „Du weißt, was ich meine."
Mag schien zu überlegen. Seine dunklen Augen ruhten unverwandt auf Phil und schienen ihn bannen zu wollen, sodass Phil einen Moment lang mulmig zumute wurde.
Dann lächelte Mag ihn an und klopfte ihm kräftig auf die Schulter. „Natürlich, das weiß ich doch, Mann! Glaub mir, ich habe wirklich dazugelernt. Ich denk nicht dran, mir mein Leben versauen zu lassen, nur weil diese verdammten Frauen nicht meine wahren Qualitäten erkennen." Er grinste anzüglich. „Außerdem – wenn ich denn wirklich irgendwann sterben muss, dann muss es ein *guter* Abgang sein, ein *verdammt* guter Abgang! Er muss filmreif sein, die Welt soll sich schließlich an mich erinnern."
Phil musste schmunzeln. „Mag, du weißt, dass du Blödsinn redest, oder?"
„Ich weiß nicht, was daran schlecht sein sollte", protestierte Mag empört. „Du musst dir nur immer vorstellen, ein Millionenpublikum würde dich beobachten. Immer! Bei allem, was du tust! Und genau so musst du handeln."
„Gruselige Vorstellung."
„Wieso? Nur so bekommen unsere kleinen, langweiligen Leben doch erst eine Bedeutung. Indem wir Tag für Tag so leben, als wären wir Filmstars. Als hätte alles, was wir tun, tatsächlich etwas

zu bedeuten."
Phil musterte Mag. „Ein *verdammt* guter Abgang?", fragte er spöttisch.
„Ein wirklich *fantastischer* Abgang!", grinste Mag.
„Du meinst, von einer Dampfwalze überrollt zu werden, oder mit der todbringenden Bombe aus einem Flugzeug zu springen, so etwas in der Art?"
„Ja, ja, Connor, du verstehst genau, was ich meine, oder?"
„Jungs, ich glaube, das Wasser ist warm genug!", rief Laurie von der Tür aus.
Phil fuhr herum. Der Wasserkocher stieß bereits heißen Dampf aus und keiner von ihnen hatte es während ihrer Diskussion bemerkt.
Schnell griff sich Mag das Küchentuch und nahm ungeschickt den Kessel vom Herd.
Phil schickte ein entschuldigendes Lächeln in Lauries Richtung. Sie und Karen betraten die Küche. „Na, ihr seid ja weit gekommen, *Männer*", spottete sie.
„Wir haben geredet, okay?", zischte er ihr leise zu, während Mag und Karen begannen, das Geschirr in das Spülbecken zu räumen.
„Oh, verstehe." Sofort war Laurie ernst. Fragend zog sie eine Augenbraue hoch. Phil antwortete mit einer ähnlichen Geste, einer vagen, unsicheren Grimasse.
„Rüber mit Euch", sagte sie leise. „Zu den anderen, wir machen das hier schon!"
„Danke, Süße", Phil drückte ihr einen Kuss auf die Stirn und rief nach Mag. „Komm schon, Großer. Da drüben wartet ein Drink auf uns!"
Karen schob Mag unsanft vom Spülbecken weg. Der protestierte zwar, leistete aber trotzdem nur schwache Gegenwehr.
Beim Rausgehen rief Phil noch über die Schulter: „Vergesst nicht, das schmutzige Spülwasser auszuleeren, ja?"
„Durch das Fenster hinaus in den Schneesturm, ja ich weiß!", spottete Laurie ihm hinterher.
Als sie im Gang waren, stieß Phil Mag mit dem Ellbogen in die Seite. „Um auf Woodys Kommentar zurückzukommen: was meinst du wohl, wie Karen schmecken würde?", fragte er leise.
„Erdbeere", sagte Mag sofort. „Mit einem Hauch Vanille."
Phil grinste ihn an. „Bau jetzt bloß keinen Mist, Alter. Woody bringt dich um – und das meine ich wörtlich."
„Lass mir doch meinen Spaß, Phil", sagte Mag heiter. „Wenn mich irgendetwas auf andere Gedanken bringt, dann ist es eine Frau wie Karen. Anschauen und träumen ist erlaubt."
Sie gingen zurück zu Woody und Vincent, die auf der großen Couch bereits wieder begonnen hatten, einen Joint zu drehen.
Sie setzten sich zu ihnen und für die nächsten zwanzig Minuten redete keiner von ihnen viel.

Sie genossen die gegenseitige Nähe, die warme Behaglichkeit der großen Hütte, einen Drink und etwas gutes Gras. Wenn einer von ihnen den Mund aufmachte, dann ging es um scheinbar völlig belanglose Dinge wie die letzten Footballergebnisse, die neuesten Kinofilme, die besten Songs aller Zeiten – eben Dinge, die man nur mit guten Freunden teilen kann, ohne dabei das lästige Gefühl zu haben, man betreibe Smalltalk. Sie saßen einfach zusammen und lebten zusammen ihre jeweiligen Leben.
Sie waren einfach Freunde.
Bis zu dem Moment, als sich alles änderte.
Plötzlich blickte Vincent mit starrem Blick über ihre Köpfe hinweg.
„Was zum...?“, flüsterte er.
In der Verbindungstür zum unteren Gang standen Laurie und Karen mit kreidebleichen Gesichtern.
Karen hatte den Mund leicht geöffnet und ein Spültuch hing locker von ihrem linken Handgelenk herab. Laurie hyperventilierte und ihre weit aufgerissenen, blauen Augen rollten wild hin und her.
Phil und die anderen sprangen sofort auf und liefen ihnen entgegen. Selbst Woody war urplötzlich wieder hellwach und stieß in der Hast unsanft mit dem großen Couchtisch zusammen.
„Was ist los?“, rief Phil und fasste Laurie am Arm.
Ihr Kopf fuhr zu ihm herum.
Ihre Lippen zitterten und die kurzen, feinen Härchen in ihrem Gesicht waren aufgestellt, sprühten vor Elektrizität.
„Verdammt, was ist *los*, Laurie?“
Ihr Flüstern war nicht mehr als ein Hauch in der plötzlichen Stille.
„Da draußen liegt jemand im Schnee.“

III

ERNTE

1

Delbert Winston fegte sein Glas vom Tisch.
Es segelte quer durch den großen Wohnraum und zerplatzte klirrend an der gegenüberliegenden Wand, der billige Bourbon darin spritzte in sämtliche Richtungen.
Das Gemälde mit der fremden Waldlandschaft und der bleichen Frau, das Bild, das Russell Cody so unheimlich gewesen war, erzitterte leicht und hing dann wieder still. Ein goldfarbener Tropfen lief langsam über das ausdrucklose Gesicht.
Todd winselte leise und zog sich unter den Esstisch in der Küche zurück. Sein Herrchen war verdammt sauer! Sein Herrchen stank außerdem nach saurem Schweiß und billigem Fusel, und Todd kannte diesen Geruch sehr gut. Wenn sein Herrchen derart wütend und dazu noch stockbesoffen war, hielt Todd sich lieber im Hintergrund.
Der alte Mann stemmte beide Hände gegen die Platte des schweren Eichentisches und senkte den Kopf. Sein Atem ging pfeifend und unregelmäßig, seine grauen, verklebten Haare hingen ihm wirr ins Gesicht. Während eine Schweißperle ihm über die Wange lief und sich in seinem Bart verfing, biss er die Zähne zusammen, um nicht vor Wut losbrüllen zu müssen.
„Verdammte Cops", zischte er. „Warum können sie mir nicht einfach meine Ruhe lassen? Warum können sie nicht aufhören, mich immer wieder in Frage zu stellen? Ich bin nicht verrückt – diese gottverdammten..."
Ruhig Blut, alter Junge! Gaaanz ruhig. Sie sind weg, oder nicht?
„Und sie haben mir *kein bisschen geholfen*!", schrie er und ließ die Faust auf den Tisch krachen. Zeitgleich erschütterte ein gewaltiges Donnergrollen das Firmament. Das Unwetter war vor einer guten halben Stunde losgebrochen und nun schien es noch einmal einen Gang zuzulegen.
Todd zog sich noch weiter zurück und blickte mit großen, ängstlichen Augen zu seinem Herrchen auf.
„Ich brauch was zu trinken... ich brauch was zu trinken...", murmelte Delbert mit geschlossenen Augen. Er richtete sich vorsichtig auf, seine Fäuste vollführten zupackende Bewegungen. Er versuchte, möglichst ruhig und gleichmäßig zu atmen, der ganze Raum begann sich schon um ihn herum zu drehen. Zum Ausgleich versetzte er dem Stuhl neben sich einen kräftigen Tritt, sodass die Lehne gegen die Wand knallte und das alte Gemälde

nun noch bedrohlicher zu schwanken begann. Wenn er so weitermachte, schaffte er es noch, den alten Staubfänger zu Boden zu befördern. Delbert begann wieder, seine pochenden Schläfen zu massieren.

Nun nimm doch endlich einmal Vernunft an, alter Trottel, bevor dein lahmes, verkrüppeltes Herz noch den Geist aufgibt. Hör auf und beruhige dich. Du weißt, was der Alkohol aus dir machen kann...

Oh ja, Delbert wusste es. Und seine Exfrau wusste es ebenso. Keiner hier im Tal hatte auch nur die geringste Ahnung, dass der alte Winston schon einmal verheiratet gewesen war. Der Scheidungsgrund wäre nicht nur ein hässlicher Fleck auf seiner ansonsten weißen Weste gewesen, sondern hätte sie zerrissen und unwiederbringlich vernichtet.

Delbert ahnte nur nicht, wie schnell derartige Informationen die Runde machen konnten. Nahezu jeder wusste es.

Denk an Beatrice. Denk an Beatrice, alter Mann...

...Gesichter tauchten vor seinen Augen auf; Sirenen; Blaulichter und Cops; Handschellen, die sich um seine Handgelenke legten und das Schluchzen seiner weinenden Frau; Sanitäter, die versuchten, ihre Blutungen zu stoppen; Sein zusammenhangloses, besoffenes Gebrüll...

Der Blick seiner müden Augen fixierte das Gemälde und die unheimliche Frau im Vordergrund. Es war schon hier gehangen, als Delbert das Anwesen bezogen hatte – vor so vielen Jahren. Oder hatte er es in irgendeiner Ecke gefunden und wieder aufgehängt? Er wusste es nicht mehr.

Er war dem Vorbesitzer der Hütte nie begegnet, der Verkauf war damals durch einen ortsansässigen Makler vollzogen worden. Delbert hatte nur gehört, dass der Vorbesitzer ein äußerst zurückgezogenes Leben geführt hatte. Wie er selbst.

Die Leute im Tal erzählten allerhand seltsame Geschichten, der Mann hätte meist nur nachts das Haus verlassen und hätte sich tagsüber praktisch niemals blicken lassen. Alles, was Delbert wusste, war, dass das Vermächtnis dieses Mannes – das Bild an seiner Wand – nahezu jedem einen Schauer über den Rücken jagte, der es betrachtete. Dennoch hatte er sich nie dazu bewegen können, es wieder abzuhängen.

Er konnte auch jetzt den Blick nicht abwenden.

Als der alte Connor einmal mit seinem Enkel hierhergekommen war, der Kleine war noch sehr jung gewesen, keine sieben Sommer alt, hatte er das Bild nicht furchtsam, sondern interessiert gemustert. Dann, mit einem Blick zu seinem Großvater hinauf, hatte er gefragt, ob die hübsche Frau auf dem Bild denn tot sei.

Die junge Frau *war* hübsch, doch der unbekannte Maler hatte noch etwas anderes in ihrem Blick eingefangen, eine tiefe Dunkelheit, die alle Äußerlichkeiten überschattete. Die kalten,

teilnahmslosen Augen der Namenlosen, die unnatürlich weiße Hautfarbe, ihre ausgezehrten, kantigen Gesichtszüge, ähnlich denen eines Nagetiers und der einfache, schwarze Umhang, den sie trug, bereiteten Delbert eine Gänsehaut. Sie schien ihn direkt aus dem Bild heraus anzustarren.
Delbert kannte diesen toten Gesichtsausdruck: Es war derselbe, mit dem ihn seine Frau im Gerichtssaal bedacht hatte – dort, wo er sie zum letzten Mal gesehen hatte...
Das ist lange her, alter Mann. Lass die alten Geister ruhen und besinn dich auf die Gegenwart – komm endlich auf den Erdboden zurück ...
Nach einer Weile beherzigte er den Rat. Sein rasender Puls verlangsamte sich und sein Atem wurde gleichmäßiger. Er ließ seufzend die Arme sinken und schlurfte in die angrenzende Küche. Der kalte Blick der Namenlosen schien ihm zu folgen, bis er aus ihrem Blickfeld verschwunden war. Todd begann leise zu winseln. Dann huschte der Hund lautlos in die Küche, seinem Herrchen hinterher.

2

Delbert brauchte ein Bier.
Gott, wie dringend hatte er jetzt ein Bier nötig! Er durchquerte die schummerige Küche, die nur von einer trüben 40-Watt-Birne beleuchtet wurde, und steuerte taumelnd den Kühlschrank an. Ein Blitz erhellte den Raum und Delbert hatte die Ehre, sich seine trostlose Umgebung genauer besehen zu dürfen.
In der Spüle und auf der Ablage daneben stapelten sich schmutziges Geschirr und schimmelnde Essensreste. Töpfe, Pfannen, Teller und Besteck; längst vergessene Mahlzeiten, Müll und Unrat, leere Verpackungen und halbvolle Gläser jeglicher Art rangen gegenseitig um einen Platzvorteil. Ein kleiner Schwarm Fliegen summte träge über dem Chaos. Delbert schüttelte benommen den Kopf und sah weg.
Er konnte jeden Tag spüren, wie es mehr und mehr mit ihm zu Ende ging und wollte es doch nicht wahrhaben.
Er war mittlerweile ja nicht einmal mehr fähig, seinen Abwasch selbstständig zu machen, ohne mehrere Teller zu zertrümmern oder über dem Spülbecken einzuschlafen. Er brauchte Hilfe – und das ziemlich bald, soviel war klar. Er hatte die Fünfundsechzig bereits weit hinter sich gelassen und langsam aber sicher stieg die Gefahr, eines Tages auszurutschen, sich ein paar Rippen zu brechen und erbärmlich auf dem dreckigen Holzboden zu verhungern.
Sein gestriger Marsch durch den Wald und der kräftezehrende

Rückweg mit dem Kadaver hatten ihn schon beinahe umgebracht. Wahrscheinlich schaffte er es tatsächlich noch, sich hier oben selbst abzumurksen, und dann würde er einsam und allein sterben.
Allein...
Sein stetiger Alkoholkonsum verringerte das Risiko nicht gerade. Aber was sollte er tun? Er hatte keine nahen Verwandten mehr, keine Kinder und auch keine wirklichen Freunde. Joe Connor hatte wenigstens noch von Zeit zu Zeit nach ihm gesehen, früher.
Aber nun, da der alte Fuchs tot war...
Delbert versuchte, die üblen Gedanken aus seinem Schädel zu vertreiben, obwohl er wusste, dass er nicht mehr lange so weitermachen konnte. Er war alt. Und er wurde jeden Tag schwächer.
Ein Bier würde ihm mit Sicherheit die nötige Kraft geben, um weiterzumachen. Ein trauriges Lächeln huschte über Delberts zerfurchtes Gesicht.
Er öffnete den Kühlschrank und blickte hinein.
Ein halbes Pfund Butter, ein paar verschrumpelte Hot-Dogs, drei Becher mit längst vergammelter Konfitüre, einige Scheiben verpackter Käse, ein Glas Erdnussbutter und ein angebrochenes Sixpack waren alles, was er entdecken konnte.
Mit einem idiotischen Grinsen griff Delbert nach einer der *Budweiser*-Dosen und schloss die Kühlschranktür. Er taumelte zu dem kleinen Ecktisch, an dem er seine Mahlzeiten einnahm und ließ sich schwer auf den einzigen Stuhl direkt unter dem Fenster niedersinken. Mit beinahe zeremoniellen Bewegungen öffnete er die Dose, etwas weißer Schaum quoll heraus. Mit einem kräftigen Schluck leerte er die Dose zur Hälfte und knallte sie auf den Tisch.
„Wollen mir vorschreiben, was ich zu tun habe“, maulte er vor sich hin. „Wollen mir vorschreiben, wie ich mich *korrekterweise in derartigen Fällen zu verhalten habe...* Und konnte er mir helfen, dieser freundliche Junge mit der Schokoladenhaut?“ Delbert lachte dreckig. „Nein! Keine Ahnung haben sie von meinen Sorgen. Aber mir können sie nix erzählen. Ich weiß, was ich gehört hab, verfluchte Hosenscheißer heutzutage. Kommen grade frisch von ihrer sauberen Akademie und spielen sich auf, als ob sie bereits erwachsen wären und *Erfahrung* hätten!“
Delbert spie die Wörter aus wie Beleidigungen. Er hob die Dose wieder an den Mund und leerte sie mit dem zweiten Schluck, dann schleuderte er sie in eine dunkle Ecke des Zimmers.
„Ich weiß, was ich gehört habe. Ich höre es schon lange Zeit“, flüsterte er. Peitschende Zweige vor dem Fenster ließen bizarre Schatten über sein Gesicht wandern. „Aber bisher hat er nicht den Mumm gehabt, sich zu zeigen, der feige Mistkerl. Ich weiß, dass er schon länger hier in dieser Gegend herumstreunt...“ Er schloss die Augen. „Und Connor hat es auch gewusst.“

Phils Großvater hatte kurz vor seinem Tod noch einmal Delberts Nähe gesucht, trotz ihres lang zurückliegenden Streites. Er war beinahe panisch gewesen und hatte immer wieder davon gesprochen, dass er das Gefühl hatte, nachts beobachtet zu werden. Dass er seine alte Schrotflinte stets neben seinem Bett liegen hatte, seit es ihm vorkam, als würde etwas unentwegt durch sein Schlafzimmerfenster starren...

Delbert schüttelte träge den Kopf. Was waren das für Gedanken? Er begann schon, ähnliches Seemannsgarn zu spinnen wie die abergläubischen Leute im Dorf.

Aber der Jäger war da. Das wusste Delbert mit untrüglicher Gewissheit. Und nun begann er, seine Schafe zu holen. Der verdammte Cop hatte ihm einfach nicht richtig zugehört. Oder ihm nicht zuhören *wollen!*

Er denkt auch nur, dass du ein verrückter, alter Mann bist – wie all die anderen...

Delbert seufzte.

Langsam begannen Müdigkeit und Erschöpfung sich in ihm breit zu machen. „Ich weiß, was ich gehört habe“, murmelte er wieder. „Ich erkenne das Knurren eines Raubtieres, wenn ich es höre, ich lass mir doch nix vormachen... ich... “

Delberts Kopf kippte nach vorne, er begann wegzudösen. Wenige Augenblicke später dröhnte rasselndes Schnarchen durch die verwüstete Küche.

3

Todd lugte vorsichtig unter dem Tisch hervor.

Als er sicher war, dass sein Herrchen eingeschlafen war, trabte er in „seine“ Ecke der Küche, um nach dem Fressnapf zu sehen. Eine schäbige, verkrustete Schale, auf die Delbert mit schwarzem Fettstift das Wort *Todd* geschmiert hatte. Dem Hund blieb eine Enttäuschung nicht erspart.

Der Napf war leer, wie so oft in letzter Zeit. In den vergangenen Wochen hatte Herrchen fast durchgehend getrunken, und so vergaß er seinen treuen, liebenswerten Hausgenossen immer öfter. Todd war abgemagert. Zu Anfang, als der alte Mann ihn aufgenommen hatte, war der Beagle nahezu kugelrund gewesen. Delbert hatte ihn liebevoll gemästet wie eine Weihnachtsgans, erfreut, endlich einen kleinen Freund zu haben, der all seine kleinen Fehler übersah und bereits glücklich war, wenn er einem geworfenen Stock hinterher jagen konnte. Mittlerweile jedoch glich Todd einem wandelnden Sack voll Knochen.

Schnuppernd stöberte er durch die Küche, fand aber nichts, was zumindest als notdürftige Nahrung geeignet gewesen wäre. In den

Kühlschrank konnte er nicht hinein, die Ablage mit den Speiseresten lag ebenfalls unerreichbar hoch und ...
Plötzlich hielt er inne.
Er witterte etwas.
Einen neuen Duft, nicht unbedingt fremd, aber auf eine andere, komplexere Weise für seine feine Hundenase doch vollkommen neu. Was er aber ganz sicher spürte war, dass diese neue Präsenz ihm nicht unbedingt freundlich gesinnt war.
Todd winselte leise.
Angst regte sich in seinem kleinen Hundekopf. Doch das Raubtier in ihm drängte darauf, den fremden Eindringling zu stellen und zu vertreiben. Er hatte sein Herrchen und sein Heim zu verteidigen, um jeden Preis.
Er verließ vorsichtig und zögernd die Küche und betrat den kalten Wohnraum.
Die Kellertür stand einen Spalt offen. Von dort unten kam der neue Geruch. Ein Blitz durchzuckte den bewölkten Himmel und Todd quietschte erschrocken auf.
Ein leiser Knall und alle matten, trüb gewordenen Glühbirnen erloschen auf einen Schlag. Dunkelheit senkte sich wie ein schwarzer Mantel über den Raum. Ein Heer von Schatten begann sich zu bewegen. Der Hund war unschlüssig.
Er wusste, er würde in den Keller gehen *müssen*, um die neue fremdartige und doch vertraute Präsenz aufzuspüren. Andererseits glaubte, nein, *wusste* er, dass es für ihn außerordentlich gefährlich werden konnte.
Mit eingezogenem Schwanz und vorsichtigen Schritten schlich Todd die Kellertreppe hinunter.

4

Delbert erwachte wenig später mit einem bitteren Geschmack im Mund.
Sein Kopf lag auf der Küchentischplatte in einer Pfütze seines eigenen Speichels. Mit langsamen, trägen Bewegungen stemmte er sich hoch und schüttelte benommen den Kopf.
Er konnte nicht lange geschlafen haben, das Unwetter tobte weiterhin mit ohrenbetäubenden Donnerschlägen und zuckenden Blitzen, ganze Wagenladungen nassen Schnees klatschten gegen die Fensterscheiben. Außerdem war wohl zu allem Übel noch der Strom ausgefallen.
Großartig, einfach fantastisch! Er saß hier tatsächlich in völliger Dunkelheit, hatte rasende Kopfschmerzen und Probleme ohne Ende.
Delbert schüttelte resigniert den Kopf.

Mit einem tiefen Brummen stemmte er sich in die Höhe und taumelte zuerst ein wenig. Dann hatte er eine zeitweilige Standfestigkeit erreicht und schlurfte zum Kühlschrank, um sich eine neue Dose Bier zu holen. Ein mächtiger Donnerschlag ertönte, ein Blitz erhellte die Küche. Er öffnete den Kühlschrank und griff nach der nächsten Dose.
Delbert stutzte.
Ein Geräusch.
Hatte er ein Geräusch gehört?
Er lauschte aufmerksamer. Der Wind sang mit unheimlichen Stimmen und tobte um das Haus, die altersschwachen Fensterscheiben klirrten leise in ihren Fassungen, die Holzwände ächzten unter dem permanenten Druck des Sturms.
Delbert richtete sich langsam auf. „Todd?“, rief er halblaut.
Da war es wieder!
Ein leises, mitleidiges Winseln.
Delbert schloss die Kühlschranktür und riss seine Dose auf. Er nahm einen kräftigen Schluck, verließ die Küche und trat in den großen Wohnraum. Verzerrte Schatten huschten über Decke und Wände.
„Todd, wo steckst du?“
Nichts.
Vielleicht hatte er sich doch getäuscht. Außerdem, was sollte ihm schon passiert sein? Im Gegensatz zu seinem Herrchen konnte der Hund noch recht gut auf sich selbst aufpassen.
Der Köter hatte bestimmt nur Schiss vor dem Unwetter oder war hungrig, oder...
Verflucht, wo steckte der kleine Flohteppich?
Delbert sah sich aufmerksam um, konnte jedoch nirgends eine Spur des Hundes entdecken.
Die Bodendielen knarrten unter den Schritten seiner schweren Bergstiefel. Er durchquerte den Wohnraum und sah im Flur nach. Zwischen dicken Wintermänteln und anderen Kleidungsstücken, die dort hingen, konnte sich der Hund nicht versteckt haben. Das würde er nicht *wagen*. Delbert schnaubte vor sich hin und kehrte in den Wohnraum zurück. Es war zwar dunkel hier drin und die stetigen Blitze verwandelten das Haus in ein wahres Labyrinth aus Verstecken, aber er war sicher, sich nicht getäuscht zu haben. Todd war hier irgendwo. Er *musste* hier sein!
Allmählich wurde er sauer.
Bestimmt pisste der Kleine in irgendeine Ecke, was er bei solch schweren Stürmen immer tat. Dann konnte er dem kleinen Biest auch noch seinen eigenen Dreck hinterher räumen.
„Todd, verflucht noch mal, komm raus wo immer du auch steckst! Ich schwör dir, ich prügel dich windelweich, wenn du nicht...“
Ruhig, alter Mann! Du vergisst dich schon wieder. Es ist nur ein Hund, mein Gott...

Das Winseln!
Diesmal hatte er es ganz deutlich gehört. Das Mistvieh war im Keller.
Delbert schlich zur Kellertüre. Er trank einen kräftigen Schluck von seinem Bier, fuhr sich mit dem Handrücken über den Mund. Mit dem weißen Schaum, der ihm hier und da im Bart klebte, sah er aus wie ein tollwütiger Irrer.
Grinsend wie ein Schuljunge, der einen besonders hinterhältigen Streich vorbereitet, öffnete er die halbverrottete Kellertüre. Sie quietschte überlaut in den Angeln, und Delbert hielt sofort inne. Er blickte die Kellertreppe hinunter.
Vollkommene Dunkelheit herrschte dort unten. Die Sicht in dem steil nach unten abfallenden Schacht reichte bei diesen Lichtverhältnissen nicht einmal einen Meter weit. Obendrein gab es dort auch keinen Lichtschalter. Wenn Delbert hinunter musste, benutzte er die alte Petroleumlampe, die an der linken Seite des Kellerschachts an einem riesigen, vom Rost zerfressenen Haken hing.
Wieder erklang das leise, traurige Winseln des Hundes.
Es kam eindeutig von dort unten.
„Todd?“, flüsterte Delbert. „Pass nur auf, Daddy kommt jetzt runter zu dir!“ Er zog die Türe nun vollends auf, und sie quietschte so laut, als wolle sie ihn mit voller Absicht verraten.
Er ging rasch in die Küche zurück, um nach Zündhölzern zu suchen. Auf einem abgegriffenen, alten Holzboard lagen mehrere Schachteln zu waghalsigen Türmen aufgebaut. Delbert nahm einen letzten Schluck, warf seine Bierdose zu dem restlichen Unrat in die Spüle, griff sich die Zündhölzer und stolperte zur Kellertüre zurück.
Er nahm die Lampe vom Haken und ein Zündholz flammte auf. Ein eisiger Luftzug fuhr aus den Tiefen des Kellers zu ihm hinauf, sodass es ihm erst nach dem dritten Mal gelang, den Docht zu entzünden.
Nun erhellte ein fahler, gelber Lichtkreis den Kellerschacht. Auch so konnte Delbert nur wenige Meter weit sehen, doch immerhin würde er damit endlich die verdammte Töle aufspüren können.
Vorsichtig ging er nach unten.
Der Treppenschacht war stark vermodert und überall hatten unzählige Spinnen ihre Netze gesponnen, die wie Leichentücher im Aufwind wehten.
Jede einzelne Stufe knarrte noch lauter als die vorherige, wenn Delbert sie betrat, aber das störte ihn jetzt nicht mehr. Todd würde ohnehin wissen, dass sein Herrchen kam, um ihm einmal mehr eine Lektion zu erteilen.
Er stieg immer weiter abwärts, bis die engen, hölzernen Schachtwände in nackten Fels übergingen und sich zu einem gewaltigen Raum weiteten. Der Boden des Untergeschosses

bestand aus verrotteter, festgestampfter Erde. Überall stapelten sich Kisten und provisorische Regale, schimmelige Bretter und in jeder Ecke: Staub und Spinnweben. Der Keller war ursprünglich aus dem Fels des Berges herausgeschlagen worden, die kalten Steinwände waren noch ein Zeugnis dieser Zeit.
Das Winseln!
Irgendwo hinter ihm.
Delbert fuhr herum und versuchte, die Dunkelheit mit seinen alten, schwachen Augen zu durchdringen. Der kleine Kreis seiner Lampe zeigte ihm nur den alten, nutzlosen Krempel, der sich im Lauf der Jahrzehnte hier unten angesammelt hatte.
Delbert schlich vorbei an verschlissenen Gerätschaften für die Landwirtschaft, Säcken und Holzkisten mit altem, vergammeltem Stroh und seinen Vorratsschränken mit Unmengen von eingelegten Lebensmitteln, schlich weiter – immer tiefer in den Keller hinein.
Er vernahm das Donnergrollen gedämpft durch die meterdicke Steindecke, und in jeder Ecke hörte er kleine Rinnsale in Pfützen tropfen.
Wo war der verfluchte Köter? Allmählich wurde Delbert doch etwas seltsam zumute. Unwillkürlich musste er an Joseph Connor denken. An die Worte, die er ihm bei ihrem letzten Treffen vor seinem Tod zuflüstert hatte, die Augen in unruhiger Bewegung: *...manchmal kommt es mir vor, als würde mich etwas aus der Dunkelheit heraus anstarren... wie ein Kribbeln auf der Haut...*
Die Treppe war weit hinter ihm zurückgeblieben, er bewegte sich in totaler Finsternis, nur sein kleiner goldener Lichtkreis wies ihm den Weg.
Er schüttelte den Kopf, um die seltsamen Gedanken aus seinem Hirn zu verbannen und ging langsam weiter.
Und dann wusste er, wo der kleine Flohbeutel steckte.
Irgendwo direkt vor ihm war ein Hohlraum zwischen zwei alten Einbauschränken. Dort hatte sich gerade etwas bewegt. Zu groß für eine Ratte – aber genau richtig für einen kleinen, lausigen Köter.
Delbert schlich näher heran.
„Komm schon Todd“, flüsterte er hämisch. „Daddy wird dir nicht wehtun. Komm einfach zu mir und wir vergessen die ganze Sache. Ich kann dich sehen, also Schluss mit dem Spielchen! Komm zu Daddy.“
Der bleiche Lichtkreis erhellte die Felswand und dort war Todd. Genau zwischen den beiden Schränken. Aber er schien auf seltsame Art und Weise... zu schweben. Er hing dort, etwa einen Meter über dem Boden und blickte Delbert aus traurigen, kleinen Augen an... und hinter ihm...
Delbert stockte der Atem.
Eine Gestalt schälte sich aus der Finsternis.

Ein nackter Männerkörper, muskulös und bösartig im schwachen Licht der Lampe. Eine verdreckte Hand, gekrümmt wie eine Klaue hielt den kleinen Hund im Genick gepackt.
Und plötzlich brach sich der Lampenschein in dunklen Augen, die Delbert mit abgrundtiefer Bosheit musterten.
Ein tiefes, drohendes Lachen erklang.
Delberts Mund stand weit offen. Er schüttelte verneinend den Kopf und begann langsam von der Wand zurückzuweichen.
Die Klaue drückte kurz und schnell zu. Todd stieß ein leises Fiepen aus, ein trockenes Knacken ertönte. Achtlos warf das Ding den Beagle irgendwo in das Dunkel des Kellers hinein.
Dann begann es, sich zu bewegen. Auf Delbert zu.
Seine Gedanken rasten. Die Hand, die die Lampe hielt, begann hektisch zu zittern und ein leises Wimmern kam über seine Lippen.
Dann hörte er die Stimme. Eine dunkle, gutturale Stimme aus der Dunkelheit vor ihm.
„Daddy…“
Delbert wandte sich um und raste los. Die Lampe zerbrach und eine große Lache entzündeten Petroleums begann, sich über den Kellerboden auszubreiten. Die blauen Flammen züngelten bereits nach den verstaubten Schränken ringsum.
Delbert nahm nichts davon wahr, stürmte nur keuchend Richtung Treppenschacht, stolperte über umher liegendes Gerümpel und fiel beinahe der Länge nach hin. Mit einem kurzen Aufschrei erreichte er die Treppe und hastete die morschen Stufen hinauf.
Hinter ihm polterte und krachte es. Das Wesen setzte zur Verfolgung an.
Delbert starrte zur von Blitzen erhellten Öffnung des Kellerschachts hinauf und nahm panisch zwei, drei Stufen auf einmal.
Eiskalte Furcht durchflutete ihn, als er hörte, dass das Ding hinter ihm sich ebenfalls auf der Treppe befand.

5

…Es konnte die weit aufgerissenen Augen der Beute sehen, als diese mit der Flamme in der Hand langsam zurückwich. Das kleine Tier in seiner Klaue wimmerte leise und es brach ihm das Genick. Achtlos warf es das Tier fort und richtete sich auf, um der Beute Zeit zu geben, es in Ruhe zu betrachten. Es weidete sich am Entsetzen der Beute, sah seine Furcht vor ihm. Dann sprach es in der menschlichen Sprache. Es wusste bereits, dass die Beute daraufhin in panischer Angst vor ihm fliehen würde. Und die Beute tat es. Die Flamme, die die Beute fallen ließ, würde die

Behausung der Beute früher oder später niederbrennen, doch diese Problematik konnte warten. Es hätte die Beute innerhalb weniger Sekunden einholen können, doch es liebte die Jagd, liebte es, mit der Beute zu spielen. Die Beute floh den Schacht hinauf aus seinem Blickfeld hinaus. Mit für seine Fähigkeiten beinahe trägen Bewegungen verließ es den Keller. Die Beute war nirgends zu sehen, aber natürlich konnte es sie wittern. Es sah sich nach einem Versteck um, in dem es auf die Beute warten würde...

6

Delbert stolperte aus dem Kellerschacht heraus in den Wohnraum hinein, taumelte zum Flur, in dem er seine einzige Waffe aufbewahrte.
Er reagierte instinktiv und griff nach dem alten, unbenutzten Gerät, das neben seinen Mänteln direkt neben der Eingangstüre hing.
Delbert riss die Sense von der Wand und fuhr herum, bereit, sofort zuzuschlagen. Doch das Ding war nirgends zu sehen.
Vorsichtig und möglichst flach atmend schlich er den Gang entlang und blickte vorsichtig um die Ecke, in den Wohnraum hinein.
Blitze zuckten durch die Nacht, Delberts Augen suchten panisch den großen Raum ab, überall waren Schatten, Nischen und Verstecke, die ihm zum Verhängnis werden konnten.
Sein keuchender Atem erschien ihm überlaut und unüberhörbar für den Angreifer zu sein.
Er hielt die Sense im Anschlag, seine schweißnassen Hände zitterten heftig.
Zum ersten Mal in seinem Leben wusste er, was damit gemeint war, dass *wirkliche* Todesangst einem regelrecht die Kehle zuschnüren konnte.
Ein Blitz warf einen grotesken Schatten an die Wand und Delbert schrie kurz und heiser auf, stolperte einen Schritt rückwärts. Dann wurde ihm bewusst, dass er selbst der apokalyptische Sensenmann war, dem der verzerrte Umriss an der Wand gehörte.
Die Namenlose auf dem düsteren Bild einer unbekannten Landschaft, gemalt von einem Unbekannten, aufgehängt von einem Fremden, starrte Delbert an. Wenn er es nicht besser gewusst hätte, würde er schwören, dass die unheimliche Frau ihn mit einem bösartigen Lächeln verspottete. Dass sie ganz genau wusste, was hier geschah.
Doch Delbert wusste selbst, was gespielt wurde, auch wenn er es sich noch nicht eingestehen wollte: Der Jäger hatte ihn gefunden.
Erst Connor.

Jetzt ihn.
Er fuhr herum, kniff die Augen zusammen, bis es weh tat, und riss sie nach wenigen Sekunden wieder auf.
Gott oh Gott oh Gott, wo bist du? Wo bist du, du verfluchter Mistkerl? Wo wo wo???
Er trat bis in die Mitte des Raumes und warf einen raschen Blick zur Kellertür. Die alte Holztür schwang quietschend auf und zu. Am Grund des Schachtes konnte Delbert das Flackern seines selbst gelegten Brandes sehen.
Vielleicht brennt der alte Schuppen endlich doch noch ab, dachte er, und ein irres Grinsen verzerrte sein Gesicht.
Panisch begann Delbert, sich im Kreis zu drehen, versuchte jeden Winkel des Raumes genau im Auge zu behalten.

7

...Jetzt konnte es das Opfer, die Beute, sehen. Es sah seine Chance, konnte die Angst, die triefende Panik der Beute riechen, machte sich bereit zum Sprung. Gleich, gleich würde es frisches Fleisch bekommen...

8

Wieder zuckte ein Blitz durch den Raum.
Urplötzlich brach ein riesiger Schatten aus der Dunkelheit hervor und raste auf Delbert zu.
Sein Gesicht gefror zu einer Grimasse des Entsetzens. Mit einem ächzenden Schrei schwang er die Sense. Etwas traf ihn an der Kehle und sein Schrei wurde zu einem gurgelnden Röcheln. Er stolperte ein paar Schritte und blieb vornüber gebeugt stehen. Als er sich langsam wieder aufrichtete, begann der ganze Raum vor seinen Augen zu verschwimmen.
Er hörte ein klatschendes Geräusch und senkte den Blick. Irgendetwas Weiches fiel ihm auf die Füße, zusammen mit Blut – einer ganzen Menge Blut. Wie ein warmer Bach schwappte es aus ihm heraus, es fühlte sich heiß an, als hätte er sich nur wieder mal eine Tasse Kaffee übers Kinn gekippt.
Gott, ist das viel. Kann doch nicht alles meins sein, oder? Das kann doch nicht alles von mir sein... ich müsste... ich müsste doch...
Ein übermächtiges Schwindelgefühl packte ihn. Delbert wehrte sich dagegen und fing an zu taumeln. Die Sense fiel polternd zu Boden, kein Tropfen Blut klebte an der Schneide.

Seine Arme fuhren ziellos durch die Luft wie Windmühlenflügel, tasteten nach seiner Kehle, doch er spürte nur warmes, schwammiges Fleisch und sein eigenes, dampfendes Blut.
Dann kam der Schmerz.
Ein so grauenvoller Schmerz, wie ihn Delbert Winston nie zuvor erlebt hatte, und er versuchte, zu schreien, doch es kam nicht einmal ein Krächzen heraus, und vor seinem inneren Auge sah er einen gigantischen, schwarzen Trichter, der immer schneller auf ihn zugerast kam.
Mit weit aufgerissenen Augen und zerfetzter Kehle stolperte er rückwärts über seine eigenen Füße und fiel zu Boden.
Er spürte nicht mehr, wie er mit den Füßen voran in den Keller hinunter geschleppt wurde.
Delbert Winston war tot, noch bevor er auf dem Boden aufschlug.

DER FREMDE

1

Das vorläufige Ende der Party kam abrupt und vollkommen überraschend, wie auch der fürchterlichste Schneesturm, der Colorado je heimgesucht hatte, nach Despin gekommen war.
Als die momentanen Bewohner von Joseph Connors Hütte sich dem Eckfenster der Küche näherten, langsam und zögerlich wie eine Gruppe verängstigter Schulkinder, schien der tobende Sturm für einen Moment innezuhalten und eine geisterhafte Stille erfüllte den kalten Raum.
Als wollte er ihren neuen Gast willkommen heißen.
Es war gerade einmal eine Stunde her, dass ihr zeitweiliger Nachbar Delbert Winston einen scheußlichen Tod hatte erleiden müssen. Vielleicht hätten sie vorsichtiger gehandelt, wäre ihnen diese Tatsache bekannt gewesen. Doch natürlich hatte keiner der sechs eine Ahnung davon.
Wie sollten sie auch.
Phil und Woody gingen voran, während die Mädchen mit Mag und Vincent in der Mitte der Küche zurückblieben. Keiner sagte ein Wort.
Nachdem Laurie mit zittriger Stimme erklärt hatte, dass sie beim Leeren des Spülwassers durch das Eckfenster der Küche einen Mann vor der Hütte hatte liegen sehen, steif und mit hilflos ausgestrecktem Arm, als würde allein der Schein des warmen Lichtes im Inneren ihn retten können, wollte Phil zuerst einen sichernden Blick durch ebendieses Fenster werfen.
Woody spottete schon, die Mädchen hätten mit Sicherheit zu tief ins Glas geschaut, doch ein zorniger Wutausbruch von Karen verwies dann selbst den vorlauten Riesen in seine Schranken.
Phil und Woody näherten sich langsam dem Eckfenster, das in einer separaten Ausbuchtung des Raumes auf die linke Seite des Gebäudes hinausführte.
Das Fenster stand offen und schwang leicht im Wind hin und her, vereinzelte Schneeflocken segelten durch die Küche.
„Wer sollte denn schon dort draußen sein?“, grunzte Woody leise. „Bei diesem Scheißsturm geht doch kein normaler Mensch vor die Tür.“
„Das werden wir gleich sehen“, murmelte Phil und zog langsam das Fenster zu sich heran. Der eiskalte Wind peitschte ihm brutal ins Gesicht. Mit zusammengekniffenen Augen blinzelte er nach draußen in die Nacht.

Und dort, im hellen Rechteck, welches das Fenster in die Dunkelheit zauberte, lag tatsächlich eine große, dunkle Gestalt vor dem Haus, halb verdeckt vom Schnee und den rechten Arm hilfesuchend in ihre Richtung ausgestreckt.
Ein Mann, kein Zweifel. Und er trug weder Jacke noch Handschuhe.
Phil fuhr herum und wies Mag und Vincent an, mit ihm zu kommen, während die Mädchen zu Woody liefen, um an seinen massigen Schultern vorbei durch das Fenster zu sehen.
„Da draußen ist tatsächlich jemand“, knurrte Phil über die Schulter zu Vincent, während sie schnellen Schrittes den großen Wohnraum durchquerten. „Wir müssen vorne rum, durch das Fenster kriegen wir ihn niemals hindurch. Zieht eure Jacken an.“
„Ist er tot?“, rief Mag mit schriller Stimme von hinten.
„Was weiß ich“, schnauzte Phil ihn an, grober, als er wollte. „Ich bin kein Arzt, Mag!“
„Ganz ruhig“, brummte Vincent, während er einen der dicken Wintermäntel überstreifte. „Wir gehen ihn holen. Wo zum Teufel ist der bloß hergekommen? Hat er denn den Wetterbericht nicht gesehen?
„Haben wir auch nicht“, sagte Phil. „Sicher hat der Sturm ihn ebenso überrascht wie uns.“ Phil schlüpfte in den zweiten Mantel, während Mag mit hilflosem Blick zwischen den beiden hin und her sah. „Du bleibst hier“, sagte Phil zu ihm. „Wir haben nur die beiden Mäntel, okay?“
Mag nickte nur und konnte den erleichterten Ausdruck in seinen Augen nicht verbergen.
Phil stieß die Tür auf und ging mit Vincent nach draußen. Hinter ihnen konnte er die anderen in den Wohnraum kommen hören.
Der Wind heulte ihnen sein schauriges Willkommen entgegen, überall waren wirbelnde Schneeflocken und die Temperaturen waren mörderisch. Sie wandten sich stöhnend nach rechts und sanken knöcheltief in den Schnee ein.
Wenn sich jemand dem Haus von der anderen Seite genähert hatte und nicht von vorne, überlegte Phil, dann musste er durch den Wald gekommen sein. Aber von woher genau? Hier oben gab es doch nichts, bis auf Delbert Winstons Hütte am Ostplateau. Und der Mann im Schnee war garantiert *nicht* Delbert. Soviel hatte Phil erkennen können.
Sie passierten die Ecke und sahen die lange Seite des Gebäudes entlang. Am Ende schimmerte ein vereinzeltes Licht aus dem Eckfenster der Küche. Zwei Köpfe sahen zu ihnen hinaus, nur schemenhaft zu erkennen. Karen winkte ihnen zu.
Und vor dem Fenster im Schnee lag der Fremde.
„Hey!“, ertönte es hinter ihnen. Phil und Vincent fuhren erschrocken zu Woody herum. Der Riese stapfte hinter ihnen her, einen Stapel dicke Decken über dem Arm, nur in seinen

knielangen Shorts und dem dünnen Shirt. Die Kälte schien ihm nicht das Geringste auszumachen.
„Geh wieder rein, du Penner!“, schrie Phil über den tosenden Wind hinweg. „Du erfrierst uns hier draußen!“
„Ich helf euch tragen“, grunzte Woody nur und ging an ihnen vorbei auf den im Schnee liegenden Körper zu. Phil und Vincent sahen sich nur kopfschüttelnd an, dann folgten sie dem Riesen.
Vorsichtig näherten sie sich dem Fremden, und je näher sie kamen, desto größer erschien Phil der Mann. Er war beinahe so groß und massig wie Woody, vielleicht sogar noch größer.
Er lag auf dem Bauch, das Gesicht von ihnen abgewandt, trug einfache Jeans und ein lächerlich dünnes Leinenhemd in blassblauer Farbe. Seine Haare waren kurz geschnitten und voll, obwohl sie bereits graue Strähnen aufwiesen. Mehr konnte Phil auf den ersten Blick nicht erkennen, denn der Schnee hatte ihn schon beinahe zugedeckt.
Woody ging neben dem reglosen Körper in die Knie und begann heftig an dessen Schulter zu rütteln.
„Hey! Aufwachen, Mann! Das hier ist nicht der beste Platz, um ein Nickerchen zu machen!“
Phil bewunderte Woodys Galgenhumor, der Mann rührte sich nicht und war wahrscheinlich schon erfroren, Woody war das ebenso klar wie ihnen allen.
Woody fuhr sich grunzend mit der Hand über den Mund. „Vince, hilf mir mal, ihn umzudrehen.“
Vincent packte zu, und gemeinsam begannen sie, ihn auf den Rücken zu drehen. Da entwich dem starren Körper ein langgezogenes Stöhnen.
Der Mann lebte noch!
Vincent atmete erleichtert aus und begann, dem Fremden heftig auf die Wangen zu klatschen. „Mister? Können Sie mich hören? Sie sind in Sicherheit, wir müssen nur wissen, ob wir Sie tragen können. Sind Sie verletzt?“
Der Fremde bewegte zaghaft den Mund. Er hatte zusammengekniffene Augen, über die sich spitz zulaufende Augenbrauen schwangen. Ein grauer Dreitagebart bedeckte sein Gesicht. Er stöhnte leise vor sich hin, nur unverständliches Zeug.
„Der Kerl lebt tatsächlich noch!“, rief Woody, er klang beinahe empört. „Komm, wir bringen ihn hinein. Karen, setz Kaffee auf, beeil dich!“, rief er in die Küche hinein.
„Schon unterwegs“, piepste Karen und ihr dunkler Schatten verschwand aus dem Fensterrahmen.
Woody und Vincent wickelten den Fremden so gut es eben ging in die Decken ein und griffen ihn dann von beiden Seiten unter den Achseln. Beide ächzten, der Mann schien Tonnen zu wiegen.
„Wie heißen Sie, Sir?“, fragte Phil den Fremden langsam. „Können Sie uns ihren Namen sagen?“

Er hob langsam den Kopf und blickte zu Phil hinauf. Die Lampe in der Küche beleuchtete nur die rechte Seite seines Gesichts, der Rest blieb dunkel. Eine lang verheilte Narbe zog sich von der Augenbraue bis hinab zu seinem Mundwinkel, haarfein gezogen, wie mit einem Skalpell. Seine Augen öffneten sich langsam, sie waren stechend und hellgrau. Irgendetwas war darin...
„Craig“, flüsterte der Fremde leise. „Mein Name... ist Craig Sonmore.“
Woody und Vincent hievten ihn vollends in die Höhe. „Alles klar, Craig“, keuchte Woody. „Dann wollen wir Sie mal aufwärmen. Los geht’s!“
Sie schleppten ihn davon, seine Füße hinterließen zwei tiefe Bahnen im Schnee. Phil blickte den Dreien hinterher, bis sie um die Ecke verschwunden waren.
Erst dann wandte er sich wieder zum Fenster um.
Laurie stand dort und sah zu ihm nach draußen. Er konnte ihr Gesicht nicht sehen, sie blieb ein dunkler Schattenriss im Licht, das sie sanft umströmte wie glitzerndes Wasser. Ihre langen Haare wehend wie ein Schleier im Wind.
Phil erfasste ein unwillkürlicher Schauer. Er wollte etwas zu ihr sagen, doch bevor er den Mund öffnen konnte, drehte sie sich weg und verschwand wortlos im Inneren der Hütte.
Phil blieb allein zurück.
Er fragte sich auf einmal, ob sie nicht einen großen Fehler begangen hatten. Gut, was hätten sie sonst tun sollen, der Mann wäre zweifelsohne erfroren. Doch eine drängende Stimme sagte Phil, dass hier etwas nicht stimmte.
Langsam folgte er den Spuren, die Sonmores Füße im Schnee hinterlassen hatten und verschloss die schwere Haustür wieder hinter sich, sperrte den eisigen Wind und den Sturm aus.
Und so betrat Craig Sonmore die Behausung der sechs Freunde. In warme Decken gehüllt und mit einem kaum sichtbaren Lächeln auf den Lippen, schmal wie eine Rasierklinge.

2

Der Fremde, den sie halb erfroren draußen im Schnee gefunden hatten, spaltete die Gemeinschaft in Gruppen, wie sie gegensätzlicher nicht sein konnten.
Wenn es nach Vincent und Mag gegangen wäre, hätten sie ihn draußen im Schnee verrecken lassen können.
Dieser Typ war seltsam.
Seine Augen...
Auch wenn Vincent hundert Jahre alt werden würde – wobei er mehr als optimistisch war – diese Augen waren ihm von Anfang an

unheimlich und alle seine Alarmglocken läuteten Sturm. Selbst wenn er noch so viele Witze riss und lachte wie ein waschechter Komiker – es waren seine grauen Augen, die niemals mit ihm lachten. Sie blieben kalt und tot.
Nur ab und zu schien tief in ihnen etwas aufzublitzen. Es war fast eine Art Schadenfreude, die dahinter nistete.
Manchmal drehte der Fremde den Kopf in Vincents Richtung und die Intensität seines Blickes schien noch zuzunehmen. Seine Gesichtszüge verhärteten sich und sein Mund verzog sich zu einem winzigen Grinsen.
Als wüsste dieser Kerl etwas, das Vincent immer verborgen bleiben würde.
Mag Hardigan konnte den hochgewachsenen Kerl ebenfalls nicht leiden. Wie die lange Narbe sich verzog, wenn er lächelte, und seine Stimme, die so tief war, dass sie schon fast einem Grollen gleichkam.
Als er das erste Mal in dessen merkwürdig leere Augen blickte, huschte ein seltsames Wort durch Mags Kopf: *Nahual.*
Mag konnte nicht sagen, wie er darauf kam, aber es erinnerte ihn an seine Mutter. Es erinnerte ihn an alte Geschichten am Lagerfeuer im hinteren Teil ihres großen Gartens in Denver, unter den großen Bäumen. Vielleicht irgendetwas, das sie ihm als Kind erzählte hatte, ein uralter, mexikanischer Ausdruck.
Mag konnte seinen Vater schimpfen hören, ihrem Sohn nicht solche Flausen in den Kopf zu setzen, was sollte er anfangen mit diesem alten, mexikanischen Aberglauben...
Und Magarita Hardigan, geborene Sanchez, weiterhin die starren Augen auf ihren Sohn gerichtet, von denen eines immer zum Schielen neigte, erzählte weiter. Ohne auch nur einmal den liebevollen, aber zweifellos ungläubigen Weißen dort hinter sich zu beachten, wispernd: *Nahual, lo que es mi vestidura o piel...*
Oder so ähnlich? Mag versuchte es, aber er konnte sich nicht erinnern. Es war einfach schon zu lange her.
Jedenfalls dachte Mag mit Schrecken daran, wie ihr bisher so locker verlaufenes Wochenende nun vielleicht enden konnte.
Mit einem solchen Gast im Haus.

3

Karen war zutiefst verwirrt.
Sie fand den Fremden einerseits nicht gerade anziehend.
Er war etliche Jahre älter als sie, könnte beinahe schon ihr Vater sein und er war eigentlich nun wirklich keine Schönheit. Die lange, hauchdünne Narbe, die sich über sein Gesicht zog, seine Hände und auch das markante Gesicht.

Seine enorme Körpergröße machte einiges wieder wett. Er war so groß wie Woody und schien eine Menge Sport zu treiben, denn trotz seiner momentan eher schwächlichen Verfassung war sein Körper durchtrainiert und die Haut seiner Arme und Beine bedeckte dicke Muskelpakete. Sein kurzes, ehemals wohl schwarzes Haar war mittlerweile fast vollständig ergraut.
Im Großen und Ganzen also nicht wirklich Karens Typ.
Aber andererseits...
Andererseits ging eine seltsam aufregende Ausstrahlung von diesem Mann aus. Irgendetwas in seinen Augen, seiner sonoren Stimme, in all seinen geschmeidigen Bewegungen. Auf irgendeine Art und Weise fand Karen ihn auch zutiefst anziehend. Dieser Fremde, der wie aus dem Nichts in ihrer Mitte aufgetaucht war, wirkte auf prickelnde Art und Weise aufregend, trotz seines zweitklassigen Äußeren.
Natürlich hatten sie ihn gerade vor dem Erfrieren gerettet und er zeigte sich mit Sicherheit nicht in seinem besten Licht. Er sah ungepflegt aus, er stank, er hatte zu große Zähne – aber sein Geruch war auch unglaublich sexy; berauschend.
Karen ertappte sich kurz dabei, wie sie sich vorstellte, Sonmore würde sie...
Verwirrt schüttelte Karen den Kopf. Was war nur los mit ihr? *Dieses verfluchte Gras macht mich noch ganz fertig,* dachte sie. Auf jeden Fall konnte der Abend noch recht witzig werden mit einem so interessanten Gast.
Als sie ihm das sagte, bekam Sonmore einen regelrechten Lachkrampf. Und Karen lachte mit ihm.

4

Laurie hingegen jagte der unbekannte Mann, der aus der Nacht zu ihnen gekommen war, eine Heidenangst ein.
Sie konnte die versteckte Drohung in jeder seiner Bewegungen erkennen. Er war nicht so harmlos, wie er vorgab zu sein, Laurie spürte das einfach.
Sonmore atmete etwas aus, einen Hauch von Alter und Wissen, den sie nicht verstehen konnte – er war vielleicht Anfang Vierzig, nicht älter. Dennoch umgab ihn eine seltsam weise Aura, als hätten seine Augen schon mehr, schon *viel* mehr gesehen als die ihren.
Auf der anderen Seite fühlte sie sich wie Karen zwar auch zu ihm hingezogen – er sprühte vor Männlichkeit und seine Stimme hatte etwas Lockendes, Verführerisches, aber in Lauries Augen eher auf eine abstoßende Art und Weise.
Als würde sie sich vor sich selbst ekeln, überhaupt solche

Gedanken zu haben.
Laurie war zwar der Meinung, dass sie mit Sicherheit überreagierte, der Mann war schließlich fast gestorben und sie hatten ihn gerettet, aber sie blieb trotzdem vorsichtig.
Craig Sonmore brachte irgendeine Seite in ihr zum Klingen, sie wusste nur noch nicht, welche das war.

5

Woody amüsierte sich prächtig.

6

Phil empfand ein Gefühl, dass er noch niemals zuvor in seinem Leben empfunden hatte: Hass!
Er war schon immer ein friedliebender Mensch gewesen und ging jeder Konfrontation, die auf körperliche Gewalt hinauslief, tunlichst aus dem Weg. Es gab Menschen in seinem Leben, für die er nicht besonders viel Sympathie empfand. Menschen, auf die er auch schon mal richtig stinkwütend wurde. Mitleid, Verachtung, Ärger… das alles ja, aber *Hass* hatte er bis jetzt nicht gekannt.
Nicht bis zu diesem Moment.
Dieser undurchschaubare Kerl mit den kalten, grauen Augen und den spitz zulaufenden Brauen war Phil noch nie begegnet. Dennoch verspürte er einen tiefen, unerklärlichen Hass auf diesen Mann! Phil wusste nicht, woher diese extreme Abneigung kam, er konnte es sich nicht im Geringsten erklären.
Natürlich war er nicht eingeladen, natürlich war er nicht in ihrem Alter und noch dazu ein Rechtsanwalt, wenn man seinen Worten Glauben schenken konnte. Aber hätte man ihn draußen im Sturm erfrieren lassen sollen? Irgendetwas tief drin in Phils Unterbewusstsein schrie laut *Ja!* Er musste sich beherrschen, nicht mit bloßen Fäusten auf ihn einzuschlagen!
Und dieses ewige Cowboy-Gequatsche! Immer bezog er alles auf alte Western-Filme, womit er bei Woody genau an der richtigen Adresse war. Woody Carter vergötterte Wayne, McQueen, Cooper und wie sie alle hießen.
Immer wenn der Fremde Phil ansprach, nannte er ihn Cowboy, und das machte Phil beinahe rasend! Doch er beschloss, sich zurückzuhalten.
Wenn der Sturm nachließ, konnten sie ihn vielleicht schon morgen früh mit dem *Dandy* ins Tal bringen. Und falls er ihnen tatsächlich Schwierigkeiten machen sollte, würden Woody, Vincent, Mag und

er selbst wahrscheinlich gerade noch mit ihm fertig werden...
Er zwang sich zur Ruhe. Nur diese eine Nacht. Mehr nicht!
Phil konnte es natürlich nicht wissen, aber er war gerade seinem größten Feind begegnet.
Und der Hass, den er empfand, beruhte sehr wohl auf Gegenseitigkeit.
Aber auch sein Gegenspieler konnte sich beherrschen.
Noch.

7

„Ich heiße Craig Sonmore. Ich komme aus Detroit und bin Rechtsanwalt."
Bei der Stille im Raum, die auf diese Eröffnung folgte, hätte man eine Fliege husten hören können.
„Ich habe euer Licht gesehen", sagte er, nach einem Schluck Kaffee. Seine tiefe Stimme hatte einen deutlichen europäischen Akzent, war aber nicht klar zu bestimmen. England, vermutlich. „Ich dachte, ich könnte es noch schaffen, aber ich war wohl schon zu lange dort draußen. Zum Schluss bin ich nur noch auf allen Vieren vorwärts gekrochen. Wie ein Tier." Er lachte bitter und zog die dicke Wolldecke noch enger um seine breiten Schultern.
„Ja, dieses Scheißwetter kann einen umbringen, wenn man nicht verdammt gut aufpasst und nachts im Wald herumstreift!" Der Spott in Mags Stimme war nicht zu überhören.
Phil warf ihm einen Blick zu. Mag saß teilnahmslos und mit verschränkten Oberarmen da. Der schwarze Stoff seines abgetragenen Nirvana-Shirts spannte sich an den Oberarmen. Er konnte den Fremden offensichtlich nicht leiden.
Und Sonmore überhörte die Spitze nicht. „Söhnchen, ich wurde vollkommen überrascht", knurrte er. „Ich wollte nur kurz frische Luft schnappen und bin losgelaufen. Natürlich hab ich die dunklen Wolken bemerkt, aber ihr müsst selbst gestehen, dass ihr genauso überrascht wurdet, oder nicht?" Er blickte in die Runde.
„Hey Mann", rief Woody „die Wolken kamen aus dem Nichts, so was hab auch ich noch nie gesehen. Lassen Sie sich von diesen Idioten hier nicht schräg von der Seite anmachen, ich werd schon auf Sie aufpassen!" Woody klopfte mit einer seiner riesigen Pranken auf Sonmores Schultern. Der grinste säuerlich.
„Mir ist klar, dass ich nicht eingeladen bin, aber ich verspreche euch, dass ihr mich so bald wie möglich wieder los seid. Ich muss so oder so morgen wieder zurück nach Motor-City. Ich werde euch so wenig wie möglich zur Last fallen."
„Wir haben Zimmer genug", warf Karen ein. „Es wird mit Sicherheit auch eins für Sie rausspringen, Mister."

„Nennt mich Craig, bitte. Ich bin zwar im Vergleich zu euch schon ein alter Mann, aber ich kann es nicht ausstehen, von hübschen, jungen Damen *Mister* genannt zu werden. Nichts für ungut."
„Okay, Craig", murmelte Karen. Unglaublicherweise konnte Phil sehen, wie sie errötete.
Woody schien davon nichts mitzubekommen. Er rollte einen dicken, fetten Joint. „Wie wärs, Mann? Auf das Leben!"
Laurie räusperte sich. „Woody, meinst du nicht, dass unser Gast..."
„Ist zwar schon lange her", unterbrach Sonmore sie augenzwinkernd, „und eigentlich krieg ich verdammtes Kopfweh davon. Aber ihr habt mir schließlich das Leben gerettet und ich kann ja nun quasi meine Wiedergeburt mit euch allen feiern. Also will ich mal nicht so sein."
„Das heißt, wir werden nicht sofort die Drogenfahndung am Hals haben, sobald wir das Ding anzünden, oder doch, Craig?", kicherte Karen mit etwas zu schriller Stimme. Sie benahm sich wie ein Schulmädchen. Langsam begann sie, Phil auf die Nerven zu gehen.
„Hier oben?", lachte Sonmore und nahm einen tiefen Zug. „Ich denke nicht, Kleines. Hier findet uns so schnell niemand!" Er stieß ein heiseres Lachen aus, das in keuchendes Husten überging. Woody klopfte ihm auf den Rücken und schenkte ihm einen Whisky ein.
„Sir, Sie sollten wirklich weniger rauchen", sagte er todernst.
„Ich rauche ohnehin selten genug – nur zu besonderen Gelegenheiten." Er lächelte geheimnisvoll. „Aber ich denke, dieses Zeug bringt mich jetzt auch nicht mehr um." Dann hob er den Joint in die Runde wie ein Glas. „Ihr habt mich aus dem Schnee gezogen, mich aufgenommen und mich wieder aufgepäppelt. Ich danke Euch."
Sein Blick glitt über die Gesichter der Gruppe und blieb auf Phil hängen. Etwas Unerklärliches erschien darin, seine Stimme gerann zu einem Flüstern. „Euch allen!"
Nur Woody, der vergnügt seinen Joint rollte und dabei eine Art Pfadfinderlied pfiff, schien nichts von dem eisigen Hauch zu spüren, der plötzlich in den Raum kroch, als Phil und der Fremde sich in die Augen starrten.
Alle beobachteten gebannt das stumme Duell und keiner von ihnen konnte sich erklären, was in diesem Moment eigentlich passierte.
Draußen donnerte es bedrohlich.
„Sie verbringen ihre Zeit hier auf einer Hütte?", warf Mag übertrieben beifällig ein, und die Anspannung wich, so schnell, wie sie gekommen war. Er musterte seine Fingernägel, während Sonmores dunkler Blick sich ihm zuwandte. „Ich nehme an, beim alten *Wingate*, nicht wahr? Der vermietet oft unter. Drüben, am Ostplateau." Er warf Sonmore einen fragenden Blick zu, wohl wissend, dass ihr nächster Nachbar nicht *Wingate* mit

Nachnamen hieß.
„Falsch geraten.“ Sonmore lächelte böse. „Ich wohne unten im Ort. Aber ich habe Delbert Winston kennen gelernt, bin schließlich schon seit zwei Wochen hier. Hat ein schönes, altes Haus mit einem traumhaften Blick. Nur sein Köter ist ein kleines Nervenbündel.“
„Hassen Sie Hunde auch so sehr?“, wollte Karen neugierig wissen. „Ich hatte ein furchtbares Erlebnis vor einigen Jahren wissen Sie...“
„Ach, *die* alte Geschichte“, warf Woody lachend ein.
„Klappe zu, Kleiner. Nein ehrlich, Craig, das war so...“
Und Craig Sonmore, herzlich empfangen im warmen, gemachten Nest, beugte sich zu Karen, während sie ihm Whisky nachschenkte und Woody den Joint entzündete. Seine grauen Augen schienen für den Bruchteil einer Sekunde aufzuglühen, während er das Mädchen unverhohlen und mit fast schon gierigem Blick musterte und ihrer Geschichte lauschte.
Phil wechselte stumme Blicke mit Mag und Laurie, nur Vincent schien irgendwie weggetreten und starrte ihren ungebetenen Gast mit verklärtem Blick an.
Phil war auf jeden Fall nicht allein mit seiner Abneigung, und er beschloss, trotz allen Alkohol- und Drogengenusses auf der Hut zu bleiben.

8

Phil folgte Laurie in die kleine Küche, nachdem sie ein Tablett mit leeren Flaschen und überfüllten Aschenbechern vom Tisch geräumt hatte. Aus dem Wohnraum ertönten Gläserklirren und Woodys dröhnendes Lachen.
„Was hältst du von ihm?“, fragte er und lehnte sich gegen einen der alten Geschirrschränke. Das Holz war so verwittert, dass es fast schwarz wirkte.
Laurie ließ heißes Wasser einlaufen und begann, Gläser zu spülen. Ihre blonden Strähnen verdeckten ihr Gesicht. „Was hältst *Du* von ihm?“, fragte sie, ohne aufzusehen. „Kennt ihr Euch?“
Ihr Ton veränderte sich.
„Ich ihn kennen? Wie kommst du darauf?“
„Na, es kam mir so vor, als wärt ihr euch schon einmal begegnet.“ Jetzt fixierte sie Phil mit prüfendem Blick. „Da war etwas in seinen Augen, das mir spanisch vorkam.“
„Ich finde, er sieht eher englisch aus.“
„Das ist nicht komisch, Phil!“, zischte sie. Jetzt sprühte ihr Blick Funken, ihr langes, blondes Haar flackerte wie eine Corona um ihren Kopf. „Dieser Sonmore ist mehr als seltsam. Irgendetwas

stimmt nicht mit ihm. Du weißt es, ich weiß es und Mag und Vincent wissen es ebenfalls. Nur Woody und Karen scheinen ihm bald auch noch eine Fußmassage verpassen zu wollen. Du merkst doch selber, dass hier etwas in der Luft liegt und dieser Kerl blickt dich immer so seltsam an – sag bloß nicht, dir wäre das nicht aufgefallen. Also, was ist hier los?"
„Laurie, ich weiß doch selber nicht, was hier gespielt wird. Und um deine Frage zu beantworten: Nein, ich kenne ihn nicht. Woher auch? Detroit liegt nicht gerade in unserer Nachbarschaft."
„Es sah gerade so aus, als hätte er einen alten Freund wieder getroffen! Es fehlte nicht viel und er hätte dir auch noch zugezwinkert – *Cowboy*", sagte sie verächtlich.
„Ich kenne ihn nicht, habe ihn niemals zuvor getroffen, okay?"
Laurie schwieg und widmete sich wieder akribisch genau den Gläsern vor ihr in der Spüle.
„Okay?" , wiederholte Phil.
Laurie seufzte und blickte nochmals zu ihm auf.
„Was war das dann vorher zwischen euch? Was ist da passiert?" Sie warf den nassen Lappen in die Spüle und verschränkte die Arme vor der Brust. Sie atmete schneller. Ihr knappes, weißes Top mit dem roten Totenschädel darauf reichte gerade aus, um die süßen, knackigen Rundungen ihrer Brüste zu halten. Je verkrampfter sie wurde, desto deutlicher traten ihre heißen Formen hervor...
„Phil? Jemand zu Hause?"
Laurie wedelte mit ungläubigem Blick vor seinem Gesicht herum. Er schüttelte benommen den Kopf und löste den Blick vom Körper seiner Freundin.
„Du hast mir auf die Titten gestarrt!"
„Laurie..."
„Sag mal, bin ich hier jetzt eigentlich im komplett falschen Film gelandet? Hörst du mir überhaupt zu?"
Phil zuckte hilflos mit den Schultern. „Es... es tut mir leid, Süße! Ich weiß nicht, was mit mir los ist. Dieser Typ bringt mich irgendwie durcheinander. Ich hab üble Kopfschmerzen und... ich weiß auch nicht..." Er sah sie hilflos an und fuhr sich nervös durch seinen kurzen Pferdeschwanz.
„Bringt er deinen animalischen Trieb zum Vorschein oder wie?", meinte sie mit einem spöttischem Lächeln auf ihren vollen Lippen.
„Warum?"
„Weil du mich gerade angeglotzt hast wie ein Zwölfjähriger das Pin-Up-Girl des Monats: Kurz vor dem Anspringen." Ihr Lächeln wurde breiter.
„Laurie, mir geht es *immer* so, wenn du in mein Radarfeld gerätst. Solltest du doch langsam wissen. Bin ich jetzt schon so schlimm wie Woody?"
Sie errötete und blickte zu Boden. „Ich weiß, wie du mich

ansiehst“, murmelte sie. „Das eben war anders.“
Einen Augenblick lang schwiegen sie beide. Dann kam Phil mit langsamen Schritten zu ihr und schlang beide Arme um ihre Hüften. Sie schaute zu ihm auf, ihre hellblauen Augen blickten fragend. Sie strahlten wie Morgenlicht auf Eis.
„Wir sind alle etwas durch den Wind, oder?“, fragte Phil leise.
Laurie nickte zögernd. „Ja, das... das wird es wohl sein. Mir geht es ähnlich wie Dir: Ich habe Kopfschmerzen, mir ist übel. Und das liegt diesmal nicht am Alkohol.“ Sie verzog das Gesicht. „Seit dieser Kerl unser Haus betreten hat, fühle ich mich einfach nicht gut! Irgendwie kann ich mich nicht entscheiden, ob ich ihn nun mögen soll oder ob er mich abstößt!“ Sie schloss benommen die Augen.
„Was sagt dein Herz?“
Laurie biss sich auf die Unterlippe, dann blickte sie wieder zu ihm auf und ihr Blick wurde hart. „Dass ich ein verdammtes Fass aufmache, wenn er wieder fort ist!“
„Noch mal eins?“
„Phil, ich meine es ernst.“
„Mir geht es doch ebenso, Laurie. Ich kann ihn nicht ausstehen. Er hat eine wirklich seltsame Art, mit uns zu reden. Dabei macht er doch eigentlich einen ganz guten Eindruck. Zumindest brauchen wir wohl keine Angst haben, dass er uns die State Police auf den Hals hetzt!“ Er lächelte gequält. „Woody und Karen scheinen ihm bereits vollständig verfallen zu sein.“
„Aber was soll´s?“, seufzte Laurie. „Morgen ist er wieder weg.“
„Wir konnten ihn doch nicht dort draußen lassen, oder?“
„Natürlich nicht. Ich hoffe nur...“
„Ja?“
Sie lächelte und drückte sich enger an ihn. „Ich hoffe nur, dass dein animalischer Trieb anhält, bis dieser Kerl wieder aus dem Haus ist.“
Phil knurrte und biss spielerisch nach Lauries Hals. Sie griff nach dem nassen Lappen hinter ihr und schlug mit ihm nach Phils Gesicht.
„Pfui Teufel“, rief er und versuchte nochmals, sie zu beißen. Laurie wich kichernd aus.
„Also wenn ihr dann fertig seid“, sagte Vincent von der Tür aus und machte eine wohl berechnete Pause, „mit euren perversen Spielchen, dann hätte ich gern noch einen Schluck Wein.“
Vince sah nicht gut aus. Seine freche Bemerkung sprach seiner gebückten Erscheinung Hohn. Seine Augen blickten müde und ernst hinter der Nickelbrille hervor. Seine unreine Haut wirkte wächsern, krank, und seine Rastas hatten noch nie so alt und vertrocknet ausgesehen.
„Hey Mann“, fragte Phil besorgt, seine gute Laune verflog so rasch, wie sie gekommen war. „Alles in Ordnung mit dir?“

„Klar. Wieso nicht?“ Vincents Blick blieb ausdruckslos.
„Hier Vincent. Bitte.“ Laurie reichte ihm eine bereits geöffnete Flasche *Cabernet Sauvignon*. Phil warf ihr einen kurzen Blick zu. Auch Laurie schien Vincents Verhalten nicht geheuer zu sein.
„Danke“, leierte der und verschwand ohne ein weiteres Wort aus der Küche. Sie hörten seine dumpfen Schritte im Gang verklingen, bis er den Wohnraum wieder erreicht hatte, wo Woody ihn mit einem lauten Fluch begrüßte.
„Vincent Drake, der Zombie.“ Phil schüttelte langsam den Kopf.
„Wird Zeit, dass dieser Kerl hier verschwindet. Wir sind alle schon ziemlich daneben im Kopf.“
„Solang es nur dein Kopf ist“, flüsterte Laurie in sein Ohr.
Phil küsste sie lachend und half ihr beim Spülen der Gläser.
Während Laurie ihm aufzuzählen begann, was sie an Sonmore ekelhaft und was geradezu widerlich fand und sie immer weiter plapperte, versuchte er, sich einzureden, dass er das Gefühl aufkeimender Panik nicht spürte, das immer stärker in seiner Brust zu pochen begann.
Er zweifelte auch daran, dass Lauries Lachen so echt war, wie es klingen sollte.

9

Als Phil und Laurie Arm in Arm in den Wohnraum zurückkehrten, konnten sie im ersten Moment vor lauter Rauch fast nichts mehr sehen. Laurie wedelte mit einer Hand die Dunstschwaden weg und hustete demonstrativ. Doch die muntere Runde ließ sich nicht stören.
Das heißt: Ein *Teil* der munteren Runde ließ sich nicht stören.
Sonmore saß noch immer mitten auf der gigantischen Couch, flankiert von Woody und Karen. Woody baute einen Joint nach dem anderen, während er und Karen unermüdlich auf Sonmore einredeten.
Mag saß vornüber gebeugt auf seinem Piano-Hocker, eine Zigarette zwischen seinen Händen, und beobachtete das Szenario misstrauisch.
Auf der anderen Seite der Couch trank Vincent seinen Wein und starrte mehr oder weniger ins Nichts. Eine scheinbar vergessene Kippe verglühte im Aschenbecher vor ihm zu Asche.
Es war eine Stunde her, dass sie Sonmore aus dem Schnee gezogen hatten.
Phil ließ sich neben Mag nieder und tauschte einen vielsagenden Blick mit ihm, während er um eine Zigarette bat. Mag reichte ihm stumm die Schachtel. Dann flüsterte er etwas, so leise, dass Phil den ersten Teil überhaupt nicht mitbekam.

Er beugte sich näher zu Mag.
„Dieser Typ nervt." Mag bewegte kaum die Lippen und starrte weiterhin Sonmore an.
„Yeah, ich weiß", flüsterte Phil zurück und klopfte ihm aufmunternd auf den Oberschenkel. „Hältst du das durch? Nur diese Nacht." Mag brummte irgendetwas Unverständliches und zog energisch an seiner Kippe.
Laurie setzte sich zwischen Vincent und Karen. Und diese versuchte sofort, sie in ein Gespräch zu verwickeln.
„Laurie, du *glaubst* nicht, was Craig für schräge Geschichten auf Lager hat! Also ich hab nun wirklich nicht gewusst, wie abgefahren das Leben eines Rechtsanwalts sein kann. Das ist *total* irre!"
„Ach ja?", murmelte Laurie, während sie sich einen Schluck Wein einschenkte. Ihre Hand zitterte leicht dabei. Karen bemerkte es nicht. „Was denn zum Beispiel?"
„Wir haben doch vorher erst darüber gesprochen, eingeschneit zu werden, gegenseitiges Aufessen und so... Na, du weißt schon..." Sie begann zu kichern.
Laurie verdrehte die Augen. „Karen, du bist dicht."
„Nein, warte", rief Karen heiter. „Da kommt noch was."
Sie lehnte sich zu Sonmore hinüber und umfasste seinen starken Oberarm, ohne zu zögern. Außerdem drückte sie ihr Dekolleté gegen seine Schulter. Phil und Laurie sahen es. Mag entging es genauso wenig.
„Meine Fresse!", flüsterte er in Phils Richtung und schüttelte den Kopf. „Sie benimmt sich ihm gegenüber wie eine notgeile Minderjährige."
Phil murmelte eine Zustimmung.
Woody stand gerade auf, um sich ein Bier zu holen. Er *musste* sehen, wie Karen sich an den Fremden schmiegte.
Vielleicht war es ihm aber auch einfach egal!
„Karen?" fragte Laurie genervt. „Du wolltest etwas sagen?"
Auf ihre Frage hin drehte Karen sich zu Laurie herum und grinste ihr ins Gesicht.
„Craig musste einmal jemanden vertreten, der tatsächlich Leute gegessen hat. Abgefahren, oder?"
„Ich lach mich tot", murmelte Mag.
Laurie starrte entsetzt zu Phil.
Sonmore grinste noch breiter und – unglaublich – legte Karen seine braungebrannte Hand auf den Oberschenkel.
„*Total irre*, oder?" Karen brach in schrilles Gelächter aus, die Augen rot vom vielen Kiffen.
„Wer ist hier jetzt irre?", murmelte Mag leise, aber laut genug, dass Sonmore es hören konnte.
„Das ist *nicht* witzig, Karen!", fauchte Laurie betont.
„Ist es ja auch nicht, aber ich... ich bin einfach..." und wieder prustete sie los und Sonmore mit ihr.

„Ziemlich schräge Show, was?“, fragte Phil in die Runde. „Könnten Wir uns vielleicht mal wieder über etwas halbwegs Normales unterhalten, bei dem alle etwas zu lachen haben, Karen? Craig?“
Sonmores Blick blieb an ihm hängen und Phil hätte in diesem Moment auf das Grab seines Großvaters schwören können, dass Sonmore nur schauspielerte – dass er kein bisschen stoned oder betrunken war. Sonmores Augen waren gerötet, doch sein Blick weiterhin kalt.
„Du hast wohl recht, Cowboy“, murmelte er. „Es tut mir leid, natürlich ist das nicht zum Lachen, das weiß ich selber nur zu gut, glaubt mir.“ Er brachte sich wieder in eine aufrechte Sitzhaltung. „Aber ich fürchte, wenn man lang genug jeden Tag Verrücktheiten in seinem Beruf sieht – wieder und immer wieder – und sich jedes Mal aufs Neue fragt, wohin diese ganze verdammte Welt wohl unterwegs ist“, er machte eine Pause, um sich Whisky nachzuschenken – Karen hatte sich ebenfalls wieder beruhigt und strahlte in an, als wäre er eine Art Heiliger – „dann bleibt einem manchmal gar keine andere Möglichkeit mehr, als darüber zu lachen. Außerdem“, er grinste, „bin ich so zugeraucht wie seit vielen, vielen Jahren nicht mehr. Entschuldige, Schätzchen.“
„Laurie.“
„Ja, Laurie natürlich. Du bist das Mädchen unseres Cowboys hier, nicht wahr?“
Laurie blickte mit völlig entnervtem Blick zu Phil hinüber.
„Sie... gehört zu mir, das ist richtig, Craig.“
„Aha. Und was machst du beruflich, Laurie?“
Die Frage kam so unvermittelt, dass Laurie den Fremden zuerst nur perplex anstarren konnte.
„Ich... ich bin Praktikantin in einem Chemielabor“, sagte sie vorsichtig. Sie würde den Teufel tun und Sonmore die Wahrheit sagen.
„Verstehe“, sagte Sonmore. Man konnte ihm direkt ansehen, wie er ihre Lüge durchschaute. „Ich nehme an, mit weißem Arbeitsmantel und Schutzbrille bist du nicht wirklich oft mit Gewalt, Verbrechen und Abschaum in Kontakt, hab ich recht? Außer es gibt ab und zu vielleicht die eine oder andere widerspenstige Formel, die es zu entschlüsseln gibt, richtig?“
„Ich verstehe, was Sie meinen, Craig“, antwortete Laurie. „Natürlich gehört es zu ihrem Job, das Elend, die ganzen Schicksale, die Sie miterleben, zu verarbeiten und vor allem neutral und nüchtern zu betrachten. Trotzdem finde ich, dass man sich über bestimmte Schicksale einfach nicht lustig machen *muss*!“
Sie blickte Karen bei diesen Worten an, nicht Sonmore.
„Ho ho“, machte Woody, während er zum Tisch zurückkehrte. „Jetzt bleibt mal alle cool, Leute. Ich glaube kaum, dass unser hochverehrter Gast hier irgendjemanden beleidigen wollte. Und unsere süße, kleine Karen natürlich schon gar nicht. Stimmt es

nicht, Herzblatt?“
Karen verschränkte die Arme und schmollte.
„Schon okay, ich gebe zu, dass ich falsch reagiert habe. Es war wirklich nicht angemessen.“ Sonmore knallte seine leere Flasche auf den Tisch. „So, nun muss ich aber wirklich mal euer köstliches Bier entsorgen gehen. Wo geht’s denn zur Toilette?“, fragte er in Karens Richtung.
„Den Gang unter der Treppe links, dann die letzte Tür rechts. An der Küche vorbei“, murmelte sie.
„Na schön“, sagte Sonmore so betont, dass Karen zu ihm aufsah. Und irgendwas war in seinem Blick, dass sie erröten und den Blick abwenden ließ.
Woody sah nichts davon. Natürlich nicht.
„Nochmals sorry, in Ordnung?“, fragte Sonmore Laurie, während er sich erhob.
„Natürlich, ist doch schon längst vergessen“, winkte Laurie ab und griff mit wackeligen Händen nach ihrem Weinglas.
Sonmore trottete zur Türe, und Stille legte sich über die Gruppe. „Den Gang links runter?“, fragte er von der Tür her und Karen nickte mit einem verkrampften Lächeln. Dann war er weg.
Alle schwiegen und hörten seine schweren Schritte den Gang hinunter verschwinden. Wer sich einzig und allein aufs Jointbauen konzentrierte, war Woody. Alle anderen lauschten gebannt, bis die Tür zum unteren Badezimmer krachend zufiel.
Nach einer weiteren Sekunde platzte Karen heraus. „Warum hast du gelogen?“, fuhr sie Laurie an.
„Bitte?“, machte Laurie.
„Du hast mir vorhin erzählst, dass du freie Fotografin bist. Warum hast du ihn angelogen?“, zischte Karen.
„Ent*schuldige* bitte, meine Süße!“, sagte Laurie böse, „dass ich deinem *ach so tollen* Mr. Craig hier nicht mein komplettes Privatleben in vollen Zügen offenbart habe. Es wird nicht wieder vorkommen!“ Ihre Stimme troff vor Sarkasmus. „Außerdem erledigst du das ja schon für mich.“
Karen wollte auffahren, doch Woody hielt sie zurück.
„Mann Leute, was ist denn plötzlich los mit euch?“ Er hatte Karen bei den zierlichen Schultern gefasst und blickte ungläubig in die Runde. „Kommt mal wieder runter alle zusammen, oder habt ihr was Falsches gegessen?“
„Ja, mein Steak war definitiv zu *englisch*!“, sagte Laurie und sah weg.
Woody war empört. „Ich finde eure Sticheleien komplett unangebracht, der arme Kerl wäre schließlich fast gestorben! Ihr benehmt euch wie im Kindergarten!“ Er redete, als würde sein bester Freund vor ein Erschießungskommando geschleift werden.
„Kindergarten?“, brachte Phil hervor. „Sag mal, Woody, bist du wirklich schon so abgefüllt, dass du gar nicht mehr mitbekommst,

was hier abläuft? Dieser Kerl hat irgendwie Dreck am Stecken, das sieht man doch.“ Woody setzte zum Protest an, doch Mag nahm Phils Faden nahtlos auf: „Im Gegensatz zu euch beiden“, er wies mit seiner Zigarette nacheinander auf Woody und Karen, „würde ich diesem Typen niemals meine Lebensgeschichte erzählen, geschweige denn, *wo* und von *wem* wir unser Dope kaufen! Ich finde, *das* ist absolut unangebracht, Woody!“
„Okay, ich gebe zu, dass ich sehr offen zu ihm bin“, sagte Woody, „aber warum auch nicht? Ich mag den Kerl, irgendwie hat er was. Und außerdem haben wir seinen verfluchten Michigan-Arsch vor dem Erfrieren gerettet, oder nicht? Ich glaube kaum, dass wir sechs uns vor diesem alten Mann fürchten müssen!“
„Unterschätze ihn nicht, Woody“, sagte Phil. „Dieser Typ hat mehr drauf als du denkst. Er gibt sich zwar betrunken und stoned, aber achte einmal auf seine Augen! Er weiß ganz genau, was um ihn herum vorgeht.“
Bei dem Wort *Augen* konnte Phil sehen, wie Vincent zusammenzuckte und fast sein Glas fallen ließ. Ansonsten blieb er weiterhin apathisch in seinem Sessel sitzen.
„Unterschätze ihn nicht“, bekräftigte Phil noch einmal.
„Er ist Anwalt!“ Woody hob die Schultern und blickte in die Runde, als wäre das Thema mit diesem Argument sowieso erledigt.
„Eben darum behandle ihn bitte nicht wie einen dahergelaufenen Saufkumpan, okay?“, sagte Laurie.
„Ich weiß gar nicht, was ihr habt“, maulte Woody vor sich hin und schwenkte den Whisky in seinem halbvollen Glas.
„Ich finde, Craig ist eine willkommene Abwechslung zu unseren sonstigen Partys, oder nicht? Für sein Alter ist er noch super drauf und er hat ne Menge Geschichten auf Lager.“
„Ja“, machte Laurie. „*Sehr* lustige Geschichten.“
„Okay, Schluss“, sagte Phil. „Lasst uns bitte vernünftig überlegen, was wir mit ihm machen. Er wird über Nacht bei uns bleiben, so viel ist klar. Morgen wird der Sturm hoffentlich so weit abgeflaut sein, dass zumindest ein notdürftiger Weg ins Tal frei geräumt sein wird. Sonmore schläft in dem Einzelzimmer hier unten am Ende des Ganges. Bettzeug und Kissen haben wir genug. Er kann bleiben, er bekommt zu essen und zu trinken und ein schönes, flauschiges Bett – aber trotzdem“, Phil machte eine Pause und blickte Woody und Karen scharf an, „muss ich ihn nicht mögen, abgemacht?“
„Verlangt ja auch keiner von dir“, murmelte Woody beleidigt. „Wir kümmern uns schon um ihn, oder Baby?“
Karen starrte vor sich hin und schien irgendwie weggetreten.
„Karen?“
Sie schreckte hoch und grinste nervös. „Ja? Sorry, ich war gerade irgendwie woanders. Ich glaube, ich brauch mal einen Schluck

Wasser." Sie erhob sich.
„Bring mir auch ein Glas mit, ja?", bat Mag.
Sie nickte stumm und fuhr sich zerstreut durch das Haar. Bis sie schwankend im Gang verschwunden war, brütete jeder vor sich hin.
Dann brach Phil das Schweigen.
„Woody, merkst du denn nicht, dass mit Craig Sonmore irgendetwas nicht stimmt?", fragte er ruhig.
„Keine Ahnung, was du meinst", brummte Woody.
„Siehst du nicht, wie er Karen auf die Pelle rückt?", fragte Laurie sanft. „Halt ihn doch wenigstens in dieser Hinsicht ein bisschen zurück."
„Blödsinn", schnauzte Woody. „Wir feiern hier eine Party, Leute! Da kommt es schon mal vor, dass man sich das eine oder andere Mal ver*greift*. Aber gut, wenn die Allgemeinheit dieser Meinung ist, dann werde ich mich fortan ein bisschen zusammenreißen, ja?", brummte er.
„Nicht angefressen sein, Alter! Du schaltest einfach ein paar Gänge runter und lässt für heute mal das Tüten bauen sein", sagte Phil.
„Für heute", betonte Woody.
„Sieh mal", überlegte Laurie laut. „Irgendwie kann ich dich und Karen verstehen. Er *hat* etwas!" Alle sahen sie an. Sogar Vincent. Nur *sein* Blick war schlicht undeutbar. „Ihr wisst doch alle, was ich meine, oder? Irgendeine Aura umgibt ihn, die uns alle hier aus dem Häuschen bringt. Er ist geheimnisvoll, irgendwie vornehm und doch wild... er ist", sie brach hilflos ab. „Ich habe nicht die geringste Ahnung, was er ist..."
„Unheimlich."
Alle Blicke richteten sich auf Vincent.
Er starrte wieder ins Leere und drehte das Weinglas zwischen seinen dürren Fingern. Draußen heulte ein besonders heftiger Windstoß um das Haus, das alte Holz ächzte hörbar.
„Habt ihr seine Augen gesehen?", fragte Vincent, ohne sie anzusehen.
Es schien plötzlich dunkler im Raum zu werden.
„Mir ist kalt", flüsterte Laurie. Phil stand auf und legte ihr eine Hand auf die Schulter. „Ich bring dir von oben eine Decke, ja?"
Sie nickte dankbar und hauchte einen Kuss auf seine Hand.
„Seine Augen?", fragte Woody ungläubig. „Unheimlich? Wild? Ihr spinnt doch alle", lachte er. „Sonmore ist nicht halb so unheimlich wie *Ally McBeal.*"
„Vielleicht war wirklich etwas in dem Dope, das uns allen nicht bekommen ist", meinte Phil. „Wahrscheinlich gibt es keinen anderen Grund für uns, so wirre Theorien über einen völlig Fremden aufzustellen, oder?" Er lächelte nervös in die Runde, wohl wissend, wie lahm seine Ausrede klang.
Er wandte sich zum Gehen.

„Wenn du es sagst, *Cowboy*“, rief Woody ihm hinterher. „Da ich ja jetzt Drogenverbot habe, werde ich wohl auf Spiritus umsteigen müssen.“
„Übertreib es nicht“, rief Phil von der Treppe aus.
„Keine Sorge“, grummelte Woody und begutachtete die auf dem Tisch verteilten Whiskyflaschen, auf der Suche nach dem leckersten Tropfen.
Mag drückte seine Zigarette aus und erhob sich ebenfalls.
„Ich werde mal nach Karen sehen. So schwierig kann die Bedienung des Wasserhahnes doch nicht sein“, sagte er zu Laurie.
Sie nickte ihm zu, als er an ihr vorbeiging. Sie spürte genau, dass Mag sich insgeheim bereits in Karen verliebt hatte. Er würde natürlich nie versuchen, einen Keil zwischen sie und Woody zu treiben, die beiden waren ein festes Paar und sie schienen glücklich zu sein.
Mag tat ihr leid. Er gefiel sich oft zu sehr in seiner dramatischen Rolle als leidender Held.
Sie sah ihm nach und hoffte, dass er das irgendwann einsehen würde. Er hatte etwas Besseres verdient.
Mag ging neben Vincent in die Hocke.
Ein paar Augenblicke blickten die beiden sich einfach nur an.
Dann fragte Mag: „Alles in Ordnung mit Dir?“
Vince zögerte, dann nickte er langsam und brachte sogar ein schmales Lächeln zustande. „Ich bin okay.“
Mag zog eine Grimasse, schien aber vorerst zufrieden zu sein.
Er erhob sich und verließ den Wohnraum, um in der Küche nach Karen zu sehen.
Woody war noch immer auf der Suche nach dem perfekten Drink und ganz in seiner Welt versunken. Laurie beobachtete Vincent mit besorgtem Blick. Hoffentlich kam Phil bald zurück. Sie hatte das Gefühl, dass es immer noch kälter wurde.

10

Karen fröstelte, denn in der kleinen Küche war es beinahe ebenso kalt wie im Wohnraum.
Schon beim Eintreten schlang sie die Arme um ihren Oberkörper und begann zu zittern. Sie beschloss, auf dem Rückweg einen Sweater aus ihrem Zimmer zu holen.
Sie öffnete den Hängeschrank über der Spüle und nahm zwei bauchige Gläser heraus. Die alten Scharniere quietschen leise.
Karen drehte den Hahn auf, um zuerst das *schmutzige* Wasser ablaufen zu lassen.
Seit ihrer Kindheit war sie der festen Überzeugung, dass sich in Wasserhähnen ständig giftige Stoffe, Rost und Insektenkadaver

ansammelten, die dann ganz einfach mit den ersten paar Litern, dem *schmutzigen* Wasser, weggespült werden mussten. Ihre Eltern waren damals von dieser Wasserverschwendung nicht sonderlich begeistert gewesen, als sie ihr auf die Schliche kamen. Diese fixe Idee hatte sich aber bis heute in ihrem Kopf gehalten.
Karen verzog unwillkürlich die Mundwinkel. Dieser Hahn hier war besonders rostig und wirklich nicht der Sauberste. Sie war zwar hart im Nehmen, aber bei gewissen Kleinigkeiten war Karen pingeliger als das Gesundheitsamt.
Sie wartete noch ein paar Sekunden, dann war sie der Ansicht, dass nun ausschließlich sauberes Wasser aus dem Hahn kam und ließ ihr Glas volllaufen.
Und dachte an Sonmore.
So sehr sie auch wollte, sie konnte sich nicht dagegen wehren.
Er war da, mitten in ihrem Kopf; seine geheimnisvollen Augen schienen sie unentwegt anzustarren; sein markanter Mund schien sie jede Sekunde verführerisch anzulächeln...
Verführerisch? Jetzt mach aber mal nen Punkt! rief sie sich selbst zur Ordnung. *Was ist denn los mit dir? Wenn du dich nicht bald zusammenreißt, dann passiert wirklich noch irgendwas, das du dir nie verzeihen wirst. Dieser Kerl könnte dein Vater sein, und gut: Er hat wirklich etwas verdammt Anziehendes, aber mal ganz ehrlich – wenn du einen richtigen Kerl brauchst, dann sieh dir einfach mal den Mann an deiner Seite an!*
Sie schüttelte verwirrt den Kopf – das waren nicht ihre Gedanken! Schnell nahm sie einen großen Schluck von dem eiskalten Wasser, schlang es gierig hinunter.
Dann stellte sie es langsam auf die Spülablage und fuhr sich mit beiden Händen über ihr zuckendes Gesicht. Sobald sie die Augen schloss, war Sonmore wieder da.
Bei dem Gedanken an ihn, seine raue, sonnengebräunte Haut, seine gierig dreinblickenden Augen, wurde es augenblicklich heiß in Karens Lendengegend. Eine Hand fuhr unkontrolliert an ihrer Brust entlang, hinab in ihren Schoß, und diese Berührung entfachte endgültig das Feuer in ihr.
Karen biss sich auf die Lippen und hielt die Augen geschlossen. Mit fordernden Bewegungen begann sie, immer schneller ihren Schritt zu massieren, leise vor sich hin stöhnend. Mit zitternden Händen fingerte sie nach dem Reißverschluss ihrer kurzen Jeans.
„Ich hoffe, ich störe nicht?“, ertönte eine tiefe Stimme leise hinter ihr.
Karen erstarrte und presste augenblicklich beide Hände fest auf die Ablage vor sich. Mit weit aufgerissenen Augen und bebenden Lippen begann sie langsam, sich umzudrehen. Sie wusste, wer dort hinter ihr stand, noch bevor sie in seine grauen Augen blickte.
Sonmore war ihr viel näher, als der Klang seiner Stimme es hatte vermuten lassen. Er stand nicht einmal einen halben Meter von ihr

entfernt, sein tiefer Blick ruhte reglos auf ihrem Gesicht.
Karen versuchte, zumindest einen kleinen Abstand zwischen sich und den Fremden zu bringen, drückte ihren Hintern fest gegen die Spüle hinter sich. Doch weiter konnte sie nicht zurückweichen, weiter *wollte* sie auch nicht!
„Craig“, stammelte sie. „Nein, natürlich nicht... ich... ich wollte, ich hatte nur...“ Nervös fuhr sie sich mit einer Hand durch ihre Mähne, die andere fingerte nervös an ihrem Top herum. „Ich hatte nur unglaublich große Lust auf einen Schluck Wasser. Der viele Rauch, weißt du, und irgendwie ist mir ein bisschen schlecht, ich glaube... ich...“ Sie wich seinem Blick aus, so gut es ging.
Sonmore kam langsam näher.
„Ach übrigens“, piepste sie leichthin, „woher hast du diese Narbe im Gesicht, Craig? Sieht ja echt schräg aus!“
Sonmore lächelte. Ein unglaublich bösartiges Lächeln. „Ein Unfall“, sagte er leise. „Ist lange her, ich war noch jung. Einer meiner... Mandanten war wohl nicht ganz zufrieden mit meiner Arbeit.“
Karen wurde immer nervöser. „Na dann will ich mal wieder...“, begann sie.
Sonmore hob seine Hand und legte ihr zärtlich seinen Zeigefinger auf die Lippen. Karen verstummte.
„Lass gut sein, Mädchen“, flüsterte er und begann schelmisch zu lächeln. „Du brauchst keine Angst zu haben – ich will es ja auch!“
Er beugte sich zu ihr und küsste sie auf den Mund, noch bevor Karen reagieren konnte. Sie stieß ihm zwar kurz ihre Hand entgegen, doch schon nach der ersten Sekunde erstarb ihre Gegenwehr und sie erwiderte seinen Kuss stürmisch, fordernd und hemmungslos.
Sonmore roch nach frisch geschlagenem Holz und nach etwas anderem; ein dunkler, harziger Duft, fast schon zu intensiv, um noch angenehm zu sein. Seine Zunge war hart und muskulös. Karen wurde davon geschwemmt von einem wahren Sturm der Gefühle. Alles setzte aus in ihrem Kopf. Wild krallte sie ihre Hände in Sonmores Hemd, stieß ihm ihre Hüften entgegen und stöhnte gierig in seinen Mund.
Sonmore presste sie immer fester gegen die Spüle und drängte weiter. Sie spürte sein Glied immer weiter wachsen. *So groß!* dachte Karen erschrocken. *Was kriegt dieser Kerl nur zu fressen?* Sie war jenseits aller Vernunft, jeder Gedanke an Woody, Mag, Phil, Laurie oder Vincent war wie ausgelöscht, jeder Funke Angst vor einer möglichen Entdeckung ihres stürmischen Kusses wurde hinweggefegt von einem wahren Waldbrand, der heiß wie glühende Lava aus Sonmores Körper über sie hinwegraste.
Karen hatte noch niemals einen Mann so sehr begehrt.
Wie von Sinnen griff sie nach seinem Gürtel, er war aus dickem, schwarzem Leder und die Schnalle war so kalt, als käme sie direkt

aus dem Eisfach. Wild riss sie daran herum, zerrte und zog – wenn sie diese verdammte Hose nicht bald runter bekam, würde sie sie notfalls mit den Zähnen aufreißen!
Sonmore löste sich mit einem lauten Keuchen von ihr, griff mit einer seiner Pranken in ihr Haar und riss mit einem harten Ruck ihren Kopf zurück! Karen quietschte kurz, der Schmerz schoss wie eine Kugel durch ihren Schädel. Sie hob beide Arme in Abwehrhaltung und presste die Augen zusammen. Und der Schmerz tat gut! Großer Gott, sie wurde noch schärfer.
Karen konnte keinen klaren Gedanken mehr fassen. Was passierte nur mit ihr? Was tat dieser Mann mit ihr? Was tat er ihr an...?
Langsam öffnete sie die Augen, eine Träne löste sich und rann ihr über die rechte Wange. Hektisch atmend hob sie vorsichtig den Blick.
Der Fremde starrte auf sie herab, die trübe Lampe über ihm umstrahlte die Form seines Kopfes, sodass sein Gesicht in düsterem Schatten lag. Sonmores diabolisches Grinsen schien beinahe seine Ohren zu erreichen und hinter seinen Lippen konnte sie ein paar absurd lange Eckzähne sehen. *Hauer*, schoss es ihr durch den Kopf.
Seine plötzlich pechschwarzen Augen blitzten böse und in der Mitte schien ein kleiner, roter Punkt zu glühen, wie ein Funke in dunkler Nacht. Aus diesen Augen sprach eine tiefe, unverhohlene Wollust, mehr einem brünstigen Tier ähnlich als einem vernünftig denkenden Menschen.
Sonmores Hand war noch immer in Karens Lockenpracht gekrallt, mit der anderen griff er langsam nach seinem Gürtel und begann, ihn zu öffnen. Ohne den gierigen Blick von ihr zu nehmen.
Und Karen bekam Angst. Der Schmerz hatte ihren Kopf wieder klarer gemacht und sie sah Sonmore anders, als noch vor wenigen Augenblicken. Irgendetwas war in dieser kurzen Zeit mit ihm passiert. Irgendetwas hatte ihn verwandelt.
„Bitte“, flüsterte sie leise. „Bitte, nein...“
Die schwarzen Tümpel, die vor Minuten noch Sonmores Augen gewesen waren, verharrten nur Millimeter von ihrem Gesicht entfernt. „Gib dir keine Mühe, Kleines“, zischte er.
Und er hat recht, dachte Karen hilflos.
Sie hörte das metallische Klicken der Gürtelschnalle und Sonmores Grinsen schien noch eine Spur breiter zu werden. Panisch durchdachte Karen alle ihr noch verbleibenden Möglichkeiten – doch selbst, wenn sie stark genug wäre, sich gegen Sonmore zu wehren, sie war gelähmt und konnte sich nicht rühren! Verdammt, ein Teil von ihr wollte es auch nicht!
Er drückte ihr seinen Unterleib entgegen und sie spürte wieder, was der dünne Stoff der Jeans verbarg. Etwas Hartes und Riesengroßes presste sich in ihren Schoß und Karen war sich sicher, dass sie *Das* niemals in sich aufnehmen würde können! Sie

holte tief Luft, um zu schreien.
Und in der nächsten Sekunde war es vorbei, das Flackern in Sonmores Augen erlosch, er ließ sie los und auf einmal stand er nicht mehr direkt vor ihr, sondern lehnte in einer Ecke am anderen Ende des Raumes, fast fünf Meter entfernt. Betont lässig musterte er seine Fingernägel. Er sagte irgendetwas Belangloses zu ihr und Karen brauchte kurz, um die neue Situation zu erfassen. In ihrem Schädel dröhnte und rauschte es, als würde jemand ganze Tonnen von Geschirr zerschlagen. Sie richtete sich hektisch auf, stieß keuchend Luft aus und starrte ihn mit ungläubigem Blick an.
Sonmore sah auf, seine grauen Augen waren vollkommen ruhig. Er musterte sie kurz, dann wiederholte er geduldig seine Frage, irgendetwas über die momentane politische Situation in irgendeinem Land der östlichen Welt. Karen hätte aufgelacht, wäre sie nicht so geschockt und durcheinander gewesen von dem plötzlichen Stimmungswechsel. Das Dröhnen in ihren Ohren ließ nach, und da hörte sie es: Schritte im Gang, die sich der Küche näherten.
Rasch brachte sie ihre Kleider wieder in Ordnung und versuchte, möglichst gelassen und teilnahmslos auszusehen. Sie erwiderte Sonmores Blick und sagte irgendeinen Unsinn, den sie im selben Moment schon wieder vergaß.
Mag betrat den Raum und blickte zuerst Karen, dann Sonmore an.
„Hi Mag“, rief sie ihm entgegen. Sie war überrascht, wie natürlich ihre Stimme klang. „Alles klar? Craig und ich wollten nur eine Weile diesem Räucherraum da drüben entfliehen. Ach richtig, du wolltest doch ein Glas Wasser, nicht wahr?“
Mag zögerte. Irgendetwas schien ihm komisch vorzukommen, vielleicht klang ihre Stimme doch noch ein wenig zu aufgeregt. Karen plapperte weiter. „Nein, ich hab´s! Lieber ein Bier, nicht wahr?“
Mag blieb in der Mitte des Raumes stehen und Karen konnte sehen, wie er Sonmore mit zunehmend misstrauischem Blick musterte.
„Geht’s dir gut?“, fragte der ihn. „Siehst ein bisschen blass um die Nase aus, Junge. Du solltest das Angebot der jungen Dame hier annehmen! Ein Schluck frisches Wasser ist nach all dem ungesunden Zeug da draußen doch genau das Richtige, oder?“
Mag kam langsam zu Karen und blickte ihr forschend in die Augen. Sie reichte ihm ihr Wasserglas mit einem kleinen Lächeln und er nahm es vorsichtig entgegen. „Ich wollte nur mal sehen, ob auch alles okay ist“, sagte er leise zu Karen, aber so laut, dass Sonmore es auch hören konnte. „Nichts für ungut“, sagte er mit einem Seitenblick auf den Fremden.
„Aber ich denke, Sie verstehen das, oder?“
„Natürlich“, sagte Sonmore verständnisvoll. „Hey, ich würde mich selbstverständlich hüten, deiner Angebeteten hier schöne Augen

zu machen, aber…"
„Sie ist nicht meine…", begann Mag, doch Sonmore plapperte einfach weiter.
„…an deiner Stelle würde ich sie auch nicht alleine hier rumgeistern lassen, so ein hübsches Vöglein, wie sie ist." Er sagte es in einem warmen, freundlichen Tonfall und Karen errötete leicht.
„Danke, Craig", hauchte sie. „Das ist sehr freundlich, aber Mag und ich sind wirklich nur Freunde. Woody ist der Mann an meiner Seite." Bei dem Namen ihres Freundes machte ihre Stimme einen kleinen Satz.
„Aber selbstverständlich", sagte Sonmore spöttisch, als wäre in den letzten Minuten nichts zwischen ihm und Karen passiert, und auch, als könne er geradewegs auf den Grund von Mags Seele blicken.
Und auf das rastlose Sehnen nach Karen, das dort vor sich hin schwelte.
Mag berührte Karen leicht am Arm. „Lass uns zu den anderen zurückgehen, okay?"
„Mir ist kalt", sagte Karen und stieß sich von der Spüle ab. „Ich geh mir noch was Warmes von oben holen. Ihr Jungs könnt ja schon mal vorgehen." Sie warf Sonmore beim Hinausgehen einen seltsamen Blick zu, den Mag nicht deuten konnte, dann war sie im Gang verschwunden. Mag wandte sich zu dem Fremden in der Ecke um.
Sonmore musterte ihn, halb neugierig, halb belustigt.
„Wollten Sie noch was, Craig?", fragte Mag ihn herausfordernd und verschränkte die Arme vor der Brust. Er machte keinen Hehl aus seiner Abneigung gegen den Fremden in ihrem Haus, doch Sonmore lächelte nur müde.
„Ich bin hier soweit fertig, könnte jetzt aber wieder einen kräftigen Schluck vertragen. Wie steht´s mit dir?", fragte er und seine Augen funkelten spöttisch.
„Jederzeit", sagte Mag nur.
Sonmore richtete sich auf und machte eine einladende Geste zur Tür hin, sein Grinsen wurde breiter. „Na dann: Nach dir, Kleiner."

11

Karen stürmte in das Schlafzimmer, das sie mit Woody teilte, und die Tür flog krachend gegen die Wand.
Sie warf sich aufs Bett und vergrub ihren Kopf tief in der weichen Decke. Gedämpft konnte man sie schluchzen hören.
In scheinbarer Teilnahmslosigkeit war sie die Treppe hinauf geschwebt, hatte mit glockenheller Stimme verkündet, dass sie *nur*

kurz in etwas Wärmeres schlüpfen würde, diese Scheißkälte wäre ja unerträglich...
Und dann war sie nach rechts in den Gang abgebogen, und kaum, dass sie aus dem Blickfeld ihrer Freunde verschwunden war, hatte sie zu rennen begonnen.
Jetzt hier, umfangen von gnädiger Dunkelheit, löste sich die ganze Anspannung und die letzten zehn Minuten kamen auf einen Schlag zurück, ließen ihren Körper heißer werden.
Was zur Hölle war nur in sie gefahren? Karen erschien es fast, als hätte eine andere, fremde Macht die Gewalt über ihren Körper übernommen und sie in Sonmores offene Arme getrieben. Karen erzitterte bei diesem Gedanken am ganzen Leib. Gleichzeitig biss sie fest die Zähne zusammen und zwang sich zur Ruhe.
Sie glaubte nicht an solche unsinnigen Dinge, hatte nie daran geglaubt, was waren das für beschissene Gedanken in ihrem Schädel?
Verwirrt setzte sie sich auf und horchte in sich hinein. Was empfand sie für Craig Sonmore? Was war dran an diesem fremden Mann, an diesem unheimlichen Kerl, der sie angestarrt hatte, als wäre sie ein besonders leckeres Stück Fleisch?! Und was war los mit *ihr*?
Karen rappelte sich hoch und kramte in ihren Sachen nach einem hellgrauen, langärmligen Top, das sie geschwind über den Kopf zog und mit zittrigen Händen zurecht zupfte.
Sie ließ ihre Hände langsam vom Hals über ihre vollen Brüste wandern, die durch das enge Top noch besser betont wurden, und fragte sich insgeheim, ob sie Sonmore in diesem Oberteil denn gefallen würde...
Reiß dich zusammen, Kleine, reiß dich zusammen...
Karen atmete tief durch und machte sich auf den Weg in den Wohnraum hinunter, wo Woody anscheinend schon wieder in ein lautstarkes Gespräch mit ihrem seltsamen Gast vertieft war. Karen kam kurz der Gedanke, dass es die vielen Drogen und der Alkohol sein konnten, die ihren Sinnen Streiche spielten und Sonmore so seltsam hatten werden lassen.
Vielleicht war das ja die einfachste Erklärung.
Und die, die Karen am wenigsten Angst einjagte. Es passierten seltsame Dinge in diesen Tagen, sie begann sich langsam beinahe daran zu gewöhnen...
Und eigentlich mochte sie ihn ja. Oder doch nicht?
Während Karen Dawson die Treppe hinunterschlenderte, in den großen, gemütlichen Raum hinab, in dem ihre Freunde und ein geheimnisvoller Fremder schon auf sie warteten, begann sie Schritt für Schritt ihre Beklemmung wieder zu verlieren, als würden hilfreiche Hände sie von ihr nehmen.

12

„Erzähl uns eine Geschichte, Craig.“ Woodys Augen glänzten. Er war verrückt nach Geschichten. „Erzähl uns von dem verrücktesten Fall, den du je hattest!“

Sonmore hatte es sich gerade wieder auf seinem Stammplatz bequem gemacht, er thronte in der Mitte der Couch und hatte sich entspannt zurück gelehnt. Vor ihm auf dem Tisch stand ein noch halb volles Glas Whisky.

Woody lümmelte rechts von ihm auf seiner Seite der Couch und schien so aufgeregt wie ein Schuljunge zu sein.

„An einem stürmischen, kalten Abend wie heute ist das doch genau das Richtige – oder nicht, Leute?“ Er blickte sich mit großen Augen in der Runde um, bekam aber nicht die gewünschte Reaktion.

„Ich weiß nicht so recht, Woody...“, begann Mag zögernd.

Sonmore räusperte sich. „Ich habe jede Menge seltsame Sachen gesehen in meinem Beruf. Manche so tragisch und schrecklich, dass man sie eigentlich nicht erzählen sollte.“

„Ja, das Thema hatten wir bereits“, sagte Laurie von der anderen Seite des Tisches. Sie hatte die Arme verschränkt und blickte Sonmore misstrauisch an.

„Ich hab mich bereits entschuldigt, Miss Mitchell“, bei ihm klang es tatsächlich vorwurfsvoll. „Oder darf ich Laurie sagen?“ Er entblößte grinsend seine blendend weißen Zähne.

Phil sah zu ihr hinüber. Laurie senkte mit verkniffenem Mund den Blick, dann sah sie Sonmore direkt in die Augen. „Mein Name ist Laurie-Ann Mitchell und mir ist es eigentlich egal, ob Sie Laurie zu mir sagen, wie alle anderen hier in diesem Raum, oder Miss Mitchell, wie meine Kollegen in der Arbeit. Nur nicht *Mädchen* oder *Schätzchen*!“ Sie legte den Kopf schief. „Oder ist das ein Problem für Sie, Craig?“

„Laurie-Ann Mitchell...“ Sonmore starrte sie mit unergründlichem Blick an. Seine Kiefer mahlten vor sich hin und seine Augen verengten sich zu Schlitzen. Phil kam es vor, als versuchte er, etwas aus Lauries Augen abzulesen, etwas, das ihm scheinbar großes Kopfzerbrechen verursachte. „Laurie-Ann...“, murmelte er. Sie begann sich unter seinem Blick sichtlich unwohl zu fühlen. Phil verlagerte seine Position und er konnte sehen, wie auch Mag aufmerksam zusah und kurz davor war, aufzustehen.

Sonmore erwachte schlagartig aus seiner Starre und schüttelte lachend den Kopf. „Tut mir leid, ich hatte wohl gerade einen kleinen Aussetzer. Mein Nahtoderlebnis da draußen im Schnee hat, glaube ich, einen kleinen Schaden bei mir hinterlassen.“

Mag entspannte sich, und auch Phil ließ sich zurücksinken und legte Laurie zärtlich eine Hand auf den Oberschenkel. Sie lächelte

ihm unsicher zu und drückte sie fest.
Vincent beobachtete das Ganze mit abwesendem Blick. Seine Zigarette, die eigentlich nur noch aus Asche bestand, drohte, ihm die Finger zu verbrennen. Phil musterte ihn besorgt aus den Augenwinkeln.
„Hey Kleine, da bist du ja!", rief Woody plötzlich in Richtung Treppe. „Wir haben dich schon vermisst!" Sie alle drehten sich um und sahen Karen die Treppe hinunter kommen. Sie lächelte etwas verwirrt in die Runde. „Was hab ich verpasst?"
„Setz dich, Baby", rief Woody. „Craig erzählt eine Geschichte."
Karen setzte sich langsam neben ihren Freund, presste sich eng an ihn, als würde sie Schutz suchen. Gleichzeitig bedachte sie Sonmore mit einem derart tiefen Blick, dass sie nicht bemerkte, wie Phil, Mag und Laurie sie mit ungläubigen Mienen anstarrten. Die einzigen, die anscheinend blind für diese offensichtliche Anmache waren, blieben Vincent – und natürlich Woody.
Phil konnte sehen, wie Mags verschränkte Hände sich ineinander verkrampften. Er kochte vor Wut und flüsterte etwas, das sich verdächtig nach *hijo de puta* anhörte. Würde Sonmore nicht bald damit aufhören, Karen derart anzugraben, ohne dass Woody auch nur Kenntnis davon nahm, würde man Mag kaum noch zurückhalten können!
Sonmore räusperte sich erneut.
„Ich würde gerne das Thema, das Karen bereits angesprochen hat, wieder aufgreifen. Natürlich war das nicht lustig und ich entschuldige mich nochmals. Aber zu dieser Geschichte habe ich einen besonderen Bezug, und wenn man versteht..." Sonmores Hände ballten sich zu Fäusten. „Wenn man erst versteht, dann kann man hinter die Abgründe mancher Seelen blicken."
Phil bekam bei diesen Worten eine Gänsehaut, doch Woody grinste über das ganze Gesicht. „Ich kann es kaum erwarten."
„Eines noch." Sein Blick ging durch die Runde. „Ich sehe diese Dinge mit ganz anderen Augen als ihr und ich glaube, ich habe mich damit schon bei so manchem hier unbeliebt genug gemacht." Er sah Mag und Laurie an. „Ich möchte nicht, dass ihr mich doch noch rauswerft, bevor es draußen wieder hell wird! Ein paar weitere Stunden in dieser Scheißkälte überleb ich diesmal nicht." Seine Stimme war leiser und beinahe bittend geworden und tatsächlich senkten Mag und Laurie den Blick.
„Einverstanden", murmelte Mag nach einer kurzen Pause. „Ist schon in Ordnung, erzählen Sie nur, Craig." *Umso schneller haben wir einen Grund, dich vor die Tür zu setzen,* sagte sein Blick.
Laurie nickte nur knapp.
Vincent hob träge den Kopf und blickte zu Sonmore, doch seine Augen schienen direkt durch ihn hindurch zu sehen. *Verdammt noch mal, was ist nur los mit ihm?* dachte Phil verzweifelt. *Er sieht beinahe aus, als würde er... welken. Als würde er eingehen*

wie eine vertrocknende Pflanze!
„Und Du, Cowboy?“, fragte der Fremde nur. Seine Augen waren eiskalt.
Phil machte eine auffordernde Handbewegung und steckte sich eine Zigarette zwischen die Lippen.
„Also gut, *Showtime*“, begann Sonmore, griff nach seinem Whisky und lehnte sich zurück.
„Vergessen Sie nicht, den Namen ihres Mandanten zu ändern“, warf Woody grinsend ein und griff ebenfalls nach seinem Glas. „Nicht, dass Sie wegen uns noch Gefahr laufen, ihre Lizenz zu verlieren.“
„Ach ja, der Name“, murmelte Sonmore. Er rieb sich mit der freien Hand über die Nase und schien angestrengt nachzudenken. Woody hing an seinen Lippen, als würde Honig von ihnen tropfen. Dann lächelte Sonmore in die Runde und sagte nur ein einziges Wort: „Dorian.“
Stille folgte auf diese Eröffnung, nur ein leises Donnergrollen untermalte die wirkungsvolle Pause.
Laurie drückte Phils Hand so fest, dass er sich einen Schmerzenslaut verkneifen musste. Ihre Hand war eiskalt. Sonmore schien Lauries Reaktion nicht zu bemerken, oder aber, es kümmerte ihn nicht.
Er sah seine beiden treuesten Jünger, gebannt seiner Stimme lauschend und erzählte ihnen dann die Geschichte von Dorian, dem menschenfressenden Jungen.

DIE GESCHICHTE VON LUCY BOWMOND

1

Lassen wir für einen Moment Phil Connor und die anderen in der etwas zweifelhaften Gesellschaft von Craig Sonmore zurück. Lasst ihn die Geschichte von Dorian und Liz erzählen, wie wir sie ja bereits kennen.
Doch auch wir werden Dorian wiedersehen.
Dorian im kahlen Büro des Anwalts still auf seinem Stuhl sitzend, das trübe Licht, das die Konturen seines jungen Gesichts weicher, zarter, erscheinen lässt, als sie tatsächlich sind. Als wäre er tatsächlich nur irgendein Junge. Ein ganz normaler Junge.
Wir haben Dorians eigene Geschichte noch nicht bis zum Ende gehört, doch vorerst lasst den Jungen von Lucy Bowmond erzählen, denn auch das interessiert uns, nicht wahr?
Und natürlich auch, was dem Anwalt danach widerfuhr. Dessen eigene Geschichte, die zwangsweise an die Dorians gebunden ist. Und es immer sein wird...

...*Wie gesagt,* begann Dorian. *Bevor Liz in mein Leben trat, gab es Lucy Bowmond.*
Wobei ich die beiden kaum miteinander vergleichen kann. Zwischen ihnen liegen Jahre. Und Welten.
Ich war zehn und meine Mutter lebte noch. Mein Vater ging bereits zu Liz, ich hatte sie aber noch nie zu Gesicht bekommen. Von Zeit zu Zeit glaubte ich, einen neuen Duft an seinen Klamotten wahrzunehmen, ein blumiges, sehr intensives Parfum. Glauben Sie mir, das war wirklich mal eine Wendung zum Besseren.
Lucy schien das einzige weibliche Wesen in meiner Schule, in meinem damaligen Leben zu sein, das irgendetwas in mir zu sehen schien, irgendetwas, das sie nicht abstieß oder ihr Angst machte, wie all den anderen. Sie hatte tiefschwarzes Haar, das ihr lang und glatt über die bleichen Schultern fiel. Sie war ein stilles, in sich gekehrtes Mädchen, das zurückgezogen und mit traurigen Augen der bitteren Realität eines jeden Tages ins Auge sah – ähnlich wie ich. Vielleicht erklärt unsere gemeinsame Affinität zur Gleichgültigkeit gegenüber der Welt ja ihr Interesse

an mir. Wer weiß das schon?

Unsere erste Begegnung, an die ich mich deutlich erinnere, wurde beherrscht von einer unnatürlichen Hitzewelle, die in jenem Sommer das Land überrollte und alle Konturen in der drückenden Luft verschwimmen ließ. Wolkenfetzen drifteten träge über den stahlblauen Himmel und die Hitze der Sonne brannte herab wie glühende Lava.

Lucy hatte mich an jenem Tag nach dem Unterricht mit einem kleinen, handgeschriebenen Brief in ein kleines Waldstück gelockt. Es grenzte direkt an das große Feld, das uns dort neben dem Schulgebäude als Pausenhof diente. Die älteren Schüler gingen oft dort hin, um rumzuknutschen, sich zu befummeln oder sonst was. Jeder wusste das.

Ich kann mich nicht mehr Wort für Wort an das Gekritzel erinnern, aber Sie kennen das ja vermutlich: Bitte komm alleine mit mir hier oder da hin, und – bei allem, was dir heilig ist – sag bloß niemandem etwas davon! *Solcher Blödsinn eben.*

Was mich dorthin trieb, war jedoch keineswegs ernsthafte Verliebtheit oder gar Verlangen nach diesem Mädchen. Ich hatte Lucy Bowmond registriert, wie jedes andere Mädchen und jeden anderen Jungen meiner Schule auch.

Registriert, gespeichert und – was? – ausgeblendet? Sie übte keineswegs diese märchenhafte Faszination auf mich aus, wie es Liz später tat.

Was mich letztendlich dazu brachte, mich mit ihr in dem kleinen Buchenwäldchen zu treffen, war eine Art wissenschaftliche Neugier. Vielleicht darauf, wie ihr Haar riechen, wie ihre Haut schmecken würde.

Ich kam zum vereinbarten Zeitpunkt, ohne darüber nachzudenken, und sie wartete dort auf mich, im Schatten der Bäume. Die Sonne zauberte wandernde Lichtflecken auf den Waldboden, Grillen summten in der nahen Wiese.

Sie trat auf mich zu, schüchtern und doch mit einem gewissen Trotz in ihren Augen. Schließlich war sie verabredet mit einem Geist. Oder zumindest mit einem Jungen, der diesem Begriff am ehesten nahekam – und welches andere Mädchen konnte das schon von sich behaupten? Ihr rundes, verkniffenes Gesicht mit den unzähligen Sommersprossen blickte zu mir auf mit so etwas wie morbider Faszination.

Sie dankte mir für mein Kommen. Langsam und beinahe schon förmlich, und ich nickte nur. Mir fiel auch nichts ein, was ich ihr hätte antworten können. Wir brieten vor uns hin unter dem erbarmungslosen Druck der Sommerhitze, und keiner von uns schien zu wissen, wie es weitergehen sollte.

Lucy sah kurz auf ihre Hände hinab, die sie fest vor sich verschränkt hatte. Dann sah sie mich wieder an. Sie hatte hellbraune Augen, bernsteinfarben, und sie blinzelte, weil die

Sonne sie blendete. Ein kurzer Windstoß fuhr durch das Wäldchen und ihr weiter Rock flog auf, ihr langes Haar wehte. Sie sah mir fest in die Augen und fragte mich leise, ob ich schon einmal ein Mädchen geküsst hätte.

Ich blickte nur zurück und schüttelte stumm den Kopf. Natürlich nicht. Wer wollte schon den kalten, toten Kuss eines Geists auf seinen Lippen spüren? Als würde man seinen Mund auf blankes Metall pressen.

Lucy schien diese Hemmungen nicht zu haben. Sie biss sich kurz auf die Unterlippe, schien sich zu sammeln und dann stellte sie sich auf die Zehenspitzen, das musste sie, denn sie war einen ganzen Kopf kleiner als ich, und küsste mich auf den Mund. Es dauerte keine drei Sekunden, aber in diesem kurzen Zeitraum geschah etwas mit mir.

Vielleicht war das der Anfang.

Der Anfang von allem.

Möglich, dass es wirklich der Geruch ihres Haares oder ihr nach Kirschkaugummi duftender Atem war, der wie ein warmer Hauch über mein Gesicht strich. Als sie sich zurückzog und mit fragendem, kindlichem Blick zu mir aufsah, schien sich irgendetwas in meinem Gesicht zu regen.

Etwas, das Lucy Bowmond eine Scheißangst einjagte.

Reflexartig beugte ich mich zu ihr hinunter, denn auf einmal wollte ich mehr. Ich wollte sie noch einmal schmecken, ihre Lippen noch einmal auf den Meinen spüren, sie greifen, sie an mich ziehen. Der Drang war übermächtig.

Doch ihre Gesichtszüge entgleisten, ihre Augen wurden riesengroß und mit einem erschrockenen Laut sprang sie einen Schritt zurück und schlang die Arme um ihren Körper. Wieder fuhr ein heftiger Windstoß durch die Bäume und zerzauste ihr Haar. Ich machte einen Schritt auf sie zu. Ich wollte sie, eine heiße Glut erwachte in meinem Körper, rasend schnell und heiß wie ein Schmelzofen. Doch sie schrie wieder auf und stolperte rückwärts, weg von mir, bis sie mit dem Rücken gegen einen Baum stieß. Keuchend und mit panischem Blick sah sie mir entgegen. Und ich ging weiter auf sie zu, breitete die Arme aus und – versuchte zu lächeln? – ich weiß es nicht.

Wer bist du?, *flüsterte sie. Und diese Worte ließen mich innehalten. Eine gute Frage, auf die ich ihr in diesem Moment keine Antwort geben konnte.*

Ich ließ die Arme sinken. Es vergingen ein paar Sekunden, in denen die Zeit stehenbleiben zu schien, als wäre die Welt eingefroren. Und ich sehe Lucy Bowmond noch genauso vor mir, panisch zitternd wie ein verängstigtes Reh gegen den Stamm der mächtigen Buche gepresst, ihr seidiges, schwarzes Haar schimmernd im Licht. Eine einzelne, schillernde Träne, die in ihrem rechten Augenwinkel glitzert.

Dann floh sie. Sie stieß sich ruckartig ab und schlüpfte an mir vorbei.
Binnen weniger Augenblicke war sie zwischen den Bäumen verschwunden. Ich hielt einen Moment inne. Ich spürte nichts.
Nichts.
Die Glut war erloschen.
Langsam ging ich Lucy hinterher. Ich konnte sie über das weite Feld laufen sehen, ihr Haar wehte um ihren Kopf, im Hintergrund das graue, klobige Gebäude des Schulhauses. Sie blickte nicht zurück.
Ich weiß nicht genau, was an jenem Tag geschehen ist, aber ich glaube, ich verstehe es heute etwas besser.
Irgendetwas hatte Lucy panische Angst gemacht, irgendetwas hatte ihr gezeigt, dass es einen guten Grund gab, warum niemand sich mit mir abgeben wollte, warum ich keine Freunde hatte, warum all ihre Klassenkameradinnen hinter vorgehaltener Hand über mich flüsterten.
An diesem Tag hatte sie es mit eigenen Augen gesehen.
Ich verließ das kleine Wäldchen im hellen Sonnenlicht und ich fühlte mich gut, lebendig – vielleicht das erste Mal in meinem ganzen Leben. Ich ging nach Hause, meinem Schicksal entgegen. Und wie nicht anders zu erwarten, führte es Lucys und meinen Weg noch einmal zusammen.
Doch bis dahin sollte noch viel geschehen...

Dorian beendete die Geschichte und blickte dem Anwalt erwartungsvoll ins Gesicht.
„Warum hatte sie solche Angst vor dir?“, fragte der Anwalt in seinem kalten Büro den Jungen leise.
Er ließ seinen Blick nach draußen, durch das riesige Panoramafenster schweifen. Aus den Augenwinkeln betrachtete er Dorian verstohlen. „Warum, Dorian? Und warum erzählst du mir von ihr? Was hat Lucy Bowmond in deiner Geschichte verloren?“
Nichts. Schweigen.
„Glaubst du, dass du schon vor der Sache mit Liz, also Jahre früher, gemerkt hast, dass du krank bist, dass etwas... mit dir nicht stimmt?“, fragte er den Jungen vorsichtig. „Hast du mir deshalb...?“
„Entscheiden Sie selbst“, sagte Dorian nur. Sein Blick war leer. Er hatte es selbst gesagt: Er spürte *Nichts*.
Wieder einmal war der Anwalt ratlos.
Später, viel später sollte er an diesen Moment zurückdenken und sich fragen, ob Dorian nicht alles von Anfang an geplant hatte. Alles. Aber das war kaum möglich, oder?
In der folgenden Stunde hörte er Dorians Geschichte bis zum Ende

und alles, was darauf folgte – sein Mord an Wilbur, dem Vollzugsbeamten, und seine Flucht aus der Stadt – vertrieben Lucy Bowmond erst einmal aus den Gedanken des Anwalts. Ihr Name versank in einem Strudel aus Gewalt und Blut, die Dorians Worte und Taten entfesselten.
Es sollten Jahre vergehen, bis der Anwalt den Namen des Mädchens das nächste Mal hören sollte. Jahre, in denen er sich schweißgebadet im Schlaf wälzte, weil der menschenfressende Junge wieder einmal durch seine Träume wanderte. Und ihm keine Ruhe ließ…

2

„Bowmond. Lucy Bowmond."
Der Anwalt glaubte zunächst, sich verhört zu haben.
Er ließ die Kaffeetasse sinken und blickte seinen Kollegen ungläubig an.
„Ihr Name war Lucy Bowmond? Bist du sicher?"
Sein Gegenüber lächelte schmal. „Ich werde doch wohl die Namen meiner Mandanten kennen. Genau wie du."
Der Anwalt ließ sich gegen die zu weiche Rückenlehne des kleinen Straßencafés sinken. Seine Schläfen waren mittlerweile ergraut und in seinem Gesicht waren tiefe Falten entstanden, trotz seiner jungen Jahre.
Er sah durch das Fenster nach draußen auf die belebte Straße eines sonnigen Frühlingsmorgens. Die Leute zogen vorüber wie leblose Roboter. Stumm, mechanisch.
Hatte er seinen alten Freund und Kollegen hier nur getroffen, um endlich wieder auf eine Spur Dorians zu stoßen? Hatte Lucy Bowmonds Name all die Jahre hier in diesem kleinen Café auf ihn gewartet? Das Ganze war schon lange her, der Fall war abgeschlossen, und doch glaubte der Anwalt nun wieder, den brennenden Blick des Jungen zu spüren.
Der Kollege maß seinem Schweigen zunächst nicht all zuviel Bedeutung bei und schwenkte den letzten Rest Kaffee in seiner Tasse hin und her. „Ein hübsches kleines Ding, früher vielleicht einmal." Er zog eine Grimasse. „Aber nach dieser Sache schien sie um Jahrzehnte gealtert zu sein. Sie wurde für unzurechnungsfähig erklärt und sitzt heute im Ardenheim in der Geschlossenen. Du kennst die Anstalt?"
„Ich kenne das *Arden*, ja. War aber noch nie dort", murmelte der Anwalt.
Sein Kollege stutzte, blickte ihn aus zusammengekniffenen Augen an. „Kennst du diese Frau etwa? Du siehst gerade aus, als hättest du einen Geist gesehen."

Der Anwalt fing sich wieder.
„Ihr Name ist mir bekannt, aus einem älteren Fall. Einem, der mich... nun ja, immer noch beschäftigt. Glaubst du, dass es die Möglichkeit gibt, mit ihr zu sprechen?“
„Sie ist verrückt“, sagte sein Gegenüber. „Was versprichst du dir davon?“
„Ich glaube, ich muss es tun, sonst...“ Der Anwalt massierte sich die Schläfen. „Sonst dreh ich noch durch, irgendwann.“
„Geht es um diesen *einen* Fall, von dem du mir erzählt hast? Der mit dem Jungen...?“
Der Anwalt nickte nur.
Sein Kollege sah ihn abschätzend an. „Wir reden hier von einer Nervenheilanstalt, nicht von einem Erholungsheim. Leicht wird das nicht, mein Freund.“
Nur dieses eine Wort: „Bitte.“
Der andere überlegte eine Zeit lang. „Ich kenne den Direktor der Anstalt ganz gut, aber mehr auch nicht. Wir treffen uns manchmal beim Golfen. Ich sehe nach, was ich tun kann.“ Ein kurzer Blick auf die Uhr und ein zerknirschtes Lächeln. „Es wird Zeit, du weißt ja, wie das ist.“
Sie erhoben sich und gaben sich die Hand.
„Tu, was immer dir möglich ist, in Ordnung?“, bat der Anwalt. „Ich will aber nicht, dass du Schwierigkeiten bekommst.“
„Sind nur ein paar Anrufe. Ich melde mich bei dir.“
Und damit verließ er das Café.
Der Anwalt saß noch lange dort und starrte aus dem Fenster. Sah zu, wie die Welt an ihm vorbei zog.
Als die Kellnerin ihm die Rechnung auf den Tisch legte, merkte er es nicht einmal.
Diese Geschichte hatte ihn wieder eingeholt, kurz und heftig, mit der Wucht eines Vorschlaghammers.
Nun, vielleicht war endlich die Zeit gekommen, das Geheimnis zu lüften...

3

Das *Arden* lag etwa eine Autostunde westlich der großen Stadt, fernab jeder Zivilisation und inmitten eines schattigen Hains von Laubbäumen. Die weitläufige Anlage war nur über eine marode Privatstraße zu erreichen, zu beiden Seiten grasten Schafherden auf kargen Wiesen.
Der Anwalt brachte seinen Wagen am frühen Vormittag auf dem fast leeren Parkplatz zum Stehen, das antike Gebäude mit den vielen kleinen Erkern und Türmchen ragte vor ihm auf wie ein verlassenes Schloss aus einer längst vergangenen Zeit.

Es hatte leicht zu nieseln begonnen und der Himmel war bedeckt von grauen Wolken. Der Anwalt stieg aus und hastete rasch dem Eingang entgegen, den Kragen seiner Jacke hochgeschlagen.
Er betrat die Anstalt durch ein gewaltiges Holztor, hinter dem sich ein kleiner Vorraum und der eigentliche Eingang befanden. Rechts von ihm blickte eine junge Empfangsdame mit leeren Augen durch eine gitterverstärkte Glasscheibe.
„Tag. Sie wünschen?“ Sie trug eine Brille mit dicken Gläsern und hatte die Haare turmgleich hochgesteckt. Ein Kaugummi wechselte von einer Backe in die andere.
Der Anwalt berührte kurz den kleinen Zettel in der Jackentasche und rief sich die zusammengereimte und mit seinem Kollegen abgesprochene Geschichte noch einmal kurz ins Gedächtnis.
„Guten Tag“, sagte er mit strahlendem Lächeln. „Mein Name ist Greg Corben, ich bin Reporter aus der Stadt. Ich hatte letzte Woche angerufen.“
Das Mädchen hinter der Scheibe warf einen kurzen Blick in ihre Unterlagen. Nach einer Weile fragte sie, ohne den Anwalt anzusehen: „Wegen dieser Geschichte über Miss Bowmond?“
„Exakt. Kann ich zu ihr?“
Sie sah wieder zu ihm auf und musterte ihn. Schien ihn zappeln lassen zu wollen, als ob sie seine Lüge schon jetzt durchschauen würde. Dann griff sie sich einen kleinen, vorgedruckten Zettel, kritzelte etwas darauf und reichte ihn durch einen schmalen Schlitz unterhalb der Scheibe nach draußen.
„Ihr Ausweis. Damit haben Sie überall freien Zutritt. Verlieren Sie ihn nicht und wenn Sie fertig sind, geben Sie ihn bei mir wieder ab. Durch diese Tür, die Treppe rauf und schon kommen Sie zu den Stationen, Sie müssen zur Dritten. Alles klar?“
Der Anwalt nickte dankbar und heftete sich den Ausweis deutlich sichtbar an seine Jackentasche. „Tausend Dank.“
„Hat Direktor Smithers so angeordnet. Danken Sie ihm.“ Das Mädchen wandte sich ab und blätterte in irgendeiner Zeitschrift, ohne den Besucher noch eines Blickes zu würdigen. Der Kaugummi wechselte wieder einmal die Backe.
Der Anwalt ging zu der ihm angewiesenen Tür, die sich gleich darauf mit einem leisen Summen öffnete. Sein Weg führte ihn weiter durch eine museumsartige Halle mit mächtigen Steinsäulen, in deren Mitte eine breite Treppe nach oben führte. Durch die großen Fenster fiel trübes Licht auf den Steinboden. Es war keine Menschenseele zu sehen.
Als der Anwalt im ersten Stock angekommen war, sah er sich einer Vielzahl von neuen Türen gegenüber, die kreisförmig um die Treppe herum zu den verschiedenen Stationen führten.
Er ging in Richtung der Nummer Drei.
Hinter einer schmiedeeisernen Gittertür hielt ein weißgekleideter Pfleger Wache. Er erhob sich mühsam von seinem Hocker und

blickte dem näherkommenden Anwalt durch die Gitterstäbe hindurch in die Augen. Er war dürr und sehr groß und hatte die Züge eines Wiesels.
„Ihren Ausweis bitte." Der Anwalt hielt ihn hoch.
Die Augen des jungen Pflegers wurden zu engen Schlitzen, dann grinste er. „Verstehe, Sie sind Corben, der Reporter, der eine Geschichte über unsere Lucy schreiben möchte?" *Unsere* Lucy.
Der Anwalt nickte nur.
„Wenn Sie die Frau aufregen sollten, ist der Besuch sofort beendet, verstanden? Sie hat bereits genug mitgemacht, unsere kleine Zuckermaus."
„Keine Sorge", versicherte der Anwalt. „Ich will nur mit ihr sprechen. Ich schreibe an einer Arbeit über umfeldbedingte Erkrankungen des Gehirns bei Frauen."
Der Pfleger nickte übertrieben, als würde er ganz genau verstehen. Er zog einen riesigen Schlüsselbund hervor und öffnete das Gitter. „Egal was sie auch sagen werden, es könnte sie aufregen." Er machte eine einladende Geste in den hell erleuchteten Gang hinter sich. Es gab keine Fenster. „Wenn das der Fall sein sollte, ich meine, wenn sie ausflippt, dann geben Sie mir sofort Bescheid, ich werd die Kleine schon wieder zur Ruhe bringen." Er grinste wieder, und da war etwas in seinem verschlagenen Blick, das dem Anwalt gar nicht gefiel. „Kommen Sie."
Mit weichen Knien folgte er dem hochgewachsenen Pfleger. Zu beiden Seiten des Ganges glotzten ihn massive, farblose Türen mit Gucklöchern an, wie tumbe Zyklopen. Als sie schließlich vor Zelle C-76 angekommen waren, öffnete der Pfleger sie geschwind und ließ den Anwalt eintreten.
„Ich werde aufpassen", sagte er nur und hob verschwörerisch die Augenbrauen, dann schloss er die Tür und war verschwunden. Der Anwalt konnte hören, wie der Schlüssel im Schloss gedreht wurde. Dann wandte er sich zu Lucy Bowmond um.

4

Das schmale Zimmer war kahl bis auf ein frisch gemachtes Bett, einen kleinen Schrank, der außer ein paar Pappbechern und einem reichlich ramponierten Stofftier leer war, und einen winzigen, quadratischen Plastiktisch mit zwei Stühlen.
Und dort saß Lucy. *Unsere* Lucy.
Für einen kurzen Moment befürchtete der Anwalt, sie wäre die Falsche und dass sein langer Weg hier heraus umsonst gewesen war.
Die junge Frau, die dort vor ihm saß, hatte auf den ersten Blick das Gesicht einer Greisin. Tiefe Falten gruben sich durch ihre Haut,

das tiefschwarze Haar war fettig und wirkte stumpf und alt. Ihre verkrampften Finger, die vor ihr auf dem Tisch lagen, waren spindeldürr, die Nägel so kurz geschnitten, dass es wehtun musste. Dann hob sie den Kopf und blickte dem Anwalt in die Augen. Und er wusste, dass er hier doch richtig war.
Dorians Geschichten hatten Bilder in seinem Kopf entstehen lassen, als wäre er persönlich dabei gewesen, während der Junge seine Gräueltaten verübte. Diese hellbraunen Augen sagten ihm, dass dort vor ihm das kleine Mädchen saß, das Dorian in jenem Sommer in dem kleinen Buchenwäldchen geküsst hatte. Kein Zweifel.
Nur – was war mit ihr geschehen?
Der Anwalt kam langsam näher. „Lucy? Ich darf Sie doch Lucy nennen, nicht wahr? Ich bin Greg Corben und ich würde mich gern ein wenig mit ihnen unterhalten. Ist das in Ordnung für Sie?"
„Was habe ich schon für eine Wahl?", flüsterte sie. Ihre Stimme klang trocken und brüchig wie altes Papier.
„Die haben Sie sehr wohl", sagte der Anwalt, überrascht ob der raschen Antwort. „Ich kann jederzeit gehen, wenn Sie das wünschen."
Sie schüttelte schwach den Kopf. „Nein, schon okay. Setzen Sie sich, machen Sie es sich *bequem*." Die Verachtung in ihrer Stimme ließ den Anwalt schaudern. Sie klang nicht verrückt, nein, keineswegs. Nur verbittert und verängstigt. Diese Frau hatte mit ihrem Leben abgeschlossen, schon lange.
Der Anwalt setzte sich umständlich und zog aus seiner Manteltasche einen kleinen Notizblock und einen Kugelschreiber.
Lucy grinste hämisch. „Wie haben Sie *den* denn hier rein bekommen?" Sie wies auf den Stift. „Normalerweise dürfen Besucher keine *gefährlichen* Gegenstände mit in die Anstalt bringen. Ich nehme an, Sie haben eine Sondervollmacht, so kommen Sie nämlich um die Leibesvisitation herum."
„So ist es", sagte der Anwalt nur, dann räusperte er sich und verschränkte die Hände. „Wieso sind Sie hier, Lucy? "
„Als ob Sie das nicht wüssten", sagte sie. „Ich bin sicher, Sie haben doch bereits recherchiert, bevor Sie sich einer völlig Fremden gegenübersetzen."
Der Anwalt blickte ihr tief in die Augen. „Sie sind keine Fremde für mich, Lucy. Ich kenne Sie, obwohl wir uns noch nie zuvor getroffen haben."
Ihr kleines Grinsen verrutschte ein wenig.
„Es gibt einen gemeinsamen Nenner in unseren Leben. Sie wissen, wovon ich spreche, nicht wahr?"
Urplötzlich erschien eine Panik im Blick der Frau, die dem Anwalt eine Gänsehaut verschaffte. Ihre vogelartigen Hände verkrampften sich noch mehr ineinander. „Gehen Sie", flüsterte sie heiser. „Ich will, dass Sie verschwinden. Sofort!"

„Lucy..."
„Machen Sie, dass Sie rauskommen! Ich weiß nicht, wovon Sie sprechen und ich will es auch gar nicht wissen!" Sie hob nicht die Stimme, es klang nur erstickt, als würde sie gleich in Tränen ausbrechen.
„Was immer Sie denen erzählt haben und was immer Sie ihnen nicht glauben wollten – ich werde ihnen glauben, das verspreche ich ihnen."
Lucy hielt inne. Ihre Augen schwammen vor Tränen, ihr Blick flackerte unruhig. „Ich weiß wirklich nicht, wovon Sie sprechen", versuchte die junge Frau es wieder.
„Hören Sie, Lucy", der Anwalt beugte sich nach vorne. „Ich will ehrlich zu ihnen sein. Ich bin Rechtsanwalt und ich bin hier wegen einem meiner Mandanten. Es ist schon Jahre her, aber ich..." Er hielt inne und stieß ein bitteres Lachen aus. „Ich befürchte, ich werde ihn nicht los. Ich kriege ihn nicht mehr aus meinem Kopf. Und ich vermute, ihnen geht es genauso. Richtig?"
Lucy musterte ihn aus verheulten Augen. Abschätzend. Lauernd. Ihre Hände begannen, leicht auf den Plastiktisch zu pochen. Immer wieder.
„Ich weiß, dass Sie ein Kind erwartet haben, Lucy", fuhr der Anwalt fort. Er versuchte, seine Stimme so ruhig wie möglich klingen zu lassen. „Sie waren jung, gerade mal fünfzehn und Sie wollten ihren Eltern den Vater nicht nennen. Bevor das Kind zur Welt kommen konnte... änderten Sie etwas. Und das führte dazu, dass Sie im Krankenhaus zwei Menschen gefährlich verletzt und einen getötet haben. Das führte dazu, dass Sie nun hier sind. Hab ich recht?"
Lucy blieb stumm. Sie senkte den Kopf, der Anwalt konnte lautes Schniefen hören. Dann nickte sie nur.
Gott, sie tat ihm leid, doch scheinbar kam er auf diese Weise gut an sie heran und er durfte jetzt nicht lockerlassen.
„Ich weiß, wer der Vater war, Lucy", flüsterte er. „Ich *kenne* ihn!"
„Wollen Sie ihn *wirklich* kennenlernen? Das kann ich mir nicht vorstellen", sagte Lucy tonlos. „Sie haben nicht die geringste Ahnung, was ich durchgemacht habe, seit ich... seit ich damals... ich war noch ein Kind, als ich ihn bat, in dieses Waldstück zu kommen, ein Kind, verdammt noch mal!" Sie spie es aus. „Hätte ich ihn doch nie geküsst."
Dem Anwalt fiel auf, dass er diesen Satz so noch nirgendwo gehört hatte. Er klang komisch. Falsch. Trotz allem schien er einen Treffer gelandet zu haben.
„Sie haben recht, Lucy – ich habe wirklich keine Ahnung. Also bitte: erzählen Sie es mir. Und ich verspreche, ich werde ihnen glauben. Ich will ihnen helfen..."
Lucy sah auf, wischte sich die Tränen vom Gesicht. Dann stieß sie einen langen Seufzer aus und lehnte sich nach vorne.

„Es fing alles mit diesem verdammten Kuss an“, begann sie. „Ich erinnere mich noch genau, dass er mir leidtat. Er tat mir einfach nur leid, weil er immer allein war. Immer einsam und abgesondert von den anderen. Und das, obwohl er... er hatte etwas, verstehen Sie? Er war tatsächlich *anders* als die anderen.“
Der Anwalt nickte. Er verstand sehr wohl.
„Also schrieb ich ihm einen dieser blöden, kindischen Zettel und lockte ihn so in das kleine Buchenwäldchen neben dem Schulhof. Ich weiß noch genau, wie unglaublich heiß es an diesem Tag war.“ Ihr Blick ging hoch zur Decke. „Als würde die Welt auf einer Herdplatte gebraten werden. Er kam, obwohl ich eigentlich nicht damit gerechnet hatte.“ Sie lachte heiser auf. „Vielleicht habe ich auch nur gehofft, er würde nicht erscheinen – ich kann das heute nicht mehr klar zuordnen. Jedenfalls standen wir uns gegenüber. Als sich unsere Lippen dann berührten – es war nur ein flüchtiger Kuss, keine Zunge, nichts – durchzuckte mich etwas wie ein Stromschlag. Die Welt um uns herum schien auf einmal... ein paar Nuancen dunkler zu werden... als würde irgendetwas das Licht aus dem Tag heraussaugen.“
Der Anwalt hob den Kopf und blickte Lucy an. Doch sie sah weiterhin nach oben, zur Decke.
„Und es wurde kalt, schlagartig kalt. Ich sah ihn an und...“ Sie schloss die Augen.
„Und was, Lucy?“ drängte der Anwalt. „Was sahen Sie?“
„Es waren seine Augen“, flüsterte sie leise und eine Träne rollte über ihre bleichen Wangen. „Sie kamen mir auf einmal vor wie Löcher, wie tiefe, schwarze Löcher und an deren Ende glaubte ich, etwas zu sehen... ein rotes Funkeln wie Glühlichter. Ich bekam schreckliche Angst und floh. Ich habe so etwas noch nie gesehen, wissen Sie? So etwas... *gab es einfach nicht* und ich war schließlich ein Kind. Ich war der Meinung, tatsächlich einem der Monster begegnet zu sein, die meine Träume heimsuchten.“
Sie verstummte.
„Aber damit war es nicht vorbei, nicht wahr?“, fragte der Anwalt leise. „Wann haben Sie ihn wieder getroffen?“
Lucy schniefte. Sie richtete den Blick wieder zur Decke. „Wir zogen weg, meine Eltern und ich, kein halbes Jahr darauf. In der Zwischenzeit ging ich ihm in der Schule aus dem Weg, so gut es eben ging. Doch ich glaubte andauernd, den Blick dieser bösen, dunklen Augen auf meinem Körper zu spüren, überall auf meinem Körper. Ich hatte Angst, panische Angst! Wir zogen in eine andere Stadt, nicht weit weg, aber weit genug, um hoffen zu können, ihn nie wieder sehen zu müssen. Aber er hat mich schließlich doch gefunden. Ein paar Jahre später.“
Sie begann wieder, mit ihren krallenartigen Fingern auf den Tisch zu pochen. Der Anwalt registrierte das mit leichter Sorge. Er hasste sich selbst dafür, weil er sah, wie sehr sie litt. Aber er hoffte

einfach nur, sie würde lange genug durchhalten.
„Ich war fünfzehn, als wir uns wieder begegneten“, flüsterte sie tonlos. „Es war Hochsommer, ich war auf eine große Party im Freien eingeladen. Sie kennen das doch – eine alte, verlassene Baugrube mit einem klaren, eiskalten See in der Mitte, ein Lagerfeuer, Getränke, Musik...“
Der Anwalt nickte. „Ich kann es mir vorstellen, ja.“
Lucy fuhr sich mit der Zunge über die Lippen. „Ich war betrunken, mächtig betrunken, und ich weiß noch genau, wie meine damalige Freundin Abby Cameron mir dringend riet, mich etwas hinzulegen, mich auszuruhen. Ich wollte nicht, verstehen Sie? Ich war gut drauf und wollte feiern. Also setzte ich mich wieder ans Lagerfeuer neben einen gutaussehenden Kerl mit Gitarre und halblangen Haaren. Ich zog an seiner Zigarette, ich trank noch ein Bier, ich ließ mich gehen. Bis zu dem Moment, als...“ Lucy machte wieder eine Pause. Sie hob den Blick, sah dem Anwalt direkt in die Augen. „Dort, mir gegenüber auf der anderen Seite des Lagerfeuers, saß auf einmal *er*.“
Dem Anwalt wurde flau in der Magengegend. Ein leichter Schüttelfrost erfasste ihn und er hatte das Gefühl, als würden eisige Finger sein Rückgrat entlang streichen.
„Sein Gesicht schwebte über den tanzenden Flammen des Feuers und er sah mich nur an. Er war älter geworden, doch ich hätte ihn auch erkannt, wenn fünfzig Jahre vergangen wären, statt nur fünf. Seine Augen... schienen mich auffressen zu wollen. Und ich erstarrte. Ich konnte nur durch die Flammen hindurch in diese grundlosen, dunklen Augen starren. Er saß zwischen zwei Leuten, die ich flüchtig kannte. Sie schwatzten und lachten mit ihren Sitznachbarn, doch sie schienen *ihn* gar nicht zu bemerken, als wäre er gar nicht da. Als wäre er ein Geist.“
Lucy schluckte schwer. Der Anwalt blieb stumm. Er glaubte, hören zu können, wie die großen Platten der Kontinente gegeneinander stießen, wie die ganze Welt auf einmal aus den Fugen zu geraten schien. Als wäre etwas erweckt worden. Etwas, das nun, nach langer Zeit, wieder seinen flammenden Blick auf ihn richtete.
Dem Anwalt brach der Schweiß aus.
Doch er wusste, zum Umkehren war es bereits zu spät.
„Dann erhob er sich“, flüsterte Lucy. Sie starrte dem Anwalt noch immer direkt in die Augen. „Er erhob sich langsam, behäbig, als hätte er alle Zeit der Welt. Seine Sitznachbarn bemerkten ihn auch jetzt nicht, genauso wenig wie einer der anderen. Nur ich sah ihn, wie er mit schweren Schritten um das Feuer herum auf mich zukam. Die Zeit schien still zu stehen und alle Geräusche schienen nach und nach zu verstummen. Alles, was ich hörte, waren seine Schritte auf den Steinen, lauter und lauter...“
Lucy begann leise zu schluchzen, ihre Stimme beschrieb eine herzzereißende Berg- und Talfahrt durch alle Tonlagen, während

sie weiter sprach. „Er kam zu mir, er nahm mich bei der Hand, er sagte nichts – kein Wort. Er zog mich zu sich heran und dann führte er mich fort, weg von den anderen, weg von dem Feuer, weg vom Licht.“
Sie vergrub das Gesicht in ihren Händen und sprach nicht weiter.
Der Anwalt öffnete den Mund, um etwas zu sagen, doch heraus kam nur ein heiseres Krächzen. Er räusperte sich lautstark, dann sammelte er sich wieder. „Lucy, ist es dort passiert? Haben Sie mit ihm geschlafen, dort in der Dunkelheit?“
„Es war *wunderschön*!“, stieß sie gepresst hervor. „Es war das Schönste, was ich je erlebt habe, verstehen Sie? Und gleichzeitig... gleichzeitig war es grauenvoll, schrecklich, es... fühlte sich an wie sterben.“
Der Anwalt ließ sie eine zeitlang gewähren. Er zwang sich, nicht auf die Uhr zu sehen. Wie lange würde es dauern, bis sie kamen, um ihn hier herauszuholen? Wie lange?
Lucy beruhigte sich wieder etwas. „Ich erwachte am nächsten Morgen, kurz vor Sonnenaufgang irgendwo hinter dem Feuerplatz, zwischen hohem Gras und Farnen. Mein Körper war feucht, über und über mit Tau bedeckt, ich fror erbärmlich. Alle waren fort, natürlich, sie mussten gedacht haben, ich sei gegangen. Und auch *er* war fort“, wisperte sie leise und sah den Anwalt wieder an. „Er war fort. Und ich war erleichtert und gleichzeitig so entsetzt und verloren wie noch nie zuvor in meinem Leben. Verstehen Sie das?“
Der Anwalt nickte verkrampft. Wie sollte man so etwas verstehen? Aber er wollte schließlich noch den Rest hören. Was er wusste, war, dass Lucy Bowmond kurz nach diesem Ereignis die Meinung vertreten hatte, sie sei schwanger. Obwohl es dafür keinerlei körperliche Anzeichen gab. Sie blieb dennoch felsenfest dieser Überzeugung. Als ihre Eltern schließlich mit ihr einen Arzt, einen Spezialisten, aufsuchten, erzählte sie diesem mit weit aufgerissenen Augen, sie trage ein Dämonenkind aus, ein Monster. Und sie werde seine Geburt mit allen Mitteln zu verhindern wissen.
Doch sie war nie schwanger gewesen, sie hatte niemals Dorians Kind empfangen. Zumindest nicht in medizinischer Hinsicht.
Der Anwalt räusperte sich wieder. „Bitte erzählen Sie weiter, Lucy. Sie haben es gleich geschafft.“
Sie lächelte ein bitteres, ein unglaublich trauriges Lächeln. „Sie sprechen von meinem Kind, ja? Sie sprechen davon, was er in mich gepflanzt hat, dieser Dämon, dieser... Teufel?“
„Ich weiß, dass Sie das glauben, Lucy.“
„Was wissen Sie denn schon?“, fauchte sie ihn an. „Ich... ich hab es gespürt, hier.“ Sie fuhr sich mit beiden Händen über den Bauch. „Ich konnte jede seiner Bewegungen spüren, ich fühlte schon ganz zu Anfang seinen Hunger. Und seine Bosheit. Mir war klar, ich musste seine Geburt auf jeden Fall aufhalten.“

Ihre Eltern fanden sie auf ihrem Zimmer, mit einem Messer und in blutüberströmter Kleidung, kreischend, schreiend, weinend. Sie habe es weggemacht, schrie sie immer wieder, sie habe es weggemacht...

„Sie brachten mich in eine Klinik, um es zu *retten*." Lucys Stimme klang ätzend wie Säure. „Sie wollten es aus mir rausholen, denn sie wussten, ich wollte es nicht, und so beschlossen sie, es zu retten. Meine Eltern, die Ärzte..."

In Wahrheit hatte Lucy zu diesem Zeitpunkt bereits damit begonnen, sich den Unterleib aufzuschneiden, im Glauben, dort *wäre* ein Kind in ihr. Ihre Eltern brachten sie ins Krankenhaus, um *sie* zu retten. Doch ihr kranker Verstand verdrehte alle Fakten.

„Und dann begannen sie, an mir rumzufummeln. Sie wollten es rausholen, sie wollten es haben. Ich schrie ihnen entgegen: Es ist ein Monster, es ist ein Monster, bringt es um! Bringt es um!"

Der Anwalt hatte wieder das Gefühl, als würde alles ihm entgleiten, die Wände schienen näher zu rücken.

„Dann griff ich einen dieser Infusionshalter, die mit den dicken Stangen und schlug zu, ich schlug um mich, denn ich wollte nicht, dass sie es retteten, ich wusste, ich würde nicht damit leben können, niemals..."

Sie zerschmetterte dem leitenden Arzt den Schädel und griff sich anschließend ein Skalpell, mit dem sie zwei der Schwestern lebensgefährliche Schnitte zufügte.

„Irgendwann wird dann alles schwarz", sagte Lucy tonlos. Sie schien in sich zusammenzusacken. „Ich erinnere mich nur noch an wenig. Sie brachten mich vor Gericht und ich gab alles wieder, genauso wie es passiert ist. Doch niemand glaubte mir." Sie verstummte und sie sah aus, als würde sie nicht mehr sprechen. Heute nicht und auch sonst nie wieder.

Der Anwalt beugte sich langsam zu ihr nach vorne.

„Derjenige, der dich vor Gericht verteidigt hat, Lucy – er ist ein Freund von mir. Nur durch ihn habe ich es geschafft, heute hier zu sein und mir deine Geschichte anzuhören."

Sie blickte zu ihm auf und in ihren Augen keimte Hoffnung. „Sie... Sie wollen mich hier rausholen, ist es das? Sie wissen, dass ich unschuldig bin, nicht wahr? Sie wissen, ich konnte und wollte einfach nicht zulassen, dass noch so ein... so ein Monster auf diese Welt kommt. Sie werden mir helfen, endlich hier herauszukommen, nicht wahr?"

Dem Anwalt wurde abwechselnd heiß und kalt. Er griff sich seinen vollgekritzelten Notizblock und versuchte, ihn in seine Jackentasche zu quetschen. Er kam ihm aus und landete auf dem Boden. „Ich werde mein Möglichstes tun, Lucy, aber ich kann ihnen nichts versprechen..."

Und Lucy verstand. Ihr Blick verdüsterte sich.

„Nichts von dem, was ich ihnen erzählt habe, kann helfen, mich

hier heraus bringen“, flüsterte sie heiser. „Denn selbst, *wenn* Sie mir glauben – alle anderen tun es ohnehin nicht.“
„Lucy, ich werde tun, was ich kann.“
„Versprechungen!“, stieß sie plötzlich hervor. „Immer nur Versprechungen! Verdammte Scheiße! Im Endeffekt können Sie nichts, *gar nichts* für mich tun, Sie verfluchter *Scheißkerl*!“
Lucy spuckte ihm ins Gesicht. Dann sprang sie blitzschnell auf, griff nach ihm.
Der Anwalt ließ sich reflexartig nach hinten fallen und der Stuhl kippte. Lucys krallende Finger packten ins Leere und knallten auf die Tischplatte. Sie stieß einen frustrierten Schrei aus.
Praktisch im selben Moment konnte der Anwalt den sich drehenden Schlüssel hinter sich hören. Zwei Pfleger stürzten in den Raum. Einer von ihnen war der schlanke Kerl mit dem Nagergesicht.
Lucy schrie erneut auf – diesmal vor Angst.
„Na was denn?“, sagte der Pfleger in völlig normalen Tonfall, während er und sein Kollege die tobende Frau an den Oberarmen packten. „Was denn, Schätzchen? Waren wir wieder mal böse, ja? Nun dann, fürchte ich, muss ich auch wieder einmal böse werden.“
„NEIN!“, kreischte Lucy aus voller Brust und wand sich panisch im Griff der beiden Männer. „NEIN, NICHT BÖSE! NICHT BÖSE WERDEN, BITTE!!!“
Das Wiesel fuhr ruckartig zu dem noch immer am Boden liegenden Anwalt herum. Seine Augen funkelten. „Die Besuchszeit ist vorbei, Sir! Bitte schließen Sie die Tür hinter sich, wenn Sie rausgehen.“ Sein Tonfall veränderte sich weiterhin nicht. Als würde er im Zug um die Fahrkarte bitten.
Lucy begann, noch lauter zu kreischen.
Und der Anwalt rappelte sich hoch, griff nach seinem Block und stürzte zur Tür. Er warf keinen Blick zurück.
„SIE HABEN MICH BELOGEN, SIE MIESES DRECKSCHWEIN!!! SIE SCHEISSKERL!!! SIE SCHEISSKERL...!!!“
Der Anwalt knallte die Tür hinter sich zu und Lucys schrille Schreie wurden schlagartig gedämpft.
Er lehnte sich gegen die Stahltür und atmete tief ein. Dann sank er an der kahlen Wand hinunter auf den Boden und begann hemmungslos zu schluchzen.

5

Ein dritter Pfleger mit ausdruckslosem Blick führte den Anwalt schließlich durch das Gittertor nach draußen, hinter ihm blieben die schrecklichen Laute zurück.
Es dauerte eine halbe Stunde, bis das Wieselgesicht und sein Kollege Lucy wieder zur Ruhe brachten.

6

Während der langen Heimfahrt musste der Anwalt auf halber Strecke anhalten. Er torkelte aus dem Wagen in den stärker werdenden Regen hinaus und übergab sich mehrmals. Wieder und wieder.
Als er später zuhause in seiner kleinen Wohnung ankam, schwor er sich, niemals mit jemandem über den vergangenen Tag zu sprechen. Er taumelte erschöpft Richtung Bar und goss sich mit zitternden Händen einen großen Whisky ein.
Dann ging er zum Fenster, blickte in die Nacht hinaus. Was hatte er getan? Was hatte er nur getan?
War seine Suche nach Dorian bereits zur Besessenheit geworden und würde es sein ganzes Leben lang so weitergehen?
Er zog den Block aus seiner Jackentasche und kramte gleichzeitig mit der anderen Hand nach seinem Kugelschreiber. Während seine suchenden Finger durch die Jackentaschen glitten, wanderte sein Blick über die vollgeschriebenen Seiten. So viele Worte und so wenig erreicht, dachte er verbittert. Schließlich gab er die Suche nach seinem Stift auf und ging wenig später zu Bett, um in einen leichten, unruhigen Schlaf zu fallen. Draußen dunkelte es noch nicht einmal.
Er erfuhr ein paar Tage später, dass Lucy sich am Abend nach seinem Besuch den vermissten Kugelschreiber in den Hals gerammt hatte. Sie hatte ihn so tief hineingebohrt, dass sie innerhalb kurzer Zeit an ihrem eigenen Blut erstickt war. Die Pfleger hatten nichts mehr tun können.
Es folgte ein Untersuchungsverfahren, in dem der Anwalt sich einigen unangenehmen Fragen stellen musste, doch im Endeffekt konnte ihm keine direkte Schuld an Lucy Bowmonds Tod nachgewiesen werden. Der Stift hätte sonst wem gehören können.
Sein Kollege, der ihm den Zugang zu ihr überhaupt erst ermöglicht hatte, war stinksauer auf ihn, denn auch er bekam mächtig Ärger.
Lucy hatte es nun hinter sich.
Der Anwalt hingegen sollte auch weiterhin auf der Suche nach Dorian bleiben, er sollte dieser Suche sein ganzes, weiteres Leben

widmen. Auch wenn er ihn niemals finden sollte, irgendwann, so schwor er sich, würde er dessen Geschichte erzählen.
Die Tage des Anwalts blieben trist und grau und er sollte nie mehr der Alte werden. Lucys Worte flatterten durch seine Gedanken wie unruhige Vögel in ihrem Käfig:
Die Welt schien auf einmal ein paar Nuancen dunkler zu werden... als würde irgendetwas das Licht aus dem Tag heraussaugen...
Und so trat der Anwalt aus dem Licht in die Dunkelheit.

AMOK

1

Sonmore hatte aufgehört zu reden und lehnte sich zurück. Er genoss die Stille, die auf das Ende seiner Geschichte von Dorians Verhör folgte. Die Worte und Taten des Jungen hatten eingeschlagen wie Bomben.
All die Gesichter: Dorian, Liz, der prügelnde Vater – sie alle schienen im Raum zu schweben wie zarte Nebelschwaden. Dann verflüchtigten sie sich, als hätte es sie nie gegeben. Und mit ihnen die tragische Geschichte von Lucy Bowmond, die Phil und die anderen niemals hören würden.
Mit einem zufriedenen Lächeln kippte Sonmore den Rest seines Whiskys hinunter.
Entgegen allen Misstrauens und aller Antipathie Sonmore gegenüber musste Phil zugeben, dass ihn die Geschichte des Jungen fasziniert hatte. Sie war auf eine morbide Art rührselig gewesen. Und spannend, das musste man dem unsympathischen Fremden lassen.
Phil sah sich um.
Auch der Rest der Gruppe war komplett in sich versunken. Es schien fast, als hätte Dorians Schicksal sie alle in eine andere Welt entführt, aus der sie sich nur mit Mühe wieder zurückkämpften.
Laurie hielt noch immer seine Hand fest umklammert. Sie musste seinen Blick spüren, doch sie knabberte nachdenklich an ihrer Unterlippe und ihr schienen keine angenehmen Gedanken durch den Kopf zu gehen. Vielleicht erging es ihr wie Phil selbst, in dem die Erzählung des Anwalts eine misstönende und doch bekannte Saite zum Klingen brachte.
Irgendetwas war dran an Dorian und seinem tragischen Schicksal, und auf irgendeine Art und Weise hatte sie mit ihm und den anderen zu tun. Phil versuchte, den Gedanken zu greifen, doch er entschlüpfte ihm, bevor er tiefer bohren konnte.
Mag saß zusammengesunken auf seinem Klavierhocker, rauchte eine Zigarette und starrte mit schmalen Augen ins Nichts. Ähnlich wie Vincent, der immer noch aussah, als wäre nur sein Körper noch am Leben.
„Mann, Craig...“, Woody fand als erster seine Sprache wieder. „Ich glaube, das war die spannendste und ungewöhnlichste Story, die ich je gehört habe. Sie können uns doch nicht ernsthaft erzählen, dass Sie das wirklich so erlebt haben?!“ Aus seiner Stimme sprach tiefe Bewunderung.

Sonmore blickte ihn mit einem traurigen Lächeln an. „Ich wollte, ich könnte das. Oder euch sagen, dass es damit vorbei gewesen ist – aber das ist eine Geschichte für einen anderen Tag.“ Ein echter Anflug von Gefühlen schien seinen Worten auf einmal sehr viel mehr Glaubwürdigkeit zu verleihen.
Phil musterte den Fremden nachdenklich. War er doch nicht so ein Kotzbrocken, wie sie alle dachten? Vielleicht trug er nur eine Maske, wie so viele andere Menschen, die erst nach einer gewissen Zeit zu bröckeln begann.
„Nun denn“, rief Laurie und hob gebieterisch die Arme. „Ich würde sagen, wir genehmigen uns alle noch einen Drink und danach werde ich mich in mein Schlafgemach zurückziehen, wenn es genehm ist. Es ist schon spät und diese Geschichte hat mir für heute wirklich den Rest gegeben.“
„Dito“, sagte Mag.
„Ich glaubs nicht“, rief Woody frustriert. „Es ist noch nicht mal Mitternacht und ihr wollt schon aufgeben? Leute, schlafen könnt ihr, wenn ihr tot seid. Also bei mir ist noch lange nicht Sense und mein treues Weib steht mir hoffentlich auch noch zur Seite. Wie siehts bei ihnen aus, Craig?“
„Ich muss zugeben, dass Lauries Ansage mir sehr zuspricht“, druckste Sonmore herum. „Versteht ihr, ich bin wirklich fertig und auch todmüde.“
„Verständlich. Schließlich wären Sie fast erfroren, Mann.“ Woody schien beleidigt zu sein und starrte griesgrämig vor sich hin, so, als hätten sie ihn alle hintergangen.
Sonmore blickte sie der Reihe nach an. „Na schön, dann verschwinde ich noch mal kurz, und dann wäre es schön, wenn ihr mir endlich zeigen würdet, wo ich schlafen kann.“
Am besten gleich zu Woody und Karen ins Bett! dachte Phil grimmig. Er hatte sich getäuscht. Sonmore trug keine Maske. Die kurzzeitige Einfühlsamkeit war eine Maske gewesen. Der Mann war es gewohnt, seinen Willen durchzusetzen. Um das zu bekommen, was er wollte.
„Gehen Sie nur, Craig“, meinte Laurie. „Wir klären das derweil.“
Sonmore erhob sich ächzend und stieg halb über Karen hinweg, um auf Vincents Seite die Sitzgruppe zu verlassen. Karen sah demonstrativ zur Seite. So als müsse sie sich dazu zwingen, den Fremden nicht anzusehen, dachte Phil.
Als Sonmore an dem apathischen Vincent vorbeikam, klopfte er ihm kameradschaftlich auf die Schulter. Vince blinzelte zu dem Fremden hinauf.
Was in diesem Moment zwischen den beiden geschah, konnte Phil nicht sagen, aber es war ein unheimlicher Moment, als würden die beiden sich wortlos miteinander verständigen. Schließlich sackte Vincents Kopf wieder nach unten, als wäre er nicht mehr als eine Puppe, deren Fäden durchtrennt wurden.

Sonmore schlenderte Richtung Treppe und sah sich noch einmal um, bevor er in den darunter liegenden Gang verschwand. „Wir sehen uns“, rief er mit einem Augenzwinkern. Dann war er weg.
„*Dios*, was bin ich froh, wenn der Kerl endlich fort ist“, murrte Mag, sobald Sonmore außer Hörweite war.
„Geht das schon wieder los?“, fragte Woody genervt.
„Ich geh jedenfalls ins Bett“, sagte Laurie bestimmend. „Mir reicht es. Ich hoffe, ich muss nicht allein gehen?“ fragte sie mit einem Seitenblick zu Phil.
„Connor! Du auch?“, rief Woody entsetzt. „Was ist denn nur los mit euch, verflucht? Hardigan, bleibst du der Runde wenigstens treu?“
„Tut mir leid, Woody, aber mir ist die Lust am Feiern auch vergangen. Dieser Kerl“, Mag zeigte mit dem Daumen über die Schulter, „hat mir die Stimmung versaut. Ich denke, ich kann ein bisschen Ruhe vertragen.“ Er streckte sich.
Woody sah sich kopfschüttelnd um. „Lauter Rentner. Was soll nur erst in zwanzig Jahren aus euch werden?“ Er drückte Karen eng an sich, doch die starrte nur gedankenverloren vor sich hin – genau wie Vincent. Laurie hatte Recht, dachte Phil grimmig. Es reichte wirklich.
Er erhob sich langsam. „Woody, lass es bitte einfach gut sein, ja? Auch dir würde etwas Schlaf bestimmt gut tun.“
Woody zog eine Grimasse. „Eine *tolle* Idee, Connor. Wie kommst du nur immer....“
Aus der Toilette ertönte ein heiserer Schrei. Schaurig hallte er durch den Gang in den Wohnraum hinein.
Die Gruppe erstarrte.
Selbst Vincent hob den Kopf und blickte unsicher in Richtung der schummerigen Tür zum unteren Gang. Nach und nach blickten sie alle dorthin.
Der Schrei wiederholte sich nicht. Es blieb totenstill.
„War das Craig?“, flüsterte Karen ängstlich.
„Wer denn sonst?“, zischte Mag. „Oder haben wir noch mehr ungebetene Gäste?“
Woody funkelte ihn an.
„Was ist da passiert?“ flüsterte Laurie. Phil schüttelte langsam den Kopf. „Ich hab nicht die geringste Ahnung“, murmelte er. „Vielleicht ist er ausgerutscht oder so...“
Es bleib weiterhin still.
„Craig?“ rief Woody mit seiner tiefen Stimme. „Craig, alles okay bei ihnen?“
Nichts.
Woody erhob sich, Karen mit ihm. „Dann lasst uns nachsehen. Vielleicht ist ihm wirklich was passiert.“ Woody ging um den Tisch herum und auch Mag und Phil erhoben sich. Laurie hielt ihn am Arm zurück. „Phil...“

„Laurie, wir müssen nachsehen, okay? Du und Karen, ihr könnt ja hier bleiben, wenn ihr wollt."
„Ich komme mit", protestierte Karen und folgte Woody in den Flur hinein. Phil zog Laurie mit sich und sie gesellten sich zu Mag, der leise vor sich hin brummelte. „Ich hab´s doch gesagt, der Typ macht nur Ärger..." Laurie klopfte ihm mitfühlend auf die Schulter und dann gingen sie in den spärlich beleuchteten Gang hinein. Die Stille schien plötzlich überlaut zu sein.
Phil drehte sich nach Vincent um. Der saß noch immer an seinem Platz und sah ihm mit hängendem Gesicht hinterher. Da war etwas, dieser Ausdruck in seinen Augen...
Phil erschrak und machte schon den Mund auf, um etwas zu sagen, da wandte Vincent sein vernarbtes Gesicht ab und begann, sich seelenruhig eine Zigarette zu drehen.
Phil schüttelte den Kopf, dann folgte er den anderen, an der Küche vorbei, bis sie im Halbkreis vor der Holztür zur Toilette standen. Sie wirkten alle recht ratlos und noch immer war kein Laut aus dem kleinen Raum zu hören. Das trübe Licht der verstaubten Glühbirne ließ ihre Gesichter nahezu vollständig in den Schatten versinken.
Schließlich trat Woody mit einem Schnauben vor und klopfte vorsichtig an die Tür.
„Craig?", fragte er leise.
Nur Stille, untermalt vom Toben des Sturmes, der nun durch sämtliche Ritzen des großen Hauses zu schlüpfen schien.
Woody drehte sich mit einem dümmlichen Gesichtsausdruck zu ihnen um. Phil hätte fast aufgelacht.
Karens Stimme war nur noch ein Wispern: „Meint ihr, er ist...?"
Keiner antwortete ihr. Wieder donnerte es, diesmal lauter. Woody fuhr auf.
„Nun macht euch mal nicht ins Hemd! Ich bin sicher, er ist okay", sagte er ruppig. Seine hohe Stimmlage machte deutlich, dass er Sonmore ganz und gar nicht für *okay* hielt.
Phil spannte sich. „Vielleicht hatte er einen Anfall, ich meine, wir wissen praktisch *nichts* über diesen Mann! Er könnte weiß Gott was für Krankheiten haben..."
Lauries Finger schlossen sich krampfhaft um die von Phil. Sie begann, langsam zurückzuweichen und schien ihn mit sich ziehen zu wollen. Auch Mag spannte sich sichtlich.
Woody wandte sich wieder zu der Tür um und begann, jetzt außerordentlich heftig darauf einzuhämmern.
„Craig, verdammt! Sie machen den Kindern Angst! Wenn Sie sich nicht gleich melden, dann treten wir..."
Die Tür flog krachend auf und schlug Woody frontal gegen die Stirn. Er knallte gegen die Wand und sackte dann mit dem dumpfen Geräusch eines fallenden Mehlsacks zu Boden. Karen schrie auf.

Sonmore stürmte aus der Tür heraus. Er war unglaublich schnell und schlug laut aufbrüllend um sich. Karen und Laurie sprangen kreischend aus dem Weg, Phil stellte sich mit einem Schritt schützend vor die beiden. Im Vorbeilaufen glaubte er eine endlose Sekunde lang, Sonmores stechenden Blick zu spüren. Doch alles ging so schnell, dass es nur eine Täuschung gewesen sein konnte.
Sonmores Leinenhemd flatterte wie ein Umhang hinter ihm her, seine wild rudernden Arme schlugen krachend gegen die Wände. Er brüllte aus voller Brust und warf seinen Kopf hin und her, Schweiß und Spucke spritzten von ihm weg.
„Ho, Ho...!“, rief Mag nur und hob abwehrend die Hände, als Sonmore auf ihn eingestürmt kam. Er stieß Mag einfach brutal beiseite, und dieser flog mit einem Schmerzensschrei gegen die Wand und stieß sich die linke Schulter.
Der tobende Sonmore raste den Gang entlang und verschwand blitzartig durch die Tür in den Wohnraum.
Das Ganze hatte keine zwei Sekunden gedauert.
Man hörte deutlich das Krachen und Splittern, das Sonmore im Wohnraum verursachte, untermalt von dem markerschütternden Heulen und Kreischen, dass er von sich gab.
Laurie fand als erste ihre Sprache wieder. „Was war denn *das*?“ Sie schrie es beinahe, und Mag, der halb am Boden lag und sich die Schulter hielt, lachte heiser auf. „Keine Ahnung, Süße“, stöhnte er. „Jetzt ist der *pendejo* komplett verrückt geworden.“ Mühsam versuchte er, in die Höhe zu kommen und Laurie griff ihm hilfsbereit unter die Arme. Phil hatte sich mit Karen über Woody gebeugt, der anscheinend das Bewusstsein verloren hatte. Karen war panisch. „Woody! Schatz! Hey Kleiner, was ist mit dir? Wach auf, Baby! Wach bitte...“
„Es ist okay, Karen“, versuchte Phil, sie zu beruhigen. „Er ist nur ohnmächtig. Hol ein bisschen kaltes Wasser und er ist wieder fit.“
Karen blickte in das dunkle Loch, aus dem Sonmore aufgetaucht war, wie ein leibhaftiger Dämon aus der Hölle. Sie starrte Phil mit großen Augen an. „Ich geh da nicht rein!“, sagte sie bestimmt.
Phil erhob sich ächzend, trat mit einem Schritt in die Toilette hinein und zog an der groben Kordel, mit der man die Lampe einschaltete. Er fuchtelte wild in den Raum hinein. „Zufrieden?“, fuhr er Karen an. „Hier ist nichts! Also bitte, geh jetzt da rein und bring Woody dazu, dass er wieder stehen kann, wir brauchen ihn!“
„Phil, meinst du nicht ...?“
„Es geht ihm gut! Kümmere dich nur um ihn, okay?“ Dann lief er zu Mag hinüber. Er lehnte sich mit zusammengebissenen Zähnen gegen die Wand und Laurie befühlte seine Schulter. „Alles in Ordnung, *Muchacho*?“
„*Muy bien*“, sagte Mag mit einem schrägen Lächeln. „Dieser Mistkerl hat mich an der Schulter erwischt.“
„Es blutet ein bisschen“, warf Laurie ein, ohne den Blick von Mags

Schulter zu nehmen. „Er hat dich wohl mit den Nägeln erwischt. Aber ansonsten scheint alles heil zu sein." „Es tut verdammt weh", klagte Mag. „Schmeiß diesen Kerl raus, Phil! Sofort!"
Ein lautes Krachen ertönte aus dem Wohnraum, Vincent rief irgendetwas.
„Nicht mehr nötig", murmelte Phil und ging langsam auf die Verbindungstür zum Wohnraum zu.
„War das die Tür?", rief Laurie ihm ängstlich hinterher.
Phil nickte ihr über die Schulter zu, dann spähte er in den Wohnraum hinein.
Die Sitzecke, der Esstisch, sämtliche kleinen Schränke und Möbelstücke auf dem Weg zur Tür, schienen zerstört oder umgeworfen zu sein. Sonmore musste getobt haben wie ein Wahnsinniger. Vincent stand auf halbem Weg zur Tür und blickte hinaus. Sie stand offen und Schneeflocken wirbelten herein. Sonmore war weg.
„Bist du in Ordnung, Vince?", fragte Phil besorgt und trat neben ihn. „Ist er da draußen?"
Vincent wandte ihm langsam, mit mechanischen Bewegungen den Kopf zu. Seine Augen schienen weiterhin hinter einem trüben Schleier zu verschwimmen, seine trockenen Lippen bewegten sich unmerklich.
Phil ging ganz nahe an ihn heran und gestikulierte mit der Hand hin und her. „Vince, verdammt, komm endlich zu dir!"
Augenblicklich wurde Vincents Blick klarer. „Schrei nicht so, ich kann dich gut hören."
„Also, was ist passiert? Ist er nach draußen gerannt?"
Vincent nickte knapp. „In den Sturm."
„Dieser Wahnsinnige", fluchte Phil. „Er wird bei dieser Kälte erfrieren. Wie es ihm schon beinahe passiert wäre, als wir ihn gefunden haben. Was denkt er sich nur dabei? Ist er jetzt total übergeschnappt, oder was?"
Vincent sah ihn nachdenklich an. „Wir müssen hinterher", murmelte er.
„Spinnt ihr?", rief Laurie vom Gang aus. „Ihr geht nirgendwohin. Er wird schon zurückkommen, sobald sein kleiner Anfall vorbei ist! Dann kann er auch gerne vor der Tür schlafen!" Sie war stinksauer. Mag hatte sich bei ihr untergehakt und wankte in den Raum. „Was ist nur in ihn gefahren?"
„Vielleicht ist er Epileptiker oder so etwas", mutmaßte Mag.
„Oder der Alkohol ist ihm nicht bekommen." Er lachte heiser auf. „Was für ein Spinner. Ich bin froh, dass er weg ist. Also *mir* kann er gestohlen bleiben."
„Mir ebenfalls", knurrte Laurie.
Vincent begann bereits, in eine der dicken, pelzgefütterten Jacken von Phils Großvater zu schlüpfen und schien gar nicht auf die anderen zu achten. Er schnürte seine Stiefel.

„Darf ich fragen, was du da machst?", fragte Laurie ihn ungläubig. Vincent richtete sich auf und blickte sie ernst an. „Ich hole ihn zurück, was denkst du denn? Er stirbt uns dort draußen."
Darauf gab keiner eine Antwort. Nur der heulende Wind, der ihnen durch die offene Tür um die Ohren pfiff. Jenseits des Lichtscheins, den die Deckenbeleuchtung des Wohnraums nach draußen warf, war nur Dunkelheit.
„*Puto*!", flüsterte Mag leise. Er ließ sich ächzend auf einem Stuhl nieder, Laurie war bereits dabei, sie alle wieder aufzustellen.
„Ich komme mit dir, Vince", sagte Phil knapp und begann, sich anzuziehen. „Schnell, dann erwischen wir den Kerl noch."
Laurie glaubte, sich verhört zu haben. „Seid ihr beiden eigentlich *so* scharf darauf, Mister Psycho wieder hier bei uns im Haus zu haben? Hat er denn nicht schon genug angerichtet?"
„Er stirbt uns dort draußen", sagte Vincent noch einmal.
Seine heisere Stimme blieb vollkommen ruhig.
Laurie biss sich auf die Lippen. Was sollte sie dagegen noch einwenden? Nach kurzem Überlegen kam sie zu ihnen und legte Phil besorgt eine Hand auf den Oberarm. „Wenn es denn sein muss – Dann gebt wenigstens gut auf euch Acht da draußen. Bringt euch nicht in Gefahr. Wenn dieser Kerl verloren ist...", ihr Blick war eiskalt, „dann ist er verloren, verstanden? Bringt nur Euch selbst nicht in Gefahr! Versprecht es mir!"
„Wird gemacht, Boss", sagte Phil mit einem Lächeln, doch Vincent nickte nur kurz und abgehackt. Er erinnerte Phil bereits wieder an einen Roboter. Vincent nickte auch Mag mechanisch zu und ging nach draußen, ohne sich noch einmal umzusehen.
„Grüßt Woody, wenn er wieder unter den Lebenden weilt", sagte Phil, während er seine Stiefel zuband. „Ich bezweifle, dass er noch so begeistert von unserem verrückten Gast sein wird, wenn wir ihn wieder anschleppen."
„Mach dir um den keine Sorgen", meinte Mag. „Woody ist robuster als ein Mastbulle, den haut so leicht nichts dauerhaft um."
„Komm, Mag", sagte Laurie aufmunternd. „Ein bisschen kaltes Wasser tut auch dir gut, du wirst sehen. Ich glaube, ich kann Woody bereits fluchen hören." Und tatsächlich beschwerte Woody sich im Gang lauthals, dass er keinen stabileren Schädel besaß und langsam alt wurde.
Phil ging zur Tür. Er konnte Vincent schweigend ein paar Meter entfernt im Schnee stehen sehen. Ungeduldig sah er zu ihm zurück.
„Bis gleich", rief er Laurie zu, die den jammernden Mag wieder Richtung Gang führte. „Ich hoffe, wir finden ihn bald!"
„Folgt einfach der schleimigen Spur, die er hinterlässt", sagte Laurie bissig. „Bis später." Dann waren sie und Mag im Gang verschwunden.
Phil zog die Tür zu und ging zu Vincent. Mit einem kurzen,

vorwurfsvollen Blick deutete der ihm, dass sie keine Zeit zu verlieren hatten. Und dann rannte er los.
Phil hatte Mühe, mit ihm Schritt zu halten und der heulende Wind fuhr ihnen direkt ins Gesicht und unter die Kleider.
Sie würden diesen Bastard schon finden. Phil hatte zwar nicht das geringste Interesse daran, aber was sollten sie schon tun?
Er blickte im Laufen zurück und sah die warme, helle Sicherheit der großen Hütte im Schnee verschwinden. Dann sah er zu Boden und erblickte die frische Spur, die Sonmore hinterlassen hatte. Sie war zwar zum Teil schon zugeweht, aber eine Zeit lang würden sie ihr noch folgen können.
Sie liefen schnurgerade in Richtung Waldrand. Wenn sie in diesem Tempo weiterliefen, würden sie ihn in knapp zehn Minuten erreicht haben.
Phil verfluchte Sonmore lautlos und wünschte sich zurück in die Geborgenheit ihrer Gruppe.
Bereits jetzt war ihm eiskalt.

2

Sie hatten den Waldrand schon fast erreicht, als Phil plötzlich stehen blieb.
Vincent taumelte überrascht noch ein paar Schritte weiter und seine Stiefel wirbelten feinen Pulverschnee auf. Er drehte sich um.
„Was ist los – willst du hier übernachten?"
Ein Blitz zuckte herab und bleiches, gespenstisches Licht erhellte die Ebene. Phil schüttelte den Kopf und Vincent erkannte, dass er gar nicht ihn ansah, sondern etwas, das zu seinen Füßen halb vergraben im Schnee lag.
„Mein Gott Vince, was stimmt hier nicht?"
Er hielt seinen Fund in die Höhe und jetzt konnte auch Vincent erkennen, was es war.
Ein zerrissenes, blaues Leinenhemd. Sonmores Hemd.
Phil blickte auf. „Was stimmt hier nicht?", wiederholte er flüsternd.
Ein dumpfes Donnergrollen ertönte über ihnen.
Wie sie sich so gegenüber standen und ansahen, während der fallende Schnee und der düstere Himmel sie umschlossen wie eine gigantische Käseglocke, wusste Phil endgültig, dass er Recht hatte. Er hatte es die ganze Zeit geahnt, aber jetzt war es zur Gewissheit geworden. Sonmores Hemd wirkte wie ein fehlendes Bindeglied zwischen der allgemeinen Antipathie, die Sonmore entgegengeprallt war, seit er ihr Haus betreten hatte und seinem plötzlichen Ausraster; seiner überstürzten Flucht und Phils und Vincents spontanem Rettungsversuch. Plötzlich schien alles

beinahe einen Sinn zu geben, Phil fehlte nur noch ein letztes, kleines Puzzleteil. Aber soviel war klar: Sonmore war nicht nur ein ungebetener, lästiger Gast, der ihnen unter Umständen ihre sämtlichen Alkoholvorräte aufbrauchte – Sonmore war wirklich gefährlich.

„Der Typ ist vollkommen irre“, murmelte Phil vor sich hin, als würde er eine Liste erstellen. „Zuerst erscheint er wie aus dem Nichts, nutzt dankbar unsere Gastfreundschaft aus, flirtet mit Karen *und* Woody und flippt dann komplett aus. Rennt mitten in den Schneesturm hinein, dem er noch vor kurzem entkommen ist, um sich dort dann die Kleider vom Leib zu reißen.“ Er schüttelte wild Sonmores Hemd. „Wir sollten ihn einfach hier draußen verrecken lassen!“

Vincent sah ihn mit einem sehr seltsamen Blick an und Phil spürte, dass seinem Freund nichts lieber wäre, als genau das zu tun.

Vincent öffnete sogar den Mund und es schien, als wolle er Phil vorschlagen, diesen ganzen Scheiß doch einfach zu vergessen und so schnell wie möglich zur Hütte zurückzukehren.

Doch er tat es nicht. Seine Gesichtszüge entgleisten ganz kurz und er sah wie ein Mann aus, der gerade aus sehr tiefem Schlaf erwacht war. Dann lächelte er Phil bitter an. „Könntest du es?“

„Was? Ihn hier draußen lassen?“

„Nein. Ihn hier draußen *verrecken* lassen. Er ist jetzt beinahe nackt, Phil. Bis morgen Früh ist er hinüber. Vielleicht ist er wirklich krank. Oder verrückt, hat nicht mehr alle Tassen im Schrank und weiß nicht mehr, was er tut. Willst du ihn deshalb sterben lassen?“ Vincents Stimme wurde immer eindringlicher.

Phil schwieg. Dann schüttelte er müde den Kopf „Total durchgeknallt!“, zischte er.

„Du kannst es genauso wenig tun wie ich, Phil.“ Vincent trat jetzt ganz nahe an ihn heran. Phil glaubte, eine Träne in seinem Augenwinkel glitzern zu sehen. „Wir müssen ihm folgen. Wir müssen ihn *finden*!“

„Bist du okay, Vince?“, fragte Phil besorgt. „Du fängst an, mir ein wenig Angst zu machen.“

„Ich appelliere nur an deinen gesunden Menschenverstand. Und an dein Gewissen! Mann, was hat er uns denn getan?“

„Nichts“, wehrte sich Phil überrascht. „Nichts, ja okay, aber ich dachte, du wärst auch nicht wirklich begeistert von ihm. *Du* hast doch gesagt, wie unheimlich du diesen Kerl findest und...“

„Noch mal“, unterbrach ihn Vincent. Sein Gesicht war jetzt ganz nahe an dem von Phil. „Willst du ihn *deshalb* hier draußen sterben lassen? Weil wir alle nicht gerade be*geistert* von ihm sind?“

Phil zuckte hilflos mit den Schultern. „Ich... Nein, natürlich nicht. Natürlich lassen wir ihn nicht hier draußen sterben, meine Fresse!“ Er lief an Vincent vorbei, stapfte ein paar Schritte in

Richtung Waldrand und drehte sich dann rüde zu ihm um. „Zufrieden?“
Eine besonders starke Windböe kam auf und schien direkt durch Vincents Gesicht zu fegen. Eine neue Veränderung fand statt, genauso rasch und radikal wie die erste. Plötzlich lächelte er Phil an und er war wieder der ruhige, angenehme Vincent mit seiner lockeren *Verschieben-wirs-doch-auf-Morgen*-Art, der keine Gelegenheit ausließ, mit ihm oder Mag ein Fass aufzumachen. Er breitete die Arme aus und ging langsam auf Phil zu.
„Sieh es doch mal so: was soll uns denn schon groß passieren? Wir sind zu zweit.“
Phil blickte Richtung Waldrand. „Du hast Recht. Wir können ihn nicht hier draußen lassen.“ Er seufzte tief. „Wir würden uns das nie verzeihen. Außerdem würden Woody und Karen uns am Spieß braten, wenn wir zulassen würden, dass ihr neues Lieblingsspielzeug Frost ansetzt.“
Vincent trat neben ihn und zeigte in den Schnee. „Das da ist seine Spur. Wir sollten uns beeilen, sonst ist sie noch ganz weg.“ Er hatte Recht, der Schnee und der pfeifende Wind hatten Sonmores Fußabdrücke beinahe vollständig zugedeckt.
„Also los“, sagte Phil.
„Also *los*!“, bestätigte Vincent und begann zu rennen.
Auch Phil setzte sich in Bewegung. Alle Befürchtungen und Ängste schienen plötzlich weggewischt und vergessen zu sein. Ein rauschartiges Gefühl überfiel ihn, denn er wusste, Vincent hatte recht: Was sollte denn schon passieren?
Sonmores Hemd blieb hinter ihnen zurück wie ein Relikt aus einer längst vergessenen Zeit, während der fallende Schnee es langsam zudeckte.

3

Die ersten Bäume schälten sich langsam aus dem wirbelnden Weiß vor ihnen. Phil und Vincent hörten auf zu rennen und verfielen in einen langsameren Trab. Sie blieben stehen, als sich das Nadeldach der gewaltigen Tannen über ihren Köpfen erstreckte.
„Seine Spuren führen in den Wald“, keuchte Vincent, stützte sich auf seine Knie und schnappte nach Luft. Der Schneefall war hier, unter dem Nadeldach des Waldes, natürlich geringer, als draußen auf offenem Feld, so dass Sonmores Spuren wieder wie aus dem Nichts vor ihnen erschienen.
„Weniger rauchen, Vince“, keuchte Phil. Sonmores Spuren führten zwischen schneebedeckten Büschen, Felsen und umgestürzten Baumstämmen tiefer in den Wald hinein. „Dann lebst du länger!“
Er begann, der Spur zu folgen.

Vincents heiseres Lachen ging in ein röchelndes Husten über. Dann richtete er sich auf und folgte Phil.
Die schneebedeckten Tannen erstreckten sich in einem düsteren Zwielicht vor ihnen. Die dicken, knorrigen Stämme wiegten sich leicht im heulenden Wind. Es blitzte mehrmals hintereinander, und für eine Sekunde war der ganze Wald erfüllt von huschenden Schatten.
Phil und Vincent verfolgten die Spur ihres unheimlichen Gasts etwa zehn Minuten lang. Sie kletterten über Baumstämme und große Findlinge und durchquerten flache, schneebedeckte Gruben, bis sie die Lichtung erreichten.
Mit der Zeit wurden Sonmores Abdrücke immer undeutlicher und verwaschener. Sie begannen merkwürdigerweise länger und breiter zu werden, als hätte er beide Beine nachgeschleift.
Oder als wären seine Füße größer geworden, dachte Phil und bekam eine Gänsehaut. Obwohl er die Vorstellung von ständig wachsenden Füßen, die einen mehr und mehr am Vorwärtskommen hinderten, irre komisch fand.
Er lachte kurz auf bei der Vorstellung, wie Vincent und er mit Schuhgröße Hundertzwanzig durch den Tiefschnee stapften.
„Was ist so witzig?“, rief Vincent hinter ihm. Er ging nach vorne gebeugt und keuchte lautstark. „Wenn du dich schon wieder über meinen Drogenkonsum lustig machen willst...“
„Mach dir mal nicht ins Hemd“, Phil drehte sich grinsend zu Vincent um. „Weißt du, ich hab mich nur gerade gefragt...“
Plötzlich schwebten Schneeflocken um ihn herum und er verstummte.
Sie waren auf eine Lichtung getreten und Sonmores Spuren hörten abrupt auf, als hätte der Anwalt sich in Luft aufgelöst. In der Mitte des weißen Kreises türmte sich ein unförmiges Geflecht aus Felsbrocken und Dornbüschen den schwarzen Wolken entgegen. Ansonsten war die Lichtung leer.
Phil suchte den Rand ab, konnte jedoch keine Zeichen dafür entdecken, die darauf hinwiesen, dass Sonmore die Lichtung wieder verlassen hatte.
Er trat vorsichtig weiter in den kleinen Kreis hinein.
„Sonmore?“, rief er zögernd. „Sonmore, sind Sie hier irgendwo?“
Wie zur Antwort heulte der Wind auf und rauschte in den gewaltigen Tannen. Ansonsten blieb es still.
„Craig?“, rief Vincent etwas leiser. „Craig Sonmore, wo sind Sie, Mann?“
Nur der heulende Wind.
Phil sah sich ratlos um. Wohin war dieser Irre verschwunden? Er konnte sich doch nicht in Luft aufgelöst haben?! Er ging in die Hocke und besah sich die letzten sichtbaren Spuren genauer. Sie endeten einfach an der Schneefallgrenze und brachen ab wie ausgelöscht. Aber irgendwie sahen sie allgemein sehr seltsam aus,

viel zu plump und unförmig, gar nicht wie die Fußstapfen eines Menschen...
Phil blickte den Weg zurück, den sie gekommen waren, weil ein farbiger Fleck seine Aufmerksamkeit erregte, ein paar Meter neben dem Weg, den sie sich geschlagen hatten. War das noch ein Kleidungsstück, noch ein Teil mehr, das Sonmore verloren hatte. Es sah beinahe aus wie seine Jeans...
„Warte mal kurz!“
Phil fuhr herum und blickte Vincent nach, der sich dem unförmigen Haufen in der Mitte der Lichtung näherte. Er sah sich zu Phil um.
„Wo willst du hin?“, rief Phil ihm nach.
„Ich will zu den Felsen dort. Vielleicht gibt's dahinter weitere Spuren. Oder wir sehen uns das Ganze mal von weiter oben an.“
Eine eiskalte Lähmung erfasste Phil, als er Vincent auf den Schneehügel zu rennen sah. Er wurde von unbeschreiblicher Angst gepackt und das Gefühl von drohender Gefahr wurde übermächtig.
„Hey Craig“, krächzte Vincent. „Wo stecken Sie denn, verdammt noch mal...“ Seine Rufe wurden vom heulenden Wind beinahe verschluckt. Phil wollte Vincent noch zurückhalten, doch er brachte keinen Ton heraus.
Das Hemd. Die Hose. Füße, die größer wurden...
Vincent trat hinter die Felsen und Phil konnte ihn nicht mehr sehen. Langsam erhob er sich und der Schnee quietschte unter seinen Füßen. Er ballte die Fäuste und zählte in Gedanken langsam bis zehn.
(Eins) Vince, alter Junge, wenn du dich nicht sofort (Zwei) wieder blicken lässt, gibt's verdammten Ärger. Also beweg (Drei) deinen Hintern hierher, ich mach mir vor Angst (Vier) nämlich gleich in die Hosen (Fünf) – Okay, ich geb ja zu, es war wirklich (Sechs) eine Scheißidee, hierher zu kommen. Also lass uns (Sieben) zurück zur Hütte gehen und diesen Irren doch (Acht) einfach hier draußen verrecken, aber komm endlich (Neun) wieder, sonst...
Vincent erschien auf der anderen Seite des Felsens und lächelte nervös. Phil schloss erleichtert die Augen und alle Luft entwich aus seinen Lungen. „Mann, du Penner“, lachte er. „Hab ich vielleicht Schiss gehabt!“
Vince umrundete den Hügel und stapfte langsam auf Phil zu. Er wischte sich mit der Rechten den Schweiß von der Stirn und sein Atem kondensierte zu weißen Dampfwolken. Eiskristalle glitzerten in seinem wirren Kinnbart. In diesem Moment sah er sehr jung aus.
„Ich hab mich getäuscht. Es war wohl doch nur...“
Der Schnee explodierte und ein riesiger, unförmiger Schatten brach aus dem Gebüsch hervor. Schnee, Eissplitter und gebrochene Zweige spritzten nach allen Seiten.
Mit einem gewaltigen Satz sprang das Ding auf Vincent zu und

prallte gegen ihn. Phil keuchte vor Überraschung und taumelte rückwärts. Ein Blitz zuckte herab und verwandelte die ganze Szene in eine bizarre Aneinanderreihung von Scherenschnitten.
Vincent schrie.
Einen so schrillen, schmerzerfüllten Schrei, wie Phil ihn nie zuvor gehört hatte. Ein ohrenbetäubendes Donnergrollen ertönte und der heulende Wind schwoll mit doppelter Gewalt an. Eine wirbelnde Wolke Schneeflocken fegte vorüber.
Phil riss den Mund auf, um ebenfalls zu schreien, doch er brachte nur ein ersticktes Krächzen hervor. Dann ein widerwärtiges Geräusch wie von reißendem Stoff und Vincents Schreie wurden zu einem Gurgeln.
Eine eiskalte Hand legte sich um Phils Herz, als er sah, wie die monströse Gestalt seinen Freund schüttelte wie eine Puppe. Sein Kopf wurde vor- und zurück geworfen, sein Gesicht eine blutüberströmte Maske des Entsetzens.
Soviel Blut, dachte Phil hysterisch. *Das ist so gottverdammt viel Blut. Hören Sie auf zu bluten, Sergeant – ich kann sie sonst nicht mehr verbinden!*
Und eine ferne Erinnerung raste durch Phils Kopf wie eine Gewehrkugel.

...Vincent und er, nicht älter als acht Jahre alt, schlichen durch den westlichen Wald von Denver. In ihrer Fantasie war es natürlich der wildeste und undurchdringlichste Dschungel der Welt. Bewaffnet mit Plastikgewehren waren sie auf der Jagd nach den feindlichen Vietcong-Truppen. Immer wieder ging Vincent zu Boden, weil er angeschossen wurde und immer wieder ging Phil neben ihm in die Knie und sagte diesen blödsinnigen Satz: Hören Sie auf zu bluten, Sergeant, ich kann sie sonst nicht mehr verbinden. Mindestens zwei Dutzend mal starben sie an diesem Tag und es hatte eine Menge Blut, aber auch eine Menge zu Lachen gegeben, Dinge, über die man auch nur als Kind lachen kann – zumindest die guten Menschen. Doch diesmal war das Blut echt! Ich hab ein neues Spiel für Dich, Vince: Schwierigstes Level – mehr Action, mehr Blut und stärkere Gegner. Viel stärkere Gegner, meine Fresse! Seine Gedärme fließen aus ihm raus. Wie dampfende Schlangen im Schnee! Ich muss sie wieder reinstopfen, ihm helfen, ich muss...

Ein dampfender Schwall warmen Blutes klatschte in sein Gesicht und auf seine Brust. Phil schrie angeekelt auf, stolperte und fiel.
Ein unbeschreibliches Entsetzen lähmte ihn, als das Blut seines Freundes ihm in den Kragen seines Parkas lief. Wie aus weiter Ferne hörte er Vincents schwächer werdende Schreie und die Welt vor seinen Augen zerfloss zu einem roten Nebel.
Das groteske Wesen wühlte sein Gesicht in Vincents Eingeweide und fraß. Vincents Bewegungen wurden schwächer, seine

blutüberströmten Arme baumelten träge über dem Schnee. Ein letztes Mal noch versuchte er, sich aufzurichten. Dann nicht mehr.
Phil blickte langsam auf und wieder erhellte ein Blitz die Lichtung. Nackte Haut, dunkel und glänzend, dicke Muskelstränge erstrahlten im gleißenden Licht.
Es hob den Schädel und starrte zu Phil hinüber. Schwarze Augen blickten Phil an. Aus einem verzerrten menschlichen Antlitz, mehr eine Fratze als ein Gesicht...
Ich bin der große, böse Wolf, Cowboy! Und ihr seid meine sechs kleinen Schweinchen... Verzeihung, Ihr seid ja nur noch zu fünft, wie dumm von mir... Also verpiss dich hier, versteck dich im Schrank, im Keller oder unter deinem Bett, denn bald komme ich und klopf´ an eure Türe, und wenn ich dann reinkomme, werdet ihr alle erfahren, was für eine ausgesprochen miese Idee es war, meinen Weg zu kreuzen...
Der Angreifer ließ Vincents zerfetzten Körper in den roten Schnee fallen und verzog seinen Mund zu einem blutverschmierten Grinsen.
Mein Gott, das ist tatsächlich ein Mensch! schrien Phils Gedanken. *Und ich erkenne ihn! Ich erkenne...*
Und dann setzte in seinem Kopf irgendetwas aus. Nur noch die Panik beherrschte ihn. Phil sprang auf und verließ die Lichtung, so schnell ihn seine Füße trugen.
Er jagte durch den Wald und in seinem Kopf glaubte er ein dröhnendes, unglaublich böses Lachen zu hören.
Als er den Waldrand erreichte, begann er laut zu keuchen und Tränen liefen an seinen kalten, blutverschmierten Wangen hinab.
Er bildete sich ein, in der Ferne bereits die warmen Lichter der Hütte zu sehen und lief noch schneller. Wirbelnder Schnee hüllte ihn ein.
Das Ding, das vor wenigen Minuten noch Craig Sonmore gewesen war, packte Vincent Drakes Leichnam an den Füßen und schleppte ihn tiefer in den Wald hinein.

SCHATTEN DER ZEIT

1

Klarer, goldgelber Whisky floss in die grüne Tasse, auf der Snoopy noch immer seine irren Luftsprünge vollführte. Das leise Plätschern des Alkohols war das einzige Geräusch im großen Wohnraum. Draußen heulte der Wind um das Haus, Schnee taumelte träge dem Boden entgegen.
Phil verkorkte die Flasche und stellte sie lautstark auf den Tisch zurück. Dann hob er die Tasse und leerte sie in einem einzigen Zug. Er atmete aus und stellte sie ebenso lautstark wie die Flasche auf dem Tisch ab.
Sofort griff er wieder nach dem Whisky und schenkte nach.
„Hör auf zu saufen, Phil!“, zischte Woody.
Phil blickte zu ihm auf.
Dunkle Schatten nisteten unter seinen rotgeränderten Augen, doch sein Kopf war noch klar. Ihm war bewusst, dass er vorhatte, die ganze Flasche zu leeren, doch das betäubende Gefühl des Alkohols blieb aus. Was hätte er jetzt für einen totalen Blackout gegeben...
Er hob wieder die Tasse, trank aber noch nicht.
„Du hast es nicht gesehen“, flüsterte er tonlos.
Wie ein eisiger Luftzug breitete sich das drückende Schweigen wieder zwischen ihnen aus und alle senkten den Blick. Nur Woody starrte weiterhin in Phils müdes, gealtertes Gesicht. Seine Kiefer mahlten, als zerkaue er Glassplitter.
Phil studierte interessiert den Inhalt seiner Tasse. „Nein, du hast es nicht gesehen.“ Dann trank er.
Der Whisky rann wie flüssiges Blei seine Kehle hinab und ein wohltuendes Gefühl breitete sich in seinem Magen aus. Phil trank aus, drehte die Tasse um und stülpte sie über den Hals der Whiskyflasche. Dann lehnte er sich zurück und blickte in die Runde.
Er selbst saß am Kopfende der großen Tafel.
Rechts neben ihm saß Laurie. Sie hatte sich einen schwarzen Kapuzenpullover übergestreift und ihre schmalen, gepflegten Hände in die Ärmel zurückgezogen. Mit ausdruckslosem Blick starrte sie ins Leere. Phil konnte ihre Mundwinkel zucken sehen, doch ihre Augen blieben trocken.
Sein Blick glitt weiter und blieb auf Mag haften. Eine provisorische Binde war um seine linke Schulter gelegt. Phil konnte sein Gesicht nicht sehen, aber er war sicher, dass Mag geweint hatte – oder es

noch immer tat. Mit den geballten Fäusten gegen die Augenhöhlen gepresst stemmte er die Ellbogen auf die Tischplatte und rührte sich nicht. Phil spürte Mags Schmerz wie seinen eigenen. Er wusste genau, wie lange er und Vincent sich schon gekannt hatten, wie nahe sie sich gestanden waren.
Er blickte weiter und blieb nur kurz an dem leeren Stuhl am anderen Ende der Tafel hängen, ihm direkt gegenüber. Der Kreis war zerbrochen, der Zauber zerstört. Was immer jetzt kommen würde – jeder schien auf sich allein gestellt zu sein.
Sein Blick glitt an Woody vorbei, der ihn immer noch aus brennenden Augen anstarrte, als könne Phil jeden Moment anfangen, aus mehreren, großkalibrigen Waffen auf sie alle einzuschießen.
Er sah Karen an, die mit verquollenen Augen links neben ihm saß. Ihre Hände krallten sich immer wieder in ein feuchtes Taschentuch.
Phil ließ seinen Blick zurück zu Woodys Augen wandern, und was er in ihnen las, verletzte ihn sehr. Woodys Blick sprühte vor Zorn. Phil sah keinen Schmerz, keine Trauer um den toten Freund, nur blanken Hass.
Hass auf ihn?!
Phil verspürte den Drang, etwas zu sagen und räusperte sich, doch Karen kam ihm zuvor.
„Ich... ich kann das einfach immer noch nicht glauben, Phil“, stammelte sie. Sie schnäuzte in ihr Taschentuch und Woody flüsterte, kaum hörbar und ohne den Blick von Phil abzuwenden: „Nicht nur du, Baby.“
Nochmals verging eine bedrückende, schweigsame Minute, bis Phil erneut begann.
„Ich konnte nichts machen“, flüsterte er.
Er sprach zu ihnen allen, doch seine Augen fixierten fast flehend die von Woody. Laurie und Karen blickten auf, nur von Mag kam keinerlei Reaktion.
„Irgendetwas war plötzlich da und... verflucht noch mal, hat Vincent einfach gepackt und aufgeschlitzt!“ Er schluckte hörbar. „Es ist auf ihn drauf gesprungen und hat ihn einfach aufgeschlitzt. Und dann hat es angefangen, ihn aufzufressen!“ Lauries Hand griff nach seiner und er drückte so fest zu, dass es sie schmerzen musste. „Hörst du, Woody? Ich stand da – alleine – und wusste, dass ich nichts, aber auch *gar nichts* mehr für ihn tun konnte...“ Mit den letzten Worten brach seine Stimme endgültig und er schluchzte auf. Er schlug die Hände vors Gesicht und jetzt endlich, endlich löste sich seine Lähmung und er konnte weinen.
Laurie rückte heran und legte den Arm um ihn, während er wie von Sinnen schluchzte. Karen sah betreten zu Boden und auch Woody ließ endlich seinen stechenden Blick senken.
„Hey hey“, flüsterte Laurie nach einer Weile. „Ist doch okay, Phil.

Beruhige dich und dann erzähl uns noch mal in aller Ruhe, was passiert ist. Und wir werden dir *glauben*! Warum auch nicht?", fügte sie mit einem scharfen Blick in Woodys Richtung hinzu. Der reagierte nicht.
„Oh Fuck", zischte Phil. Er blickte in die Runde, fuhr sich mit dem Handrücken über den Mund.
„Was war es, Phil?"
„Das weiß ich nicht mehr. Hab ich doch gesagt", flüsterte er tonlos.
„Phil, bitte versuch doch..."
„Noch einmal: *Ich weiß es nicht mehr*, okay?" Er schüttelte Laurie ab. „Ich hab irgendeine verdammte Blockade im Kopf. Außerdem war es stockfinster im Wald und alles war so rasend schnell vorüber..."
Laurie ließ sich nicht beirren und griff wieder nach seiner Hand. „Versuch dich zu erinnern, Phil. Bitte! Das ist wichtig."
Er blickte sie an und wusste sofort, dass Laurie ihm glaubte. Was Phil ihnen allen auch berichten würde, *sie* würde ihm glauben! Er konnte selbst kaum fassen, was er erlebt hatte und ein äußerst hartnäckiger Teil seines Verstandes wollte wohl alles tun, um ihn die schreckliche Szene im Wald vergessen zu lassen. Doch Laurie hatte recht: Es *war* wichtig! Für sie alle.
„In Ordnung", murmelte er.
Er hob den Kopf und blickte zur Decke. Sein Blick verschleierte sich, als er krampfhaft versuchte, die Ereignisse der vergangenen halben Stunde wieder in seinem Kopf heraufzubeschwören.
„Es war groß", flüsterte er. „Mindestens zwei Meter. Größer als ein Mensch. Na ja, zumindest größer als die meisten Menschen", fügte er mit einem Seitenblick auf Woody hinzu. „Wahrscheinlich irgendeine Art Tier." Phil schüttelte heftig den Kopf und schloss die Augen. „Aber doch auch wieder nicht. Es ging verdammt noch mal auf zwei Beinen!"
„Ein zwei Meter großes Tier auf zwei Beinen? Hast du sie noch alle, *Cowboy*?", zischte Woody böse.
„Nenn mich nicht so!", fuhr Phil ihn an. „Nenn mich nie wieder so!"
„Wie denn?", machte Woody unschuldig.
„Du weißt genau, wovon ich spreche", sagte Phil leise und irgendetwas in seinen Augen ließ Woody den Blick senken.
„Ich weiß nicht, ob es ein Tier *war*, verdammt! Vielleicht war es auch ein Mensch, aber kein Mensch hätte Vince so zurichten können, niemals!"
Woody beugte sich nach vorne, fixierte wieder Phils Blick, seine Augen wurden groß. „Vielleicht war es ein Werwolf?"
Ein dumpfes, drohendes Donnergrollen ertönte, und urplötzlich schien der große Wohnraum von knisternder Spannung erfüllt zu sein, beinahe zu bersten. Laurie lief es kalt den Rücken hinunter.
„Halt die Klappe, Woody!", zischte sie.

„Was?“, machte Phil.
„Ein Werwolf natürlich. Huuhuuuuh!“
Laurie ließ die flache Hand auf den Tisch knallen. „Du sollst die Klappe halten!“
„*Er* hat doch angefangen“, maulte Woody und wieder einmal klang er derart nach einem Kleinkind, dass Laurie trotz allen Ernstes heiser auflachte.
„Wartet doch mal“, sagte Phil hastig. „Wartet mal...“ Er lehnte sich zurück, seine Augen wurden größer und größer. Dann blickte er wieder in die Gesichter der anderen. „Was ist mit Sonmore?“, hauchte er.
„Was soll mit ihm sein?“, fragte Laurie. „Du hast doch bereits gesagt, dass ihr ihn nicht mehr gefunden habt. Wahrscheinlich ist der verrückte Arsch wieder heil und sicher in seinem Ferienbett und schläft den Rausch aus, den er sich *hier bei uns* angesoffen hat!“
Woody wollte auffahren, doch Phil wedelte wild mit den Händen. „Ja, schon klar, aber warte doch mal. Er ist doch ganz plötzlich hier aufgetaucht, wie aus dem Nichts. Punkt Mitternacht rennt er wie im Fieberwahn aus dem Haus, mitten in den Sturm hinein, reißt sich die Kleider vom Leib...“
„Er hat *was*?“, fragte Laurie ungläubig.
„Sagte ich das nicht? Wir haben sein Hemd und seine Hose da draußen gefunden. Zerrissen im Schnee.“
„Hört auf“, flüsterte Karen kaum hörbar. In ihrem Kopf nahmen schreckliche Bilder Gestalt an, pechschwarze Augen in deren Mitte ein kleiner, roter Punkt zu glühen schien, und langsam begann sie zu begreifen. Ängstlich starrte sie auf ihre zitternden Hände.
„Plötzlich ist er weg und irgendetwas ist da und tötet Vince!“
„Passt alles ziemlich gut zusammen, nicht wahr, Phil?“, meinte Woody böse.
„Dein Kopf muss erst klarer werden“, sagte Laurie eine Spur zu hastig. „Phil, du bist total durch den Wind, ich meine: das merken wir doch alle, oder?“
„Er war es!“, fauchte Phil. „Ich erinnere mich jetzt ganz genau. Er war – er *muss* es gewesen sein!“
„Phil, du konntest doch nichts erkennen. Es ist viel zu dunkel draußen!“
Phil sprang auf. „Ist es nicht. Sieh doch selbst, der Mond scheint hell und...“
Er stockte. Langsam drehte er sich in Richtung Fenster um. *...was für eine ausgesprochen miese Idee es war, meinen Weg zu kreuzen...*
„Was ist los, Phil?“, fragte Laurie besorgt.
Phil ging mit schweren Schritten zum großen Fenster neben der Tür. Fast eine halbe Minute lang blickte er hinaus.
„Was ist denn?“ Laurie erhob sich ebenfalls, verließ ihren Platz

aber nicht. „Phil?“
Langsam drehte er sich zu den anderen um.
„Vollmond“, flüsterte er.
Ein weiteres, noch tieferes Donnergrollen ertönte. Die Kerzen auf dem Tisch flackerten, zuckende Schatten rasten durch den Raum. Laurie begann augenblicklich zu frieren. Sie schlang die Arme um die Brust und wich langsam vom Tisch zurück.
„Es ist *Vollmond*, Woody! Reicht dir das immer noch nicht?“
Woody saß seelenruhig auf seinem Platz und erwiderte kalt seinen Blick. „Ich kauf dir das nicht ab, Phil.“
„Verflucht noch mal, das waren *deine* Worte! Schon vergessen?“, schrie Phil. Er ging zum Tisch und ließ beide Hände auf die Platte krachen. „Vince ist tot, Woody. Das ist kein Spaß mehr. Streng ein einziges Mal das Ding zwischen deinen Ohren an und denk mal drüber nach. Es ist offensichtlich! Es kann nur Sonmore gewesen sein.“
Woody musterte ihn mit schmalen Augen.
„Ich weiß, dass du Craig von Anfang an nicht ausstehen konntest“, zischte er. „Aber ich glaube, jetzt gehst du verdammt noch mal zu weit! Craig liegt jetzt wahrscheinlich halbtot da draußen irgendwo im Schnee, was auch immer los war mit ihm – ihr hättet ihm helfen müssen! Und was du mit Vincent angestellt hast, wollen wir uns alle glaub ich auch nicht vorstellen!“
„Geh doch raus und sieh nach!“, fauchte Phil.
Woody lehnte sich zurück und verschränkte die Arme im Nacken. „Du kannst mich mal, Connor.“
Karen erhob sich mit einem Ruck von ihrem Platz. „Hört auf! Alle beide!“ Ihre Stimme zitterte, sie wandte sich schluchzend ab.
„Oho, sieht so aus, als hätten wir eine neue Anführerin“, meinte Woody leise, ohne dass Karen es hörte.
„Halt die Klappe“, murmelte Laurie fast beiläufig.
Eine quälende Minute verging, in der jeder seinen eigenen Gedanken nachhing. Laurie stand da, gegen die Wand gelehnt, zitternd mit geschlossenen Augen. Karen wanderte nervös um den Tisch herum wie ein Tiger im Käfig, während sie an den Nägeln ihrer linken Hand kaute. Sie dachte an ihr Erlebnis am Waldsee, am Beginn ihrer verhängnisvollen Fahrt hierher. Sie dachte an die dunkle Gestalt, die sie am Wasser gesehen hatte, an das zerfetzte Reh im Gebüsch, an Sonmore, wie er gierig auf sie hinabgestarrt hatte...
Mag saß weiterhin unverändert in seiner vornüber gebeugten Stellung am Tisch, die Knöchel seiner Fäuste traten weiß hervor.
Phil stand am Kopfende des Tisches, die Hände auf die Platte gestützt, und starrte Woody an, der mit geschlossenen Augen auf seinem Stuhl hin- und herschaukelte. Er summte vor sich hin.
Irgendwann brach Laurie das drückende Schweigen und stellte die Frage, die niemand hören wollte.

„Was sollen wir jetzt tun?"
„Ich will hier weg! Sofort!" Karen.
„Und damit fangen unsere Probleme wohl erst an." Woody grinste hämisch.
„Was ist mit Vincents Wagen?" fragte Phil.
„Den kannst du vergessen", zischte Woody. „Mit dem kommen wir niemals durch den Schnee. Und wer soll ihn fahren – Du? Wir könnten von Glück reden, wenn wir uns auch nur zwei Minuten auf diesen beschissenen Straßen halten können. Außerdem..."
„Aber wir können es doch versuchen", unterbrach ihn Laurie. „Bevor wir hier festsitzen müssen, warum gehen wir nicht raus und versuchen..."
„Außerdem", betonte Woody, „hatte Vincent wohl den einzigen Schlüssel." Er lehnte sich wieder zurück und schloss die Augen. „In seiner Hosentasche."
Phil murmelte einen Fluch. Daran hatte er nicht gedacht.
„Und wenn wir es zu Fuß versuchen?", fragte Laurie. „Wir haben immer noch die beiden dicken Felljacken von Phils Großvater, die sind warm genug."
„Na, viel Spaß", meinte Woody böse. „Dass wir es zu Fuß schaffen ist noch unwahrscheinlicher als mit dem Wagen, selbst mit den Jacken."
„Und warum, bitte schön?" Laurie verschränkte die Arme vor der Brust und funkelte Woody an.
„Warst du schon einmal bei einem solchen Wetter da draußen, Schätzchen? Ohne Karte und mit komplett zugeschneiten Straßen und Wegen – keine Chance! Wie willst du denn den Weg ins Tal finden bei diesem verdammten Sturm? Und *außer*dem", betonte er wieder, bevor Laurie etwas erwidern konnte, „wie du ja selbst gesagt hast, haben wir nur zwei davon. Und jetzt zählen wir mal durch, bitte. Wie viele Köpfe siehst du hier?"
„Mann Woody, wenigstens versuch *ich*, mich einzubringen, im Gegensatz zu deinem ewigen Pessimismus! Dann gehen eben zwei von uns und der Rest wartet hier. Immer noch besser, als untätig rumzusitzen!" Sie ließ erwartungsvoll ihren Blick über die Runde wandern. „Oder hab ich nicht recht?"
„Vergiss es!", sagte Woody. „Entweder wir gehen alle oder keiner wird gehen!"
„Wobei ich Woody ausnahmsweise mal recht geben muss", sagte Phil. „Der Abstieg kann eine Ewigkeit dauern, wenn der überhaupt zu schaffen ist. In der Zwischenzeit sitzt der Rest hier auf dem Präsentierteller."
„Danke, *Kumpel*", murmelte Woody, ohne ihn anzusehen.
Mag richtete sich auf und blickte in die Runde.
Phil erschrak. Mags Gesicht hatte einen ausdruckslosen, einen eiskalten Zug bekommen. Seine sonst so warmen, freundlichen Augen blitzten vor Hass.

„Was ist mit dem Telefon?", fragte er leise, aber mit fester Stimme. Laurie sah Mags Blick und zögerte kurz, als wüsste sie im ersten Moment nicht, wem sie da gegenüber stand. „Zwecklos, ich hab es vor einer Viertelstunde schon versucht, die Leitung ist tot. Der Sturm muss das gesamte Netz hier oben lahm gelegt haben."
„Wann hast du es versucht?", fragte Phil.
„Vor einer Viertelstunde oder so, hab ich doch gerade..."
„Dann versuch´s noch mal."
„Phil, ich..."
Er blickte sie an, betonte jedes Wort. „Versuch es bitte noch einmal."
Laurie senkte den Blick, dann stieg sie mit langsamen Schritten die Treppe hinauf, in das ehemalige Schlafzimmer von Phils Großvater, wo das Telefon stand. Und wo letzte Nacht noch Vincent geschlafen hatte.
„Karen, geh mit ihr", sagte Phil mit einem kurzen Seitenblick.
Karen blinzelte verwirrt, dann erhob sie sich viel zu ruckartig, sodass sie fast unfreiwillig komisch wirkte. „Äh, ja okay, Phil. Mach ich..." Sie stolperte verwirrt hinter Laurie her.
Sobald die Mädchen außer Hörweite waren, blickte Phil verschwörerisch in die Gesichter der anderen.
„Euch ist doch klar, was jetzt passieren muss, oder?"
„Ich kann es schon kaum erwarten", gähnte Woody scheinbar gelangweilt und streckte seinen muskulösen Körper. Mag sah Phil mit starrem Blick an.
„Wir müssen diesen Mistkerl erledigen!", zischte Phil.
Woody lachte lautstark auf. „Jetzt ist es passiert. Jetzt bist du komplett übergeschnappt, Connor! Was glaubst du denn, wen du hier vor dir hast?!"
„Jemanden, der Vince gut leiden konnte", sagte Mag tonlos und sah Woody in die Augen. „*Dachte* ich zumindest."
Woody wirkte einen Moment irritiert, sah ungläubig zwischen Phil und Mag hin und her. „Ich kann´s nicht glauben – ihr meint das tatsächlich ernst", stieß er hervor.
„Im Gegensatz zu dir, Woody!"
Woody tat so, als raufe er sich die nicht vorhandenen Haare. „Leute, verdammt noch mal! Es gibt keinen *Werwolf* oder sonst ein Schreckgespenst da draußen! Ich habe nicht die geringste Ahnung, was mit Craig passiert ist und auch nicht, was du da im Wald getrieben hast, Phil, aber ich...."
„Langsam, *Kumpel*", sagte Mag bedrohlich. „Lass Phil endlich da raus, in Ordnung?"
„Ich werd noch wahnsinnig hier drin", keuchte Woody und ließ sich krachend auf seinen Stuhl fallen.
Die Mädchen kamen die Treppe hinunter. Phil blickte fragend zu Laurie, obwohl er die Antwort bereits kannte.
„Nichts", sagte sie müde. „Die Leitungen sind tot, wie ich gesagt

habe."
„Ich hab was", rief Karen und hob dabei die Hand, als wäre ihr die Lösung einer besonders schweren mathematischen Gleichung eingefallen.
„Oje, oje", murmelte Woody und sah beschämt weg.
„Das alte Funkgerät von Phils Großvater. Ich hab es in unserem Zimmer gesehen. Wenn wir Glück haben, können wir uns in irgendeine Welle reinschalten."
„Er hat dieses Funkgerät nur aus nostalgischen Gründen aufgehoben, Karen", sagte Phil und zog eine Grimasse. „Es ist vollkommen nutzlos. Schrott. Vergiss es. Außerdem", er meinte alle, sah aber Karen an, „kann jemand von euch denn funken?"
Die Frage war rein rhetorisch. Natürlich konnte keiner von ihnen das.
Karen begann wieder, umherzuwandern. Nervös kaute sie wieder an ihren Fingernägeln herum.
„Dann haben wir ja nur noch eine Möglichkeit", sagte Mag. Alle Blicke richteten sich auf ihn. Phil atmete auf – er war froh, dass Mag wieder unter ihnen weilte.
„Wir werden rausgehen und es töten – was es auch ist!"
„Ha!", machte Woody.
„Ich komme mit dir, Mag", sagte Phil mit fester Stimme. Und er meinte es auch so.
Woody fuhr auf. „Hallo? Ihr seid keine muskelbepackten Helden – ihr seid ein Haufen ganz normaler Vollidioten, die nicht einsehen wollen, dass übermäßiger Drogenkonsum zu Wahnvorstellungen und Paranoia führt!"
„Nennst du das hier Wahnvorstellungen, Woody?", fragte Phil leise und zeigte ihm seine blutverschmierten Hände.
„Du kannst ja gerne hier bleiben", ging Mag dazwischen. „Niemand zwingt dich mitzukommen. Bleib bei Laurie und Karen und pass gut auf sie auf."
„Jetzt hört mal zu, Jungs...", begann Laurie mühsam beherrscht, doch Phil kam ihr zuvor.
„Ja Woody", sagte er mit einer übertrieben fürsorglichen Stimme. „Bleib hier und gib auf die Mädchen Acht, okay? Ein braves Kind."
„Ihr seid krank!", brüllte der Riese. „Scheiße, was versprecht ihr euch denn davon, wenn ihr mit wehenden Fahnen da rausmarschiert und es wirklich ernst wird? Was werdet ihr dann machen, ihr Spinner?! Ihr habt vor, einen *verdammten Mord* zu begehen!"
Phil stapfte wütend auf Woody zu, bis er direkt vor ihm stand. „Was soll denn deiner Meinung nach passieren?", fragte er leise, seine Stimme zitterte vor Wut. „Da draußen ist doch nichts, oder Woody?"
„Nichts, was *mich* etwas anginge", sagte Woody tonlos.
Phil fixierte endlose Sekunden lang Woodys Blick, dann wandte er

sich mit einem Kopfschütteln ab. „Arschloch!"
„Hört endlich auf!", heulte Karen.
„Du hältst dich raus!", fuhr Woody sie an.
Karen war einen Moment sprachlos, doch bevor sie auch nur Luft holen konnte, schlug Laurie mit der flachen Hand auf den Tisch. So fest, dass einige Flaschen umfielen und etliche, kleine Rinnsale vom Tisch zu tröpfeln begannen.
„AUSZEIT!", schrie sie aus vollem Hals. „Reißt euch alle mal zusammen, verdammt noch mal! Und wenn Du, Phillip Connor, mir ebenso den Mund verbieten willst, wie unser Prinz Charming da drüben es mit seiner Freundin tut, dann versuch es ruhig!"
Sie starrte wütend zwischen Phil und Woody hin und her. Das einzige Geräusch war das Tröpfeln vergossenen Alkohols.
Phil sagte nichts. Er konnte sie nur ansehen, den Blick einfach nicht von ihr nehmen.
„Dann ist ja wohl alles klar", murmelte Mag.
„Moment mal, *gar nichts* ist hier klar", sagte Laurie und trat zwischen Mag und Phil. Sie deutete über ihre Schulter in Woodys Richtung. „Wenn dieser Typ da hinter mir auch von Minute zu Minute unsympathischer wird – diesmal muss ich ihm wirklich Recht geben. Was ihr da vorhabt, ist Wahnsinn!"
„Ha!", machte es hinter ihr.
„Laurie, komm schon." Mag begann, auf sie zuzugehen, „Welche andere Wahl haben wir denn schon? Wir sind jetzt am Zug. Wir nutzen den Vorteil der Überraschung."
„Wir sind hier nicht im Krieg, Mag!"
Phil griff nach ihr. „Laurie, bitte versteh doch. Wir müssen..."
„Nichts müsst ihr!", schrie sie und schlug seine ausgestreckte Hand beiseite. „Wie stellt ihr euch das denn vor, um Gottes Willen? Ihr geht einfach da raus und kämpft gegen irgendetwas, von dem ihr noch nicht einmal wisst, was es eigentlich ist! Geschweige denn, wozu es noch fähig ist! Das ist einfach nur verrückt!"
„Schluss jetzt", zischte Phil. Er hielt Lauries Hände fest, musste jedoch ziemlich fest zupacken. „Hör zu: Ich werde da hinausgehen. Das bin ich Vince schuldig, das bin ich mir selbst schuldig. Ich weiß, dass Mag an meiner Seite ist und dass ich mein ganzes Leben lang keine Nacht mehr durchschlafen werde, wenn ich es nicht tue."
Laurie schwieg. Mag und Karen verfolgten das Ganze wie ein äußerst spannendes Spiel.
„Ich werde da hinausgehen", wiederholte Phil. „Und du kannst mich nicht daran hindern, das muss dir klar sein."
Urplötzlich brach der Zorn in ihren Augen und Phil sah, dass sie einfach nur noch Angst hatte. Angst um ihn. Eine Ewigkeit lang standen sie nur da und blickten sich in die Augen.
Woody wandte sich stöhnend ab. Karen schickte einen vernichten-

den Blick in seine Richtung und verließ lautstark den Raum.
„Wirst du vorsichtig sein?“, fragte Laurie mit zitternder Stimme.
Phil lächelte und sein wunderschönes Gesicht brachte auch Laurie zum Lächeln, während sie zu weinen begann.
„Willst du darauf wirklich eine Antwort?!“

2

Mag folgte Phil in das ehemalige Schlafzimmer von Joseph Connor.
Seine und Vincents Reisetaschen und Kleidungsstücke lagen noch überall im Raum verteilt. Mehrere leere Flaschen von ihrem gestrigen *Schlummertrunk* standen zu beiden Seiten des übergroßen Bettes. Seit Mag heute früh aufgestanden war, hatte er den Raum nicht mehr betreten. Vincents klobige, schwarze Stiefel dort geradeaus unter dem Fenster stehen zu sehen, versetzte ihm einen tiefen Stich. Während Phil vorausging, fiel Mags Blick auf das altmodische Telefon auf einem kleinen Bestelltisch, rechts von ihnen. Wie stumm und tot es dort stand. Mags Hoffnung sank durch diesen alltäglichen Gegenstand, der sie durch seine Nutzlosigkeit zu verspotten schien, noch ein Stück weiter abwärts.
„Jetzt pass mal auf“, sagte Phil über die Schulter, und ein kleines Lächeln stahl sich in sein Gesicht. Er sah aus wie ein Schuljunge, der als einziger den geheimen Zugang zum Zigaretten- und Pornolager kennt. Phil öffnete den gigantischen Eichenschrank in der linken Ecke des großen Raumes. Die Flügeltüren quietschten genervt und ein muffiger Geruch drang heraus, der Mag an einen Hamsterkäfig erinnerte.
„Ich glaube, mein Großvater hat nie herausgefunden, dass ich hier dran war. Vielleicht besser so.“ Phil begann, zwischen den unzähligen Pullovern, Hemden und Strickwesten zu wühlen. „Ich war zwar sein absoluter Liebling, aber ich glaube, wenn er mich mit *Ihr* in der Hand erwischt hätte, hätte er Hackfleisch aus mir gemacht.“ Phil stieß einen triumphierenden Laut aus. „Da ist sie.“
Mag wusste nicht, was er erwartet hatte. Vielleicht einen alten, halbverrosteten Revolver, möglicherweise auch ein antikes Jagdgewehr.
Mit Sicherheit aber keine abgesägte Schrotflinte.
Phil hielt ihm das schwarz lackierte Monstrum hin. „Hier nimm“, sagte er aufmunternd. „Die Munition muss hier auch noch irgendwo sein.“ Und schon stürzte er sich wieder in den Schrank hinein.
Mag fühlte sich etwas verloren mit der Flinte in den Händen und wusste nicht so recht, was er sagen sollte.
„Und?“ Phils Stimme klang gedämpft durch die Unmengen von

Kleidung. „Was sagst du dazu? Geil, oder?“
„Ähm, war dein Großvater nicht Arzt von Beruf?“
Phil lachte auf. „Er lebte ganz allein hier oben, Mag. Ich glaube, er hat sich damit einfach sicherer gefühlt. Das Gewehr eines Sportschützen ist es ja nicht gerade, also glaube ich kaum, dass irgendjemand davon wusste.“ Phil kam wieder zum Vorschein, ein halbes Dutzend Packungen für große Schrotpatronen in den Händen. „Er hatte eine Schwäche für moderne Actionfilme“, sagte Phil. Es klang fast entschuldigend.
„Ohne Scheiß?“, fragte Mag ungläubig. „Schade, dass ich deinen Großvater nicht mehr kennen lernen durfte. Weißt du denn, wie man damit umgeht?“
„So schwer kann das doch nicht sein, oder?“
Mag spürte unangenehm das enorme Gewicht der Waffe in seinen Händen. „Phil, wir reden hier nicht von ein paar Hollywood-Filmen. Ich frage mich, ob du wirklich *weißt*, was wir hier tun.“
Phil nahm ihm mit vorsichtigen Bewegungen die Waffe ab. „Sie ist nicht geladen, keine Angst. Aber ich kann sie laden, ja. Und ich denke, dass ich sie auch *noch einmal* abfeuern kann.“
Mag starrte ihn stumm an, dann schüttelte er fassungslos den Kopf. „Er *hätte* Hackfleisch aus dir gemacht“, murmelte er ehrfürchtig.
„Ich weiß noch genau, an dem Tag hatte ich *schreckliche Bauchschmerzen*“, sagte Phil mit einem Grinsen. Wieder sah er aus, als wäre er zehn Jahre alt. „Meine Eltern und mein Großvater waren wandern auf der anderen Seite des Tales. Weit, weit weg – außer Sichtweite und vor allem: außer *Hör*weite.“
„Und er hat nie bemerkt, dass eine Patrone fehlt?“, fragte Mag immer noch mit fassungslosem Blick.
„Drei“, berichtigte Phil lächelnd. „Soweit ich weiß, nein. Zumindest hat er mich nie darauf angesprochen.“
„Du warst ein verrückter, kleiner Scheißkerl.“
„Bin ich immer noch“, lachte Phil. „Und sieh mal hier.“ Er drückte Mag die Flinte in die Arme, wühlte ein letztes Mal im Schrank umher und förderte schließlich zwei große Messer zutage. Jagdmesser mit dreißig Zentimeter langer, scharfer Klinge. „Ich glaube, auch die können wir brauchen, was meinst du?“
„Ich habe eigentlich nicht vor, ihm derart nahe zu kommen“, knurrte Mag und ging mit an die Schulter gelehnter Waffe zur Tür. Phil folgte ihm mit den Messern und der Munition. „Wir kriegen das hin, Mag.“
Mag lächelte gequält. „Klar“, sagte er, als wäre das ohnehin offensichtlich. „Zuerst pumpe ich ihn mit Schrot voll, dann schneidest du ihm das schwarze Herz heraus.“
„Mag, hör zu, ich...“
Mag machte eine knappe Handbewegung und Phil verstummte. Sie standen im Türstock, zwischen Schlafzimmer und Gang. Im

oberen Stockwerk brannte nur eine einsame Glühbirne am Ende des Flurs, wo es in den Speicher und in den Heuboden hinausging. Von unten konnte man Laurie und Karen diskutieren hören.
Mag sah ihm in die Augen. „Phil, ich glaube dir. Ich möchte, dass du das weißt. Ich muss zugeben, dass ich einfach nicht ganz glauben kann, *was* dort draußen vor sich geht. Aber das heißt nicht, dass ich *dir* nicht glaube. Wenn die Situation anders wäre, dann würde Vince jetzt auch hier bei uns stehen und mit uns gehen, das weiß ich." Er schüttelte betrübt den Kopf. „Nur weiß ich einfach nicht, was wir mit Woody machen sollen."
„Es ist seine Art, damit umzugehen. Er kann nicht immer den Clown spielen. Du weißt, dass er ansonsten felsenfest auf dem Boden der Tatsachen steht. Er glaubt nicht mal an Dinge wie Zufall oder Pechsträhnen!"
„Außerdem", ergänzte Mag „glaube ich, dass Sonmore irgendetwas mit ihm angestellt haben muss. Woody war doch vorher schon so bedingungslos auf dessen Seite. Karen ebenfalls", fügte er bitter hinzu.
„Vielleicht Hypnose", flüsterte Phil. „Oder eine Art Gedankengift. Wir wissen nicht, wozu dieser Mistkerl noch imstande ist. Wenn es wirklich so ist, dass er unsere Gedanken kontrollieren kann, dann müssen wir noch mehr aufeinander aufpassen: beobachten, was Woody und Karen tun. Eigentlich sollten wir Laurie nicht mit ihnen alleine lassen."
„Wir sind noch immer Freunde, Phil", sagte Mag mit fester Stimme. „Was Sonmore auch mit ihnen gemacht hat, ich kann mir nicht vorstellen, dass es stark genug ist, um uns aufeinander losgehen zu lassen."
„Wahrscheinlich hast du recht", seufzte Phil und wandte sich zur Treppe. „Mir ist ohnehin wohler, wenn Woody bei den Mädchen Wache hält, obwohl ich ihn liebend gern da draußen an meiner Seite hätte."
„Er kommt nicht mit", sagte Mag. „Das weißt du."
Phil nickte nur.
Sie hatten den Treppenabsatz bereits erreicht und Phil konnte Woody sehen, wie er stumm und reglos aus dem Fenster in den Sturm hinaus starrte. Karen und Laurie unterbrachen ihre Diskussion und beide wandten ihnen ihre weißen Gesichter zu.
„Einen Moment", rief Mag plötzlich und rannte noch mal in das Schlafzimmer zurück.
Als er wiederkam, streifte er sich mit einer Hand ein Lederband über den Kopf. Ein bronzener Anhänger hing daran, der irgendeine asiatische Gottheit darstellte.
„Vincent?", fragte Phil leise.
„Das hab ich ihm vor vielen Jahren aus Indien mitgebracht und er trug es noch immer." Mag lächelte traurig. „Jetzt trage ich es für ihn – vielleicht bringt es uns mehr Glück."

3

Sie waren praktisch bereit zum Abmarsch.
Phil musterte Mag kritisch.
Wie er selbst war der sonst so ruhige und sympathische Halbmexikaner regelrecht in Kampfmontur gekleidet. Er hielt die Schrotflinte so vorsichtig im Arm wie ein neugeborenes Baby. Aus der Tasche seines dicken Fellmantels quollen mehrere Packungen Patronen hervor und in seinem Gürtel steckte eines der fast schon lächerlich wirkenden Riesenmesser. Mit den klobigen Winterstiefeln und dem hochgeschlossenen Kragen wirkte Mag nicht gerade furchteinflößend.
„Schau nicht so blöd", fuhr er Phil an, nachdem er die Visite über sich hatte ergehen lassen. „Glaub mir, du siehst auch nicht viel besser aus!"
Phil lächelte gequält. „Tut mir leid, Mag. Ich dachte mir nur gerade, dass das im Film immer ein bisschen cooler aussieht."
„Die sehen im Film auch nie aus, als würden sie sich gleich vor Angst in die Hose pissen", murmelte Mag und ging zum Tisch zurück, um sich noch einen doppelten Whisky einzuschenken.
„Für mich auch", rief Phil ihm nach. Mag nickte, ohne sich umzusehen und schenkte ein.
Laurie und Karen standen vor Phil und sahen ihn mit gesenkten Köpfen an. Wenn die Situation nicht so ernst gewesen wäre, hätte Phil aufgelacht.
Karens Augen waren derart groß, dass sie ihr beinahe aus dem Kopf zu fallen schienen, Lauries Blick war so abgrundtief traurig, dass nur noch die dramatischen Geigen als Hintergrundmusik fehlten. Stattdessen heulte der eisige Wind noch lauter um das Haus. Beide Mädchen hatten die Hände hinter dem Rücken verschränkt.
„Laurie", begann Phil, „ihr müsst etwas tun, solange wir weg sind."
Er ging zu ihr und legte ihr eine Hand auf den Arm. Sofort griff sie danach und drückte fest zu.
„Was?", fragte sie nur. Ihre Stimme klang brüchig.
„Wenn Mag und ich keinen Erfolg haben sollten..."
„Hör auf!", sagte Laurie barsch. „Das will ich gar nicht hören!"
Phil fuhr ungerührt fort. „Oder wenn wir Sonmore nicht finden sollten, was ja genauso gut möglich sein kann, dann müssen wir uns wahrscheinlich auf eine Belagerung einstellen. Dann muss diese Hütte hier verbarrikadiert sein. Das heißt, ihr vernagelt alle Fenster mit Brettern und was ihr sonst noch so finden könnt. Schiebt, wenn möglich, große Schränke davor und vergesst den Heuboden nicht. Werkzeug und genügend Holz findet ihr im Lagerraum im Speicher, okay?"
Laurie nickte nur.

„Woody wird euch dabei helfen – Hoffe ich zumindest." Er sah kurz zu dem Hünen hinüber, doch Woody blickte noch immer stumm zum Fenster hinaus.
Phil seufzte.
„Ihr kriegt das schon hin. Nehmt nur trockenes Holz und starke Nägel. Die Haustüre ist stabil genug, verbarrikadiert sie nur notdürftig, damit wir schnell wieder hier rein können. Nur für den Fall, dass wir es beim Rückweg etwas eiliger haben sollten." Laurie drückte seine Hand noch fester. Sie wusste genau, was Phil eigentlich meinte: Falls sie verfolgt wurden.
Karen räusperte sich. „Phil, glaubst du wirklich, dass einfache Bretter halten werden? Nach dem, was du erzählt hast, kann dieser... dieser Wahnsinnige sich durch solch harmlose Dinge wie ein bisschen Holz doch nicht lange aufhalten lassen, oder?"
Phil wusste einen Moment nicht, was er zu Karen sagen sollte. Natürlich hatte sie Recht. Phil hatte mit eigenen Augen gesehen, welche enormen Kräfte Sonmore hatte. Und wenn er ehrlich war, glaubte er auch nicht daran, dass ihre bescheidenen Bemühungen ihn ernsthaft daran hindern konnten, in dieses Haus einzudringen.
„Die Bretter sind nicht sicher", sagte er leise. „Nicht vor *ihm*. Sie dienen nur als Warnung für uns, wenn er versuchen sollte, ins Haus zu kommen."
„Ich werde ihnen helfen, Connor. Keine Angst", sagte Woody, ohne sich zu ihnen umzudrehen.
„Na so was", rief Mag ätzend und kam mit zwei Whiskygläsern zurück. „Hast du deine Sprachfähigkeit wiedergefunden oder willst du uns nur auf den Arm nehmen? Darauf kann ich momentan dankend verzichten!"
„Lass ihn, Mag", sagte Phil ruhig. „Er glaubt mir noch immer nicht, aber er hat, denke ich, eingesehen, dass irgendwas hier nicht mit rechten Dingen zugeht und dass man zumindest *irgend*etwas tun muss."
Woody drehte sich zu ihnen um, sein Gesicht war kalt und ohne jede Emotion. Er musterte Phil. „Ich dachte einfach, dass du genau das von mir hören wolltest. Ist es nicht so?"
„Woody, ich verlange gar nicht, dass du mir glaubst. Wenn da draußen irgendetwas schief laufen sollte, was wir alle nicht hoffen, dann wirst du noch früh genug anfangen zu glauben." Phil grinste humorlos. „Ich will nur, dass du auf Laurie und Karen Acht gibst und ihnen hilfst, dieses Haus hier einigermaßen sicher zu machen. Vor wem oder vor was auch immer."
„Notfalls auch vor *dir*. Du weißt, dass ich so denke."
„Wenn du unbedingt so denken willst, dann tu es deswegen. Nur tu es."
Woody sagte lange Zeit nichts. Mag kippte seinen Drink hinunter und Phil blickte Woody unverwandt an.

Schließlich brach Karen das Schweigen. Ihr rundes Gesicht nahm einen flehenden Ausdruck an. „Woody, sag doch etwas – bitte…"
„Ist ja okay", seufzte der Riese schließlich. „Ich werde euch helfen, bei dem wahnwitzigen Unternehmen, dieses Haus hier sicher zu machen. Vor *wem* oder *was* auch immer." Er funkelte Phil an. „Aber wenn du hier nur eine Show abziehst, Connor, dann Gnade dir Gott."
Das genügte Phil. Er kippte seinen Whisky genauso schnell hinunter wie Mag. Laurie nahm ihm das Glas ab und schloss ihn in die Arme.
„Seid vorsichtig, in Ordnung?", flüsterte sie an seiner Schulter. „Passt gut auf euch auf."
„Das werden wir", versprach Phil und gab ihr einen langen Kuss.
Mag war bereits an der Tür und wartete dort mit hochgezogenen Brauen. „Wollen wir?"
„Ich kann´s kaum erwarten", seufzte Phil und löste sich von Laurie. „Denkt auch an die Fenster im Obergeschoss. Dort grenzt der Hang bis fast direkt ans Gebäude. Nur weil sie im ersten Stock liegen, sind sie nicht sicher."
Mag öffnete die Haustür und sofort fegte der unbarmherzige Wind herein. Mag blickte trübsinnig in die Dunkelheit. Das Ende des Feldes war nicht zu erkennen, das Schneetreiben verwehrte jeden Blick auf alles, das weiter als zehn Meter entfernt lag. Phil und er würden den Waldrand erst sehen, kurz bevor sie ihn erreichten.
„*Adiós*", rief Mag leise und blickte dem ungleichen Dreiergespann noch einmal in die Augen. Auf Karen verweilte sein Blick etwas länger. Dann trat er hinaus in die Nacht.
Phil zog den großen, verrosteten Schlüssel ab und hielt ihn den anderen vor die Nase. „Den nehme ich mit! Ich will euch nicht einsperren", meinte er mit einem bitteren Lächeln, „es geht hier denke ich eher ums *Aus*sperren! Oder denkt ihr anders?" Als keine Antwort kam, griff er nach der Tür und wandte sich noch ein letztes Mal zu Laurie.
„Ich *hasse* es, Lebewohl zu sagen", sagte sie leise. Sie war kurz davor, in Tränen auszubrechen, das konnte Phil sehen. „Ich sage lieber auf bald."
Phil versuchte ein aufmunterndes Lächeln. „Auf bald", sagte er, wandte sich rasch ab und zog die schwere Tür hinter sich zu.
Mit langsamen Bewegungen drehte er den Schlüssel im Schloss. Das Klicken klang erschreckend laut, trotz des jaulenden Windes rings um das Haus herum.
Mag wartete ein paar Schritte entfernt. Mit der riesigen Ebene im Hintergrund wirkte er schrecklich klein und verloren. Phil stapfte durch den Schnee und trat neben ihn.
„Die Reifen sind platt", sagte Mag leise.
Phil musste ihn etwas verwirrt angeblickt haben, denn Mag deutete wortlos zu dem schwarzen Van hinüber, der wie ein

großes, träges Tier langsam im Schnee begraben wurde.
Und Mag hatte Recht – alle vier Reifen des Fahrzeugs waren platt, Sonmore musste sie zerstochen haben, bevor er sich vor ihrem Haus in den Schnee gelegt hatte.
„Macht auch keinen Unterschied mehr“, meinte Phil mit eiskalter Stimme.
Schweigend musterten sie den Sturm. Der Wind zerrte an ihren Kleidern und schon jetzt wurde Phil kalt an den Füßen.
„Also los“, murmelte Mag.
Und sie zogen hinaus in die Dunkelheit jener endlosen Nacht.

4

Nachdem die Tür sich geschlossen hatte, sprach keiner der anderen ein Wort. Nur Laurie vergrub ihr Gesicht in beiden Händen und begann leise zu weinen. Sie war froh, dass sie es noch hatte zurückhalten können, bis Phil gegangen war. Aber eine besonders penetrante Stimme in ihrem Kopf flüsterte ihr zu, dass er vielleicht gerade dann *nicht* gegangen wäre. Dass er dann nicht dort draußen wäre...
Karen nahm sie ungeschickt in die Arme. „Ganz ruhig, Kleine. Es wird schon alles gut gehen, glaub mir.“
„Ach Scheiße“, schimpfte Laurie. „Was ist hier nur los, zum Teufel noch mal?! Vincent ist tot, Karen. Tot! Und wir sitzen hier fest und müssen... Verteidigungsanlagen bauen! In was sind wir da nur rein geraten?“
Woody trat zu ihnen. „Bevor wir irgendetwas tun, nehmen wir alle erst mal einen Drink. Da sind Phil und Mag ausnahmsweise einmal mit gutem Beispiel vorangegangen.“
Laurie seufzte. „Woody, mir ist jetzt schon schwindlig.“
„Ich will mich nicht mit euch betrinken“, unterbrach er sie. „Ein andermal gern, aber nicht heute! Ich denke nur, dass wir alle einen vertragen können – *du* vor allem Laurie, oder nicht?“
Laurie nickte kurz und wischte sich die Tränen von der Wange.
Karen führte sie zum Tisch, wo Woody bereits für sie alle einzuschenken begann. Stumm hoben sie die Gläser und blickten sich über die große Tafel hinweg an.
Kein Trinkspruch schien passend zu sein.
Sie tranken schweigend, während ein tiefes, drohendes Donnergrollen wie ein Gongschlag das nächste Kapitel des Dramas einläutete.

5

Genau wie Phil gesagt hatte, fanden sie im Dachgeschoss der riesigen Hütte mehr als genügend brauchbares Material, um das Haus abzusichern.
Joseph Connor schien eine wahre Bastlernatur gewesen zu sein. Phils Großvater hatte unzählige halbfertige Schränke, Tische, Bordregale und verschiedenste Rohentwürfe kreuz und quer im alten Speicher des zweiten Stockes gelagert. Unmengen von roh zugeschnittenen Brettern stapelten sich in einem wohlgeordneten Durcheinander die kahlen Holzwände entlang. Neben zwei gut ausgestatteten Werkzeugkästen – laut Woodys bescheidener Fachkenntnis – fanden sie in ein paar kleinen Holzschachteln genug Stahlnägel, um das komplette Gebäude neu beschlagen zu können.
Woody begann bereits, unter seinen gewaltigen Armen gleich mehrere Holzlatten die morsche Holztreppe nach unten zu schleppen, und Karen, ihm immer auf den Fersen, mühte sich mit einem der Werkzeugkästen ab.
„Großer Gott, der Mann war über Achtzig!“, fluchte sie. „Wie konnte er nur diese Dinger hier hin- und herschleppen?!“
Ächzend humpelte das Mädchen die schmale Treppe hinunter, während Laurie sich unsicher in dem Lagerraum umblickte.
Es war unheimlich hier oben. Das einzige Licht stammte von der Glühbirne im Flur unter ihr, deren schwacher Schein durch den kurzen, steilen Treppenschacht zu ihr heraufdrang. Ansonsten lag der Raum in düsterem Zwielicht – so wie fast alles in Lauries momentanem Leben. Sie seufzte leise und griff nach dem zweiten Werkzeugkasten. Mit einem unterdrückten Stöhnen musste sie Karen Recht geben – dieses Zeug war wirklich verdammt schwer!
Während Laurie vorsichtig die abgewetzte Holztreppe hinunter stieg, blickte sie noch einmal zurück.
Natürlich war alles düster und voller Schatten, doch Laurie spürte instinktiv, dass ihr von diesem Raum keine Gefahr drohte. Als würden Joseph Connors Vermächtnisse dort oben einen natürlichen Schutzwall bilden vor dem Schrecken, der auf sie zukam.
Laurie stieg in den ersten Stock hinab und wischte sich mit der freien Hand geistesabwesend die Spinnweben von ihrer Jeans. Sie warf einen beiläufigen Blick auf die Uhr an der Wand gegenüber. Etwa eine halbe Stunde war vergangen, seit Phil und Mag die Hütte verlassen hatten. Laurie kam es bereits wie eine halbe Ewigkeit vor.
Nachdem Laurie sich ein wenig beruhigt hatte und trotz ihres schwachen Protests noch einen weiteren Whisky gekippt hatte, war sie sofort mit Woody und Karen ihr Vorgehen genauestens

durchgegangen, und nun begannen sie mit der Durchführung.
Woody würde die Schwerstarbeit übernehmen, die Mädchen würden ihm assistieren – alles andere war lachhaft. Laurie war froh, wenn sie einen Nagel überhaupt mit dem Hammer traf, ohne sich gleich den Daumen blutig zu schlagen. Sie konnte Woody im Erdgeschoss bereits Anweisungen geben hören und Karen piepste irgendetwas dazu. Kurz darauf ertönte das unverkennbare Geräusch von kräftig geführten Hammerschlägen.
Laurie setzte den schweren Werkzeugkasten ab und atmete tief durch. Wieder erfasste sie ein leichtes Schwindelgefühl und sie schloss kurz die Augen.
Sie kam beinahe um vor Angst um Phil, doch sie versuchte sich zusammenzureißen, sie musste fit bleiben – umso mehr, da sie und die anderen noch ein gehöriges Stück Arbeit vor sich hatten. Zu ihrem eigenen Schutz.
Das Schwindelgefühl ließ nicht nach und ein leises, bedrohliches Pochen begann sich hinter ihrer Stirn zu regen. Es schien beständig lauter zu werden.
Laurie öffnete die Augen und der Flur begann sich in wabernde Farben aufzulösen; verzog, verdrehte und verschob sich in unmöglichen Winkeln und Tiefen. Das rhythmische Donnern in ihrem Kopf steigerte sich zu einem ohrenbetäubenden Lärm.
Laurie keuchte auf und presste die Augenlider sofort wieder aufeinander.
Sie taumelte gegen die Wand und biss sich fest auf die Unterlippe.
Mein Gott, was kommt jetzt? Was kommt jetzt, verdammt?
Laurie schrie. Oder versuchte, zu schreien, doch das Chaos um sie herum wurde lauter und lauter...
„Laurie, hey! Pennst du?“
Sie riss die Augen auf und starrte nach oben in Woodys besorgtes Gesicht. Sie hatte sich nicht vom Fleck gerührt, stand noch immer neben dem spartanischen Aufgang zum Dachboden, der Werkzeugkasten stand keinen Meter von ihr entfernt. Und der Gang um sie herum sah vollkommen normal aus. Eine von Woodys Pranken hatte ihren Oberarm ergriffen, mit der anderen hielt er einen gewaltigen Hammer auf seiner Schulter. Sie konnte sein starkes Aftershave riechen, für Lauries Geschmack etwas *zu* heftig – typisch Woody eben. Bis auf den heulenden Wind und Karens Geräusche im Erdgeschoss war nichts zu hören.
„Laurie?“
Sie zwang sich zu einem Lächeln. „Ich bin okay, Woody. Ich war nur kurz weggetreten, tut mir leid. Mir ist immer noch ein bisschen schwindlig – vielleicht war der Whisky doch zu viel.“
Er ließ seine Hand zögernd sinken und trat einen Schritt zurück. Sein skeptischer Blick sprach Bände. „Leg dich ein bisschen hin. Du brauchst zehn Minuten Ruhe, Süße.“
„Kommt nicht in Frage“, widersprach sie sofort. „Wir haben genug

zu tun, wir alle drei! Ich geh nur kurz runter auf die Toilette, mich frisch machen, dann komm ich zu euch und helfe, ja?"
Woody schien noch immer nicht überzeugt zu sein. Doch er trottete bereits Richtung Treppe, um mehr Holz zu holen. Auf der ersten Stufe drehte er sich noch einmal zu ihr um. „Sicher?", brummte er. „Du siehst im Moment nicht gerade besonders gut aus."
„Na besten Dank!"
„Du weißt genau, wie ich das meine! Überanstreng dich nicht, vielleicht brauchen wir unsere Kräfte noch."
„Versprochen, Woody."
Mit einem Grunzen stieg er die Treppe hinauf, und bis er aus ihrem Sichtfeld verschwunden war, behielt Laurie ihr Lächeln. Dann verzerrte sich ihr Gesicht schlagartig vor Schmerz und die Donnerschläge in ihrem Kopf kamen mit voller Wucht zurück. Sie stürmte los, taumelte die Treppe ins Erdgeschoss hinunter, überhörte Karens besorgten Ruf hinter sich und raste den Gang unterhalb der Treppe entlang Richtung Bad. Sie stieß links und rechts gegen die Wände, torkelte blind immer weiter und in ihrem Kopf zermalmten die schrecklichen Schläge ihr klares Denken. Dieser Druck sprengte beinahe ihren Schädel – sie musste ihn loswerden! Laurie riss die Tür auf, stürzte in den kleinen, dunklen Raum, aus dem Craig Sonmore wie ein leibhaftiger Dämon hervorgebrochen war, nahm kaum wahr, wie sie den Riegel vorlegte und fiel schreiend vor der Toilettenschüssel auf die Knie.

6

Woody brach schließlich die Tür auf.
Er schlug so lange mit seinem Hammer auf das Schloss ein, bis der altersschwache Riegel nachgab und die grobe Holztür aufsprang. Das trübe Ganglicht fiel in den dunklen Raum.
Laurie lag zusammengekauert vor der Toilette, in Embryohaltung, zitternd und schluchzend. Erbrochenes rann ihr aus dem halbgeöffneten Mund und bedeckte außerdem den Boden rings um die Toilettenschüssel.
„Laurie!" Karen stürzte zu ihr hinunter und strich ihr das verdreckte Haar aus dem Gesicht. Ihre Haut war bleich und eiskalt. „Laurie, mach keine Sachen, verdammt noch mal! Sag etwas und zwar sofort!" Karens Stimme balancierte ganz knapp am Rande der Hysterie. Woody sah sich schnell in dem kleinen, fensterlosen Raum um. Nur nackte Fliesen, ein paar Regale und die Toilette, sonst nichts. Zumindest nichts, was ihm bedrohlich vorkam.
„Laurie, Schatz, bitte", Karen schlug ihr leicht auf die Wangen und

rüttelte sie an der Schulter. „Hol eine Decke“, keifte sie Woody an. „Mach schon!“
Kommentarlos lief Woody nach nebenan und brachte eine der dicken Wolldecken mit, die auf der großen Couch lagen.
Als er zurückkam, hatte Laurie sich bereits aufgesetzt und schüttelte benommen den Kopf, Karen stütze sie. Sie redete beruhigend auf Laurie ein und streichelte sanft ihre Wange.
Woody trat halb hinter die beiden und breitete die Decke über Lauries Schultern aus.
„Wo bin ich?“, murmelte sie benommen. Ihre Stimme war nicht mehr als ein Flüstern. Ihr Blick irrte gehetzt hin und her. „Was ist passiert?“
„Du bist umgekippt“, sagte Woody knapp und wickelte sie noch fester in die Decke ein. Sogar durch den dicken Stoff hindurch konnte er spüren, wie sehr das Mädchen zitterte.
„Wir haben die Tür aufgebrochen“, sagte Karen. „Du bist panisch hierher gerannt und hast dich dann eingeschlossen, weißt du nicht mehr?“
Laurie blickte verwirrt zuerst ihre Freundin, dann Woody an. „Eingeschlossen? Ich kann mich an nichts erinnern. An gar nichts! Nur dass ich rasende Kopfschmerzen hatte...“
Laurie wollte sich aufrichten, trotz Karens Protest, doch Woody stützte sie und half ihr hoch.
„Laurie, bist du wirklich in Ordnung?“, fragte Karen besorgt. Sie ließ ihren Blick über die riesige Lache Erbrochenes wandern. „Was können wir tun?“
„Schon okay“, winkte Laurie ab. „Ich glaube, mir wurde es kurzzeitig einfach zu viel. Es tut mir leid, ihr braucht euch keine Sorgen mehr zu machen.“ Sie stolperte auf den Gang hinaus und Woody und Karen wechselten einen beunruhigten Blick. Sie führten sie vorsichtig in Richtung Couch, wo Laurie sich mit einem tiefen Seufzer niederließ.
„Schlaf ein bisschen“, sagte Woody knapp. „Ich hab´s dir vorhin bereits gesagt, aber du wolltest ja wohl nicht auf mich hören.“
„Aber ich muss doch...“
„Du musst gar nichts“, schimpfte Karen und drückte sie in eines der großen Kissen hinein. „Nur eine Weile ausruhen, keine Widerrede. Mein Kleiner und ich machen das hier schon!“
Ohne weitere Proteste schloss Laurie die Augen und nickte. „Dann bis nachher“, säuselte sie, „und weckt mich möglichst bald, habt ihr gehört?“
„Schluss jetzt! Schlafen!“
Laurie gab auf und begann wegzudösen, ihr gebeutelter Körper schrie nach Schlaf – und wenn es nur fünf Minuten waren. Sie hörte Woody und Karen leise miteinander reden, während sie sich von ihr entfernten.
„Was meinst du?“, fragte Karen.

Woody zögerte kurz. „Erschöpfung. Übermüdung. Stress. Wir sind alle mit den Nerven durch und jetzt noch die Belastung, dass Phil dort draußen ist… “ Er schnaubte kurz. „Klar, dass sie umkippt.“
„Sie hat geschrien wie am Spieß! Ich hatte eine Scheißangst!“
„Wir waren ja rechtzeitig bei ihr“, sagte Woody nur.
„Und du denkst nicht, dass ihr ernsthaft etwas fehlt?“ Karen senkte die Stimme. „Hast du ihre Augen gesehen?“
„Rede dir jetzt bitte nichts ein. Lass sie ein bisschen schlafen, wir müssen hier weiterkommen, einverstanden?“
Karen schien nicht zufrieden zu sein, musste ihm aber wohl oder übel zustimmen. Laurie konnte noch hören, wie Karen erklärte, sie würde die Schweinerei im Bad wegputzen, dann käme sie zurück. Dann Woodys immer leiser werdende Hammerschläge und schließlich fiel sie in einen traumlosen, gnädigen Schlaf.

7

Laurie erwachte so, wie sie eingeschlafen war: Mit dem an- und abschwellenden Geräusch von Woodys Schlägen. Oder waren es doch wieder die unheimlichen Mahlgeräusche aus ihrem Blackout?
Sie regte sich unruhig und begann, sich aus den Tiefen des Schlafes heraus zu wälzen. Die Geräusche um sie herum wurden lauter. Blinzend sah sie sich um.
Woody und Karen waren am anderen Ende des Raumes damit beschäftigt, eines der großen Frontfenster zu vernageln, allgemein waren sie bereits recht weit gekommen, Laurie musste also eine Weile geschlafen haben. Sie bekam ein schlechtes Gewissen. Dabei hatten die beiden doch versprochen, sie zu wecken.
Laurie setzte sich auf und rieb sich den Schlaf aus den Augen. Woody und Karen standen mit dem Rücken zu ihr und schienen sie noch nicht bemerkt zu haben.
Mit kleinen Augen ließ Laurie ihren Blick durch den großen Raum streifen und blieb am Treppenaufgang zum ersten Stock hängen. Dort glaubte sie, einen Schatten zu sehen, der jedoch blitzschnell verschwand, sobald sie versuchte, ihn genauer zu erkennen.
Laurie stutzte und stand langsam auf.
Sie sah noch einmal hin, aber da war nichts. Sie schien sich getäuscht zu haben, doch irgendetwas war falsch, irgendetwas hatten sie übersehen, irgendetwas hatte sich in ihren Kopf verbissen und wollte nicht mehr locker lassen. Sie spürte es doch ganz genau!
Und als Woody zu hämmern aufhörte, um nach einem neuen Nagel zu greifen, wusste sie es.
In die plötzliche Stille hinein hörte sie ein anderes, viel leiseres

Geräusch, ganz knapp unter dem heulenden Wind.
Das Scheppern eines großen Holztores. Das Holztor des Heubodens.
...und vergesst den Heuboden nicht...
„Hört ihr das?“, fragte sie die anderen.
Beide drehten sich erschrocken um und bemerkten erst jetzt, dass Laurie bereits wieder wach war.
Karen blickte sie entgeistert an. „*Gott*, Laurie...!“
„Ssscht“, machte Woody. „Still!“
Sie lauschten einige Augenblicke lang und dann hörten sie es alle. Das äußere Tor des Heubodens schlug krachend zu. Wieder und wieder.
Woody fluchte. „Wieso ist das Scheißding offen? Das war es doch vorhin nicht. Ich hab eigenhändig diese Kette verknotet!“
„Ist das das Tor in der Scheune nebenan?“, fragte Karen ängstlich.
Laurie nickte. „Der Heuboden hat ein großes Flügeltor. Der Sturm muss es aufgerissen haben“, flüsterte sie.
Woody packte den Hammer fester und ging Richtung Treppe.
„Dann haben wir sozusagen eine offene Tür nebenan. Die sollten wir wohl verschließen, damit wir keine ungebetenen Gäste bekommen, die hier einfach rein und raus spazieren, wie es ihnen passt!“
„Ich gehe nicht nach draußen!“, sagte Karen schnell.
„Wer redet von draußen?“, fragte Woody sie über die Schulter hinweg. „Es gibt eine Verbindungsluke zwischen dem Heuboden und dem Lager darunter. Die verdammte Tür ist unten. Und man kann das Ding nur von innen verriegeln, das haben wir doch gesehen.“
„Aber wieso muss das denn unbedingt sein?“, quengelte Karen weiter. „Wenn er doch sowieso durchkommt...“
„Ich weiß lieber schon eine Minute vorher, dass etwas im Haus ist, als dass es plötzlich ohne Vorwarnung dort oben im Gang steht. Oder meinst du nicht, Karen?“ Woody klang leicht genervt und ging mit großen Schritten die Treppe hinauf, ohne sich noch einmal umzudrehen. Wieder krachte das große Tor, diesmal in Verbindung mit einem kräftigen Donnerschlag und Laurie zuckte zusammen.
Sie wurde sich der darauf folgenden Stille in dem großen Wohnraum bewusst.
„Warte Woody“, rief sie und nahm Karen bei der Hand. „Wir kommen mit dir.“

8

Phil betrat den Wald nahezu an derselben Stelle, an der er vor nicht einmal einer Stunde zusammen mit Vincent gestanden hatte. Nun war Vincent tot. Mag war diesmal an seiner Seite, sie waren bis an die Zähne bewaffnet, hatten eine höllische Angst und alles – wirklich alles hatte sich verändert.
Während sie durch den knöcheltiefen Schnee vorwärts stapften, immer tiefer in den weißen Wald hinein, fragte sich Phil zum ersten Mal ernsthaft, ob er nicht auf dem besten Weg war, verrückt zu werden.
Hatte er wirklich gesehen, wie ein riesiger, nackter Mensch einen seiner besten Freunde innerhalb von Sekunden in Fetzen gerissen hatte? Hatte er wirklich gesehen, wie dieser Verrückte sich in Vincents Eingeweide gewühlt und angefangen hatte, ihn zu *fressen*?
Unter normalen Umständen hätte Phil tatsächlich an seinem Verstand gezweifelt, aber da war etwas... etwas tief drin in ihm, das ihm mit leiser Stimme zuflüsterte, dass er ganz und gar nicht verrückt geworden war. Dass alles, was er hier erlebte, die schreckliche Wahrheit war und dass die Zeit der *wahren* Antworten noch lange nicht gekommen war...
Phil war so sehr in Gedanken vertieft, dass er Mags Flüstern nicht hörte, sondern erst wieder zu sich kam, als der Freund ihn grob am Arm packte und zurückriss.
Benommen sah Phil sich um.
„Bleibst du jetzt stehen, verflucht noch mal?“, zischte Mag. „Ich glaube, wir sind da.“
Und tatsächlich: Vor ihnen erstreckte sich die Lichtung, auf der Vincent gestorben war. Phil musste wohl immer weiter stur geradeaus getorkelt sein und hatte wie selbstverständlich seinen Weg gefunden. Er blickte nach unten.
Sonmores Spuren waren mittlerweile kaum mehr zu erkennen, nur wenn man wusste, wonach man zu suchen hatte, waren sie noch sichtbar. Und wieder kam irgendetwas an ihnen Phil seltsam vor, nur konnte er beim besten Willen nicht sagen, was. Innerhalb der Lichtung waren sie ohnehin wieder wie ausgelöscht – als hätte er sich einfach in Luft aufgelöst.
Der unförmige Hügel, aus dem Sonmore hervorgebrochen war, erschien ihm nun winzig, nicht höher als einen knappen halben Meter. Keinesfalls groß genug, um ein Geschöpf von solcher Größe zu verbergen. Wieder zweifelte Phil an sich selbst. Und an seinem Geisteszustand.
„Ja, wir sind da“, flüsterte er, ohne sich umzudrehen. Eigentlich hätte Mags Frage keiner Antwort bedurft, ein paar Meter vor ihnen breitete sich unübersehbar eine rotschwarze Lache aus,

bereits halb verdeckt vom fallenden Schnee. Ebenso wie die Schleifspur, die zum anderen Ende der Lichtung führte. Und in den Wald hinein.
Phil schauderte. Er konnte Mag hinter sich stöhnen hören.
„Großer Gott, Phil. Das... das ist wirklich echt! Nicht, dass ich dir nicht geglaubt hätte, aber das hier... !“ Mag lachte schaurig auf, es klang wie ein Schrei. „Siehst du diese riesige Lache Blut...“
„Schon gut, Mag“, unterbrach Phil ihn sofort, ohne den Blick von dem Blutfleck und den schrecklichen Schleifspuren abzuwenden. „Versuch, nicht hinzusehen. Aber es hilft trotzdem nichts. Wir müssen diesen Spuren folgen. Siehst du? Dorthin ist er verschwunden.“ Phil zeigte ans andere Ende der Lichtung.
Vorsichtig, als wäre das ganze Gelände vermint, machte Phil ein paar Schritte in den Kreis hinein.
„Wenn wir Glück haben, sind seine Spuren dort drüben unter den Bäumen noch so frisch, dass wir ihn aufspüren können.“ Phil wandte sich zu Mag um. „Komm schon, lass uns...“
Doch Mag hörte ihn nicht.
Mags Augen waren weit aufgerissen und blickten wie erstarrt etwa einen halben Meter an Phil vorbei. Sein Mund stand halb offen. Sofort wirbelte Phil herum, weil er erwartete, Sonmore hinter sich aufragen zu sehen, dass das Monster ihn ein zweites Mal überlistete.
Doch hinter ihm war nichts.
Phils suchender Blick huschte hin und her, überflog innerhalb einer Sekunde den gesamten Waldrand rings um die Lichtung, doch er konnte nichts entdecken.
Irritiert fuhr Phil zu seinem Freund herum. „Mag, verflucht noch mal, was ist los mit dir?“
Mag starrte noch immer stumpfsinnig vor sich hin, seine Miene hatte sich kein bisschen verändert. „Mag?“ Langsam ging Phil zu ihm zurück. Er konnte nicht glauben, was er sah. „Was zur Hölle...?“, murmelte er.
Mags Züge wirkten wie eingefroren, er bewegte sich keinen Millimeter von der Stelle. Kein Zucken, kein Blinzeln – Nichts. So, als wäre die Zeit stehen geblieben.
Und in diesem Moment erkannte Phil, dass es genauso war.
Nicht nur Mag, *alles* rings um ihn war mitten in der Bewegung erstarrt. Und es war kein Geräusch mehr zu hören, bis auf das Pochen seines Herzens und den knirschenden Schnee unter seinen Stiefeln.
Phil konnte Hunderte von Schneeflocken schwerelos in der Luft schweben sehen; schwere Zweige, die sich noch vor Sekunden im Wind gebogen hatten, standen nun in unmöglichen Winkeln still; die mächtige Gewitterfront über ihm blieb regungslos an den Himmel gemalt.
Scheinbar eine Ewigkeit verging, bis Phil den ersten stolpernden

Schritt rückwärts machte. Das krachende Geräusch, das dieser Schritt verursachte, ließ ihn erschrocken aufschreien. Es war, als wäre er allein im Universum, als wäre sonst nichts mehr übrig.
Und dann ging das Licht aus.
Phil hatte keine Chance, überhaupt zu reagieren.
Von einer Sekunde auf die andere herrschte rings um ihn vollkommene Finsternis. Die Lichtung, der Wald, Mag – alles war ausgeblendet und es herrschte eine so absolute Schwärze, dass Phil sofort Platzangst bekam.
Als wäre ein gigantischer Schalter umgelegt worden, war auf einmal alles weg. Phil konnte die Hand nicht vor Augen sehen und seine hektischen Atemzüge erschienen ihm so laut, dass er nicht mehr sicher war, ob er hier in dieser schrecklichen Finsternis noch allein war.
Hilflos begann er zu wimmern, wagte jedoch nicht, sich auch nur einen Zentimeter zu bewegen. Wer wusste schon, was dann passieren würde.
Dann begannen, Stück für Stück und alle nacheinander, die Schneeflocken um ihn herum wieder langsam sichtbar zu werden. Sie alle glühten in einem düsteren, roten Ton und sie pulsierten rhythmisch wie winzige Herzen.
Phil musste an eine gigantische Diskokugel denken und lachte heiser auf. „Was ist das hier für eine Scheiße?“, krächzte er. „Wo bin ich hier?“
Und als hätte der Klang seiner Stimme irgendetwas aus seinem Jahrtausende währenden Schlaf erweckt, begann sich weit, weit entfernt, am Rande von Phils Blickfeld, etwas aus der Finsternis zu schälen. Es pulsierte ebenfalls in einem dunklen Rot und breitete sich stetig aus, bis es nach und nach den gesamten schwarzen Horizont einnahm.
Und es quoll unaufhaltsam auf Phil zu.
Ein schrecklicher Schmerz explodierte in seinen Knien und schickte ihn schlagartig zu Boden, nagelte ihn dort fest. Irgendetwas schien in Phils Körper zu zerbrechen und gleichzeitig erwachten die schlimmsten Kopfschmerzen in seinem Kopf, die er je erlebt hatte.
Auf Knien schrie er gepeinigt auf, während die rote Wolke immer näher und näher kam.
Phil vergrub seinen schmerzenden Kopf in den Armen und fiel vornüber, wimmernd brach er zusammen.

9

Er musste kurz ohnmächtig gewesen sein, denn als er wieder zu sich kam, spürte er, dass er nicht mehr allein war. Irgendjemand

oder irgendetwas war in seiner Nähe.
Langsam und vorsichtig, jede hektische Bewegung vermeidend, hob Phil den Kopf und blickte hinauf zu dem Ding, das ein paar Meter über ihm im Nebel hing und auf ihn herabstarrte.
Es war ein Schädel.
Ein schwarzer Tierschädel, der von irgendeinem großen Raubtier stammen musste. Nur war dieser Schädel größer als der Kopf irgendeines lebenden Landraubtieres, das Phil kannte.
Die mattschwarze Knochenoberfläche war blank wie sandgestrahlt, und hinter den leeren Augenhöhlen lauerte eine bedrohliche Intelligenz. Der Schädel schwebte vor und zugleich inmitten der roten Wolke, haltlos, körperlos, und starrte auf Phil herab. Ringsum herrschte noch immer vollkommene Schwärze, außer dem pulsierenden Leuchten der roten Schneeflocken.
Mit staunendem Blick versuchte Phil sich aufzurichten, doch sofort schoss wieder ein gleißender Schmerz durch seinen Kopf und seine Knie, sodass er sofort wieder zusammenbrach.

UNTEN

dröhnte es in seinem Kopf.

DU BLEIBST UNTEN
TAA-NOON
DU HAST VOR MIR ZU KNIEN
DU ERHEBST DICH ERST WIEDER
WENN ICH ES DIR
GESTATTET HABE
HAST DU MICH VERSTANDEN
TAA-NOON

Die Stimme wirkte wie ein gewaltiger Presslufthammer auf Phils Schädel. Sie schien von überall her und gleichzeitig direkt aus seinem Hirn zu kommen. Jedes Wort schoss eine neue Schmerzwelle durch seinen gepeinigten Körper.

OB DU MICH
VERSTANDEN HAST

„JA!“ schrie Phil voller Schmerzen. „Gott, ja! Wer bist du? Was willst du von mir?“

SCHWEIG
DU BIST NUR HIER
UM ZU WISSEN
DU BIST TAA-NOON
DER ANWÄRTER AUF DEN KUSS
DES BLUTMONDES
UND DU BIST HIER
UM ZU ERFAHREN
WAS DEIN SCHICKSAL
SEIN WIRD
WAS DEINE BESTIMMUNG IST

Phil hob mit verzerrtem Gesicht den Blick und starrte dieses unmögliche Etwas dort über sich an.
Der Schädel sprach zu ihm, definitiv, doch er bewegte sich nicht. Die Stimme sparte sich den Umweg durch die Kiefer des schwarzen Schädels und explodierte direkt in Phils Kopf.
Phils Augen begannen zu tränen. „Meine Bestimmung? Wovon sprichst du? Ich...”

WAS BIS HEUTE NACHT
UNTER DEM ROTEN MOND
WANDELTE
IST AM VERWELKEN
SEIN WIRKEN IST FAST VORÜBER
NOCH WILL ES SICH
NICHT EINGESTEHEN
DASS SEINE ZEIT
GEKOMMEN IST
DOCH ES WIRD SICH FÜGEN
WIE ALL DIE ANDEREN
JA WIE ALL DIE ANDEREN
GEFÄSSE VOR IHM

...wie all die anderen...
Phil lief ein eisiger Schauer über den Rücken.
Diese Stimme, dieses Ding war alt. Uralt. Das konnte er aus jedem einzelnen Wort des schwarzen Schädels heraushören. Und was meinte er mit Gefäß? Das alles musste etwas mit Sonmore zu tun haben – wieso sonst sollte dieses Ding zu ihm sprechen?
„Sprichst du von Sonmore? Ist er es, dessen Zeit gekommen ist? Und von welchen Gefäßen sprichst du?“
Die monströse Stimme donnerte unbeirrt weiter.

WAS WELKT
UM LETZTENDLICH
ZU STERBEN
WIRD NEU ENTSTEHEN
UM EINEN WEITEREN ZYKLUS
BEGINNEN ZU KÖNNEN
GRÖSSER
MÄCHTIGER
STÄRKER
DIE ZEIT DES ROTEN MONDES
IST NUN BEINAHE DA
WISSE TAA-NOON
DASS AUCH DU DEINE ROLLE
ZU SPIELEN HAST
UND VERSUCHE NICHT
DICH DAGEGEN ZU WEHREN
TAA-NOON
DAS WÄRE SINNLOS
DU KANNST DEINEM
SCHICKSAL NICHT ENTGEHEN
HAST DU MICH VERSTANDEN

Und Phil drückte sein Gesicht in den kalten Schnee und schrie in die Dunkelheit, jedes einzelne Wort des Dämons wie tausend Säbel in seinem Kopf: „JA! JA! ICH HABE VERSTANDEN! ICH WERDE TUN, WAS IHR VERLANGT, ICH WERDE TUN, WAS IMMER IHR VERLANGST, NUR LASST MICH LOS! *LASST MICH LOS*!“

Und Phil krümmte sich jammernd zusammen, schrie und presste die Fäuste zusammen, bis Blut zwischen seinen Fingern hervortrat und dann – ganz plötzlich, wurde es besser.
Der Schmerz begann nachzulassen.
Phil hob blinzelnd den Kopf und starrte hinauf.
Der Schädel hing noch immer über ihm, pulsierend, wartend und langsam, ganz langsam begann er sich im roten Nebel aufzulösen.

UNTER EINEM ROTEN MOND
WIRST DU WANDELN UM ZU
ERFÜLLEN DEIN SCHICKSAL

„Ich habe verstanden", flüsterte Phil leise. Seine Stimme zitterte vor Ehrfurcht. Er konnte die Last der Jahrhunderte spüren, die sich mit einem Mal auf seine Schultern legte. „Ich habe verstanden und ich werde Euch nicht enttäuschen."
Eine Träne rann ihm über die eisig kalten Wangen.
Er würde sterben. Er wusste es. Wenn er wirklich Sonmores Erbe antreten sollte, dann musste er sterben. Alles war besser, als so wie er zu enden. Als Monster.

UNTER EINEM ROTEN MOND...

zischte der Wolfsdämon und verschwand immer weiter zwischen den roten Nebelschwaden, die mehr und mehr zerfaserten und sich in der Schwärze der Nacht aufzulösen begannen.
„Unter einem roten Mond, ich habe verstanden", flüsterte Phil tonlos. „Wenn der Blutmond am Himmel steht, dann ist die Zeit gekommen. Dann werde ich seine Nachfolge antreten, wie Ihr es wünscht." Er neigte sein Haupt und schloss die Augen.
Und wartete.
Und wartete.
Dann, langsam, löste sich der Druck, die mächtige Stahlklammer um seinen Kopf, vollends, und er war frei.
Die Geräusche kamen zurück. Erst schwach und zögernd, dann, auf einmal, war er wieder in der wirklichen Welt und um ihn herum erwachte der Wald zum Leben.
Phil öffnete die Augen und begegnete direkt Mags entsetztem Blick.
„Hi", krächzte Phil. Seine Stimme war rau und klang knirschend, wie ein Stiefel auf einem Haufen Scherben. Mag keuchte erschrocken auf und stolperte einen Schritt zurück.
„Ich bin´s, Mag. Keine Angst."

„Fuck!“, schrie Mag ihm entgegen. „*Dios*, was zur Hölle war das, Phil? Was – zur – Hölle – war – das??“
Phil stemmte sich ächzend in die Höhe, erst ein Bein, dann das Zweite. „Mag, hör zu, ich ...“
„Komm mir nicht zu nahe!“, schrie Mag, rückwärts taumelnd. „Bleib mir bloß vom Leib und erklär mir erst, was für eine verfickte *mierda* ich da gerade gesehen hab!“
Phil hatte sich stöhnend aufgerichtet und zwang sich nun, Mag direkt in die Augen zu blicken. „Was hast du denn gesehen?“, fragte er ruhig.
„Du... du warst da und... doch nicht da, Phil! Ich meine, du hast mit *irgendjemandem* gesprochen und dieser Jemand hat geantwortet... durch *Dich*!“ Mag atmete schwer und konnte den Blick nicht von Phil lösen.
„Durch... mich?“, fragte Phil.
„Es war, als würden mehrere Personen durch dich hindurch sprechen, Mann. Ich hatte eine Scheißangst!“ Seine Stimme brach zu einem heiseren Flüstern. „Und hast du die Bäume gesehen? Die Bäume, Phil. Diese riesigen Fratzen in den Tannen, die aussahen wie Tierköpfe, wie... Wolfsköpfe. Jetzt sind sie fort, aber vorhin waren sie da, während du... Verdammt, im Wind sah es aus, als würden sie sich bewegen, mich angrinsen, mich...“ Mag begann hilflos zu weinen. Er war fertig mit den Nerven.
Phil ging zu ihm und nahm ihn fest in den Arm. Mag packte ebenfalls zu und schluchzte laut auf. „In was für eine Scheiße sind wir da nur reingeraten, Phil? Verdammt, was für eine Scheiße...“
Eine Zeit lang standen sie dort und Phils Plan begann langsam in ihm heranzureifen. Er ließ Mag sich beruhigen und dachte nach. Er musterte die Bäume ringsum, und auch wenn Mag sie nun nicht mehr sehen konnte – Phil sah sie.
Riesige, monströse Fratzen, gebildet von den buschigen Zweigen und den Schatten, die dazwischen lauerten. Aufgerissene Mäuler, spitze Ohren und bodenlose Löcher, die wie Augen auf sie herabstarrten. Und Mag hatte Recht – sie lachten. Sie lachten sie aus.
Dann fiel sein Blick hinab in den Schnee und er wusste, was er vorhin übersehen hatte.
Sonmores Spuren. Sie führten nicht von der Hütte weg.
Er hatte sie überlistet.
„Komm Mag, wir müssen los“, spornte Phil ihn an. Langsam, aber bestimmt drückte er Mag von sich weg und sah ihm fest in die Augen. Mags Blick fiel an ihm vorbei, auf die Bäume hinter ihm.
„Mag, sieh mich an!“
Er zwang sich, Phil wieder in die Augen zu sehen. Und etwas darin schien ihn zu stärken, ihm Kraft zu geben. Mag atmete tief durch, biss die Zähne zusammen und zischte: „Also los!“
„Ich erklär dir unterwegs genau, was passiert ist!“ Phil rannte

bereits los. „Du wirst es mir zwar eh nicht glauben, aber jetzt müssen wir zurück zur Hütte. Sonmore hat uns reingelegt!“
„Ich glaub dir alles“, keuchte Mag, während er hinter Phil durch den Wald hetzte. „Keine Sorge, sag mir einfach nur, was hier los ist!“
Phil drehte sich im Laufen zu ihm um. „Sonmore hat das letzte Stück durch den Wald in seiner eigenen Spur zurückgelegt. Wir dachten die ganze Zeit, er entfernt sich von der Hütte, dabei...“
„Dabei“, knurrte Mag, „ist er schon längst wieder an uns vorbei und auf dem Weg zurück! *Coño*!“
Phil sagte nichts mehr. Er brauchte all seine Energie, um so schnell wie möglich wieder das Haus seines Großvaters zu erreichen.
Bevor Sonmore es erreichte.

AUF DEM HEUBODEN

1

Sie betraten zu dritt den Heuboden der Scheune.
Der riesige Raum lag da in düsterem Zwielicht, sodass Laurie ihre Augen anstrengen musste, um überhaupt etwas sehen zu können. Es hatte wohl einmal eine Glühbirne gegeben, aber da hier ohnehin nur tagsüber gearbeitet worden war, hatte es niemand für nötig gehalten, sie auszuwechseln. Eiskalter Wind fuhr klagend durch das Dachgebälk.
Laurie sah sich um.
In allen Ecken nisteten bedrohliche Schatten und die Luft hier oben war so schlecht, dass ihr fast augenblicklich übel wurde.
Tod, dachte Laurie. *Es stinkt nach Tod hier oben und wir mittendrin in diesem Wahnsinn! Verdammt noch mal, was tue ich hier eigentlich?* Sie biss sich fest auf die Zunge, um wieder einen klaren Kopf zu bekommen. Der Schmerz war nicht schlimm, aber er half.
An den Wänden stapelten sich gelagerte Heuballen, Holzlatten und unzählige verrostete Werkzeuge. Der Boden der Scheune war mit getrocknetem Stroh und Vogelkot bedeckt. Laurie blickte nach oben und sah Dutzende von verlassenen Taubennestern auf den Stützbalken des alten Giebeldaches.
Ein neues Schwindelgefühl schüttelte sie und sie taumelte rückwärts. *Nein!* dachte sie panisch. *Nicht schon wieder! Das pack ich nicht noch mal...!*
Karen packte zu. „Hey Laurie, ist wirklich wieder alles in Ordnung mit dir?"
Karen war über ein Jahr älter als Laurie, aber auch fast einen Kopf kleiner. Wie sie so zu ihr aufblickte mit ihren großen, besorgten Augen, wusste Laurie, dass sie es ehrlich meinte. Sie brachte notdürftig ein schmales Lächeln zustande. Ihre Augen blieben kalt.
„Nein."
„Entschuldige. Blöde Frage." Auch Karen lächelte.
„Weißt du, es ist nur... ich..." Laurie schüttelte benommen den Kopf. „...ich kann bald einfach nicht mehr."
Als sie wieder in Karens Gesicht blickte, wusste sie, dass es dieser nicht anders erging. *Jeder* von ihnen lag mit den Nerven blank und *keiner* konnte auch nur annähernd mit dieser verstörenden Situation zurechtkommen.
Was Laurie betraf, so konnte sie sich nicht entscheiden, was sie denken sollte. Natürlich konnte sie noch immer nicht glauben,

dass ein *Werwolf* Vincent getötet hatte, aber andererseits glaubte, nein *wusste* sie, dass Phil es auch nicht getan hatte. Irgendetwas war dort draußen im Schnee geschehen und es machte ihr Angst. Panische Angst!

Sie lächelte noch einmal gequält und ging dann weiter in den Raum hinein, um Woody zu folgen. Aus den Augenwinkeln glaubte sie, in einer finsteren Ecke einen Schatten zu sehen, der sich auf sie zu bewegte. Sie drehte ruckartig den Kopf! Nichts. *Nur nicht hysterisch werden, Laurie. Gaaanz ruhig bleiben. Nur die Ruhe. Dieser ganze Albtraum wird bald vorbei sein!*

Woody stand jetzt direkt vor dem dunklen Rechteck im Boden.

Er ging in die Hocke und blickte in den Schacht hinunter. Den großen Hammer hatte er sich über die Schulter gelegt, er war verschwitzt und verdreckt und sah aus wie ein Grubenarbeiter.

Woodys Blick reichte etwa einen Meter senkrecht in die Tiefe, der Boden des Schachts verbarg sich in vollkommener Schwärze. Für eine Sekunde schwang das Scheunentor wieder auf und Woody konnte ein paar vage Schatten erkennen. Als es mit einem lauten Knall wieder zufiel, zuckten die Mädchen hinter ihm zusammen.

Direkt über seinem Kopf erblickte Woody einen Flaschenzug, um die Heuballen zum Trocknen hier herauf zu wuchten. Er zog versuchsweise an der Kette. Ein altes und verrostetes Ding zwar, aber es schien noch zu funktionieren. Er blickte wieder in den Schacht hinein.

Zum Springen war es wohl zu hoch, außerdem konnte er nicht wissen, was für Gerümpel dort unten herumlag. Er dachte an die alten, verrosteten Werkzeuge, die sich hier überall stapelten. In einem solchen Haufen zu landen, wäre mit Sicherheit ein Riesenspaß! Dann doch lieber der Flaschenzug. Er stand auf und wandte sich zu Karen und Laurie um, die ihn fragend ansahen.

„Seid ihr beiden fit genug, um mich da runterzulassen, was meint ihr?“

Karen blickte ungläubig zu ihm auf. „Du willst da hinunter?“

Woody zuckte die Achseln. „Wenn du eine bessere Idee hast...“

„Und ob ich die habe!“ Karen trat wütend auf ihn zu und baute sich vor ihm auf. „Wir werden auf die anderen warten und zusammen dort runter gehen. Ich lasse dich auf gar keinen Fall alleine dort hinunter!“

„Was soll mir denn passieren, was den anderen nicht passieren könnte?“, knurrte Woody gereizt.

„Spiel hier nicht den großen Mann! Du hast keine Ahnung, was dich dort unten erwartet, vielleicht steht dieser... dieser Irre direkt unter uns und wartet nur darauf, dass einer von uns dumm genug ist, ihm in die offenen Arme zu laufen!“

„Okay, du hast Recht. Er muss ja auch wirklich winzig klein sein, um unbemerkt an Phil und Mag vorbeizukommen, was denkst du?“

„Ich denke, dass du dir deinen Sarkasmus sonst wohin schieben kannst!“
„Dann schlag mir doch was Besseres vor, *Schätzchen*“, sagte Woody böse. „Mach mir einen besseren Vorschlag, wie wir dieses verdammte Tor verriegeln sollen, ohne an den Riegel zu kommen. Du bist doch sonst so superschlau, warum fällt deinem Spatzenhirn jetzt nichts mehr ein?“
Karen blickte ihn einen Moment lang fassungslos an.
„Du dummes Arschloch“, flüsterte sie tonlos.
„Geschenkt.“ Woody drehte sich wieder zum Schacht um und begutachtete den Flaschenzug, als wäre er ein besonders interessantes Ausstellungsstück.
„Du dummes Arschloch!“, kreischte Karen. *„Was fällt dir eigentlich ein, du aufgeblasener...“*
„Ruhe, verdammt!“, schrie Laurie. Beide Köpfe fuhren zu ihr herum. Sie leckte sich die Lippen, dann sprach sie mit – wie sie hoffte – beruhigender Stimme weiter. „Wirklich, wir müssen zusammenhalten. Ein Streit bringt niemanden von uns weiter, lasst uns doch bitte ganz ruhig und nüchtern überlegen, was zu tun ist okay?“
Karen brach in Tränen aus und schüttelte resigniert den Kopf. „Was schlägst *Du* denn vor?“, heulte sie.
„Es ist doch so...“ Laurie versuchte krampfhaft, nicht den Überblick zu verlieren. „Wir *müssen* das Tor verriegeln und zwar von innen. Der einzige Zugang zum Tor ist durch diesen Schacht hier. Wir haben gar keine andere Möglichkeit, als Woody dort hinunterzulassen.“ Sie nickte Karen zu. „Oder willst *du* vielleicht da hinunter?“ Karen schüttelte schluchzend den Kopf.
Es entstand eine kurze Pause, in der nur der Wind durch die Scheune strich. Sein Heulen klang wie das Weinen eines kleinen Kindes. Die drei hielten den Atem an.
Laurie sah zu Woody, der sie interessiert musterte. „Bist du bereit?“
Er zuckte die Achseln. „Wie du schon sagtest – sehr viele andere Möglichkeiten bleiben uns ja wohl nicht, oder?“
„Dann los!“, meinte Laurie und trat hinter ihn.
„Ich *will* nicht, dass du gehst!“, heulte Karen. Sie klang wie ein stures, kleines Mädchen, das den Eltern auf seine kindliche Art klarzumachen versucht, dass es einfach noch *viel zu früh* ist, um ins Bett zu geschickt zu werden. „Ich will nicht, dass du gehst“, wiederholte sie. „Ich hab *Angst*, Woody! Glaub mir doch einfach, dass ich *wahnsinnige Angst* um dich habe!“
Zum ersten Mal sah Laurie jetzt einen anderen Woody, den sie niemals kennen lernen würde. Nicht den irrsinnigen, immer zu Scherzen aufgelegten Riesen, der auf keiner Party fehlen durfte. Oder, wie sie ihn in den letzten Stunden gesehen hatte, den zornigen, uneinsichtigen, zum Teil beängstigenden Sturkopf.

Karen trat zu ihm und er legte ihr eine Hand auf die Wange, lächelte sie zärtlich an. „Das weiß ich, Kleine. Ich weiß, dass du Angst hast, aber jeder von uns muss Opfer bringen und meines besteht wohl darin, dort hinunterzugehen und nicht zu wissen, was mich erwartet. Versuch das zu verstehen, okay?"
„Okay, Kleiner", flüsterte Karen leise. Sie hatte seine Hand gepackt, schien sie nie mehr loslassen zu wollen.
Laurie stand daneben und fühlte sich in irgendeine schlechte Liebesschnulze hineinversetzt, bei der sie nur als Zuschauer agierte. Das hier war eine klassische Abschiedsszene, wie sie kein Hollywoodautor besser hinbekommen hätte. *Gleich gibt er ihr den Abschiedskuss,* dachte Laurie hysterisch. *Gleich küsst er sie und dann geht er und wir wissen doch wohl alle, wie* solche *Geschichten enden, oder?*
Ein Blitz zuckte vom Himmel, tauchte den Heuboden in gleißendes Licht und der Moment war vorüber. Woody blinzelte und nahm seine Hand weg. Er blickte zu dem Flaschenzug. „Dann helft mir doch jetzt bitte, dieses verfluchte Ding in Gang zu bringen."
Doch dazu sollte es nicht mehr kommen.
Unmenschlich starke Arme packten aus dem Schacht heraus nach Woody und rissen ihn von den Füßen!
Laurie kreischte auf, Karen stolperte rückwärts und fiel. Woody stieß alle Luft aus den Lungen, als er auf den Holzboden krachte und eine Sekunde später rasend schnell in den Schacht gezogen wurde. Der riesige Hammer verschwand in der Finsternis.
Woody reagierte blitzartig und packte zu!
Die morschen Bretter knarrten bedrohlich, als er versuchte, dem enormen Zug standzuhalten und sich an den Rand des Schachts klammerte.
„Helft mir!", kreischte Woody schrill. *„So helft mir doch, verflucht noch mal!"*
Jetzt kreischte Karen ebenfalls. Einen durchdringenden, hohen Ton, der Glas hätte zerbrechen können. Sie saß da, starrte auf die entsetzliche Szene, das Gesicht zur Grimasse verzerrt und kreischte wie von Sinnen!
„Helft mir doch! Helft miiiiiiiiiiiiir!"
Laurie sprang hinzu und packte verzweifelt Woodys Handgelenke. Seine Arme waren hart wie Stahl. Mit wild rollenden Augen starrte er zu ihr hinauf. *Wie ein Schwein,* dachte Laurie gehetzt. *Wie ein Schwein, das genau weiß, dass es zur Schlachtbank geführt wird!*
„Bitte Laurie!", schrie er gepresst. „BIIIIIITTEEEEE!!!"
Laurie hatte niemals zuvor einen Mann so schreien gehört. Todesangst stand ihm ins Gesicht geschrieben. Laurie zog so fest sie konnte, doch sie spürte, sie wusste ganz genau, dass es sinnlos war.
Unter Woody war Nichts. Nur Schwärze.

Und doch war sein ganzer Körper gespannt wie eine Feder, weil irgendetwas ihn mit unvorstellbarer Kraft dort hinunterzog.
Karen heulte immer noch wie eine Sirene.
Laurie stemmte sich gegen den Heuboden, zog und zog und zog!
„Verflucht noch mal, Karen, hilf mir doch endlich!“, kreischte sie.
Und dann passierte etwas.
Woodys Augen weiteten sich entsetzt, bis Laurie sicher war, sie würden ihm aus den Höhlen fallen. Knirschende, krachende Laute drangen von unten zu ihr hinauf, wie splitterndes Holz.
Und dann schrie Woody wieder.
Und diesmal ließ Laurie los und fiel nach hinten. Woodys Schrei war so durchdringend, so grell, so unglaublich laut.
Und so erschreckend endgültig.
Es war aus!
Laurie wusste es – sie konnte nichts mehr für ihn tun. In dem Moment, als sie seine Knochen brechen hörte, wusste sie, dass es sinnlos war. Es dauerte einen Moment, bis sie merkte, dass Woody immer nur zwei Worte schrie.
„MEIN BEIN MEIN BEIIIN MEIIIIN BEIIIIIIIIIN!“
Heißes Blut spritzte wie eine Fontäne auf den dreckigen Holzboden. Laurie schrie auf und kroch rückwärts. Einige Spritzer erblühten wie von Zauberhand auf ihrer Bluse. Sie sahen aus wie Rosen.
„NEIN!“, schrie Karen. „NEIN, WOODY, NEIN!“
Woodys Blut verschmiertes Gesicht verschwand im Schacht.
Laurie konnte einen dumpfen Aufprall hören und andere, schlimmere Geräusche, die zu grausam waren, als dass sie sich vorstellen konnte, vorstellen *wollte*, was dort unten geschah! Sie starrte immer noch wie benommen auf das schwarze Rechteck im Boden, sie konnte Karen leise wimmern hören und natürlich hörte sie das *andere*, das *grässliche*, das dort unter ihnen geschah...
Mit einem Ruck war sie auf den Beinen und kniete neben Karen nieder. Diese war zu Boden gesunken und verbarg ihr Gesicht in den Händen. Laurie schüttelte sie unsanft, doch Karen heulte weiter.
„Karen“, zischte sie. „Verflucht noch mal, steh auf! Steh auf, du kannst nichts mehr für ihn tun. Komm – end – lich!“ Mit den letzten Worten versuchte sie, Karen in die Höhe zu stemmen. Komisch, sie hatte bis jetzt nicht bemerkt, dass dieses Baby Tonnen wog!
„Komm schon, Karen! Komm schon!“ Endlich hatte sie es geschafft, Karen in eine halbwegs stehende Position zu bugsieren. Sie zeigte allerdings noch immer keine Reaktion. Mit hastigen Schritten zerrte Laurie sie zur Tür, blickte sich immer wieder hektisch zum Schacht um, der sie anzuglotzen schien, wie ein böses, schwarzes Auge.
Mit letzter Kraft stieß sie Karen in den Flur hinaus, sprang

hinterher und trat noch im Fallen die Tür hinter sich zu. Mit einem dumpfen, trockenen Knall fiel sie ins Schloss.
Für Laurie klang es so endgültig wie das Schließen einer Gruft.

2

Phil hatte die Hütte fast erreicht.
Er stürmte auf die Eingangstüre zu, stieß die Hand in seine Jackentasche, fingerte nach dem Schlüssel. Er wollte den Bund herausreißen, doch er verfing sich in einer Naht und Phil strauchelte, wäre fast gestürzt.
Lautstark fluchend stürmte er weiter.
Phil bremste sein Tempo zu spät ab und knallte fast ungebremst gegen das steinharte Holz, doch er spürte es kaum.
Mit fliegenden Fingern rammte er den Schlüssel ins Schloss und trat eine Sekunde später die Tür auf, so heftig, dass sie mit einem lauten Knall gegen die Wand krachte. Er zog sein Messer.
„Laurie!“, schrie er, als er den Wohnraum leer vorfand. „Laurie, wo bist du? Karen? Woody? Wo seid ihr, zum Teufel noch mal?“
Er stürmte los, streifte dabei einen der Stühle, die noch unverändert um den Tisch herum standen. Der Stuhl kippte leicht, blieb einen Moment in der Schwebe und fiel dann letztendlich doch um. Phil war bereits auf der Treppe. Es hätte ihn vielleicht interessiert, dass auf diesem Stuhl vor einer Stunde noch Woody gesessen hatte.
Mag erschien keuchend in der Eingangstüre. Er presste beide Hände auf seinen Brustkorb und blieb kurz vornübergebeugt stehen. „Wenn ich das hier überlebe“, stieß er keuchend hervor, „dann fresse ich nur noch Salat und kaue den ganzen Tag Baldrian, mein Wort drauf!“
Phil erreichte den ersten Stock, warf den Kopf nach links, dann nach rechts und erstarrte für einen Moment. Aber nur für einen Moment – dann raste er los.
Er fiel neben den beiden Mädchen auf die Knie, die vor der verschlossenen Tür zum Heuboden herumlagen wie ein paar schmutzige Wäschestücke.
Karen schluchzte leise vor sich hin und schien ihn nicht zu bemerken. Laurie lag leblos auf der Seite und rührte sich nicht.
„Laurie“, stammelte Phil und strich ihr das Haar aus dem Gesicht. „Laurie, hörst du mich, Süße? Kannst du mich hören?“ Er schlug ihr leicht auf die Wange, ihre Lider flatterten einen Moment, öffneten sich aber nicht.
„Oh Gott, Laurie, sag doch was! Irgendetwas!!“ Phil stützte sie und richtete sie hastig in eine sitzende Haltung auf, er hatte Angst! Er hatte eine Scheiß-Angst, dass sie sterben würde... Oder schon tot

war! Blutflecken bedeckten ihre Bluse.
„LAURIE! SIEH MICH AN, VERDAMMT NOCH MAL!“
Das half. Das Mädchen schlug die Augen auf und die schreckliche Karikatur eines Lächelns erschien auf ihrem Gesicht.
Mag tauchte am oberen Ende der Treppe auf und blieb wie angewurzelt stehen, als er die drei erblickte. Er zischte irgendeinen Fluch.
„Laurie, mein Gott, bist du okay? Ist alles okay?“ Ihr Gesicht wurde ausdruckslos. Eine einzelne, schimmernde Träne rann ihre Wange hinunter. „Nichts ist okay“, flüsterte sie. „Er hat sich Woody geholt.“ Und dann presste sie sich an Phil, drückte ihn so fest sie konnte und begann ungehemmt zu schluchzen.
Mag kam langsam näher.
Ein betäubendes Gefühl durchströmte seinen Körper. Lauries Worte hallten wieder und wieder in seinem Kopf wie dumpfe Glockenschläge. *Er hat sich Woody geholt!* Würde es so weitergehen? Gott, sollten sie alle hier oben sterben? Wenn das sein Schicksal war und auch das von Phil und den Mädchen, dann fragte er sich, was Phils Vision für einen Sinn gehabt hatte. Wenn Phil tatsächlich ein Auserwählter war, dann musste er doch irgendwie die Möglichkeit haben, das Ganze zu... steuern. Oder hatte es diese Vision gar nicht gegeben, hatte Phil ihm nur was vorgespielt?
Mag verdrängte den Gedanken und kniete neben Karen nieder. Er blickte kurz zu Phil, doch dieser hatte alle Hände voll mit Laurie zu tun und beachtete ihn gar nicht. Mag nahm Karens Kopf in seine Hände und blickte ihr in die Augen.
Karens Augen blieben ausdruckslos. Sie gab leise, wimmernde Laute von sich, doch der Blick ihrer leeren Augen schien einfach durch Mag hindurchzugehen.
Nach einem kurzen Zögern nahm Mag sie etwas ungeschickt in die Arme und sie erwiderte seine Berührung, drückte sich eng an ihn. Ihre Brüste bebten und Mag spürte ihr rasend schnelles Herz schlagen.
Sie hob den Blick, und plötzlich war darin etwas Neues, etwas anderes, als würde sie Mag zum ersten Mal in ihrem Leben wirklich so sehen, wie er war.
Und Karen schenkte ihm ein strahlendes Lächeln. Es biss sich bizarrerweise mit den Tränen, die ihr immer noch über die Wangen liefen.
Mag wurde heiß und kalt unter diesem Blick, doch er riss sich zusammen. Er schüttelte kurz den Kopf und stellte die Frage, auf die er eigentlich gar keine Antwort wollte. „Was ist passiert?“
Karens Züge verdunkelten sich. „Da war etwas in dem Schacht“, flüsterte sie. „Es hat Woody nach unten gezogen und dann sind Laurie und ich geflüchtet und wir konnten doch nichts tun und ... oh Gott, es war so furchtbar ...“

Phils Kopf fuhr herum. „Wann?“
Karen sah zu Phil, der noch immer Laurie im Arm hielt und sie hin und her wiegte. Sie blickte ihn verständnislos an, als hätte sie ihn bisher noch gar nicht bemerkt.
Wahrscheinlich hat sie das auch nicht, dachte Mag.
„Karen, wann war das?“, rief Phil ungeduldig.
„Gerade eben.“ Laurie. Sie hob den Kopf und blickte Phil fest in die Augen. „Ich kann nicht lange weggetreten sein. Es ist gerade eben passiert.“ Ein heiseres Flüstern: „Und ich glaube, es passiert noch immer.“
Einen Augenblick lang herrschte Stille und dann hörten sie alle, wie krachend das Scheunentor zuflog.
Phils Augen weiteten sich. „Er ist noch hier!“, zischte er.
Mit einem Ruck stand Phil auf, wobei er Laurie mit sich zerrte.
Auch Mag erhob sich, seine Lippen wurden zu einem blutleeren Strich. „Gehen wir!“
Phil fuhr herum und griff nach seinem Jagdmesser. Dann stürmten Mag und er zusammen auf die Treppe zu.
„Nein!“, kreischte Laurie. „Geht nicht, er wird euch umbringen!“
Phil hielt inne und blickte zu ihr zurück, Mag rauschte an ihm vorbei, die Treppe hinab.
„Ich komme wieder“, sagte er tonlos und wandte sich zum Gehen.
„Das hab ich irgendwo schon einmal gehört“, rief sie hastig, mit dem verzweifelten Versuch, ihn zurückzuhalten.
„Ich weiß“, sagte Phil mit einem bitteren Lächeln. „Aber *ich* sage die Wahrheit.“
Dann rannte er die Treppe hinunter.

3

Mag riss die Schrotflinte unter seiner Jacke hervor und stürmte durch die Eingangstüre, hinaus in den wirbelnden Schnee.
Er versuchte, in alle Richtungen gleichzeitig zu blicken und kam taumelnd zum Stehen, als er wenige Meter vor sich einen formlosen, dunklen Schatten erblickte, der rasch mit der weißen Wand verschmolz.
Er lud die Flinte mit einem krachenden Geräusch und rannte los. „Stehenbleiben, du Scheißkerl!“ Der Schatten hielt inne, bäumte sich auf und wuchs urplötzlich riesengroß vor Mag in die Höhe.
Mit einem Aufschrei strauchelte Mag und rutschte vorwärts. Mit vor Schreck geweiteten Augen blickte er auf das Wesen, das Gewehr entglitt seinen klammen Fingern.
Sonmore überragte ihn um mindestens einen Meter und starrte böse auf Mag herab. Seine klauenartigen Hände hielten Woodys leblosen Körper an dessen T-Shirt und Blut tropfte von seinen

schaumigen Lippen. Knotige Adern schienen sich wie Würmer unter seiner nackten Haut zu winden. Rote Funken, tief in seinen schwarzen Augen, fraßen sich auf direktem Weg in Mags Hirn wie Flammen aus einer fremden, bösartigen Welt.
Mag war wie gelähmt. Er hatte viel erwartet, aber *das*... das überstieg seine körperlichen und geistigen Kräfte. Er wusste jetzt, dass sie keine Chance hatten. Nicht die geringste. Sie würden alle hier oben sterben!
Als hätte er seine Gedanken gelesen, stieß die Kreatur ein triumphierendes Gebrüll aus und reckte seine verzerrte Fratze den Wolken entgegen. Mag quiekte einen hohen, weibischen Ton und kroch verzweifelt von ihm fort. Taumelnd kam er auf die Beine. Sonmore senkte den Blick und begann zu lachen. Er *lachte*!!!
Es war das grausamste und böseste Geräusch, das Mag je gehört hatte. Es klang wie die höhnische Nachahmung eines menschlichen Lautes, viel tiefer, viel grollender, viel animalischer, als es ein Mensch jemals zustande bringen könnte.
„Du bist der Nächste, kleiner Mann!“, knurrte er.
Mags Gesicht verzerrte sich zu einer Grimasse des Entsetzens und er brach wimmernd in die Knie. Diese Stimme! Direkt in seinem Kopf, so voller Hass, ohne jegliches Mitgefühl und vor allem: Mag wusste, dass sie die Wahrheit sprach. Egal, ob jetzt oder in hundert Jahren – Sonmore würde ihn kriegen! Das war so sicher wie das Amen in der Kirche. Er hörte, wie das Monster sich auf ihn zu bewegte... und wartete auf das Ende.
„Mag! Zur Seite!“
Mag reagierte, ohne nachzudenken. Er ließ sich zur Seite fallen und Phil stürmte an ihm vorbei, das Messer hocherhoben. Mit einem verzweifelten Aufschrei stieß er nach Sonmore.
Das Wesen bäumte sich brüllend auf, als die Klinge bis zum Heft in seine Schulter fuhr. Heißes Blut spritzte Phil entgegen, für den Bruchteil einer Sekunde nahm er den metallischen Geruch von Kupfer wahr. Woodys Körper plumpste mit einem dumpfen Geräusch in den Schnee. Mit einer kräftigen Bewegung seiner gewaltigen Arme stieß Sonmore Phil von sich, riss das Messer aus dem Fleisch und schleuderte es in den wirbelnden Schnee.
Phil taumelte meterweit rückwärts und landete unsanft. Ein beißender Schmerz durchzuckte seine Hüften und er krümmte sich vor Schmerzen.
Wie durch einen Nebel konnte er Lauries Stimme hören: *„Nein! Nicht ihn! Tu ihm nicht weh! Nein!“*
Ein großer, düsterer Schatten fiel auf ihn und Lauries Flehen wurde durch ein drohendes Knurren übertönt.
Sonmore packte ihn am Kragen seines Parkas und hob ihn hoch, bis zu seinem vor Wut verzerrten Gesicht. Die absurd großen, spitzen Zähne waren gefletscht. Phil starrte in die Augen dieses Monsters, sah den *Hass* darin, den unbändigen Hass, der vor

allem *ihm* galt! *Ihm*, der ihn verletzt hatte. *Ihm*, der seinen Platz einnehmen sollte ...
„Nun mach schon", flüsterte Phil. „Tu es endlich. Wie lange willst du noch warten?" Er roch den stinkenden Pestatem, spürte, wie der Andere sich spannte, wartete auf den entscheidenden Schlag!
Sekunden verstrichen.
Phil fixierte den Blick dieser schrecklichen Augen, spürte Sonmore in seinem Kopf; wühlend, suchend...
Und dann brachte er seine Lippen ganz dicht an Phils Ohr. „Deine Zeit wird kommen, *Taa-Noon*", flüsterte er düster.
Ächzend brach Phil zusammen und landete im Schnee.
Sonmore wandte sich um, packte Woodys Leichnam und war verschwunden.
Hustend und würgend kam Phil auf die Beine, er hörte knirschende Schritte näher kommen. Arme umfingen ihn, halfen ihm auf, Worte, sinnlose Worte an ihn gerichtet, sie surrten an ihm vorbei wie Moskitos – Lauries Stimme, Mag, Karen – ein wirbelndes Karussell aus Farben, alles eine Drehung um ihn...
Mit einem Ruck riss er sich los und stolperte dem Monster hinterher, das längst im Schneetreiben verschwunden war. „Ich bring dich um!", brüllte er mit letzter Kraft. „Ich bring dich um, du verfluchter Scheißkerl! Hörst du mich? Kannst du mich hören? *MEINE* Zeit ist gekommen! Hast du mich verstanden, *deine Zeit ist abgelaufen!"*
Eine berauschende Welle ungeheurer Energie strömte durch seinen Körper, er schien zu wachsen, er schien davon zu schweben, gehoben von Mächten, die größer und älter waren als die Menschheit selbst.
„ICH BRINGE DICH UM, DENN DESHALB BIN ICH HIER! DESWEGEN WANDLE ICH AUF DIESEM PLANETEN! DU WEISST, WAS ICH BIN UND DU WEISST, DASS ES MEINE BESTIMMUNG IST, ZU WERDEN... ZU WERDEN, WAS DU BIST!!!"
Und dann war es vorbei.
Phil brach schluchzend in die Knie und alle Kraft wich aus ihm, als wäre sie nie da gewesen.
Niemand näherte sich ihm, sie schwiegen und starrten ihn an. Sie hatten seine Stimme gehört, die Worte, die er gebraucht hatte, sie alle hatten *gehört* – und einer von ihnen hatte verstanden.

4

Woody erwachte noch ein letztes Mal als Mensch, gefangen in einer Welt voller Schmerzen.
Als er sah, dass rotglühende Augen sich ihm näherten, irgendwo, wo das Tropfen von Schmelzwasser eine feuchte, stinkende Finsternis erfüllte, schickte er ein letztes Stoßgebet zu Gott – obwohl er nie religiös gewesen war.
Wahrscheinlich wurde er deswegen auch nicht erhört.

DIE MÜHLEN DES SCHICKSALS

1

„Trink das.“
Keine Reaktion.
„Phil, du musst das jetzt trinken.“
Phil sah das randvolle Glas nicht, das Laurie ihm direkt unter die Nase hielt, er starrte weiterhin auf einen Punkt irgendwo zwischen Karen und Mag. Dieser musterte ihn mit wachsendem Unbehagen. Bis Laurie die Tasse wuchtig vor Phil auf den Tisch knallte. Der goldgelbe Whisky spritzte in alle Richtungen.
„Trink endlich! Vorhin hast du mühelos die ganze Flasche in dich reingekippt und hattest auch keine Probleme damit, also was hast du... “
„Du schreist mich an?“, fragte Phil. Seine Stimme klang teilnahmslos, so als würde er ein Schachspiel kommentieren. „Warum?“
Laurie zuckte zurück und senkte betroffen den Blick. Sie rang hilflos mit den Händen. „Verstehst du, ich weiß einfach nicht mehr, was ich noch denken, was ich fühlen soll, ich... ich weiß nicht weiter.“ Eine tiefe Trauer lag in ihrem Blick. „Ich kenne Dich nicht mehr, Phil. Ich kenne uns alle nicht mehr.“
Mit einem tiefen Seufzer ließ sie sich auf ihren Stuhl fallen. Nach mehr als einer Minute Schweigen griff Phil nach dem Whisky stürzte ihn hinunter und räusperte sich dann umständlich.
„Ich glaube, ich schulde euch eine Erklärung“, begann er.
Mag stand ruckartig auf und begann, im Raum auf- und abzuwandern. „Nicht nötig. Ich denke, ich weiß, was vorgeht“, murmelte er, setzte dem aber nichts hinzu.
Laurie starrte mit weit offenem Mund zuerst Mag, dann Phil und schließlich wieder Mag an. „Wie schön“, sagte sie bitter. „Vielleicht hättest du dann die Güte, uns einzuweihen, *Kumpel*?!“ Lauries Blick sprühte Funken in Mags Richtung. „Karen und ich würden nämlich auch gerne wissen, was hier vor sich geht. Du scheinst ja ganz genau zu wissen, was uns anderen hier verborgen bleibt, oder ist das wieder eine reine *Männer*sache?!“
„Hör schon auf“, murmelte Phil erschöpft. Er blickte in die Runde und seltsame, tiefe Falten traten in sein Gesicht. Er schien in der letzten Stunde unglaublich gealtert zu sein. „Es ist schwer zu erklären. Und noch schwerer zu glauben, fürchte ich.“ Er lächelte

unsicher.
Laurie nickte bestimmt: Fang an!
Phil holte tief Luft und begann langsam und mit leiser Stimme zu erzählen, was er und Mag auf der Lichtung im Wald erlebt hatten. Bis zu dem Punkt, an dem er seine Vision gehabt hatte; was er in Ermangelung einer besseren Bezeichnung nur so nennen konnte.
„Jemand“ – ein kurzes Kopfschütteln – „*etwas* hat auf dieser Lichtung zu mit gesprochen und ich glaube, dass dieses Wesen, diese Macht, wie immer ihr es nennen wollt... es war das, was hinter Sonmore steht. Der *schwarze Schädel*.“ Lauries Augen weiteten sich bei seinen Worten. Ganz kurz glaubte Phil, etwas in ihrem Blick lesen zu können, doch es war nichts, was er erwartet hatte, keine Angst oder Panik – eher eine Art... Resignation. So, als würden seine Worte etwas in ihr zerbrechen.
Doch nach wenigen Augenblicken sah sie weg und der Gedanke war fort. „Und weiter?“, flüsterte sie.
Phil holte tief Luft.
„Es hat mir gesagt, dass ich der Nächste sein werde.“
„Der nächste *was*?“
Phil schwieg und Mag beantwortete Lauries Frage, ohne aufzusehen. „Der nächste Sonmore.“
Laurie sprang mit einem Ruck auf und schlug mit beiden Händen auf die Tischplatte. „*Ach Blödsinn*!“
„Laurie, ich war dabei“, sagte Mag und trat neben sie. „Ich habe nicht gesehen, was Phil gesehen hat, aber ich habe *ihn* gesehen.“ Er nickte in Phils Richtung. „Er schien mit sich selbst zu sprechen, beantwortete seine Fragen selbst, er sprach mit zwei Stimmen, so als... als wäre er zwei Personen gewesen. Nur war eine Stimme seine eigene...“
Er sah Laurie verzweifelt in die Augen und nach einigen endlosen Sekunden beendete sie den Satz: „...und die andere nicht“, flüsterte sie.
Karen begann heftig zu zittern.
Laurie setzte sich mit unsicheren Bewegungen und stürzte ihr Gesicht in die Hände. Phil versuchte, ihr sanft seine Hand auf die Schulter zu legen, doch sie fuhr augenblicklich zusammen und entzog sich ihm mit panischer Angst in den Augen.
„Laurie, bitte“, sagte Phil. „Ich kann mir vorstellen, was du jetzt denkst, aber du hast weder etwas vor mir zu befürchten, noch kannst du mir nicht mehr vertrauen.“ Er blickte in die Runde. „Das gilt für jeden von Euch.“
Sein Blick war fest, doch seine Augen waren voller Schmerz, als er wieder Laurie anblickte. So abweisend hatte er sie noch niemals zuvor erlebt. Und das tat weh! Aber natürlich konnte er sie verstehen. Eine furchtbare Spannung entstand zwischen den beiden, während sie sich in die Augen blickten.
Mag räusperte sich gekünstelt. „Ich denke, ich lass Euch beide

kurz allein." Als er Lauries entsetzten Blick sah, fügte er schnell hinzu: „Laurie, Phil ist noch immer derselbe. Er wird uns helfen, hier raus zu kommen. Ich denke, das Ganze ist noch viel komplizierter, als es sich hier jetzt darstellt und du solltest dir den Rest auch noch anhören. Ich selbst..." Er unterbrach sich. „Ich weiß, dass ich Phil vertrauen kann und dass ich ihm immer vertrauen werde."
Phil schickte ein dankbares Lächeln in Mags Richtung.
„Ich werde dafür sorgen, dass Karen ein bisschen Schlaf bekommt", sagte Mag hastig.
Karen saß wortlos auf ihrem Stuhl und starrte Phil mit undeutbarem Gesichtsausdruck an. Sie zitterte so sehr, dass es beinahe schon komisch aussah.
Mag trat hinter sie und drängte sie sanft zum Aufstehen. Mit roboterartigen Bewegungen erhob sich Karen, und ohne ein Wort zu sagen, ging sie die Treppe hinauf. Oben angekommen drehte sie sich noch einmal zu Phil um, dann war sie verschwunden. Mag warf ebenfalls noch einen nervösen Blick in den Raum, dann folgte er Karen.
Nach einigen Minuten unbehaglichen Schweigens drehte Laurie sich zu Phil um und brachte eine Grimasse zustande, die wohl ein Lächeln darstellen sollte.
„Okay", sagte sie schließlich. „Wo waren wir stehen geblieben?"

2

Mag führte Karen nicht in das Zimmer, das sie mit Woody geteilt hatte. Die Tür stand halb offen und Mag konnte zerwühlte Taschen und Kleidungsstücke sehen, die im ganzen Raum verstreut lagen, natürlich auch Woodys, die er noch vor wenigen Stunden getragen hatte.
Er würde – er konnte Karen nicht dort schlafen lassen; so führte er sie vorbei und zu dem Raum, den *er* noch letzte Nacht mit seinem Freund Vincent geteilt hatte.
Urplötzlich musste Mag grinsen, als er daran dachte, wie Vincent und er letzte Nacht noch ein paar letzte Biere in nur zwanzig Minuten weggekippt hatten und dann, nur noch Schwachsinn lallend, eingeschlafen waren. Und diese Erinnerung tat weh. Sehr weh!
Auch Vincent war tot, und bei diesem Gedanken gefror Mags Grinsen zu Eis.
Er führte Karen zu dem großen Doppelbett. Das Deckenlicht war aus, nur das schwache Licht des Ganges tauchte den Raum in angenehmes Halbdunkel. Es schien zwar, dass Karen sowieso nichts mitbekam – weder, was gerade passierte, noch, wo sie

schlafen solle, aber er wollte sie auf gar keinen Fall unnötigerweise mit neuem Schmerz belasten. Das arme Ding hatte genug mitgemacht.
Er schlug die Bettdecke zurück und bugsierte Karen sanft auf dem Bettrand. Dann ging er vor ihr in die Hocke und ergriff ihre Hände. Das Mädchen starrte ihn noch immer vollkommen abwesend an, sie schien ihn kaum wahrzunehmen. Mag räusperte sich lautstark und ein leichtes Zucken ging durch Karens Gesicht.
„Hör zu, Süße“, begann er. „Ich hoffe, dass du mich hören und verstehen kannst. Wenn ja, dann gib mir ein Zeichen.“
Nichts.
„Irgendeines“, drängte Mag.
Keine Reaktion.
„Okay“, fuhr Mag resigniert fort. „Scheiß drauf, wir kriegen dich schon wieder hin. Ich will jetzt, dass du schläfst, ja? Du legst dich einfach hier hin und ruhst dich aus. Ich bin ganz in deiner Nähe und pass auf, dass dir nichts passiert.“
Karen reagierte immer noch nicht.
Mag seufzte leise. Er ließ ihre Hände los und brachte ihren Körper sehr sanft in eine liegende Position. Besonders bequem sah es nicht aus. Ihr leerer Blick ging starr zur Decke empor. Mag griff nach dem Leintuch und breitete es über ihrem reglosen Körper aus, nur Kopf und Schultern waren noch sichtbar. Bei diesem Anblick lief es Mag eiskalt den Rücken hinunter.
Er versuchte es ein letztes Mal.
„Karen bitte komm zu dir! Es ist schon hart genug, das alles hier ohne Vince und Woody durchzustehen. Mach es doch mir und den anderen bitte nicht noch schwerer.“ Seine Stimme bekam einen eindeutig flehenden Klang. „Bitte steh das hier zusammen mit uns durch! Wir brauchen dich, okay? *Ich* brauche dich.“
Ihre Augen blieben reglos.
Mag gab auf. Er erhob sich und wollte gerade den Raum verlassen, als Karens Hand die Seine packte und er ganz leise, nur noch ein Wispern, ihre Stimme hörte.
„Bleibst du bei mir?“
Mag zögerte. „Ja, ich bin hier. Ich werde alle zwei Minuten nach dir sehen, ob auch alles in Ordnung ist. Ich bin ganz in deiner Nähe, glaub mir.“
Karen, diesmal noch leiser: „Nein, ich meinte hier bei mir.“
Mag ging wieder in die Hocke und blickte ihr ins Gesicht. Sie hatte es ihm zugewandt und im Halbdunkel des Zimmers glaubte er, ein winzig kleines Lächeln zu sehen.
„Ich werde vor deiner Tür Wache halten.“ Er bewegte sich und streichelte sanft ihre Wange. Sie drehte den Kopf und küsste die Innenseite seiner Hand, ganz zärtlich, nur ein Hauch.
Ich muss hier raus! dachte Mag. So sehr er sich freute, dass Karen wieder halbwegs anwesend zu sein schien, so sehr hatte er Angst

davor, einen schrecklichen Fehler zu begehen.
Seine Gedanken vollführten Purzelbäume, aber letztendlich wusste er, was zu tun war. Er löste die Hand von ihrem Gesicht und auch die andere, die Karen fest umklammert hielt.
„Karen“, begann er leise. „Ich pass auf dich auf, das verspreche ich dir. Aber alles andere müssen wir uns für später aufheben – auch das ist ein Versprechen.“ Und wenn es kein Später gab? Diesen Gedanken verbannte Mag sofort! Die Zukunft war jetzt ein tiefes Wasser, mit Blicken nicht zu durchdringen und in ständiger, schimmernder Bewegung.
Karen lächelte wieder und Mag lächelte zurück.
Und dann beugte er sich zu ihr und küsste ihre vollen Lippen. Sie erwiderte den Kuss ohne zu zögern, doch auch sie spürte die Wehmut darin. Auch sie spürte, dass es für sie beide nur diesen einen geben würde. Niemals mehr.
Karens Mund schmeckte so süß und aufregend, dass Mag ganz schwindlig wurde. *Woody, du alter Bastard! Ich konnte dich wirklich gut leiden, aber diese Frau hab ich dir nicht gegönnt!*
Mag versuchte halbherzig, ein Bild von Bell heraufzubeschwören; die süße Bell, wie ihre grünen Augen funkelten und ihr feuerrotes Haar in der Sonne strahlte, was natürlich sofort von der widerlichen Kulisse von Charlie Racoons Rücksitz verdrängt wurde, wo der es Bell auf Gott-weiß-wie-viele Arten besorgte und sie schrie und stöhnte, als würde sie abgestochen werden, doch das alles wurde unwichtig, als Karen und er sich voneinander lösten und er in ihre Augen sah.
Ein Blick aus diesen Augen und die süße, süße Bell und Charles, der Stecher, waren spurlos verschwunden!
Mag musste sich mit aller Gewalt von ihr losreißen, aber er wusste, dass er das Richtige tat.
Als er sich aufrichtete, hatte Karen ihre Augen schon wieder halb geschlossen, ihr Mund war leicht geöffnet.
„Danke“, murmelte sie lächelnd.
„Schlaf gut, Süße“, sagte Mag und wandte sich ab. Als er den Raum verließ, warf er noch einen letzten Blick zurück und sie schien bereits zu schlafen.
Mag schloss die Tür nicht. Er ließ sie einen Spalt offen stehen und hockte sich an die gegenüberliegende Wand. Unten hörte er Phil und Laurie leise miteinander sprechen, doch konnte er nicht verstehen, was gesagt wurde.
Gut so. Die beiden sollten unter sich sein. Er würde hier oben Wache halten.
Ganz kurz kam er sich schäbig vor, dass er Karen geküsst hatte, obwohl Woody noch nicht einmal eine Stunde tot war. Aber er wusste, dass sie jetzt alle Wärme und Liebe brauchte, die sie bekommen konnte und er würde ihr bereitwillig Hilfestellung geben. „Sorry, Alter“, murmelte er. „Tut mir echt leid.“

Das Leben war nun mal nicht fair.
Ein Gedanke durchzuckte ihn und er wusste, dass es da noch etwas zu tun gab.
Er brachte es wohl besser gleich hinter sich.

3

Phil blickte in Lauries strahlend blaue Augen.
Sie saßen auf dem alten, speckigen Sofa, auf dem Phil früher immer so gern mit Joseph Connor *Black Jack* gespielt hatte.
Er ließ ihr Zeit, über das Gesagte nachzudenken. Er hatte ihr ausführlich erzählt, was genau auf der Lichtung im Wald geschehen war, auch, was er davon hielt und fürchtete. Nun musste sie entscheiden, was sie selbst davon halten sollte.
Er dachte kurz daran, wie er im wirbelnden Schnee gestanden war und hinter Sonmore hergebrüllt hatte. Er dachte an die unglaubliche Kraft, die Energien, die ihn in diesem Moment durchflutet hatten. Es war ein Gefühl von absoluter Macht gewesen, als würde er die ganze zerbrechliche Welt in seinen Händen halten können und langsam immer fester zudrücken! Niemals zuvor hatte er etwas Derartiges gespürt. Natürlich war es ein starkes, ein berauschendes Gefühl gewesen, aber gleichzeitig hatte er auch entsetzliche Angst vor diesem unkontrollierten Rausch gehabt. Wer konnte schon wissen, wie diese ganze Sache weitergehen und vor allem – wie sie ausgehen würde?!
Wenn er wirklich im Buch des Schicksals vermerkt war – der *Taa-Noon* – und es seine Bestimmung sein sollte, Sonmores Platz einzunehmen, konnte er sich wohl schlecht dagegen wehren, oder? Andererseits: war nicht jeder, absolut jeder; im Buch des Schicksals vermerkt? Hatte nicht jeder auch die Möglichkeit, seines eigenen Schicksals Schmied zu sein? Oder war es doch nur Glück gewesen...?
Phil wusste nur eines mit Sicherheit – er würde alles in seiner Macht Stehende tun, um Laurie in Sicherheit zu bringen, bevor er sich in sein schreckliches Schicksal zu fügen hatte.
Die anderen... nun, er wusste natürlich nicht, was mit ihnen geschehen würde, aber eine dunkle Vorahnung sagte ihm, dass Mag und Karen denselben Weg gehen würden, den Vincent und Woody gegangen waren. Seltsamerweise glaubte er nicht, dass die beiden noch eine große Rolle zu spielen hatten. Sie kamen ihm immer mehr vor wie unwichtige Schachfiguren; Bauern, die geopfert werden mussten, um an den König heran zu kommen!
Natürlich war Mag sein Freund, einer der besten, die er je gehabt hatte, aber wenn es seine und auch Karens Bestimmung war, das alles hier nicht zu überleben, was konnte er dann schon tun?!

Wenn dem nicht so war, so schwor er sich, würde er natürlich alles daran setzen, auch sie heil aus dieser Sache raus zu bringen!
Aber wie gesagt: Tief in seinem Inneren spürte Phil, dass diese Geschichte kein Happy End nehmen würde...
Laurie war es, der all seine Gedanken galten. Sie und immer nur sie! Wenn er sie nicht retten konnte, dann war alles verloren!
Sie blickte ihm nun seit langer Zeit wieder in die Augen.
„Phil, ich...", begann sie. Sie zögerte und wusste offensichtlich nicht, wie sie weitermachen sollte. Phil schwieg, um ihr Zeit zu lassen. „Ich möchte, dass du weißt, dass ich dich nicht im Stich lassen werde, was auch kommen mag. Ich werde bis zum Ende zu dir halten."
„Laurie..."
„Lass mich ausreden! Ich möchte, dass du weißt, dass ich dich liebe und dass ich alles dafür tun werde, damit es nicht *dazu* kommt. *Alles*, verstehst Du?" Sie blickte ihn eindringlich an. „Wenn es wirklich das Schicksal ist, dann müssen wir dagegen ankämpfen! Kämpfe und ich werde mit dir kämpfen!" Sie nahm seine Hand, „zusammen schaffen wir es!"
Phil kämpfte gegen die Tränen an. Sie sprach so tapfer und mutig, so entschlossen und kompromisslos. Er konnte ihr die Hoffnung nicht nehmen, indem er zugab, dass er felsenfest davon überzeugt war, dass er nichts, aber auch gar nichts an seinem Schicksal würde ändern können. Er spürte es tief in seinem Innern und er wusste, er würde Recht behalten.
Und dann, auf einmal, wusste er, was er zu tun hatte.
„Danke Laurie", sagte er. „Auch ich liebe dich. Ich liebe dich mehr als mein eigenes Leben." Bei diesen Worten begannen sie beide zu weinen. „Und ich schwöre dir, dass ich nicht aufgeben werde. Du bist der Grund dafür, denn du bist mein Licht und mein Leben – und ich werde hart darum kämpfen!"
Er schloss sie fest in die Arme und sie klammerte sich an ihn wie eine Ertrinkende. Sie schluchzte jetzt hemmungslos und stammelte Worte; Worte und Entschuldigungen, die Phil nicht richtig verstehen konnte und nach kurzer Zeit an ihm abglitten wie an einer Fischhaut. Er hatte seine Entscheidung getroffen und kam sich, jetzt, da er sie schützend in den Armen hielt, wie der größte Mistkerl aller Zeiten vor.
Aber sie würde leben... und das war das Wichtigste!
Nach einiger Zeit schob er sie mit sanfter Gewalt von sich weg und berührte zärtlich ihre Wange.
„Schlaf ein bisschen, okay? Wir alle brauchen Ruhe, solang sie uns gewährt wird."
Einen Lidschlag lang blitzte etwas in ihren Augen auf und er dachte schon, sie hätte ihn durchschaut. Dieser Moment wurde noch schlimmer für ihn, als sie sagte: „Lass mich nicht allein, Phil."

Er unterdrückte ein Erschauern, sie sollte nicht merken, wie beschissen er sich fühlte. „Schlaf jetzt, ich bin ganz in deiner Nähe." Er wollte schon aufstehen, doch sie packte seinen Arm und blickte panisch zu ihm auf.
„Lass mich nicht allein, Phil!" Mit Nachdruck.
Er zögerte keine Sekunde. „Ich werde dich nicht allein lassen."
„Versprich es mir!"
„Ich verspreche es." Phil hatte sich nie in seinem ganzen Leben elender gefühlt. „Ich werde dich nicht allein lassen! Niemals!"
Sie schien beruhigt. Langsam ließ sie sich auf das alte, speckige Sofa zurücksinken und schmiegte ihren Kopf an ein dickes Kissen. Phil setzte sich auf die Kante des Sofas und blickte ihr in die Augen. Laurie döste sehr langsam weg. Noch immer hielt sie seine Hand fest, als spürte sie ganz genau, was in ihm vorging. Nach einer halben Stunde fielen ihre Augen endgültig zu.
Phil wollte vorsichtig aufstehen, als sie murmelte: „Niemals…?"
Er löste ganz sanft seine Hand aus ihrer, beugte sich über sie und hauchte einen Kuss auf ihre Stirn. „Niemals", flüsterte er, und mit einem zufriedenen Lächeln auf den Lippen schlief sie ein.
Phil sah auf die Uhr.
Es war 4 Uhr früh und in wenigen Stunden würde die Sonne aufgehen. Er musste sich also beeilen.
Leise stand er auf, um Laurie nicht aufzuwecken. Er blickte sich suchend um, entdeckte einen letzten Rest Whisky in Mags Tasse und schlang ihn hinunter. Er schnappte sich zwei Zigaretten und entzündete beide. Dann ging er auf die Treppe zu.
Noch bevor er den Fuß auf die unterste Stufe gesetzt hatte, erschien Mag am oberen Ende. Er hielt das Gewehr gegen seine Schulter gelehnt und sah unglaublich müde aus.
Phil blieb stehen und sah ihm in die Augen. Und Mag schien sofort zu wissen, was in ihm vorging, denn in seinem Blick brach irgendetwas.
„Wir müssen reden", meinte Phil leise.
Mit einer Kopfbewegung deutete Mag zum anderen Ende des Ganges, dort, wo die Tür zum Heuboden lag. Damit verschwand er aus Phils Blickfeld.
Phil warf noch einen letzten Blick zurück zu Laurie, dann folgte er Mag.
Während Phil ihr den Rücken zudrehte und langsam nach oben ging, öffneten sich Lauries Augen einen Spalt breit. Ein Strom bitterer Tränen lief über ihre bleichen Wangen. Und in ihrem Blick war etwas Undeutbares, das niemand außer ihr selbst verstehen konnte.

4

„Du willst also gehen", begann Mag sofort.
Das ohnehin schon schwache Licht der einzigen Glühbirne warf trübe Schatten an die Wände. Er zog abwesend an der Zigarette, die Phil ihm gegeben hatte und blickte zur Seite.
Phil war nicht überrascht, er hatte gleich in Mags Augen gesehen, dass dieser Bescheid wusste. „Nicht so laut", zischte er. „Du weißt, warum!"
Mag nickte nur stumm.
Sie standen an der Tür zum Heuschober und rauchten.
„Wann?", fragte Mag.
„Sofort", erwiderte Phil. „Ich lasse euch beide Mäntel, das Gewehr und auch sonst den Rest."
„Du wirst erfrieren, Phil." Eine Feststellung.
Phil sprach einfach weiter. „Ich werde unbewaffnet zu ihm gehen. Wenn es wirklich wahr ist, dass man das Schicksal nicht ändern kann, dann werde ich keine Waffen brauchen."
„Nimm trotzdem einen Mantel, Phil. Du *wirst* erfrieren, glaub mir."
„Glaub mir, Kumpel", flüsterte Phil. „Obwohl das Ganze hier wie das Ende der Welt für uns wirkt, geht es mir... gut." In seinen Augen blitzte etwas auf. Mag fröstelte, als er glaubte, einen kleinen roten Funken zu erkennen. „Ich fühle mich so stark wie selten zuvor und ich bin sicher, dass ich mit ein bisschen Schnee und Eis keine Probleme haben werde." Sein Lächeln war zum Grinsen geworden. Aber irgendetwas in Mags erschrockenem Blick brachte ihn wohl wieder zurück in die Wirklichkeit. Er schüttelte benommen den Kopf und sah weg. „Ich schaffe das, Mag."
Der nickte. „Das kann ich mir vorstellen." Er malte mit seinem Finger scheinbar sinnlose Linien auf die Tür neben sich und ließ über eine Minute vergehen, bevor er Phil wieder ansah.
„Laurie wird es das Herz brechen", sagte er leise.
„Dafür wird sie leben!"
„Das ändert nichts", zischte Mag.
„Ich will nicht, dass sie es sieht", meinte Phil nur. Für ihn schien das Thema erledigt zu sein.
Mag gab nicht so leicht auf. „Außerdem übergibst du mir hiermit die Verantwortung für sie und für Karen. Ich weiß nicht recht, ob ich mich dafür bei dir bedanken soll, Mann!"
Phil verspürte einen schmerzhaften Stich, zwang sich aber dazu, hart zu bleiben. „Du wirst schon zurechtkommen, oder nicht?"
Übergangslos wechselte Mag das Thema. „Ich war vorhin dort drinnen."
Phil blinzelte. Er wusste nicht recht, was Mag damit meinte. Der fuhr ohne Pause fort. „Hab das Scheunentor von innen verriegelt,

du weißt schon, überall war Blut, oben auf dem Heuboden und unten erst recht. Es lagen auch noch andere Dinge im Dunkeln herum...“
„Mag...“
„...andere Dinge von Woody...“
„Mag, hör mir zu!“
Mag verstummte und blickte Phil mit ausdruckslosen Augen an.
„Ich gebe euch die Chance, heil aus dieser ganzen Sache raus zu kommen. Ich weiß, dass ich ihm nicht entkommen kann! Ich weiß, wohin ich auch gehe, er wird mich immer wieder finden. Und Laurie!“ Eine kurze Pause „Und Dich!“ Er ließ seine Worte wirken. „Also muss ich mich stellen! Aber ihr“, er machte eine bedeutsame Pause und ergriff Mags Schulter. „Ihr müsst hier verschwinden, hast du mich verstanden? “
Zeit verging.
Mag sagte nichts und Phil begann schon zu fürchten, dass er genauso abgeschaltet hätte wie Karen. Schließlich nickte Mag kaum merklich.
„Danke, Mann“, sagte Phil leise und drückte kurz Mags Schulter. „Gib gut auf sie Acht, okay? Sag ihr, dass ich sie liebe und dass ich das nur für sie tue.“
„Alter Schleimer“, sagte Mag und ganz entgegen dem Ernst der Situation mussten sie beide lachen. Mag hustete und stieß eine Menge Rauch aus. Phil hielt sich eine Hand vor den Mund und seine Augen begannen zu tränen, so sehr lachte er. Auch Mag brach fast zusammen, und so standen sie dort wie zwei alte Jungfern in der Ecke und gluckten vor sich hin. Bei diesem Gedanken musste Phil noch heftiger lachen und drückte sich gegen Mag.
Als das Lachen allmählich versiegte, brachte Mag keuchend heraus: „Du weißt wirklich, wie man einen guten Abgang inszeniert, Mann!“
„Schluss jetzt“, ächzte Phil. „Ich gehe.“
„Jungs?“
Mag und Phils Köpfe fuhren herum.
Keine zwei Meter entfernt stand in voller Unschuld Karen und blickte sie beide mit ihren großen Augen an. „Tut mir leid, aber ich muss mal.“
Phil blickte ein letztes Mal in Mags Augen. Dann trat er die Kippe aus. Nach einem kurzen Moment bückte er sich und steckte den Stummel in eine seiner Hosentaschen. Vielleicht würde er den einen oder anderen kleinen Zug noch gebrauchen können...
„Du weißt, was du zu tun hast“, sagte er.
Mag nickte.
„Ich wollte euch nicht stören“, sagte Karen in Phils Richtung, als der an ihr vorbeiging. Phil musterte sie. Ihre säuselnde Stimme klang traumverloren, so als stünde sie unter Drogen. „Aber ich

muss mal und Mag steht genau vor der Tür...“
Phil lächelte. „Schon okay, Karen. Geh nur. Mag wird vor dem Bad Wache halten, nicht wahr?“ Er warf einen eindringlichen Blick in Mags Richtung.
„Klar“, meinte der nur und nahm noch einen Zug, bevor er die Kippe austrat. Ohne ein weiteres Wort ging Phil die Treppe hinunter und setzte sich ein letztes Mal auf das Sofa, um Lauries Gesicht zu betrachten.
Danach würde er gehen.

5

„Du hältst Wache?“, fragte Karen.
„Klar“, sagte Mag wieder. Er entriegelte die Tür und warf einen kurzen Blick hinein. „Ich hab dir doch gesagt, ich pass auf dich auf, oder?“
„Mein großer, starker Mann“, wisperte Karen und kam ganz nah auf ihn zu. Sie blieb dicht vor ihm stehen und ihm wurde abwechselnd heiß und kalt, weil ihre Nähe so gut, so wahnsinnig gut tat. Dass sie sich benahm und redete wie ein kleines Kind machte ihm nicht das Geringste aus.
„Ich komme gleich wieder, ja?“, meinte sie kokett. „Nicht weglaufen“ – und damit schlüpfte sie ins Bad.
Drinnen stemmte sie sich gegen die Tür und atmete mehrmals tief durch. Wenn sie nicht aufpasste, dachte sie, dann würde sie hier noch den Verstand verlieren! Was war nur los mit ihr? Was war nur in sie gefahren, eine solche Show abzuziehen und das, obwohl Woody nicht mal seit einer Stunde...
Sie stieß den Gedanken grob von sich und unterdrückte ein Schluchzen.
Mit schwankenden Schritten ging sie weiter.

6

Mag war durcheinander.
Natürlich stand er auf Karen. Wieso sollte er sich in dieser Hinsicht etwas vormachen. Sie war mit Woody zusammen gewesen, also hatte er sich zuerst schweren Herzens fügen müssen und Karen nur im Stillen verehrt.
Dass sie sich jetzt so überaus offen und aufreizend ihm gegenüber verhielt, erschien ihm schon mehr als seltsam. Mit Sicherheit war das alles ihrem desolaten Zustand zuzuschreiben. Mag machte sich keine Hoffnungen, ihrem Verhalten auch nur irgendeinen

Hoffnungsschimmer abzuringen. Außerdem würden sie wahrscheinlich sowieso alle sterben!
Seufzend ließ Mag sich in die Hocke sinken.
Er war müde, unglaublich müde!
Aber er würde tun, was er konnte, um die Mädchen hier heil raus zu bringen. Er würde Phil ziehen lassen und die Verantwortung auf sich nehmen.
Er schloss die Augen, hörte den stetig heulenden Wind, der um die Hütte fegte und spürte den kalten Lauf des Gewehrs an seiner Schulter, und ihm wurde bewusst, dass er sich niemals in seinem Leben so einsam und verlassen gefühlt hatte.

IV

INFERNO

1

Karen lehnte über dem Waschbecken. Mit leeren Augen sah sie ihrem Spiegelbild entgegen, ihre rechte Hand fuhr langsam am Hals auf und ab.
Ihr Gesicht war niemals außerordentlich hübsch gewesen, dafür war ihr Kopf viel zu rundlich. Als sie noch jünger gewesen war, hatte ihr kleiner Bruder Timmy sie immer aufgezogen. Gott, wie sie den Beinamen *Mondgesicht* gehasst hatte!
Ihre übergroßen, braunen Rehaugen waren ja okay, aber sonst? Was gab es sonst schon Großartiges in ihrem Gesicht zu finden?
Allerdings wusste Karen aus mehreren zuverlässigen Quellen, dass alle Jungs in ihrem Jahrgang auf die Knie fallen und sie anbeten würden, wenn sie sich einmal, ein *einziges* Mal nur vor deren Augen nach einem verlorenen Geldstück bücken oder sich mit im Nacken verschränkten Armen ausgiebig strecken würde. Sie hatte den wohl aufreizendsten Körper der ganzen Schule, und darauf konnte sie nun wirklich stolz sein, oder nicht?
Sie hatte gehört, dass sie in der Jahrgangsstufe unter ihr für den geilsten Arsch des Jahres nominiert worden und mit großem Vorsprung vor Casey Morrison durchs Ziel gerauscht war. Sie hatte nie einen Preis dafür bekommen, aber wen störte das schon?
Einmal hatte sie einen handgeschriebenen Zettel in ihrer Jackentasche gefunden: *Ich träume jede Nacht davon, dir den Schweiß vom Körper zu lecken...*
Keine Unterschrift – Natürlich nicht!
Schließlich wusste jeder, dass sie mit Forrest *Woody* Carter ging, dem größten und kräftigsten Kerl weit und breit.
Innerlich war sie natürlich geschmeichelt gewesen, zu ihren Freundinnen aber meinte sie, man könne die Geschmacklosigkeiten auch übertreiben. Sie hatte schon Kurven gehabt, als die anderen Mädchen noch mit Puppen spielten.
Doch ihr Gesicht...
Ach Scheiße!
Nein sie war nicht hübsch, war es nie gewesen.
Sie sah ganz gut aus, aber hübsch war sie nicht.
Jetzt schien von ihrem guten Aussehen gar nichts mehr übrig zu sein.
Blutunterlaufene Augen, geschwollen vom vielen Weinen, blickten ihr aus dem Spiegel erschöpft entgegen. Ihr Gesicht war von Sorgenfalten und tiefen Kratzern zerfurcht. Reste von

getrocknetem Blut bedeckten ihre rechte Wange und ihrem Hals.
„Mann Baby, siehst du Scheiße aus!", murmelte sie. Ihre Stimme klang krächzend und heiser, als ob sie stundenlang nur geschrien hätte.
Sie spürte natürlich, dass Mag auf sie stand, sie war schließlich nicht blind. Aber sie konnte seine Gefühle momentan einfach nicht erwidern, noch nicht! Mit Schrecken stellte sie fest, dass es ihr dennoch auf eine morbide Art und Weise Spaß machte, mit seinen Gefühlen zu spielen, dass sie direkt Lust bekam, ihm weiter wehzutun, jemand anderen an ihrer Stelle leiden zu lassen.
Doch sie wollte nicht unfair sein. Sie musste mit ihrem Schmerz allein fertig werden.
„Oh Woody..."
Urplötzlich brach der Schmerz wieder über sie herein. Sie schlug die Hände vors Gesicht und schluchzte leise, eine einsame, schillernde Träne rann ihr über die Wangen. Karen bildete sich ein, zu hören, wie sie mit einem leisen *Pling* auf dem gefliesten Fußboden aufkam und dann weinte sie noch mehr und stampfte schluchzend mit dem Fuß auf.
Es tat weh. Es tat so gottverdammt weh und sie musste diesen grauenvollen Schmerz loswerden, bevor er sie noch zerriss! Sie packte den Porzellanrand des Beckens und griff fest zu, um das Zittern loszuwerden.
Ihr Leben war zerbrochen wie ein Mosaik. Wenn sie hier jemals wieder rauskommen sollte, würden die Steine zwar wieder ein fertiges Bild ergeben, doch es würde trotz allem nur aus den einzelnen Trümmerstücken bestehen, verschoben und falsch. Aus der Bahn geworfen.
Woody war tot – ausgelöscht wie eine Kerze im Wind.
Gott, wie sehr er ihr fehlte.
Seine starken Hände auf ihrer Haut, sein linkisches Lächeln über ihre dummen Scherze und wie er sie mühelos hochgehoben und herumgewirbelt hatte. Sie hatte gelacht, bis ihr die Luft wegblieb.
Alles fort.
Vernichtet von einer gottlosen Kreatur, die höchstens in schlechten Filmen und billigen Groschenromanen ihr Unwesen trieb – aber doch nicht im wirklichen Leben.
Karen hatte nie an das Übernatürliche geglaubt. Sie war immer ein sehr realistisches Mädchen gewesen, das mit beiden Beinen fest auf dem Boden der Tatsachen stand. Sie glaubte an das Land, in dem sie lebte und an die Menschen, die sie liebte. Natürlich hatte sie bereits etliche Horrorfilme gesehen und sie war auch schon bei einer reichlich missglückten Seance dabei gewesen, aber sie hatte all das stets mit einem spöttischen Lächeln abgetan. Und nun war innerhalb weniger Stunden ihr gesamtes Weltbild erschüttert.
Werwölfe, Dämonen, Monster...
Früher hätte sie noch darüber gelacht, doch jetzt legte sich

augenblicklich eine Gänsehaut auf ihre nackten Arme. Jetzt wurden sie von einem solchen Wesen belagert. Woody und Vincent waren tot und momentan gab es für Karen und die anderen keinen Ausweg.
Sie hatten sich verbarrikadiert...

...Ach wirklich, Kleines? Bist du sicher?
Sieh doch mal genauer hin...

Es war wie ein lautloses Flüstern, ein kalter Hauch hinter ihrer Stirn. Und ja, jetzt spürte sie es – irgendetwas stimmte nicht. Sie blickte suchend umher, und dann konnte sie es sehen.
Neben ihrem Spiegelbild sah sie das Fenster, das direkt hinter ihr lag. Sie hatten keine Bretter mehr gehabt, um es verbarrikadieren zu können, sondern nur die Tür zum Badezimmer von außen verschlossen. Wie hatte Phil gesagt: *Die Bretter sind nicht sicher, nicht vor ihm. Sie dienen nur als Warnung für uns, wenn er versucht, ins Haus zu kommen.* Sobald sie hier raus war, würde sie Phil Bescheid geben. Oder doch lieber Mag? So wie es aussah, fühlte er sich jetzt für sie verantwortlich, so wie Phil für Laurie verantwortlich war. Auf jeden Fall musste etwas getan werden.
Das nicht verriegelte Fenster hinter ihr schien ihr eine schrille Warnung entgegenzuschreien. Sie würden, nein, sie *mussten* noch etwas finden, um es zumindest provisorisch abzusichern. *Nur weil sie im ersten Stock liegen, sind sie nicht sicher...*
Karen schüttelte den Gedanken ab und drehte am Wasserhahn.
Klares, kühles Bergwasser floss über ihre Hände. Sie erschauerte und ein angenehmes Frösteln überkam sie. Sie wusch sich rasch die Hände und spritzte sich anschließend einen eisigen Schwall ins Gesicht.
Sie schüttelte sich und griff blind nach dem Handtuchhalter, rieb sich das Wasser aus den Augen, drehte den Hahn zu und blickte wieder in den Spiegel.
Hinter dem Fenster stand Sonmore.
Als dunkle Silhouette, nur ein wenig heller als die pechschwarze Nacht hinter ihm, starrte er Karen an. Seine roten Augen funkelten böse.
Karen stockte der Atem.
Sie blickte dem Monster in die Augen, das ihren Freund getötet hatte und im Moment nur durch wenige Millimeter dickes Glas davon abgehalten wurde, sie ebenfalls in Stücke zu reißen. Das Monster, in dem sich Craig Sonmore verbarg wie in einer lebendigen Puppe, die er steuern konnte, wie es ihm beliebte. Craig Sonmore, der unmissverständlich klar gemacht hatte, was er gern mit ihr tun würde...
Wie eine rote Welle flutete die Panik über sie hinweg und sie war unfähig, sich zu bewegen.
Das Etwas hinter dem Fenster verzog die Lefzen zu einem hämischen Grinsen und plötzlich begann eine Stimme in ihrem

Kopf zu flüstern – dieselbe Stimme, die sie auch vorhin schon gehört zu haben glaubte.

...Hallo Kleines, da bin ich wieder...

Das Handtuch entglitt ihren klammen Fingern und fiel stumm zu Boden.

Jetzt glaubte sie es. Oh ja, jetzt glaubte sie es! Das Übernatürliche, die dunklen Kräfte, Dämonen, Werwölfe, Vollmondnächte...

Jetzt glaubte sie an all das, worüber sie früher noch gelacht hatte. Sie wusste, dass es Sonmore war, der dort hinter der Scheibe stand, der beinahe erfolgreich versucht hatte, sie zu verführen und nur durch Mags plötzliches Auftauchen davon abgehalten worden war, sie gleich dort auf dem Küchenboden zu nehmen. Jetzt würde er bekommen, was er wollte.

Ihre Hände ballten sich zu Fäusten und ihre Nägel gruben sich so tief ins Fleisch, bis Blut auf den gefliesten Boden tropfte.

Die Kreatur hob die Hand und klopfte leise, fast schüchtern, gegen die Fensterscheibe.

Karen begann zu zittern. *Lieber Gott, bitte lass mich das hier überstehen, bitte lass mich jetzt nicht im Stich, wenn du irgendwo da oben bist, bitte lass mich nicht hier drin verrecken...* Ihre Lippen zitterten immer heftiger und sie wusste, dass sie gleich anfangen würde zu schreien.

Jetzt grinste Sonmore nicht mehr. Seine kalten Augen blickten böse und mordlüstern zu ihr ins Badezimmer.

Karen glaubte, ein langsam anschwellendes Knurren zu hören.

Und dann ging alles sehr schnell.

Sonmore trat einen Schritt zurück, duckte sich und krachte mit einem gewaltigen Satz durch die Fensterscheibe.

Karen merkte nicht mal, wie sie sich nass machte. Unzählige Bilder rasten durch ihren Kopf, zuletzt Woody, der sich mit schmerzverzerrtem Gesicht an den Rand des Heuschachts klammerte, während das Monster ihn langsam immer weiter nach unten zog. Mit einem Aufschrei löste sich ihre Erstarrung und sie ging zu Boden. Über ihr prasselten Glassplitter gegen den Spiegel. Es wurde fast augenblicklich kalt im Zimmer, Schneeflocken wirbelten herein.

Laut keuchend und mit verzerrtem Gesicht kam sie wieder auf die Beine und spurtete los. Hinter ihr sprang Sonmore in den Raum wie ein lebendig gewordener Alptraum, eingehüllt in eine Wolke aus Glassplittern.

Er kam sicher auf den rutschigen Fliesen auf.

Als er seinen unförmigen Schädel ruckartig in Karens Richtung drehte, hatte sie die Tür bereits erreicht.

2

Mag begann, wegzudriften.
Sein überbeanspruchter Körper schrie nach Schlaf, doch die Angst in ihm war noch zu groß, um diesem verlockenden Wunsch nachzukommen.
Er stand da, gegen die Tür des Badezimmers gelehnt, und döste im Halbschlaf vor sich hin. Sein Mund war leicht geöffnet, seine Augen halb geschlossen. Schemenhaft nahm er den düsteren Flur wahr, in der er sich befand, tonnenschwer zog das Gewehr seinen Arm nach unten.
Mag konnte noch hören, wie Karen den Wasserhahn im Badezimmer aufdrehte, dann nickte er endgültig ein. Sofort bohrten sich wüste Alpträume wie giftige Reißzähne in seinen Kopf.
Er schien von einer bizarren Vision in die nächste zu taumeln, eine schrecklicher als die andere. Zuerst sah er sich selbst...

...im Haus seiner Eltern in Denver; er erwacht in seinem alten Kinderzimmer, mitten in der Nacht; seltsame, ungewöhnliche Geräusche kommen aus dem Schlafzimmer seiner Eltern; es kommt ihm vor, als wäre er wieder zehn Jahre alt, seine nackten Füße huschen lautlos über den weichen Perserteppich im Flur des ersten Stockes; von den Wänden blaffen ihn schaurige Holzmasken mit verzerrten Fratzen an, die seine Mutter aus Mexiko mitgebracht hat; das Schlafzimmer seiner Eltern liegt am Ende des Flurs, die Tür komplett in dunkle Schatten getaucht; vage nimmt er durch eine gigantische Fensterscheibe zu seiner Rechten den übergroßen Vollmond wahr, der blutrot am Nachthimmel steht; es zieht ihn weiter ungebremst zum Schlafzimmer seiner Mum und seines Dads, aus dem seltsame, reißende Geräusche dringen und keuchende Stöhnlaute; er hat sie einmal beim Sex erwischt, ohne dass sie es bemerkt hatten; das hatte ähnlich geklungen und doch anders, nicht so bedrohlich; er streckt seine Hand nach dem Türknauf aus, ohne zu zögern; er fühlt sich warm an in seiner kleinen Hand; die Tür schwingt langsam nach innen und der dunkle Raum, riesig und von zuckenden Bewegungen erfüllt, offenbart sich ihm; Mag sieht ein Bild der Verwüstung; sein Dad, oder was noch von ihm übrig ist, liegt verrenkt und blutüberströmt auf dem Bett; sämtliche Laken, Kissen und Vorhänge sind zerfetzt; die Nachttischlampe strahlt ein bizarres, unwirkliches Licht zur Decke hinauf; die Nachtkästchen sind zu kleinen Splittern zertrümmert; und über dem Chaos thront Sonmore; er hält Mags Mutter in einer fast zärtlichen Geste auf den Armen; nur fehlt seiner Mutter bereits der Kopf und das Monster scheint sich gerade in ihren Unterleib hineinzufressen; die glasigen, starren

Augen seines Vaters blicken ihm vorwurfsvoll entgegen; warum hast du dieses Monster hierher gebracht, mein Sohn? Warum müssen wir immer deine Probleme ausbaden? Warum hast du nur zugelassen, dass er hierher kommt und uns holt? *Die Tür schwingt vollends auf und knallt gegen den großen Kleiderschrank dahinter und das Geräusch lässt das Monster herumfahren; der deformierte Schädel ist nur zum Teil menschlich; zur Hälfte ist es der Kopf eines schwarzen Wolfes; und es ist nicht Sonmore – es ist Phil; sein Freund sieht ihn mit einem unendlich leidenden Blick an, das Gesicht verschmiert mit Fleischfetzen und Blut;* Lass dich bloß nicht auch noch erwischen, mein alter Freund, *stöhnt das Wesen mit einer Bassstimme, die mehrere Oktaven tiefer ist als die seines Freundes.* Wenn er dich auch noch bekommt, krieg ich noch viel mehr zu tun. *Mag runzelt verwirrt die Stirn und urplötzlich zoomt es ihn aus dem Raum heraus, die Zimmertür scheint sich auf einmal meilenweit zu entfernen und er landet...*

...in dem Waldstück, hinter dem Cape-Club, wo er Charlie Racoon und Bell, seine süße Bell, beim Vögeln erwischt hat; das Auto des verdammten Bastards steht auch jetzt unter den riesigen Weiden, die die Lichtung säumen; eine heftige Brise streicht durch die herabhängenden Äste; der Wagen schaukelt derart hin und her, als hätte man ihm Sprungfedern verpasst; so stark, dass er sich beinahe einen halben Meter in die Luft hebt; in seinem Inneren kann Mag nur wabernde Schatten erkennen; er geht langsam auf die Fahrertür zu; er hört widerliches Grunzen und schmatzende, feuchte Laute aus dem Wageninneren; wieder streckt er seine Hand nach dem Türgriff aus, doch diesmal öffnet er nicht; denn hinter dem Fenster taucht Charlie Racoons verzerrte Fratze auf, ebenfalls halb Mensch, halb Wolf; er grinst Mag mit einem fast schon übertrieben großen Gebiss entgegen, seine Augen glühen; Hallo Arschloch! *schreit Charlie mit einer wilden Raubtierstimme.* Du suchst *Sie* wieder mal, nicht wahr? Willst einfach nicht aufgeben, wie? Und du hast Recht – Sie ist wieder mal hier!!! *Und Bell O' Simmons erscheint, direkt neben Charlie, und ihr Anblick lässt Mag zurücktaumeln; denn auch sie ist ein Werwolf und sie ist nackt wie Charlie und unzählige Bisswunden bedecken ihren Oberkörper, ihren Hals, ihre behaarten Brüste;* Ja! *kreischt sie* Ja, du verdammter Loser! Ich bin hier und er fickt mich, fickt mich, fickt mich wie ich noch nie gefickt worden bin! *Sie speit ihm gelben Speichel entgegen, der langsam an der Innenseite des Wagenfensters hinunter läuft; Mag stammelt irgendetwas Unverständliches und kann nur starren; die beiden Wesen im Wagen beginnen zu lachen und zu gackern und küssen sich auf eine so widerliche Art und Weise, dass Mag sich einbildet, gleich kotzen zu müssen; und dann fährt Charlies Kopf herum und funkelt Mag mit weit aufgerissenen Augen an.* Es ist Zeit, *flüstert*

das Ding noch und dann springt es mit einem Satz durch das Wagenfenster und scheint auf Mag zuzufliegen, und Mag kann Bell mit einer unglaublich schrillen Stimme kreischen hören und er hört das Glas splittern und beginnt selbst zu schreien und...

...Mag schreckte hoch und erwachte.

Kein Traum.

Splitterndes Glas hinter ihm. *Hinter ihm!*

Großer Gott, das Fenster im Bad!

Wie ein Schwall Eiswasser überflutete ihn die Panik. Schlagartig wurde seine Müdigkeit zu Angst. Er umklammerte mit beiden Händen die Schrotflinte, sein Puls ging nach oben. Hinter ihm prasselten Glassplitter zu Boden, er konnte Karen schreien hören.

Karen! Okay, ganz ruhig, gaaanz ruhig, was ist zu tun? Was würde Phil tun? Was...

Die Tür wurde aufgerissen. Mag stolperte und fiel fast vornüber, wirbelte zur Tür herum.

Karen stürzte aus dem Bad, ihr Gesicht eine Maske des Entsetzens. Ihr langes Haar rauschte um ihren Kopf wie ein dunkler Schleier. *Ein Totenschleier*, dachte Mag gehetzt. *Sie trägt bereits ihren Totenschleier, großer Gott, und was ist mit mir? Sieht Karen mich auch bereits in meinem besten Anzug und in den guten Schuhen, weil das Ganze für uns schon gelaufen ist? Ist es so...?*

Laut kreischend warf sich Karen gegen die Tür und Mag wurde sofort wieder klar im Kopf. Die Tür fiel krachend ins Schloss, Karen stemmte sich dagegen und begann, am Schlüssel herumzufummeln. Ihre schweißnassen Finger schafften es nicht, ihn umzudrehen.

„Er ist hier!“, kreischte sie. „Hier drin! Hier *driiin*!!!“

Mag murmelte einen Fluch und sprang vor.

Er stemmte sich mit beiden Schultern fest gegen die Tür und drehte den Schlüssel herum – auch wenn er wusste, dass es nicht viel bringen würde. Dann versuchte er, die Waffe durchzuladen.

Neben ihm schrie Karen immer heftiger und lauter. Er konnte kein Wort verstehen, wusste nur, dass sie alle verdammt tief in der Scheiße saßen, wenn er nicht schleunigst mit dieser verfluchten Pumpgun klarkam.

Karen kreischte noch schriller und drückte sich weinend gegen die Tür.

„Verschwinde, verdammt!“, schrie er sie an. „Mach, dass du wegkommst! Hol Phil! Mach schon, wir haben keine Zeit mehr!“

Eine endlose Sekunde starrte sie ihn verständnislos an.

„Beeil dich, verflucht noch mal!“

Etwas ungeheuer Großes, Schweres krachte hinter ihnen gegen die verschlossene Tür.

Mit einem Aufschrei hüpfte Karen einen Meter zurück. Sie warf Mag einen letzten Blick zu, dann stürmte sie los und verschwand um die Ecke.

Mag stemmte sich noch heftiger gegen die Tür. Er konnte keinen Gegendruck spüren, doch es war nur eine Frage der Zeit, wann sich das Ding im Bad das nächste Mal gegen die Tür warf. Mit zusammengebissenen Zähnen und verschwitzten Haaren (*Die werd ich nie mehr waschen können,* schoss es ihm durch den Kopf. *Ich werde meine Haare nie wieder waschen)* stand er da und hörte das Einrasten des Kolbens. Die Waffe war durchgeladen. Doch wie sollte er vorgehen? Wenn er hier stehen blieb, konnte er gar nichts ausrichten. Seine Gedanken rasten.
Verflucht, was würde Phil in dieser Situation tun?!
Geh weg von der Tür, flüsterte es hinter seiner Stirn. *Zur Seite! Wenn er durchbricht, kannst du dem Nahual wunderbar eine Ladung mitten in seinen widerlichen Schädel verpassen!*
Mag umklammerte die Waffe fester. Er schloss die Augen und begann, in Gedanken bis zehn zu zählen. Da fiel ihm ein, was das seltsame mexikanische Wort bedeutete, das seine Mutter ihm als Kind beigebracht hatte:
Nahual, lo que es mi vestidura o piel...
Der Dämon, der mich trägt wie eine Haut...
Er wollte gerade zur Seite springen, als die Stimme wieder zu ihm sprach: *Zu spät, Kleiner!*
Mag erstarrte.
Während ihm noch klar wurde, *wer* da in Gedanken zu ihm gesprochen hatte, explodierte links und rechts neben seinem Kopf die Tür.

3

Phil hörte den Lärm im Obergeschoss erst, als es bereits zu spät war.
Eigentlich wollte er sich nur noch ein letztes Mal von Laurie verabschieden, während sie schlief. An sie geschmiegt war er dann letztendlich doch ein wenig eingedöst. Er würde seine Kräfte noch brauchen, und jede Minute Schlaf, die er bekommen konnte, schien ihm sinnvoll zu sein. Vor seinem inneren Auge starrte ihn unentwegt der *schwarze Schädel* an, schien ihn auszulachen und zu verhöhnen, während er sich weiterhin einredete, zumindest eine kleine Chance in diesem irrwitzigen Duell zu haben.
Als er die Schreie hörte, schreckte er hoch und war für einen Moment orientierungslos, ein glühendes Augenpaar war in seine Netzhaut eingebrannt und wollte ihn nicht loslassen.
Er hörte Karen aufschreien und fuhr zum Treppenaufgang herum. Alles drehte sich um ihn.
Hinter ihm setzte sich Laurie kerzengerade auf. „Karen“, flüsterte sie. „Mag! Nein...“

Phil deutete ihr mit wild rollenden Augen, an Ort und Stelle zu bleiben. Dann rannte er zur Treppe, was Laurie ihm hinterher rief, konnte er schon nicht mehr verstehen. Denn als er die ersten Stufen hinaufhetzte, erschien Karen am oberen Ende.
Ihr Haar war zerzaust und wirkte wie elektrisiert. Mit panischem Blick taumelte sie durch die Tür. Ihre Arme fuhren unkontrolliert durch die Luft.
„Er ist *hier*! Er ist *hier*! Er ist im Badezimmer, tu was, Phil, bitte, tu etwas! Hilf Mag, er ist oben, er ist...“
Phil versuchte, sie zu beruhigen. „Karen, ganz ruhig, komm runter zu mir, komm schon...“
Doch Karen schien mit ihrer Kraft am Ende zu sein. Haltlos torkelte sie die marode Treppe hinunter, stolperte und knickte mit dem Fuß ein. Phil konnte den Knochen brechen hören, überlaut wie einen knackenden Zweig.
Mit einem schrillen Kreischen fiel sie vornüber und Phil sprang schnell hinzu, um sie aufzufangen. Hinter ihnen kam Lauries Stimme rasch näher und über ihnen begann nun auch Mag zu schreien.
Karen prallte ungebremst gegen Phil und er drohte, hintenüber zu kippen. Sie brüllte ihren Schmerzensschrei in sein Ohr, als ihr verletzter Fuß wie ein Holzklotz auf dem Boden aufschlug. Karen stank nach Urin, sie hatte sich wohl nass gemacht und die Angst, die sie verströmte, stank beinahe noch schlimmer. Phil ächzte und hing eine Sekunde lang schwerelos zwischen den Welten, mit Karens schreiendem Körper in seinen Armen, dann verlor er mit einem Fluch auf den Lippen den Kampf gegen die Erdanziehung. Er kippte. Laurie war sofort heran und stemmte sich mit aller Kraft gegen ihn, bevor er rückwärts mit Karen die Treppe hinunterfallen konnte.
Laurie brachte ihn ächzend wieder in eine halbwegs aufrechte Position, Karen hing wie ein Sack Steine an ihm.
„Mein Gott, Laurie, danke!“, keuchte Phil.
„Wie geht's ihr?“, rief Laurie und kam herum, hob Karens Kopf und blickte in ihr schmerzverzerrtes Gesicht.
„Hilf mir, sie runter zu bringen! Ich kann sie nicht mehr lange halten!“
„Karen? Alles okay? Karen, Kleines, hörst du mich?“
Von oben drang ein Schrei zu ihnen hinunter. Phil kannte diesen Schrei mittlerweile. Mag wurde bewusst, dass er sterben würde. Jetzt, genau in diesem Moment.
„Laurie, ich muss da rauf!“, fauchte er. „Hilf mir mit Karen, sie hat sich ihren verdammten Knöchel gebrochen oder so.“
Laurie packte zu, und gemeinsam brachten sie Karen zum Fuß der Treppe, wo sie einfach in ihren Armen zusammenbrach und reglos auf dem Bauch liegen blieb. Aus dem ersten Stock drangen splitternde Geräusche zu ihnen.

Laurie kauerte sich neben sie. „Karen, bitte hilf uns! Wir können dich nicht tragen, bitte steh auf, wenn du kannst!"
Doch Karen konnte nicht. Sie gab nur noch zusammenhanglose Worte von sich und krallte ihre abgebrochenen Nägel in den Holzboden. Sie hinterließen grausig anzusehende Blutspuren.
Von oben ertönte ein Schuss. Wie ein gewaltiger Donnerschlag hallte er durch das Haus.
Laurie blickte panisch zu Phil hoch. „Mag", flüsterte sie.
Phil riss sich los und raste die Treppe hinauf, aber vorher hörte er noch ganz genau, was Karen vor sich hinmurmelte, obwohl ihre Stimme nur noch ein Wispern war: „...er kommt, er kommt, jetzt holt er mich, *jetzt* holt er mich..."
Phil nahm je zwei Stufen auf einmal und bog schlitternd um die Ecke. Was er dort sah, nahm ihm den Atem.
In der Badezimmertür klaffte ein gewaltiges Loch, die Bruchstücke lagen wie ein irres Mikadospiel auf dem Flur verstreut. Phil konnte gerade noch sehen, wie Mag kopfüber durch das Loch gezogen wurde, sein ganzer Oberkörper war bereits auf der anderen Seite, spitze Holzsplitter bohrten sich überall in seine Haut, Blut lief an dem spröden Holz hinunter. Die Waffe lag nutzlos einen Meter entfernt, Mags einziger Schuss hatte nur ein harmloses Loch in die Decke gerissen.
Mags Beine zappelten und traten wild umher, während er unaufhaltsam weiter gezogen wurde. Seine Schreie wurden bereits schwächer.
Phil stöhnte auf und rannte los. Er bekam eines von Mags Beinen zu fassen und zog. Doch er merkte sofort, dass er der übermenschlichen Kraft des Monsters nichts entgegenzusetzen hatte. Mag begann, noch heftiger auszutreten, als er Phils Bemühungen spürte.
„Mag!", brüllte Phil. „Mag, verdammt, ich kann nicht... ich schaffs nicht ...ich – "
Ruckartig wurde er nach vorne gerissen, Mags Hüften waren durch das Loch verschwunden und nun flutschte er wie ein geölter Bolzen hindurch. Doch Phil ließ nicht los. Er umklammerte Mags Füße mit aller Kraft und stemmte sich gegen den übermächtigen Druck von der anderen Seite. Wie durch Watte konnte er Laurie von unten etwas rufen hören. Dann brüllte Sonmore und das triumphierende Geräusch ging in ein schauderhaftes, irres Gelächter über. Mag kreischte auf, seine Stimme schrill, als wäre er fünf Jahre alt, und flüssiges Eis schien durch Phils Adern zu schießen.
Es war soweit. Phil konnte hören, wie Mag aufgab.
„Nein", stammelte er verkrampft. „Nein, Mag, nein, kämpf dagegen an, du musst weiterkämpfen, ich hol dich da raus, ich hol dich..."
Er spürte, wie Mag ihm entglitt, das Blut an seinen Beinen, der

Schweiß, die unbändige Kraft ihres Feindes... Er konnte ihn nicht halten.
Ein kräftiger Ruck und Mags Füße verschwanden durch das gezackte Loch. Phil prallte unsanft gegen das Holz und taumelte sofort rückwärts, weg von dem Höllentor. Er hielt etwas in den Händen – es war einer von Mags schwarzen Turnschuhen, an den Schnürsenkeln klebte Blut.
Rechts und links oberhalb des großen Loches sah Phil zwei kleinere, die sich zur Mitte hin mit dem Großen vereinigten. Das Monster musste seine Hände einfach durch das Holz gestoßen haben, als Mag direkt vor der Tür stand und dann hatte er ihn mitten durch die Tür...
Mag stöhnte noch ein letztes Mal auf, in dem gefliesten Badezimmer hallte es gespenstisch. Phil würde nichts mehr für ihn tun können. Trotzdem bückte er sich vorsichtig, um durch das Loch zu spähen. Es war stockfinster dort drinnen, Sonmore hatte wohl die Lampe zertrümmert.
Er hörte wühlende, kratzende Geräusche.
„Mag?“, rief Phil leise durch das Loch hindurch. Seine Augen füllten sich mit Tränen der Wut. „Kannst du mich hören? Ich schwöre dir, bei allem, was mir heilig ist, ich werde diesen verdammten Mistkerl töten! Hast du verstanden? Ich werde ihn umbringen! Für Dich, für Vince, für Woody... dieser gottverfluchte Bastard...“
Und dann erlosch alles Licht.
Phil erstarrte.
Augenblicklich war es totenstill, nichts regte sich mehr hinter der zerstörten Tür. Und für einen kurzen Moment war Phil beinahe blind. Die Dunkelheit war perfekt.
Er hat die Sicherungen rausgerissen, fluchte Phil. *Er hat den Sicherungskasten im Bad entdeckt und jetzt sitzen wir hier wirklich in der Tinte...*
Langsam wurde die Finsternis um ihn herum zu vagen Schemen, undeutliche Schattierungen zwischen Grau und Schwarz, und er konnte wieder etwas erkennen.
Vorsichtig und mit langsamen Bewegungen zog Phil sich in Richtung Treppe zurück, immer die Tür zum Badezimmer im Blick.
Er hörte Laurie leise seinen Namen rufen und sah die Treppe hinunter.
Sie stand auf der untersten Stufe und hielt eine kleine, weiße Kerze in der Hand. Der restliche Wohnraum war wie alles andere auch in tiefste Finsternis getaucht. Im warmen Lichtschein des Feuers konnte er Tränen in Lauries Augen glitzern sehen. „Karen stirbt“, flüsterte sie. „Sie... sie stirbt einfach, sie reagiert überhaupt nicht mehr und stammelt nur noch vor sich hin und ich ... ich kann es in ihren Augen sehen, sie weiß es! Sie weiß, dass es aus ist und ich

kann nichts tun, gar nichts..."
Phil schlich zu ihr hinunter und wies sie an, leise zu sein, gleichzeitig musste er sie trösten und versuchen, nicht an Mags schrillen Todesschrei zu denken. Denn in diesem Moment war tief drinnen in Phil etwas zerbrochen.
„Ganz ruhig, Laurie", flüsterte er. „Du musst jetzt ganz, ganz leise sein, hast du verstanden? Er ist noch da oben und er hat die Sicherungen für das gesamte Gebäude gefunden. Wo ist Karen?"
Laurie deutete vage in Richtung Couch. „Ich... ich hab sie da hingelegt, auf die Couch gelegt... Und Mag? Ist... ist er...?"
„Komm jetzt." Er zog sie mit sanfter Gewalt zur Couch hinüber, um nach Karen zu sehen. Geisterhaft tauchte sie im kleinen Lichtkreis der Kerze auf. Sie war auf den Boden gerollt und lag verkrümmt auf der Seite. Mit leeren Augen starrte sie ins Nichts, Speichel rann von ihren Lippen.
Eine besonders heftige Windböe fegte um das Haus und heulte auf wie ein wütendes Tier.
Phil ging neben Karen in die Hocke und strich ihr das Haar aus dem Gesicht.
„Phil?", rief Laurie hinter ihm panisch. „Phil, was ist mit ihr? Sag doch was!"
Er drehte sich langsam zu ihr um. „Sie ist ohnmächtig."
Laurie begann wieder zu weinen. „Gott, wir schaffen das alles nicht, Baby! Und das weißt du! Wir können es doch gar nicht schaffen..."
„Hol die Mäntel", fuhr er fort, ohne mit der Wimper zu zucken. „Sie liegen unter den Kleiderhaken, gleich neben der Tür. Mach schon, wir müssen los."
Laurie zögerte noch eine Sekunde, dann verschwand sie stolpernd im Dunkel. Phil sah, wie sie die Kerze auf dem Esstisch abstellte, um sich die Mäntel zu greifen. Er war sicher, dass sie außer Hörweite war.
Dann beugte er sich hinab und flüsterte in Karens Ohr. „Karen", flüsterte er in ihr Ohr. „Ich weiß, dass du mich verstehen kannst. Und du weißt, dass er kommen wird, richtig? Du weißt, dass er kommt, und es wird nicht mehr lang dauern."
Karens Gesicht sah in der samtenen Dunkelheit grau und unglaublich müde aus.
„Wach auf und komm weg", sagte Phil etwas lauter. „Komm hoch und lass uns verschwinden. Notfalls trage ich dich!"
Doch es war zu spät.
Karen war verloren. Phil wusste das spätestens in dem Moment, als er von oben das Quietschen der Badezimmertür hörte. In der Stille des riesigen Raumes klang es unglaublich laut.
...Sie kann nicht mit uns kommen...
Karen blieb in gnädiger Bewusstlosigkeit, doch ihr Körper begann, heftig zu zittern.

Phil erhob sich mit wackligen Knien und ging langsam rückwärts dahin, wo er Laurie vermutete. Er konnte sie hinter sich hektisch atmen hören. Aus dem ersten Stock ertönten schwerfällige Schritte, Sonmore hatte keine Eile.
„Phil“, stammelte Laurie hinter ihm. „Ich hab solche Angst, ich hab solche Angst...“ Sie griff hektisch nach seinem Arm und zog ihn Richtung Wand.
Phil trat schnell hinter sie, umarmte sie ungeschickt und drückte ihren Körper so fest an sich, wie er nur konnte. Er vergrub das Gesicht in ihrem Haar. „Nicht hinsehen, Laurie“, flüsterte er. „Sieh nicht hin.“
„Oh mein Gott...“ Laurie atmete tief ein, um zu schreien, doch Phil umschlang sie noch fester und presste ihr eine Hand auf den Mund. Mit vor Schreck geweiteten Augen starrten sie beide zur Treppe.
Sonmore stand hoch aufgerichtet inmitten der Türöffnung und blickte reglos in den großen Raum hinab.
Wie ein Scherenschnitt zeichnete sich sein grotesker Körper in der Finsternis ab. Wirklich hell blieb nur der Bereich des Esstisches, alles andere war Schwärze, eine Landschaft aus verschwommenen Konturen.
Laurie atmete heftig durch die Nase und wehrte sich verzweifelt gegen Phils Griff, doch er ließ nicht locker.
„Nicht hinsehen, Baby“, flüsterte er wieder. „Wir können nichts tun, also bitte mach einfach die Augen zu!“
Sonmore kam langsam die Treppe hinunter, Schritt für Schritt schien er zu wachsen, immer noch größer zu werden. Überall auf seinem kräftigen Körper war Blut, es sah schwarz aus im unruhigen Licht der Kerze.
Phils Gedanken rasten. Konnte er sie sehen? Sie standen direkt in einem toten Winkel des Kerzenlichtes und ein dicker Schattenbalken lag genau über ihrer Position. Oder war dem Werwolf das ohnehin egal? Würde er sich nicht sowieso einen nach dem anderen von ihnen holen, wie er es Phil prophezeit hatte, Vincents sterbenden Körper in den blutigen Händen?
Phil brach der kalte Schweiß aus, als Sonmore am Fuß der Treppe angelangt war und sich suchend umblickte. Er musste wissen, dass sie alle hier unten waren, er musste sie gehört haben, oder sie wittern oder sonst etwas.
Sie saßen in der Falle!
Aber natürlich hatte Sonmore die ganze Zeit über schon gewusst, dass Karen hier auf ihn warten würde. Hilflos.
Schließlich hatte er es ihr befohlen!
Er setzte sich langsam in Bewegung und trottete zu der Sitzgruppe hinüber, wo Karen zitternd am Boden lag.
Wie ein leibhaftiger Dämon direkt aus der Hölle ragte er über ihr auf und blickte stumm auf sein Opfer hinab.

Phil hatte Karen so sehr Unrecht getan.
Sie hatte Sonmore von Anfang an gehasst, vom ersten Moment an. Vielleicht sogar mehr als jeder andere von ihnen. Sie hatte das Pech gehabt, genau den Geschmack des Monstrums zu treffen, und so hatte er ihr Denken verwirrt, ihren Willen gebrochen.
Sie musste sich selbst gehasst haben für die irren Gedanken und das Verlangen in ihrem Körper, das sie nicht verstehen konnte – und nun hatte Sonmore sie genau da, wo er sie haben wollte.
Hilflos und sterbend zu seinen Füßen.
„Ich hoffe, ich störe nicht?“, flüsterte das Monster leise, und dem Klang seiner Stimme nach schien es zu grinsen.
Als Sonmore sich langsam zu ihr hinabbeugte, begann Laurie krampfartig in Phils Griff zu zucken, und er hatte Mühe, sie zu halten. *Ich hab dir doch gesagt, mach die Augen zu,* flehte er Laurie in Gedanken an. *Ich hab dir gesagt, du sollst nicht hinsehen, also bitte lass es... lass es... lass es...*
Doch Phil konnte Laurie verstehen.
Karen war in den letzten Stunden eine Verbündete gewesen, eine Freundin für sie geworden. Und so mussten sie das Mädchen auf ihrem letzten Gang begleiten.
Ob sie wollten oder nicht.

4

Es waren die längsten Minuten in Phils Leben. Er hatte niemals etwas Grauenvolleres erlebt und jedes einzelne Bild brannte sich feuerrot in sein Hirn hinein.
Phil war es anfangs beinahe unmöglich, Laurie festzuhalten, doch nach einer Weile sank sie stumm schluchzend in seinen Armen zusammen und leistete keinerlei Gegenwehr mehr.
Von ihrem Standpunkt aus, nahe der Eingangstür, blieb ihnen zwar das Schlimmste erspart, die große Couch versperrte weitestgehend die Sicht auf das furchtbare Geschehen, doch hin und wieder schien das wilde, verzerrte Antlitz des Monsters über den Rand der Couch direkt zu ihnen zu blicken, schien Phil und Laurie zu fixieren, um sicher zu gehen, dass sie auch wirklich genau zusahen.
Natürlich sah er sie dort im Schatten stehen, natürlich wusste er die ganze Zeit über, wo sie sich befanden.
Laurie schien irgendwann in eine Art ohnmächtiger Starre zu verfallen, wahrscheinlich war es ohnehin besser so.
Karen war tot. Daran gab es bald keinen Zweifel mehr. Und Phil und Laurie blieben die unfreiwilligen Zuschauer.
Nach einer Ewigkeit richtete sich Sonmore dann doch langsam auf und sein Anblick versetzte Phil in eine unbändige Wut. Er konnte,

wollte sich nicht vorstellen, wie sehr Karen in den letzten Augenblicken ihres Lebens gelitten hatte.
Als monströser Schatten starrte Sonmore stumm zu ihnen hinüber. Die roten Lichter in seinen Augen funkelten in der Dunkelheit, die Hauer in seinem Mund waren erschreckend lang geworden. Und wirkte sein ganzes Gesicht nicht noch deformierter, kantiger? Noch animalischer?
„Geh schon“, zischte Phil mit zusammengebissenen Zähnen, so leise, dass Sonmore ihn unmöglich hören konnte. Doch Phil wusste, dass er jedes Wort verstand. „Geh einfach! Du hast deinen Spaß gehabt, also verschwinde jetzt!“
Das Monster schwieg. Eine Minute verging, dann bückte es sich mit schwerfälligen Bewegungen nach unten, packte Karens Leichnam an einem Oberschenkel und begann, ihn zur Treppe zu schleppen.
Als Sonmore an dem großen Esstisch vorbeikam, versetzte er ihm einen kräftigen Tritt und die kleine Kerze geriet ins Wanken und fiel vom Tisch. Phil beobachtete gebannt, wie sie zu den Vorhängen rollte und dort den schweren, trockenen Stoff entzündete. Gierig leckten die Flammen weiter nach oben.
Sonmore trottete weiter, ohne sich umzusehen. Er stieg langsam die Treppe hinauf und schleifte Karens verstümmelten Körper wie einen Sack hinter sich her.
Leb wohl, Karen. Ich hoffe, du hast es hinter dir, das hoffe ich wirklich. Und ich hoffe, du hast es besser, dort, wo du jetzt bist. Ich habe mir das noch niemals so sehr für jemanden gewünscht, dachte Phil traurig. Und dann, mit einem bitteren Gedanken an die letzten Worte, die Laurie zu ihm gesagt hatte, bevor er hinaus in den Sturm gezogen war: *Auf bald.*
Sonmore bog um die Ecke und er und Karens Körper waren verschwunden.
Sofort sah Phil nach dem sich ausbreitenden Feuer. Mittlerweile brannte der ganze Vorhang bis zur Decke hinauf.
Er schüttelte Laurie.
„Komm wieder zu dir, Laurie – wir müssen hier weg!“
Laurie öffnete die Augen nur langsam, murmelte irgendetwas von Tomaten und zu großen Schuhen. Phil musste ein wenig grober werden. Er versetzte ihr eine leichte Ohrfeige. „Tut mir leid“, zischte er. „Aber wir müssen uns wirklich beeilen. Ich habe keine Ahnung, wie viel Zeit uns noch bleibt.“
Laurie schlug verwirrt die Augen auf. „Wo ist Karen?“, stammelte sie.
„Sie ist fort“, sagte Phil nur.
Laurie nahm das teilnahmslos zur Kenntnis, dann fiel ihr Blick auf die brennenden Vorhänge. „Sieh mal da. Es brennt.“
„Und genau deshalb müssen wir jetzt hier weg! Es wird nicht lange dauern und der ganze Laden hier brennt lichterloh. Dieses

verdammte Schwein hat den Brand gelegt."
Wie zur Bestätigung hörte Phil wieder Geräusche aus dem ersten Stock. Zuerst ein Rumpeln und schwere Schritte über ihnen, dann, nach einer kurzen Pause, das Zuschlagen des Scheunentors.
Laurie sah Phil eine Sekunde lang mit großen Augen an, dann schlich er geduckt zu einem der großen Fenster an der Frontseite. Er blickte durch eine Ritze zwischen den vielen Brettern hindurch, die Woody und Karen angebracht hatten.
Durch die weißen Schneewehen sah er einen großen, nackten Körper, der sich geschmeidig und mit unglaublicher Geschwindigkeit von der Hütte wegbewegte. Sonmore verschwand wie ein böser Spuk, als hätte es ihn nie gegeben.
Phil dachte daran, was er Karen angetan hatte – Mag, Woody und Vince... Wütend schlug er mit geballter Faust gegen die Wand. Dann eilte er zu Laurie zurück.
„Er ist weg", keuchte er und begann, die Wintermäntel vom Boden aufzusammeln. „Wir müssen diese Chance nutzen, Laurie. Wir bekommen nur die eine!"
„Weg?", fragte sie verwirrt. „Du meinst, er ist einfach wieder abgezogen und lässt uns hier ungeschoren zurück? Phil, du glaubst doch nicht wirklich..."
„Ich habe ihn im Sturm verschwinden sehen, er ist weg, zumindest vorläufig und mit Sicherheit nicht für lange, das ist mir klar", fuhr er sie unsanft an. „Aber wir müssen jede Minute nutzen, die wir kriegen können. Ich habe auch schon eine Idee. Hier, nimm den Mantel und zieh deine schweren Stiefel an!"
Laurie war noch zu benebelt, um zu widersprechen, und tat, wie ihr geheißen.
Phil sah nervös nach dem Feuer. Die halbe Wand brannte bereits und die Flammen griffen langsam auf die Wände des oberen Flurs über. Auch der große Esstisch, auf dem noch immer zahllose Gläser, Flaschen und Teller standen, war bald nicht mehr zu retten.
Und wir auch nicht, wenn wir nicht schleunigst verschwinden, dachte Phil gehetzt.
Laurie zog die Schnürsenkel ihrer Stiefel fest und richtete sich auf. „Was hat er mit Karen gemacht?", fragte sie ihn mit leiser Stimme. Sie schien noch immer nicht ganz klar im Kopf zu sein. Vielleicht war dieser Schockzustand das Beste, was ihr passieren konnte. Phil beneidete sie beinahe darum.
„Laurie, Schatz, ich..." Phil fehlten die Worte. Wenn sie wirklich verdrängt hatte, was geschehen war, dann wollte er um nichts in der Welt die schrecklichen Bilder wieder in ihren Kopf projizieren. „Er hat sie mitgenommen, nach oben. Und so, wie es aussah, hat er sie auch... dorthin mitgenommen", er deutete vage in Richtung Waldrand.
„Warum tut er das?", flüsterte Laurie unter Tränen. „Warum tut er

das alles nur? Kann er uns denn nicht einfach in Ruhe lassen..." Sie weinte noch heftiger, Phil schloss sie fest in die Arme und schwieg. „Wie kann ein Mensch so abgrundtief grausam sein? Wie kann er uns alle so eiskalt auslöschen, als wären wir... als wären wir nichts anderes als..."
„Beute", sagte Phil tonlos. Laurie blickte zu ihm hoch. „Er ist kein Mensch mehr, Laurie. Schon lange nicht mehr."
Sie sagte nichts. Hinter ihr konnte Phil den Brand sich weiter ausbreiten sehen und langsam wurde die Luft um sie herum unangenehm warm.
„Lass uns gehen", flüsterte sie.
Phil führte sie zur Tür und sie traten hinaus in die dunkle Nacht. Als Phil den schwarzen Van vor der Tür sah, durchzuckte ihn ein Gedanke und er griff Laurie am Arm.
„Ich muss noch einmal zurück." Sie blickte ihn fragend an.
„Die Waffe, Laurie", sagte er. „Das Gewehr meines Großvaters. Ohne etwas, mit dem wir uns verteidigen können, haben wir nicht die geringste Chance."
„Du kommst da nicht mehr lebend raus, Phil!", widersprach Laurie. „Das Haus steht jetzt schon in Flammen, und wenn du Pech hast, dann schneiden sie dir jeden Rückweg ab!"
„Laurie, ich brauche diese Waffe. Ich spüre es! Ich weiß es!", sagte Phil eindringlich.
„Du kannst ihn damit ohnehin nicht aufhalten, das weißt du doch!"
„Würdest du dich nicht sicherer fühlen, wenn wir das Gewehr trotzdem bei uns hätten? Und Mag hatte es, ich habe es oben neben der Badezimmertür liegen sehen. Du hast doch auch den Schuss gehört."
Laurie zögerte. Das Haus von Joseph Connor würde in dieser Nacht bis auf die Grundmauern niederbrennen. Noch war es nicht soweit. Bis das Inferno aufhören würde, zu lodern, würden noch viele Stunden vergehen.
Und Phil wollte noch einmal dort hinein.
„Phil, ich... ich habe da ein ganz beschissenes Gefühl."
„Ich auch. Glaub mir, ich kann mir Schöneres vorstellen, als noch einmal dort reinzugehen." Um seinen Worten noch Nachdruck zu verleihen, krachte hinter ihnen im Haus irgendetwas in sich zusammen. Phil dachte an Mag im Obergeschoss. Und Karen. Wenn sie nun beide noch dort oben lagen, verstümmelt und voller Blut...
Phil sah sich zu dem Van um, der noch immer einsam und verlassen einige Meter vor der Hütte stand. Die Schneewehen hatten die platten Reifen bereits zugedeckt. Er ging zur Fahrertür, öffnete sie und sah Laurie auffordernd an.
„Steig ein, duck dich und warte. Ich gehe jetzt rein und ich verspreche dir, ich bin in einer Minute zurück, okay? Ich hole nur

das Gewehr und dann bin ich wieder bei dir!“
„Und dann gehen wir fort von hier?!“ Ihr Blick war flehend.
Phil nickte nur.
Laurie ging zu ihm, griff nach seiner Hand und senkte den Blick. Ohne ihn anzusehen, flüsterte sie: „Okay, aber mach schnell!“
Phil küsste sie rasch und versuchte ein aufmunterndes Lächeln. „Wir schaffen das – ich liebe Dich!“
Laurie sah ihn an, voller Trauer, voller Schmerz. „Ich liebe Dich auch“, flüsterte sie. „Auf bald?“
„Auf bald.“
Phil lief los und verschwand durch die offene Tür ins Innere der Hütte. Binnen einer Sekunde war er verschwunden. Laurie stemmte sich langsam auf den Fahrersitz des Vans hinauf.
Sie schloss die Tür und blickte mit bangen Augen auf das sich ausbreitende Feuer. Ihre Hände lagen ineinander verkrampft in ihrem Schoß. Zitternd schloss sie die Augen und betete.
Ein uraltes Gebet aus ihrer Kindheit. Sie wäre überrascht, wenn sie wüsste, dass Karen vor nicht allzu langer Zeit dasselbe Stoßgebet nach oben geschickt hatte.

5

Phil hetzte durch den hell erleuchteten Wohnraum, der Rauch hatte sich bereits zu dicken, balligen Wolken an der Decke getürmt. Die gesamte Westwand der Hütte war ein einziges Flammenmeer und das Chaos griff weiter auf die Einrichtung über.
Phil sah den Esstisch brennen und mit ihm jeden einzelnen Stuhl, auf denen er und die anderen in den letzten Stunden ihre Krisensitzungen abgehalten hatten.
Er rannte mit halb zugekniffenen Augen an der brennenden Couch vorbei, der riesige, schwarze Blutfleck davor bezeichnete noch überdeutlich den Platz von Karens Martyrium. Hustend hielt er geradewegs auf die Treppe zu, die gnädigerweise bisher noch von den Flammen verschont worden war. Doch Phil wusste, dass es nur noch eine Frage der Zeit war, bis das Haus eine einzige Todesfalle war, aus der niemand mehr lebend entkommen würde.
Er erklomm die breiten Stufen, so schnell es ihm möglich war. Bereits jetzt spürte er den beißenden Rauch wie Säure in seinen Lungen. Ein leichtes Schwindelgefühl ließ ihn torkeln, als er den ersten Stock erreicht hatte, und er stützte sich drei wertvolle Sekunden gegen die Wand, bevor er weiterlief.
Hier im Gang gab es noch keine Flammen, doch bald würde das Feuer sich in die oberen Stockwerke fressen und alles konnte unter ihm zusammenbrechen. Er dachte an Laurie, die alleine dort

draußen war, und trieb sich zur Eile an.
Im Zwielicht des Ganges musste er sich kurz orientieren, denn der tückische Schein der Flammen aus dem Untergeschoss ließ Bewegung entstehen, wo keine war und trübte seine Sicht.
Dort lag die Pumpgun, genau da, wo Mag sie hatte fallen lassen, nachdem er seinen hoffnungslosen Schuss abgefeuert hatte. *Ihm* hatte die Waffe nichts genützt. Doch Phil spürte ein drängendes Flüstern in seinem Kopf, die Waffe mitzunehmen. Er wusste, er würde sie brauchen. Später.
Phil kam näher und versuchte, das riesige, gezackte Loch in der Badezimmertür zu ignorieren, in dem sein Freund schreiend verschwunden war. Er bückte sich nach der Waffe, und in diesem Moment hörte er ein leises Stöhnen hinter der Holztür.
Phil zögerte. War das ein neuer Trick? War Sonmore doch zurückgekommen? Lauerte das Monstrum hinter dem schwarzen Loch und versuchte nun, *ihn* zu holen?
Phil richtete sich langsam auf. Er lud das Gewehr durch, es war nicht geladen, doch Sonmore sollte wissen, dass er nicht wehrlos war.
Vorsichtig näherte er sich der Tür und stieß sie mit dem Lauf der Waffe an. Sie quietschte genauso, wie die Türen eines Spukschlosses klingen sollten. Die Tür schwang auf und Phil konnte zuerst nur schemenhaft erkennen, was dort am Boden lag, verrenkt und stöhnend.
Es war Mag. Und er lebte.
Phil blickte rasch in alle Ecken des Raumes, doch das Badezimmer war leer. Durch das zerborstene Fenster wehten vereinzelte Schneeflocken heran. Mag lag verkrümmt in einer riesigen Blutlache und ließ ein leises Husten hören. Es klang schrecklich, so als würde er Wasser atmen.
„Hey Alter", flüsterte die Gestalt am Boden mit geschlossenen Augen. „Komm näher... ich beiße nicht."
Phil ging neben ihm in die Hocke und sah seinem sterbenden Freund ungläubig ins Gesicht.
„Verdammt noch mal, Mag. Du lebst noch! Wie...? "
„Nicht jetzt", stöhnte Mag. „Wir haben nicht mehr viel Zeit. Und er... er wird wiederkommen. Das Haus brennt, nicht wahr?"
„Wenn ich dich über meine Schulter werfe, schaffst du es. Es wird schon gehen, ich hoffe nur, dass ich dir nicht noch mehr Schmerzen zufüge."
„Lass gut sein", flüsterte Mag und jetzt sah er Phil an. Seine Augen waren noch lebendig, sein Körper war schon tot und Mag wusste das ganz genau. „Ich komm hier nicht mehr raus, aber... aber du musst dich beeilen, wenn du..." Er hustete so stark, dass schwarze Blutklumpen sein Kinn hinunterliefen.
Phil sprach ihm beruhigende, aufmunternde Worte zu, die in seinen Ohren genauso sinnlos wie grausam klangen.

Mag fing sich wieder und fixierte Phil mit starrem Blick. „Du musst dich beeilen, wenn du Sonmore zuvor kommen willst. Er ist wieder da!“
„Mag, Mann, ich weiß nicht, wie ich es dir sagen soll, aber ich... ich kann wirklich nicht lange bei dir bleiben. Laurie ist unten und...“
„Hör mir zu, verdammt!“, fauchte Mag und seine verkrampfte Hand packte Phil am Kragen seiner Jacke. „Hör mir zu! Er ist wieder da, verstehst du mich? Er wird nicht *zurück*kommen, nicht in zehn Minuten und nicht... in einer Stunde. Er ist da, jetzt in diesem Moment!“
Ein kalter Schauer lief Phil den Rücken hinunter. „Du meinst...?“
„Er wusste ganz genau, dass du die Waffe holen würdest. Er weiß alles, Phil“, flüsterte Mag. Seine erlöschenden Augen rollten wild herum, und er packte Phil noch fester. „Alles genau geplant, verstehst du? Alles hier! Diese ganze Sache mit uns und dieser *Scheiß*hütte, dieser *Falle*... Wir hatten keine Wahl, die hat er uns nie gelassen. Er ist... Er ist hier...“
Mag sank erschöpft zurück und noch mehr Blut quoll ihm aus beiden Mundwinkeln.
Phil riss sich los und stolperte in den Gang hinaus. Er stürmte links durch die angrenzende Tür auf den Heuboden. Der riesige, dunkle Raum schien ihm ein grausiges Willkommen zuzuflüstern. Er konnte den hellen Schein der Flammen durch die unzähligen Ritzen in den Wänden sehen.
Er warf nur einen kurzen Blick in den Schacht, der nach unten führte. Woodys Blut an seinen Rändern war noch nicht ganz getrocknet.
Phil eilte rasch zu einem der großen Frontfenster, von dort aus würde er bis zu dem Van blicken können.
Die weiße Ebene unter ihm lag ruhig und unberührt da, nur hinter der Windschutzscheibe des Vans konnte er ganz deutlich einen aufrecht sitzenden Schatten erkennen. Laurie. Ansonsten war die schneebedeckte Ebene unter ihm leer.
Phil atmete erleichtert auf und machte, dass er zu Mag zurückkam. Sein Freund lag noch unverändert da, hatte wieder zu husten begonnen.
Er ging wieder neben ihm in die Hocke und drückte seine Hand. Mag war bleich wie ein Laken, überall aus seinem Körper tröpfelten kleine Rinnsale aus Blut auf die Fliesen. Er zitterte jetzt sehr stark.
„Es ist alles in Ordnung, Mag! Laurie sitzt draußen im Van, ich konnte sie sehen, hab keine Angst. Und jetzt bring ich dich hier raus!“
„Mach dich nicht lächerlich“, krächzte Mag. „Ich bin totes Fleisch und das weißt du! Beeil dich lieber, bevor dieser Bastard wirklich... zurückkommt. Nimm die Waffe und geh. Aber vorher...“
Er fingerte mit einer zitternden Hand in seiner Jackentasche

herum. Er brauchte sehr lange und Phil musste sich zusammenreißen, ihn nicht vor lauter Ungeduld anzubrüllen. Er dachte an Laurie, und vielleicht hatte Mag doch nicht so ganz unrecht. Er musste zusehen, dass er zurück zum Auto kam.
Mags Lippen verzogen sich zum schaurigen Grinsen eines Totenkopfes. „Hier", flüsterte er. „Der Scheißkerl hat mir alle abgenommen, jede einzelne, als schien er genau zu wissen, wie viele ich noch in den Taschen hab."
Er ließ eine einzige Schrotpatrone in Phils geöffnete Hand fallen. „Doch die hier hat er übersehen."
„Wo hattest du *die* denn?"
Mag grinste nur noch breiter.
Phil presste die Lippen zusammen. Er hatte nicht mehr daran gedacht, dass Mag die ganze Munition eingesteckt hatte. Wäre er nicht gewesen, hätte die Waffe ohnehin keinen Nutzen mehr gehabt. Phil kam sich dumm vor. Er suchte nach Worten. „Ich danke dir, Mag! Was kann ich für dich tun?"
„Ach, es geht sowieso zu Ende", sagte er leichthin und starrte zur Decke hinauf. „Ich kann es spüren, weißt du? Ich kann spüren... wie das Leben... mich verlässt." Seine Stimme wurde schwächer.
Phil erhob sich und blickte mit roten Augen auf den Sterbenden hinunter. „Leb wohl, mein Freund", murmelte er leise, wandte sich um und ging zur Tür.
„Phil?"
Er drehte sich noch ein letztes Mal um. Mag blickte weiter zur Decke empor. Er umklammerte mit letzter Kraft Vincents Anhänger, der um seinen Hals hing. „Ein guter Abgang, oder?", flüsterte er. „Ich meine... in einem brennenden Haus zu sterben, irgendwo im Nirgendwo... tödlich verwundet von einer bösen Kreatur... wer hätte das gedacht?"
Phil lächelte bitter. „Ja, wer hätte das gedacht?"
Dann ging er.
Mag begann leise zu weinen, als er Phil den Gang entlang rennen hörte. Er hatte Schmerzen, Schmerzen, so unglaublich große Schmerzen, und er hoffte, dass es wenigstens schnell gehen würde.
Wenige Augenblicke, nachdem Phil ihn verlassen hatte, begann über ihm das Holz zu rumoren und er konnte blendend hellen Lichtschein durch die Spalten in den Bodendielen sehen.
Jetzt geht es los, dachte er zitternd. *Jetzt geht es los...*
Kurz darauf fing die ganze Decke Feuer, und Mag starrte in einen flammenden Himmel hinauf. Die Hitze wurde beinahe unerträglich, und er schloss erleichtert die Augen.
Die gesamte brennende Decke stürzte herab, raste auf ihn zu wie ein lodernder Güterzug. Mags letzter Eindruck war, dass dies kein guter, sondern ein großartiger, ein wirklich fantastischer Abgang war.
Weinend lag er dort, irgendwo im Nirgendwo, tödlich verwundet

von einer bösen Kreatur – und begann zu lachen. Der zweite Stock brach zusammen. Die Decke krachte herunter, brennende Tische, Stühle, Regale... all die kleinen Dinge, von denen Joseph Connor sich nie hatte trennen können. Einfach, weil sie ihm so wichtig gewesen waren.
Das Ziegeldach klappte zusammen wie ein Kartenhaus. Die brennenden Trümmerstücke begruben den Wohnraum, die Küche, das Badezimmer, das gesamte Erdgeschoss unter sich.
Und Mag Hardigan.

6

Phil stürmte durch die Haustüre nach draußen und spürte den Tod hinter sich wie eine glühend heiße Riesenhand, die versuchte, ihn zu fassen zu kriegen, ihr sicher geglaubtes Opfer doch noch an die flammende Brust zu drücken.
Doch Phil war schneller.
Die Pumpgun fest im Arm, torkelte er in die kalte Nacht hinaus.
Nur einen Sekundenbruchteil später hörte er hinter sich ein mahlendes Geräusch, große Dinge gerieten nun ins Wanken und ins Rutschen, und urplötzlich krachte das ganze große Gebäude in sich zusammen.
Die oberen Stockwerke brachen durch und begruben die tiefer liegenden unter sich. Ein einziger Flammensturm fegte all das hinweg, was Phils Kindheit ausgemacht hatte.
Mit einem Ächzen fiel er vornüber in den herrlich kalten Schnee und rutschte ein paar Meter weiter, bevor er sich mit pfeifendem Atem herumdrehte.
Die Hütte loderte wie eine monumentale Fackel dem nächtlichen Himmel entgegen und erhellte die Finsternis. Doch kein Lichtschein hätte böser leuchten, kein warmer Hauch schmerzhafter brennen können.
Phil rappelte sich müde auf, packte den Griff der Waffe fester und ging zum Van hinüber, ohne noch einen Blick zurückzuwerfen. In den dunklen Schemen hinter der Windschutzscheibe konnte er Laurie sitzen sehen. Sie würden nun ihr Möglichstes tun, um heil aus diesem ganzen Wahnsinn herauszukommen. Phil wusste noch nicht, wie sie es schaffen sollten, doch er gab die Hoffnung nicht auf. Noch nicht.
Als er die Hand auf den Türgriff legte, brüllte das Inferno hinter ihm noch einmal protestierend auf. Seine Beute war ihm entkommen und es schrie seinen Frust hinaus in die Dunkelheit.
Phil öffnete die Fahrertür.
„Lass uns gehen, Laurie. Wir werden versuchen, einen alten Pfad zu nehmen, den mir mein Großvater einmal gezeigt hat..."

Ein dunkler Schatten kam ihm entgegen, und im letzten Moment sprang Phil mit einem Aufschrei zur Seite.
Ein blutüberströmter, verstümmelter Körper kippte aus dem Wagen heraus und landete mit einem widerlichen Geräusch im Schnee.
Er hat sie doch bekommen, er hat sie praktisch vor meinen Augen geholt, aber ich habe ihn doch weglaufen sehen, ich habe ihn doch...
Doch als der erste Schock überwunden war, erkannte Phil seinen Irrtum. Es war Karen.
Trotz des ganzen Blutes waren es ganz eindeutig ihre dunklen Haare, ihre viel kleinere, zierliche Figur. Der Körper des Mädchens war so übel zugerichtet, dass Phil den Blick abwenden musste.
Doch wo war Laurie?
Phil stolperte weg von dem Van, wandte sich dem weit entfernten Waldrand zu, breitete die Arme aus und brüllte seinen hilflosen Protest hinter Sonmore her. Mag hatte Recht gehabt. Wie hatte dieses Monster so schnell sein können? Wie nur?
Er fiel auf die Knie. Deutlich konnte er die Fußabdrücke vor sich im Schnee erkennen. Mit gebleckten Zähnen blickte er in die Richtung, in die Sonmore verschwunden war.
„Du überlässt wirklich nichts dem Zufall, nicht wahr?“, flüsterte er. „Du hast Mag mit voller Absicht am Leben gelassen – nur damit du sie dir holen kannst, oder? Na gut, ein neues Spielchen, warum nicht? Aber diesmal wirst du unterliegen. Diesmal kommst du nicht einfach so davon. Wenn du es nicht anders willst, dann kriegst du es auch!“
Phil kramte in seiner Jackentasche und fand die Schrotpatrone, Mags letztes Geschenk an ihn. Er lud die Waffe durch, erhob sich stöhnend und marschierte los.
Karens Körper blieb hinter ihm zurück, die letzten fallenden Schneeflocken begannen bereits, ihn unter sich zu begraben. Ihr verbliebener, nach oben verrenkter Arm schien Phil zum Abschied zuzuwinken.
Phil lief schneller, und hinter ihm stürzten die Reste des gewaltigen Holzhauses in sich zusammen. Balken und Träger standen aus dem rauchenden Chaos heraus wie urzeitliche Knochen.
Und so brannte das Feuer weiter, selbst dann noch, als alles längst vorbei war.

DIE HÖHLE

1

Laurie kam nur langsam wieder zu sich.
Sie driftete dahin zwischen verworrenen Traumfetzen und einer tiefen, bleiernen Ohnmacht. Gesichtslose Schatten mit weit aufgerissenen Kiefern schienen ihr von überall her ihren tobenden Hass ins Gesicht zu brüllen. Stimmen, Namen, längst vergangene Ereignisse, schwirrten durch ihren Kopf und ihre Welt drehte sich grau und träge dahin.
Langsam begann in ihrem Kopf wieder dasselbe, gewaltige Dröhnen zu erwachen, das ihren Schädel bereits in der Hütte malträtiert hatte. Es wurde stetig lauter, und Stück für Stück kämpfte sie sich aus den Fängen der Ohnmacht heraus, versuchte, möglichst viel Raum zwischen sich und dieses entsetzliche Geräusch zu bringen.
Wie kalter Schleim klebten die Fetzen des Alptraums an ihr und versuchten, sie zurückzureißen, doch schließlich kam sie wieder zu Bewusstsein.
Zuerst war sie vollkommen orientierungslos.
Es war stockfinster rings um sie herum. Nur am linken Rande ihres Gesichtsfeldes glühte ein vager, blassblauer Schimmer, fern und kaum zu erkennen. Sie lag weich – und doch auch wieder nicht. Der Untergrund schien nachgiebig und gleichzeitig mit spitzen Kanten und Ecken versehen zu sein.
Sie tastete vorsichtig in der Finsternis umher, bis ihre Hand auf etwas Weiches, Klebriges stieß. Mit einem Ausruf des Ekels zog Laurie ihre Hand erschrocken zurück.
Der kurze Laut erzeugte um sie herum ein gewaltiges Echo, als würden Wände und Decke meilenweit entfernt liegen. Gleichzeitig vernahm sie ein leises, tröpfelndes Geräusch. Und es war kalt. Eiskalt.
Schmelzwasser, dachte sie sofort. *Ich bin in einer Höhle. Er hat mich in eine Höhle verschleppt!*
Sie versuchte, sich aufzurichten, rutschte aber auf dem schleimigen Untergrund wieder weg, und ein stechender Schmerz durchzuckte ihren Rücken.
„Scheiße!“, zischte sie. Ihr ganzer Körper schien in Flammen zu stehen, besonders ihr geschundener Rücken. Gleichzeitig begann ihr Kopf immer stärker zu schmerzen.
Kein Wunder, bei dem Schlag...
Und sie begann sich zu erinnern.

Die brennende Hütte... Phil, der noch einmal hineinging, um das Gewehr zu holen... der Van... sie alleine auf dem Fahrersitz... Sonmore, der plötzlich neben ihrem Fenster auftauchte und die Tür aufriss, wilder und bestialischer als je zuvor... seine mächtige Klauen, die sich augenblicklich um ihre Kehle schlossen...
Laurie schüttelte benommen den Kopf. Dieses Pochen würde sie noch verrückt machen. Sie brauchte dringend ein Aspirin. Beim Gedanken an solch belanglose Sorgen lachte sie nur heiser auf.
Sonmore hatte ihr irgendetwas zugezischt, eine Warnung, eine Drohung, irgendetwas. Als sie sich panisch gegen seinen übermächtigen Druck gewehrt hatte, gezappelt, gekratzt und gestoßen hatte, hatte er sie angebrüllt: *Warum kann ich dich nicht lesen, du gottverdammte Schlampe? Warum kann ich dich nicht lesen??* Laurie glaubte zu wissen, was Sonmore meinte: Die anderen hatte er mithilfe seines kranken Geistes manipulieren können – sie nicht! Bei ihr waren seine mentalen Fähigkeiten nutzlos.
Wütend knallte Sonmore ihren Schädel mit einem kurzen Ruck gegen das Lenkrad des Vans. Einmal nur, aber so heftig, dass sie sofort das Bewusstsein verloren hatte. Sie sah den schwarzen Lenker mit dem aufgeklebten Totenkopf in der Mitte, der einen riesigen Joint zwischen den blanken Zähnen balancierte, noch ganz genau, wie in Zeitlupe auf sich zurasen – dann wurde alles dunkel.
Laurie begann zu zittern. Es war wirklich verflucht kalt hier.
Wieder versuchte sie, sich hochzustemmen, und diesmal fand sie Halt auf dem rutschigen Untergrund. Mit einem Stöhnen schaffte sie es, sich in eine halbwegs sitzende Position zu bringen, ihre Hände schienen bereits wieder in der nachgiebigen Masse unter ihr zu versinken.
Wo bin ich hier nur? In was für einem beschissenen Loch bin ich hier gelandet...?
Und dann bemerkte sie den Geruch.
Es war so kalt hier unten, dass sie bisher fast ausschließlich durch den Mund geatmet hatte, ihre Nase hatte sie geschont. Nun roch sie den widerwärtigen, faulig süßen Geruch, der überall um sie herum herrschte.
„Großer Gott", flüsterte sie, während eine Erkenntnis in ihr heranreifte und ihr Magen zu rebellieren begann. „Das darf nicht wahr sein. Das kann nicht sein, ich glaub das nicht..."
Laurie stemmte sich panisch in die Höhe, obwohl sie wusste, dass die Decke sich nur einen Meter oder weniger über ihrem Kopf befinden konnte. Doch sie hatte Glück, und sie stand sogar auf relativ festen Füßen, nur wurde ihr jetzt augenblicklich schwindlig. Ihr nervöser Magen rumorte immer mehr.
„Nein", stammelte sie unter aufkommenden Tränen. „Nicht das! Bitte nicht das!"

Der ekelhafte Verwesungsgeruch um sie herum wurde immer stärker, immer *wirklicher*. Laurie torkelte los, trat auf verschiedene harte und weiche Dinge. Sie begann, ein wortloses Jammern anzustimmen, der Druck in ihrem Magen verstärkte sich, doch sie versuchte nur noch, wegzukommen. So weit weg wie möglich, nur fort von diesem grauenhaften Ort, diesem Grab, diesem – Bau!

Sie schaffte es nicht.

Laurie stolperte und fiel vornüber. Ihre rechte Hand brach mit dem Geräusch einer raschelnden Tüte Chips durch etwas hindurch. Durch einen menschlichen Schädel.

Als ihre Finger in dem feuchten, schlammigen Inneren versanken, verlor sie den Kampf gegen die Übelkeit.

Sie erbrach sich. Wieder und wieder.

Lächelnde Gesichter schwirrten vor ihrem inneren Auge vorbei. Vincent, Woody, Mag, Karen... sie fühlte sich krank und schmutzig wie noch nie zuvor in ihrem Leben.

Schließlich ließen die furchtbaren Krämpfe nach, und sie kroch zitternd auf Händen und Knien weiter, bis ihre Hände endlich auf glatten, kalten Stein stießen.

Mit einem letzten Aufschluchzen schleppte sie sich der seltsamen, blauen Lichtquelle vor ihr entgegen. Nach ein paar Metern blieb sie zu Tode erschöpft liegen. Sie rollte sich auf den Rücken, versuchte verzweifelt, ihre verschmutzten Hände an ihrer Jeans sauber zu wischen und konnte nicht aufhören zu weinen.

Sie wusste, wo sie war. Sie wusste, in was für eine Art Höhle Sonmore sie verschleppt hatte. Er war *wirklich* so etwas wie ein Werwolf. Und nicht nur in seinem Kopf.

Laurie war seine Beute, wie all die anderen vor ihr. Also hatte er auch sie zu all den anderen gebracht.

In seine Vorratskammer.

2

Phil folgte weiterhin der Spur.

Aufgewühlter Schnee, tiefe Abdrücke von gewaltigen Füßen, verschmiert mit Blut und Ruß. Auf Phil wirkten sie wie Eitergeschwüre, hässliche Wunden, gerissen in reine, weiße Haut. Daneben eine Schleifspur, als hätte Sonmore etwas Großes mit sich geschleppt. Etwas, das nicht die geringste Möglichkeit gehabt hatte, sich zur Wehr zu setzen.

Oder bereits tot gewesen war.

Phil beschleunigte sein Tempo. Die Angst um Laurie raubte ihm fast das bisschen Verstand, das ihm von dieser Nacht noch geblieben war. Er wusste jedoch, dass es noch längst nicht vorbei

war.
Sonmore hatte Laurie.
Und der wusste, Phil würde eher sterben, als sie ihrem Schicksal zu überlassen. Natürlich tat Phil nichts anderes, als mitten in die Falle hinein zu laufen, die Sonmore ihm gestellt hatte. All die Kraft und Energie, die ihn vor noch nicht allzu langer Zeit durchströmt hatten, waren dahin. Geblieben war einzig und allein die winzig kleine Hoffnung, Laurie lebend aus den Klauen dieses Teufels zu befreien. Und er hatte nur die Waffe seines Großvaters.
Szenen wirbelten vor seinem inneren Auge vorbei: Vincents Lächeln auf der Lichtung, kurz bevor Sonmore ihn zerrissen hatte; das Schmerzverzerrte von Karen, als sie ihm auf der Treppe entgegengestürzt war; Woodys grinsendes Mondgesicht; Mags friedliche Augen, bevor er ihn in der Flammenhölle zurückgelassen hatte...
Tot.
Alle tot! Er war der einzige, der Laurie noch retten konnte, alle seine Freunde waren tot und weit hinter ihm.
Und nun war ein Schuss alles, was ihm geblieben war.
Ein Schuss!
Ist doch immer wieder dieselbe Geschichte, dachte Phil. *Der Gute. Der Böse. Eine hübsche Lady – High Noon!*
Ein Schuss!
Mann, ich konnte diese Western-Scheiße noch nie leiden!
Irgendwie zweifelte Phil keine Sekunde daran, dass Sonmore es ganz genau so geplant hatte.
Er erreichte den Wald.
Der Schneefall hatte nun endgültig ausgesetzt, nur der eisige Wind fuhr empfindlich durch Phils Kleider, die turmhohen Tannen ringsum wiegten sich ächzend. Der Sturm war kurzzeitig zur Ruhe gekommen und durch eine Lücke in der Wolkendecke leuchtete der Vollmond.
Phil starrte die bleiche Scheibe über sich mit unverhohlenem Hass an. Und noch während er hinaufblickte, schien sich nach und nach ein dünner, rosafarbener Schleier über die Kugel zu legen, langsam und bedrohlich, wie ein schleichendes Gift.
Der Blutmond, dachte Phil finster. *Es ist soweit – Unter einem roten Mond wirst du wandeln, um zu erfüllen dein Schicksal...* Es war alles wahr. Der uralte Dämon würde Recht behalten.
Als Phil den Blick wieder senkte, stockte er. Die Spur seines Feindes verlor sich im Unterholz des Waldes. Plötzlich war nichts mehr da, dem er noch folgen konnte.
Rein instinktiv ging Phil weiter und fand wie selbstverständlich seinen Weg. Er drang tiefer in den Wald vor und bog automatisch an der kahlen Tanne rechts ab, dann an der Dornenhecke vorbei, die kleine schlammige Grube, an deren Rand im Sommer die wilden Erdbeeren wuchsen...

Phil blieb stehen.
Wohin ging er?
Ohne überhaupt nachzudenken, wählte er den Weg, den er mit seinem Großvater schon Dutzende Male... wohin gegangen war? Er kannte diesen Pfad, war ihn auch schon einmal alleine gegangen. Nur, wohin führte er? Wohin...
Und urplötzlich fiel es ihm wie Schuppen von den Augen.
Phil hätte sich ohrfeigen können!
Es war direkt vor seiner Nase gewesen, die ganze Zeit über! *Großer Gott, wir hätten ihn ausräuchern können! Wir hätten diesem Dreckskerl ganz einfach die Luft abdrehen können!*
Er wusste, wo Sonmore auf ihn warten würde.
Er wusste, wo er Laurie finden würde.
Natürlich.
Die Höhle.
Sein Großvater hatte sie ihm schon vor vielen Jahren gezeigt, auf einer ihrer unzähligen Wanderungen durch die Berge. Joseph Connor erzählte seinem Enkel von den unterirdischen Kalksteinhöhlen, den dunklen, labyrinthartigen Gängen, die sich über ein erstaunlich großes Gebiet erstreckten. Wie viele Kreaturen mochten sich dort unten schon verirrt haben, wie viele mussten alleine, in stockfinsterer Nacht, langsam verhungert sein, während sie erschöpft und orientierungslos durch das Dunkel stolperten?
Phil hatte sich damals noch einmal hierher geschlichen und war fest entschlossen gewesen, die Höhle alleine zu erkunden, um die zahllosen Geheimnisse zu ergründen, die in diesem dunklen Schlund auf ihn warten mochten.
In seiner Vorstellungskraft hatten sich Rehe dort hinunter verirrt; Kaninchen, Vögel, vielleicht sogar ein Wolf ...

3

Sein Großvater machte seinen Mittagsschlaf, war also praktisch vollständig lahm gelegt, und seine Eltern unternahmen eine Wanderung in einem anderen Teil des Tals. Phil überlegte nicht lange und griff sich seinen brandneuen Cowboyhut und den Spielzeugrevolver. Er rüstete sich mit Taschenlampe und Seil aus, um das finstere Loch zu erforschen.
Der Hut und der Revolver waren Geschenke seines Großvaters gewesen.
„Ist er dafür nicht schon ein bisschen zu alt?“, hatte sein Vater mit gerunzelter Stirn gefragt, als er glaubte, Phil würde nicht hinhören.
Joseph Connor hatte mit vollkommen ernster Miene geantwortet. „Er wurde hier in diesem Land geboren, oder nicht? Ich glaube

kaum, dass irgendein Amerikaner jemals aus diesem Alter herauswächst.“ Und darüber hatten sie, beides gebürtige Schotten, herzhaft lachen müssen.
Phil hatte es nicht verstanden. Damals *nicht.*
Es war ein schöner, sonniger Tag gewesen, aber zu heiß für die Jahreszeit. Eine schwere, drückende Hitze ließ die Luft flimmern. Phil kam es vor, als würde jede Bewegung ein bisschen langsamer ablaufen, jedes Geräusch ein bisschen verspätet ertönen. Die Welt schleppte sich dahin durch einen sumpfig-tropischen Spätsommertag.
Unter dem Schutz der Bäume war die Luft sogar vergleichsweise kühl. Aber trotzdem herrschte eine seltsam tote Stimmung. Kein Windhauch regte sich, kein Vogel sang, als Phil die Schatten des Waldes betrat.
Er nahm sich Zeit für den Hinweg, um keinen Fehler zu machen. Er hatte zwar einen Taschenkompass einstecken und würde ihn zumindest soweit benutzen können, dass er zum Haus seines Großvaters zurückfinden würde, aber er war trotzdem nicht sonderlich scharf darauf, stundenlang durch den Wald zu irren. Außerdem wollte er nicht von der Dunkelheit überrascht werden. Nicht hier draußen.
Es war doch etwas anderes, diesen Weg alleine, nicht an der Seite des großen, starken Joseph Connor zu gehen. Phil hatte nicht direkt Angst, aber ganz wohl war ihm auch nicht zumute.
Dann war er da. Unzählige Efeuranken und mit Moos bewachsene Äste verbargen den unförmigen Zugang zwischen den Felsen vor neugierigen Blicken. Dahinter gähnte die Höhle wie ein riesiges Maul im Waldboden.
Er knüpfte sein Seil an einen Baum und drang dann langsam, Schritt für Schritt, in den Tunnel vor. Die Finsternis vor ihm besaß einen eigenen, unwiderstehlichen Sog, der ihn immer tiefer und tiefer hinab zu ziehen schien! Rings um ihn Dunkelheit und Schweigen, außer dem kalten Schein der Taschenlampe und dem Rauschen seines eigenen Blutes.
Phil war etwa fünfzig Schritte weit gekommen, als er auf etwas trat.
Etwas knirschte unter seinen dicken Wanderstiefeln, es klang wie ein abgestorbener Zweig, nur weicher, organischer. Phil richtete den Strahl seiner Maglite *nach unten und sah Knochen. Große Knochen! Ein Hirsch vielleicht, der Form des Schädels nach zu urteilen, nur hingen an diesem noch Fleischfetzen und andere, gallertartige Dinge, bei deren Anblick Phil augenblicklich flau im Magen wurde. Er stieg herunter von der Rippe, auf die er getreten war und atmete schneller, stoßweise! Er bekam es langsam aber sicher mit der Angst zu tun. Was hatte diesen Hirsch getötet? Und war es noch hier? Das Tier war augenscheinlich nicht an Hunger oder Erschöpfung gestorben,*

soviel war klar. Es war vielmehr in Fetzen gerissen worden. Mehrere Knochen, dicker als Phils Unterarm, waren gesplittert, in der Mitte zerbrochen! Hier lag kein flauschiges, kleines Hirschkalb, sondern eine ausgewachsene Kuh! Phil wollte gerade umkehren, als er zur Salzsäule erstarrte. Aus den Tiefen der finsteren Höhle drang ein Laut zu ihm.
Er konnte später nie mehr sagen, was genau er gehört hatte. Er wusste nur noch, er hatte sich immer vor diesem Geräusch gefürchtet. Es verkörperte all die uralten, kindischen Ängste, die mit Monstern unter dem Bett oder dunklen, feuchten Kellern zu tun hatten – vor denen man sich aber immer halbwegs in Sicherheit wähnen konnte, immer in Reichweite der Eltern oder eines Telefons. Phil hätte niemals erwartet, es hier draußen zu hören, einsam und blind, gefangen in der Schwärze! Er wusste nur, dass dort etwas war, vor ihm im Tunnel, etwas, das ihn aus triefenden, bösartigen Augen beobachtete.
Es war ein Schlurfen. Ein sehr leises Geräusch, wie das Scharren im Kies mit einem Holzstock. Und es kam näher.
Phil drehte durch! Er wirbelte herum, der Cowboyhut rutschte ihm vom Kopf und er merkte es nicht einmal. Er stürmte dem Ausgang der Höhle entgegen, ein heller, schimmernder Lichtfleck irgendwo vor ihm, riesig, sein gesamtes Blickfeld ausfüllend; und doch wusste er, dass er es nicht schaffen würde.
Das Ding war hinter ihm, genau hinter ihm, und er hörte seine schweren, stampfenden Schritte, hörte sein Knurren, es klang riesig, großer Gott, riesig!!! Seine Beine drohten, sich im Seil zu verheddern, das um seine Hüften geknüpft war, und er rannte schneller, bekam nicht mit, wie ihm die Maglite *und der Revolver aus den Händen rutschten und irgendwo im Dunkeln verschwanden, er konnte sich nur noch auf das Licht konzentrieren, dort wartete die Sonne, das Licht, das Leben, dort würde er in Sicherheit sein, gerettet von dem unsagbaren Schrecken hinter ihm, der ihn heimsuchte... und auf einmal war er draußen.*
Phil stolperte aus der Höhle heraus und fiel kopfüber, stolperte über sein Seil und schlug sich schmerzhaft den Schädel an harten Felsen an.
Sofort wirbelte er herum und fixierte den Eingang der Höhle.
Nichts kam heraus, um ihn zu verschlingen, nichts verwandelte diese schöne Lichtung in ein blutiges Schlachthaus. Phil atmete hektisch aus und ein, zitterte am ganzen Körper und konnte nicht glauben, dass er entkommen war. Langsam rappelte er sich auf und trottete davon, natürlich nicht, ohne sich Dutzende Male nach der Höhle umzudrehen, stets darauf gefasst, das personifizierte Böse daraus hervorbrechen zu sehen.
Aber nichts geschah. Und der einzige Kampf, den Phil Connor an diesem Tag auszufechten hatte, war, seinem Vater zu erklären,

wo die (nicht gerade billige) Taschenlampe abgeblieben war...

...Phil hatte es vergessen.

Er hatte sein Erlebnis in der Höhle schlicht und einfach vergessen, nur war jetzt alles wieder so lebhaft in seinem Kopf, als wäre es gestern gewesen. Phil war überzeugt, dass Sonmore schon damals dort gewesen war und auf ihn gewartet hatte; oder der Teil von ihm, der Phil zu seinem Nachfolger auserkoren hatte.

Doch Phil war entkommen.

Würde es sich heute entscheiden?

Heute, wo er an derselben Stelle stand, mit demselben Gefühl der Furcht, das seine Knochen erzittern ließ?

Die Schwärze im Inneren des Tunnels war perfekt. Phil konnte keine drei Schritte weit sehen. Er spürte die Anwesenheit der Bestie wie eine böse Vorahnung, die Luft schien richtiggehend elektrisiert zu sein. Phil spürte Gänsehaut auf seinen Oberarmen. Er konnte die Mühlen des Schicksals mahlen hören, jetzt kam es nur darauf an, nicht dazwischen zu geraten, sondern aufzuspringen. Sein eigenes Tempo zu bestimmen.

Phil atmete tief durch, dann machte er den ersten Schritt in die Höhle hinein. Diesmal hatte er keine Lampe bei sich, aber ihm war klar, dass sie ihm sowieso nichts nützen würde. Sonmore *wusste* schließlich, dass Phil kam.

Ein widerlicher, warmer Dunst wehte ihm entgegen und Phil brauchte einen Augenblick, um den Geruch zu identifizieren – vielleicht, weil er schon lange keinen Zoo mehr von innen gesehen hatte: Die Behausung eines großen Fleischfressers!

4

Er kam nicht weit.

Nach nur ein paar Dutzend Schritten in völliger Dunkelheit, genau wie schon Jahre zuvor, hörte er auch jetzt ein Geräusch aus den Tiefen des Tunnels: Nur war es diesmal nicht leise und zögernd, kaum wahrnehmbar. Diesmal gab es keinen Zweifel um seine Herkunft: Schritte. Träge, aber dennoch sehr bestimmte Schritte, die auf ihn zukamen.

Nur: Täuschte er sich, oder hörte er mehr als ein paar Beine, die ihm entgegenstapften?

Phil blieb stehen, sein keuchender Atem kam ihm dröhnend laut vor. Konnte Sonmore ihn riechen? Das Risiko war er eingegangen, ohne auch nur darüber nachzudenken. Jetzt bereute er es. Die Schritte kamen näher und hielten unweigerlich auf ihn zu. Regelmäßig, wie das Ticken einer Uhr; unerbittlich wie eine Zeitbombe! Phil umklammerte das Gewehr fester.

Er schlich auf die andere Seite der Tunnelwand und duckte sich, das Gewehr schussbereit, sobald Sonmore nahe genug rangekommen war. *Falls* dieser ihn nicht wirklich riechen konnte, hatte Phil eine reelle Chance, ihn eiskalt zu erwischen! Er bildete sich ein, schon Sonmores Atem hören zu können. Er verfluchte sich innerlich; wahrscheinlich war er zu laut gewesen – er *hatte* ihn gehört!

Die Schritte hielten weiterhin direkt auf ihn zu und waren nun schon sehr nahe. Und verdammt, warum kam es Phil immer mehr so vor, als würde sich dort, in der Dunkelheit vor ihm, mehr als nur eine Person bewegen?

Er verdrängte die Panik, die dieser Gedanke bei ihm auszulösen drohte und wich rasch von der Wand zurück. Gleichzeitig bewegte er sich weiter in die Höhle hinein, bis er fast schon gegen das Monster prallen musste.

Er war leise gewesen, dessen war er sich sicher. Sonmores Gehör musste noch feiner sein, als Phil angenommen hatte. *Jetzt oder nie!* dachte er. Diesen *einen Schuss wird Sonmore nicht so schnell vergessen!*

Ein furchtbarer Hieb traf seine Schulter, noch bevor er den Abzug drücken konnte. Irgendetwas zerbrach in ihm! Phil schrie auf und taumelte durch das Dunkel, wobei ihn die Wucht des Treffers herumwirbelte wie einen Kreisel. Schließlich prallte er äußerst unsanft gegen die gegenüberliegende Tunnelwand und nochmals schrie er kurz auf, nur um sich sofort wieder auf die Lippen zu beißen! Der Schmerz war grauenvoll, Phil spürte die Überreste seines Schultergelenks knirschen! Er war gehört worden. Kein Zweifel!

Nun musste er augenblicklich handeln. Geräuschlos durchquerte er den Tunnel und kauerte sich wiederum auf der anderen Seite gegen die Wand. Mühsam versuchte er, sein hektisches Schnaufen zu dämpfen. Seine schmerzende Schulter brannte wie flüssige Lava. Dieser Mistkerl hatte ihn *doch* gehört! Oder gerochen? Phil lauschte. Kein Ton drang an seine Ohren, ausgenommen sein eigener, unterdrückter Atem. Dann wieder Schritte. Keine fünf Meter entfernt, und sie kamen geradewegs auf ihn zu. Gleichzeitig schienen sie sich aber auch von der anderen Seite zu nähern. *Nur – wer zur Hölle sollte noch hier unten sein? Wer könnte Sonmore dabei helfen, ihn…?*

Wieder verdrängte Phil die schrecklichen Bilder, die hinter seiner Stirn entstehen wollten.

Phil huschte los, wieder ein Stück weiter in die Höhle hinein, und durchquerte noch einmal den Tunnel, gleichzeitig griff er einen kleinen Stein vom Boden und warf ihn in Richtung Ausgang. Mit einem leisen Klicken verschwand er in der Dunkelheit.

Sonmore sollte denken, er floh.

Phil durchbohrte die Schwärze mit seinen Blicken, doch sie gab nichts preis. Sonmore war dort – irgendwo, wahrscheinlich direkt

vor ihm.
Wieder Schritte.
Nicht auf den Ausgang zu, sondern auf ihn! Und entsetzlich nahe!
Bevor Phil reagieren konnte, traf ein zweiter Hieb von hinten seine verletzte Schulter, und Phil wurde von den Füßen gerissen. Er landete hart auf steinigem Boden und rollte ein paar Meter weiter abwärts. Schließlich blieb er liegen, sein Gewehr war weg, der gewaltige Schlag hatte es ihm entrissen.
Und dann hörte er, wie Sonmore kam, er hielt direkt auf ihn zu.
Und gleichzeitig glaubte er, zu hören, wie die Waffe seines Großvaters hinter ihm durchgeladen wurde. *Hinter ihm!*
Er war übertölpelt worden! Hatte er wirklich geglaubt, dass es so einfach werden würde? Hatte er das *wirklich* geglaubt?! Doch Sonmore musste allein sein, er musste es! Phil wollte nichts anderes glauben.
Jemand blieb vor ihm stehen, Phil hob müde den Kopf und durchbohrte die Schwärze mit hasserfülltem Blick. Er fand keine Worte.
Er wurde grob an den Jackenaufschlägen gepackt und nach oben gerissen, bis seine Füße ein paar Zentimeter über dem Boden baumelten. Phil sog scharf die Luft ein und ein beißender Gestank stieg ihm in die Nase. Eine derbe Mischung aus Blut, Schweiß und... einem anderen Geruch. Ein Geruch, den er sehr gut kannte.
Während ihm voller Grauen schlagartig bewusst wurde, wer Sonmores Verbündeter war und wer ihn da gepackt hielt, flüsterte von hinten eine tiefe, bösartige Stimme in sein Ohr:
„Gib Dir keine Mühe – Ich kann dich sehen, Cowboy."

5

Phil stolperte vorwärts, immer tiefer in die Höhle hinein.
Sonmore war dicht hinter ihm und stieß ihm von Zeit zu Zeit den Gewehrlauf in den Rücken oder versetzte ihm willkürlich Tritte gegen seine Kniekehlen, sodass Phil hilflos in der Finsternis zusammengebrochen und über den harten Kies gerutscht wäre, hätte ihn nicht jemand wie ein kleines Kind am Kragen gepackt. Und immer weiter vorwärts geschoben.
Manchmal erscholl ein fremdes, barbarisch klingendes Wort in der Finsternis, und Phil wurde wie auf einen Befehl hin tatsächlich kopfüber auf den Erdboden geworfen, völlig willkürlich.
Bei diesen Gelegenheiten brach Sonmore stets in schallendes Gelächter aus, das klang, als würde er in einer Schenke gerade sein zehntes Bier kippen.
Phil fiel auch auf, dass Sonmore nicht vollständig wie ein Mensch,

aber auch nicht ganz nach einem Tier klang. Seine Gestalt schien sich jetzt in ständigem Wandel, in ständiger Veränderung zu befinden. Das Problem war, dass Phil rein gar nichts sehen konnte, er wurde einfach immer weiter durch den finsteren Gang gezerrt.
Er versuchte, sich den Weg zu merken, hatte aber nicht gerade viel Hoffnung, dass er dieses Wissen noch benötigen würde. Phil hatte Sonmore ganz am Anfang, bevor sie diesen schrecklichen Todesmarsch begonnen hatten, nach Laurie gefragt.
„Halt dein verfluchtes Maul, *Taa-Noon*!“, hatte das Monster gebrüllt und ihm den Gewehrlauf ins Gesicht gestoßen, sodass Phil sich auf die Zunge biss. Bitteres Blut spritzte gegen seinen Gaumen. Sonmores Stimme hatte zu diesem Zeitpunkt bereits geklungen, als wäre er volltrunken. Vielleicht war er einfach berauscht von seinem bevorstehenden Sieg.
Von Zeit zu Zeit flüsterte Sonmore auch vollkommen unverständliches Zeug vor sich hin. Ohne diese Sprache verstehen zu können, wusste Phil, dass sie alt war. Sehr alt. Es war die Sprache des Dämons, Phil hatte sie bereits auf der Lichtung gehört, aus dem Maul des *schwarzen Schädels*. Nur hatte er die fremden Worte dort problemlos verstanden, nun erschienen sie ihm seltsamerweise wieder wie sinnloses Kauderwelsch.
Nach einer endlos scheinenden Anzahl von Schlägen und Tritten auf einer Strecke, die in Wahrheit nur wenige hundert Meter hatte andauern können, begann vor Phil ein seltsames, blaues Licht zu leuchten.
Es schälte sich aus den Schatten hervor und begann die Konturen einer sehr großen Tunnelöffnung zu offenbaren.
Nach ein paar weiteren Metern glaubte Phil, eine riesige unterirdische Halle zu erkennen, die sich vor ihnen öffnete. An ihrem rechten Rand herrschte das blaue Leuchten.
„Wir sind da, Cowboy“, knurrte Sonmore hinter ihm. Geisterhafte Echos verstärkten seine dunkle Stimme. „Dies wird deine letzte Ruhestätte. Nimm alles genau in Augenschein, denn dieser Ort wird das Letzte sein, was du in diesem Leben sehen wirst.“
Phil erblickte eine gewaltige, blasenförmige Felsenhöhle, herausgewaschen aus dem harten Stein, deren Boden und Decke mit Stalakmiten und Stalagtiten verschiedenster Größe übersäht war. Rechts von ihm stießen die beiden Felsformen aufeinander, wuchsen zusammen, und an ihren Flanken hatten sich seltsame, blaue Gebilde festgesetzt. Von dort kam das unwirkliche Leuchten. Es waren Algen, vermutete Phil. Irgendeine bizarre Form von phosphoreszierenden Algen, die sich diese Höhle als neuen Lebensraum erobert hatten.
Phil konnte sehen, wie sich ein stetiger, feiner Tropfenvorhang aus Schmelzwasser von ihnen löste. In gerader Richtung verzweigte sich die Höhle in verschiedene andere Gänge und Öffnungen, die sich in der Dunkelheit verloren. Ihre Schritte ausgenommen, war

das Tröpfeln der Algen das einzige Geräusch hier unten.
Bis sein Blick nach rechts wanderte.
Phil schrie aus voller Brust auf und begann wild zu zappeln, doch er konnte sich nicht losreißen. „Lass ihn gehen“, knurrte Sonmore knapp. Phil wurde in hohem Bogen auf den felsigen Boden geworfen.
Fast genau in der Mitte des Doms befand sich eine wie blank gescheuerte, runde Fläche, die von einem vielleicht zwei Meter hohen Felsvorsprung überragt wurde. Dort, inmitten dieses Kreises, lag eine zusammengekauerte Gestalt, einsam und reglos.
Ohne sich die Mühe zu machen, sich nach seinem Peiniger und dessen neuem Sklaven umzusehen, spurtete Phil los und fiel neben der reglosen Gestalt auf die Knie. Er befühlte ihre Stirn. „Laurie, hörst du mich? Hörst du mich, Kleines?“ Er fuhr wütend herum. „Wenn du ihr irgendetwas angetan hast, dann...“
Sonmore hob beide Hände zu einer Unschuldsgeste. Er sah jetzt beinahe wieder menschlich aus, doch noch war er nicht in den Schein der Algen getreten. „Ich hab ihr nichts angetan, Cowboy“, sagte er. Es klang beinahe beleidigt. „Ich werde mir doch nicht den ganzen Spaß im Voraus verderben, oder?“
Phils Blick fiel auf die massige Gestalt neben Sonmore, die ebenfalls halb im Schatten verborgen war. Und er sah, was er seit geraumer Zeit befürchtet hatte. Seit er diesen penetranten Duft in dem dunklen Schacht gerochen hatte.
Woody sah aus, als käme er aus der Häckselmaschine.
Unzählige Wunden bedeckten seinen freien Oberkörper und das Gesicht. Aus großen Löchern in seinem Fleisch schienen ganze Stücke herausgebissen worden zu sein, überall war getrocknetes Blut.
Und seine Augen...
Phil hatte bis zuletzt nicht glauben können, dass Woody diesem Monster freiwillig half, und er hatte sich Gott sei Dank nicht getäuscht. Woodys milchig weiße Augen blickten leer und ausdruckslos wie die eines Fisches. Sein Mund stand halb offen und ein dünner Speichelfaden rann heraus.
„Ein nettes Kunststückchen, nicht wahr?“, grollte Sonmore.
„Was hast du mit ihm gemacht?“, zischte Phil.
„Er spürt nichts mehr – so wie auch bald ihr beide, keine Sorge. Doch sein Geist und sein Körper werden nun für immer *mir* gehören. Er kann mir noch gut nützlich sein, er ist ein mächtiger Sklave, dein Freund. Mächtig...“
Phil spuckte aus und wandte sich wieder seiner Freundin zu. Ihre Kleider rochen faulig und abgestanden, doch sie atmete. Im blauen Licht der Algen wirkte ihre Haut krank und ungesund.
„Bist du da, Laurie?“, flüsterte er, und Tränen stiegen ihm in die Augen. Sonmores Worte hatten ihm einmal mehr schmerzhaft bewusst gemacht, dass es bald vorbei sein würde. Mit ihm. Und

auch mit Laurie!
Sie regte sich und öffnete zögernd die Augen einen Spalt. „Phil?“, flüsterte sie heiser.
Er bemühte sich, seine Stimme fest und ruhig klingen zu lassen. „Ja. Ich bin hier. Du brauchst keine Angst mehr zu haben, ich werde dich hier rausholen, Laurie!“
„Versprich nichts, was du nicht halten kannst, Cowboy!“, höhnte Sonmore hinter ihm. Phil drehte sich langsam um.
Sonmore kletterte behände auf den Felsvorsprung hinauf, der wie ein grotesker Riesenfinger aus dem Höhlenboden hervorragte. Er hockte sich auf dessen Spitze und starrte zu ihnen herunter. Seine Gestalt lag fast vollständig im Schatten, nur sein Mund und seine breiten Schultern schienen vom blauen Schimmer der Algen erhellt zu werden.
Sein nackter Körper schimmerte feucht in der Dunkelheit.
„Hier also“, knurrte er zufrieden. „Hier also geht es zu Ende. Du und ich, Cowboy! Ich hoffe, du bist vorbereitet auf das, was dir bevorsteht.“
„Du hättest mich schon längst töten können, wenn du gewollt hättest“, antwortete Phil trotzig. Er schloss Laurie in die Arme. „Warum zum Teufel bringst du es nicht endlich hinter dich?“
„Du hast Recht.“ Sonmore nickte langsam. „Wenn es nach mir ginge, wärst du längst tot. Aber leider gibt es Kräfte, denen selbst ich mich beugen muss. Da sind ein paar Dinge, die du noch zu erfahren hast, bevor du stirbst, *Taa-Noon*.“ Er zuckte leichthin die Schultern. „So lauten die Regeln, weißt du?“
„Welche Regeln? Du glaubst ohnehin an nichts!“
„Ich habe sie nicht gemacht. Ich bin genauso daran gebunden wie die Anderen“, schnappte Sonmore und fletschte die Zähne. Dass er vollständig wieder in seine menschliche Gestalt geschlüpft war, machte die Drohung nicht harmloser. Phil glaubte sogar zu sehen, wie Sonmores Eckzähne für den Bruchteil einer Sekunde länger wurden – nur um sofort wieder auf ihre normale Größe zu schrumpfen. Sonmore bemerkte seinen Blick und grinste.
„Ja, ich kann, wann immer ich will, Cowboy! Das ist Teil meiner Gabe und Teil der Entwicklung dessen, was ich geworden bin. Nun lass uns beginnen.“ Er lehnte sich leicht zurück und sein Mund verschwand aus dem fahlen Lichtschein. „Du willst Antworten, nicht wahr? Soviel dazu, Cowboy: Solange der Vollmond beginnt, am Himmel zu reifen, um schließlich seine volle Größe anzunehmen, steht es mir frei, meine Gestalt zu wechseln, so oft ich will!“
Phil zögerte. „Also hast du nichts gemein mit den alten Sagen über den Fluch des Werwolfs? Verlust der Kontrolle? Das hirnlose Tier, das herausdrängt, bei Vollmond?“
„Ein Fluch?“ Sonmore lachte auf. „So würde ich es ganz bestimmt nicht nennen, Cowboy. Für manch einen mag es so klingen. Für

mich..." – seine Hände vollführten zupackende Bewegungen – „ist es mehr! *Viel* mehr!"
Phils Augen blitzten zu dem Schatten in der Dunkelheit hinauf. „Wie zur Hölle konnte es nur geschehen, dass ausgerechnet *Dir* eine solche Macht in die Hände fällt? Einem größenwahnsinnigen Irren?"
„Gib acht auf deine Worte, *Taa-Noon*!", zischte Sonmore und er beugte sich drohend weiter nach vorne, ins Licht. Seine Augen glühten und die Narbe in seinem Gesicht schien bösartig zu pulsieren. „Meiner Geduld sind ohnehin schon Grenzen gesetzt! Reiz mich nicht noch mehr, denn umso schwerer mache ich dir deinen Abschied!" Er hob eine Hand, und Woody, einem Zombie gleich, stolperte drohend ein paar Schritte vorwärts, streckte die muskelbepackten Arme aus.
Sein Mund wurde zu einem stummen *O*.
Sonmore zischte nur ein kurzes Wort und Woody – oder besser: Woodys leerer Körper – blieb wie angewurzelt stehen.
„Nun sag es doch endlich", zischte Phil leise. „Hör auf, deine perversen Spielchen mit uns zu spielen. Lass deinen Text ab und mach danach endlich Schluss mit diesem ganzen Theater."
Sonmore blickte belustigt auf Phil herab. Langsam ließ er sich zurück in den Schatten sinken. „Theater?", fragte er belustigt. „Ich kontrolliere deinen kleinen Freund hier bis in die kleinste Gehirnzelle hinein. Er ist mir zu Willen und wird tun, was auch immer ich von ihm verlange. Wenn du das Theater nennen willst? Das erfordert mehr als die Fähigkeiten eines lächerlichen, kleinen Menschen." Er kicherte böse. „Ja, dazu braucht es *mehr*! Und was glaubst du wohl, wie ich dazu geworden bin, Phillip Connor? Vergiss am besten gleich die Geschichte von der nebeligen Vollmondnacht und den Silberkugeln. Für Märchen ist hier kein Platz. Hier herrscht *echte* Magie." Seine Stimme vibrierte vor Erregung. „Du weißt, wovon ich spreche. Nun sag es schon!"
Laurie begann sich unruhig in Phils Arm zu regen. Sie flüsterte ein einzelnes, undeutliches Wort, einen Namen.
Doch Phil hatte ihn verstanden. Und etwas sagte ihm, dass sie auf der richtigen Spur war.
„Dorian!", flüsterte Phil. „*Du* bist Dorian!"
„Nicht ganz richtig. Aber der Gedanke ist auch nicht ganz falsch, Cowboy", sagte Sonmore langsam. „Dorian spielte eine große Rolle in meinem Leben. Aber dennoch bin ich nicht er! Nicht *direkt* zumindest."
„Die Geschichte, die du uns erzählt hast. Der Junge, sein Vater, Liz... das warst *Du*, von Anfang an, oder? Nur weiß ich noch nicht, warum du all diese Grausamkeiten begangen hast – du warst fast noch ein Kind!" Phil runzelte die Stirn. „Was ist passiert, dort draußen, in der alten Kaserne?"
Sonmore schwieg eine lange Zeit.

Phil hätte fast geglaubt, er sei eingeschlafen, doch seine funkelnden Augen ließen Phils Blick nicht los.
Dann begann er sich zu regen.
„Ich wurde kurz vor Beginn des Zweiten Weltkrieges in Culloden, einem kleinen Vorort von Inverness, im Norden Schottlands geboren. Nahe den Highlands."
Er lächelte Phil böse an, als er dessen ungläubigen Blick sah. „Ich weiß, damit sind wir praktisch verwandt, nicht wahr? Und du musst zugeben, ich habe mich gut gehalten für mein Alter! Auch das ist Teil meiner Gabe, Kleiner! Vielleicht lebe ich noch Hunderte von Jahren. Die Geschichte ist wahr, Cowboy. Nur habe ich einen wichtigen Protagonisten ausgelassen." Er hob erwartungsvoll das Gesicht.
„Dorian war dein Vorgänger", flüsterte Phil nach einer Weile.
Plötzlich erschien alles glasklar in seinem Kopf. „Das... Gefäß vor dir, derjenige, der den Fluch an dich weitergegeben hat, von ihm hast du die Gabe übernommen. Du warst sein *Taa-Noon*, der Anwärter auf seinen Platz. Nur – er war nicht wie du, hab ich recht? Er war an den Zyklus gebunden, aber im Gegensatz zu Dir..."
„Im Gegensatz zu mir war er ein Schlappschwanz, ein Feigling! Wieviel mehr hätte er erreichen können!" Sonmore kam wieder nach vorne, sein Gesicht leuchtete im bleichen Licht der Algen. „Wir werden dort anfangen, wo der menschenfressende Junge, aus der Geschichte verschwand, um kurz danach wieder darin aufzutauchen. In dieser Nacht wurde dieser Junge neu geboren, um zu werden, was er heute ist!"
„Ein Monster!", zischte Phil.
Sonmore grinste nur verächtlich. „Genieß diese Geschichte, denn es wird deine letzte sein. Wenn du alles weißt, was du wissen musst, gibt es keinen Grund mehr für mich, dich am Leben zu lassen, *Taa-Noon*. Eines vielleicht noch: Wäre ich so schwach wie Dorian es gewesen ist, wenn ich wie ein feiger Köter den Schwanz einziehen und mich in mein Schicksal fügen würde", er fletschte die Zähne, „dann würdest du ein mächtiges Gefäß werden, Phillip Connor. Du wärst imstande, dem zunehmenden Mond auf immer zu widerstehen, was mir nicht möglich ist. Noch nicht", betonte er. „Du wärst frei und du könntest unter *jedem* Mond und – wer weiß – möglicherweise auch unter jeder *Sonne* wandeln, verstehst du?"
Phil sagte nichts.
„Aber diese Ehre gebührt mir – mir allein!", zischte Sonmore. „Ich bin das einzig wahre Gefäß, und in Zukunft werde ich es sein, der jede Nacht unter den Menschen wandelt, um tun und lassen zu können, was immer ich will! Jeden Mann und jede Frau mir zu Willen sein lassen, ich könnte mir eine ganze Armee erschaffen! Nach dir wird es keinen *Taa-Noon* mehr geben, diese Macht gebührt mir und niemandem sonst! Ich werde das mächtigste

Geschöpf der Erde sein."
„Hochmut kommt vor dem Fall", flüsterte Phil nur.
„Nicht diesmal, Cowboy", lachte Sonmore böse. „Nicht diesmal! Du weißt nicht, welch einmalige Chance dir durch die Finger schlüpft, welche Macht in dir stecken könnte." Sein Gesicht war in fiebriger Erregung verzerrt. Er ließ sich wieder ins Dunkel zurücksinken.
„Und du wirst es nie erfahren."

DIE GESCHICHTE VON CRAIG & DORIAN

Wieder die Geschichte eines Jungen.
Ein Junge, der in ärmlichen Verhältnissen aufwuchs. Dessen Vater trank und dessen leibliche Mutter ihren Kampf gegen den Krebs verlor. Ein Junge, der sich in seine neue Mutter verliebte und letztendlich sie und seinen grausamen Vater ermordete.
Der Lucy Bowmond verfolgte und ihr keine Ruhe ließ, Jahre lang. Der letztendlich auch sie zum Selbstmord getrieben hatte, weil sie dachte, die diabolische Frucht seiner Lenden auszutragen.
Wir kennen ihn bereits.
Nur trug er immer einen anderen Namen: Craig.
Craig Sonmore.
Die Geschichte bleibt dieselbe, denn es ist Craigs Geschichte.

...Als ich das erste Mal das alte Militärgelände aufsuchte, spürte ich bereits die vibrierende, flüsternde Macht an diesem Ort. Natürlich konnte ich sie damals noch nicht benennen, geschweige denn verstehen, aber ich begriff zu dieser Zeit bereits, dass ich einen besonderen, einen neuen *Platz gefunden hatte, an dem mein wahres Ich bereits ungeduldig und zappelnd wie ein kleines Kind auf mich zu warten schien.*
Die Kaserne war kurz nach dem Zweiten Weltkrieg verlassen worden, es gab für die Armee in naher Zukunft nichts mehr zu tun und Vater Staat kümmerte sich nicht weiter um das riesige Areal. Er hatte andere Dinge zu tun.
Mehrere Anträge der Stadt, es zu einem neuen Gewerbe- oder Wohngebiet ausbauen zu lassen, kamen und gingen, doch die Regierung stellte sich quer, und im Lauf der Jahre geriet die Geisterstadt am Rande der Highlands in Vergessenheit und verfiel zusehends. Mehrere der halb eingestürzten Gebäude waren bereits von der Natur zurückerobert worden und überall begannen sprödes Gras und verkrüppelte Bäume zu wuchern. Mit der Zeit erzählte man sich, dass es dort spuken solle, und immer weniger Menschen verirrten sich dorthin. Hin und wieder suchte ein verkommener, alter Penner ein Dach über dem Kopf, doch seltsamerweise nistete keiner von ihnen sich dort dauerhaft ein. Das Gelände blieb verlassen und behielt sein geisterhaftes Flair.
Einen idealeren Ort, um sein Geheimnis zu wahren, konnte

Dorian nicht finden. Er versteckte sich vor der Welt, als hätte er eine ansteckende Krankheit und nicht die größte Gabe, die ein Mensch je erhalten hatte.
Immer, wenn der Vollmond seine Bahn am Himmel zog, verkroch er sich in einer der alten Mannschaftsunterkünfte und litt dort gefesselt vor sich hin. Er meinte einmal, dass er nur so damit leben könne. Dass er nur an diesem Ort Frieden finden konnte. Und so fand auch ich diesen Ort. Und ich fand Dorian. Den Mann, der mir alles beibringen sollte, was ich für mein neues Leben brauchte.
In der Sommernacht, in der das Monster, mit dem Liz und ich unter einem Dach lebten, durch seine zeitweilige Abwesenheit sie und mich zusammenführte, war es lau und windstill. Bis auf das monotone Zirpen der Zikaden im nahen Wald blieb es vollkommen ruhig.
Ich wanderte zwischen den verfallenen Ruinen umher, herausgebrochene Fenster und Mauerstücke schienen mich anzuglotzen wie blind gewordene Augenhöhlen. Doch ich hatte nie Furcht an diesem Ort empfunden, und in dieser Nacht wirkte die Geisterstadt auf mich so beruhigend und erlösend wie nie zuvor.
Ich setzte mich auf meine Steinmauer, ließ die Beine baumeln und blickte zum Mond empor. Wie schon so oft.
Doch diese Nacht war anders. Ich konnte es spüren. Und als ich das erste Mal den heiseren Schrei aus dem dunklen Gebäude vor mir hörte, wurde mir klar, dass ich nicht ohne Grund hierher geführt worden war.
In der Stille der Nacht wirkte der Laut zuerst furchteinflößend und schaurig. Ein verkrampftes, bellendes Aufheulen, ausgestoßen von einer Kreatur, die schrecklich große Qualen litt. Eine Gänsehaut überzog meinen ganzen Körper, und zuerst war ich unschlüssig, was ich tun sollte. Mein erster Reflex galt der Flucht, und mit einem Satz sprang ich von der Mauer und war schon kurz davor, davonzulaufen.
Doch im Grunde spürte ich, dass ich nie wieder aufhören könnte, an dieses Geräusch zu denken, wenn ich jetzt fortlief. Irgendetwas daran brachte eine Saite in mir zum Klingen, die ich bisher nicht gekannt hatte. Also blieb ich und lauschte. Eine volle Minute lang blieb es still, und ich fragte mich schon, ob ich mich nicht getäuscht hatte, da hörte ich es wieder.
Es klang, als wäre das Geräusch größer, viel größer und mächtiger, als es sich anhörte, und als ob der, der es verursachte, mit aller Kraft versuchte, es zurückzuhalten.
War das ein Mensch? Es klang vielmehr nach einem wilden Tier, das röchelnd nach Atem rang. Oder unter Schmerzen verreckte. Neugierig geworden näherte ich mich der Eingangstüre, die wie ein schwarzes Loch vor mir in der Dunkelheit gähnte. Wie bei allen anderen Gebäuden waren auch bei diesem hier so gut wie

alle Fenster bis auf vereinzelte Scherben herausgebrochen. Grasbüschel wuchsen in den leeren Rahmen. Im Bereich der Eingangstüre hatte sich eine große Pfütze gesammelt, und von irgendwoher konnte ich tropfendes Wasser hören.

Vorsichtig betrat ich den finsteren Gang, und im trüben Licht des einfallenden Mondes konnte ich eine grobe Steintreppe sehen, die steil in die höher gelegenen Stockwerke hinaufführte. Die Laute waren aus dem ersten Stock gekommen. Also musste ich nach oben.

Langsam stieg ich hinauf. Trockenes Laub knisterte unter meinen Schritten, und durch die Löcher im Mauerwerk schien der Mond zu mir herein, als wolle er mir den Weg weisen. Die Wände des Treppenhauses waren abgebröckelt und verschimmelt. Unrat aller Art sammelte sich zwischen den kalten Stufen. Ich sah lieber nicht genauer hin. Es stank bestialisch nach Moder und Verwesung.

Als ich um die Ecke bog, konnte ich über den letzten Stufen vor mir einen schwachen Lichtschein sehen, der aus einem der angrenzenden Räume zu kommen schien. Ich hielt inne. Dort oben war wirklich jemand. Aufgrund des unruhigen, flackernden Lichtes tippte ich auf eine Kerze. Ich wollte gerade die letzten Meter in Angriff nehmen, als über mir ein schauriges Brüllen erschallte.

Ich erstarrte augenblicklich.

Das war kein Mensch dort oben. Konnte keiner sein. Ich hatte noch niemals einen Menschen so schreien hören.

Wenn dieses Wesen nun gefährlich war, mich anspringen würde? Würde ich sterben, hier in dieser tristen, feuchten Ruine?

Das Brüllen ging in ein drohendes Knurren über. Aber aus irgendeinem Grund spürte ich, dass mir keine Gefahr drohte. Solange ich vorsichtig war. Das Wort Fessel erschien in meinem Kopf, weit weg und doch überdeutlich. Langsam stieg ich die letzten Stufen hinauf. Scharrende Geräusche drangen aus einem offenen Raum zu meiner Linken, einem von vielen in dem leeren Stockwerk. Wieder flackerte das Licht und ich war mir nun sicher, dass dort drinnen jemand eine Kerze entzündet hatte.

Jeder Gedanke an Liz, meinen Vater oder gar Gefahr war aus meinem Denken verschwunden. Es gab nur noch mich und dieses Ding in dem verlassenen Gebäude. Was es auch war.

Ich lugte vorsichtig um den Türrahmen herum ins Innere. Es hatte mich natürlich längst bemerkt. Es knurrte immer noch und maß mich mit einem stechenden, bösartigen Blick. Dort, in dem leeren vier mal fünf Meter großen Raum saß ein Geschöpf auf dem Fußboden, das ich noch in keinem Film, in keinem meiner Bücher und schon gar nicht leibhaftig vor mir gesehen hatte.

Es war gigantisch, viel größer und massiger als ein kräftig gebauter Mann, und seine Muskelpakete wirkten hart wie Stein.

Die Finger endeten in tödlich spitzen Nägeln und der Schädel war zweifelsohne der eines Menschen. Eines Menschen, der trotzdem aussah, als wäre er direkt aus einem Horrorfilm entsprungen. Seine Zähne waren spitz und so lang, dass er mir problemlos die Kehle hätte aufreißen können, und seine silbrig glänzenden Augen sprühten vor bösartiger Intelligenz. Geifer tropfte von seinen Lippen und er knurrte mich an.
Ich war kurz davor, in die Hosen zu machen, denn die Kreatur machte einen plötzlichen Satz und sprang mir entgegen. Doch sie wurde rüde wieder zurückgerissen und knallte gegen die Wand. Ich richtete meinen Blick auf den Boden. Das Ding war mit einer sehr großen Handschelle an eine massive Heizung gekettet. Ich vermutete, dass es stark war. Aber nicht stark genug, um die zehn Zentimeter dicken Rohre aus ihrer Verankerung zu reißen.
Es war hilflos, und das konnte ich in seinen blitzenden Augen lesen.
Mit zögernden Schritten betrat ich den Raum. Es ließ mich keinen Moment aus den Augen, sein Knurren wurde noch lauter und der Hass in seinem Blick war unmissverständlich. Er sagte mir, wenn diese Fesseln nicht wären, dann würde es mich töten. Keine Frage.
Ich ließ mich langsam an der gegenüberliegenden Wand in die Hocke sinken. Es stank wie in einem Raubtierkäfig. Die Kerze stand flackernd in der Ecke rechts von mir, einige Kleidungsstücke lagen auf einem ordentlichen Stapel zusammengelegt daneben. Ansonsten war der Raum leer.
Das Knurren des Wesens wurde wieder lauter, und ich wandte ihm meinen Blick zu. Es stemmte sich gegen die Handschelle, und seine fürchterlichen Zähne schnappten bellend vor mir auf und zu. Doch es musste wohl merken, dass es mich nicht erreichen konnte – ich saß, sicher vor ihm, gute vier Meter entfernt.
Ich weiß nicht mehr, wie lange ich dort im Schneidersitz saß und das Monster beobachtete, hin- und hergerissen zwischen Faszination und panischer Angst. Es ließ mich nie aus den Augen und starrte mich an, Stunden um Stunden, so schien es, und ich versank in seinem stechenden Blick. Es hockte vor mir auf allen Vieren, beinahe wie ein lächerlich großer Hund und doch in der drohenden Haltung eines Menschen. Ich kann nicht sagen, ob zu diesem Zeitpunkt bereits die Stimmen anfingen, zu mir zu sprechen, denn ich war wie verzaubert, aber auch gelähmt wie nie zuvor. Was war mein prügelnder Vater, diese lächerliche, kleine Figur, gegen Das hier*?!*
Nach einer Zeit hörte es auf zu knurren und maß mich mit einem forschenden Blick. Seine silbernen Augen schienen sich direkt in mein Hirn zu fressen. Dann, plötzlich, weitete sich sein Blick und seine Lippen verzogen sich zu etwas, das ein Grinsen sein konnte. Es ließ sich gegen die Wand zurücksinken, und eine tiefe Stimme

kroch flüsternd in meinen Kopf:

Hallo Craig

Die grollende Stimme der Kreatur, die meinen Namen aussprach, direkt in meinem Schädel zu hören, war dann doch zu viel. So gebannt ich von diesem Wesen auch war, dieser Moment schien für mein schwaches, kleines Gemüt damals einfach zu groß zu sein. Ich war eben doch noch nur ein Kind.
Ich sprang auf, und ohne einen Blick zurückzuwerfen rannte ich die feuchten Stufen hinunter, strauchelte, fiel fast hin und rannte, rannte um mein Leben.
Ich raste aus dem Gebäude und verließ die Kaserne, bis ich keuchend vor Erschöpfung in einer einsamen Seitenstraße nahe meinem Zuhause wieder langsamer wurde.
Ich fiel am Rand einer hohen Wiese auf die Knie und erbrach mich. Wieder und wieder. Mein ganzer Körper schien sich gegen dieses Etwas zu wehren, das er erblickt hatte, schien jede Erinnerung daran einfach nur auskotzen zu wollen. Und nach ein paar Minuten ruhigen Durchatmens war es schließlich vorbei.
Ich richtete mich langsam auf und trat vorsichtig den Heimweg an. Ich blickte nicht zurück, und der einzige Gedanke, der mich beschäftigte, war, mit meiner Stiefmutter zu schlafen. Der Entschluss war so unverrückbar gefasst, dass ich weder die Wut meines Vaters noch das Monster in der alten Kaserne fürchtete. Das war meine Aufgabe heute Nacht, daran bestand kein Zweifel. Aber ich würde zurückkommen. Bald...

...Die folgenden Stunden mit Liz ließen mich für eine kurze Zeit vergessen, was in jenem dunklen Kerkerraum der alten Kaserne gefangen war. Doch schon vor dem nächsten Morgengrauen kehrten meine Gedanken wieder zu den unheimlichen Geschehnissen zurück.
Ich erwachte aus einem wirren Traum von silbrig glänzenden Augen, die mich aus einem geisterhaften Nebel heraus anstarrten. Schweißgebadet fiel mein Blick auf Liz warmen Körper neben mir. Der Morgen war gerade dabei, anzubrechen, und ein trübes Zwielicht erfüllte das Schlafzimmer meiner Eltern. Mühsam beherrscht weckte ich sie, denn das spastische Zittern, das mich schüttelte, rührte nicht von der Angst her, die ich empfand. Vielmehr hatte der verstörende Traum mich unglaublich erregt, und so schlief ich noch einmal mit ihr, und es war noch schöner und leidenschaftlicher als beim ersten Mal.
Und doch...

Im selben Moment, als ich wieder in sie eindrang, war ich mit meinen Gedanken bereits wieder bei ihm. *Ich spürte ein tiefes, unstillbares Verlangen in mir, dem Treiben des Monsters, dort in der alten Kaserne auf den Grund zu gehen. Ich würde herausfinden, was es mit dem gefesselten Dämon auf sich hatte, noch in der kommenden Nacht. Und all meine Furcht schien wie weggefegt von der Kraft und der Leidenschaft, die mich durchströmte.*

Nachdem wir uns geliebt hatten, verschwand Liz geschwind unter die Dusche und ich machte, dass ich in mein eigenes Bett kam. Wir trennten uns, ohne ein Wort über das Geschehene zu verlieren. Es war uns beiden klar, dass es keiner Erklärung bedurfte. Und auch, dass es nicht das letzte Mal gewesen sein sollte.

Ich warf einen müden Blick aus dem Fenster meines Zimmers. Die Sonne blinzelte bereits zwischen den Tannen hervor und das schmerbäuchige Monstrum, das meine Geliebte zur Frau genommen hatte, würde bald zurückkehren. Seit diesem Moment begann ich eine instinktive Abneigung gegen das Sonnenlicht zu entwickeln. Es sollte nie mehr einen schönen Sommertag geben, der mich mit einer so tiefen Zufriedenheit erfüllte wie der Moment, an dem der glühende Ball endlich wieder hinter dem Horizont verschwindet und die dunkle Welt dem mächtigen Mond gehört. Mühsam beherrscht schlummerte ich ein und träumte wieder denselben, unheimlichen Traum.

Mein Vater merkte zuerst nichts. Oder zumindest glaubten Liz und ich das. Ob er es tatsächlich bereits zu diesem Zeitpunkt geahnt hatte, erfuhren wir nie. Möglich wäre es. Sein stechender Blick schien mich an diesem Tag regelrecht zu durchbohren, als würde er sich tief auf den Grund meiner Seele fressen wollen, als könne er in meinen Gedanken lesen, wie in einem seiner schmuddeligen Zeitungsblätter. Aber andererseits: Was hätte ihn schon davon abhalten sollen, uns zu züchtigen, wann immer es ihm gefiel?

Ich verbrachte den Tag in fiebriger Vorfreude auf die kommende Nacht, versuchte, mir weder von Liz noch vor meinem Vater etwas anmerken zu lassen. Der alte Bastard war ohnehin hauptsächlich damit beschäftigt, seinen kapitalen Rausch auszuschlafen und von Zeit zu Zeit nach etwas Essbarem zu brüllen. Einmal versuchte er, Liz zu besteigen, doch bevor es dazu kommen konnte, rollte er bereits wieder von ihr herunter und begann grunzend zu schnarchen. Daraufhin kam sie weinend in mein Zimmer und ich tröstete sie, so gut es mir möglich war. Doch traute ich mich nicht, sie am helllichten Tag zu küssen, geschweige denn mit ihr zu schlafen, so sehr ich es auch wollte. Uns gehörten die Abende, dem Ding in der Kaserne die Nächte. Liz versprach mir flüsternd, dass wir bald wieder zusammen sein

würden... bald... bald...
Meine Erregung steigerte sich stündlich und ich suchte fieberhaft nach etwas, um mich abzureagieren.
Bis die Dunkelheit endlich hereinbrach, tigerte ich hin und her, und es war mir kaum möglich, auch nur eine Minute still zu sitzen. Fieberhaft suchte mein Blick immer wieder die Uhr und ihre Zeiger dümpelten dahin, als versuchten sie, sich über meine wachsende Ungeduld lustig zu machen. Es war zwar bereits dunkel, doch ich spürte, dass es noch zu früh war. In der letzten Nacht hatte ich kurz nach Mitternacht die Ruine betreten und auf irgendeine Art und Weise war mir klar, dass ich mich noch solange zu gedulden hatte.
Als Liz mit einem letzten, wehmütigen Blick in meine Richtung den schweren Weg in ihr Schlafzimmer antrat und in dem dunklen Holzgang zum ersten Stock hinauf verschwand, kochte mein Blut bereits vor Aufregung. Mein Vater schlief normalerweise bereits nach wenigen Minuten tief und fest, doch ich wollte nichts riskieren. Die schrecklich lange Stunde, die ich mir zur Sicherheit auferlegt hatte, floss träge dahin wie Sirup.
Dann war es soweit, eine halbe Stunde vor Mitternacht, und ich schlich mich aus meinem Zimmer und aus dem Haus, und kaum hatte ich die erste Ecke passiert, rannte ich wie der Teufel, und der sanfte Nachtwind schien mich wie eine Feder emporzuheben und meine Schritte noch zu beschleunigen. Ich begann zu lachen, denn ich fühlte mich stark und frei wie nie zuvor in meinem Leben...

„Das war der Zeitpunkt, an dem ich zu *lernen* anfing, Cowboy“, flüsterte der düstere Schatten in der Dunkelheit. „Der Zeitpunkt, an dem mein neues Leben tatsächlich begann.“
Sonmore schwieg, und nur das leise Tröpfeln der Algen erfüllte die Höhle. Laurie zitterte noch immer in Phils Arm. Es war erbärmlich kalt und ganz ohne Bewegung würden sie hier unten langsam erfrieren. Wenn Sonmore ihnen beiden nicht vorher den Garaus machte.
„Aber er war nicht da, richtig?“, fragte Phil ins Blaue hinein.
„Dorian war nicht da, als du in dieser Nacht in die Kaserne zurückgekehrt bist. Denn der Mond war bereits weitergewandert und damals wusstest du noch nicht...“
„Nicht frech werden, Cowboy!“, zischte Sonmore ihn an. „Natürlich war er nicht da, denn der große Mond war vorüber und natürlich wusste ich das damals noch nicht!“ Sonmore bewegte sich unruhig auf seinem Fels. „Ich wusste bereits, dass er nicht mehr dort sein würde, noch bevor ich die Ruine betrat. Ich konnte es spüren. Es fehlte das Kribbeln in meinen Fingern, die

Anwesenheit dieser fremden Präsenz, wie ich es in der Nacht zuvor verspürt hatte – der Kerkerraum war leer."
Kerkerraum, dachte Phil. *Nichts anderes war es für Dorian gewesen. Ein Verlies in seiner ganz persönlichen Hölle.* „Die Handschellen hatte er mitgenommen", stellte Phil fest und nickte unmerklich.
„Er hatte die Kontrolle – auf seine Weise, verstehst du?" Phil konnte mehr hören als sehen, wie der riesige Schatten vor ihm sich nach vorne beugte. Zwei winzige, rote Punkte funkelten ihn an.
„Dorian wusste, was mit ihm geschah, und er wusste, was er zu tun hatte, wenn der große Mond seine Bahn zog. Er kettete sich jeden Monat für eine Nacht in diesem dreckigen Raum fest. An dieses gottverdammte Heizungsrohr!" Sonmore spie die Worte aus wie vergammeltes Essen. „Er hätte ein großer Mann sein können, doch er hatte nie die Courage, seine Gabe zu akzeptieren, sie zu nutzen... sie zu leben."
Sonmore war so weit nach vorne gekommen, dass Phil glaubte, seinen verfaulten Atem im Gesicht zu spüren, nun ließ er sich langsam wieder zurücksinken.
Vielleicht konnte er das auch nicht, überlegte Phil. *Vielleicht war sein Stadium wirklich noch nicht so weit fortgeschritten wie das von Sonmore. Vielleicht war er einfach nur ein Gefangener seiner selbst.* Laut sagte er: „Das heißt, er wehrte sich dagegen, aber er fügte sich trotzdem in sein Schicksal. Bis *Du* auf der Bildfläche erschienen bist. Plötzlich gab alles einen Sinn, oder nicht?"
„Dorian erkannte mich erst als den, der ich war, als wir das zweite Mal aufeinander trafen. Beim nächsten Mond", knurrte der Schatten leise. „Er glaubte zuerst nicht, dass ein *Kind* kommen und ihn ablösen würde. Ein *Kind*!"
„Dorian war ein Rebell, ein störrisches, ungehorsames Gefäß", stichelte Phil. „Er machte seine eigenen Regeln und lernte, mit dem Fluch umzugehen. Er verkroch sich lieber, als anderen Menschen noch mehr Leid zuzufügen. Und deshalb verschob sich der Zyklus, und er musste aus dem Weg geräumt werden. Beseitigt werden – Von Dir!"
„Es war sein Schicksal, du kleiner Mistkerl!", schrie Sonmore, und die ganze Höhle schien zu beben. Geisterhaft raste seine Stimme durch das unterirdische Labyrinth. Woody hob träge den Kopf und schien auf die Stimme seines Meisters zu lauschen. „Er hatte wenigstens den Mut und die Kraft, sein Schicksal letztendlich zu akzeptieren – im Gegensatz zu Dir!"
Mein Schicksal steht nicht fest, dachte Phil trotzig, und er wusste, dass Sonmore ihn hören konnte. *Noch nicht!*
„Oh doch, Cowboy", flüsterte Sonmore. Es klang, als würde er grinsen. „Du willst es nur immer noch nicht verstehen, bist störrisch wie ein junger Esel, *Taa-Noon*. Also gib Acht, denn es gibt noch viel zu lernen. *Ich* bin das Gefäß! Ich bin *ewig*!"

Eine Zeit verging, in der nur die blauen Algen ihre eisigen Tränen weinten und Phil Laurie so fest hielt, wie er nur konnte. Sie war eiskalt. Lange würde sie nicht mehr durchhalten.
Dann, als hätte er nie aufgehört, begann Sonmore nahtlos, seine Geschichte weiterzuerzählen.

...Wir waren keine Freunde, das waren wir niemals. Es würde die ganze Geschichte nur überbewerten, wenn ich bei unserer Beziehung von Freundschaft spreche. Wir waren etwas anderes, etwas vielleicht noch viel Engeres, das über bloße Freundschaft hinausgeht – wir waren beide Verdammte!
Dorian, weil er sich bei Vollmond in eine reißende, nach Blut dürstende Bestie verwandelte, und ich, weil ich mein ganzes Leben lang wie ein Geist gelebt hatte, still und unsichtbar jenseits dieser ganzen, verdammten Welt.
Dorian wusste natürlich bei unserem zweiten Treffen sofort, dass ich derjenige war, auf den er insgeheim all die langen Jahre gewartet hatte, mir war zu diesem Zeitpunkt noch nicht bewusst, was die Zukunft für mich bereithielt. Ich spürte die Veränderung in meinem Leben und in mir selbst, konnte sie aber noch nicht benennen.
Als ich vier Wochen später wieder in der Tür zu seinem Kerkerraum stand, ihn ohne eine Spur von Furcht mit einem Nicken begrüßte und mich dann an meinem Platz, an der Wand ihm gegenüber niederließ, starrte er mich nur mit wachsamen Augen an. Kein Laut kam über seine Lippen. Ich war spät gekommen, die Sonne würde schon bald aufgehen. So sehr ich mich auch danach gesehnt hatte, ihm endlich wieder gegenüberzusitzen, nach all diesen qualvollen Wochen des Wartens, so sicher war ich mir diesmal, dass ich nicht zu früh kommen durfte.
Wir musterten uns stumm durch den dunklen Raum hindurch und ich fühlte eine Verbundenheit mit diesem Wesen, wie ich sie nie mit jemand anderem zuvor verspürt hatte, auch nicht mit Liz in meinen Armen, wenige Stunden zuvor. Hier war mein Zuhause, mein Leben, meine Bestimmung!
Auf einmal schien die Zeit wie im Flug zu vergehen, im Bann seiner silbern glänzenden Dämonenaugen graute ein neuer Morgen. Das Wesen wandte den Blick von mir ab, und im selben Moment kam es mir vor, als würde ein Stück von mir fehlen, als wäre ein Teil meiner Selbst verschwunden. Es sah zum Fenster hinaus und schien den trüben Schein der noch unsichtbaren Sonne zu fixieren, die sich immer schneller über die Wipfel der Bäume schob. Ich sah den ersten Sonnenstrahl durch den leeren Fensterrahmen hereinblinzeln, und das Wesen blickte mir wieder

fest in die Augen.
Und dann vollzog sich die Verwandlung.
Ich könnte heute nicht mehr sagen, wie lange dieses erste Mal dauerte. Dieses erste Mal, als sich das riesige Albtraumwesen zu einem nackten, hilflosen Mann zurückentwickelte. Es verzog unter unvorstellbaren Krämpfen das Antlitz und begann, sich zu krümmen und auf dem Boden zu wälzen. Heiseres Röcheln drang zwischen seinen zusammengepressten Zähnen hervor. Seine klauenartige Hand, die durch die Handschelle an das Heizungsrohr gekettet war, ballte sich zur Faust, und ich sah purpurne Blutstropfen auf den dreckigen Boden klatschen. Es jaulte und heulte und seine Gliedmaßen fuhren ziellos durch die Luft. Und dann begann es zu schrumpfen, zu welken wie ein vertrocknetes Blatt.
Die mächtigen Fänge zogen sich ins Zahnfleisch zurück und wurden zum geradezu winzigen Gebiss eines erwachsenen Mannes. Die bizarr dicken Muskelstränge schienen in die einzelnen Poren der Haut hineinzuschlüpfen wie Maden und waren schließlich ganz verschwunden. Zurück blieb eine kränkliche, ungesund bleiche Hautfarbe, schweißnass und übersät mit kleinen Schnitten und Kratzern.
Das Gesicht... das Gesicht fiel einfach in sich zusammen, die Knochen schienen plötzlich alle Festigkeit verloren zu haben. Brodelnd und zerrend begann es, sich neu zu formen, bildete die bekannten Rundungen der normalen menschlichen Anatomie. Ich war gebannt und wie erstarrt im Angesicht der schrecklichen Transformation.
Niemals zuvor hatte ich etwas Vergleichbares gesehen.
Nach einer scheinbaren Ewigkeit war es vorbei. Mir gegenüber, die wesentlich schlankere Hand noch immer im eisernen Griff der Handschelle, lag keuchend ein bleicher Mann, vielleicht Anfang dreißig und einen Kopf größer als ich. Seine hohe Stirn und der blonde Haaransatz waren übersät mit einem Geflecht aus Schweißperlen. Sein Körper sah zwar nicht gesund, aber dennoch zäh und durchtrainiert aus. Ich wagte kaum zu atmen. Draußen, in der realen Welt, begannen die ersten Vögel zu zwitschern.
Der Fremde hob den Kopf und blickte mich an. Seine Augen waren hart und dunkel, beinahe schwarz, doch ihr Blick war freundlich. „Da bist du also wieder“, presste er hervor. Sein Atem ging zwar noch immer schnell und keuchend, doch seine Stimme klang überraschend warm und war tief wie die eines Mannes mit mindestens zwei Zentnern mehr auf den Rippen.
Sie passte nicht wirklich zu seinem schmächtigen Äußeren.
Ich sagte nichts, es fiel mir auch nichts ein, was ich hätte sagen können. Er richtete sich ächzend in eine hockende Stellung auf, ohne den Blick von mir zu nehmen.
„Nun?“, fragte er mit einem spöttischen Lächeln. „Bist du stumm

oder einfach nur sprachlos?“
Ich riss mich zusammen und fuhr mir mit der Zunge über die trockenen Lippen. „Wie geht das?“, flüsterte ich mühsam.
Der Fremde schien für einen Moment perplex, dann begann er schallend zu lachen und ließ sich gegen die Wand sinken. Seine kräftige Stimme hallte durch die verlassene Ruine. Noch immer lachend begann er, seine schlanke Hand aus dem Griff der Handschelle zu befreien. Sie schien trotz der anatomischen Veränderung noch sehr fest zu sitzen, doch er zog sie mit einem kurzen Ruck heraus und schüttelte sie, um die neu gewonnene Freiheit zu genießen. „Eins nach dem anderen, Junge, Okay?“, sagte er lächelnd. „Eins nach dem anderen, du wirst noch früh genug erfahren, wie das geht.“ *Er ließ die Hände in den Schoß sinken und sein Blick wurde ernster. „Dein Name ist Craig, nicht wahr?“ Ich nickte vorsichtig.*
„Ich bin...“ Er schien kurz zu überlegen, dann streckte er mir seine Hand entgegen, quer durch den Raum. „Nenn mich Dorian.“
Der Name huschte durch meinen Kopf. Ein Bild blitzte auf, ein Bild von einem jungen Mann, der einfach nicht älter wurde, dessen Antlitz lange vom Zahn der Zeit verschont und letztendlich doch von seinem Fluch eingeholt wurde... Dorian... Ich bin mir bis heute sicher, dass das nicht sein richtiger Name war. Vielleicht schaffte er damit aber auch einen Abstand zwischen sich selbst und seinen Fluch, vielleicht gab er ihm so einen Namen, um sein wahres Selbst davor zu beschützen.
Ich rührte mich nicht vom Fleck. So fasziniert ich von diesem Mann in seiner Dämonengestalt gewesen war, so seltsam und unheimlich kam er mir auf einmal als normaler Mensch vor.
Nach ein paar Augenblicken ließ er sich achselzuckend wieder zurückfallen. „Okay“, sagte er, jetzt wieder mit einem kleinen Lächeln. „Wir haben Zeit. Mir ist klar, dass das alles dir mehr als seltsam vorkommen muss, aber du wirst noch verstehen, wie gut es mir tut, dich endlich kennen zu lernen.“ Er musterte mich unverhohlen. „Obwohl ich erwartet habe, dass du ein wenig älter wärst.“
Ich schwieg beharrlich und verfluchte mich innerlich. Ich benahm mich wirklich wie ein Kleinkind, nicht wie ein Bursche von zwölf Jahren.
Dorian beobachtete mich weiter interessiert. „Woher kommst du? Bist du von hier aus der Stadt? Hast du ein Zuhause oder bist du nur auf der Durchreise? Wenn ich mir dich so ansehe, würde ich denken, du kommst aus einem ordentlichen Elternhaus mit ein oder zwei Geschwistern und einem schönen, eigenen Zimmer.“
„Mein Vater schlägt mich“, stieß ich hervor. „Schon immer. Und meine leibliche Mutter starb vor vielen Jahren.“ Ich senkte betreten den Blick. „Und jetzt schlafe ich mit meiner Stiefmutter.“
Dorian nickte, schien nicht überrascht. „Na also, dann hast du dir

wohl doch nicht die Zunge abgebissen.“ Er nickte. „So etwas dachte ich mir bereits. Es hätte mich ehrlich gesagt gewundert, wenn du ein ganz normaler Knabe gewesen wärst. Aber zu jung bist du trotzdem.“ Ich schwieg.

„Na dann“, sagte er und erhob sich ächzend. „Die Nacht ist vorüber und meine Rolle ebenfalls. Ich muss gehen.“

Ich sprang auf die Füße und stammelte drauf los. „Nein, geh nicht! Ich... ich muss dich so vieles fragen. Was hat das alles zu bedeuten? Wer bist du und... und was geschieht hier? Ich verstehe das alles nicht...“

Dorian ging in die Ecke, wo wie beim letzten Mal ein Bündel ordentlich gefalteter Kleidung lag. Er bückte sich danach und blies die kleine Stumpenkerze aus. Über die Schulter hinweg fragte er: „Wirklich nicht? Du willst mir tatsächlich sagen, dass du keine Ahnung hast, was gerade mit dir passiert?“ Er schlüpfte in ein teuer aussehendes, graues Hemd und begann, es zuzuknöpfen. „Was du hier und heute gesehen hast, Craig, ist dein neues Leben. In nicht allzu ferner Zukunft wirst du meine Rolle einnehmen müssen. Du bist hier, um mich abzulösen.“

Ich blickte ihn sprachlos an, er stand da, mit ordentlich geknöpftem Hemd und nacktem Unterleib, in seinem Schritt baumelte sein Glied hin und her. Ich wusste nicht, was ich sagen sollte. Vor nicht einmal zehn Minuten war ich einem archaischen, bösartigen Wesen gegenüber gesessen, nun stand ein Mann mit lichtem, blondem Haar vor mir, der mein Vater hätte sein können und sich verhielt wie ein großer Bruder. Er trug gottverdammte Seidenhemden. Und Bundfaltenhosen.

Dorian ging in die Hocke und begann, in seine Lackschuhe zu schlüpfen. Die aufgehende Sonne schien ihm ins Gesicht.

Er war kein Schönling, aber gewiss der Typ, auf den die Frauen trotzdem abfuhren. Er hatte das gewisse Etwas. „Schockiert dich, was du siehst?“, fragte er lächelnd. „Ich habe dir ja gesagt, du wirst noch verstehen. Hab keine Angst, bis es soweit ist, vergehen noch viele Monde, vielleicht Jahre. Aber früher oder später wirst du an meiner Stelle sein, du solltest es akzeptieren.“ Als ginge es um einen neuen Arbeitsplatz; nur ein Job, wie jeder andere auch.

Ich zögerte. „Und wie ... wie geht es nun weiter?“

Dorian erhob sich und warf sich locker ein zur Hose passendes Jackett über die Schulter. Er sah aus wie ein Versicherungsvertreter oder ein Anwalt auf dem Weg zur Arbeit. Hätte ich ihn zufällig auf der Straße getroffen und nicht hier in dieser öden, verfallenen Ruine, ich wäre ohne einen weiteren Blick an ihm vorbeigelaufen.

„Du wirst lernen“, sagte er. „Du wirst lernen von dem, was ich bin und von dem, was ich tue. Ich werde dir die Regeln erklären, soweit sie mir bekannt sind, und versuchen, dir den richtigen Weg zu weisen. Den meiner Meinung nach richtigen Weg. Ich

habe gelernt, mit diesem Fluch zu leben und ich hoffe, du wirst das auch schaffen. Es ist möglich – soviel kann ich dir versprechen." Er wandte sich zum Gehen. Er wollte tatsächlich gehen, einfach so.
„Warte", rief ich. „Wann sehen wir uns wieder?"
Er blieb im verfallenen Rahmen der Türe stehen und blickte mich mit hochgezogenen Brauen an. „Wann? Beim nächsten Vollmond, genau hier. Und komm das nächste Mal früher, nach Sonnenuntergang, aber noch bevor der Mond aufgeht. Ich bin ein Werwolf, weißt du das denn immer noch nicht?"
Und dann war er weg.
Ich hörte seine flotten Schritte im Treppenhaus verklingen, und kurz darauf war es still und ich war allein. Verwirrt und durcheinander stand ich dort, in Dorians einsamem Kerker, während ein neuer Tag langsam zum Leben erwachte.
Vielleicht spürte ich auch eine tief sitzende, kindliche Angst vor dem, was ich soeben gehört hatte. Und doch war da etwas in mir, das seine Ungeduld bis zum nächsten Vollmond gar nicht mehr in Zaum halten konnte...

Phil war fasziniert.
So schrecklich und ausweglos seine und Lauries Situation auch war, er war dennoch begierig darauf, alles über Dorian und seinen jungen Schüler zu erfahren. Sonmores Geschichte wurde für ihn zu einer Droge, die ihm langsam aber sicher das gesamte Ausmaß des Wahnsinns offenbarte, von dem das Ungeheuer dort vor ihm in der Dunkelheit beherrscht wurde.
Und tief in seinem Inneren wusste Phil genau, dass es wichtig war; dass es seine *Pflicht* war, alles zu erfahren, was am Rande der Highlands vor so vielen Jahren geschehen war.
Er befeuchtete sich die kalten Lippen. „Was passierte in der Nacht, in der dein Vater früher als erwartet zurückkam? Die Nacht, in der Liz und Du..."
„Ich weiß, um welche Nacht es geht", zischte der Schatten vor ihm. „Es vergeht kein Tag, an dem ich nicht daran denken muss, Cowboy! Die Erinnerung ist so stark und scharf wie eine Messerklinge tief in meinem Kopf! Manche Wunden heilen." Langsam fuhr er mit den Fingern über die lange Narbe in seinem Gesicht, flüsterte: „Und manche nie."
Er ließ diese Worte wirken, dann sprach er weiter.
„Dorian erwartete mich bereits, obwohl ich früher kam als abgesprochen. Ich klagte dem angeketteten Wesen mein Leid. Wir verständigten uns wortlos und noch vor dem ersten Tageslicht verließ ich die Kaserne wieder, denn so sehr ich mich auch dagegen sträubte – der Moment meiner großen Züchtigung stand

bevor und ich wusste, ich war wehrlos. Auf irgendeine Art und Weise gehörte das ebenso zur Werdung meines neuen Ichs wie es die Lehren Dorians taten. Seine Stimme erklang in meinem Kopf, sie sagte mir, ich solle stark sein. Das sei ich schon immer gewesen und nun müsste ich noch stärker sein." Sonmore grunzte verächtlich. „Und natürlich versuchte Dorian mir mein Vorhaben auszureden. Er war derart verliebt in das menschliche Leben, dass er keiner Fliege mehr etwas zu leide tun wollte. Nicht einmal einem so widerlichen Mistschwein, wie mein Vater eines gewesen war!" Sonmores Stimme hob sich wieder, und Laurie erzitterte leicht in Phils Arm.
Sie lebte noch.
Solange sie lebte, hatten sie noch eine Chance.
Phil versuchte weiter, Zeit zu schinden.
„Du wolltest nicht warten, oder? Wenn es nach dir gegangen wäre, hättest du es noch in derselben Nacht getan."
„Ja, ich wollte seinen Tod", brüllte Sonmore. „Er hatte ihn tausendfach verdient, für jeden Schlag, jeden Tritt, jeden Hieb, den er Liz und mir versetzt hatte, Tag für Tag, Nacht für Nacht!" Sonmores Stimme troff vor Hass. „Er sollte leiden, ich wollte ihn bluten sehen! Ich wollte, dass er endlich aus meinem Leben verschwand. Und nun hatte ich die Gelegenheit dazu. Ich spürte die Stärke in mir! Ich spürte genau, dass diesmal alle Karten zu meinen Gunsten gelegt waren! Dass *meine* Zeit gekommen war!"
Stille.
Nur das monotone Tropfen der Algen erfüllte die Höhle.
Dann fuhr Sonmore knurrend fort: „Dorian riet mir, wenn ich schon zum Mörder werden musste, dann solle es wenigstens schnell gehen. Kurz und schmerzlos. Er meinte, ein Kopfschuss mit einer Pistole oder einem Gewehr würde innerhalb einer Sekunde alles beenden und ich wäre frei – wenn es denn schon nicht anders möglich wäre!" Sonmore bewegte sich und schüttelte etwas in der Dunkelheit. Phil glaubte, ein kurzes Aufblitzen von Metall zu sehen. „Ich wollte ihn nicht *erschießen*! Ihn kurz und schmerzlos von seinem *jämmerlichen Dasein befreien*!" Sonmores Stimme überschlug sich. „Dieses Schwein hat mir mein Gesicht zerschnitten, er hat mich fast totgeprügelt! Er sollte leiden! Ewig Leiden, für all das, was er mir je angetan hatte! Was er Liz angetan hatte!" Und Phil begriff: Sonmore hielt Joseph Connors Schrotflinte in seinen Händen. Mit einem wütenden Schnauben warf er sie wieder zu Boden und Phil hörte sie polternd ein Stück auf die Senke zurollen, in der er mit Laurie kauerte.
In diesem Moment begann in Phil ein Plan heranzureifen. Wahnwitzig und beinahe chancenlos, doch es war der einzige, den er hatte. Fieberhaft überlegte er, wie er Sonmore genug ablenken konnte, um seine eine Chance zu bekommen, welche Rolle Woody dabei spielen würde, konnte er nicht einberechnen – unmöglich.

Sonmore begann ohnehin, ganz von alleine weiter zu erzählen, hastiger nun – in ungeduldiger Vorfreude auf das Finale.
Es war nun nicht mehr weit. Die Reise würde bald zu Ende sein.
Sonmore näherte sich seinem High Noon.

...Die Monate flossen träge dahin, wie ein schlammiger, brauner Strom, durch den wir tagtäglich waten mussten. Mein einziger Halt in all dem Wahnsinn waren Dorian und Liz – jeder von ihnen auf seine Weise.
Liz bekam einen neuen Job, der sie oftmals abends aus dem Haus führte, sodass unsere Zusammenkünfte immer seltener wurden. Aber wenn, dann waren sie leidenschaftlich und absolut vollkommen, als wäre jede Berührung die Letzte; jeder Kuss war heilig, jedes Wort war Musik. Sie arbeitete nicht mehr in der Bibliothek, sondern nunmehr in einer pharmazeutischen Fabrik, in der sie im Schichtbetrieb Erste-Hilfe-Kästen für Autos bestückte – so erzählte sie es mir zumindest.
Ich dachte, ich könnte Liz mit mir nehmen. Ich dachte, sie könnte dieses neue Leben mit mir teilen, nachdem ich sie – uns – von dem Tyrannen unter unserem Dach befreit hätte. Wir würden fortgehen und irgendwo, in einem fernen Winkel der Welt, ein neues Leben beginnen.
Doch seit Neuestem gab es einen fremden, seltsamen Geruch an ihr, der mir zwar vage bekannt vorkam, den ich aber nicht einordnen konnte. Dem Alten fiel er gewiss nicht auf, doch mein Geruchssinn wurde tagtäglich besser. So konnte ich meinen Vater wittern, wenn er unerwartet zurückkam, auch wenn er noch nicht einmal in der Nähe unseres Hauses war – was Liz und mein Liebesspiel enorm erleichterte. Liz stellte meine Vorahnungen nie infrage, und so wurden wir niemals wieder erwischt – vielleicht wäre ansonsten alles anders gekommen.
Ich versuchte den strengen Geruch an ihr zu ignorieren. Bestimmt hing er schlicht und einfach mit ihrem neuen Job zusammen. Ich ahnte zu diesem Zeitpunkt nicht, wie nahe ich der Wahrheit schon damals gekommen war.
Dorian lehrte mich alles über den Zyklus des Wolfsdämons. Darüber, wie er selbst seit über einem halben Jahrhundert dazu verdammt war, in jeder Vollmondnacht zur Bestie zu werden – immer dann, wenn der große Mond ihn rief. Er alterte bedeutend langsamer als alle anderen Menschen, und so war er mehrmals gezwungen, umzuziehen, bevor seine Jugend auffällig wurde. Enge Freundschaften oder Beziehungen gab es nicht, nur einmal zögerte Dorian für den Bruchteil einer Sekunde, als ich ihn auf das Thema Frauen ansprach. Dann wurde sein Blick traurig und sein Mund zu einem blutleeren Strich. Er schüttelte nur leicht den

Kopf und wechselte das Thema. Auch seine ganze Familie war längst tot.
Er erzählte von seinem Vorgänger und wie ihm der Fluch auferlegt wurde. Er war schweißgebadet und erschöpft in einem kleinen Wald zu sich gekommen, von seinem Mentor war keine Spur geblieben und Dorian lebte seitdem mit der Gewissheit, dass dieser Mann (Dorian nannte ihn Protheus) noch irgendwo weiterlebte, alt und verbraucht zwar, aber am Leben!
Er brachte mir bei, tief im Inneren nach meinen wahren Stärken zu forschen, sie auszugraben, zu stählen und zu perfektionieren. Denn auch in mir schlummerte bereits der Samen des Wolfsdämons. In jeder Vollmondnacht wurde ich stärker, nicht nur körperlich. Ich spürte den Atem des Tieres in mir und brachte ihn langsam aber sicher in Einklang mit dem Takt meines Herzens. Ich spürte, wie der Zeitpunkt näher rückte, an dem ich stark genug sein würde, um alle meine Wünsche in die Tat umzusetzen.
Als der Vorabend meines vierzehnten Geburtstags nahte, wusste ich, dass die Zeit gekommen war. Dorian gegenüber schwieg ich; er hatte mir stets eingebläut, den Mond des Wechsels selbst zu bestimmen. Nur ich konnte wissen, wann der Dämon mich zu seinem Gefäß machen und Dorian erlösen würde. Nur stellte Dorian sich die Erlösung ein wenig anders vor, als ich sie in meinem Herzen bereits sehen konnte.
Dorian war überzeugt davon, ein neues Leben beginnen und endlich wieder altern zu können, fortan als normaler Mensch wieder durch die Welt zu wandern. Wie Protheus, sagte er immer. Er ahnte noch nicht, wie sehr er sich täuschen sollte. Der Dämon sprach schon seit vielen Monden zu mir, nur zu mir, *und Dorian wusste weit weniger über den Zyklus, über seinen eigenen Fluch, als er dachte.*
Vielleicht konnte er sich die Wahrheit aber auch einfach nicht eingestehen.
An diesem lauen Sommerabend sah ich das letzte Mal, wie das widerliche Monstrum, das mich gezeugt hatte, in den oberen Stock verschwand, meine Liz hinter sich herzerrend, um sie im gemeinsamen Ehebett zu besteigen.
Liz blickte nicht zurück. Wir hatten alles besprochen und sie wusste, dass die Nacht der Nächte gekommen war. Schon den ganzen Abend über hatte sie meinem saufenden, grunzenden Vater die süßesten Versprechungen ins Ohr gegurrt. In seinem Rausch bemerkte er ihr falsches Spiel nicht, wahrscheinlich glaubte er, sie endlich gebrochen zu haben. Sie endlich soweit zu haben, dass sie das Leben mit ihm und ihre Rolle darin schließlich akzeptiert hatte.
Der Alte drehte sich mit einem anzüglichen, widerwärtigen Grinsen zu mir um, bevor sein Gesicht unter den morschen Balken des Obergeschosses verschwand. Seine trüben Augen

blitzten triumphierend zu mir hinab. Ich selbst verzog keine Miene – niemals hätte ich mich in diesen letzten, entscheidenden Stunden verraten.
Als die Sonne hinter dem Horizont verschwand und ich die ersten, ekelhaften Stöhnlaute aus dem Schlafzimmer über mir hören konnte, erhob ich mich langsam von meinem Platz auf der Couch. Ich spürte, wie eine ungeheure Woge von Kraft und Energie mich durchflutete, ich spürte die Veränderung und die Stimme des Dämons begann nach mir zu rufen. Die Zeit war da!
Mit festen Schritten verließ ich das Haus und begann mir Stück für Stück die lästigen Kleidungsstücke vom Leib zu reißen. Endlich war ich frei und jagte, schneller als je zuvor, der alten Kaserne entgegen, zum letzten Mal...
Über mir begann der Blutmond zu leuchten.
Pochend, pulsierend wie ein schlagendes Herz...

„Soll das heißen“, unterbrach Phil Sonmores Erzählung, „dass Dorian keine Ahnung hatte, was geschehen würde? Du willst tatsächlich sagen, dass er nicht wusste, was du vorhattest...?“
„Er wusste es!“, fuhr Sonmore ihn an. „Natürlich musste er es wissen, tief in seinem Herzen! Auch er wandelte einst unter einem roten Mond und ihm musste klar sein, wenn der Blutmond von neuem aufgehen würde, wäre seine Zeit abgelaufen.“ Sonmore wartete kurz. „Er wird immer in meinem Kopf bleiben, denn er war derjenige, der mich alles lehrte – doch im Endeffekt war er ein Feigling, ein mieser kleiner Feigling...“
„Ganz im Gegensatz zu Dir, nicht wahr?“, spottete Phil. „Ein alter, versoffener Mann. Eine gepeinigte, ahnungslose junge Frau. Ein angeketteter, nackter...“
Die Verwandlung ging rasend schnell. Urplötzlich sprang ein brüllendes Monster von dem Felssockel und packte Phil hart an der Kehle. Wie ein Schraubstock schloss sich sein Griff um Phils Hals und schnitt ihm die Luftzufuhr ab. Laurie rollte von Phils Schoß und schrie im Halbschlaf auf. Sonmore, ein dunkler, formloser Umriss im fahlen, blauen Schein, brachte sein geiferndes Maul ganz nahe an Phils Gesicht heran und knurrte. *Durchhalten,* dachte Phil verkrampft. *Nur durchhalten, er wird mich nicht töten, er* darf *mich nicht töten, noch nicht, noch nicht...*
„Du! Weißt! Nichts!“, schrie der Wolfsmensch in Phils verkrampftes Gesicht. „Keine Ahnung hast du, *Taa-Noon*! Mein Vater war ein Monster, ein widerliches, gewalttätiges Monster, und Liz...“
„Wer war es?“, presste Phil mühsam hervor. „Wessen Geruch hast du an ihr wahrgenommen, bevor du – bevor du sie getötet hast?“
Sonmore verstummte. Phil konnte das Tröpfeln der Algen hinter

sich überlaut hören und Laurie begann nun, sich heftiger zu rühren, sie schien aufzuwachen. Und sein Luftvorrat wurde knapp. Er sah über Sonmores mächtige Schultern hilfesuchend zu Woody hinüber, doch dessen starrer Blick ging weiterhin ins Nichts.
Phil wehrte sich, kämpfte gegen den übermächtigen Druck von Sonmores Pranke an. Und schließlich, als Phil schon glaubte, er müsse jämmerlich ersticken, ließ Sonmore ihn los und huschte lautlos zurück zu seinem Felsen.
Phil fiel hustend und nach Atem ringend vorüber und tastete unauffällig nach dem Gewehr seines Großvaters. Seine suchenden Finger streiften kaltes Metall und augenblicklich zog Phil sich zurück, um keinen Verdacht zu erwecken. Mühsam rappelte er sich auf.
„Oder hab ich nicht recht?“, keuchte er in die Dunkelheit. „Welchen Grund hattest du sonst, sie umzubringen? Du hast sie so sehr geliebt.“
Sonmore schwieg noch immer. Er schien Phil lauernd zu mustern.
Phil stemmte sich ächzend in die Höhe, leise konnte er Laurie zu seinen Füßen seinen Namen flüstern hören. Er richtete sich auf und seine Stimme wurde kräftiger.
„Ich sehe alles, Craig!“, zischte er. „Ich sehe alles vor mir, als wäre ich selbst dabei gewesen! Nur dieses eine, kleine Scheiß-Detail fehlt mir! Wer war es? Wessen Geruch an ihrer Kleidung, auf ihrer Haut? Wer hat dich dazu gebracht, auch sie umzubringen?“
Sonmore knurrte nur drohend, rührte sich aber nicht vom Fleck.
Und dann ging Phil ein Licht auf. „Natürlich“, murmelte er, „jetzt verstehe ich...“
„Du verstehst nichts, Phillip Connor“, sagte Sonmore, und nun klang seine Stimme anders, ein wenig menschlicher als zuvor. Ein Rascheln und Knistern ertönte in der Finsternis und Sonmores Schatten schien zu schrumpfen, als würde er in sich zusammenfallen. „Aber du wirst es noch verstehen.
Und vielleicht erkennst du das hier wieder?“
Ein Licht flammte auf, urplötzlich taghell, und Phil stöhnte geblendet auf. Durch die Ritzen seiner Finger blinzelte er zu der grellen Lichtquelle hinauf und schlagartig war sie wieder verschwunden.
Phil erkannte einen langen, zylindrischen Gegenstand in einer von Sonmores Händen, den er nun auf den Boden gerichtet hatte, um den Lichtschein zu dämpfen. In der anderen hielt er etwas tellergroßes, das aus Stoff zu bestehen schien.
Und Phil wusste, was es war.
„Mein Hut“, hauchte er. „Und die Taschenlampe meines Vaters. Du warst es also wirklich, damals, als ich das erste Mal hier unten war?!“
Sonmore schwieg.
„Wie lange“, fragte Phil bitter. „Wie lange planst du das hier schon,

Craig? Wie lange liegst du schon auf der Lauer?“
Sonmore hob die *Maglite* und leuchtete sich damit in sein zerstörtes Gesicht. Er war wieder Craig, nicht der Wolf, und sein Antlitz schien auf einmal die Last all der Jahre auszustrahlen, die er gemordet und gequält hatte. Er sah erschöpft aus, doch ein bösartiges Lächeln erschien auf seinen Lippen und seine Ascheaugen blitzten belustigt auf. Er hob den halb verrotteten Cowboyhut aus Phils Kindheit ins Licht. „Schon immer, *Taa-Noon*! Schon immer. Oder was meinst du wohl, wie du zu deinem Spitznamen gekommen bist? *Cowboy*!“ Sonmores Worte klangen wie Gift. „Und Joe Connor zu töten war die einfachste und schnellste Methode, dich hierher zu locken. Doch zuerst musste ich natürlich seine Gewohnheiten kennen lernen, ihn und seine... restliche verkommene Familienbande genau studieren, um mich darauf vorbereiten zu können, wen ich zum Gegner haben würde.“
Phil nickte unmerklich. Irgendwie hatte er es gewusst.
„Und in welchem Loch hast du dich die ganze Zeit verkrochen und meinen Großvater beobachtet?“ Doch Phil wusste es natürlich. In ebendiesem Loch, in dem sie sich gerade befanden. Sonmore hatte gewartet, still und unerkannt, hatte immer wieder in mehr oder weniger großer Entfernung des Tales gejagt und war doch immer wieder hierher zurückgekehrt.
Jahrelang.
„Da du es bereits weißt, brauchst du meine Antwort ja nicht mehr“, grinste Sonmore böse. „Joseph war zäh und ich freute mich schon darauf, endlich einmal wieder einen würdigen Gegner als Opfer zu haben. Doch letztendlich starb er an dem Schock, als er mich das erste Mal von Angesicht zu Angesicht sah! Er wusste, dass etwas in seiner Nähe war und ihn beobachtete, doch mein Anblick war wohl zuviel für sein schwaches Herz. Schade“, er lachte dreckig, „er hätte wahrlich Schlimmeres verdient gehabt!“
Tränen der Wut stiegen in Phils Augen. „Du hast alle meine Freunde getötet – und meinen Großvater! Du hast deinen eigenen Vater getötet, deinen Mentor und deine Geliebte...“
„Erzähl nur weiter“, flüsterte Sonmore gierig. „Du bist dran, Cowboy!“
Und Laurie, zu Phils Füßen, nun wieder bei vollem Bewusstsein, hörte Sonmores Geschichte aus Phils Mund enden und Bilder erschienen vor ihrem inneren Auge, als würde sie teilnehmen und gezwungen sein, alles mit ansehen zu müssen.
Der grelle Strahl der Taschenlampe ließ Phils Gesicht kalt und unheimlich aussehen, wie er aufgerichtet neben ihr stand. Seine schattenhafte Gestalt schien riesig. Sie schloss die Augen und hauchte flüsternd jedes Wort nach, das durch die steinerne Halle dröhnte...

...Craig nahm vorsichtig die letzten Stufen in den ersten Stock der verlassenen Kaserne hinauf, er konnte Dorian bereits riechen, hörte das rasselnde Zuschnappen der Handschelle – die Verwandlung hatte also noch nicht stattgefunden. Wie eine pralle, aufgedunsene Blutblase schüttete der Mond sein bizarres Licht durch die zerschlagenen Fenster und ließ Craigs jugendliche Züge um Jahrzehnte altern.

Er packte den massiven Gegenstand in seiner Rechten fester, um keinen verräterischen Laut von sich zu geben. Langsam schlich er auf den trüben Lichtschein der Kerze zu; sie flackerte nervös, als würde sie nichts lieber tun, als diesen schrecklichen Ort zu verlassen.

Als Craig die Tür zu Dorians Verlies erreichte, lugte er vorsichtig um die Ecke in den Raum hinein, wie er es auch beim allerersten Mal getan hatte; seine Augen waren zu bösartigen, kleinen Schlitzen verengt. Nur diesmal sah Dorian ihn nicht kommen, seine Sinne waren nicht mehr so scharf, wie sie es einmal gewesen waren - auch dieser Teil war zuerst Schritt für Schritt und nun vollends auf Craig übergegangen. Der Mentor saß nackt und im Schneidersitz auf seinem Platz an der Fensterwand des kahlen Raumes, mit gesenktem Kopf und geschlossenen Augen. Craigs Zeit war da!

Wie ein Sturm fegte er durch den Raum, hob das einmeterlange Stahlrohr mit der angerosteten Spitze hoch über seinen Kopf und ließ es mit einem brutalen Schlag auf Dorians Schulter niedersausen.

Dorian schrie gepeinigt auf, hielt sich mit der freien Hand die linke Schulter und brach wimmernd auf dem dreckigen Boden zusammen.

Craig stand über ihm, ruhig atmend, starr und vollkommen beherrscht. Das Stahlrohr hing bis zum Boden, Blut tropfte herab. Der rote Mond tauchte seine Gestalt in glühendes Licht, wie ein Scheinwerfer drangen seine Strahlen in den engen Raum hinein. Mit glühenden Augen betrachtete Craig den leidenden Menschen unter sich und ein winziges Lächeln, scharf wie eine Messerklinge, stahl sich in sein totes Gesicht.

Dorian begann sich zu krümmen, regte sich ächzend und versuchte, wieder nach oben zu kommen. Er drehte den Kopf langsam in Craigs Richtung. „Craig...?“, jammerte er erbärmlich. Seine Augen flehten. „Craig, Nein ... Nicht… Bitte nicht...“

Der Junge begann zu schreien, einen wilden, urzeitlichen Schrei voller Hass und Triumph. Er schlug mit dem Stahlrohr auf Dorians Schädel ein. Kurz bevor dessen Kopf mit einer

faustgroßen Delle darin zu Boden gerissen wurde, bevor ein feiner Sprühnebel aus Blut sein bleiches Gesicht benetzte, glaubte Craig, endlich Verstehen in den Augen seines Mentors zu sehen. Verstehen und die endgültige Erkenntnis, dass es den Frieden, die Erlösung, die er sich wünschte, nicht geben würde – nur den Tod!
Das Rohr traf Dorians Schädel mit einem hässlichen, fleischigen Klatschen und zerschmetterte ihn wie eine überreife Tomate. Craig holte noch einmal aus und schlug wieder zu. Wieder. Und wieder. Er verfiel in einen Blutrausch, der ihn hinwegschwemmte mit der Leichtigkeit und der Gewalt einer Riesenwelle; Craig schrie und brüllte immer wieder sinnlose Worte und ließ das blutbefleckte Stahlrohr immer heftiger auf Dorians zerstörtes Gesicht niederfahren.
Irgendwann war es vorbei. Craig stand keuchend, mit hängenden Schultern und bebenden Lippen, über seinem Opfer, das Stahlrohr entglitt seinen zitternden Fingern.
Erschöpft ließ er sich an der Wand zu Boden gleiten, ohne den Blick auch nur eine Sekunde lang von Dorians blutiger Gestalt zu lösen. Ein Rascheln und Knistern wie der Ansturm einer Insektenarmee schwirrte durch seinen Kopf, das rote Licht des Mondes schien auf seiner Haut zu brennen und zu kribbeln. Flüsternde Stimmen; hunderte, bösartige Worte, die ihn lockten; der Dämon rief ihn zu sich, band ihn, verführte ihn…
Craig begann zu grinsen, und seine Augen begannen in einem tiefen Rot zu glühen, noch tiefer und satter als das düstere Licht des Blutmondes; sein Gesicht wurde zu einer verzerrten Fratze. Er sprang auf, kräftiger als je zuvor, durchspült von einer berauschenden Lebensenergie, von Dorians Leben, das er soeben beendet hatte, von uralten, dunklen Mächten, die ihn vollkommen ausfüllte. Mit einer abfälligen Geste warf er das Stahlrohr auf Dorians Leiche hinab und wandte sich zum Gehen. Er würde es nun nicht mehr brauchen.
Wie auf ein geheimes Zeichen hin erlosch die Kerze in dem kleinen Raum hinter ihm und Dorian blieb in der Dunkelheit zurück; keine Spur von Trauer oder Reue war in Craigs grinsendem Gesicht zu erkennen. Er verließ die Kaserne, um niemals wieder zurückzukehren. Das Haus der Schreie hatte seine Schuldigkeit getan. So schnell ihn seine Füße trugen, rannte er zu seinem Elternhaus zurück, die Unterarme und die Hose voller Blut, lachend, lachend, zum roten Mond hinauf schreiend…

Laurie zitterte am ganzen Leib. Sie hatte noch niemals in ihrem Leben so große Angst gehabt.
Phils Stimme, so kalt, so emotionslos, als wäre etwas in ihn gefahren, etwas, das seine Persönlichkeit ausgelöscht hatte und nun seinen Körper trug wie ein Kleidungsstück.
Sie sah alles. Wie durch einen feinen, roten Nebel konnte sie das ganze Geschehen mitverfolgen. Craig, Dorian – und nun auch Liz...
„Nur weiter, Cowboy", flüsterte Sonmore böse in der Finsternis. „Du hast es gleich geschafft."
Laurie schloss wieder die Augen, ihr war eiskalt.
Phil schwankte ein wenig, doch noch schien er Kraft zu haben.

...Craig stieß mit bloßen Händen die Haustüre auf und die ungeheure Wucht seines Körpers ließ sie aus den Angeln springen.
Mit suchendem Blick hetzte er durch das Wohnzimmer, vorbei an der Couch, auf der Liz und er sich das erste Mal und danach wieder und wieder geliebt hatten, und hechtete mit großen, raubtierartigen Sätzen den Gang in das Obergeschoss hinauf. Man konnte bereits laute Stimmen aus dem Schlafzimmer seiner Eltern hören, sein Eintreten war also nicht unbemerkt geblieben. Mit einem kräftigen Tritt öffnete er die morsche Schlafzimmertür.
Der Mond tauchte die ganze Szenerie in sein gespenstisches, rotes Licht, beinahe organisch, wie im Inneren eines lebenden, atmenden Körpers; und da waren sie. Sein Vater, das verhasste, aufgedunsene Gesicht mit den aufgerissenen Augen, und Liz, seine Mutter, seine Geliebte, sein Leben, ebenso mit riesigen Augen voller Panik! Sein Vater war bis auf ein speckiges, weißes Unterhemd nackt, das kleine Glied, halb erigiert, schwang hin und her.
Der Schock seines Vaters hielt nur kurz an. Er musste seinem Sohn ansehen, dass irgendetwas ganz und gar nicht stimmte, das diabolische Grinsen und das Blut überall an seinem nackten Körper...
Doch er trat sofort, ohne zu zögern auf ihn zu, ganz der alte Tyrann, und schrie ihm Flüche und Beschimpfungen entgegen, die teigigen Arme ausgestreckt, um seine Fettpranken ein für allemal um den Hals seines Balges zu legen. Ein für allemal ein Ende zu machen.
Doch Craig war viel zu schnell für ihn. Er schoss instinktiv so etwas wie einen mentalen Pfeil in Richtung des alten Mannes ab

und der erstarrte mitten in der Bewegung, als wäre er festgefroren. Wilde Panik erschien plötzlich in seinem Blick. Und Craig labte sich daran wie an vollmundigem Wein.
Mit einem brutal geführten Schwinger des rechten Armes schlug er seinem reglosen Vater übers Gesicht. Seine Nägel schienen plötzlich mehrere Zentimeter lang und hart wie Stahl zu sein, und quer über das ekelhafte, fette Gesicht erschienen wie von Geisterhand vier gleichlange, sehr tiefe Schnitte; die Haut klaffte auseinander und Blut spritzte hervor. Sehr viel Blut. Sein Vater öffnete und schloss den Mund wie ein nach Luft schnappender Goldfisch.
Dann löste sich seine Starre und er taumelte und fiel hintenüber auf das Bett hinab. Liz kreischte auf, raffte die Bettdecke vor ihrem Körper zusammen und rutschte weg von ihm, so schnell wie möglich. Craig ging langsam und mit hängenden Armen auf seinen Vater zu. Der konnte ihn weiterhin nur mit übergroßen Augen anstarren und nach Luft schnappen. Überall war Blut. Liz kreischte noch lauter, doch Craig würdigte sie keines Blickes.
Er beugte sich über den stinkenden, alten Mann und blickte ihm ein letztes Mal in die Augen.
Und endlich, endlich konnte er die Angst in ihnen sehen; die schrille Panik, die er sich schon immer zu sehen gewünscht hatte. Sein Vater hatte *Angst*. Vor *ihm*! Und dann brüllte Craig einen ohrenbetäubenden Schrei, griff dem alten Mann mit einer seiner mutierten Klauen grob ins Gesicht und zerrte ihn auf die Beine, riss ihn nach vorne, stieß seinen kahlen Schädel gegen die Schlafzimmerwand, immer wieder und wieder, immer fester und fester und dabei schrie er ununterbrochen weiter und er lachte, lachte hysterisch wie ein Wahnsinniger.
Nach einer Weile ließ Craig los und der Körper seines Vaters rutschte leblos wie ein Sack Mehl zu Boden. Schwer atmend stand Craig über der Leiche und versuchte, irgendetwas zu empfinden – doch da war nichts. Nichts geblieben, außer einer tiefen, warmen Zufriedenheit. Knurrend drehte er sich zu Liz um.
Sie kauerte in der hintersten Ecke des Zimmers, zitternd vor Furcht, nackt und unglaublich schön. In diesem Moment sah sie noch jünger aus als Craig.
Mit langsamen, schweren Schritten kam Craig um das Bett herum auf sie zu. Die Muskelstränge auf seinem nackten Körper schienen im roten Licht des Mondes zu pulsieren wie ein Nest sich windender Vipern.
Liz fixierte ihn mit panischem Blick, ein Kaninchen in der Falle, unfähig sich zu rühren. Er ging vor ihr in die Knie und seine

roten Augen starrten in ihre. Sie wimmerte irgendetwas, und er roch ihre Angst. Ihre panische Angst vor ihm! *War es denn nicht genau das gewesen, was sie wollte*, flüsterte er leise. *War es denn nicht* genau das, *was sie beide gewollt hatten? Immer schon?* Liz konnte nur wimmernd den Kopf schütteln, Craig konnte riechen, wie ihre Blase sich entleerte. Und schnaubte angewidert. Und dann roch er noch etwas anderes, und er wusste, woher ihm dieser neue Geruch an ihr so bekannt vorgekommen war...

Seine glühenden Augen wurden zu Schlitzen. Sie sahen aus wie Ofenschlote, als ob hinter ihnen ein wahres Inferno tobe. *Wie lange schon?* flüsterte er tonlos. *Wie lange schon?* Doch sie konnte nur verneinend den Kopf schütteln und heulen, jammern, flehen.

Craig fletschte die Zähne und stieß ein infernalisches Heulen aus, das noch mehrere Straßen weiter zu hören war.

Er griff nach ihrem wunderschönen, nussbraunen Haar, zerrte sie nach oben und schlug zu, legte all den Hass und all die Wut, die ihn durchströmte, verraten, hintergangen und getäuscht, in diesen einen Schlag.

Liz ging zu Boden und war still. Sie blieb kopfüber zu seinen nackten Füßen liegen, ihr ausgebreitetes Haar verdeckte, einem Schleier gleich, ihr zerstörtes Antlitz. Ein dünnes Rinnsal Blut sickerte unter ihrem Kopf hervor.

Craig keuchte und grunzte und sein ganzer Körper begann zu beben, schien zu verbrennen unter den erbarmungslosen Strahlen des Blutmondes, und er hörte ein bösartiges, laut hallendes Lachen; grausam, uralt und weit, weit entfernt. Er riss seine glühenden Augen vom Anblick ihres toten Körpers los und begann, wild auf die gesamte Einrichtung des Schlafzimmers einzuschlagen, nichts schien mehr sicher zu sein vor seinen wirbelnden Klauen und seinen rotierenden Armen.

Als am Rande seiner Wahrnehmung die ersten Polizeisirenen in der Ferne auftauchten, stürzte er sich geifernd auf die Leichen und riss ihnen mit spitzen Zähnen die Haut von den Knochen, biss und schluckte, stopfte sich brockenweise Fleisch in den Mund und schrie und weinte und heulte gleichzeitig, ein endloser Rausch aus Hass und Blut, bis sich irgendwann viele starke Arme um seine Schultern schlossen und ihn wegzogen, denn auf einen Schlag erschlaffte sein Körper, erlosch all seine Wut und sie rissen ihn fort, hinaus, hinaus in die Dunkelheit...

TRÜMMER

1

Phil stöhnte erschöpft auf und ging zu Boden. Seine Knie waren weich geworden und seine Stimme hatte bei den letzten Sätzen beinahe versagt.
Wie den jungen Craig Sonmore schien auch Phil Connor alle Kraft verlassen zu haben.
Sonmore musterte ihn schweigend, während Phil krampfhaft nach Atem rang. Laurie schloss die Arme um Phil, nun wieder nur Phil, kein dunkler Dämon, der in ihn geschlüpft war. Sie war hin- und hergerissen zwischen Entsetzen und Mitleid, Fürsorge und Abscheu.
Ihr Blick suchte den des dunklen Schattens vor ihr. Und jetzt wurde sie auch zum ersten Mal Woody gewahr, der mit dumpfem Blick neben seinem Meister auf weitere Befehle zu warten schien. Laurie wirkte nicht überrascht, ihn dort zu sehen.
„Es war dieser verfluchte junge Arzt“, flüsterte Sonmore mit seiner tiefen Stimme. „Ich hätte es schon bemerken müssen, als er uns nach der großen Züchtigung durch meinen Vater wieder zusammengeflickt hatte. Die Blicke, die er und Liz sich zuwarfen. Sein Geruch, sein widerwärtiger Geruch an ihr...“
„Sie hat dich verraten“, flüsterte Laurie. „Sie wollte nicht *mit dir* ein neues Leben beginnen. Sie brauchte dich nur, um deinen Vater endlich loszuwerden.“
„Sie schlich sich abends aus dem Haus, um dieses verfluchte Schwein zu ficken!“, jaulte Sonmore. „Sie hatte nie einen neuen *Job*! Dieser verdammte Quacksalber gab ihr Geld, wieder und wieder. Nachdem ich entkommen war, aus dem Büro des Anwalts, aus dem Gebäude, aus der Stadt, fand ich sein erbärmliches kleines Vorstadthäuschen und tötete seine Frau und seine kleine Tochter! Nur seinen Sohn und sich selbst konnte er in Sicherheit bringen und jahrelang vor mir verbergen. Jahrzehntelang. Sich selbst und seinen neugeborenen Sohn...“ Sonmores vernichtender Blick glitt hinüber zu Phil.
Und Phil begriff.
„Joseph Connor“, zischte Sonmore. „Der einzige Mensch auf dieser Welt, den ich noch mehr hasste als *Dich*, Cowboy! Er nahm mir meine Liebe, er nahm mir mein Leben!“
Laurie schluckte laut hörbar. „Der neugeborene Sohn, Phil. Dein Vater... ?“
Phil nickte nur schwach.

„Joseph *wusste*, dass ich kommen würde – er *spürte* es!“
Sonmores Stimme schnappte fast über vor Hass. „Damals schon, bevor ich sein Zuhause fand und fast alles tötete, was ihm etwas bedeutete. Und auch heute noch, keine Meile von hier, hab ich ihn immer wieder belauert, beobachtet... Nacht für Nacht! Er hat es genau gewusst, Cowboy! Er wusste ganz genau, dass seine Zeit endlich gekommen war!“
Eine verschwommene Szene erschien in Phils Kopf, körnig und verwaschen wie ein alter Film:

... Joseph Connor, jung; unglaublich jung; mit einem Säugling auf den Armen, den er gerade von einer Nachbarin zurückholt... sie hat auf ihn aufgepasst, während er mit seiner Frau und seiner kleinen Tochter einen schönen Tag am Meer verbracht hat... Er schlendert glücklich die von Eichen gesäumte Straße entlang... Seine Frau, bereits zu Hause, um das Essen vorzubereiten... Seine kleine Tochter im Vorgarten, bastelnd an den Zöpfen einer blonden Puppe... Ein dunkler Schatten, der von oben auf sie fällt... ihr erhobenes Gesicht... ihr verlöschendes Lächeln... die Schreie... Joseph steht dort und der Wind fährt ihm durch das zurückgekämmte Haar, während er fassungslos und mit leerem Blick vor seinem kleinen Haus steht... der Polizeiwagen, der Notarzt, der Gerichtsmediziner, ein guter Bekannter von ihm, der nur sanft den Kopf schüttelt und ihn langsam aber entschlossen wegführt... weg von dort... die Bahren mit den blutbefleckten Tüchern darüber, die aus dem Haus gerollt werden...

„Interessant, nicht wahr, Cowboy? Der Mann, der einst mein Leben zerstörte und mich wahrscheinlich letztendlich zu dem machte, was ich heute bin, brachte zwei Generationen später meinen Nachfolger hervor. Wie das Leben so spielt...“
„Mein Gott, Craig“, keuchte Phil, während er sich mühsam aufrappelte. Sein Blick fixierte den Schatten in der Dunkelheit, während seine Hände wie beiläufig über den felsigen Boden glitten. „Wie konntest du das nur tun? Mein Großvater hat ihr auch nur ein besseres Leben zu bieten versucht, es war falsch, was er getan hat, was er seiner Familie angetan hat, aber er hat Liz geliebt – genau wie Du! Sie war deine große Liebe und sie war alles für Dich!“
„Liebe ist ein menschliches Gefühl!“, kreischte Sonmore mit überschnappender Stimme. „Ich bin kein Mensch mehr! Schon damals war ich es nicht mehr! Sie hat meine Gefühle mit Füßen getreten, für deinen verfluchten Großvater die Beine breit gemacht! Sie war meine Liebe nicht wert, war nichts als eine verlogene, kleine Schlampe, nicht würdig, mir die Füße zu lecken!“
Sonmore reckte seinen Schädel der Höhlendecke entgegen und hob gebieterisch die Arme. „Und so ergeht es jedem, der sich gegen mich stellt. Jedem, der mir im Weg steht!!“

„Jetzt klingst du wie *Er*“, flüsterte Phil. Er fuhr ruckartig nach oben und hielt die Pumpgun seines Großvaters in den Händen, er zitterte nicht. „Jetzt klingst du wie dein Vater, den du mehr gehasst hast als alles andere auf der Welt!“

Für einen Moment schien die Zeit stillzustehen, Laurie starrte mit riesig geweiteten Augen die Waffe in Phils Händen an, selbst Sonmore schien einen Moment perplex zu sein.

Die Algen weinten ihre Tränen.

Dann begann Sonmore schallend zu lachen. Er sprang mit einem behänden Satz von seinem Felsen und richtete die Taschenlampe direkt in Phils Gesicht. Woody stolperte neben ihm her, unbeholfen wie ein Kleinkind und doch bereit, auf ein Wort des Monsters hin zu töten.

Einen Meter vor Phil blieb das bizarre Duo stehen, Sonmore immer noch kichernd. Er legte den Kopf schief und sein bleiches Gesicht nahm einen beinahe schon mitleidigen Ausdruck an. „Ach Cowboy, du kannst mich nicht töten, das weißt du doch“, sagte er kopfschüttelnd. „Wenn du es versuchen solltest, würde dein alter Freund hier“, er nickte in Woodys Richtung, „sich selbstlos dazwischen werfen, du würdest nur noch mehr Tod verursachen. Außerdem bleibt dir sowieso nur noch ein Schuss!“

Laurie verkrampfte sich in Phils Arm, ihr Puls ging rasend, Phil sagte nichts.

Sonmores Lächeln verblasste. „Okay, Schluss mit den Spielchen. Deine Zeit ist um! Jetzt! Du weißt genau, dass mich diese Waffe nicht verletzen kann!“

„Nein“, zischte Phil. „*Sie* nicht!“

Und damit riss er den Lauf der Flinte senkrecht nach oben und drückte ab. Im letzten Moment schien Sonmore seinen Plan noch zu durchschauen, sein Gesicht verzerrte sich zu einer hasserfüllten Fratze, die Verwandlung zum Werwolf setzte ein. Seine Augen sprühten Feuer. *„NEIN!“,* jaulte er.

Der überlaute Knall des Schusses brachte die Höhle zum vibrieren, und augenblicklich begann der Boden unter ihnen zu beben. Alle verloren sie den Halt, Sonmore wurde nach hinten geschleudert. Laurie kreischte auf und klammerte sich an Phil, gemeinsam gingen sie zu Boden. Überall um sie herum dröhnte der Hall des Schusses, und die uralte Höhle, instabil und löchrig wie ein Termitenbau, verlor ihren Kampf gegen die Zeit früher als vorgesehen. Stalaktiten und Gesteinsbrocken, manche klein, manche so groß wie Heuballen, begannen herabzuregnen.

Phil zerrte Laurie rasch auf die Beine. Woody torkelte ihnen entgegen, schwankend wie bei starkem Seegang und mit weit geöffnetem Mund. Seine blutverschmierte Hand weit ausgestreckt, griff nach ihnen. Nur hatte Sonmore in diesem Moment dieselbe Idee und sprang ebenfalls auf die beiden los.

Meister und Sklave prallten unsanft aufeinander und rollten in

einem wirren Knäuel aus Armen und Beinen über den Boden. Sonmore schrie vor Wut laut auf.
Phil nutzte diese Chance. Er packte Laurie noch fester und lief los, lief so schnell wie noch nie zuvor in seinem Leben, immer Richtung Ausgang, in Richtung Freiheit. Um sie herum brach die Hölle los, das ganze Gewölbe stürzte ein.
Phil warf den Kopf zurück, und da war Sonmore, nicht der Mann, sondern ein riesiger Dämonenwolf in menschlicher Hülle, der geifernd und jaulend hinter ihnen her hetzte. In wenigen Sekunden würde er sie eingeholt haben.
Phil riss sich zusammen und versuchte, noch schneller zu werden, stolperte, riss Laurie blind mit sich, wich herabfallenden Gesteinsbrocken aus, und wie durch ein Wunder wurden sie beide von den großen Brocken verschont, die überall um sie herum zu Boden regneten.
In einem Chaos aus Lärm und fallenden Felsstücken stürmten sie halb blind auf den Eingang zu Sonmores Grotte zu, das Monster dicht hinter ihnen. Das blaue Licht der Algen wich der Finsternis.
Sonmore griff mit einer seiner Pranken nach ihnen und heulte triumphierend auf. Seine Krallen streiften Lauries Haarspitzen und sie lief mit einem panischen Schrei auf den Lippen noch schneller. In der nächsten Sekunde ertönte ein gewaltiges Krachen, ein Laut, als würden Berge miteinander kollidieren und plötzlich verschwand Sonmore unter einer wirbelnden Wolke aus Staub und Steinen, ein mächtiger Stalaktit, groß wie ein Kleinwagen, begrub ihn unter sich. Phil blickte nicht zurück, irgendetwas traf seine Schulter, beinahe sanft, wie ein zarter Windhauch, doch er strauchelte nicht einmal, sondern lief immer weiter, Laurie an seiner Hand, und sie weinte und schrie, und dann, nach endlosem Hakenschlagen durch dieses gottverfluchte Labyrinth, durch das Phil eine übernatürliche Gabe zu führen schien, waren sie in dem schier endlosen Gang, der Röhre, die zum Ausgang der Höhle führte.
Phil mobilisierte noch einmal sämtliche Kräfte und zog Laurie voran, nur nach draußen, immer nach draußen!
Sie taumelten hinaus in die weiße Nacht und stolperten noch ein paar Schritte weiter, doch schließlich fielen sie vollkommen erschöpft auf die Knie, und das Dröhnen, Brechen und Splittern der einstürzenden Höhle blieb wie ein böser Alptraum hinter ihnen zurück.

2

Phil musste kurz ohnmächtig gewesen sein.
Er fühlte sich wie nach einem langen, beschwerlichen Aufstieg auf einen sehr hohen Berggipfel. Sein Körper war geschunden und

voller blauer Flecken, und die Luft, die er atmete, schien ihm zu dünn zu sein, er konnte kaum Atem schöpfen.
Schlagartig war er wach. So abwegig war sein Vergleich gar nicht gewesen. Er und Laurie hatten einen langen, beschwerlichen Aufstieg hinter sich. Den Aufstieg aus der Hölle, die Sonmore geschaffen hatte.
Sie waren entkommen! Und der Dämon lag verschüttet unter Fels und Geröll, irgendwo, tief unter ihnen.
Ächzend stemmte er sich in die Höhe. Seine Augen suchten sofort nach Laurie. Sie lag ein paar Meter entfernt mit dem Gesicht nach unten im Schnee. Ihr goldenes Haar lag wie ein Fächer drapiert um ihren Kopf und um ihr linkes Bein herum färbte der Schnee sich rot. Sie rührte sich nicht.
Phil murmelte einen Fluch und stolperte zu ihr hinüber.
Kaum hatte er den ersten Schritt getan, spürte er einen beißenden Schmerz in seiner rechten Schulter. Mit zusammengebissenen Zähnen ertastete er ein zerrissenes Loch in seiner Jacke und eine klebrige, feuchte Wärme.
Es hatte ihn wohl doch erwischt.
Auch Laurie schien verletzt zu sein, Phil ließ sich ächzend neben ihr nieder. „Laurie?“, flüsterte er. „Hey, Süße. Kannst du mich hören? Bist du bei mir?“
Sie reagierte nicht. Phil befühlte ihre Wangen. Sie war eiskalt.
„Laurie!“, schrie er panisch. „Stirb mir jetzt bloß nicht, verstanden? Wir sind nicht so weit gekommen, nur um jetzt aufzugeben.“
Hinter ihm wurden Geräusche laut. Als Phil sich erschrocken umwandte, bereits darauf gefasst, Sonmore hinter sich zu sehen, schälte sich eine Gestalt aus dem dunklen Eingang der Höhle heraus.
Es war Woody.
Der Riese war über und über mit Staub bedeckt und blutete aus unzähligen neuen Wunden. Eine tiefe Delle verunstaltete seinen perfekt gerundeten Schädel und hatte die Hälfte seines Gesichts bis auf den blanken Knochen zusammengestaucht. Er sah aus, als würde er es nicht mehr lange machen.
Mit einem qualvollen Stöhnen, das wie das tumbe Blöken eines Schafes klang, stolperte er auf Phil und Laurie zu. Nach zwei Schritten brach er in die Knie, und Phil sah sofort, dass mindestens eines seiner Beine an mehreren Stellen gebrochen war. Doch er gab noch immer nicht auf.
Phil sah aus brennenden Augen zu, wie sein ehemaliger Freund sich auf Knien zu ihnen hinüberrobbte, mit ausdruckslosem, totem Gesicht, um sie aufzuhalten. Dem Befehl seines Meisters nachzukommen. Doch Phil fürchtete Woody nicht. Nicht mehr.
Laurie löste sich geschmeidig aus seinem Griff. Sie schien auf einmal wieder vollständig erwacht zu sein und richtete sich vor

dem erbärmlichen Wesen zu ihren Füßen auf.
Woody streckte voller Anstrengung eine gekrümmte Kralle nach ihr aus.
„Geh jetzt“, sagte Laurie mit ruhiger, vollkommen beherrschter Stimme zu ihm. „Geh jetzt bitte, Woody. Lass uns in Ruhe. Du hast genug getan.“
Und so unglaublich es Phil vorkam, der Zombie schien zu zögern. In seinen toten Augen flackerte etwas auf, das einem Verstehen ziemlich nahekam.
„Geh jetzt!“, wiederholte Laurie, diesmal schärfer, und Phil glaubte für einen Moment, einen mentalen Schlag gegen die Innenseite seines Kopfes zu spüren.
Woodys Gesichtszüge zogen sich vor Schmerz zusammen und er ging stöhnend zu Boden.
„... C o o o o o o w b o o o y ...“
Der schrille Ruf war aus den Tiefen der Höhle gekommen. Leise zwar, aber trotz allem voller Leben. Und voller Hass!
Phil hatte nicht ernsthaft erwartet, Sonmore wirklich los zu sein, er hatte nur gehofft, dass ihnen noch ein bisschen mehr Zeit vergönnt war. Sie mussten weiter, jetzt sofort!
Als hätte die grausige Stimme des Dämons ihn wieder gestärkt, hob Woody zitternd den Blick. Laurie starrte wortlos zu ihm hinunter.
Und nach ein paar endlosen Augenblicken wandte der verstümmelte Riese sich von ihnen ab, erhob sich auf seinen gebrochenen Knochen und hinkte langsam Richtung Waldrand. Seine breiten Schultern hingen traurig herab. Bald war das Wesen, das einmal Woody Carter gewesen war, in der Dunkelheit zwischen den Bäumen verschwunden.
Ich weiß leider nicht, was aus ihm geworden ist, aber das ist auch nicht weiter wichtig.
„Laurie?“, flüsterte Phil heiser. „Was war das denn?“
Sie antwortete leise, ohne sich umzudrehen. „Etwas, das uns das Leben gerettet hat.“ Ohne eine weitere Erklärung wandte sie sich zu Phil um. Sie sah unendlich müde aus. „Phil, mein Bein... es tut... so weh!“
„Lass mich sehen.“ Er betastete ihr Knie und spürte in ihrer Jeans ein ähnliches Loch und die gleiche, feuchte Wärme wie an seiner Schulter. „Kannst du gehen?“, flüsterte er.
„Und wohin?“, fragte sie nur. Ihr Blick hatte alle Hoffnung verloren. „Wohin sollen wir denn noch gehen, Phil? Es ist aus, wir...“
„Nur weg von hier!“, zischte Phil. „Sonmore lebt noch!“
„Coooowboooy .... Ich kriege Dich ... Ich *finde* dich ...“
Es war bestimmt nur Einbildung, doch Phil glaubte, dass Sonmores Stimme bereits wieder viel näher klang.
Er überlegte fieberhaft. Sie waren fast auf der gegenüberliegenden

Seite des Plateaus. In Richtung Osten war der Wald bald zu Ende und...
Delbert!
Delbert Winstons Hütte.
„Komm hoch, Laurie.“ Er griff vorsichtig zu und half ihr auf die Beine. „Kannst du gehen? Wir müssen nicht mehr weit, das verspreche ich dir.“
Laurie belastete ihr Bein, verzog das Gesicht, aber nickte trotzdem heftig, ohne Phil anzusehen. Ein dünner Blutfaden lief ihren rechten Mundwinkel hinunter. „Es... es wird schon gehen, denke ich. Aber wohin? Was sollen wir tun?“
„Es gibt eine Hütte, hier ganz in der Nähe. Delbert Winston, der alte Freund meines Vaters. Vielleicht finden wir bei ihm irgendetwas, was uns weiterhelfen kann. Irgendetwas. Es ist lange her, ich war noch ein Kind, als ich das letzte Mal dort war.“ Sie torkelten los.
Laurie stöhnte kurz auf und der Schmerz stand ihr deutlich ins Gesicht geschrieben, doch sie blieb tapfer.
„Ich kenne den Weg, ich weiß es“, murmelte Phil. Genauso wie er wusste, dass sie dorthin mussten. Das war ihr Weg. Phil beschloss, sich keine Gedanken mehr über irgendeine Art von Plan zu machen. Hier waren schon lange ganz andere Kräfte am Werk. Wie eben, als Laurie es offenbar geschafft hatte, den armen Woody den mentalen Klauen des Monsters zu entreißen – irgendwie. Es würde alles gut werden, er musste sich einfach treiben lassen.
„Wir schaffen es!“, stieß er hervor. „Wir schaffen es, Laurie!“
Laurie gab keine Antwort. Sie keuchte vor Anstrengung.
Aufeinander gestützt stolperten sie Richtung Osten.
Aus den Tiefen der Höhle erschallte wieder das irre Heulen des Werwolfs, nun kaum noch menschlich. Langsam blieb es hinter ihnen zurück, während sie wieder tiefer in den Wald vordrangen.
Über ihnen begann der Blutmond zu erwachen.

3

Delbert Winstons Hütte war auf einer kleinen Anhöhe errichtet worden. Auf der Südseite lichtete sich der Wald zur Hütte hin und Delbert hatte die größten Bäume im Lauf der Zeit noch zusätzlich abgetragen.
So bot sich vom Küchenfenster aus ein atemberaubender Blick auf das Ostplateau und die malerische Kulisse des Browdin-Tals dahinter. In den letzten Jahren hatte Delbert ihn allerdings kaum mehr zu würdigen gewusst.
Phil und Laurie schleppten sich dem Eingang entgegen.
Der seltsam rosa gefärbte Schnee unter dem bizarren Licht des

Mondes wirkte auf sie wie ein halluzinogener Alptraum.
Phil konnte den beißenden Geruch von kaltem Rauch wahrnehmen, doch er sah kein Licht hinter den schwarzen Fenstern. Wenn es hier gebrannt hatte, dann war das Feuer bereits erloschen. Das Haus wirkte tot und verlassen.
An der linken Hauswand war ein grob gezimmerter, hölzerner Verschlag angebracht worden, in dem Delbert während der kalten Monate seine kleine Herde Schafe hielt. Phil glaubte sich zu erinnern, dass Delbert früher etwa ein Dutzend der Tiere besessen hatte.
Als Phil und Laurie näher kamen, starrten die Tiere zwischen den Latten des Holzzauns hindurch. Keines von ihnen rührte sich, sie blickten ihnen nur mit leeren Mienen entgegen. Ihre unnatürlich weit aufgerissenen Augen blinkten in der Dunkelheit wie Kristalle. Die Tiere waren ein steinernes Empfangskomitee, eine Zombiearmee, zur Bewegungslosigkeit erstarrt – sie erinnerten Phil auf schmerzliche Weise an Woody.
Er und Laurie stolperten keuchend die wenigen Stufen hinauf, die zu einer verwitterten Holztür führten. Ein mit Löchern übersätes Fliegengitter, mit glitzerndem Raureif besetzt, schwang lautlos im Wind hin und her.
Phil riss es auf und klopfte lautstark gegen das morsche Holz dahinter.
„Delbert!“, schrie er mit heiserer Stimme. „Delbert, bitte machen Sie auf. Wir brauchen Hilfe, um Gottes Willen...“
Wie von Geisterhand schwang die Tür knarrend nach innen und offenbarte ihnen einen langen, düsteren Gang, dessen Ende sich in der Dunkelheit verlor.
Ohne es zu wissen, war Phil überzeugt davon, dass Delbert Winston tot war. Dieser Ort war ohne Leben.
Vorsichtig trat er in den Gang, Laurie folgte ihm äußerst widerwillig hinein.
„Er war hier, nicht wahr?“, flüsterte sie ihm zu. „Noch bevor er bei uns aufgetaucht ist.“
Phil nickte nur. Er glaubte sich zu erinnern, dass sich am Ende des Ganges eine Tür zu einem großen Wohnraum öffnete. Er tastete sich vorsichtig durch das Dunkel, der Geruch nach verbranntem Holz wurde stärker.
Links und rechts von ihnen zweigten weitere Türen ab.
Toilette, dachte Phil. *Toilette und Schlafzimmer*.
Er ging bis zum Ende des dunklen Ganges und seine Hand stieß auf eine weitere Tür. Er atmete tief durch, dann drückte er die Klinke und stieß sie vorsichtig auf.
Im rötlichen Schein des Mondes offenbarte sich ihnen ein verwahrlostes, düsteres Zimmer, in allen Ecken nisteten Schatten und es war gespenstisch still. Sie sahen Spuren von blindwütiger Zerstörung. Zertrümmerte Regale und Stühle, umgekippte

Schränke, aus denen sich glitzernde Ströme zerbrochenen Porzellans ergossen – und in der Mitte des Raumes, neben dem großen Teppich, sahen sie eine riesige, dunkle Lache. Von der zwei fahrige Spuren zu einer offenen Tür links von ihnen führten.
„Gott“, flüsterte Laurie.
Phil ließ Lauries Hand los und betrat langsam den Wohnraum. Mit einem vorsichtigen Blick erkannte er die offene Tür als den Eingang zum Keller. Die Schleifspuren führten eine alte, morsche Treppe hinunter.
Als er Anstalten machte, hinab zu steigen, hielt Laurie ihn zurück.
„Nicht Phil“, flüsterte sie tonlos. Ihre Stimme hatte alle Kraft verloren. „Bitte lass es! Geh nicht dort runter. Du weißt, was dort unten ist.“
Phil warf noch einen letzten, zweifelnden Blick in den Schacht hinunter, der verbrannte Geruch kam von dort und noch ein anderer, organischer...
Phil rümpfte die Nase und wandte sich ab.
Dort unten lag Delbert Winston in der Dunkelheit. Oder was noch von ihm übrig war. Laurie hatte Recht. Es war viel wichtiger, irgendetwas zu finden, das ihnen weiterhelfen konnte, anstatt eine weitere, übel zugerichtete Leiche erblicken zu müssen.
Und Delbert *war* tot! Phil konnte es spüren.
Außerdem, wenn es hier gebrannt hatte, war das Feuer nun erloschen. Sie waren vorläufig in Sicherheit.
Er führte Laurie zu einer Ecke des Raumes, die von der Verwüstung weitestgehend verschont worden war. Zumindest stand dort noch eine alte, durchgesessene Couch auf ihren vier Beinen.
Mit einem erschöpften Seufzer ließ Laurie sich auf das Sofa fallen und noch in der gleichen Bewegung griff sie nach einer dunkelbraunen, wolligen Decke und rollte sich komplett darin ein. Nach wenigen Sekunden konnte Phil bereits ihre gleichmäßigen Atemzüge hören – sie war vor Erschöpfung eingeschlafen.
Phil schärfte sich ein, die Decke nachher mitzunehmen, er musste Laurie warm halten, so gut es ging. Hier zu bleiben kam nicht in Frage, so verlockend der Gedanke auch war.
Sonmore kannte dieses Haus bereits und er wusste genau, wo er ihnen am besten auflauern konnte. Nein, sie mussten diese kurze Oase der Ruhe wieder verlassen, so schwer es ihnen auch fiel. Sie hatten nur eine Chance, Sonmore zu besiegen – wenn er, Phil, das Schlachtfeld wählte.
Suchend durchquerte er den großen Raum und näherte sich der Küche, aus der ihm ein übler Gestank entgegenwehte. Dort verfaulten Nahrungsmittel vor sich hin. Phil versuchte, seine Augen überall zu haben, immer auf der Suche nach etwas, das ihnen nutzen konnte, eine Waffe, irgendetwas...
Als sein Blick auf die Wand hinter dem grob gezimmerten Esstisch

fiel, stockte er. Auf Augenhöhe hing dort ein Gemälde in einem Rahmen aus beinahe schwarzem Holz. Darauf war eine dunkle Waldlandschaft zu sehen, mit einer Person im Vordergrund; einer Frau...
Phil erinnerte sich, es als Kind bereits bemerkt zu haben, sein Großvater hatte ihn kurzerhand mit auf Besuch zu Delbert Winston genommen. Schon damals war Phil von dem Bild fasziniert gewesen. Jetzt...
Er trat näher heran.
Ohne eine Regung in ihrem starren Gesicht blickte Liesbeth Kröner direkt in Phils weit aufgerissene Augen.

4

Sie war sehr schön gewesen. Nur die Ernsthaftigkeit und die unendliche Trauer in ihrem Blick zerstörten die Anmut, die ihr ebenmäßig kindliches Gesicht ausstrahlte.
Sonmore hatte dieses Bild gemalt. Oder es malen lassen und mit seinen Erinnerungen Leben eingehaucht. Phil war sich absolut sicher. Wie ein immer stärker werdender Regenschauer prasselten die Erkenntnisse auf ihn ein, eine nach der anderen.
Craig Sonmore war noch weitaus früher hier gewesen, als Phil bisher vermutet hatte. Um seinem Großvater nahe zu sein, um den richtigen Zeitpunkt für seine Rache abzuwarten.
Er dachte an die seltsamen Geschichten, die ihm sein Großvater damals über den Vorbesitzer dieses Anwesens erzählt hatte. Für Phil waren es stets gruselige Schauermärchen gewesen, aber dennoch unglaubwürdig.
Nun wusste er es besser.
Der unheimliche Einsiedler, der ebendieses Haus hier jahrelang bewohnt hatte, bevor er es überraschend und beinahe kopflos wieder verlassen hatte – auch das war Craig Sonmore gewesen.
Der Mann, wegen dem der Vorbesitzer des Connor-Anwesens es seinem Großvater zu einem Spottpreis überlassen hatte. Aus Angst. Aus Angst vor Sonmore. Er war immer da gewesen. Wartend. Lauernd. Und stets alles nach seinem großen Plan überwachend.
Phils Knie wurden weich. Gott, was noch? Wie viel musste er noch herausfinden, wie viele Puzzleteile fehlten ihm noch, bis er endlich verstand, *wie* lange Sonmore bereits auf diese eine Begegnung hingearbeitet hatte. Wie oft hatte er gemordet, um seinem Ziel näher zu kommen? Und wieviel würde er noch opfern, um seinen Platz zu verteidigen?
Ein Blick in Liz traurige Augen sagte alles. Es waren auch keine Worte nötig.

Phil konnte sich kaum losreißen.
War dieses Bild Sonmores letzte Erinnerung an sie? Auf Leinwand gebannt, so, wie er sie in seinen Gedanken behalten wollte? Und wozu hing es hier noch immer, so drapiert, dass Phil quasi darüber *stolpern* musste? War es ein Rätsel, eine versteckte Botschaft an ihn? Vage begannen wieder alte Bilder in seinem Kopf Gestalt anzunehmen:

...Delbert Winston, der in den Tiefen seines Kellers in irgendeinem Regal auf ein verstaubtes, altes Gemälde stößt, es kritisch begutachtet und nach kurzem Zögern schließlich mit nach oben nimmt...

...Sein Großvater, zusammen mit ihm zu Besuch bei Delbert, seine Hände auf Phils jungen Schultern... Phils Faszination über dieses Bild... und schließlich Josephs gequälter Gesichtsausdruck, als er die Person auf dem Bild letztendlich erkennt... ein Gesicht aus einem anderen Leben...

Hatte er sie erkannt? – Natürlich, auch er hatte Liesbeth Kröner geliebt.
Hatte er gewusst, dass Craig auch ihn holen würde? Damals schon? Vielleicht. Phil würde wohl nie eine zufriedenstellende Antwort darauf bekommen.

...Phils altes Kinderzimmer in Denver... er noch sehr jung und scheinbar schlafend in seinem kleinen Bett... seine Eltern, draußen vor der halbgeschlossenen Türe... sein Vater betrunken und laut... „Und wann wird er erfahren müssen, dass seine Großmutter schon viel, viel länger tot ist, als wir ihm erzählt haben, frag ich dich?" „Brian, sei leise, du weckst ihn auf!" „Dass mein Dad mit mir nach Amerika geflohen *ist, weil er immer gespürt hat, dass auch* wir *verfolgt wurden?! Er hatte schreckliche Angst, Ellen!" „Er muss es nicht erfahren, Brian! Wozu auch?" „Meine leibliche Mutter und meine große Schwester wurden ermordet, Ellen! Ich habe nie etwas von ihnen gehabt, mein ganzes Leben lang nicht! Und Dad fürchtet sich noch immer. Noch immer..." Sich entfernende Stimmen...*

Phils Kopf quoll fast über durch all diese neuen, schrecklichen Informationen und Erinnerungen, die er entweder verdrängt oder nie richtig wahrgenommen hatte.
Er versuchte noch krampfhaft, den endgültigen Sinn hinter all diesen Bildern zu verstehen, als ein leises Flüstern seine Gedanken unterbrach, leise raschelnd wie trockenes Laub.

...Das Plateau...

Phil erstarrte.
Hatte er einen Funken Leben in Liesbeth Kröners kalten Augen

aufblitzen sehen?

...Das Plateau... Nur dort ... Nur dort ... es kann zu Ende gehen...der Abgrund...

Und während Phil noch ungläubig das Bild vor sich anstarrte, während seine Gedanken rasten und die Erkenntnis mit einem beinahe hörbaren Klicken einrastete, verzogen sich die gemalten Mundwinkel der Frau vor ihm zu einem winzigen Lächeln. Tot und ohne jede Wärme, doch die Bewegung war da. Phil sah es genau. Das Bild bewegte sich!

Geh schon ... Nur dort... Nur dort...

Phil trat einen Schritt zurück, schloss verwirrt die Augen, presste sie zusammen, so fest er konnte, bis er nur noch wirbelnde Kreise sah, dann riss er sie wieder auf.
Der Blick der Fremden war eiskalt, kein Lächeln, kein Aufblitzen in den dunklen Augen. Eine ausdruckslose Maske starrte ihn an. Auf einmal konnte Phil sich gar nicht mehr erklären, wie er auf den Gedanken gekommen war, diese Frau könnte Liz sein. Schließlich hatte er sie nie gesehen.
Liesbeth Kröner war tot, seit vielen Jahren. Und nun letztendlich mit Joseph Connor vereint, dachte Phil bitter.
Aber wenn sie gerade wirklich zu ihm gesprochen hatte ...
Das Plateau. Der Abgrund.
Es war einen Versuch wert, dachte Phil bitter. Wenn sie eine Chance hatten, Sonmore zu erledigen, dann dort. Mit Waffen oder körperlicher Gewalt war ihm nicht beizukommen. Wenn es ihnen gelingen würde, ihn dorthin zu locken, ihm eine Falle zu stellen...
Phil riss sich von dem unheimlichen Bild los, und noch während er den Raum durchquerte, um Laurie zu wecken, glaubte er bereits wieder, Liesbeth Kröners bohrenden Blick in seinem Rücken zu spüren.
Etwas blitzte am Rande seines Blickfeldes auf, als er sich zu Laurie hinunterbeugte.
Neugierig ging er halb um die Couch herum und erblickte einen langen Gegenstand, der halb verborgen hinter dem Möbelstück lag.
Vielleicht ist doch nicht alles verloren, dachte Phil, und ein winziger Hoffnungsschimmer begann in ihm zu glühen. Eilig weckte er Laurie, und obwohl sie elendig flehte, sie doch einfach hier zu lassen, sie doch einfach schlafen zu lassen, blieb er unerbittlich, obwohl er wusste, dass Laurie es ohnehin nicht schaffen konnte – nicht in ihrem jetzigen Zustand.

Er überlegte fieberhaft, dann stürmte er in Delberts Schlafzimmer und kam wenige Augenblicke später mit einem dicken Ledergürtel zurück. Damit spannte er sich das lange Ding behelfsmäßig auf den Rücken und zurrte es fest.

Es wird schon halten, dachte er. *Nur bis zum Plateau, weiter wird nicht geplant. Nicht mehr!*

Er atmete noch einmal tief durch, dann packte er Laurie und hob sie hoch, dick eingewickelt in ihre Decke. Noch unsicher zuerst, aber dann mit immer energischeren Schritten verließ er Delbert Winstons Hütte.

Er ließ das Bild einer lange toten Frau hinter sich zurück, die sich wohl noch immer in ihrem dunklen Grab im fernen Schottland hin und her warf.

Er ließ es zurück, genau wie das leuchtend helle Antlitz eines alten Mannes, das er so viele Jahre lang verehrt hatte und das nun in einem gänzlich anderen Licht erstrahlte. Und es wohl immer tun würde...

Er wandte sich gen Osten, in Richtung des großen Abgrunds - *Rand der Welt*, hatte sein Großvater ihn genannt.

Die Stufen unter seinen Füßen knarrten überlaut in der geisterhaften Stille ringsum.

Der Blutmond erstrahlte nun endgültig in dunklem Rot, als wäre er mit Farbe überschüttet worden. Er wirkte riesig und aufgedunsen wie ein fetter Blutegel.

Und unheimlicherweise strömte in diesem Moment wieder neue Energie durch Phils geschundenen Körper, mächtig und doch sanft wie eine warme Brise. Doch Phil wusste auch, dass diese Kraft nur geborgt war. Ausgepresst aus den toten Körpern seiner Freunde, seines Großvaters und all der anderen, deren einziger Fehler es gewesen war, Sonmores Weg zu kreuzen.

Unter einem roten Mond stapfte ein junger Mann namens Phil Connor mit großen Schritten seinem Schicksal entgegen, das Mädchen, das ihm mehr bedeutete als sein eigenes Leben auf den schmerzenden Armen. Er wusste, dass Sonmore seiner Spur folgen würde, und ebenso spürte er, dass Sonmore nicht weit war.

Er kam. Und er würde sie finden.

Phil lief schneller.

Die Schafe in ihrem Holzverschlag starrten ihnen mit totem Blick hinterher, bis sie zwischen den Bäumen verschwunden waren. Sie blieben regungslos wie Statuen, ihre Augen fahle Irrlichter.

RAND DER WELT

1

Der große, geschundene Körper schleppte sich durch den Schnee. Mühsam keuchend walzte ER *sich vorwärts, immer auf der Spur des* TAA-NOON, *das den Platz* SEINES *Wirts einnehmen sollte.*
Vor Wut schnaubend presste ER *eine gewaltige Pranke an die heftig blutende Wunde an* SEINER *Seite. Die einstürzenden Tunnelwände hatten* IHM *schwer zugesetzt. War es dem verfluchten Bengel doch tatsächlich gelungen,* IHN *kurzzeitig zu narren und zusammen mit dem blonden Weibsstück zu fliehen. Und* ER *glaubte auch, zu wissen, was die beiden vorhatten.*
ER *war sich ziemlich sicher, wo* SEIN *Weg und vor allem der des frechen Balgs enden würde!*
Etwas, das einem menschlichen Grinsen sehr ähnlich war, huschte kurz über die schmerzverzerrte Fratze.

2

Sonmore, tief drin im Geist des Dämons, verfolgte das ganze Schauspiel und wartete nur darauf, den Cowboy mit eigenen Händen zu töten. Ihn und das kleine, geile Stück an seiner Seite.
Mit der feinen Nase des Dämonen-Wolfes konnte er ganz deutlich frisches Fleisch riechen. Noch ein Stück voraus und doch schon fast zum Greifen nahe.
Die Schmerzen des Körpers nahm er zwar wahr, sie störten ihn jedoch nicht weiter. Ein Körper, der so rasch heilte, schmerzte nie wirklich lange. Gewiss, er hatte eine Menge abbekommen – Phil Connors Idee, die Höhle zum Einsturz zu bringen, war so selbstmörderisch wie genial gewesen. Nur mit größter Mühe hatte er sich zwischen all den Trümmern und Felsbrocken hindurch wieder ins Freie kämpfen können. Der faserige, halbkreisförmige Riss an seiner Seite war ihm von einem besonders scharfkantigen Stück Felsen beigebracht worden, als die Tunneldecke seiner Höhle ihn beinahe lebendig begraben hatte. Mit archaischer Gewalt hatte Sonmore sich die knapp ein Meter lange Spitze des Stalaktiten aus dem Leib gerissen und das Blut war gegen die schmutzige Felswand geklatscht wie ein Eimer Wasser. Er hatte sich ächzend und brüllend seinen Weg nach draußen gegraben, wohl wissend, dass seine Beute einen gehörigen Vorsprung

herausgeschunden hatte.
Die große Fleischwunde hatte ihn mehr als nur aufgehalten. Aber sie heilte ja bereits, nur seine Schnelligkeit litt ein wenig unter der Verletzung.
Nichtsdestotrotz würde er über diese dummen Kinder triumphieren! So wie er immer triumphiert hatte.
Er würde dem Bengel mit Sicherheit nicht diese wunderbare Gabe überlassen, mit der er, Sonmore, solange gelebt hatte, die er solange *über*lebt hatte. Die Macht des Wolfdämons gehörte ihm – Ihm allein!
Nicht diesem Bengel und auch sonst niemandem!
Kein Mensch hatte je ewig gelebt. Aber Craig Sonmore war sich sicher, verdammt nahe dran zu sein.
Eingesperrt in sein schreckliches und doch so unfassbar berauschendes Gefängnis lachte Sonmore in der Finsternis.

3

Der Körper begann schneller zu werden.

4

Der Rote Mond war endgültig aus seinem langen Schlaf erwacht.
In einem beißenden, tiefdunklen Ton erstrahlte er am schwarzen Himmel und tauchte die ganze Welt in ein Meer von Blut.
Alle Farben waren verschwunden, es gab nur noch den bedrohlichen Schein des roten Giganten in der Nacht.
Phil Connor zerrte Lauries schlaffen, kalten Körper mit letzter Kraft auf die Anhöhe des Plateaus.
Das gewaltige Rondell, das an der Klippe wie abgeschnitten Tausend Meter in die Tiefe stürzte, breitete sich weit und leer vor ihm aus. Wie eine unfruchtbare, tote Eiswüste erschien ihm jetzt der Ort, an dem er als Kind so viel Zeit verbracht hatte.
Im Hochsommer war dieser Ort überflutet von Wildblumen und würzigen Kräutern gewesen. Herrlich duftend, bunt und wunderschön.
Jetzt glich er dem Tor zur Hölle.
Hinter der Klippe erblickte Phil nur Schwärze. Dräuende, dunkle Wolken türmten sich dem Himmel entgegen. Das Plateau an sich wirkte allerdings verhältnismäßig windstill, so, als befände es sich direkt im Auge eines Hurrikans. Die gewaltigen Wolkenbänke ringsum schienen es einzukesseln und drängten sich trichterförmig um den Schauplatz des Geschehens. Umringt von kahlen,

schwarzen Bäumen, die gierig ihre knorrigen Klauen zum Zentrum des Kreises streckten, lag es da wie ein stiller, weißer See. Leichte Erhebungen auf der Oberfläche, die flachen Schützengräben ähnelten, durchzogen den Boden nahe des Randes. Hier hatten sich die kräftigen Wurzeln in das Plateau hineingebohrt.
Wie oft hatte Joseph Connor ihn ermahnt, sich nur mit allergrößter Vorsicht der Klippe zu nähern, wie leicht konnte man abrutschen, wie tief wäre der Fall...
Phil dachte an die Geschichte, in der sein Großvater Sonmore hier wohl mit eigenen Augen gesehen hatte, dort am Abgrund, nicht wissend, dass er seinem Todfeind ins Auge geblickt hatte. Und der Zukunft seines eigenen Enkels...
Das Ganze ähnelte so stark einer Kampfarena, dass Phil beinahe erwartete, ringsum eine geifernde Meute grölender Zuschauer zu sehen, die dem Einmarsch der beiden Kontrahenten entgegenfieberte.
Phil würde Sonmore dort hinunter stoßen. Hinunter über den Rand der Welt. Irgendwie! Anschließend würde er Laurie in Sicherheit bringen und letztendlich die schreckliche Gabe, die bei Sonmores Tod auf ihn übergehen würde, besiegen. Ausmerzen, sodass niemals wieder jemand in diesen schrecklichen Teufelskreis geriet. Alles würde gut werden. Seine Welt würde bestehen, sein Leben würde weitergehen.
Phil lächelte humorlos. Soweit die Theorie.
Die Wahrheit war, dass nicht nur er selbst, sondern auch Laurie am Ende ihrer Kräfte war. Und auch, wenn Sonmore stark angeschlagen war, so hatte er immer noch die Kräfte von einem halben Dutzend kräftiger Männer! Aber Phil würde nicht aufgeben. Das war er seinen Freunden schuldig.
Hinter ihm ertönte ein langgezogenes, schrilles Heulen.
Noch ein Stück entfernt, aber doch zu nahe.
Er atmete noch einmal tief durch, versuchte, den heftigen Blutfluss aus seiner Schulter zu ignorieren, hievte Laurie in die Höhe und begann, über die kleine Anhöhe auf den Grund hinunter zu steigen.
Die zittrigen Krallen der schwarzen Bäume schienen ihm neckisch durch das Haar zu streichen, ihn zu verhöhnen. Sie flankierten das Plateau ringsum wie eine Armee dunkler, knochiger Riesen. Der Erdwall um das Plateau war nicht höher als zwei, drei Meter, doch für Phil wurde es zu einer gefährlichen Rutschpartie. Mit Lauries zusätzlichem Gewicht auf seinen Armen und den hinterhältigen Wurzeln und Steinen unter dem lockeren Schnee hatte er große Schwierigkeiten, sicher unten anzukommen. Das sperrige Gerät aus Delbert Winstons Hütte presste sich zusätzlich gegen sein Rückgrat. Mühsam quälte er sich den Abhang hinab.
Ein gebrochener Schädel wäre jetzt wirklich der Witz des Tages! dachte er grimmig.

Schließlich taumelte er hinaus auf das Plateau. Wie eine monströse Glocke wölbte sich der schwarze Himmel über dem gewaltigen Rondell. Dahinter glühte der rote Mond wie eine Sonne.
Eine unheimliche Stille herrschte ringsum, die Welt selbst schien atemlos zuzusehen.
Phil begann fieberhaft zu überlegen, wie er Sonmore überlisten konnte. Er musste wissen, was Phil vorhatte. Er hatte lange genug hier gelebt, um die Gegend wie seine Westentasche zu kennen. Außerdem würde ihn sein tierischer Instinkt vor jeder drohenden Gefahr warnen. Im Prinzip war es aussichtslos, das Monster hereinzulegen, dachte Phil müde. Nur ein gewaltiger Batzen Glück konnte zu Phils und Lauries Gunsten entscheiden. Laurie war für ihn das Wertvollste auf der Welt geworden – und zugleich sein größtes Problem.
Sie war viel zu schwach, um schnell genug fliehen zu können und hatte keine Waffe, mit der sie sich ausreichend gegen Sonmore verteidigen konnte. Er hatte nur das große Jagdmesser seines Großvaters, doch eigentlich hatte Phil sowieso nicht vor, Sonmore derart nahe an Laurie herankommen zu lassen.
„Phil“, murmelte sie leise. Ihre Augen blieben geschlossen.
Er blieb stehen und ließ sie so sanft wie möglich in den Schnee gleiten. Die Decke, in die er sie gehüllt hatte, war bereits klamm von der klirrenden Kälte. Seine Arme fühlten sich wie versteinert an, so verkrampft waren sie.
„Ja, Laurie?“ flüsterte er. „Was kann ich tun?“
„Einen doppelten Cheeseburger bestellen“, murmelte sie. „Mit einem Riesenbecher Coke bitte.“ Ihre rissigen Lippen wagten ein dünnes Lächeln.
„Es gibt keinen Käse mehr in diesem Saftladen hier“, lachte Phil. Seine Stimme klang rau wie Schmirgelpapier. „Du wirst dich mit einer Portion Fritten begnügen müssen, Süße!“
Laurie öffnete die Augen und blickte ihn ernst an.
„Wir werden sterben, nicht wahr?“
„Oh Laurie, du darfst nicht ...“
„Ich *weiß* es, Phil! Und du ebenfalls!“ Ihr Gesicht blieb ausdruckslos. „Ich glaube nicht, dass wir uns noch irgendwelche Hoffnungen machen sollten.“
„Du hast Sonmore gesehen. Er war fast am Verrecken!“
„*Fast*, Phil! Und selbst wenn... selbst wenn Sonmore auf dem Weg hierher verbluten sollte... wie sollten wir denn bloß den Abstieg ins Tal schaffen?“
„Ich trage dich“, sagte Phil rasch.
„Vergiss es!“
„Ich schaffe das!“
„*Ich* schaffe *Dich*, Phil! Du kannst selber kaum noch gerade stehen und musst dich auch noch mit mir Krüppel rumschlagen. Ich kann selbst laufen.“

„Laurie...“, begann Phil, während sie sich aus der Decke schälte und sich in die Höhe stemmte.
„Lass mich los!“, keifte sie.
„Du bist viel zu schwach, dein Bein...“
„Deine Schulter hängt in Fetzen, Phil!“, schrie sie ihn an. Sie stand jetzt und hielt sich taumelnd an seinem Arm fest. „Du blutest ununterbrochen und... und...“ Sie begann, herzzerreißend zu weinen. Phil nahm sie ungeschickt in die Arme. Ihr Körper wurde geschüttelt von immer neuen Schluchzern.
„Schhh“, machte er. „Es wird alles gut, Laurie, glaub mir.“
Sie blickte ihn an, Ströme von Tränen rannen ihre Wangen hinunter. „Das glaubst du doch selbst nicht!“, schluchzte sie.
„Wir werden es schaffen, ich glaube, ich hab auch schon einen Plan...“
Das Heulen des Monsters erfüllte die Luft. Erschreckend laut! Sonmore war noch nicht innerhalb der Arena, aber er war definitiv sehr nahe.
Phil und Laurie blickten sich gehetzt um.
Sie standen dort, inmitten des gewaltigen Rondells wie zwei verängstigte Rehe, wie auf dem Präsentierteller bereit zum Abschuss!
Was für ein passender Vergleich, dachte Phil böse.
„Komm, Laurie“, er schnappte sich die Decke und zog Laurie weiter Richtung Abgrund. „Wir müssen dahin, wo diese Schneedünen höher und die Sträucher dichter werden!“ Er grinste zu ihr hinunter und seine Stimme wurde fast heiter, während er noch schneller ausschritt. Das auf seinen Rücken geschnallte Ding wippte hin und her. „Ich hoffe, du kannst buddeln!“

5

Der Körper hatte den Wall um das Plateau fast erreicht.
Neben einer gewaltigen alten Eiche, die der Sturm gefällt hatte, hielt ER *kurz inne, um sich eine letzte, kleine Verschnaufpause zu gönnen. Der Riss in* SEINER *Seite war wohl doch größer, als* ER *gedacht hatte.* ER *verlor Unmengen von Blut und die Wunde heilte nervend langsam.*
ER *konnte leise Stimmen hören, die beinahe im heulenden Wind untergingen. Der Bengel und sein Weib unterhielten sich leise. Sie mussten wissen, dass ihre Lage aussichtslos war.*
ER *hatte das Ganze bis ins allerkleinste Detail geplant.* ER *würde sie kriegen. Beide. Jeden von ihnen auf* SEINE *Art und Weise.*
Nachdem ER *eine Weile gelauscht hatte, durchdachte* ER *kurz* SEIN *weiteres Vorgehen. Witterte. Erkundete die Umgebung mit* SEINEN *feinen, außergewöhnlichen Sinnen. Dann begann* ER

schief und bösartig zu grinsen und wandte sich nach rechts, um das Plateau zu umrunden.
Eine dicke, rote Blutspur zog sich hinter IHM *her, als* ER *zwischen den schwarzen Bäumen verschwand.*

6

Nach einer Weile hatte Sonmore die rechte Seite des Plateaus erreicht und blickte über den Aufwurf, um den Cowboy und sein Miststück zu beobachten.
Phil Connor versuchte doch tatsächlich, ihn auszutricksen!
Ihn, der jede Falle, jeden Hinterhalt, bereits aus einem Kilometer Entfernung wittern konnte. Wie erbärmlich waren doch seine Bemühungen, ihn hereinzulegen. *Ihn!* Mithilfe seines uralten Verbündeten würde er diesen lästigen Bengel dem Erdboden gleichmachen, um dann endlich – endlich – den Bund zu erneuern, ein weiteres Zeitalter lang mit dem Dämon zu gehen. Unter seinem Schutz, unter seinem Zwang... unter seiner Haut.
Sonmore war sich sicher, das Schicksal selbst überlisten zu können.
Er beobachtete die beiden noch eine Weile, beobachtete sie bei ihren nutzlosen Versuchen, ihrem Henker zu entkommen.
Dann beschloss er, dass er lange genug gewartet hatte. Mit einem Grunzen begann er, seinen gewaltigen Körper in die Höhe zu stemmen. Die Wunde hörte nicht auf zu bluten, und der Schnee unter ihm hatte sich bereits in einen dampfenden, roten Sumpf verwandelt. Eine derartige Wunde hatte er noch niemals erhalten – von niemandem! – und es würde auch die letzte sein!
Niemals wieder würde er sich so übertölpeln lassen.
Er begann, in die Arena hinab zu steigen.
Er würde Connors geiles Weibsstück vor dessen Augen nehmen. Sie nehmen und sie anschließend bei lebendigem Leib langsam, langsam auffressen – mit den Füßen zuerst.
Und dann würde der Bursche um den Tod betteln.
Sonmore begann diabolisch zu grinsen.
Betteln...

7

Laurie war allein.
Sie stand dort, inmitten des kahlen, weiten Kreises, und wartete auf den Dämon. Ihre Hände, ihr dicker Wintermantel waren über und über mit pulverigem Schnee bedeckt.

Ihr ganzer Körper schlotterte vor Kälte und Schmerzen, und sie war so schwach, dass sie sich kaum noch auf den Beinen halten konnte. Der immer stärker werdende, tosende Wind ließ sie schwanken und schob sie wie ein Spielzeug hin und her. Sie wusste, dass sie eigentlich schreckliche Angst haben sollte. Angst, wie nie zuvor in ihrem Leben. Sie und Phil klammerten sich an einen haarfeinen Strohhalm; an einen Plan, der überhaupt nicht funktionieren *konnte*! Ein kindisches Spiel, das Sonmore zweifellos sofort durchschauen würde.

Und doch zwang sie sich zur Ruhe.

Ein Teil von Lauries Verstand wusste ganz genau, was zu tun war, und dieser Teil blieb tapfer – für sie, für Phil!

Als sie eingesperrt gewesen waren, dort unten in der stinkenden, feuchten Höhle und Sonmore ihnen begierig seine Geschichte erzählt hatte, da war ihr zum ersten Mal wirklich klar geworden, *wie* groß diese Sache eigentlich war; gegen welche Gewalten sie mit ihrem lächerlichen Können antraten und versuchten, den Lauf des Schicksals selbst zu verändern.

Phil hatte so oft davon gesprochen, sein eigener Herr zu sein, sein Leben selbst zu bestimmen, sich keiner höheren Macht zu beugen. Jetzt konnte er beweisen, ob das möglich war.

Sonmore hatte den gleichen Plan vor einem ganz anderen Hintergrund.

Er wollte Phil töten, ohne seine Gabe zu verlieren und Phil wollte Sonmore töten ohne die Gabe zu erhalten...

Eine unmögliche Situation und aussichtslos für beide Seiten – oder nicht?

Hatten sie nicht etwas Entscheidendes übersehen? Gab es überhaupt eine Möglichkeit, dem Schicksal einen Strich durch die Rechnung zu machen?

Laurie dachte an ein altes, verkommenes Militärgelände, an Dorian im weit entfernten Schottland, wo dieses ganze Drama seinen Anfang genommen hatte. Auf welch brutale Weise Sonmore ihm seine Gabe genommen hatte, und das, obwohl er erst vierzehn Jahre alt gewesen war. Und Joseph Connor, Phils Großvater, der eine viel größere Rolle in ihrer aller Leben spielte, als jeder von ihnen bisher angenommen hatte.

Er und Liz. War *das* bereits vom Schicksal beabsichtigt gewesen? Laurie fiel es schwer, das zu glauben. Und doch durfte sie sich nicht entmutigen lassen. Sie würde stark bleiben. Für Phil und für das, was kommen würde.

Nervös blickte sie in die Runde, krampfhaft bemüht, nicht auf die leichte Erhebung im Schnee hinter sich zu sehen. Sie konnte nirgendwo ein Zeichen von Sonmore entdecken, doch sie wusste, dass er nicht weit sein konnte. Bevor er sie womöglich noch vorzeitig entdeckte, ging sie schnell in die Knie, vergrub ihren Kopf in beiden Händen und begann bitterlich zu schluchzen. Durch

einen Spalt zwischen ihren Fingern beobachtete sie weiter die Erhebung rings um das Plateau.
Eine Weile dachte sie schon, Sonmore wäre wirklich auf den letzten Metern verblutet, ihr lächerliches Schauspiel wäre umsonst und ihre ganze Geschichte nähme ein aberwitziges und gutes Ende – doch dann hörte sie ein Geräusch links von sich, nur ein wenig lauter als das Heulen des Windes.
Möglichst unauffällig wandte sie leicht den Kopf, immer weiter weinend und schluchzend und spähte zum Wall hinauf.
Sonmore kam.
Er brach zwischen den Bäumen hervor, walzte Gestrüpp und Astwerk zur Seite und begann, auf das Plateau hinabzusteigen. Geschickt hangelte er sich durch die Barriere hindurch, langsam, aber unaufhaltsam. Sein Blick war starr auf Laurie gerichtet.
Laurie gab sich größte Mühe, noch lauter zu schluchzen, um Sonmore in Sicherheit zu wiegen, obwohl eine schrille Panik in ihrem Körper heranwuchs, je näher ihr das Monster kam. Sie nahm all ihre Selbstbeherrschung zusammen, um nicht laut aufzukreischen und die Beine in die Hand zu nehmen, so weit zu laufen, wie sie nur konnte.
Sie konnte ihn näher kommen hören, schluchzte weiter, betete, flehte – nicht zu Gott – nur zu sich selbst, dass die Kraft sie nicht verließ, dass sie stark blieb...
Irgendwann musste sie sich nicht mehr verstellen. Denn nun wusste auch Sonmore, der keinerlei Anstalten machte, sich anzuschleichen, sondern langsam und vollkommen deckungslos auf sie zukam, dass sie ihn hören *musste*.
Laurie blickte auf und gab keinen Laut von sich.
Das Monster war etwa drei Meter vor ihr stehen geblieben und musterte sie mit kaltem, hasserfüllten Blick. Es stieß keuchend Atem aus wie giftigen Dampf. Die Behaarung auf seinem ganzen Körper nahm immer mehr zu und Zähne und Fingernägel waren mittlerweile absurd lang. Sein verzerrtes Gesicht war nur noch die Fratze eines wilden Tieres.
Als würde langsam und doch unaufhaltsam der Wolfsdämon durch Sonmores Haut nach außen zu dringen versuchen.
Eine endlose Minute verging, in der Laurie tausende Gedanken durch den Kopf schossen, tausend Erinnerungen, Pläne, Entschuldigungen, alles, was sie immer hätte tun sollen und nie getan hatte – vorbei... vorbei... Sie blickte geradewegs auf ihr eigenes Schicksal, und ihr Leben zog rasend schnell an ihr vorüber.
Und Sonmore starrte zurück. Versuchte wieder, in ihren Schädel einzudringen, sie zu hypnotisieren, zu binden, herauszufinden, warum sie alleine hier war, wo sein größter Feind war... Wo war Phil?
Und dann sprach er zu ihr. Leise, tief und beinahe beruhigend. „Er

ist tot, nicht wahr?“
Noch einmal Tausende von wirren Gedanken in Lauries Kopf. Tausende von Möglichkeiten, Tausende von Antworten... hatte er sie durchschaut? War er durch seine Verletzungen so stark angeschlagen, dass sie tatsächlich eine Chance hatten? Wenn er ihre Gedanken wirklich nicht lesen konnte – vielleicht.
Sie konnte kleine Rinnsale von Blut sehen, die zwischen seinen Beinen zu Boden tropften. Oder hatte er sie längst durchschaut? Hielt er sie nur zum Narren?
Ihre Augen waren Eissplitter, gefährlich nahe am Rand von Sonmores Feuergruben; sie konnte den Blick nicht abwenden, obwohl sie wusste, sie würde schmelzen wie ein Schneeball in der Glut.
Als sie dem Dämon antwortete, war ihre Stimme zwar leise und heiser. Doch sie war auch fest und ohne ein Zittern.
„Er hat sich hinuntergestürzt! Er wollte mich retten, um nicht so zu werden... nicht so wie du!“ Wie aufs Stichwort rollte eine schillernde Träne ihre Wange hinunter. „Du hast ihn auf dem Gewissen, du verfluchtes Monster – was zum Teufel bist du eigentlich? Was bist du geworden? Du warst auch einmal ein Mensch!“, zischte sie ihn an.
Ein seltsamer Ausdruck huschte kurz über die verzerrte Fratze des Monsters und Sonmore verlagerte sein Gewicht, um sich langsam zu ihr hinab zu beugen.
Sein schrecklicher Schädel war nur noch Zentimeter von ihrem Gesicht entfernt, Laurie konnte verwesendes Fleisch in seinem Atem riechen und feine, weiße Eiskristalle sehen, die in seinen Haaren glitzerten. „Wenn der *Taa-Noon* tot ist“, knurrte er, „was machst du dann noch hier, Menschlein?“
Blitzte da ein hämisches Lächeln in diesen Augen auf? Laurie konnte es nicht mit Sicherheit sagen, ihre Gedanken rasten; sie wich keinen Meter zurück; starrte in Sonmores unheimliche Fratze; sah für einen ganz kurzen Moment Phil vor sich, wie er sie kalt und bösartig mit einer ebensolch unmenschlichen Fratze anblickte; fixierte sie beinahe schon krampfhaft, um nur nicht auf den kleinen, weißen Hügel schräg hinter Sonmore zu sehen; sie dachte daran, was Phil gesagt hatte: *Versuch ihn einzuwickeln, spiel ihm was vor. Tue so, als ob er dich in der Hand hätte. Er hat es mit Karen geschafft, weiß Gott wie, aber er hat es geschafft. Und jetzt musst du versuchen, es ihm vorzuspielen. Er ist unglaublich arrogant und selbstsicher – er wird dir glauben, wenn du ihm weismachen willst, er hätte dich gebannt. Das ist unsere einzige Chance, ich brauche nur einen Moment, einen kleinen Moment, in dem er nicht auf seine Umgebung achtet, sondern nur auf dich!*
Laurie wusste, dass sie nun antworten musste.
Sie schluckte schwer und eine weitere Träne rann ihre weiße

Wange hinunter. „Ich weiß nicht genau, was mich noch hier hält."
„Die Angst, Menschlein! Nur die Angst."
„Nein, das ist es nicht", widersprach sie und versuchte, in ihren Blick etwas zu legen, das Sonmore gefallen würde, „vielleicht kann ich mich einfach nicht... nicht von dir lösen! So sehr ich es auch will!", stieß sie hervor.
Sonmore starrte sie an.
Endlos floss die Zeit dahin, und obwohl es nur wenige Augenblicke sein konnten, kamen sie Laurie wie Stunden, wie Tage vor – wie Jahrhunderte, die sie von Sonmores schrecklichem Selbst gefangen gehalten, taxiert und durchleuchtet wurde.
Sie versuchte, nicht an Phil zu denken, nicht an die Waffe in seinen Händen, nicht an die Konsequenzen, wenn Sonmore ihr kleines Spielchen durchschaute.
Laurie war immer schon überzeugt gewesen, eine gute Schauspielerin zu sein und da Sonmores geistige Kräfte bei ihr einfach nicht so wirkten, wie er es gewohnt war, schien er ihr tatsächlich zu glauben.
Er ließ langsam den Blick über ihren Körper gleiten. Mit einem Ruck seiner gewaltigen Pranken zerriss er die Vorderseite ihres Wintermantels, damit ihr Körper darunter noch besser für ihn sichtbar war.
Laurie rührte sich nicht.
Es schien ihm zu gefallen, was er sah.
Laurie gefiel es weniger.
„Ein kleines Spielzeug, um mir meine Zeit zu vertreiben – warum nicht?" Er grinste bösartig, seine Lippen verzogen sich weit nach oben, sodass sie seine gigantischen Hauer sehen konnte. „Wenn dein Cowboy, dieser feige Hund, doch nur wüsste, wie groß seine Niederlage tatsächlich ist! Erst springt er freiwillig in den Tod – dann überlässt er mir auch noch kampflos seinen größten Besitz! Wahrlich der größte *Taa-Noon* aller Zeiten!" Er stieß ein tiefes, gehässiges Lachen aus, das kurzzeitig zu einem röchelnden Husten wurde, was Laurie natürlich nicht entging.
„Wer weiß", säuselte sie, bedacht darauf, ihre tote Freundin so gut wie möglich zu imitieren. „Vielleicht habe ich ihn ja auch hinunter gestoßen, um einen weitaus besseren Fang zu machen." Sie versuchte sich an einem gequälten Lächeln.
„Wie auch immer", grollte Sonmore leise. Seine Worte, seine Haltung, sein Blick – konnten alles nur Mögliche bedeuten.
Laurie spannte sich und suchte festen Stand.
„Wirst du mich mit dir nehmen?", fragte sie teilnahmslos.
„Später vielleicht", knurrte das Monster. „Jetzt wirst du erst einmal erfahren, was Schmerzen *wirklich* sind, mein Kleines." Und sein Blick wurde gierig, seine Augen sprühten Feuer.
Sonmore griff nach ihr.
Im selben Moment stieß Phil die mit Schnee getarnte Decke in

die Höhe und sprang mit einem einzigen, gewaltigen Satz aus der Schneewehe heraus, unter der Laurie ihn eingegraben hatte. Lautlos, Delbert Winstons Sense hoch erhoben, flog er in einem perfekten Bogen auf seinen Feind zu.
Sonmore hörte ihn, *musste* ihn hören! Doch Laurie sah Phil aus den Augenwinkeln fast schon in Zeitlupe den Arm nach vorne schwingen – das Sensenblatt funkelte bösartig – und auf Sonmores Rücken zufliegen, während der scheinbar noch langsamer nach ihrem halbnackten Oberarm griff.
Phils Arm sauste herunter, um Sonmore die Klinge bis ans Heft in den Nacken zu stoßen, da wirbelte der Dämon mit atemberaubender Geschwindigkeit herum.
Mit der Linken stieß er Laurie von sich, sodass sie ein paar Schritte zurücktaumelte, zeitgleich schloss sich seine Rechte wie eine Klammer um Phils Hals und beendete den Angriff so rasch wie er gekommen war.
Doch Phils Schwung reichte noch aus, die Klinge der Sense mehrere Zentimeter tief in Sonmores linke Schulter zu graben. Der jaulte vor Schmerz kurz auf, verstärkte den Griff um Phils Kehle aber noch.
Phil stieß einen schrecklichen, röchelnden Laut aus, seine Augen weiteten sich vor Entsetzen und sein Mund stand offen, während er verzweifelt nach Luft rang. Er ließ den Griff der Sense los und die Waffe blieb in einem grotesken Winkel in Sonmores Körper stecken. Phil versuchte mit beiden Händen, den gnadenlosen Griff des Monsters zu sprengen.
Sonmore brachte sein Maul ganz dicht an Phil heran und starrte ihm wütend in das verkrampfte Gesicht.
„NEEEEIIIN“, schrie Laurie hinter ihnen und taumelte weinend auf sie zu.
„Ich hab ihr das Ganze beinahe abgenommen“, flüsterte Sonmore böse. Eine Menge Blut floss aus seiner Schulterwunde, doch das schien er nicht einmal zu bemerken. „Wahrscheinlich war sie so überzeugt von dem, was sie zu sagen hatte, dass sie selbst nicht mehr wusste, ob sie nun lügt oder nicht.“
„Leck mich!“, brachte Phil hervor. Sein Gesicht schwoll rot an.
„Und dein Versteck, Cowboy: Einfach genial. Ich hätte niemals von dir erwartet, dass du mir hier draußen im *Schnee* einen Hinterhalt legst. Ausgerechnet im *Schnee*!“, lachte er und stieß Phils Körper mit einer Leichtigkeit von sich, als wäre seine linke Seite und die dazugehörige Schulter nicht noch immer eine einzige, klaffende Wunde.
Laurie rannte auf sie zu, schrie auf Sonmore ein. „Lass ihn in Ruhe, du verfluchtes Mistschwein! Lass ihn...“
Sonmore stieß ihr fauchend seinen monströsen Schädel entgegen, seine Kiefer schnappten krachend eine Handbreit vor Lauries Gesicht aufeinander.

Sie stieß einen quietschenden Laut aus und blieb augenblicklich stehen, als wäre sie gegen eine unsichtbare Wand gelaufen.
„Er braucht sich nicht mehr dort hinunter zu stoßen, das kann ich nun für ihn erledigen." Sonmore stieß ein bellendes Lachen aus. „Menschlein, ich habe keine Angst vor dir! Nicht vor dir und nicht vor ihm! Ich bin ewig!", brüllte er hinaus und seine rollenden Augen drohten langsam aber sicher in den Wahnsinn hinüber zu kippen.
„Du wirst mich noch kennen lernen, Weibsstück! Für jede Lüge, die du erzählt hast, wirst du ein Jahr länger leiden!"
Laurie brach schluchzend in die Knie. Ihr Blick suchte Phil.
Er lag verrenkt und stöhnend im Schnee und hielt sich den Hals.
Mit hasserfülltem Blick starrte er zu Sonmore hinauf. Der riss mit einem heftigen Ruck das Sensenblatt aus seiner Schulter, ein schwarzer Strahl spritzte in den Schnee. Achtlos warf er die Sense von sich.
„Und du, *Taa-Noon*", jetzt wieder flüsternd ging Sonmore langsam mit pendelnden Armen auf Phil zu. „Du wirst ein für alle Mal feststellen, dass du verloren hast, du verfluchter Bengel! Du kannst mich nicht besiegen!" Bei jedem Wort schwoll seine tiefe, raue Stimme noch mehr an, untermalt von gewaltigen Donnerschlägen. Zuckende Blitze erhellten das Firmament, als würde die ganze Welt Feuer fangen.
Laurie begann, schluchzend auf allen Vieren, hinter Sonmore her zu kriechen.
„Du wirst ein für alle Mal feststellen, dass es keinen Ausweg gibt, kein Schlupfloch mehr, kein Morgen für Dich, *Taa-Noon*! Nicht für dich und nicht für dein Weibsstück. Sie wird leiden, Cowboy, leiden..."
Sonmore blieb vor Phil stehen und blickte kalt und böse auf ihn hinunter. Der Himmel wurde schwarz.
„Ich bin der Auserwählte – Ich bin das Gefäß", flüsterte er, und während er sich hinabbeugte, begann die Veränderung. Der kantige Schädel eines Wolfes begann sich zu formen, dann wurden die Konturen glatter, das Fell bildete sich zurück und eine alptraumhafte Mischung aus Sonmores menschlichem Gesicht und der Wolfsfratze grinste auf Phil hinab. Sonmores Körper schien sich in ständiger Verwandlung zu befinden, seine Augen wurden dunkelbraun und wechselten wieder zu feuerrot, seine Klauen schoben sich wie im Zeitraffer aus seinen Fingerspitzen und wurden wieder eingezogen. „Ich bin der Auserwählte", wiederholte das Monster flüsternd, während es sich auf Phil setzte, seine Schultern mit den Knien am Boden festnagelte und dabei kein einziges Mal den Blick von ihm löste, „ich bin das Gefäß – und ich werde es bleiben. Deine Zeit, *Taa-Noon*, wird niemals kommen, meine hingegen wird ewig währen, wird niemals enden."
Phil spürte den gewaltigen Druck von Sonmores Körper, verlor

sich im Irrsinn seiner rollenden Augen und brachte keinen Ton heraus – es gab nichts mehr, was er noch hätte sagen können. Der Werwolf hockte über ihm wie ein Wirklichkeit gewordener Alptraum, seine gewaltigen Schultern löschten die Sterne aus.
Und irgendetwas in Phil begann, aufzugeben.
Ein tiefes, gar nicht einmal unangenehmes Gefühl der Gleichgültigkeit breitete sich in ihm aus. Eine schwere, bleierne Müdigkeit kroch in seine Glieder, und sein Atem wurde langsam und gleichmäßig. Die Welt um ihn herum verschwamm in grauem Dunst, und seine Gedanken drifteten weg von all dem Tod; all den guten Freunden, die er verloren hatte; von seinem Großvater, der ihm nie gesagt hatte, dass er in einem anderen Leben schon einmal verheiratet gewesen war und ein Verhältnis mit Liesbeth Kröner gehabt hatte – deren Liebe ihn und seine Welt letztendlich ins Chaos gestürzt hatte...
Nur ein einziger Gedanke erfüllte ihn: *Verschwinde Laurie,* schrien seine Gedanken. *Verschwinde hier, solange du noch kannst! Mich hats erwischt, aber du kannst es schaffen! Du kannst es verdammt noch mal schaffen! Du bist die Letzte unserer kleinen, glücklichen Familie, also ab nach Hause mit dir und gründe selbst eine. Besorg dir nen schicken Ehemann, setz ein paar Kinder in die Welt und lebe glücklich bis an dein Lebensende, oder was weiß ich, nur mach, dass du hier... Laurie?... Mein Gott, LAURIE!!!*
Sie tauchte plötzlich in seinem Blickfeld auf, taumelte von hinten auf Sonmore zu, die rostige Sense in ihrer Hand hielt sie mit der Schneide nach unten, stützte sich darauf wie auf einen bizarren Kricketschläger. Phil wollte kerzengerade in die Höhe fahren, aber sofort zuckte eine von Sonmores gewaltigen Pranken nach seiner Kehle und stieß seinen Kopf wieder in den Schnee hinunter.
Neuer Lebenswille war in Phil erwacht!
Nicht Laurie, dachte er gehetzt. *Guter Gott, bitte, bitte nicht!!*
Ein knirschendes Geräusch kam aus seinem Mund, während er sich gegen Sonmores Griff stemmte, der tonnenschwer auf seiner Kehle lastete. Der Werwolf hob seine Klaue und die fingerlangen Krallen funkelten im roten Mondlicht. Phil konnte sehen, wie Sonmores Arm in Sekundenschnelle zu einem normalen, menschlichen Arm wurde und eine Sekunde später wieder mit Fell überwucherte und sich aufblähte wie in einem Comicstrip.
Sein deformiertes Maul grinste auf Phil hinunter; seine geifernden Reißzähne; halb Mensch, halb Tier; die mutierte, grauenhafte Karikatur eines Menschen. Seine Augen leuchteten wie glühende Kohlen.
„Jetzt Cowboy“, flüsterte das Ding über ihm. „High Noon!“
Die Pranke sauste herab.
Laurie war direkt hinter Sonmore und stieß ihm das Sensenblatt in den Unterleib.

Das Monster bäumte sich auf und der stählerne Griff um Phils Kehle löste sich. Die Pranken wirbelten herum wie gerissene Federn; Laurie wurde getroffen, taumelte mehrere Meter rückwärts und fiel auf den Hosenboden.
Sonmore kreischte, schrie und jaulte mit einer unglaublich schrillen, ohrenbetäubenden Stimme, während er an der Sense herumriss und sich die Hände zwischen die blutenden Beine hielt.
Er war von Phil herunter gerollt und wälzte sich nun im blutigen Schnee. Strahlen von Blut und Urin spritzten aus seinem Unterleib heraus.
Phil versuchte auf die Beine zu kommen; Laurie war mindestens zehn Meter entfernt. Benommen setzte sie sich auf, das zerzauste Haar schien ihren gesamten Körper einzuhüllen. Ein einzelner Blutstropfen rann ihr aus dem linken Mundwinkel.
„DU MISTSTÜCK!!!", brüllte Sonmore aus voller Kraft! Seine tiefe Raubtierstimme überspannte die noch halbmenschlichen Stimmbänder und der Schrei schwankte in schwindelnde Höhen. „MIIISTSTÜÜÜÜCK!!!" Es klang wie die Tonbandaufnahme eines eingesperrten Irren. „DU VERFLUCHTES WEIB!!! DU GOTTVERDAMMTES ... ICH WERDE DICH ZERMALMEN!!!"
Phil knickte ein, kam halb hoch, knickte wieder ein und fiel vornüber in den Schnee. Seine Beine, die schon so viel hatten leisten müssen, versagten ihm endgültig den Dienst.
Phil suchte Lauries Blick. Mit schmerzverzerrtem Gesicht versuchte er, ihren Namen zu rufen. Sie sah ihm entgegen und lächelte. Sie legte ihren Zeigefinger an die Lippen. *Ruhig. Ganz ruhig.* Sie lächelte ihn an; Lächelte, müde, erschöpft und schrecklich schön. Sie lächelte und begann doch zu weinen.
Phil wusste, was geschehen würde und er wusste auch, dass er nichts mehr daran ändern konnte.
Flüssiges Eis rann durch seinen Körper. „Nein", flüsterte er.
Sonmores Schädel fuhr in die Höhe. Sein überdimensionales Gebiss triefte vor Geifer, aus seinen funkelnden Augen sprühte der Hass!
Seine Schreie waren zu einem drohenden Knurren geworden.
Dann raste er los. Direkt auf Laurie zu!
Phil riss den Mund auf und brüllte ihren Namen, doch der tobende Wind zermalmte seine Stimme wie sprödes Glas.
Laurie saß im blutig roten Schnee und blickte ihm ruhig, vollkommen gelassen entgegen. Sonmore kreischte wie ein abgestochenes Schwein, seine wirbelnden Beine pflügten wie Dreschflegel durch den Schnee. Feine, weiße Wolken hüllten den schwarzen Dämon ein.
Laurie begann zu grinsen. Ihre Zähne waren blutüberströmt. Phil fand, dass sie niemals so wunderschön ausgesehen hatte.
Sonmore sprang!
Wie einen finsteren Gott sah Laurie ihn auf sich zurasen.

Sie hob ganz langsam den Mittelfinger. Ihre Stimme brach zu einem Flüstern.
„Fick Dich!"
Er prallte wie ein Güterzug gegen sie und Laurie verschwand unter den säbelnden Klauen des Monsters. Sie versank in einer Welt aus Blut und Schmerz, doch kein Laut kam über ihre Lippen. Kein Schrei, kein Betteln um Gnade; sie schloss die Augen – sie wartete auf das Ende. Fast gleichgültig stieß sie ihre Hand dem Wolf entgegen.
Ihre letzten Gedanken in *diesem* Leben sollten Phil gelten, wie sie ihn in Erinnerung hatte. Und sie sah ihn.
An diesem warmen Sommermorgen, vor etwa zehntausend Jahren, als er die Hand zum Abschied hob, sein wunderschönes Lächeln im Gesicht, während warmer Wind sein Haar streifte und die schnell aufgehende Sonne in seinen Augen strahlte.
Liebe, Phil. Endlose Liebe. Ich muss jetzt gehen, vergiss mich nicht.
Dann zerschmetterten Sonmores Pranken ihren Lebensfunken und Laurie Mitchell ging.

8

Phil sprang auf, und alle Wunden, die er in dieser endlos scheinenden Nacht eingesteckt hatte, schrien entsetzt auf. Er taumelte los, auf den tobenden Sonmore zu, der wie ein riesiger, schwarzer Geier über Laurie thronte und auf sie einhieb.
Eine animalische, grenzenlose Wut löschte Phils Denken aus. Mit der Rechten gegen seine blutende Schulter gepresst, stürmte er auf Sonmore ein. Der Schnee, durch den er watete, war durchtränkt von Blut. Phil prallte halbherzig gegen den Werwolf und drosch mit letzter Kraft auf ihn ein. Seine Mund schrie sinnlose, kreischende Worte und heiße Tränen strömten aus seinen Augen. Und dann, ganz plötzlich, war es vorbei.
Sonmores Bewegungen wurden langsamer und schließlich erschlaffte er.
Ganz langsam kippte er zur Seite.
Ein rasselndes Knurren entrang sich seiner Brust und er hielt die Klauen davor gepresst. Mit einem dumpfen Aufschlag fiel er in den Schnee. Das Jagdmesser ragte zwischen seinen Händen hervor, Lauries zweiter Stoß hatte gesessen.
Verständnislos starrte Phil den reglosen Körper des Monsters an.
Nein, dachte er. *Das kann nicht sein, unmöglich, sie hat...*
Dann fiel sein Blick auf Laurie und seine müden Augen erbrachen bittere Tränen, sein Mund verzog sich zu einer Grimasse des Schmerzes. Mit einem heiseren Schluchzen fiel er auf die Knie,

griff nach einer von Lauries schlaffen Händen und weinte hemmungslos in der Dunkelheit. „Nein“, schluchzte er. „Nein, Laurie, Nein..“ Immer wieder und wieder. Er küsste sie, küsste ihre blutigen, noch warmen Lippen und blickte in ihre für immer erstarrten Züge. Er hatte ihr versprochen, sie niemals, *Niemals* allein zu lassen. Dieses Versprechen würde er nun nicht mehr halten können. Dann weinte er noch mehr.

Schließlich, nach einer Ewigkeit, fuhr er herum und funkelte den Körper des Werwolfs an. War das Monster nun endlich tot? War es wirklich vorbei? Nun – Phil wollte auf Nummer sicher gehen.

Mit einer ruckartigen Bewegung stapfte er zu Sonmore hinüber und packte einen seiner trägen Arme. Keuchend begann er, den riesigen Körper bis an den Rand des Plateaus zu schleppen. Sein Energievorrat war wohl noch immer nicht verbraucht, doch der Koloss schien Tonnen zu wiegen.

Phil wusste, es gab jetzt nur noch eins zu tun: Diesen Wahnsinn endgültig zu beenden. Sonmore aus dieser Welt verschwinden zu lassen. Ihn auszulöschen, wie er Laurie ausgelöscht hatte. Vince, Woody, Karen, Mag...

Was danach geschah würde er sehen müssen.

Sowieso verwirrte ihn die Situation nun vollends. Es war *seine* Bestimmung gewesen, Sonmore zu töten, seinen Platz einzunehmen. Wieso war es Laurie dann möglich gewesen...

Er hielt inne und ließ Sonmores Arm zurück in den Schnee fallen.

Lauries Körper lag ruhig und reglos dort, wo sie gefallen war.

Der gnadenlose Wind verhöhnte Phil lautstark.

War es möglich? Auch sie war bis zum Schluss am Leben geblieben, oder nicht? Aber die Visionen, die Kräfte, Sonmores untrügliche Gewissheit...

Sie hatte ihn getötet.

Phil stapfte durch den Schnee zu Lauries Leiche zurück. Sie rührte sich nicht.

Natürlich rührt sie sich nicht, denn sie ist tot! Tot! Du hast die Frau deines Lebens verloren.

Die letzten Meter ging er langsamer.

Eine Schneeverwehung hatte bereits begonnen, Lauries Füße zu verhüllen, so wie eine Spinne geduldig, aber erbarmungslos ihre Fäden spinnt.

Er blieb neben ihr stehen, beugte sich vorsichtig über sie und blickte auf sie hinab. Ein tiefer, ruhiger Friede lag darin. Nicht die Verdammnis. Sie war glücklich gewesen in ihren letzten Tagen, und das war mehr, als man je erwarten konnte.

Sie hatte ihn geliebt.

„Oh Laurie“, murmelte er und fiel abermals neben ihr auf die Knie. „Es tut mir leid. Es tut mir so leid...“

Durch seine tränennassen Augen sah er ihr wunderschönes Gesicht, und in seinem Schmerz glaubte er fast, einen warmen,

bronzefarbenen Schimmer auf ihren Wangen zu sehen, einen Glanz, der vorhin nicht da gewesen war, als wäre das Leben in ihren geschundenen Körper zurückgekehrt, als wäre...
Laurie schlug die Augen auf und drehte ihren Kopf zu Phil herum. „Keine Angst, mein Süßer – Es wird bald vorbei sein."
Phil gefror zu Eis.
„Nein", hauchte er. Laurie begann langsam zu grinsen. Da war etwas in ihrem Blick...
„NEIN!", schrie Phil aus voller Brust und der Schmerz in seinem Inneren schien ihn zu zerreißen. Was hatte er gelitten, was hätte er nicht getan, um sie zu retten – und jetzt...
Er torkelte haltlos von ihr fort; rückwärts, immer Lauries Augen vor sich, dieses einst so wunderschöne Blau, dass nun einem düsteren, ockerfarbenen Ton gewichen war; die kleinen, spitzen Zähne hinter ihren vollen Lippen; Dieses Grinsen... *Noch* bewegte sie sich nicht, doch Phil wusste, dass sie es bald tun würde; er wusste nun *Alles*! Auf was für ein teuflisches Spiel war er hereingefallen.
Laurie war es – Nur Sie; und sie war es von Anfang an gewesen. Der Dämon hatte nur mit ihm gespielt, ihn und sie gleichzeitig in Sicherheit gewiegt, um Sonmore genauso zu täuschen, wie er sie alle getäuscht hatte; Um *ihn* zu stoppen, Craig Sonmore, der zu machthungrig und unberechenbar geworden war...
Wie in Trance taumelte Phil rückwärts, einfach nur fort; fort von ihr; Erinnerungsfetzen rasten durch seinen Kopf.
Sonmores seltsamer Blick, als er das erste Mal Lauries vollen Namen hörte: *Laurie-Ann*. Ihm musste in diesem Moment bereits die Namensähnlichkeit mit seinem Vorgänger aufgefallen sein; Dorian, der um so vieles besser und würdevoller gewesen war als der kranke Geist, der Sonmore beseelte...
Vom ersten Augenblick an musste Sonmore etwas geahnt haben – oder doch nicht? Fast bildlich konnte er jetzt Laurie vor sich sehen, wie sie während seiner eigenen Schreckensvision im Wald panisch in das kleine Bad flüchtete und Woody die Tür einschlagen musste, um sie dort wieder herauszubekommen; und ebenso bildlich sah er, wie sie dort, in dem kleinen, dunklen Raum ihre eigene, ganz persönliche Vision bekam, kniend auf dem schmutzigen Boden, die tränenüberströmten Augen nach oben gerichtet, auf *Ihn*, auf den *schwarzen Schädel*; und wie die flüsternde Stimme des Dämons ihr zuraunte: *DU KANNST IHN NICHT RETTEN! WAS DU AUCH VERSUCHEN WIRST, DU KANNST IHN NICHT RETTEN, DU DUMMES KIND! UND WAGE ES, MICH FÜR DUMM ZU VERKAUFEN! WAGE ES, MENSCHENWEIB, UND ER WIRD NICHT SCHNELL UND SCHMERZLOS STERBEN – DANN WIRST DU ES SEIN, DIE IHM LANGSAM DAS FLEISCH VON DEN KNOCHEN NAGT! UND GLAUBE MIR, ES WÜRDE DIR AUCH GANZ SICHER*

GEFALLEN...
Und natürlich hatte Laurie eingewilligt; die Frage war nur, wie lange Laurie schon ganz genau gewusst hatte, was sie tat. Phil wurde in diesem Moment schlagartig bewusst, dass auch Laurie ebenso wie er bis zum Schluss überlebt hatte, dass sie Woodys leere Hülle bereits mit ihrem Geist hatte kontrollieren können. Und dass sie ihn wieder und wieder mit traurigen, mitleidigen Blicken zu sagen versucht hatte, wie grausam das Schicksal ihnen allen mitspielte; und dass sie sich in wenigen Augenblicken auf ihn stürzen würde. Nicht Laurie-Ann Mitchell, das Mädchen, das er mehr geliebt hatte als sein eigenes Leben, nicht Laurie...
Lorian – der *wahre* Taa-Noon!
Eine riesige, fellbesetzte Pranke umschlang seinen Hals wie eine Stahlklammer und drückte erbarmungslos zu.
„Cowboy...“, röchelte es hinter ihm. Sonmores Verwandlung war jetzt vollendet.
Phil verkrampfte nur kurz, als er abermals in die Luft gehoben wurde. Er konnte nicht mehr atmen und eigentlich hatte er schon jetzt bereits aufgegeben.
Sonmore war wieder da und ragte wie ein schwarzer Berg vor ihm auf. Das Messer, das Laurie ihm nur knapp neben sein schwarzes Herz gerammt hatte, steckte wie eine Theaterrequisite in der mächtigen Brust.
Der Werwolf zog ihn ganz nahe zu sich heran und knurrte ihm ins Gesicht. Die irren Augen funkelten Phil an, Blutfäden hingen ihm aus dem Maul.
„Diesmal ist es genug, Cowboy. Keine zweite Chance. Hier und jetzt stirbst du!“
Und bevor Phil Connor etwas erwidern konnte, ein paar letzte Worte, die die ganze Geschichte vielleicht doch noch anders hätte enden lassen; Bevor er auch nur noch ein letztes Mal an seine Laurie denken konnte und an die wunderschöne Zeit, die er mit ihr verbracht hatte; bevor er überhaupt Erleichterung empfinden konnte, dass dieser ganze Alptraum nun endlich vorüber war, schlossen sich Sonmores mächtige Kiefer um seinen Kopf und trieben ihm die fingerlangen Reißzähne in den Schädel, löschten ihn aus und beendeten damit seine Rolle in dieser Geschichte.

9

Der Werwolf riss seinen kantigen Schädel hin und her, bis er Phils Kopf von seinem Körper getrennt hatte. Ein trockenes Knacken ertönte, und der Schädel löste sich und rollte meterweit durch den Schnee davon.
Sonmore genoss das sprudelnde Blut aus der aufgerissenen Kehle, das ihm ins Gesicht und über die Pranken spritzte. Eine warme, tiefe Zufriedenheit erfüllte ihn, als der kleine, schwache Menschenkörper in seiner Klaue zu zappeln aufhörte und endlich, endlich still war.
Er hatte es geschafft.
Sonmore stieß den kopflosen Torso weit von sich und reckte die Klauen gen Himmel, riss das Maul auf und brüllte seinen Triumphschrei in die Welt hinaus.
Er hatte es geschafft! Er hatte das Schicksal selbst überlistet, und nun würde er mächtiger werden, als Dorian es jemals gewesen war, mächtiger noch, als Phil Connor es jemals hätte werden können.
Sonmore war so gefangen in seinem Siegestaumel, so überwältigt von der Vielzahl der Möglichkeiten, die sich ihm nun boten, dass er nicht bemerkte, wie sich hinter seinem Rücken etwas aus dem blutigen Schnee stemmte.
„Ich habe es vollbracht“, murmelte das Monster vor sich hin. Seine tiefe Raubtierstimme schien fast so etwas wie Freude auszustrahlen. „Ich habe diese verfluchten Kinder überlebt und ich werde noch viel mehr überleben als alles, was hinter mir liegt. Es ist vorbei.“
„Noch nicht!“, ertönte es hinter ihm und etwas prallte mit unglaublicher Gewalt gegen ihn und schob ihn rasend schnell auf die Klippe zu. Der Werwolf brüllte auf und versuchte verzweifelt, irgendwo Halt zu finden, oder sich auch nur im Ansatz gegen das zu wehren, was ihn da über den Rand zu werfen drohte. Da war etwas, hinter und unter ihm, das sich mit purem Hass an ihm festkrallte und ihn mit eisernem Willen weiter drängte.
Der Rand kam immer näher.
Nur noch wenige Meter.
Der Werwolf brüllte wieder und hieb auf seinen unsichtbaren Gegner ein. Er war so viel kleiner als er und auch schmaler und schwächer gebaut, wie konnte er nur... Diese Stimme!
Sonmore hatte sie erkannt. Aber es konnte doch unmöglich dieses kleine Weibsstück sein, das ihn hier...
Und schon im nächsten Moment traten seine wirbelnden Füße ins Leere und Sonmore wurde rasend schnell in die Tiefe gerissen.
Er griff wild und ziellos durch die Luft, bekam etwas zu packen und hielt sich panisch daran fest.

Eine halbe Sekunde später ging ein kräftiger Ruck durch seinen mächtigen Körper, und dann hing er dort, mit der linken Pranke an irgendetwas festgekrallt. Der Wind zerrte an ihm, als wolle der Abgrund selbst ihm einen Willkommensgruß hinauf schicken.
Vor Wut schnaubend fuhr der Schädel des Werwolfs in die Höhe, und dort erblickte er Lauries Gesicht.
Sie sah klein, weiß und schwach zu ihm hinunter und eine seiner riesigen Pranken hatte sich in ihren Arm gekrallt. Es musste ihr beinahe die Schulter aus dem Gelenk gerissen haben, denn er war umso vieles schwerer als sie, doch ihr Gesicht zeigte keinerlei Regung.
„ICH HAB DICH VERNICHTET, DU KLEINES MISTSTÜCK!", brüllte er hinauf. Sein dröhnender Bass klang nun kein bisschen menschlich mehr. „ICH HAB DICH IN FETZEN GERISSEN, WEISST DU NICHT MEHR?! LASS DIESEN UNSINN SEIN UND ZIEH MICH HINAUF UND ICH SCHENKE DIR DEIN ARMSELIGES, KLEINES LEBEN!"
Laurie verzog weiterhin keine Miene. Sie blickte nur starr auf ihren Feind hinunter, musterte ihn mit gespenstischer Gleichgültigkeit. „Deine Zeit ist um, Bastard", flüsterte sie. „Ich werde *dich* vernichten!"
Sonmore begann zu lachen. Siegessicher. Und hysterischer und verrückter als je zuvor.
„DU KANNST MICH NICHT VERNICHTEN, DU SCHLAMPE! NIEMAND KANN DAS! DER LETZTE, DER ES VERSUCHT HAT, LIEGT MIT ABGERISSENEM KOPF DORT OBEN IM SCHNEE! DU SOLLTEST IHN EIGENTLICH NOCH WIEDERERKENNEN, MEIN SCHÄTZCHEN!"
Keinerlei Regung in Lauries Gesicht. Sonmore, nun außer sich vor Wut, brüllte weiter.
„WEISST DU, WAS PASSIERT, WENN MAN EINEN LEIBHAFTIGEN GOTT HERAUSFORDERT? WEISST DU, WAS PASSIERT? MICH WIRST DU NIE BESIEGEN! NEIN !!! NIEMALS!!! ICH – BIN – GOTT!!!", lachte der Werwolf wie von Sinnen, baumelnd an Lauries Arm, der im Vergleich zu seiner gewaltigen Klaue zerbrechlich wirkte wie ein junger Ast.
„Nein", flüsterte Laurie tonlos. „Du bist nicht Gott." Und sie begann zu grinsen.
Ihr Mund verzerrte sich zu einer bizarren Grimasse, ihr Grinsen wurde so breit, dass es fast ihre Ohren erreichte! Und ihre Augen begannen in einem dunklen Ocker zu glühen.
Lauries Gesicht begann sich zu verändern.
„Du bist nicht Gott", flüsterte sie. „Aber *ich* werde es sein!"
Und zum ersten Mal, zum allerersten und auch einzigen Mal in seinem langen, grausamen Leben hatte Craig Sonmore Angst. Panische Angst, die aus seinen Augen, seiner ganzen hässlichen Fratze sprach.

Sein ganzes Hochgefühl war dahin.
Er hatte verloren.
„NEIN!!", schrie er panisch. „NEEEEEEEEIIIIN!! ICH WILL LEBEN!!! LEBEN!!!"
Die Kreatur, die einmal Laurie-Ann Mitchell gewesen war, streckte sich in einem praktisch unmöglichen Winkel zu Sonmore hinunter, griff nach dem Messer, das noch immer in dessen Brust steckte und riss es mit einem Ruck heraus.
Ein Schwall heißen Blutes schoss hervor, im roten Licht des Mondes wirkte es dick und schwarz wie Pech.
Sonmore kreischte noch lauter und panischer. Sein Gesicht war im stetigen Wechsel zwischen Mensch- und Tiergestalt und nahm irrwitzige Formen an. Hilflos warf er sich hin und her.
Er hatte verloren. Und er wusste es.
Laurie holte weit aus und hielt noch einen Moment inne, um Sonmore das ganze Ausmaß seiner Niederlage schmecken zu lassen.
„Ich. Bin. Du.", zischte sie in die angstverzerrte Fratze unter sich. Sie brüllte einen unmenschlichen, ohrenbetäubenden Schrei und hieb mit einem perfekten Bogen auf den Arm des Werwolfs ein.
Die Klinge durchtrennte Fleisch und Knochen wie Butter.
Mit weit aufgerissenen Augen fiel Sonmore in die Tiefe, stumm wie ein Stein; nach weniger als einer Sekunde war er in der dichten Wolkendecke verschwunden.
Stille.
Nichts außer dem leisen Heulen des Windes.
Laurie hing keuchend und pumpend über dem Rand der Welt. In der zarten rechten Hand die blutverschmierte Klinge, an der linken hing noch verkrampft und zuckend Sonmores schwarze Klaue.
Einen Moment später schrumpfte sie, einem zerstochenen Ballon gleich, zusammen und wurde zu einer uralten, knotigen Menschenhand.
Wie Herbstlaub fiel sie von Lauries Arm ab und folgte ihrem Besitzer in den Abgrund.
Die Welt hielt den Atem an.

Jemand, der dieses Mädchen gekannt hätte – Laurie-Ann Mitchell, die an einem warmen Sommermorgen einem Jungen namens Phillip Connor hinterher gewunken hatte, bevor dieser im Schatten der hohen Bäume verschwand; *Dieses* Mädchen – also sagen wir: ihre Eltern, ihre Lehrer, Mag Hardigan, Vincent Drake, Woody oder Karen Dawson; meinetwegen auch Bell O' Simmons oder jemand Flüchtiges wie Lynn Davis – keiner von ihnen wäre auf die Idee gekommen, dass es Lauries Körper war, der schwer atmend und zitternd dort am Abgrund des Plateaus lag.
Der Körper dieses Mädchens war kräftiger, muskulöser und zugleich noch femininer, als Lauries Körper es je gewesen war. Stark und perfekt proportioniert.
Das rote Pochen des Blutmondes ließ nach, und wie ein Geist schien er langsam vom Firmament zu verschwinden, verging zwischen den Wolken wie ein böser Traum. Die Farben kamen zurück in die Welt.
Sie hob langsam den Kopf.
Und in diesem Moment stieg nach Schatten, Dunkelheit und Schwärze endlich, endlich die lang ersehnte Sonne hinter den Bergen hervor, brach sich ihren Weg durch die Wolken hindurch und tauchte das Ostplateau in strahlendes Licht.
Überflutete das weiße Land und die Kreatur, die dort lag, am Rand der Welt.
Mit einer unglaublich geschmeidigen Bewegung stemmte sie sich in die Höhe. Lauries zerfetzter, brauner Wintermantel und ihr dicker Pullover glitten wie abgeworfene Haut von ihren Schultern, sodass sie halb nackt inmitten der Eiswüste stand. Dicke Muskelstränge pressten sich durch die tiefbraune Haut, Dampf stieg von dem heißen Körper auf.
Die nackten Brüste, fest und makellos wie die einer Göttin, hoben sich zitternd mit jedem Atemzug.
Ein kurzer Windstoß blies ihr die Haare aus dem Gesicht. Lauries lange, blonde Haare, die nun strahlend weiß geworden waren, wehten wie ein Schleier im Wind.
Mit einem letzten, verächtlichen Blick auf das Jagdmesser in seiner Hand schleuderte sie es in den Schlund, wo es lautlos zwischen den Wolken verschwand.
Sie stand dort am Rand des Ostplateaus, und eine seltsame Ruhe schien von ihr Besitz zu ergreifen.
Sie schien zu warten.
Plötzlich begann das Zittern. Ein unkontrolliertes, spastisches Zucken, das den gesamten Körper ergriff und von furchtbaren Schmerzen begleitet zu sein schien. Ein mühsam unterdrücktes Ächzen und Stöhnen erfüllte die kalte Morgenluft. Lauries einst so

hübsches Gesicht war verzerrt vor Anstrengung, ihre gebleckten Zähne wuchsen wie im Zeitraffer, Blut spritzte dazwischen hervor; ihr Zahnfleisch wurde noch dunkler und fleischfarbener und wich zurück; Nägel wurden zu fingerlangen Dolchen, Hände zu verkrümmten Klauen, ihre Ohren wurden spitz und bildeten sich wieder zurück; Der ganze Körper sah aus, als werfe er Blasen, als tobe unter der Haut ein zweites Wesen, das sich vernichtend durch Fleisch und Knochen fraß; das mit aller Gewalt nach draußen drängte...

Wie flüssiger Gummi verformte sich die entstellte Fratze, bildete neue Formen, fiel wieder in sich zusammen, erbrach kochendes Protoplasma, verzog sich wieder – eine Schnauze, ein länglicher, zigarrenförmiger Schädel, lange Spitzohren – die Kreatur war wie von Sinnen und kreischte, brüllte und schrie seinen grenzenlosen Hass auf alles Lebende in den Morgenhimmel hinaus. Ein Jahrtausendwerk war vollendet; all die akribisch genaue Vorbereitung; all die bestialische Vorfreude...

Der Dämon in Lorians Körper warf sich geifernd und tobend gegen seine Kerkertüre, zerrte an den Ketten dieses schwachen, vergänglichen Menschenkörpers mit all seinen Vorsätzen, Fehlern und *Gefühlen*... grub sich hindurch bis zum Grund und tötete alles, was in diesem Leib noch menschlich war; alles, was noch Schwächen hatte...

Irgendwann hörten die schrecklichen Transformationen auf und das eingesperrte Biest kam zur Ruhe.

Der Körper klappte zusammen im strahlenden Sonnenlicht eines neuen Tages, und die lange Nacht war vorüber.

11

Lorian öffnete zögernd die Augen.

Sie blinzelte in das helle Licht wie ein neugeborenes Kind, das seinen ersten Sonnenaufgang erlebt. Ein riesiges Loch prangte inmitten der schwarzen Wolkendecke und ein blendend heller Strahl schien die ganze Welt in flüssiges Gold zu tauchen. Ein leichter Schneefall hatte wieder eingesetzt, die Flocken um sie herum glänzten wie tausend Perlen.

Und ebenso wie ein Neugeborenes staunte Lorian über die Schönheit der Welt.

Ihrer neuen Welt.

Ganz weit hinten in ihrem Kopf schien sich ein Gesicht bilden zu wollen, und ein Name erschallte wie ein weit, weit entferntes Echo. Sie warf einen kurzen Blick über die Schulter zu dem Körper, der dort im Schnee lag. Das Echo verklang, und der Name des Toten blieb ihr zwar bekannt, würde es immer bleiben – doch er

löste nicht das Geringste in ihr aus.
Grazil richtete sie sich auf. Sie trug nur noch Jeans und dicke Stiefel, ansonsten war sie nackt, trotzdem fror sie kein bisschen. Ihre Gestalt war noch immer die einer wunderschönen, jungen Frau und noch immer dampfte ihr bronzefarbener Körper im Morgenlicht.
All die kleinen und großen Wunden der vergangenen Nacht waren zu dünnen, weißen Narben geworden, die ihren Körper überzogen wie feine, kaum sichtbare Haarrisse.
Jede Spur von Schmerz war von Lorians Antlitz verschwunden, ihr Gesicht war schön und grausam wie das einer antiken Statue. Ein schmales, bösartiges Lächeln lag auf ihren vollen Lippen, die geschlitzten Augen glühten wie Bernstein.
„Willkommen“, flüsterte *Es*.

V

JEREMY

„Beginnen wir noch einmal ganz von vorne, Mr. Thomas,
in Ordnung?"

„Sie können mich Jeremy nennen."

„Nun gut."
Ein gekritzelter Vermerk auf einem Notizblock.
„Dann erzählen Sie mal, Jeremy. Sie sagten, Sie und die anderen Rettungssanitäter wären die ersten am Westplateau gewesen."

„Das Feuer wurde gesehen. Es hat eine Weile gedauert, die Schneeraupen einsatzbereit zu machen. Um diese Jahreszeit brauchen wir sie für gewöhnlich noch nicht, Sie verstehen?"
Ein unsicherer Blick, fahrig wie ein ängstliches Kätzchen.

Ein Nicken.
„Absolut, Jeremy."

„Als wir uns der Hütte näherten, sahen wir bereits,
dass dort nichts mehr zu retten war.
Das ganze Gebäude war vollständig niedergebrannt."

„Und Sie und Ihre Truppe haben dort oben noch mehr gesehen,
hab ich recht?"

„Ja."
Nur ein Hauch.
„Wir waren die ersten, die es gesehen haben. Die brennende
Hütte, die Leichen... verstümmelt, geschändet,
halb aufgefressen..."
Eine kurze Pause.

Der Psychiater hatte Geduld.
Hochgezogene Brauen über einer randlosen Brille.

„Es gab Spuren. Sie führten Richtung Osten, zur anderen Seite des
Plateaus hin. Wir folgten ihnen, weil wir glaubten,
es könnte noch Überlebende geben."
Ein heiseres Lachen.
„Überlebende..."

„Aber zuerst haben Sie sich doch einen Überblick verschaffen müssen, oder nicht? Erstversorgung, Standortsicherung...“

„Sie klingen schon wie die Kerle von der Bundespolizei.“

„Jeremy, es ist doch offensichtlich, dass ich Ihnen diese Fragen stellen muss, oder nicht? Wir sind hier,
um ein Persönlichkeitsprofil zu erstellen
und Ihre geistige Zurechnungsfähigkeit zu testen.“

„Ich bin nicht verrückt!“

„Das würde ich auch nie behaupten. Aber Sie müssen verstehen, dass Ihr Bericht gewisse Fragen aufgeworfen hat.
Und dass eine Menge Leute auf diese Fragen Antworten haben wollen.
Zufriedenstellende Antworten.“

„Ich habe doch bereits alles gesagt, was ich gesehen habe!
Wieso zur Hölle glaubt mir eigentlich niemand?“

„Sie brauchen nicht zornig zu werden, Jeremy...“

„Stundenlang haben sie mich verhört! Stundenlang!
Ich hatte Angst, dass sie mich dort nie wieder rauslassen!
Meine Frau... meine Frau hat Todesängste ausstehen müssen...“

„Das verstehe ich, Jeremy, aber...“

„Sie wusste nicht mal, dass sie mich in diesen...
in diesen Scheiß-Bunker eingekerkert hatten!
Sie sagten niemandem etwas!
Behandelten mich wie einen Massenmörder!“

„Sie waren der einzige Überlebende.“

Schweigen.

„Jeremy?“
Ein Räuspern und eine leichte Verlagerung auf einem bequemen Bürosessel.
„Sie haben als Einziger überlebt.
Wir können uns also einzig und allein nur auf
ihre Aussage verlassen – das ist Ihnen doch klar, oder?“

Schweigen.

„Jeremy, es gab nach dem ganzen Wahnsinn, der dort oben stattgefunden hat, noch einmal vier Tote! Männer, die wie Sie Frauen und auch Kinder hatten.
Männer, die einzig und allein vor Ort waren, um zu helfen…“

„*Sie* war es, verflucht noch mal!“
Beinahe schon hysterisches Kreischen.
„*Sie* war es! Ich habe es schon so oft gesagt!
Immer und immer wieder!“

Aber, Officer Cody…?“

„*Sie* war es! *Sie* allein! Cody hat nur, er hat nur…“
Erschöpftes Kopfschütteln.
Fassungslosigkeit.

Geduld.
Ein flüchtiger Blick in die Akten.
„Er hat sie erschossen, Jeremy. Sie alle. Mit seiner Dienstwaffe. Es gibt keinen einzigen Hinweis auf die Existenz der… Frau, von der Sie immer wieder sprechen, das wissen Sie. Also bitte erzählen Sie mir doch, was dort oben wirklich geschehen ist. Tun Sie mir, sich selbst und auch Ihrer Ehefrau einen Gefallen.“
Noch ein kurzer Blick.
„Sie wachen noch immer jede Nacht schreiend auf. Sie schlagen um sich und kreischen drei Worte. Immer nur drei Worte…“

„Sie ist zurück…“
Ein heiseres Flüstern.

„Jeremy! Ihre Frau ist panisch vor Angst. Sie hat Angst vor *Ihnen.* Sie hat Angst, mit Ihnen das Bett zu teilen.“
Eindringlich.
Energisch.
„Erzählen Sie es mir, Jeremy! Die werden Sie einsperren, wenn ich nicht dabei helfen kann, Ihre Unschuld zu beweisen. Also: Raus mit der Sprache.“

Schweigen, gesenktes Haupt.
„Wir müssen auf der Basis weitermachen,
dass Sie mir glauben, Doc.
Wenn wir weiterhin so tun, als wäre ich verrückt,
als hätte ich selbst all diese Männer – meine *Freunde* –
umgebracht und womöglich auch noch vor,
meine eigene Frau im Schlaf
zu ermorden – dann kommen wir nicht weiter.“

„In Ordnung. Ich werde versuchen, Ihnen zu glauben.
Ich werde versuchen, Sie zu verstehen."
Ein Nicken und eine auffordernde Handbewegung.
„Fahren Sie fort, Jeremy."

Ein resigniertes Ausatmen.
Ein Zurückstreifen der schweißnassen, halblangen Haare.
„Wir folgten den Spuren nach Osten. Der Schneefall hatte bereits ausgesetzt, sodass noch teilweise erkennbar war, dass jemand oder etwas sich dort entlang bewegt hatte.
Wir waren zwei County-Cops und vier Sanitäter.
Officer Cody, Deputy Langdorn,
Mason, Collins, Spankmeyer und ich."
Eine zitternde Stimme.
„Der Rest blieb beim Haus, um die Stellung zu halten, um auf die Bundespolizei zu warten. Cody und sein Kollege kamen mit uns mit. Wir wussten ja schließlich nicht, was passiert war. Wie hätten wir wissen sollen, dass...?"
Langsames Kopfschütteln.
„Großer Gott..."

„Lassen Sie sich Zeit, Jeremy. Versuchen Sie, ruhig zu bleiben und lassen Sie nichts aus."

„Wie gerne würd ich das, glauben Sie mir."
Ein verbitterter Blick.

Ein ausdrucksloses Zurückblicken.
Ruhig.
Abwartend.

„Zuerst fanden wir die Höhle. Es war kurz vor Sonnenaufgang und dieses unheimliche rote Leuchten überall um uns herum ... es war der Mond. So etwas habe ich noch nie gesehen..."

Räuspern.
„Eine vorübergehende Wettererscheinung. Selten, aber nicht ungewöhnlich. Es untersuchen bereits angesehene Wissenschaftler von der Universität von..."

„Wie auch immer"
Ungeduld.
„Jedenfalls war es verdammt unheimlich!

Als wäre die ganze Welt in Blut getaucht worden..."
Pause.
„Es tobte der gewaltigste Sturm, den ich je erlebt habe. Und das Zentrum schien das Ostplateau zu sein, ein Auge wie bei einem verdammten Hurrikan."

„Sie haben die Höhle betreten."
Eine Feststellung.
„Sie alle zusammen?"

Ein Nicken.
„Vor dem Eingang war alles voller Blut. Der Boden war schwarz davon. Seltsame Spuren führten aus der Höhle heraus. Wir gingen vorsichtig rein und ich kann Ihnen sagen, so einen Ort habe ich noch nie betreten und ich bete zu Gott, dass ich es nie wieder tun muss. Ein solches Gefühl möchte ich nie wieder haben."

„Wie meinen Sie das?"

„Kennen Sie die Berichte über die KZs in Nazideutschland? Ich meine, nachdem der Krieg vorbei war und die Vernichtungslager entdeckt wurden? Die Berichte der Leute, die gespürt hatten, wie der Tod über diesem Ort lag, die spürten, wie viele Menschen hier gelitten hatten und brutal gequält und ermordet worden waren?"

Ein vorsichtiges Nicken.
„Ich habe davon gehört, ja."

Aufgerissene Augen und zitternde Lippen.
„Das war so ein Ort."
Pause.
„Wir arbeiteten uns bis zu der Stelle vor, an der die Höhle eingestürzt war. Wir konnten nichts sehen, aber wir rochen es. Wir spürten den Hauch des Todes hinter dieser Wand. Collins fing an zu heulen und Spankmeyer suchte sofort das Weite, er stammelte irgendetwas vor sich hin und floh nach draußen."

„Und Officer Cody?"
Ein lauernder Blick.

„Er war ganz ruhig. Aber nicht abgeklärt oder als hätte er sich einfach nur besonders gut im Griff. Er wirkte... teilnahmslos. Als wäre das alles keine Überraschung für ihn."

Kritzeln auf einem Notizblock.

„Ich wollte auch nur noch raus aus diesem Loch. Wir hatten alle Angst, Scheiße, wir hatten Panik. Codys Kollege, dieser etwas zart besaitete Langdorn, hat sich fast in die Hosen gemacht und gezittert wie ein kleines Kind. Wir machten, dass wir da unten rauskamen. Kann ich bitte ein Glas Wasser haben?“

Ein kommentarloser Gang zum Trinkwasserspender.
Leises Gluckern.
Ein Pappbecher wechselt von einer Hand in die andere.

„Danke.“

„Keine Ursache.“
Ein kurzer Blick auf die Uhr, scheinbar beiläufig.
„Die Höhle wurde mittlerweile geräumt. Sie wissen ja vermutlich, was die Arbeiter dort unten gefunden haben, nicht wahr?“

„Es steht in allen Zeitungen, was denken Sie denn?“

Kritzeln.

„Wir folgten den Spuren weiter nach Osten. Wir kamen zu der Hütte von Delbert Winston, dem einzigen anderen Anwohner auf dem Plateau. Auch hier: Tod. Wir wussten bereits, wie es im Inneren der Hütte aussehen würde, wir spürten es in unseren Knochen. Und wir trauten uns nicht hineinzugehen, wir wollten das der Bundespolizei überlassen.“

„Aber Officer Cody und Deputy Langdorn waren doch bei Ihnen, oder nicht? Es wäre Ihre Pflicht gewesen...“

„Langdorn war der Erste, der sagte, dass keine zehn Pferde ihn dort hineinbringen würden. Nicht nach der Höhle. Und Cody... Cody ging weiter. Er schien uns gar nicht mehr wahrzunehmen. Er ging tiefer in den Wald hinein, weiter Richtung Osten, und wir folgten ihm, hatten Mühe mit ihm Schritt zu halten.“
Pause.
Ein kleiner Schluck.
„Wir erreichten das Plateau.
Der Sturm hatte sich gelegt und die Sonne war aufgegangen, beleuchtete das ganze Plateau wie ein riesiger Scheinwerfer. Wir standen oben auf der Böschung, direkt am Waldrand und blickten hinunter. Und unter uns...“
Zitternde Lippen, panischer Blick.

„Was war dort unten, Jeremy?“

„Dort unten war *Sie*!“
Panik.
Überschnappende Stimme.
„Sie kam über das Plateau auf uns zu, ganz ruhig und gelassen, den Blick immer auf uns gerichtet, sie schien... zu schweben, ihre Füße berührten kaum den Boden... und dieses Lächeln, dieses verdammte Lächeln in ihrem furchtbaren Gesicht, ihre Augen, mein Gott, ihre Augen...“

„Jeremy, Sie müssen versuchen, sich zu beruhigen.“

„Ich kann nicht, verflucht! Sie waren nicht dabei, Sie haben nicht gesehen, was ich mit ansehen musste! Und Sie glauben mir doch eh nicht, keiner glaubt mir!“
Zusammenbruch.
Krampfhaftes Schluchzen.

„Ich würde sagen, wir machen eine kurze Pause.“

Pause

„Können wir fortfahren, Jeremy? Fühlen Sie sich wieder einigermaßen? Ich hoffe, das Beruhigungsmittel hat gewirkt?“

„Es geht schon.“
Ein leises Murmeln aus den Tiefen der Couch heraus.
„Es geht schon wieder.“
Pause.

Geduldiges Warten.
Wieder ein kurzer Blick auf die Uhr.
„Erzählen Sie mir, was Sie gesehen haben, Jeremy. Und bitte lassen Sie nichts aus, in Ordnung?“

Ein resigniertes Aufseufzen.
„Da war eine Frau. Jung und hübsch. Sehr lange blonde Haare, nein, weiß. Sie waren tatsächlich weiß, wie die einer alten Frau. Aber sie sahen trotzdem frisch und... jung aus. Wehten hinter ihr her wie ein Umhang. Verstehen Sie, was ich meine?“

Ein beruhigendes Nicken.
Ein leichter Wink mit der Hand.
Weiter.

„Sie war schön. Gott, sie war wunderschön. Sie strahlte so etwas aus, wissen Sie: Ich habe als Kind oft davon geträumt, einem Engel zu begegnen. Ich war fasziniert von dieser Vorstellung, und nach allem, was ich gehört habe, mussten Engel die schönsten Geschöpfe sein, die es gab.“
Pause.
„Und sie sah wirklich aus wie ein Engel. Mein Gott...“
Pause.
„Und doch... am Anfang waren wir alle denke ich vollkommen erschlagen und fasziniert von ihrer Erscheinung. Sie trug nur Jeans, ansonsten war sie nackt, und ihr Körper... ihr Körper...“
Schweigen.

„Jeremy?“

„Sie sind doch auch ein Mann, Doc, oder? Auch Sie hätten ihrer Schönheit nicht widerstehen können.
Sie war... sie war... vollkommen.“
Pause.
„Und böse.“
Ein Hauchen.
„Wie gesagt: zuerst... zuerst waren wir alle überglücklich, ein so schönes Wesen erblicken zu dürfen und natürlich auch darüber, dass wir eine Überlebende gefunden hatten.
Wir freuten uns alle, nur Cody... Codys Blick blieb ausdruckslos.
Sein Blick wurde eisig und... leer – wie der einer Puppe.“
Pause.
„Und dann kam sie näher und wir sahen sie... sahen sie *wirklich*!“
Bekreuzigen.
Pause.

„Was glauben Sie denn, wer diese Frau war, Jeremy?“
Beiläufig.
Ein Versuch, glaubhaft zu klingen.

„Sie war der Teufel!“
Wieder langsam aufkeimende Panik.
„Sie grinste uns an und ihre Zähne ... Gott, ihre Zähne waren spitz und lang wie die eines Raubtiers und ihre Augen bernsteinfarben und leuchtend wie Laternen! Sie blickte uns an mit diesen schrecklichen Augen und... alles Leben schien aus mir zu weichen, alle Freude war dahin, ich hatte Angst, ich hatte Todesangst und ich wollte zurückweichen, aber ich konnte es nicht – ich *konnte* einfach nicht...“
Schweigen.

Geduldiges Abwarten.

„Jeremy, was geschah dann?“

„Ich warf mich auf den Boden. Ich glaubte, eine tiefe, dröhnende Stimme in meinem Kopf zu hören, ein Wummern und Hämmern, das meinen Schädel zerreißen wollte! Ich war wehr- und hilflos und dann... dann kam sie! Sie kam die Böschung herauf und grinste uns an und sie lachte, sie lachte uns aus! Ihre Fänge blitzten auf und wurden größer und länger und ... mein Gott!“

Pause

Eine gekritzelte Notiz.
Diesmal etwas länger.
„Und Officer Cody?“
Ganz ruhig, unbeteiligt.
„Was tat er?“

Zitternde Lippen.
„Die anderen begannen zu schreien. Sie schrien und brüllten vor Angst, Bill Spankmeyer kreischte hoch und schrill wie ein kleines Kind, ich habe so etwas noch niemals gehört...“
Ein Schluck.
„Langdorn begann zu schießen. Er zog seine Waffe und schoss... er schoss einfach drauf los und traf. Er traf dieses... *Wesen.* Mehrmals und immer wieder. Nur schienen die Kugeln ihm nichts auszumachen. Sie drangen in seinen Körper ein, und Blut spritzte heraus, aber die Wunden... binnen Sekunden schlossen sie sich wieder und... und es kam einfach weiter auf uns zu und lachte – und schließlich blieb es ein paar Meter entfernt von uns stehen – makellos und unverletzt.“

„Und Cody?“

„Es blieb stehen und blickte uns an mit diesen glühenden, bernsteinfarbenen Augen und... dann riss es sein Maul auf und wurde größer und größer und sein Gesicht... sein Gesicht veränderte sich. Collins neben mir begann zu weinen. Es war grauenhaft...“

„Cody, Jeremy!“
Bereits leicht gereizt.
„Was war mit Russell Cody?“

„Cody... Cody bewegte sich. Er drehte sich zu uns herum mit seinen kalten Augen, seine Bewegungen waren wie die eines

Roboters, keinerlei Regung in seinem Gesicht.
Er hob seine Waffe und schoss Langdorn in den Kopf."
Ein Schluck.
„Er erschoss ihn, ohne zu zögern. Drei Kugeln.
Langdorn kippte hintenüber in den Schnee und das Wesen
begann zu lachen. Es lenkte ihn, wissen Sie?
Es spielte mit Cody wie mit einer Puppe an unsichtbaren Fäden..."

Schweigen.
Ausdrucksloser Blick.

„Dann kam Mason an die Reihe. Er hob abwehrend die Hände und
stolperte rückwärts auf das Wesen zu. Als er in dessen Reichweite
kam... es biss nach ihm mit seinen riesigen Kiefern.
Riss ihm blitzschnell ein dickes Stück Fleisch aus der Schulter.
Ich hörte Sehnen reißen und Knochen splittern und ein ganzes
Stück... ein ganzes Stück von Mason fehlte auf einmal. Er jaulte
auf und flog nach vorne in den Schnee. Überall war Blut.
Codys Arm fuhr herum und er schoss auch ihm drei
Kugeln in den Schädel."
Ein Schluck.
„Collins fiel neben mir auf die Knie und weinte und jammerte noch
mehr. Spankmeyer wollte fliehen. Er rannte los, so schnell ihn
seine Beine trugen, in den Wald hinein. Das Wesen... bellte
irgendetwas in einer düster klingenden Sprache und Cody
schwenkte herum wie eine verdammte Maschine und
erschoss Spank von hinten. Drei Kugeln."

Pause

„Und weiter?"
Leise, beinahe flüsternd.

„Collins war vornüber gesunken und betete in einer mir fremden
Sprache, während er nicht aufhörte zu weinen.
Er war Jude, glaub ich. Ich konnte den Blick nicht von diesem
schrecklichen Monster vor mir nehmen. Es kam langsam näher
und grinste uns an, das weit aufgerissene Maul
geifernd und voller Blut und Fleischfetzen."
Ein Schluck.
„Es blieb direkt vor mir stehen und starrte auf mich herunter.
Ich sah aus den Augenwinkeln, wie Cody neben Collins trat,
ihm die Pistole an die Schläfe setzte und abdrückte."

„Drei mal."

„Drei mal."
Ein Nicken.

Eine lange, unangenehme Stille

Dann, ein Räuspern.
„Wieso haben Sie überlebt, Jeremy? Was denken Sie?"

Geschlossene Augen.
Leichter Schweißfilm auf der Stirn.
„Cody kam zu mir. Er stolperte wie ein verdammter Zombie auf mich zu und hob wieder seine Waffe."
Schlucken.
„Seine Augen... silbrig glänzend und absolut leer. Kein Mitleid, kein Gnade... Nichts! Er presste mir den Lauf an die Schläfe und drückte ab. Drei mal."
Pause.

Geduldiges Warten.

„Es klickte trocken. Er hatte sein ganzes Magazin leer geschossen. Nur schien er das nicht einmal zu registrieren. Sein Blick glitt hinüber zu dem Wesen, das mich lauernd musterte. Die Morgensonne beleuchtete es von hinten und nur die Augen glühten böse in seinem Schatten."
Kurzer Schluck.
„Dann hob Cody wieder seine Waffe, steckte sie sich in den Mund und drückte drei Mal hintereinander ab."

Räuspern.
„Aber das Magazin war ja bereits leer geschossen, nicht wahr?"

Nicken.

Zurücklehnen.
„Was meinen Sie, Jeremy? Warum hat Officer Cody das getan? Hat er es getan, um sein eigenes Leben zu schützen, oder..."
Nach vorne lehnen.
Nahe dem Patienten.
„...oder um das Leben des Wesens zu schützen, dass dort oben auf Sie gewartet hatte?"

Ein ungläubiger Blick.
Hochgezogene Brauen.
„Doc, Sie haben mir nicht zugehört, oder? Cody war nicht Herr seiner selbst, dessen bin ich mir absolut sicher. *Sie* hat ihn kontrolliert und es hat ihr verdammt noch mal Spaß gemacht!"

„Vor Gericht wird ihm das nicht viel bringen, wenn sie ihn gefasst haben."

Ein trockenes Lachen.
„Sie werden ihn nicht fassen, Doc. Er ist höchstwahrscheinlich längst tot. Tot in dem Moment, als er ihr nicht mehr von Nutzen war."
Geschlossene Augen.
„Nur Sie... Sie ist noch immer da draußen. Aber auch sie wird sich mit Sicherheit niemals vor einem Gericht zu verantworten haben."
Ein bitteres Lächeln.

Zweifelnder Blick.
„Sie glauben wirklich daran, Jeremy, oder? Sie glauben tatsächlich, dass dieses Wesen existiert. Sie wollen Officer Cody nicht schützen, Sie sind überzeugt davon, dass das, was Sie erzählen, die Wahrheit ist."

„Das wären Sie auch, wenn Sie mit mir dort oben gewesen wären, Doc."

Seufzen.
Ein letzter Blick auf die Uhr.
„Kommen wir zum Ende, Jeremy. Was passierte weiter, als all die anderen tot waren und nur noch Sie, Officer Cody und... die *Frau* dort oben waren?"
Beinahe spöttisch.

Ein Schluck.
Zurücklehnen.
Geschlossene Augen.
„Sie... *Es* kam auf mich zu. Langsam. Und mit jedem Schritt begann es, wieder ein Stück menschlicher zu werden. Begann sie, der wunderschöne Engel, wieder zu erblühen und das Monster, das sich in ihr drin versteckte, zog sich zurück. Fast vollständig. Nur das bösartige Funkeln ihrer Augen blieb."
Pause.
„Sie beugte sich zu mir herab, diese wundervolle und doch tödlich giftige Blume, und sah mir lange, lange in die Augen. Fraß sich tief in meinen Geist hinein und ich befürchte, sie wird dort niemals

ganz verschwinden... Dann sprach sie zu mir, und ihre Stimme war weich und süß und gleichzeitig grausam und kalt wie Eis: *Ich lasse dir dein armseliges, kleines Leben nur aus dem einen Grund, Menschlein – du sollst weitergeben, was hier geschah. Du sollst wissen, damit auch der Rest der Welt wissen kann, dass meine Zeit angebrochen ist. Und dass niemand mehr sicher ist! Niemand!*

Ein hartes Schlucken.

Zittern.

Am ganzen Körper.

„Dann küsste sie mich."

Unglauben.

Hochgezogene Augenbrauen.

„Sie hat Sie... geküsst?"

Ein beinahe verträumtes Lächeln.

„Es war das Schönste und gleichzeitig Grauenhafteste, was mir je in meinem Leben passiert ist. Als würde sie mich aussaugen, mich in sich aufnehmen. Mich fesseln, mich brandmarken, jetzt und für alle Zeit."

Erschöpftes Zurücksinken.

„Dann flüsterte sie in mein Ohr und ließ von mir ab. Ohne einen weiteren Blick verschwand sie langsam zwischen den knorrigen Bäumen. Russell Cody folgte ihr ungelenk und statisch, als hätte er gerade erst laufen gelernt, wie ein Kleinkind..."

Schweigen.

Eine letzte gekritzelte Notiz.

Eine abgenommene Brille.

Räuspern.

„Nun gut, Jeremy, ich denke, wir sind soweit am Ende.
Ich kann Ihnen nicht versprechen, wie das Ganze für Sie ausgehen wird. Ihre Aussage ist schließlich ... mehr als merkwürdig – das wissen Sie. Es liegt jetzt nicht mehr in meinem Ermessen, Ihre Schuld oder Unschuld zu beweisen.
Das muss der Richter entscheiden."

„Danke, Doc. Und sei es auch nur fürs Zuhören."

Erheben

Ein Händedruck

Ein gemeinsamer Gang zur Tür

„Ich wünsche Ihnen alles Gute, Jeremy. Das meine ich ehrlich."

Ein Griff nach der Türklinke.
„Ich Ihnen auch, Doc. Danke."

„Jeremy?"

Ein letztes Umdrehen in der offenen Tür.
Fragender Blick.
Traurige Augen.

„Was war das Letzte, was sie zu Ihnen gesagt hat? Als sie Ihnen ins Ohr geflüstert hat – was hat sie gesagt?"

Zögern.
Gesenkter Blick.
Angst.
Wieder.
Und auf Ewig.
„Sie sagte... sie sei nicht gut darin, Lebewohl zu sagen...
Sie sage lieber: Auf bald."

Eine sich schließende Tür
Ende

Auf ein letztes Wort...

Wer jemals die Rocky Mountains im amerikanischen Bundesstaat Colorado besucht hat, weiß, dass ich mir geografisch und in der Auswahl der Ortsnamen einige Freiheiten erlaubt habe.
Die Orte Denver, Aspen und Sloane Peak gibt es natürlich. Das *Browdin-Tal* und der kleine Ort *Despin* sind frei erfunden und entspringen allein meiner Fantasie, ebenso wie alle handelnden Personen und Ereignisse.

Wenn man sein Leben lang Zehntausende von Buchseiten gelesen, oder besser gesagt verschlungen hat, so wie ich, dann ist es wohl das Größte, endlich sein eigenes Buch in den Händen zu halten. Und ja: es fühlt sich gut an. Sehr gut sogar.
Mein Dank gilt allen, die mich unterstützt, ermutigt oder gedrängt haben, dieses mittlerweile schon zwanzig Jahre alte Baby doch noch auf die Öffentlichkeit loszulassen!
Zur Erklärung: Die Grundidee für diesen Roman – ein Junge der inmitten halbverfallener Ruinen zu einem spärlich beleuchteten Fenster hinaufblickt, aus dem unmenschliche Schreie die Nacht erfüllen – entstand sehr früh in meinem Kopf. Ich war vierzehn Jahre alt und begann wie ein Wilder mit dem Schreiben.
Ich kam gerade mal zehn Seiten weit.
Danach ruhte das Projekt über viele Jahre hinweg, während das echte Leben um mich herum passierte, und ich viel Zeit mit der Musik und danach mit dem Erwachsenwerden verbrachte. Doch meine Gedanken wanderten immer wieder zu all diesen Personen zurück. Allen voran Dorian/Craig und Liz, deren Schicksal mich einfach nicht loslassen wollte. Und natürlich zu Phil Connor und seinen Freunden.

Und so kam es, dass ich all diesen Geistern in meinem Kopf noch einmal eine Chance geben wollte. Vor ein paar Jahren begann ich dann wieder mit dem Schreiben, und auf einmal begann es zu fließen. Alles war wieder da, die Protagonisten schienen direkt hinter mir zu stehen und mir ihre Geschichten zuzuflüstern. Und im Endeffekt entwickelte sich dann doch alles ganz anders, als ich es ursprünglich geplant hatte – aber jeder, der selbst Geschichten erfindet, weiß vermutlich genau, wovon ich spreche...
Ein riesengroßes Dankeschön geht an all die treuen Seelen, die mir bei der Entstehung dieses Buches geholfen haben:
Allen voran Regina (meine größte Motivation und Kritikerin, die sich immer wieder und wieder durch all die neu gedruckten Seiten korrekturgelesen hat und sich nie scheute, mir ihre ehrliche Meinung zu sagen – ohne Dich wäre diese Geschichte irgendwo auf dem Speicher vermodert). Bine, Martin, Sascha (Danke fürs Immer-wieder-Nerven), Fux, Toni, Mosh, Edith, Kati, Jürgen (vor Euch beiden hatte ich am meisten Angst), Caro, Anne, Zunzel, Mama (ich hoffe, du bist nicht mehr *zu* schockiert?!), Patrik, Cordula, Sylvia, Oy. Bini (mein de-facto-Agent, der endlich mal mehr lesen und weniger *Patrone* machen sollte). Thorsten Jordan für die Fotosession im Frauenwald (Tapadh leat! Ich hoffe, der *Cragganmore* hat geschmeckt?!). Steffen Springstein für die Genehmigung, sein faszinierendes Bild aus der Serie „Verlassene Orte im Schwarzatal" (zu sehen auf *bildknipser.de*) für mein Buchcover verwenden zu dürfen. Und zuletzt dem Mann, der das hier vermutlich niemals lesen wird: Regisseur John Landis, dessen bitterböses Meisterwerk *„An American Werewolf in London"* meine Liebe zum Vollmond geweckt hat und dessen legendäre Szene im Pub von East Proctor für mich immer unvergessen bleibt. („Bleibt auf der Straße und haltet Euch vom Moor fern. Hütet Euch vor dem Mond...").

Und zuletzt danke ich natürlich Dir, geneigter Leser. Ich hoffe, ich habe es geschafft, dich ein klein wenig an meiner Gedankenwelt teilhaben zu lassen.
Besucht meine Facebook-Seite: *TAA-NOON* – hier gibt´s auch regelmäßige Updates zu meinem zweiten Roman, an dem ich gerade arbeite. Und nein: Es ist keine Fortsetzung.
Aber ich glaube auch nicht, dass Craig Sonmores Geschichte mich jemals loslassen wird. Und es gäbe noch so viel zu erzählen.
Nun, vielleicht ein andermal...

O.F.M.
(1994 – 2014)

INHALT:

47130247R00217

Made in the USA
Charleston, SC
06 October 2015